DESTRUIDOR DE ESPADAS

Também de Victoria Aveyard:

SÉRIE A RAINHA VERMELHA

vol. 1: *A rainha vermelha*
vol. 2: *Espada de vidro*
vol. 3: *A prisão do rei*
vol. 4: *Tempestade de guerra*
extra: *Trono destruído*

SÉRIE DESTRUIDOR DE MUNDOS
vol. 1: *Destruidor de mundos*

VICTORIA AVEYARD

DESTRUIDOR DE ESPADAS

Tradução
GUILHERME MIRANDA
SOFIA SOTER

O selo jovem da Companhia das Letras

Copyright © 2022 by Victoria Aveyard

O selo Seguinte pertence à Editora Schwarcz S.A.

Grafia atualizada segundo o Acordo Ortográfico da Língua Portuguesa de 1990, que entrou em vigor no Brasil em 2009.

TÍTULO ORIGINAL Blade Breaker
CAPA Sasha Vinogradova
MAPA Francesca Baraldi © & ™ 2021 Victoria Aveyard. Todos os direitos reservados.
PREPARAÇÃO Júlia Ribeiro
REVISÃO Ana Maria Barbosa, Carmen T. S. Costa e Clara Diament

---

Dados Internacionais de Catalogação na Publicação (CIP)
(Câmara Brasileira do Livro, SP, Brasil)

Aveyard, Victoria
    Destruidor de espadas / Victoria Aveyard ; tradução Guilherme Miranda, Sofia Soter. — 1ª ed. —
São Paulo : Seguinte, 2022.

    Título original: Blade Breaker.
    ISBN 978-85-5534-217-2

    1. Ficção norte-americana I. Miranda, Guilherme. II. Título.

22-114829   CDD-813

Índice para catálogo sistemático:
1. Ficção : Literatura norte-americana   813

Eliete Marques da Silva – Bibliotecária – CRB-8/9380

[2022]
Todos os direitos desta edição reservados à
EDITORA SCHWARCZ S.A.
Rua Bandeira Paulista, 702, cj. 32
04532-002 — São Paulo — SP
Telefone: (11) 3707-3500
www.seguinte.com.br
contato@seguinte.com.br

A todos que se dobram, mas nunca quebram

1

NÃO TEMOS ESCOLHA ALÉM DA MORTE

Corayne

A VOZ ECOOU COMO SE PERCORRESSE um longo corredor, distante e fraca, difícil de compreender. Mas estremeceu dentro dela, um som, mais do que um sentimento. Ela o sentiu na coluna, nas costelas, em todos os ossos. Seu coração bateu no ritmo da terrível voz. Não falava nenhuma palavra que ela conhecesse, mas, mesmo assim, Corayne entendia a fúria.

A fúria *dele*.

Vagamente, ela se perguntou se era a morte ou apenas mais um sonho.

O bramido do Porvir clamava por ela através da escuridão, envolvendo-a mesmo quando mãos quentes a puxaram de volta para a luz.

Corayne sentou, piscando, tentando recuperar o fôlego, o mundo de repente entrando em foco ao redor. Ela viu que estava sentada com água até o peito. O líquido reverberava, um espelho sujo refletindo a cidade oásis.

O oásis Nezri já fora bonito, cheio de palmeiras verdes e sombra fresca. As dunas de areia formavam uma faixa dourada sobre o horizonte. O reino de Ibal se estendia em todas as direções, com os despenhadeiros vermelhos de Marjeja ao sul, as ondas do Aljer e do mar Longo ao norte. Nezri era uma cidade de peregrinos, construída ao redor de águas sagradas e de um templo para Lasreen, os edifícios brancos com telhas verdes, as ruas largas o suficiente para as caravanas do deserto.

Agora essas ruas largas estavam cobertas por cadáveres: corpos de serpentes enroscados e soldados despedaçados. Corayne resistiu a uma onda de repulsa, mas continuou a olhar os destroços. Procurou pelo Fuso, um fio dourado que cuspia uma torrente de água e monstros.

Mas não restava nada. Nem mesmo um eco.

Nenhuma memória do que existira pouco antes. Ficaram apenas as colunas quebradas e a passarela estilhaçada como evidências do kraken. E Corayne viu um tentáculo ensanguentado, cortado com destreza enquanto o monstro era empurrado de volta para sua esfera. Estava caído entre as poças como um velho tronco partido.

Ela engoliu em seco e quase vomitou. A água tinha gosto de putrefação e morte, e o Fuso tinha desaparecido completamente, deixando apenas um eco fraco que ainda ressoava em seus ouvidos. Também tinha gosto de sangue. O sangue de soldados gallandeses, o sangue de serpentes marinhas de outra esfera. E, claro, o dela própria. Tanto sangue que Corayne poderia se afogar.

Mas sou filha de pirata, ela pensou, o coração batendo forte. Sua mãe, a linda e bronzeada Meliz an-Amarat, sorriu em sua mente.

Nós não nos afogamos.

— Corayne... — uma voz disse, estranhamente doce.

Ela ergueu o olhar e encontrou Andry diante de si. Também estava ensanguentado, sua túnica e a famosa estrela azul manchadas.

Um pânico percorreu Corayne enquanto ela examinava o rosto dele, seus braços e pernas, em busca de algum ferimento terrível. Ela lembrava de Andry lutando com vigor, um cavaleiro no mesmo nível de qualquer um dos soldados que ele abatera. Depois de um tempo, percebeu que o sangue não era dele. Suspirando, sentiu a tensão deixar seus ombros.

— Corayne — Andry repetiu, segurando a mão dela.

Sem pensar, ela apertou os dedos dele e se obrigou a levantar com as pernas trêmulas. Os olhos dele reluziram de preocupação.

— Estou bem — Corayne apressou-se em dizer, embora fosse mentira.

Por mais que conseguisse se equilibrar, sua mente girava, os últimos momentos caindo sobre ela. *O Fuso, as serpentes, o kraken. O feitiço de Valtik, a fúria de Dom. Meu sangue na lâmina da espada.* Ela inspirou mais uma vez, tentando se centrar.

Andry manteve a mão no ombro dela, pronto para segurá-la caso caísse.

Corayne não cairia.

Ela endireitou a postura. Seu olhar foi até a espada de Fuso, submersa em quinze centímetros de água putrefata, cintilando com sombra e luz do sol. A corrente se movia sobre a espada até o próprio aço parecer dançar. A língua antiga de uma esfera havia muito perdida percorria a espada, gravada em metal. Corayne não conseguia ler, tampouco pronunciar as palavras. Como sempre, o sentido delas estava além da sua compreensão.

Então, mergulhou a mão e segurou o cabo da espada de Fuso. Tirou a arma da água, fria e pingando. O coração dela falhou. Não havia sangue na espada, não mais. Mas ela ainda conseguia vê-lo. O kraken, as serpentes. E os soldados gallandeses, mortos pelas mãos dela. Vidas mortais ceifadas, partidas ao meio como o Fuso.

Ela tentou não pensar nos homens que havia matado. Seus rostos brotaram mesmo assim, assustadores, de sua memória.

— Quantos? — ela perguntou, sua voz se perdendo.

Não achou que Andry fosse entender as reflexões dispersas de sua mente.

Mas a dor perpassou o rosto dele, uma dor que ela conhecia. Andry olhava para trás dela, para os corpos trajando verde e dourado. Fechou os olhos e baixou a cabeça, escondendo o rosto do sol do deserto.

— Não sei — ele respondeu. — Não vou contar.

Nunca vi um coração partido antes, Corayne pensou, observando Andry Trelland. Ele não tinha nenhum ferimento, mas sangrava por dentro, ela sabia. Antigamente, Andry era um escudeiro de Galland que sonhava em se tornar cavaleiro. *E agora é um assassino desses soldados, um assassino dos próprios sonhos.*

Pela primeira vez, Corayne an-Amarat ficou sem palavras, e se afastou para um momento sozinha.

Olhou ao redor, contemplando a destruição que se espalhava a partir do centro da cidade. O oásis parecia inusitadamente silencioso depois da batalha. Corayne quase achou que ouviria ecos da luta, o grito de um kraken ou o silvo de uma serpente.

A velha bruxa Valtik perambulava pelas ruínas de calcário, cantarolando baixinho e saltitando feito criança. Corayne a observou se abaixando algumas vezes, coletando presas das vítimas das serpentes. Já havia alguns dentes entrelaçados no seu longo cabelo grisalho. Ela voltara ao seu jeito estranho e desconcertante, apenas uma velha zanzando de um lado para o outro. Mas Corayne sabia o que havia por trás dessa imagem. Instantes antes, a jydesa e suas rimas haviam rechaçado o kraken, abrindo caminho para Corayne e a espada de Fuso. Embora houvesse um enorme poder dentro de si, Valtik não parecia se importar ou nem mesmo lembrar.

Seja como for, Corayne estava feliz por tê-la ao seu lado.

O sol ibalete continuava a subir, aquecendo as costas de Corayne. E então subitamente tudo ficou frio, e uma longa sombra assomou sobre ela.

Corayne olhou para cima, a expressão pesada.

Domacridhan, o príncipe imortal de Iona, estava vermelho das sobrancelhas aos pés, pintado de faixas de sangue. Sua túnica e seu manto antes refinados estavam destruídos, rasgados e manchados.

Sua pele pálida parecia enferrujada, seu cabelo loiro, queimado. Apenas seus olhos continuavam claros, brancos e verde-esmeralda, ardentes como o sol acima dele. Sua longa espada praticamente pendia de seu punho, ameaçando cair.

Ele soltou um suspiro trêmulo.

— Você está bem, Corayne? — Dom perguntou, a voz chiando e estrangulada.

Corayne hesitou.

— *Você* está?

Um músculo se retesou no maxilar dele.

— Preciso me lavar — ele murmurou, curvando-se na direção da água, e poças vermelhas se formaram ao seu redor.

Será preciso mais do que isso, Corayne sentiu vontade de dizer. *Para todos nós.*

Todos nós.

Ela se sobressaltou, um pânico repentino percorrendo seu corpo. Observou o local, rápida, vasculhando a cidade em busca do resto dos Companheiros, o coração na boca. *Charlie, Sigil, Sorasa.* Corayne não havia percebido nenhum sinal deles até então, e o medo revirou seu estômago. *Tantos perdidos hoje. Deuses, não nos deixe perdê-los também.* Por mais que seus próprios pecados pesassem em sua mente, a vida deles pesava mais.

Antes que ela pudesse chamar por eles pelo oásis, um homem gemeu.

Ela se virou na direção do som, Andry e Dom cercando-a como guardas.

Corayne exalou quando viu o soldado gallandês.

Ele estava ferido, rastejando pela água, que era continuamente absorvida pela areia. O manto verde pesava, reduzindo sua velocidade enquanto ele vinha escorregando pela lama. Sangue borbulhava de seus lábios, suas palavras saindo como um gorgolejo.

Lasreen vem buscá-lo, Corayne pensou, citando a deusa da morte. *E ela não é a única.*

Sorasa Sarn surgiu das sombras com a graciosidade de uma bailarina e o foco de um falcão. Não estava tão ensanguentada quanto Dom, mas suas mãos tatuadas e sua adaga de bronze pingavam, escarlate. Seus olhos estavam fixos nas costas do soldado, sem nunca desviá-los enquanto o seguia.

— Ainda viva, Sigil? — ela disse, chamando a caçadora de recompensas.

Mesmo seguindo um moribundo pelo centro da cidade, tinha um ar tranquilo.

A resposta foi uma risada calorosa e o barulho de pés se arrastando em um telhado próximo. O corpo largo de Sigil apareceu, lutando com um soldado gallandês de armadura quebrada. Ele ergueu uma faca, mas Sigil segurou seu punho com um sorriso.

— Os ossos de ferro dos Incontáveis não podem ser quebrados — ela riu, torcendo o punho dele. A faca caiu, e ela o suspendeu sobre o ombro. O soldado gemeu, tentando resistir e socar a armadura de couro dela. — Já você, por outro lado...

Não era uma grande queda, apenas dois andares, mas a água era rasa. Ele quebrou o pescoço com um estalo molhado.

Corayne não se retraiu. Tinha visto coisas muito piores naquele mesmo dia. Devagar, soltou o ar, se estabilizando.

Como se invocado, Charlie apareceu na rua. Deu uma olhada no corpo, o rosto desprovido de emoção.

— Nas mãos do poderoso Syrek você cai, filho de Galland, filho da guerra — o sacerdote destituído disse, curvando-se sobre o corpo.

Passou os dedos manchados de tinta na água, tocando os olhos cegos do soldado. Corayne percebeu que Charlie estava dando a ele o mais próximo que poderia oferecer de um funeral religioso.

Quando Charlie levantou, seu rosto estava inexpressivo e pálido, o cabelo comprido solto da trança.

Vivos. Todos eles.

Todos nós.

Um alívio percorreu o corpo de Corayne, rapidamente substituído por exaustão. Ela fraquejou, os joelhos cedendo.

Andry se apressou em ampará-la.

— Está tudo bem — ele murmurou.

O toque do escudeiro era quase eletrizante, quente e frio ao mesmo tempo. Corayne se afastou e balançou a cabeça.

— Não vou lamentar a morte deles — murmurou, incisiva. — Não vou lamentar a morte de quem nos teria matado. Você também não deveria.

O rosto de Andry ficou tenso, seus lábios ameaçando uma careta. Corayne nunca tinha visto raiva em Andry Trelland, não desse jeito. Até a sombra dessa raiva machucava.

— Não posso fazer isso, Corayne — ele retrucou, virando para o outro lado.

Conforme seguia o olhar dele, Corayne ficou ligeiramente ruborizada. Andry observou Charlie, que agora cortava caminho entre os mortos, abençoando os cadáveres gallandeses, então virou para o soldado que rastejava pela lama.

A amhara ainda o seguia.

— Maldição, tenha um pouco de piedade, Sorasa — o escudeiro vociferou. — Dê um fim a ele.

A assassina não desviou o olhar. Seu treinamento jamais permitiria que tirasse os olhos de um inimigo, mesmo tão ferido.

— Faça como quiser, Trelland. Não vou impedi-lo.

Andry engoliu em seco, sua pele marrom roçando a gola da túnica. Seus dedos tocaram a espada no quadril.

— Não — Corayne disse, segurando-o. Seu braço era duro,

firme como uma corda bem amarrada. — Não ofereça piedade a esse homem se isso significar perder mais um pouco de si mesmo.

Andry não respondeu, mas sua sobrancelha se franziu e seu rosto ficou mais carregado. Com delicadeza, ele se soltou de Corayne e sacou a espada.

— Andry... — ela começou, movendo-se para impedi-lo.

Então uma reverberação atravessou a água e algo chapinhou, a pele sinuosa e escamada.

Corayne ficou paralisada, o coração batendo forte.

A serpente estava sozinha, mas ainda era mortal.

Sorasa parou de repente, interrompendo a perseguição, e ficou observando com seus brilhantes olhos de tigre a fera abrir o maxilar e abocanhar a cabeça do soldado. Corayne não podia deixar de sentir um fascínio sombrio, os lábios se entreabrindo enquanto a serpente acabava com o homem.

Foi Dom quem deu um fim nos dois, sua espada longa cortando escamas e pele.

Ele olhou furioso para Sorasa, mas ela apenas deu de ombros, ignorando-o enquanto abanava a mão vermelha.

Corayne deu as costas, balançando a cabeça para os dois.

Andry já havia se afastado, os passos abafados pela areia molhada.

Enquanto Sorasa e Sigil vasculhavam o oásis em busca de sobreviventes, os outros esperavam nos arredores da cidade, onde a estrada de pedra dava lugar à areia. Corayne sentou em uma rocha sob a ventania, agradecendo aos deuses pela sombra abençoada das poucas palmeiras. De certo modo, ela também se sentia grata pelo calor. Era purificante.

Os outros ficaram em silêncio, e o único som era de dois cavalos pateando o chão. Andry cuidava das éguas do deserto, escovando-as e dando-lhes o melhor tratamento possível com o pouco que tinha. A essa altura, Corayne sabia que aquela era a forma dele de reagir, se perder em uma tarefa que conhecia. Uma tarefa de sua vida antiga.

Ela se encolheu, observando o escudeiro e as éguas. Restavam apenas duas, e só uma ainda tinha sela.

— O Fuso lutou arduamente — Dom murmurou, seguindo o olhar dela.

— Mas estamos vivos, e o Fuso está fechado — Corayne respondeu, abrindo um sorriso tenso. — Podemos fazer isso. Podemos *continuar* fazendo isso.

Devagar, Dom assentiu, mas o semblante continuava carregado.

— Teremos mais portais para fechar. Mais inimigos e monstros para combater.

O imortal transparecia medo. O sentimento brilhou nos olhos dele, evocado por alguma lembrança. Corayne se perguntou se era no pai dela que Dom pensava, o corpo dele destruído diante do templo. Ou em algo mais, algo nas profundezas dos séculos, dos tempos além do conhecimento mortal.

— Taristan não será derrotado tão facilmente — Dom murmurou.

— Nem o Porvir. — A mera menção do deus infernal fazia Corayne sentir arrepios, mesmo no calor do deserto. — Mas vamos lutar contra eles. Precisamos fazer isso. *Não* temos escolha.

O imortal assentiu com vigor.

— Não temos escolha, e a esfera também não.

Passava do meio-dia, sol a pino, quando Sigil e Sorasa se juntaram a eles de novo. A caçadora de recompensas limpava o machado, e a assassina, sua adaga.

O oásis não tinha mais nenhum inimigo.

Os Companheiros eram os últimos sobreviventes.

Charlie seguia as duas, semicurvado, massageando a lombar. *Corpos demais para abençoar*, Corayne concluiu, desviando o olhar. Se recusava a pensar neles. Olhava fixamente para o chão áspero do deserto, para os quilômetros de areia. Então olhou para o horizonte. O Aljer estava próximo, uma faixa reluzente onde o grande golfo se abria para o mar Longo. Era um relâmpago em seu sangue.

E agora?, ela se perguntou, sentindo adrenalina e medo em igual medida.

Observou seu contingente, considerando o estado deles. Dom havia se lavado superficialmente e penteado o cabelo molhado para trás. Havia trocado a camisa rasgada por algo que encontrou nas casas e lojas abandonadas. Parecia um mosaico de diferentes lugares, com uma túnica ibalete e um colete bordado cobrindo a calça velha. Ainda usava suas botas e seu manto de Iona, cheios de areia. Embora o manto estivesse um trapo, as galhadas ainda estavam lá, bordadas nas pontas. Um pedacinho de casa do qual ele se recusava a abrir mão.

Corayne sentiu falta do próprio manto azul esfarrapado, perdido havia muito tempo. Cheirava a laranjas e bosques de oliveiras, e algo mais profundo, uma memória que ela já não conseguia identificar.

— O perigo passou, Corayne — Dom disse, observando a vila como um cachorro farejando. Ou tentando escutar sinais de perigo. Não encontrou nada.

Realmente, as águas de Meer, a esfera além do Fuso, haviam escoado na areia ou evaporado no sol forte de Ibal. Na sombra restavam apenas poças, rasas demais para esconderem serpentes. As que tiveram sorte já haviam desaparecido montanha abaixo rumo ao mar, seguindo o rio de vida breve. O resto jazia nas ruas, a pele pegajosa rachada e seca.

Quanto aos soldados, Sorasa e Sigil já haviam dado o descanso final a todos os inimigos.

Corayne franziu os lábios para Dom. Ainda sentia um aperto no peito. O coração ainda dolorido.

— Não por muito tempo — ela respondeu; era o que o frio na barriga lhe dizia. — Isso está longe de acabar.

Suas palavras ecoaram pelos arredores, uma cortina pesada caindo sobre todos.

— Queria saber o que aconteceu com os aldeões — Andry comentou, ansioso para mudar de assunto.

— Quer minha opinião sincera? — Sorasa respondeu, passando entre as palmeiras.

— Não — ele respondeu imediatamente.

Embora fosse jovem, Charlie gemia como uma velha enquanto vinha até eles. Seu rosto vermelho e queimado aparecia sob o capuz.

— Bom — ele disse, olhando da carnificina para o sol feroz —, prefiro não continuar aqui por muito mais tempo.

Sorasa se recostou em uma palmeira com um sorriso sarcástico. Seus dentes reluziam, brancos, em contraste com a pele cor de bronze. Ela apontou para o oásis atrás de si com a adaga.

— Mas acabamos de fazer uma limpa no lugar.

Perto dela, Sigil cruzou os braços enormes, seu machado preso nas costas. Ela concordou, tirando um cacho de cabelo negro dos olhos. Um raio de sol atravessava as árvores pintando sua pele cor de cobre e fazendo os olhos pretos cintilarem.

— Deveríamos descansar um pouco — Sigil disse. — Fantasmas não oferecem perigo.

Charlie abriu um sorriso irônico.

— Os ossos de ferro dos Incontáveis não quebram, mas se cansam?

— Jamais — a caçadora de recompensas retrucou, alongando os músculos.

Segurando o riso, Corayne se endireitou, sentando mais ereta sob a sombra. Para sua surpresa, todos os olhares se voltaram para ela. Até Valtik parou de contar presas de serpente.

Ser alvo do olhar de todos pesou sobre seus ombros já esgotados. Corayne tentou pensar na mãe, em sua voz sobre o convés. Inflexível, destemida.

— É melhor seguirmos em frente — ela disse.

Com um rosnado grave, Dom retrucou:

— Você tem um destino em mente, Corayne?

Por mais imortal que fosse, um dos Anciões longínquos, ele parecia exausto.

A confiança de Corayne vacilou, e ela arregaçou a manga suja.

— Algum lugar onde não tenha acontecido um massacre — respondeu, enfim. — A notícia *vai* chegar a Erida e Taristan. Temos que seguir em frente.

Um riso escapou dos lábios de Sorasa.

— Notícias de *quem*? Homens mortos não levam notícias, e só deixamos homens mortos para trás.

Vermelho e branco cintilavam nos olhos de Corayne, uma memória tão forte quanto uma presença física. Ela engoliu em seco, resistindo aos sonhos que a atormentavam cada vez mais. Sonhos que não eram mais mistério. *Porvir. Será que ele consegue me ver agora? Será que nos vigia? Será que vai me seguir aonde quer que eu vá — e Taristan virá junto?* As perguntas a sufocavam, e as respostas eram caminhos medonhos demais para seguir.

— Mesmo assim. — Corayne forçou um tom firme, imitando um pouco da força da mãe. — Quero aproveitar a pouca vantagem que temos para nos afastar deste lugar.

— Apenas um silente. — A voz de Valtik era como unhas raspando gelo, seus olhos num tom vibrante e extraordinário de azul. Ela enfiou as presas na bolsa amarrada na cintura. — Devemos seguir em frente.

Apesar das rimas constantes e insuportáveis da bruxa jydesa, Corayne sentiu um sorriso brotar nos lábios.

— Pelo menos você não é completamente inútil — ela disse com carinho, recostando a cabeça na velha. — Aquele kraken estaria aterrorizando o mar Longo a essa altura se não fosse por você, Valtik.

Todos murmuraram em concordância, exceto Andry. Os olhos dele inspecionaram a bruxa, mas estavam distantes. *Ainda pensando nos corpos gallandeses*, Corayne pensou. Ela queria arrancar a tristeza do peito dele.

— Pode explicar *o que* exatamente você fez com o monstro marinho da outra esfera? — Sorasa perguntou, arqueando a sobrancelha escura e encaixando a adaga na bainha.

Valtik não respondeu, arrumando alegremente as tranças, enfeitadas com presas e lavanda seca.

— Acho que os krakens também odeiam as rimas dela — Sigil respondeu, com uma risadinha debochada.

Charlie sorriu sob a sombra.

— Deveríamos recrutar um bardo. Para completar nosso grupo de tolos e expulsar os monstros de Taristan à base de cantoria.

Quem dera fosse tão simples, Corayne quis dizer, sabendo que não era. Mesmo assim uma esperança pulsou em seu peito, fraca, mas ainda viva.

— Podemos até ser um bando de tolos — ela disse, em parte para si mesma —, mas fechamos um Fuso.

Cerrou os punhos e levantou, as pernas recuperando a força. Determinação substituindo o medo.

— E podemos fazer isso de novo — afirmou. — Como Valtik disse, devemos seguir em frente. Sou a favor de irmos. Em direção ao mar Longo, contornar a costa até chegarmos a uma vila.

Sorasa ia protestar, mas Dom a interrompeu, levantando ao lado de Corayne. O olhar dele estava fixo no horizonte, encontrando a linha vermelha do Marjeja e a planície dourada antes alagada.

Corayne ergueu o rosto para sorrir para ele, mas parou ao ver sua expressão.

Sorasa, também percebendo o medo do Ancião, foi para seu lado, com a mão na testa, tentando avistar o mesmo que ele. Depois de um longo momento de procura, desistiu e encarou o rosto pétreo de Dom.

— O que foi? — ela perguntou, entre dentes, a respiração ofegante.

Sigil levou a mão até o machado e Andry despertou de seu delírio tristonho, se afastando dos cavalos. Charlie praguejou, cabisbaixo.

— Dom? — Corayne saiu da sombra, dominada por uma onda de terror.

Tentou esquadrinhar o horizonte também, mas não suportou o brilho do sol e da areia.

Por fim, o imortal respirou fundo.

— Quarenta cavaleiros em cavalos escuros. Seus rostos estão cobertos, e seus mantos são pretos, para enfrentar o calor.

Sorasa chutou a areia, praguejando.

— Eles carregam uma bandeira. Azul-real e dourada. E... prateada também.

Com determinação, Corayne procurou na memória o sentido dessas cores.

A assassina sabia.

— Batedores da corte — ela disparou, com cara de quem poderia cuspir fogo. Havia medo também, escondido por trás da frustração. Corayne viu o brilho nos seus olhos de tigresa. — Caçadores do rei de Ibal.

A jovem mordeu o lábio.

— Eles vão nos ajudar?

A risada seca de Sorasa foi brutal.

— É mais provável que vendam você para Erida, ou a usem como moeda de troca. Você é a coisa mais valiosa em toda a Ala, Corayne. E o rei de Ibal não é descuidado com seu tesouro.

— E se eles não estiverem atrás de Corayne? — Charlie sugeriu, o rosto mergulhado em pensamentos.

Sorasa estreitou os olhos, alguma dúvida anuviando suas ideias. Quaisquer que fossem as palavras que ela quis dizer morreram em sua garganta.

— Vou levar Corayne e a espada — Dom disse, com urgência, dando as costas para o horizonte.

Antes que pudesse protestar, Corayne estava na sela de uma égua do deserto. Dom montou no último cavalo disponível, sem se importar que estivesse sem sela. Ele não precisava disso.

Corayne titubeou, resistindo às rédeas enfiadas em sua mão. Para sua surpresa, Andry surgiu ao seu lado, apertando a cilha da sela. Seus dedos envolveram o tornozelo dela, colocando seu pé no estribo.

— Andry... pare. Dom! — ela protestou, tirando a bota. Fez menção de pular da égua, mas Andry a segurou com firmeza, os lábios formando uma linha severa e inflexível.

— Não vamos abandonar vocês — Corayne disse, meio voraz.

O Ancião pegou a rédea da égua de Corayne enquanto puxava a crina do seu cavalo, forçando as duas montarias a andar.

— Não temos escolha.

— Você não tem escolha a não ser esperar, Ancião. — Sorasa continuou imóvel, mas sua voz ressoava com firmeza. Ela virou de costas para o horizonte. Atrás dela, os cavaleiros escuros surgiram na linha cintilante onde a planície encontrava o céu. — Os batedores do rei não têm páreo na areia ou na estrada. Talvez consiga escapar deles por um dia, mas até *você* será atropelado, e um oceano de sangue será derramado em vão.

Dom rosnou como se fosse capaz de passar por cima dela.

— A costa está a menos de um dia de viagem, Sarn.

— E depois? Vai enfrentar a marinha do rei? — Ela provocou.

Corayne era obrigada a concordar. As frotas ibaletes eram inigualáveis.

— Você nem sabe em que direção ir — Sorasa acrescentou, apontando para a baía distante e para o mar Longo mais além. — Mas fique à vontade.

Foi Andry quem rosnou, sua fúria pegando Corayne de surpresa.

— Então não temos escolha além da morte? — ele disse, a testa franzida com raiva. Nem em batalha ela o tinha visto tão enfurecido e desesperançoso. — Para Corayne, para a Ala?

Sorasa mal piscou, cruzando os braços. Havia sangue seco sob suas unhas.

— Ninguém falou em matar *você*, escudeiro — ela respondeu, exausta. — Já eu sou uma amhara marcada. Posso não me dar tão bem.

— Hum, fugitivo procurado aqui! — Charlie interveio, erguendo o dedo.

A trança de Sorasa estalou como um chicote quando ela virou o rosto, rindo com desdém do falsificador madrentino.

— O rei ibalete está cagando para um sacerdote errante com caligrafia bonita.

Ele se encolheu em seus mantos.

— Que assim queiram os deuses.

— Então vá *você* — Corayne ofereceu, tentando desmontar de novo. Andry permaneceu firme, impedindo. — Fuja. Somos nós que eles querem.

A assassina recusou a oferta com seu sorriso de sempre, que servia tão bem quanto qualquer máscara.

— Vou arriscar minha sorte com os batedores. Você com certeza também vai precisar de mim — ela acrescentou, apontando para Dom, ainda emburrado. — Não imagino que esse aí aprenda a negociar tão cedo.

Corayne trincou os dentes, com a boa e velha pontada de frustração.

— Sorasa.

Você deve fugir, ela queria dizer.

Ao seu lado, Dom desceu do cavalo. Seu rosto era pétreo, impossível de interpretar.

— Sorasa — ele rosnou. — Pegue-a e fuja.

A máscara da assassina caiu, ao menos por um momento. Ela piscou, lenta e furiosamente, um rubor subindo pelas bochechas. Por trás da confiança inabalável, Corayne viu dúvida. Dúvida e medo.

Mas Sorasa virou o rosto, a expressão se esvaziando como um quadro sendo apagado. Ela recusou o cavalo à sua espera, gesticulando com a mão encardida, e encarou o horizonte de novo. Os cavaleiros já estavam quase os alcançando, os cascos de quarenta cavalos batendo, estrondosos, na areia.

— Tarde demais — a assassina murmurou.

Dom baixou a cabeça, parecendo estar de volta a Ascal, com um buraco nas costelas e vida se esvaindo em sangue enquanto corriam para os portões.

Mas, mesmo em Galland, podíamos fugir. Tínhamos uma chance. Corayne sentiu o corpo afundar na cela. Ela ficou subitamente grata pela presença de Andry ali perto. Somente a mão dele em seu tornozelo a mantinha firme. O escudeiro não a soltou, nem tirou os olhos dos batedores que se aproximavam. Já dava para ouvir a voz deles, gritando em ibalete, vociferando ordens.

— Acha que ele não vai sentir?

A voz de Andry era suave, quase inaudível.

Corayne olhou para ele, notando a tensão de seus ombros, a firmeza de seus dedos. Devagar, Andry ergueu o olhar, deixando que ela lesse seu rosto tão facilmente quanto leria um de seus mapas.

— Acha que ele não vai sentir que o Fuso se foi? — Andry murmurou.

Apesar da proximidade dos batedores, Taristan encheu a visão de Corayne. Ele ganhou vida diante dela, apagando Andry, até haver apenas o rosto branco e olhar negro de seu tio, com um brilho vermelho se movendo por trás. Ela balançou a cabeça antes que fosse consumida pela imagem.

Corayne observou a vila, inspecionando as ruínas. Onde o Fuso estivera. Por mais que os batedores estivessem chegando e fosse possível até ouvir suas vozes, ela se sentia cada vez mais distante.

— Espero que não — sussurrou, rezando para todos os deuses que conhecia.

Mas, se consigo sentir o eco... e a ausência dele...
Tenho certeza de que ele também sente.
Assim como o Porvir.

2

ENTRE RAINHA E DEMÔNIO

Erida

O BRASEIRO FLAMEJANTE ATINGIU A PAREDE derrubando chamas pelo chão de pedra da pequena sala de convidados. A ponta de um tapete velho pegou fogo. A rainha Erida de Galland não hesitou em apagar com o pé, enquanto outro fogo queimava dentro dela. Seu rosto ardia, o rubor de fúria tomando as bochechas pálidas.

A coroa estava largada em uma mesa baixa, apenas um singelo aro de ouro, simples exceto pelo brilho. Erida não precisava de pedras preciosas ou de adornos ridículos em um castelo frio à beira de um campo de batalha, no meio de uma guerra, no olho de um maldito Fuso furacão.

Do outro lado da câmara, Taristan arfava enquanto jogava com as próprias mãos outro pote de bronze incandescente, sem se queimar. Parecia fácil para ele, como jogar uma boneca de pano, embora Erida soubesse que o braseiro devia ter o dobro do peso dela. Taristan era muito forte, muito poderoso. O peso e a dor não eram nada para ele.

Graças aos deuses, nem o veneno.

Como tinha ficado claro depois do castelo Vergon e do último Fuso destruído. O portal ainda enchia os olhos de Erida, um fio de ouro quase invisível, tão importante e ao mesmo tempo tão fácil de ignorar. A porta para a outra esfera, e mais um elo na corrente de seu império.

A sombra de Taristan assomava atrás dele, tremulando com as tochas e brasas, saltando como um monstro na parede. Sua armadura cerimonial havia sido tirada, restando apenas o vermelho vivo da túnica e a pele branca por baixo. Ele não parecia menor sem ferro e douradura.

Erida desejou poder soltar aquela sombra na Ala, enviá-la noite adentro, buscando qualquer que fosse a estrada pela qual o primo, Lord Konegin, no momento fugia. Sua raiva ardeu com mais força, as chamas alimentadas só de pensar no parente traiçoeiro.

Não quero que Taristan o mate, ela pensou, *mas que o arraste de volta para cá, ferido e derrotado, para que possamos matá-lo juntos, na frente da corte inteira, e arrancar sua insurreição pela raiz.*

Ela imaginou o rosto do primo nobre e da comitiva dele, seus cavalos retumbando pela escuridão. Eles tinham apenas uma pequena vantagem sobre os cavaleiros dela, mas o céu estava nublado, a lua e as estrelas, veladas. Era uma noite escura feito breu em uma fronteira irregular. E os homens dela estavam cansados da batalha do dia, os cavalos ainda se recuperando. Ao contrário de Konegin, do filho e dos poucos leais a eles.

— Eles planejaram isso — Erida murmurou, furiosa. — Ele pretendia matar Taristan, meu marido, o próprio príncipe deles, e tirar o trono de nós. Mas Konegin é esperto e soube se planejar para o fracasso também.

Ela cerrou os punhos e desejou poder atirar um braseiro. Rasgar as tapeçarias. Rachar as paredes. Fazer algo para liberar a raiva, em vez de deixar a sensação assentar até ir corroendo aos poucos.

Podia imaginar Konegin zombando dela, os dentes brilhando sob a barba loira, o olhar afiado como adagas azuis, o rosto semelhante ao do pai dela morto. Erida queria colocar as mãos naquele maldito pescoço e apertar.

Ronin Vermelho recuou diante das brasas no chão, afastando as barras do manto escarlate para não deixá-lo queimar também.

Olhou para a única porta, de carvalho e ferro, que dava para a câmara do banquete. O salão de pedra estava vazio fazia muito tempo, sem a corte.

Erida tentou não imaginar seus lordes e generais cochichando sobre a tentativa de envenenamento. *A maioria se manterá leal. Mas alguns talvez não, e só esses já seriam o bastante. Há quem queira ver Konegin com minha coroa, mesmo os que estão ao meu lado.*

— Minha preocupação é com o Fuso do deserto... — Ronin disse, mas, diante do olhar feroz que Taristan lhe lançou, perdeu a voz.

— Fechado. Você mesmo disse — Taristan rosnou, começando a andar de um lado para o outro, as botas pesadas sobre os tapetes. — Aquela pirralha bastarda — ele acrescentou, quase rindo. — Quem diria que uma menina de dezessete anos poderia ser uma praga tão grande quanto o pai de ouro?

Apesar das circunstâncias, Erida sentiu um sorriso se formar.

— Disseram o mesmo de mim.

Dessa vez, Taristan riu de verdade, o riso baixo soando como aço arranhando pedra. Mas seus olhos não brilhavam, pretos com aquela sombra vermelha se movendo sob a luz do fogo. O demônio estava sempre nele, mas nunca tanto quanto agora. Erida quase conseguia sentir o ódio e a fome d'Ele enquanto Taristan batia os pés na câmara.

— A porta para Meer está fechada, os monstros recuaram — Ronin murmurou, suas mãos torcendo as mangas. Ele também começou a andar pela sala, traçando um caminho entre a porta e a janela. Lançou um olhar contundente para o príncipe e para a rainha. — Só nos resta torcer para que uma quantidade suficiente de criaturas de Meer tenha sido libertada, e que continue a assolar as águas.

— De fato, krakens e serpentes marinhas ajudarão muito a perturbar as frotas da Ala, principalmente a marinha ibalete — Erida respondeu. — Queria saber quantas galés de guerra já estão no fundo do mar Longo.

A perda do Fuso, por mais devastadora que fosse, não a incomodava tanto. Já os acontecimentos da noite eram recentes demais para ignorar. Erida conhecia os perigos de uma corte voraz melhor do que ninguém.

Enquanto Taristan perambulava na frente dela, arrastando a sombra consigo, Konegin galopava por sua mente.

— Você esqueceu que meu primo tentou matá-lo faz uma hora? — ela perguntou, a voz cortante.

— Ainda sinto o gosto do veneno, Erida — Taristan respondeu, rápido como o estalo de um chicote. Ela observou a boca dele, os lábios retorcidos com escárnio. — Não, não esqueci.

Ronin fez um gesto de desdém com a mão branca.

— Um homem pequeno com uma mente pequena. Fracassou e fugiu.

— Se tiver oportunidade, ele fará com que metade do reino se insurja contra nós — ela retrucou, os dentes à mostra. Também queria apertar o pescoço fino do feiticeiro.

Para sua imensa frustração, Taristan apenas deu de ombros. As veias no pescoço dele se destacaram feito cicatrizes brancas como a lua.

— Então não dê a ele essa oportunidade.

— Você sabe tão pouco sobre reinos e cortes, Taristan. — Erida soltou um suspiro exaurido. *Se ao menos seu lorde demônio lhe desse um pouco de bom senso.* — Por mais invencível que possa ser, por mais forte que seja, você não é nada sem a minha coroa. Se eu perder meu trono para aquele maldito troll conspirador...

Com isso, Taristan parou diante dela. Ele a olhou de cima a baixo, seus olhos negros parecendo engolir o mundo, envoltos por uma camada vermelha ardente.

— Você não perderá, eu prometo — Taristan rosnou.

Erida queria acreditar nele.

— Então me escutem. Vocês dois — ela disse, estalando os dedos entre o príncipe e o feiticeiro. Suas palavras escorreram como sangue de uma ferida aberta. — Ele deve ser julgado pelos crimes que cometeu. Traição, sedição, tentativa de assassinato do príncipe, meu consorte. E então deve ser executado diante de todos, de todas as pessoas que poderiam se converter à causa dele. A corte, meus lordes e o exército não devem ter motivos para duvidar da minha autoridade. Eu... *Nós* devemos ser absolutos se quisermos continuar nossa guerra de conquista da Ala.

Taristan deu mais um passo à frente, até ela conseguir sentir o calor maligno que emanava de seu corpo. Ele tensionou o maxilar.

— Quer que eu o cace para você?

Erida quase ignorou a sugestão. Não temia pelo bem-estar de Taristan — ele era muito mais forte do que praticamente qualquer pessoa na Ala. Mas não era invencível. Os arranhões em seu rosto, ainda se recusando a sarar, eram prova disso. Seja lá o que Corayne tivesse feito deixara marcas profundas na pele antes impecável. Mais do que isso, era tolice pensar que o príncipe consorte sairia no meio do mato, em uma terra que não era a dele, para encontrar o próprio pretenso usurpador. Mas, pior de tudo... a ideia de Taristan longe dela a deixava com medo. *Não quero que ele me deixe*, era o que ela pensava, por mais difícil que fosse admitir. Erida quase ignorou isso também, desviando os pensamentos, e o corpo, de Taristan e encarando a porta simples do pequeno aposento.

Do outro lado estava o salão de banquete vazio. O castelo ao redor deles se eriçava com os murmúrios dos cortesãos, os campos com um exército acampado. *Quantas pessoas Konegin atrairá para seu lado? Quantos correrão para sua bandeira em vez da minha?*

Taristan não se afastou, ainda a encarando, investigando o olhar dela, esperando uma resposta. Esperando um *comando*.

O pensamento era deliciosamente sedutor. Ter um príncipe do Velho Cór, um conquistador, um guerreiro de sangue puro, à espera de sua aprovação. Era inebriante, mesmo para a rainha. Ela sentiu um choque de tensão entre eles, como uma linha retesada. Por um segundo, Erida desejou que o rato estridente que era Ronin estivesse longe, mas o feiticeiro continuava ali no canto, sorridente, os olhos vermelhos alternando entre rainha e demônio.

— Você não é dispensável, Taristan — ela disse, enfim, torcendo para que ele não percebesse o tremor em sua voz.

Ronin ergueu o dedo, dando um passo à frente. Qualquer que fosse o cordão que ligava a rainha ao consorte, foi partido no meio pelo feiticeiro.

— Nisso concordamos, majestade — ele disse. — Um Fuso se perdeu. Outro deve ser conquistado, e rápido.

Erida virou as costas. *Não vou disputar atenção, muito menos com esse rato feiticeiro.* Ela curvou os lábios com repulsa enquanto uma cortina de exaustão a cobria. *Comecei este dia num campo de batalha, e agora estou em outro completamente diferente.* Definitivamente se sentia uma soldada, combatendo com sagacidade e inteligência em vez de com espada. *Usar uma espada é muito mais simples.* Ansiava por soltar os enlaçamentos das roupas de baixo, apertadas com firmeza sob as camadas do vestido.

Mas ela era uma rainha. Não podia se dar ao luxo da exaustão.

Erida endireitou a postura de novo e colocou as mãos na cintura.

— O Fuso não é a única coisa que você perdeu hoje. Estamos andando em uma corda bamba — ela disse com escárnio, mais uma vez praguejando a ignorância política do marido. — Taristan do Velho Cór pode quebrar crânios com as próprias mãos, mas não consegue inspirar lealdade.

Ela ergueu o olhar e encontrou os olhos pretos vidrados.

— E, por sinal, eu também não — ela continuou, os dentes rangendo. Cerrou um punho nas saias, torcendo o tecido entre os dedos. Engoliu em seco, as palavras saindo rápidas demais para detê-las. — Não importa o que eu faça, não importa quanta glória ou ouro eu traga para esses cortesãos terríveis e viperinos, eles não me amam como deveriam. Como amariam um homem no meu trono.

Taristan continuou encarando Erida durante todo esse tempo, uma expressão estranha no rosto. Seus lábios se contorceram.

— O que devo fazer para conquistá-los?

A pergunta dele a chocou, e Erida sentiu seus olhos se arregalarem. *Talvez ele não seja tão ignorante assim.*

— Conquiste um castelo — ela respondeu, incisiva, apontando para a janela. Estava estilhaçada, mas os dois conheciam a fronteira beligerante do outro lado. As terras ricas e frágeis de Madrence, esperando para serem tomadas. — Conquiste o campo de batalha. Domine todos os quilômetros de Madrence, até eu e você fincarmos a bandeira de Galland na linda capital deles e abocanharmos tudo para o Leão. — O verde e dourado se agitaram em sua mente, erguidos entre as torres cintilantes de Partepalas. — Traga vitórias aos meus lordes, e vamos *fazer* com que nos amem por isso.

Assim como amaram meu pai e meu avô, e todos os conquistadores gallandeses do passado que vivem em nossos quadros, histórias e canções.

Posso me juntar a eles, ela pensou. *Não na morte, mas em glória.*

Erida já conseguia sentir esse fervor. Não era o calor sufocante de Taristan, mas um abraço doce e familiar de um pai que volta para casa. Seu pai estava morto havia mais de quatro anos, bem como sua mãe. Konrad e Alisandra, levados pela doença, mortos por um destino tão comum. Erida praguejou o fim deles, indigno de um rei e uma rainha. Mesmo assim, sentia falta dos abraços, das vozes e de sua proteção inabalável.

Taristan continuou encarando-a em silêncio, seu olhar parecendo um roçar de dedos em sua bochecha. Ela sentiu o próprio maxilar se cerrar com firmeza e piscou para afastar as memórias antes que fosse dominada. Antes que seu marido pudesse ver o peso delas.

Não posso me entregar à tristeza. A memória deles deveria ser uma corrente me levando para a frente, não uma âncora.

— Conquiste, e conquiste rápido — Erida disparou, virando o rosto. Seu cabelo castanho-acinzentado caiu sobre as bochechas pálidas, finalmente se soltando das tranças intricadas que haviam sobrevivido à carnificina da manhã. — Devemos vencer antes que qualquer aliado se disponha a defender esta terra. Siscaria já deve estar em marcha, talvez até Calidon ou as frotas tyresas. Devemos torcer para que Ibal esteja preocupado com os monstros no mar Longo. Se Galland conquistar Madrence logo, conosco à frente do exército, o caminho para o império se torna muito mais fácil para nós.

O caminho se estendia diante dela, longo mas claro. As legiões de Galland continuariam a marchar, atravessando o vale do rio Rose. Havia castelos ao longo da fronteira, fortalezas para defender cidadezinhas e fazendas verdejantes, mas nada capaz de impedir o poder dos exércitos de Erida. O primeiro teste de verdade aconteceria em Rouleine, a cidade onde o Rose e o Alsor se encontravam. *E, quando Rouleine cair, a capital estará a poucos dias de distância, uma joia esperando para ser conquistada.*

— Vou mandar Lord Thornwall fazer um levantamento dos exércitos — ela acrescentou, pensando alto. Uma lista tomou forma em sua mente, coisas a serem feitas o quanto antes. — Ao raiar do dia, saberemos quantos homens desertaram com Konegin, se for o caso.

Taristan soltou um suspiro frustrado.

— Seu primo certamente não tem tanto poder, Erida — ele disse, quase apaziguador.

— Meu primo é um *homem* com sangue real nas veias — ela retrucou, quase cuspindo. A injustiça daquilo tudo ainda ardia como sal na ferida. — Isso basta para convencer muitos no meu reino, que dirá na minha própria corte.

A resposta dele foi firme, tão inabalável quanto seu olhar negro.

— Isso não exerce qualquer influência sobre mim.

Erida o encarou, safira se chocando com azeviche. As respostas morreram em seus lábios. O príncipe consorte ficaria do lado dela, é claro. Afinal, seu poder em Galland vinha dela, assim como o poder de sua carne vinha do seu lorde demônio. Mas havia algo por trás daquilo, tácito.

Uma admissão que ela ainda não conseguia entender. Mas definitivamente queria tentar.

— Não podemos esquecer de nosso mestre, Taristan. — A voz de Ronin era como unhas arranhando vidro.

Erida cerrou os dentes, olhando novamente para o feiticeiro que se colocava entre eles como uma muralha escarlate. Ela não precisava ver o rosto branco horrendo daquele homem para saber que mensagem residia em suas palavras. *Nosso mestre é o Porvir. Não a rainha de Galland.*

E, ainda que se visse como igual, se não superior, a todos que caminhavam pela Ala, até ela sabia seu valor em comparação com o rei demônio infernal de Asunder. Embora suas costas continuassem firmes como aço, ela sentiu um calafrio.

— Presentes foram dados, e pagamentos devem ser feitos — Ronin continuou, apontando para o corpo de Taristan.

Ele é forte como um imortal agora. Mais forte, até, Erida pensou.

No castelo Vergon, ele esmagou diamantes com o próprio punho, prova de sua nova força.

Em Nezri, o Fuso lhe deu os monstros de Meer, para aterrorizar seus inimigos no mar Longo. *Aquele Fuso está perdido, mas os monstros ficaram, patrulhando as profundezas.*

E então houve o presente dado no templo, onde Taristan trouxe um exército de cadáveres e matou o próprio irmão. *Carne dilacerada e refeita, feridas apagadas.* Erida lembrou do primeiro encontro deles, quando Taristan cortou a palma da mão e sangrou diante do trono dela e logo em seguida a pele se fechou. Cicatrizada a olhos vistos.

E agora?, ela se perguntou, pensando no Porvir e na esfera infernal que Ele dominava no além. Mas não poderia alimentar esses pensamentos por muito tempo. Um deus ou demônio, que abençoava e amaldiçoava em igual medida. Mas até agora... apenas bênçãos.

O príncipe do Velho Cór franziu a testa, baixando a cabeça de modo que os cachos ruivos cortados grosseiramente caíssem sobre os olhos. Ele assomou diante do feiticeiro, tirando vantagem de seu tamanho. Mas Ronin também conhecia seu valor. Não vacilou, as mãos trêmulas finalmente imóveis.

— Você tem outro Fuso, feiticeiro? — Taristan perguntou, entre os dentes brancos e afiados. Sua voz áspera como as brasas no chão. — Tem outro lugar para me enviar?

Os olhos de Ronin tremeluziram.

— Tenho algumas pistas. Feitos estranhos, sussurros dos arquivos. Sussurros d'Ele.

O canto da boca de Taristan tremelicou.

— Então nada de útil por enquanto.

— Levarei você a três Fusos, meu príncipe — o feiticeiro disse com orgulho, embora curvasse a cabeça platinada. Então ergueu os olhos vermelhos brilhantes. — Não esqueça, sou tocado pelo Fuso assim como você, dotado pelas esferas além da nossa.

— Dotado como eu? — Taristan cerrou o punho, deixando a mensagem clara.

Ronin se curvou ainda mais.

— O Porvir faz de todos nós seus servos.

Erida observou o pescoço exposto do feiticeiro, o pedaço de carne parecendo neve fresca.

Taristan notou o olhar dela; então também fez uma reverência.

— E servir devemos — ele disse, fazendo sinal para Ronin se erguer. — Seu serviço é mais eficiente na poeira e nas páginas, feiticeiro. Tenho um Fuso para substituir.

— E dois para proteger — Ronin acrescentou.

Pelo menos isso é fácil.

— Convenci Lord Thornwall a deixar mil homens no castelo Vergon, cravado nas colinas sob as ruínas — Erida disse, examinando seu anel de Estado.

Ela deixou a esmeralda refletir a luz, e a joia brilhou. Quando ergueu os olhos, o feiticeiro e o príncipe a encaravam de sobrancelhas erguidas.

Ela se permitiu um pequeno sorriso de satisfação e deu de ombros.

— De cobertura — ela disse, como se fosse a coisa mais óbvia do mundo. — Para defender nossa marcha e nos proteger de madrentinos vingativos que possam querer passar por nós e ameaçar Galland.

Até Ronin ficou impressionado.

— E — ela acrescentou — para impedir que qualquer adolescente inconveniente cause problemas. O Fuso está a salvo, e nem mesmo Corayne ou seus guardiões delinquentes podem fazer nada com ele.

Taristan inclinou a cabeça.

— E os seus soldados? O que vai acontecer quando algum cavaleiro gallandês perambular pelas ruínas e for parar na esfera deslumbrante?

Erida deu de ombros mais uma vez, abrindo seu sorriso de corte.

— As ruínas de Vergon são instáveis, nascidas de um terremoto. Não são seguras para eles, e os capitães sabem disso.

— Muito bem — Ronin disse, sincero dessa vez. — O Fuso permanece. A cada minuto que passa, ele dilacera as fundações da própria Ala.

O sorriso de Taristan foi rápido, cheio de energia.

— Ainda temos o templo também, nos sopés das montanhas, praticamente esquecido.

O feiticeiro concordou, e manchas rosa surgiram em suas bochechas. Ele parecia renovado, seja pela sorte deles ou pela vontade de seu mestre.

— Defendido por um exército de cadáveres, os soldados dilacerados de Terracinzas.

— Não são o suficiente?

A pergunta de Erida pairou no ar.

— Dois Fusos abertos, consumindo a Ala? — Ela imaginou os Fusos como insetos corroendo as raízes do mundo. Destruindo tudo com ácido e dentes. — Não é só uma questão de tempo?

A gargalhada de Ronin deixou seus pelos arrepiados. Ele fez que não, acabando com a esperança da rainha.

— Se funcionasse assim, o Porvir não estaria mais vindo. Precisamos de mais. *Ele* precisa de mais.

— Então *encontre* mais — Taristan disse, voltando a andar de um lado para o outro. Ele não conseguia ficar parado por muito tempo. Erida se perguntou se era algo da natureza dele ou fruto dos seus dons, correndo em suas veias como raios aprisionados. — Se não posso ir atrás de Konegin, talvez eu possa viajar de volta para o deserto. Voltar a um lugar conhecido de travessia. Reabrir o caminho para Meer.

A ideia de Taristan se afastar fez com que a rainha sentisse aquela confusa pontada de terror mais uma vez. Por sorte, foi fácil encontrar uma solução. Sua inteligência nunca a deixava na mão.

— Normalmente eu concordaria, mas centenas de soldados gallandeses jazem mortos nas areias de Ibal — Erida disse, pragmática. A morte deles não a incomodava. Muitos soldados serviam a seu comando. De nada adiantaria chorar por todos. — E o rei ibalete não é bobo. Ele ficará sabendo do meu exército invasor e estará pronto para mais. Não posso comprar briga com mais um reino, muito menos um tão poderoso. Ainda não, não sem Madrence ao nosso alcance.

A janela estava fechada, a noite lá fora, um breu. Mas em sua mente ela ainda conseguia ver o vale do rio, a linha de castelos em sentinela, a floresta que escondia o exército madrentino. *O caminho à frente.*

— Por mais forte que Galland seja — ela murmurou —, não sou idiota para combater uma guerra em dois fronts.

Taristan ia responder, mas Ronin o interrompeu com um aceno.

— Nezri está fora do nosso alcance — o feiticeiro disse. — Nisso concordamos.

— Ela ainda está lá — Taristan rosnou. As cicatrizes sinuosas embaixo de seu olho se destacaram furiosamente.

Antes de se dar conta do que estava fazendo, Erida sentiu os dedos no corpo dele e apertou os ombros do marido. Então respirou fundo.

— Você não vai capturá-la, se é que ela ainda está viva.

Ele não a afastou, mas desviou o olhar.

— Talvez o Fuso a tenha levado. Talvez o perigo que Corayne an-Amarat representa tenha acabado — ela acrescentou, soando desesperada até para si mesma. *Doce ilusão. A menina tem sangue do Cór, com um imortal ao lado e talvez uma bruxa também. Só os deuses sabem quem mais.*

— Nós dois sabemos que isso não é verdade. — Todas as palavras que saíam dos lábios de Taristan cortavam como uma faca, fatiando em pedaços sua vã esperança.

Mas Erida não se intimidou. Pelo contrário, ela se empertigou, ainda segurando os ombros dele, apertando os músculos firmes e os ossos.

— E nós dois sabemos o caminho adiante — ela sibilou.

Depois de um longo momento, Taristan concordou, fechando a boca numa linha severa.

— Feiticeiro, encontre-me um Fuso — ele disse, com toda a força de comando em sua voz.

Ele tem a voz de um rei, Erida pensou.

— Encontre-me outro lugar para destruir. — Ele se soltou das mãos dela, agitado. — Vou liderar o ataque amanhã, Erida. E entregar a vitória aos seus pés.

O ar passou pelos seus dentes enquanto ela inspirava fundo, fazendo um som de assovio. *Será suficiente?*, ela se perguntou. *Será que vamos triunfar antes que Konegin estrague todo o nosso trabalho? Tudo que já sacrifiquei — minha independência, talvez meu trono.*

A camada vermelha era inconfundível, uma crescente nos olhos de Taristan.

E talvez minha alma também.

O príncipe inclinou a cabeça.

— Você duvida de mim?

— Não — Erida respondeu, quase rápido demais. Um calor subiu por suas bochechas e ela virou o rosto, tentando esconder. Se Ronin e Taristan perceberam, não disseram nada.

Ela mexeu na saia, alisando-a.

— Na pior das hipóteses, se não conseguirmos inspirar lealdade, se não conseguirmos conquistar corações e mentes da minha corte... nós os compraremos.

A expressão seca de Taristan retornou. Era como jogar um balde de água fria na cabeça da rainha.

— Nem você é rica o suficiente para isso.

Ela foi até a porta e segurou a maçaneta de ferro. Do outro lado, a Guarda do Leão a esperava, ansiosa para proteger sua jovem rainha.

— Você abriu um portal para a esfera deslumbrante, príncipe Taristan — ela disse, entreabrindo a porta. O ar gelado do castelo tomou conta do cômodo. — Tenho toda a riqueza necessária.

E algo mais.

Ela lembrou dos diamantes nas mãos dele, grandes como ovos, depois esmagados como poeira fina de estrela. Ela lembrou do Fuso e do que viu além dele, em Irridas. Era como uma esfera congelada, não com gelo, mas com joias e pedras preciosas.

E ela lembrou do que se movia lá dentro: uma tempestade cintilante, agora à solta na Ala.

3

À SOMBRA DO FALCÃO

Sorasa

Sorasa lembrou da primeira noite que passou sozinha no deserto.

Tinha sete anos, jovem até para os padrões da Guilda, mas já treinava havia quatro.

Acólitos mais velhos a tiraram da cama, como fizeram com as outras doze crianças do seu ano. Algumas choravam ou gritavam enquanto eram encapotadas, capuzes colocados sobre a cabeça e os punhos amarrados. Sorasa ficou em silêncio. Ela já sabia como agir. Enquanto amarravam suas mãos, lembrou das lições. Cerrou os punhos, flexionando os pequenos músculos para que as amarras não ficassem tão apertadas depois. Quando dois acólitos a carregaram como uma boneca de pano, os dedos cravados em seus ombros magros, ela prestou atenção. Eles conversavam baixinho, resmungando sobre a missão da noite.

"Levem as crianças de sete anos para a areia até a meia-noite e as deixem lá. Vejam quais voltam vivas."

Eles faziam piadas enquanto o coração da jovem menina se apertava.

Faltam três badaladas para a meia-noite, Sorasa percebeu, contando mentalmente. *Apenas alguns minutos desde que apagaram as lanternas do dormitório. Uma jornada de quase três horas pelo deserto.*

Em que direção, ela tentou avaliar.

O capuz dificultava as coisas, mas não era impossível. Seus acólitos a jogaram no dorso de uma égua do deserto e viraram à esquerda ao sair pelos portões da cidadela. *Sul. Rumo ao sul.*

O choro das outras crianças logo sumiu, já que eram levadas em direções diferentes. Em pouco tempo restaram apenas seus acólitos e as éguas deles, movendo-se rapidamente sob um céu que ela não conseguia ver. Sorasa respirou devagar, avaliando o ritmo dos cavalos. Para seu alívio, os acólitos não estavam forçando um galope, apenas um trote leve.

Por debaixo do capuz, ela rezou para todos os deuses. Principalmente para Lasreen. A Morte encarnada.

Não a encontrarei ainda.

Dois dias depois, Sorasa Sarn cambaleou em direção a uma miragem, semimorta, as mãos esticadas para cima. Quando tocou uma pedra áspera, depois madeira, seus lábios se entreabriram num sorriso fraco. Não era uma miragem, mas, sim, os portões da cidadela.

A jovem havia passado em mais um teste.

Sorasa desejou que as coisas fossem tão fáceis naquele instante também. O que ela não daria para ser abandonada nos Areais sem nada além de sua astúcia e as estrelas. Em vez disso, se viu presa a um bando irritante de fracassados, com os caçadores do rei de Ibal se aproximando.

Uma coisa, porém, não havia mudado.

Lord Mercury ainda espera por mim.

Ela estremeceu ao pensar nele, no que ele faria se a capturasse de novo nessas terras.

O sol estava forte agora, o céu do deserto em um tom azul-claro angustiante. Cascos levantavam areia, fazendo o ar cintilar. Os batedores se calaram ao se aproximar, suas vozes substituídas por olhares faiscantes e pelo estalo de rédeas de couro na pele dos cavalos.

Os Companheiros se reuniram, formando fileiras. Até Sorasa deu um passo para trás entre as palmeiras, os dedos se contraindo enquanto uma onda renovada de energia corria por suas veias. Corayne desceu do cavalo, Andry protegendo-a de um lado, e Dom, de outro, espadas em punho. Charlie entrou no meio deles, o capuz jogado para trás, revelando o rosto vermelho e o cabelo castanho desgrenhado. Pela primeira vez, Valtik não desapareceu, mas tampouco saiu de cima da rocha. Sorasa duvidava que ela tivesse notado a aproximação dos cavaleiros.

Apenas Sigil se manteve firme, imóvel; seu corpo largo formava uma silhueta contra a tempestade iminente. Ela virou o machado na mão. A ponta afiada refletiu o sol. Com um sorriso, limpou a última gota de sangue seco.

— Que gentil terem esperado a vez deles — a caçadora resmungou.

Sorasa fez um muxoxo.

— O rei de Ibal é extremamente educado.

Os olhos de Dom estavam certos. Sorasa viu quarenta cavaleiros em quarenta cavalos, um deles carregando a bandeira de Ibal. *Pior do que a bandeira de Ibal*, Sorasa percebeu, estreitando os olhos para o estandarte contra o céu.

Todos os pensamentos em Lord Mercury se desfizeram.

À primeira vista, a bandeira parecia o selo ibalete — um dragão dourado elegante em um fundo azul-real escuro. Mas Sorasa viu o prateado nas asas, o corpo menor, os olhos aguçados destacados com metal reluzente e joias azuis. Não era um dragão, e sim um falcão. Havia uma espada em suas penas, distintamente curva. *Batedores*, Sorasa havia dito para os outros. Mas qualquer filho ou filha de Ibal conhecia seu símbolo e seu nome.

— Quem são eles? — Corayne sussurrou, puxando Sorasa pelo braço.

A assassina rangeu os dentes e se forçou a dizer:

— *Marj-Saqirat*. — Diante dela, os ombros de Sigil se tensionaram. — Os Falcões da Coroa. Guardiões leais ao rei de Ibal.

Assim como a Guarda do Leão da rainha Erida, ou os Escudos Natos do imperador temurano, os Falcões eram guerreiros escolhidos a dedo. Suas habilidades só eram comparáveis à sua devoção ao trono ibalete. Mesmo com o Ancião, Sorasa sabia que os Companheiros tinham pouca chance contra os soldados. A maioria dos Falcões era treinada desde a infância, recrutada bem cedo, como Sorasa havia sido muito tempo antes.

Não somos tão diferentes. Aprendi a matar pela Guilda amhara. Eles aprenderam a matar por uma coroa.

Os Falcões rodearam os Companheiros como lobos caçando suas presas. Suas éguas do deserto de olhos cintilantes mantiveram uma formação rígida, treinadas à perfeição. Seus flancos cor de ébano, castanho e dourado brilhavam, suas selas em forma de asas escuras. Os Falcões usavam mantos pretos, uma camada externa folgada que retinha o calor do deserto, mantendo as roupas e a pele frescas. As cabeças eram envoltas por um tecido semelhante, marcado apenas por tranças de fios dourados, prateados e azul-real. Sem elmos, sem armaduras. Só serviriam para deixá-los mais lentos no deserto. Mas cada um usava um cinto de adagas, as tiras de couro cruzando o peito, com uma espada amarrada a cada sela. As lâminas eram como o aço cor de bronze de Sorasa, mas muito mais belamente forjadas.

A areia se ergueu em um pequeno redemoinho, pairando no ar mesmo depois que os cavalos pararam. Eles rodearam os Companheiros, os Falcões atentos e alertas. Mas não fizeram menção de atacar. Suas espadas continuaram embainhadas, bocas fechadas.

Para a surpresa de Sorasa, ela não viu o rei entre eles, embora os Falcões fossem encarregados de defendê-lo sempre. Todos os homens montados nas éguas do deserto eram jovens e esguios, formando uma muralha de olhos penetrantes e mãos imóveis. A assassina observou seus rostos em busca de algum líder, em busca de alguma centelha que revelasse autoridade. Debaixo do tecido que lhes cobria a cabeça, Sorasa entreviu peles cor de bronze, olhos pretos e sobrancelhas fortes. Eram homens da costa ibalete e do rio Ziron, as cidades ricas. Filhos de lordes ricos, diplomatas, generais, eruditos em sua maioria. Entregues ao rei, sem dúvida, na esperança de obter favores.

Ao contrário de mim, Sorasa concluiu. *Arrancada de um navio naufragado de escravos, salva da morte ou de correntes.*

Alguns cavaleiros olhavam fixamente para ela, sem encarar seus olhos. Observavam suas roupas, a adaga amhara. Suas mãos e seu pescoço tatuados. Símbolos do que ela já havia sido e de onde viera.

Os homens ficaram tensos, os olhos pretos assumindo um tom de azeviche, as testas franzindo com uma forte repulsa. Os guardiões do rei não morriam de amores por assassinos. *Talvez até nos chamem de inimigos naturais,* Sorasa pensou. Seu coração bateu forte, o pulso saindo do ritmo regular.

Ao seu lado, Dom virou, o olhar cor de esmeralda passando sobre ela com uma pergunta estampada. *Ele consegue ouvir meus batimentos,* Sorasa conteve uma onda de vergonha. Trincou os dentes, tentando acalmar o coração. *Ele consegue ouvir meu medo.*

Quarenta Falcões não vão hesitar em matar alguém como eu, mesmo que eu não seja mais uma amhara. Ela tensionou o maxilar, frustrada. *Mesmo que eu esteja tentando salvar a esfera da destruição total.*

Então Dom abriu a boca e afugentou os medos dela, substituindo-os por vergonha.

— Somos os Companheiros, a última esperança da Ala! — ele gritou, sua espada longa desembainhada. A lâmina enorme ainda parecia idiota aos olhos de Sorasa. Ela se retraiu quando a voz orgulhosa dele ressoou pelo deserto. — Vocês não se meterão em nosso caminho.

Alguns Falcões riram, os olhos se enrugando.

Sorasa quis dar um tapa no imortal. *Será que ele tem noção de como é ridículo?*

— Sinto muito, mas não sei quem são os Companheiros — uma voz respondeu da linha de cavaleiros.

Os olhos de Sorasa se voltaram para ele, o líder. Nada o distinguia dos demais, mas ele ergueu uma das mãos, afastando os tecidos do rosto. Tinha uma beleza rústica, devia estar na casa dos quarenta anos. Seu nariz era forte e curvado e sua barba preta bem-feita era salpicada de grisalho. Ela notou as linhas de expressão ao redor da boca, profundamente esculpidas por uma vida de sorrisos. *Estranho, para um Falcão. Mais estranho ainda para um Falcão sem um rei para defender.*

O Ancião tolo não se deixou abater. Parou na frente de Corayne, protegendo-a da visão deles.

— Sou Domacridhan, um príncipe de Iona...

Sorasa deu uma cotovelada nas costelas dele. Eram sólidas como granito.

— Deixa que eu falo, seu troll estúpido — ela rosnou baixo.

Ao menos, Dom levou o insulto com tranquilidade, sua carranca habitual se tornando um mero vislumbre em seus lábios. *Ou ele está se acostumando comigo ou sabe que é melhor não discutir quando se está cercado por quarenta soldados.*

Charlie chiou em algum lugar atrás deles, o medo cobrindo suas palavras.

— Então é melhor começar logo, Sorasa. Não vou ficar parado aqui esperando para ser morto.

— Se quisessem nos matar, você já estaria morto, sacerdote — Sigil respondeu, acariciando o machado com indolência.

Sorasa ignorou os dois, encarando o líder. Estudou o rosto dele, tentando entender sua conduta, mas foi inútil.

— Os Falcões juram proteger Amdiras an-Amsir, rei de Ibal, Grande Lorde das Frotas, Protetor dos Shirans, Príncipe do Sal. — Ela enunciou os muitos títulos de seu rei com facilidade. Sua voz ficou aguda. — Mas não o vejo aqui. Que ventos trazem os Falcões para tão longe de seu reino?

Um músculo se salientou na bochecha do comandante. Ele olhou fixamente para a assassina, os lábios franzindo. As linhas de sorriso desapareceram.

— Que encomenda envia uma amhara para assassinar uma cidade inteira?

— Acha que fui eu? — Sorasa quase riu, levando a mão ao peito. — Fico lisonjeada, mas você sabe que esse não é o estilo dos amharas. Soldados gallandeses, por outro lado... — Sua voz ficou severa, e ela vociferou: — Eles derrubam cidades por amor à rainha.

O comandante não respondeu, o rosto ainda franzido.

Sorasa apontou para Nezri atrás dela com o queixo, o maxilar tenso.

— Vá, envie um de seus pombos para a cidade. Verifique os corpos. Verifique a *armadura*. Você encontrará leões por todo o oásis. E cuidado com as serpentes marinhas. Não sei se matamos todas — ela acrescentou.

O comandante não vacilou. Não zombou, riu ou fez pouco-caso dela. Não ousou piscar.

Corayne se agitou atrás da jaula de proteção de Dom e Andry. Ela os empurrou antes que pudessem detê-la e foi em direção à luz ardente, erguendo a mão para proteger os olhos. A ferida na palma da mão ainda estava aberta, vermelha de sangue.

A filha da pirata olhou para os Falcões, estudando-os como faria com um mapa ou um selo de cera.

— Essa notícia não parece chocar o senhor — Corayne disse, incisiva.

Sorasa não conseguia nomear o sentimento em seu peito, mas pensou que talvez fosse orgulho.

— Vocês sabiam o que encontrariam aqui — a menina continuou, dando mais um passo à frente, movimentando a areia sob suas botas desgastadas.

Os Falcões voltaram os olhares para ela. Corayne os incomodava. A espada de Fuso em suas costas dava a ela uma silhueta estranha, cheia de contradições. A adolescente não era uma guerreira, mas usava uma espada de guerreiro e tinha a postura de um rei.

— Monstros de outra esfera. — Sua voz saiu com firmeza. — Um Fuso aberto.

Os Falcões eram soldados acima de tudo, admirados por sua proeza física e lealdade. Não pela habilidade política ou natureza sutil. Sem os tecidos que cobriam seu rosto, era fácil ver os olhos do comandante. O reflexo da verdade.

— E uma jovem que pode salvar o mundo. Ou acabar com ele — o comandante completou.

Apesar de tudo que eles haviam feito e tudo que ainda tinham a fazer, um alívio tomou conta de Sorasa Sarn. *Seja lá para que vieram, não foi para matar. Não Corayne, pelo menos.*

O sentimento não durou muito.

O comandante esporou o cavalo, trotando para dentro do círculo. Ainda a uma distância segura de Corayne, mas o suficiente para deixar Dom e Andry em alerta. Os dois se colocaram ao lado dela de novo, firmes como sempre. Dessa vez, ela não fez sinal para que recuassem.

— Vou tomar Corayne an-Amarat sob custódia — disse o comandante.

Por dentro, Sorasa resmungou.

Dom ergueu a espada, furiosa com a luz do sol.

— Tente se quiser.

O comandante não se abalou nem saiu do lugar, contente em continuar na sela. *Estamos em desvantagem, mesmo com Dom. Ele não tem motivo para nos temer.*

Sorasa não moveu as mãos, mas sua mente voou para suas adagas e sua espada, buscando opções e oportunidades. Não encontrou nenhuma.

Corayne ergueu o queixo, a pele dourada reluzindo ao sol. Ela ficava menos parecida com o tio no deserto, mas os olhos pretos eram os mesmos, mais escuros do que qualquer manto, profundos como a noite. Ela lançou um olhar penetrante para o comandante e disse, com rispidez:

— Você sabe o meu nome, senhor. Nada mais justo do que nos dizer o seu.

Mais uma vez, Sorasa sentiu uma chama estranha de orgulho.

O comandante piscou, se ajeitando na sela, como um pássaro aprumando as penas. Parou por um longo momento, olhando para Corayne novamente, observando a espada, as botas surradas, as manchas de sangue e a lama nas roupas da menina. Então analisou os estranhos Companheiros, unidos atrás dela, mas tão díspares entre si quanto lobos e águias.

Sorasa quase achou que Dom diria algo audaz e tolo outra vez, mas, por milagre, ele manteve sua boca imortal fechada.

— Sou Hazid lin-Lira, comandante dos *Marj-Saqirat*.

A assassina manteve o rosto inexpressivo, mas tensionou o maxilar. *O comandante dos Falcões da Coroa, o líder deles, o guarda-costas mais próximo do rei de Ibal. Enviado para nos buscar — para buscar Corayne.*

— O restante de vocês, claro, pode ficar à vontade para acompanhá-la — lin-Lira acrescentou, olhando o estranho grupo de novo.

Sorasa quase riu do absurdo.

— E se recusarmos?

Lin-Lira torceu as rédeas nos punhos.

— Tenho ordens para seguir, amhara.

Corayne não vacilou. Manteve o olhar firme no comandante ibalete, ferrenha como nunca.

— Me acompanhar para onde, exatamente?

Em uníssono, os Falcões bateram continência, cada um traçando um círculo na testa, depois uma curva crescente no peito, de ombro a ombro. O sol e a lua. O símbolo de Lasreen.

O símbolo de...

— À sua alteza inigualável, escolhide de Lasreen — lin-Lira disse, a voz se embargando estranhamente. — Herdeire de Ibal.

Éguas do deserto foram distribuídas, completamente equipadas, tiradas do fundo dos continentes dos Falcões. Nenhuma caravana ou cavalaria atravessava os Areais sem cavalos reservas, e havia mais do que o suficiente para todos. *Pelo menos ninguém tem que dividir com Valtik*, Sorasa pensou, encontrando um pequeno alívio na maldita existência deles. *Nem com Charlie, aliás.* O sacerdote destituído quicava como uma bola na sela, e Sorasa se encolheu com dó da pobre égua escolhida para carregá-lo pelo deserto, para onde quer que os Falcões os estivessem guiando.

Ela notou que a atitude inflamada de Corayne pareceu se desfazer quando Andry a ajudou a montar na sela novamente. Seus anos como escudeiro o tornavam rápido e habilidoso, e ele cuidava da menina como cuidaria de um glorioso cavaleiro gallandês. Corayne o observava em silêncio, os lábios contraídos em uma linha fina, e Sorasa quase conseguia ver as palavras lutando para escapar.

Deixe o medo guiar você, Sorasa queria dizer, mas ficou em silêncio. Era hora de seguir o próprio conselho. Ela temia os Falcões, le herdeire e o que qualquer membro da corte ibalete poderia fazer com uma assassina amhara. Mas esse medo era pouco se comparado ao que assomava sobre eles — e o que havia ficado para trás.

A pelagem de seu cavalo cintilava, preta como piche, a crina longa protegendo-o das moscas e dos raios fortes do sol. Ela passou a mão no pelo do animal, com firmeza, tentando se conectar com o cavalo para se estabilizar.

Um Fuso está fechado. Quantos outros restavam, quantos outros Taristan conhecia, ela não sabia. Sorasa duvidava até que Valtik soubesse, mas agora não era hora de perguntar.

Os Falcões mantiveram as espadas embainhadas, mas mesmo assim Sorasa se sentia uma prisioneira. Eles formaram uma fila, com os Companheiros no meio. Sigil e Sorasa cavalgaram à frente de Corayne enquanto Andry e Dom a flanqueavam, com Valtik e Charlie atrás.

Batendo as rédeas, lin-Lira guiava os Falcões e suas éguas.

Restava a Sorasa — e a todos os outros — seguir.

Os guarda-costas do rei eram escoltas silenciosas, guiando-os para o sudeste enquanto o sol baixava. Lin-Lira manteve um ritmo bom; veloz, mas não extenuante.

Dom se mantinha perto de Corayne, como uma mãe coruja receosa, sem tirar os olhos dela, pronto para pegá-la caso caísse. Aquele papel de babá deixava Sorasa um pouco mais tranquila, permitindo que ela entrasse no ritmo já familiar da passada suave de uma égua do deserto.

A voz de Sigil, indecifrável a princípio, quebrou o rufo constante de cascos. A língua de Temurijon era rara no sul, e Sorasa precisava se concentrar para entender. Ela olhou de esguelha para a caçadora de recompensas ao seu lado.

Sigil se aproximou de Sorasa e repetiu. Dessa vez as palavras ficaram mais lentas e mais fáceis de traduzir. A língua nativa delas era um escudo fácil contra todos ao redor.

— O que eles farão com Corayne? — Sigil sussurrou. — O que le herdeire de Ibal quer com a filha de uma pirata?

— Todos nós sabemos que ela é mais do que isso — Sorasa respondeu, seu temurano vacilante, para dizer o mínimo.

Ela olhou para a frente da formação bélica de cavalos que avançavam, levantando areia, em uma fila sombria. Lin-Lira vinha na frente, curvado sobre o pescoço da égua.

— Não temo por Corayne, por ora não — Sorasa acrescentou. — Os Falcões parecem bastante objetivos... mas por que o comandante viaja até le herdeire? E não até o rei, que ele jurou proteger?

Sigil franziu a testa e disse:

— Perguntas demais, respostas de menos. Sinto falta dos tempos de encomendas boas e simples. Capturar, entregar e buscar o dinheiro. Mas estou aqui, queimando o rosto no seu deserto maldito e ainda por cima fedendo a kraken.

A pele de Sorasa formigou com a perspectiva de viajar pelos Areais, arrastando o restante do grupo.

— Podemos despistá-los — Sigil disse de súbito, a voz mais enfática.

— Despistá-los onde? — Sorasa rosnou em resposta.

Sigil encolheu os ombros largos, apontando com o queixo.

O deserto se estendia em quase todas as direções, apenas com os despenhadeiros vermelhos do Marjeja ou as cruéis ondas de sal do mar Longo cortando a areia. Embora os cavalos fossem bem cuidados e bons corcéis, eles não tinham alforjes. Mesmo que conseguissem de alguma forma escapar dos Falcões, ficariam sem comida, sem água potável e sem assistência por semanas.

— O que elas estão sussurrando? — Dom resmungou atrás delas para Corayne.

— Não falo temurano — Corayne respondeu, incomodada.

Sigil os ignorou.

— Eles nos deixaram ficar com nossas armas. Meu machado, a espada de Dom. Podemos abrir um buraco nesses passarinhos e dar o fora daqui.

Sorasa desejou que pudessem mesmo. Mas fez que não, segurando a crina da égua com mais força.

— Esqueça os Falcões. Estamos nas garras do Dragão agora.

Pela maneira como a caçadora de recompensas fechou a cara e se afundou na sela, Sorasa percebeu que esse não era o fim da discussão. Sigil não se renderia, nem na pior das circunstâncias. Os temuranos eram estrategistas habilidosos, ensinados a lutar até o amargo e glorioso fim, e isso normalmente significava vitória.

Não hoje, Sorasa pensou.

Mas talvez amanhã.

Eles viajaram noite adentro. Estavam no auge do outono, e as flores de primavera de Ibal haviam morrido fazia muito tempo, mas Sorasa ainda sentia o cheiro herbal e forte dos zimbros, impregnado na água em algum lugar. Os músculos dela doíam, tensos pela queda de temperatura e pelas longas horas sem descanso sobre o cavalo. Lin--Lira finalmente assobiou para pararem ao amanhecer, quando o calor voltou e o sol começou a subir. Corayne e Charlie quase caíram de seus cavalos, cambaleando, as pernas fracas. Trocaram breves sorrisos.

— Pelo menos não sou o único — Charlie disse, com uma risada baixa, esforçando-se para ficar em pé com a ajuda de Andry.

Corayne levantou sozinha, limpando a areia dos joelhos e alongando os dedos, com cãibras depois de horas segurando as rédeas. Dom continuou na cola dela, nem um pouco abatido pela jornada. Ele olhava com ferocidade para todos os lados, como se seus olhos bastassem para afugentar os Falcões.

Os Falcões desmontaram ao mesmo tempo, seguindo o exemplo de lin-Lira, e levaram os cavalos para as sombras de uma duna. Em poucos minutos, montaram um padoque de cordas para cercar as éguas do deserto. Sorasa observou enquanto o acampamento se erguia em um piscar de olhos, os Falcões trabalhando rapidamente e em uníssono. Eles tiraram panos de seus fardos, alguns do tamanho de velas de navio, desamarrando-os e fincando estacas na areia. As tendas unilaterais eram simples, mas eficientes, criando um manto de sombra. Os Falcões sabiam como atravessar os Areais sem morrer. Eles dormiriam durante o pior do calor e continuariam a viagem pelas horas frias da noite.

Sorasa observava lin-Lira, que observava Corayne, seus olhos escuros afiados como duas lanças. Ele a analisava não como um predador, mas como um estudioso tentando resolver uma equação. Nunca desviava o olhar, nem mesmo para Dom, a enorme babá dela com roupas sujas de sangue.

Depois de soltar o cavalo no padoque, Sorasa se juntou a eles novamente, se abrigando na sombra de Dom.

— Formamos um baita grupo — Sorasa murmurou pela centésima vez.

Dom assomava diante de Corayne como uma árvore que não se vergava, a expressão fechada.

Corayne lançou um sorriso sarcástico para ele enquanto estendia seu saco de dormir e seu manto.

— Você vai ficar assim o dia todo?

Dom conseguiu se empertigar mais três ou quatro centímetros.

— Enquanto estivermos cercados por inimigos, você não vai sair do meu campo de visão.

— Você consegue ver quilômetros à frente, Ancião. Dê espaço para a menina respirar pelo menos — Sorasa disse, afugentando-o com as mãos.

Andry acenou para Dom.

— Deveríamos montar uma vigília nossa — ele disse com firmeza, se acomodando sobre seu manto e apoiando os braços nos joelhos. — Posso ir primeiro.

— Depois eu — Sigil disparou, com a voz ressoante, colocando o machado no chão ao lado de Corayne.

Charlie fez um som de desdém, enrolado em seu manto como um pão doce.

— Eu termino, então — Dom se ofereceu, ainda em pé.

Os outros concordaram, mas Sorasa sabia que o Ancião não dormiria. Ficaria de guarda durante as longas horas incandescentes.

Ela queria poder fazer o mesmo, mas sentia o formigar lento da exaustão em seu corpo, subindo até a cabeça. Olhou mais uma vez para lin-Lira, que ainda os observava fixamente. Dessa vez, Corayne também o viu. Os lábios dela se franziram em uma careta.

— Ele não sabe por que foi mandado para buscar você nem o que le herdeire quer — Sorasa murmurou, se curvando para falar no ouvido de Corayne. — Não vai adiantar questioná-lo agora.

— Estou cansada demais para tentar — Corayne sussurrou.

Suas pálpebras pesavam enquanto ela estendia o manto, preparando a cama.

— Duvido — Sorasa disse. — Sua curiosidade é infinita como o horizonte.

Corayne corou, satisfeita, e puxou o manto até o queixo.

Sorasa queria fazer o mesmo e dormir até o calor do dia passar. Em vez disso, observou a encosta arenosa sobre o acampamento. Seis Falcões olhavam da sombra da duna, observando cada um deles, mas seus olhos ardiam sobre ela.

Sigil encarava os vigias dos Falcões, recusando-se a piscar. A frustração da temurana era tão visível que parecia defumar o ar.

— Cada passo que damos com eles nos leva mais longe de colocar um fim nisso — ela disse, com veemência.

Sorasa suspirou, exausta.

— E como exatamente colocamos um fim nisso?

— O próximo Fuso — Sigil disse, dando de ombros como se fosse óbvio.

— Que fica... — Sorasa perguntou.

Sigil fechou ainda mais a cara e apontou para o outro lado das tendas com o queixo.

— Pergunte para a bruxa.

Na beira do círculo de sombra, Valtik traçava espirais na areia quente com os pés descalços, cantando baixo em um jydês ininteligível.

— O que ela está dizendo? — Sigil perguntou, inclinando a cabeça para o lado.

Sorasa balançou a mão.

— Nunca quero saber.

— Ele chamou a pessoa de *escolhide de Lasreen*. — Sigil sussurrou o nome da deusa, não por desrespeito, mas por medo.

— Nasceu nobre e se transformou na voz de uma deusa — Sorasa respondeu, pragmática, então começou a preparar seu lugar, a alguns metros de distância, mas ainda dentro dos limites frescos da sombra.

Como era de esperar, Corayne se ergueu na cama improvisada, esquecendo do próprio cansaço, ainda bem desperta e atenta.

— O que *isso* quer dizer?

— Lasreen é a deusa de muitas coisas — Sorasa suspirou, rolando para fora do manto com uma precisão treinada. — Para Ibal, é a mais sagrada do panteão divino. O sol e a lua. A provedora da Vida.

— Também é a deusa da morte — Sigil murmurou, cruzando os braços musculosos. Como se pudesse se proteger da própria Lasreen. Mas não havia muralha que a deusa não pudesse escalar, nem fortaleza que não pudesse derrubar. Não havia como fugir da Abençoada Lasreen.

Nem a esfera conseguiria escapar de suas mãos.
Sorasa bufou.

— Sei bem. Vida e morte são os dois lados da mesma moeda.

— Então estamos sendo arrastados para uma seita adoradora da morte — Dom resmungou, os olhos esmeralda ficando pretos.

— Le escolhide de Lasreen honra tanto a vida quanto a morte, tanto a luz quanto a escuridão — Sorasa respondeu.

— Le herdeire vai tentar nos matar? — Corayne perguntou no meio de um bocejo longo. Apesar de ter usado capuz o dia todo, suas bochechas e o nariz estavam vermelhos.

Franzindo a testa, Sorasa balançou a cabeça.

— Como eu disse, já estaríamos mortos, Corayne. E você deveria dormir. Você ainda pode ter energia para intermináveis perguntas, mas eu não.

Ao lado dela, Andry riu baixo, tapando a boca. Até os lábios de Dom se curvaram, ameaçando deixar sua careta habitual.

Corayne se ergueu ainda mais, piscando com firmeza.

— Antes de você ir para Lemarta, antes de você e Dom me encontrarem... eu procurava compradores para tudo que minha mãe contrabandeava ou roubava. Um dos últimos carregamentos que enviei foi um caixote com peles jydesas. Para a corte real de Ibal. Achei estranho, um rei do deserto comprando peles de lobo, mas ele pagava bem, então não fiz perguntas. Só que agora... — Os olhos dela brilharam quando entendeu a situação. — O rei de Ibal está nas Montanhas dos Abençoados há meses, e pretende continuar lá por mais um bom tempo.

Um calafrio percorreu o corpo de Sorasa, o ar do deserto deixando sua pele gelada. Ela tentou pensar, buscando fragmentos de memória que eram de apenas alguns meses antes, mas já pareciam distantes.

— Ouvi boatos de que a família real saiu antes do previsto da cidadela da corte em Qaliram, mas...

Corayne assentiu.

— Você não deu atenção a isso. Apenas membros da realeza com seus caprichos estranhos. Pensei o mesmo.

— Zimore fica mais ao sul, depois de muitas semanas de terreno inóspito — Sigil praguejou, citando o palácio de verão nas montanhas ao sul. Ela levantou e começou a andar de um lado para o outro, as botas pesadas deixando pegadas no chão. Olhou feio para os vigias nas dunas mais uma vez. — Depois dos Areais, as nascentes do Ziron, depois subindo pelas montanhas...

Sorasa rangeu os dentes, cada vez mais frustrada.

— Obrigada, Sigil. Já estive lá.

Corayne abriu a boca para mais um inevitável interrogatório, mas Sorasa a calou só de olhar. Ela lembrava do palácio, ainda que pouco.

Uma das minhas primeiras encomendas. Nem cheguei a atravessar os muros. Não foi preciso. Ele era só um menino desengonçado que gostava de perseguir ovelhas nas montanhas. Foi uma morte rápida e fácil, e talvez inevitável. Eram tantos despenhadeiros, um perigo para qualquer príncipe intrépido.

— Os membros da realeza são estranhos — Andry comentou, encolhendo os ombros esguios. — Como Corayne disse, cada hora um capricho diferente.

Corayne respondeu dando de ombros e abraçando os joelhos. A espada de Fuso seguia embainhada ao seu lado, parcialmente envolta no manto. Por um instante, ela parecia ter só dezessete anos mesmo. Pequena, despretensiosa. Uma menina entre lobos. Mas depois de Nezri, depois do kraken e do fechamento do Fuso, Sorasa conhecia a verdadeira natureza dela.

A assassina cerrou os dentes, a mente acelerada.

— Zimore é um refúgio dos verões escaldantes de Ibal. Todo ano, a família real ibalete veleja para o sul pelo rio, trocando as cidadelas sombreadas e as lagoas perfumadas pelas montanhas. Mas

os invernos são brutais. Meio metro de neve. Ventanias nas montanhas. Até a primavera e o outono são perigosos. — *Nem o pirralho real mais desmiolado iria para Zimore por capricho. Que dirá o rei de Ibal.*
— Lá não é lugar para um rei velho nem para os muitos galhos de sua árvore abençoada.

Mas, com os Fusos fechados, com Taristan do Velho Cór buscando destruir a esfera para dominá-la, Sorasa se perguntou: *Será que o rei sabia que havia algo de errado antes de mim? Antes de Corayne? Antes mesmo de Dom?*

— Mas eles partiram há meses, antes de tudo isso começar — Andry disse, confuso, as sobrancelhas escuras franzidas.

Depois de dias no deserto, o escudeiro tinha uma nova safra de sardas que pareciam estrelas negras em um céu quente e marrom.

— E quando exatamente *isso* começou? — Sorasa perguntou, lançando um olhar para o Ancião.

Dom a encarou, em silêncio, franzindo os lábios até quase engoli-los. Não era difícil interpretá-lo, tão alheio às emoções que não sabia escondê-las. Sorasa viu dúvida, clara como um límpido céu azul.

— Quando a espada foi roubada — Corayne sugeriu. — De algum jeito, meu tio passou pelos guardas imortais de Iona e invadiu os cofres deles. Pegou uma espada de Fuso e partiu para despedaçar o mundo.

A assassina não desviou o olhar, seus olhos de tigresa encarando esmeraldas enegrecidas. Depois de um longo momento, Dom cedeu, soltando a língua.

— Tudo começou há trinta e seis anos — ele murmurou, e Corayne virou para olhá-lo. — Quando dois gêmeos com sangue do Cór nasceram, e a mãe morreu no parto. Dois meninos, dois caminhos. E apenas um destino que a monarca conseguia prever.

Corayne ficou em silêncio pela primeira vez, dentes trincados, a respiração irregular.

Mas a pergunta que ela não podia fazer era óbvia.

Sorasa perguntou por ela.

— Que destino era esse?

As pálpebras de Dom tremularam e ele virou, evidenciando as cicatrizes em seu rosto.

— A destruição da esfera — ele disse. — O fim do mundo.

No chão, Corayne respirou fundo. Sorasa quase fez o mesmo, seu coração voltando a bater forte. *A estrada até este dia tem trinta e seis anos*, ela pensou, sentindo a raiva e o medo se contorcerem.

— Não conheço sua monarca, Ancião. E nunca quero conhecê-la — ela disparou, quase sibilante.

Para sua surpresa, Dom apenas olhou para o chão. A vergonha era visível.

A alguns metros, a canção inquietante de Valtik ficou mais alta, se agitando feito fumaça até o céu. Normalmente, a falação dela era no máximo um incômodo. Agora, lançava um calafrio pelo corpo de Sorasa, e do Ancião também.

— Não acho que sua monarca tenha sido a única a ver isso — Sorasa murmurou, seus pensamentos voltando às montanhas, a um palácio construído para o verão.

Um tremor desceu por sua coluna. Um medo que ela não sentia desde a infância, quando os acólitos a deixaram sozinha no deserto, com as mãos atadas e os pés descalços.

Mas, mesmo naquela época, ela sabia em que direção correr.

Agora não há para onde ir, e, ainda assim, continuo seguindo em frente. Para o quê, eu não sei. Nem eu nem ninguém.

4

QUALQUER DEUS QUE DÊ OUVIDOS

Andry

Por algum motivo, Andry sentiu alívio entre os Falcões. O aperto em seu coração parecia ceder um pouco, dia após dia, enquanto adentravam cada vez mais o deserto.

— A estrada faz bem para você — Corayne disse enquanto montavam acampamento na terceira manhã.

O sol raiava atrás dela, traçando sua silhueta de vermelho. Seu olhar era doce, uma expressão acolhedora. Andry o sentia como um toque.

Ele baixou a cabeça, escondendo o rubor no rosto.

— Estou acostumado — respondeu, ruminando as palavras. — Se eu fechar os olhos, consigo fingir.

Ela piscou, confusa a princípio.

— Fingir o quê?

— Que nada disso nunca aconteceu — Andry disse baixinho. Depois engoliu em seco. — Que estou em casa, em Ascal, no quartel. Que sou um escudeiro de novo, sem nada disso no meu passado.

O cheiro e o barulho do cavalo tomavam conta de seus sentidos, o retinir da rédea, a respiração forte de algum cavaleiro próximo. Sem o deserto e o horizonte infinito, os guerreiros Falcões de mantos pretos ou Corayne ao seu lado, a silhueta fácil de reconhecer mesmo sob o capuz — de olhos fechados, era como se estivesse em casa. Treinando com outros escudeiros, fazendo as aulas de equitação no pátio de treinamento do palácio ou correndo pelas fazendas verdes fora das muralhas de Ascal. Na época, suas únicas preocupações eram as tosses cada vez piores da mãe e as provocações de Limão. Nada comparado com os fardos que carregava agora, os temores que tinha pela mãe, por si mesmo, por Corayne — *pela esfera*. Ele tentava não pensar na espada em seu cinto. Tentava ignorar o calor na pele, causado por um sol ainda mais forte.

Tentava não lembrar.

E, por um longo e abençoado momento, conseguiu.

Mas os rostos voltaram, erguendo-se em sua memória. Soldados gallandeses, suas túnicas verdes manchadas de escarlate, as vidas ceifadas por sua própria mão. Sua espada se cravou na carne deles diversas vezes, até o aço ficar vermelho e ele sentir o gosto do sangue deles na boca.

Olhou para as mãos, agarrando as rédeas. O couro enroscado em seus dedos marrons. Se estreitasse os olhos, ainda conseguia ver sangue. O sangue deles.

Quando olhou de novo para Corayne, o rosto dela estava franzido de remorso.

— Você fez aquilo pela Ala — ela disse energicamente, soltando a rédea. — Para se salvar. Para me salvar. Para salvar sua *mãe*.

Mas ele lembrava dos soldados na ponta de sua espada. Era insuportável. Ele queria poder largar o fardo daquelas mortes, deixar que caísse de seus ombros como uma bolsa pesada. Mas aqueles corpos continuavam lá, os dedos frios em forma de garra pesando a cada centímetro da jornada.

O sol nascia vermelho no horizonte, tingindo o deserto de tons flamejantes de cobre. O calor aquecia seu rosto, quase agradável depois da noite de viagem. Sua égua do deserto descansava perto, esperando para ser posta para dormir. Ela era feita para suportar aquilo.

Ao contrário de mim, ele pensou.

— Andry.

A voz de Corayne era imperativa e próxima. Ele levou um susto.

Ela ainda estava na sua frente, a menos de meio metro, o olhar ardendo no dele.

— Pare de se torturar — ela disse, segurando seus ombros. — Você foi um verdadeiro cavaleiro lá. Pode até não querer lembrar, mas eu lembro. Você deveria ficar orgulhoso...

O estômago de Andry revirou. Relutante, ele se afastou um pouco dela.

— Não me orgulho do que fiz, Corayne. — Sua voz falhou. — E não vou me justificar. Sei o que está em jogo, os monstros que enfrentamos, mas não vou deixar que isso me transforme em um monstro também.

Ela respirou fundo. De alguma forma seus olhos pretos escureceram ainda mais e ficaram mais fundos.

— Sou um monstro, então? Todos nós somos?

Andry quase xingou de frustração.

— Não foi isso que eu quis dizer.

— Então diga o que quer dizer — ela pediu com frieza, cruzando os braços.

O escudeiro só conseguiu dar de ombros. A língua presa na boca, e, embora uma dezena de palavras subisse em sua garganta, nenhuma parecia certa.

— Acho que nem sei, na verdade — Andry enfim murmurou, erguendo os alforjes.

Corayne pareceu murchar.

— Certo — ela disse, a voz incisiva demais. Então fez que não, a trança se desfazendo depois de uma noite atravessando o deserto. Quando ela ergueu o rosto de novo, seu olhar era suave. — Desculpa. Estou cansada — murmurou. — Todos estamos.

Apesar das circunstâncias, Andry quase riu. Pendurou a bolsa no ombro, sua chaleira tintilando dentro.

— Concordo.

O acampamento dessa manhã era em um pequeno oásis, pouco mais do que um grupo de arbustos, rochas úmidas em volta de um lago e um poço estreito. Mas depois de três dias nos Areais, Andry conseguia sentir o gosto da umidade extra no ar. Ele guiou a égua do deserto, agradecida, com o resto dos cavalos, deixando Corayne para trás.

Em vez de montar as coberturas, os Falcões reabasteceram sua miríade de cantis no poço, assim como Sorasa e Sigil. Os cavalos também estavam ansiosos para beber, aglomerando-se no lago. Andry deixou seu cavalo se enfiar entre os outros, buscando a água fresca rasa entre as pedras.

As pernas de Andry queimavam, apesar dos muitos anos de treinamento. Marchas do exército e corridas rápidas não eram nada comparadas com esses dias rumorosos no deserto. Nem sua jornada com Cortael e os Companheiros havia sido tão árdua.

Talvez devesse ter sido. Alguns dias mais intensos, mais algumas noites sem descanso. Talvez assim tivéssemos chegado no templo a tempo, e impedido isso antes mesmo de começar.

Andry sussurrou com raiva e balançou a cabeça, como se pudesse expulsar esses pensamentos. Mas, assim como os rostos, eles nunca iam embora.

Ele se afastou do lago rochoso, sua chaleira e seu cantil cheios de água. Outros disputaram seu lugar, mas um Falcão se manteve mais atrás, encarando Andry, os mantos empoeirados pela viagem.

Andry encarou de volta, cumprimentando-o ligeiramente com a cabeça.

O Falcão removeu a cobertura protetora de tecido enrolado e o galão dourado. Seu rosto cor de bronze e seus olhos cor de mogno eram suaves. Ele era jovem, imberbe, poucos anos mais velho que Andry. Embora os Falcões lançassem insultos e olhares de desprezo para Sorasa, Andry viu outra coisa no soldado.

Curiosidade.

O Falcão observou o escudeiro de cima a baixo, detendo-se nas mãos. Em seguida, em seu rosto e em seu cabelo preto ondulado, que estava crescendo, abandonando o estilo curto dos escudeiros. Depois de longos anos no norte, cercado por peles pálidas e cabelos claros, Andry sabia por que estava despertando tanta atenção. Ele conteve um suspiro cansado, sentindo uma pontada aguda de irritação.

— Você é gallandês? — o Falcão perguntou, observando a túnica de Andry.

A estrela azul no peito do escudeiro sem dúvida tinha visto dias melhores e mais limpos.

— Sim — ele respondeu, pragmático, dando de ombros. Tinha total consciência do sangue seco nas roupas e de seu estado desgrenhado. — Mas minha mãe é de Kasa.

As sobrancelhas pretas e curvadas do Falcão se ergueram. Assim como o comandante lin-Lira, ele tinha traços angulosos — maçãs do rosto pontudas e um nariz longo e régio.

Ibal e Kasa não faziam fronteira, separados pelos pequenos reinos orgulhosos de Sardos e Niron. Suas terras não eram inimigas, mas certamente oponentes, semelhantes em suas histórias grandiosas e riquezas mais grandiosas ainda.

O Falcão sorriu, impressionado.

— Não tinha certeza, mas você monta como cavaleiro.

Um calor se espalhou pelas bochechas do escudeiro, não pelo sol, mas por orgulho.

O Falcão assimilou o silêncio de Andry, o rosto se fechando.

— Um bom cavaleiro, eu quis dizer — ele acrescentou rapidamente. — Espero que não se ofenda.

— É claro que não — Andry disse, sem pensar.

O Falcão sorriu de novo, dando a volta pelo cavalo de Andry para ficar na frente dele. Eles tinham a mesma altura e constituição. Homens magros e jovens, treinados para lutar, leais a seus reinos.

— Quase todos os gallandeses se curvam na sela como um saco de cevada dentro da armadura — o Falcão disse, sorrindo. — Mas você se move junto com o cavalo.

Sem querer, Andry sentiu vontade de rir. Pela primeira vez, lembrou de Sir Grandel ainda vivo. Grande demais para sua armadura, um pouco mais lento do que os cavaleiros mais jovens. A lembrança elevou seu ânimo em vez de derrubá-lo. Um sorriso despontou de seus lábios.

— Obrigado — o escudeiro disse, com sinceridade. Olhou para o guerreiro ibalete mais uma vez. O rapaz não usava espada, mas uma adaga longa pendia em seu cinto, a bainha bordada em ouro e cobre. — Ouvi grandes histórias sobre os Falcões. Dizem que vocês se igualam à Guarda do Leão.

O Falcão bufou, colocando as mãos na cintura.

— Prefiro os Escudos Natos — ele disse, referindo-se aos célebres guardiões do imperador temurano.

Ao ouvir isso, Sigil, com o rosto contorcido, surgiu dentre os cavalos em direção a eles. Os olhos dela crepitavam como lenha.

— Você e seus pombos não chegam nem aos cavalos deles — ela zombou, olhando como se o jovem Falcão fosse lama em suas botas. Bateu no peito com o punho, quase cuspindo as palavras. — Os ossos de ferro dos Incontáveis não podem ser quebrados.

— Sigil — Andry alertou, tentando separar a briga antes mesmo que começasse.

Em meio aos cavalos, Andry ouviu a risada de Charlie. O sacerdote fugitivo se afastou com seu passo desajeitado e um cantil na mão, deixando Sigil ainda mais raivosa.

O jovem Falcão riu com Charlie.

— Tudo certo, meu amigo — ele disse, dando um tapinha no ombro de Andry, guiando-o para longe do lago até uma sombra da duna.

Sigil foi fumegando atrás.

— A temurana acha que tiramos a liberdade dela. Podemos deixar um pouco do seu orgulho, já que precisa tanto. — O Falcão franziu a testa diante do sol poente. — E ela não é nossa prisioneira, nem você. Todos além da menina podem ir e vir como quiserem.

A menina. Andry sentiu um aperto no peito, seus dentes rangendo.

— Todos menos a menina são dispensáveis, Falcão — Sigil disse. — O sangue dela pode salvar a esfera, se seu comandasse deixar.

Bufando, ela saiu a passos largos, parando e puxando Corayne para longe do lago do oásis. Corayne se deixou arrastar, fechando a cara a cada passo.

O escudeiro sabia aonde estavam indo, e que Sorasa logo se juntaria a elas. As lições de combate de Corayne haviam recomeçado, agora que não estavam mais semimortas de exaustão. Ele não invejava Corayne. Sorasa e Sigil eram professoras talentosas, e longe de serem gentis.

— Todas as mulheres temuranas são assim? — o Falcão murmurou, o olhar ainda seguindo Sigil.

Andry tentou não rir do claro fascínio, para não dizer desejo, do Falcão.

— Não sei dizer — o escudeiro respondeu. *Nunca conheci nenhuma.* — Mas ela não está errada.

Ele olhou de Sigil para Corayne, os ombros dela eretos, a espada do Fuso embainhada nas costas. Quando elas pararam de andar, satisfeitas com um terreno plano, Corayne colocou a espada com cuidado na terra e a acariciou por um bom tempo.

Será que ela lembra do Fuso cortado sob seu gume? Será que pensa no sangue que foi derramado?

Apesar do calor crescente, um calafrio percorreu Andry, a pele formigando sob o manto. Sentiu novamente o peso dos mortos em seus ombros.

Será que Corayne sente? Consegue sentir?

A boca dele ficou seca.

Será que a espada a transformará em um monstro, como fez com seu tio?

— Corayne an-Amarat é a chave para salvar todos nós — ele disse com vigor, tanto para o Falcão como para si mesmo. — Acredite você ou não.

O Falcão deu meia-volta, abrindo um sorrisinho.

— Ela com certeza é a chave para alguma coisa. — E então se aproximou, batendo dois dedos no lado esquerdo do peito de Andry.

Outra onda abrasadora de calor subiu pelas bochechas de Andry. *Estou eternamente queimado pelo sol ou eternamente envergonhado?*

— Senhor — o escudeiro balbuciou, mas o Falcão apenas ergueu a mão, tranquilizando-o.

— Estamos viajando juntos há apenas três dias, mas dá para ver nitidamente onde seu coração está — ele disse, a expressão se suavizando, nenhum julgamento na voz. — Mantenha-a por perto.

Com isso, Andry não poderia discutir.

— Sempre.

— E fique atento à víbora amhara. — A voz do Falcão ficou severa mais uma vez. — Ela vai envenenar todos vocês se for para salvar a própria pele escamada.

Andry seguiu o olhar do Falcão e encontrou a silhueta esguia de Sorasa Sarn. Ela estava ocupada reposicionando os punhos erguidos de Corayne, melhorando suas defesas. Por mais que fosse uma assassina, uma sicária com mais sangue nas mãos do que se poderia imaginar, Andry sentia apenas gratidão a ela. Lembrou do cânion, quando Sorasa saltou na sela, se arriscando entre flechas gallandesas e cavalos em debandada para impedir que Corayne fosse pisoteada. Lembrou de quando Sorasa voltou à corte em Ascal de última hora, salvando todos da traição de Erida e da voracidade de Taristan.

— Não concordo — Andry se forçou a dizer, encarando o Falcão com toda a firmeza que conseguia.

O Falcão fez menção de retrucar, mas mudou de ideia e curvou a cabeça.

— Muito bem, escudeiro — ele disse, dando um passo para trás. — Desejo a você um bom dia de descanso.

Grato, Andry desfranziu a testa.

— A você também, Falcão.

O escudeiro caminhou pela areia, sentindo o calor mesmo através das botas. Embora a exaustão o consumisse, ele vagou até a aula, que havia ganhado uma pequena plateia.

Corayne estava entre Sorasa e Sigil, o rosto vermelho. Andry não sabia dizer se era por cansaço ou vergonha, mas ela se forçava a continuar. *Como sempre.*

Alguns Falcões observavam a uma distância respeitosa, silenciosos e atentos.

Andry parou ao lado de Dom, que mantinha a cara fechada sob o manto. O capuz escondia suas cicatrizes, mas não o movimento rápido de seus olhos verdes, seguindo tudo que Corayne fazia.

Andry também a seguia.

Ao menos hoje não havia espadas. O treinamento com espadas dera a Corayne pequenos cortes nas mãos, que estavam demorando a cicatrizar depois de tantas noites atravessando o deserto a cavalo. *Agora ela também ficará com hematomas*, ele pensou, se encolhendo quando ela desviou de um soco, mas levou uma rasteira de Sorasa.

— Também estou achando difícil assistir — Dom murmurou pelo canto da boca.

Andry apenas assentiu.

Corayne levantou sozinha, firmando os pés como fora ensinada, equilibrando o peso do jeito certo. Como escudeiro e futuro cavaleiro, Andry era treinado para combater em cima de um cavalo, com armadura, espadas e escudos refinados. Seus professores eram soldados velhos, nada perto de uma assassina amhara e uma caçadora de recompensas de Temurijon. Talvez Corayne nunca empunhasse uma espada longa ou liderasse um ataque de cavalaria, mas com certeza estava aprendendo a sair na porrada.

E aprendendo bem.

— Ela precisa disso — Andry disse.

Dessa vez, Corayne desviou do chute de Sorasa saltando, mas perdeu o equilíbrio e acabou no chão de novo, com Sorasa em seu pescoço.

Dom curvou o lábio.

— Ela tem a nós.

— E espero que sempre tenha.

Ele olhou de canto de olho para Dom, os dentes cerrados de frustração. *Estamos cercados por morte, e ele ainda não entende. Ele não aceita.*

O escudeiro baixou a voz.

— Mas eu e você sabemos que isso pode mudar muito rápido.

Depois de um momento longo e tenso, Dom rosnou, a testa franzida em uma única linha carregada:

— Sou um imortal da Vedera, um filho da Glorian Perdida. Não penso na morte como vocês, mortais, e tampouco hei de temê-la.

Era uma máscara fraca.

O instinto natural de Andry era engolir a resposta em seco, enterrar as palavras duras. Procurar um caminho mais gentil. Mas a estrada mudava as pessoas, ainda mais a estrada em que eles caminhavam agora.

— Vi muitos supostos imortais como você morrerem — Andry disse, sem pestanejar. — Antes, eu não sabia nem se Anciões sangravam. Agora já vi mais sangue de vocês do que poderia imaginar.

Dom se virou, incomodado. Tocou as costelas, onde a adaga havia perfurado sua caixa torácica.

— Não preciso ser lembrado disso, escudeiro.

— Acho que precisa. *Todos* nós precisamos — Andry se forçou a dizer. Corayne caiu no chão mais uma vez, e mais uma vez o rapaz se encolheu junto com ela. Sigil a ergueu e limpou a areia. — Precisamos de Corayne para salvar a esfera, e precisamos que ela tenha capacidade suficiente de fazer isso quando... *se* não pudermos mais estar presentes.

Com um suspiro, Dom baixou o capuz. Mesmo sob a sombra, seu cabelo dourado cintilava e suas cicatrizes se destacavam, vermelhas e funestas. Ele observou Corayne, Sorasa, Sigil, e olhou para o horizonte que era ao mesmo tempo um escudo e uma ameaça.

— Pelos deuses de Glorian, rezo para que esse dia nunca chegue — ele disse.

Andry expirou lentamente.

— Pelos deuses da Ala, eu também.

O escudeiro não se considerava religioso, ao contrário de muitos de seus companheiros em Ascal, que dedicavam as espadas e os escudos ao poderoso Syrek. Ao contrário até mesmo de sua mãe, que rezava toda manhã diante da lareira, clamando às chamas purificadoras de Fyriad, o Redentor. Mas ainda assim desejou que um dos deuses do panteão desse ouvidos a eles, e os deuses de Glorian também. Qualquer deus que escutasse, em todas as esferas infinitas. *Certamente precisamos de vocês.*

— Ordeno aos dois que durmam — Valtik disse, de repente tão próxima que poderia ter brotado da areia. Seu rosto branco e enrugado encarava-os por trás das tranças grisalhas, enfeitadas com presas e jasmim fresco. Andry não fazia ideia de onde, no deserto, ela havia encontrado a flor.

— Saia, bruxa — Dom murmurou, erguendo o capuz novamente.

Ela mal reagiu, os olhos azuis cor de relâmpago cravados em Andry.

— Ordeno que durmam e esqueçam as criaturas das profundezas, ou então serão levados pela correnteza.

Não eram as serpentes marinhas de Meer nem o kraken que assolavam a mente de Andry, mas ele assentiu, ao menos para fazer a bruxa ir embora.

— Eu vou, *gaeda* — ele disse, avó em jydês. Uma das poucas palavras do idioma que Corayne lhe havia ensinado.

Ele olhou para o céu do deserto além das dunas. O tom rosa do amanhecer dera lugar a um azul abrasador. Cada segundo estava contra eles, e Andry sentia isso intensamente, assim como sentia um manto de exaustão cair sobre seus ombros.

— Os Falcões podem até não querer nos matar, mas com certeza estão nos atrasando — ele murmurou.

Dom concordou com um resmungo.

À beira do círculo de treinamento rudimentar, os Falcões curiosos sussurravam entre si. Um deles abriu um sorriso cruel, os olhos afiados voltados para Sorasa.

Andry ficou tenso, enquanto lembrava do alerta do outro Falcão.

Eles continuavam conversando, mais alto agora. Ainda na própria língua, mas o tom de ódio era claro até mesmo para Andry. Sorasa não reagiu, recolhendo seus equipamentos.

Corayne não teve o mesmo autocontrole, retrucando em ibalete, as palavras tão ásperas e duras quanto o olhar negro que lançou aos homens.

Os Falcões apenas gargalharam, observando-a atravessar a areia para se juntar a Andry e Dom.

— Você fala bem a nossa língua! — o mais alto gritou para ela, levando um dedo à testa em sinal de continência. — A cobra andou ensinando isso para você também?

— Só ensino a ela o que é útil — Sorasa respondeu, indo atrás de Corayne. — Coisa que falar com vocês não é.

Então foi a vez de Corayne e Sigil rirem, cobrindo a boca com as mãos machucadas. O sorriso irônico dos Falcões sumiu, os três fechando a cara. O mais alto deu um passo à frente, as sobrancelhas pretas franzidas em uma linha carregada.

— Le herdeire quer apenas a garota — ele disse, erguendo a voz, e deu passos calculados, ansioso para se colocar no caminho de Sorasa. — Deveríamos cortar a cabeça da cobra e deixá-la apodrecer.

Curvando os lábios, Dom parou entre Sorasa e o olhar frio do Falcão.

— Você pode tentar, rapaz — disse, olhando o Falcão de cima a baixo. — Gostaria de encontrar aquela sua deusa?

Por sua vez, o Falcão não hesitou nem demonstrou medo, mesmo com a morte em pessoa diante dele.

— Ela deve estar perdendo a forma! — o Falcão gritou atrás de Dom. — Não sabia que amharas precisavam de guarda-costas.

A resposta de Sorasa foi mais rápida que o chicote dela.

— Nós, amharas, temos muitas armas, e nem todas têm lâminas. — Ela girou e seguiu andando de costas. Dessa vez, abriu o maior sorriso possível, uma alegria maldosa em seus olhos de tigresa. — Durma bem, Falcão! — Soprou um beijo para ele.

O Falcão se crispou como faria diante de um inseto repulsivo.

— Relaxa, Ancião — Sorasa acrescentou, dando meia-volta. — Esses passarinhos só sabem cantar.

Sigil avançou para o lado de Dom, um sorriso entreaberto em seu rosto cor de cobre. Ela jogou um cacho de cabelo preto para trás, girando os ombros largos e musculosos.

— Vamos brigar, pardais? — ela disse, erguendo o queixo. — Adoro uma boa briga antes de dormir.

O coração de Andry bateu mais rápido. Ele queria ir até lá, fazer todos se afastarem, mas se manteve enraizado na areia. Se seus amigos estavam em perigo, ele queria estar pronto. *Não como no templo. Aqui posso me manter firme.*

Em vez disso, Corayne o puxou de volta ao acampamento.

— Venha, deixe eles para lá. Nem os Falcões são corajosos o bastante para enfrentar Sigil e Dom juntos.

— Eles podem ser burros o bastante — Sorasa disse do outro lado.

— Você precisa tomar cuidado, Sorasa — Corayne murmurou, olhando o acampamento ao redor, para as dezenas de soldados Falcões em seus postos ou deitados. — Eles querem mesmo ver você morta.

Andry concordou, encarando Sorasa com firmeza.

— Não vá a nenhum lugar sozinha.

Ela observou os dois, o rosto pétreo.

— Sua preocupação me ofende — disse, fazendo um gesto para eles saírem de perto.

Corayne e Andry voltaram a seus mantos e alforjes, ansiosos para dormir. Não era o lugar mais confortável em que Andry já havia dormido, mas ele não ligava. Seus braços e pernas pareceram derreter na areia quando ele se deitou de costas, fechando os olhos sob o céu azul-claro.

Ela estava perto demais, a mão a poucos centímetros da sua, os dedos quase se tocando. Bastaria se esticar um pouco para tocá-la, pegar sua mão e apertar. A discussão de mais cedo ainda doía, retorcendo suas entranhas.

Diga a ela que vai ficar tudo bem. Diga que nós vamos conseguir. Mesmo que não acredite nisso, acredite nela.

Andry espiou com os olhos entreabertos, mas encontrou Corayne já dormindo profundamente, o rosto relaxado, a boca um pouco aberta. O vento soprava uma fina mecha de cabelo preto para a bochecha. Ele precisou de todo o autocontrole de escudeiro da corte para não tirar aquela mecha do rosto dela. Até olhar para ela parecia um passo longe demais.

Então voltou sua atenção para o acampamento.

Ao pé da duna, os Falcões se ajoelhavam na areia, uma figura de manto marrom entre eles. Depois de um bom tempo, Andry percebeu que era Charlie.

Ele também estava ajoelhado, as mãos erguidas para o sol. Sem o capuz, parecia mais jovem. A bochecha estava queimada, e sua trança castanha, recém-feita, ia até embaixo das escápulas. Andry quase esquecia que era apenas alguns anos mais novo que o sacerdote fugitivo de tanto que o rapaz já havia enfrentado.

Seus lábios se moviam, e, embora Andry não conseguisse ouvir sua voz, era fácil adivinhar.

Charlie estava rezando, e os Falcões rezavam com ele.

A qual deus, Andry não sabia.

Não vai fazer mal tentar todos, ele pensou, fechando os olhos de novo. Com um suspiro fundo, começou.

Syrek. Meira. Lasreen. Fyriad...

5

O GELO SEMPRE VENCE

Ridha

A princesa de Iona desenvolveu um carinho pelo urso de Dyrian que não havia desenvolvido por muitas outras coisas em Kovalinn. O outono no fiorde era como o inverno mais intenso de Calidon, e a neve caía quase todos os dias, cobrindo de branco o enclave imortal e cintilando no sol da manhã, um lindo inconveniente. Gelo obstruía o fiorde, e Ridha passou muitos dias quebrando-o com os outros vederes, mantendo a água livre para os navios. O urso de Dyrian também ajudava, andando pela margem fragmentada, socando blocos de gelo com suas patas enormes. Mas da noite para o dia mais gelo brotava e se espalhava com o frio.

Kesar se juntou a Ridha, segurando um longo machado com ponta afiada, como todos ali. Suas bochechas cor de topázio coravam no frio; o restante de seu corpo estava envolto em couro e peles. Apesar dos séculos no norte, Kesar era de Salahae, bem ao sul de Kasa, e, antes disso, dos desertos de Glorian. Embora tivesse passado longos anos no frio, sua vida sob o sol havia sido ainda mais longa.

— Você não gosta desse tempo — Ridha disse, observando-a trabalhar.

Todos eles estavam em pranchas construídas sobre a água, doques com estrutura que permitia quebrar o gelo sem nenhum risco de cair no fiorde.

Hoje, os cachos pretos e grisalhos de Kesar estavam presos, escondidos em um chapéu de pele. Quando ela golpeou, uma longa rachadura atravessou a branquidão como um raio.

— Observadora, princesa — Kesar respondeu, sorrindo.

Ridha cravou sua acha no gelo e se apoiou na arma, olhando para a veder mais velha.

— Então por que continuar aqui?

— Em Glorian, eu era uma soldada. Em Salahae, era professora. Em Kovalinn, sou o braço direito do monarca. Por que eu iria embora? — Kesar disse, dando de ombros.

A Ridha, só restou assentir.

O grande palácio de Kovalinn pairava acima delas, no alto das falésias, ao longo de uma cascata semicongelada que escorria pelo fiorde. Suas muralhas e telhados longos e angulosos cintilavam por causa da neve.

— E você? — Kesar virou para Ridha, apontando para as peles da princesa. — Você não tem motivo para continuar aqui. Pensamos que partiria uma semana atrás, para agitar outros enclaves para a guerra. Ou consegue emitir, como sua mãe?

Ridha rosnou, frustrada.

— Não, não tenho nenhum dos poderes de minha mãe, mas o que me falta em magia compenso em bom senso. Bem que eu gostaria de emitir e erguer os exércitos imortais da Ala.

— Então por que ficar? — Kesar perguntou de novo, chegando mais perto.

Ridha jogou a cabeça para trás.

— Não vou chamar vocês para a briga e depois me retirar.

— Foi o que imaginei — Kesar disse com um sorriso irônico, voltando a quebrar pedras de gelo. — Dyrian também.

Com uma careta, Ridha voltou ao seu pedaço de gelo, puxando seu machado da mordida congelada do fiorde. Segurou a acha com mais firmeza, erguendo-a bem alto antes de cravá-la novamente com toda a sua considerável força. O gelo se despedaçou, com rachaduras se espalhando para todos os lados. Não era o mesmo que treinar, preparar-se para a guerra iminente, mas a exaustão agradava Ridha.

Ela olhou para Kovalinn mais uma vez e a longa estrada em zigue-zague que subia a encosta da falésia até o enclave. Cavalos e vederes passavam, subindo no sentido do palácio e descendo para as docas do fiorde. Ridha, com seus olhos astutos, via todos com uma precisão de falcão. Assim como os clãs de Jyd, o enclave de Kovalinn era lar de vederes de todo o mundo, de aparência e origem diversas.

Uma dentre eles se destacava, parada em cima dos baluartes que coroavam as muralhas. Estava imóvel como os ursos esculpidos nos portões, e igualmente assustadora. Ridha notou sua pele branca e pálida, seu cabelo vermelho e sua disposição ferrenha. Sua conduta não havia mudado desde que Ridha chegara ao enclave pela primeira vez implorando ao filho dela que lutasse.

— A mãe dele não gosta de mim — ela rosnou, desviando o olhar da Dama de Kovalinn.

— Que bom que o monarca tem ideias próprias, muito mais perspicazes do que a idade pode sugerir. Além disso, Lady Eyda não gosta de ninguém.

— Ela é prima da minha mãe — Ridha disse. — Distante, mas ainda assim parente.

Kesar apenas riu.

— A essa altura, quase todas as gerações mais antigas são ligadas pelo sangue ou por nosso destino compartilhado nesta esfera. Se você estava esperando uma recepção calorosa de alguém como Eyda, se enganou.

— Isso é óbvio. — A Dama de Kovalinn encarava as longas presas íngremes do fiorde, na direção do mar da Glória. — Parece que ela é feita de pedra.

— Ela é nascida em Glorian. — O ar alegre de Kesar diminuiu um pouco, e uma sombra triste que Ridha reconheceu passou pelo rosto dela. — Somos mais soturnos do que vocês, filhos da Ala.

Ridha sentiu um gosto amargo na língua. *A luz de estrelas diferentes*, ela pensou, lembrando da mãe e de como ela olhava para o céu, como se pudesse fazer com que as estrelas de Glorian substituíssem as estrelas da Ala.

— Sei disso mais do que ninguém — murmurou a princesa, quebrando um bloco de gelo em pedaços que se espalharam pelas águas gélidas, brancos contra o cinza cor de ferro.

— Não leve para o lado pessoal, princesa. — Kesar baixou a voz. — Não foi escolha de Eyda fazer a travessia para Todala.

No grande palácio, Eyda era mais alta do que o resto, seu cabelo ruivo e comprido preso em duas tranças, com uma tiara de ferro forjado na cabeça. Seu vestido era de cota de malha, e uma elegante pele de raposa branca envolvia-lhe os ombros. Tudo nela exclamava rainha guerreira, sobretudo as cicatrizes. As marcas nos nós de seus dedos eram antigas, de combate. Mas a outra, a linha branca perolada no pescoço, Ridha viu em sua mente.

Não foi causada por uma espada. Foi uma corda.

Ela arregalou os olhos, e Kesar assentiu, séria.

— Ela foi forçada a vir a Todala como punição. O velho rei de Glorian deu a ela duas escolhas, morte ou exílio, e foi isto que ela escolheu. — Ela ergueu as mãos, apontando para o fiorde e para as terras além. — Toda alegria que ela encontrou nesta esfera mortal morreu junto com o pai de Dyrian.

Ridha conhecia essa história.

Chama de dragão e ruína. Aconteceu três séculos antes, e ela ainda conseguia sentir o cheiro sufocante do ar repleto de cinzas mesmo a quilômetros do campo de batalha. A fera era montanhosa, antiga, a pele adornada mais forte do que aço. Agora seus ossos eram pó, sua sombra fazia parte do passado da esfera, assim como todos os outros monstros nascidos dos Fusos na Ala. Foram tantos os vederes que não retornaram, incluindo os pais de Domacridhan. Eles morreram derrotando o último dragão que restava sobre a Ala, assim como o velho monarca de Kovalinn.

— Trezentos anos desde que os enclaves se uniram para lutar contra algo que a Ala não conseguia derrotar — Ridha disse, e o peso dessa informação desabou sobre ela.

Kesar assentiu.

— Até agora.

— Até agora — Ridha respondeu.

— E desse campo de batalha, quantos não voltarão? — Kesar murmurou.

Ridha criou forças.

— Se não comprarem essa guerra, ninguém voltará.

O medo havia se tornado algo familiar para a princesa vederana nos poucos meses desde o massacre no templo. Com a ausência de Domacridhan então, brotou como rosas em um jardim. Ridha não ouvia notícias do primo desde que ele havia partido de Iona, um morto com o coração ainda batendo no peito. Mas agora podia estar morto de verdade, até onde ela sabia. *Me deixando sozinha aqui entre a Ala e o Porvir.* Ela soltou uma respiração trêmula, tentando ignorar a dor em seus ossos. Não pelo frio, não pelo machado, nem mesmo pelas horas no pátio de treinamento, praticando com armadura completa. Foi sua mãe quem criou essa ferida. A covardia de Isibel, monarca de Iona.

O galho de freixo ainda estava sobre seus joelhos, a espada que ela não empunhava esquecida em seus salões cinzentos. Ridha praguejou contra a mãe. *Talvez ela me escute*, pensou, refletindo sobre o poder da mãe e a distância que conseguia alcançar.

— Vejo raiva em você, princesa — Kesar murmurou, vacilante como alguém que caminha sobre gelo quebradiço.

Ridha suspirou, o peito subindo e descendo por debaixo das peles.

— Há gratidão em mim também. Tanta que é quase avassaladora. A você, a Dyrian, até à fria Dama de Kovalinn. Por ignorarem minha mãe. Por se recusarem a entregar a Ala a seu destino tenebroso. A todos vocês que se recusaram a se render. — O ar fazia seus dentes congelarem. — Eu também não vou me render.

Ela olhou para o sul pelo fiorde, na direção de Calidon e Iona. Não conseguia ver a única pátria que havia conhecido, mas ainda a sentia, quilômetros depois do mar congelante, através de montanhas e vales.

Então sua visão se aguçou, seu olhar parando em algo muito mais próximo do que Iona.

Formas escuras apareciam no horizonte distante, como pontinhos a princípio, mas logo se solidificando em algo familiar. Ridha estreitou os olhos imortais, vendo a quilômetros de distância.

Drácares carregando bandeiras brancas, velejando sob um símbolo de paz.

— Mortais — ela disse em voz alta, apontando com o machado.

— Os primeiros chegaram — Kesar disse, batendo no ombro de Ridha. — Deixe o machado aí — Kesar acrescentou, jogando a arma dela longe.

Ridha olhou para o fiorde e para os pedaços de gelo que bloqueavam o caminho. Mesmo fragmentados, eles se aglomeravam, flutuando na água gélida.

Ridha obedeceu, entregando o machado para os outros vederes que picotavam a paisagem congelada. Ela partiu com Kesar, em silêncio, esperando alguma explicação. Batendo dentes, Kesar chamou o urso para segui-las. Ele soltou um bramido amigável e correu com elas, o gelo chacoalhando sob suas patas.

Atrás deles, os drácares continuavam sua jornada rumo a Kovalinn.

Kesar pressionou os lábios, saindo do deque e entrando na longa trilha sinuosa que subia para o enclave.

— O gelo sempre vence — ela murmurou, encarando o fiorde.

Assim como dos outros reinos mortais, Ridha sabia pouco das políticas de Jyd e se importava menos ainda. Eles não tinham monarquia, não tinham rei ou rainha que pudesse ser chamado para abarcar todo o poderio do país saqueador. Em vez disso, havia uma dezena de clãs diferentes, com tamanho e força variados, que controlavam regiões diferentes das terras implacáveis do norte. Os jydeses eram um povo forte, assustador para os outros reinos mortais, mas desarticulado, formado por clãs independentes.

Os mortais eram de Yrla, um assentamento do outro lado das montanhas, na ponta de outro fiorde. Eles haviam trazido quatro drácares, agora aportados ao pé da falésia.

O grande palácio do enclave esperava, cheio de vederes ansiosos para ver os jydeses. As portas enormes se abriram, e a luz laranja do pôr do sol se espalhou pelo chão de pedra.

Dyrian estava em seu trono, as costas eretas na madeira entalhada. Seus pés pendiam, as pernas ainda curtas demais para alcançar o chão. Assim como a mãe, ele tinha cabelo ruivo e pele pálida, uma constelação de sardas nas bochechas. Para os jydeses, ele parecia apenas um menino, mas os vederes sabiam que não era. Os olhos cinza cor de lobo eram atentos, e ele tinha um machado curvo apoiado nos joelhos. O ramo de pinheiro fora descartado fazia tempo. Seu enclave estava em guerra.

Kesar e o urso, que roncava, estavam à sua direita, enquanto Lady Eyda se mantinha em pé, como sempre, uma estátua atrás do filho. Ridha sentou à esquerda de Dyrian, condizente com sua posição de princesa e filha da monarca reinante, embora não parecesse. Ela havia trocado o casaco de pele por sua armadura de aço verde, buscando um aspecto de guerreira como os jydeses. As duas lareiras estavam acesas, aquecendo o longo salão. E ela se aquecia ali, o torpor do gelo finalmente se desfazendo.

Uma dúzia de mortais entrou no salão, suas sombras se estendendo pelo chão. Eles passaram entre as lareiras e se aproximaram do trono de Dyrian. As chamas os iluminavam, mudando suas feições a cada passo. Ridha pressupôs que o restante deles estivesse lá fora no pátio, ou ainda com seus navios. Pensou que pelo menos cem jydeses tivessem vindo a Kovalinn.

Por qual motivo, ninguém disse, mas Ridha não era estúpida.

Dyrian não estava incomodado pelos saqueadores jydeses, implacáveis em tudo, mas a Anciã observava suas armas. De todos os mortais na Ala, apenas os jydeses tentaram guerrear contra os vederes, e ela não havia esquecido disso. Eles carregavam machados e facas longas, e dois até tinham lanças cruéis em forma de gancho. Não eram fazendeiros. Eram saqueadores.

Metade tinha a pele clara e o cabelo loiro ou ruivo, ou eram carecas. Mas um dos homens já havia sido de Temurijon; usava a característica armadura chapeada de couro por cima de um manto de peles de lobo. Tinha o cabelo preto e curto, olhos escuros angulosos, maçãs do rosto altas e a pele cor de bronze. Duas mulheres eram dos reinos do mar Longo, talvez Tyriot, com cabelo cacheado cor de mogno, a pele marrom-clara. Apenas um tinha o cabelo grisalho, as tranças adornadas com ervas. Ele era o único que não usava peles, apenas um vestido de lã grossa que cobria suas botas, com uma longa corrente de ferro pendurada de ombro a ombro. Todos tinham espirais jydesas tatuadas, os dorsos das mãos marcados por linhas características.

A líder, uma mulher pequena e pálida com o queixo largo e carregando um arco, tinha um lobo tatuado na metade raspada da cabeça. O resto de seu cabelo estava preso em uma trança comprida, enfeitado com correntes e ossos entalhados. Embora fosse menor do que os outros saqueadores, era nítido que todos obedeciam a ela, deixando-a seguir na frente. Quando ela se aproximou, Ridha notou que um de seus olhos era verde e o outro, azul, as cores de Jyd.

— Bem-vindos, amigos — Dyrian disse, levantando do trono. — Sou Dyrian, monarca de Kovalinn, dos vederes da Glorian Perdida.

Os saqueadores não se curvaram. Alguns olhavam para o urso roncando à direita de Dyrian.

— Sou Lenna, chefe de Yrla — disse a líder com a voz rouca, mais grave do que se esperava.

Ela falava em primordial, com um forte sotaque jydês. Estando tão ao norte, era claro que ela via pouca utilidade em falar a língua comum do mar Longo.

Dyrian baixou a cabeça em cumprimento.

— Faz muitos anos que mortais do Jyd não entram em meu palácio.

— O chefe do meu chefe veio aqui há muito tempo — Lenna disse, e estreitou os olhos para o monarca. — Ele conheceu um rei jovem, um menino. Você *ainda* é um menino.

— Sou — Dyrian respondeu. — Meu povo não envelhece como o seu.

— Percebi.

Lenna notou os vederes reunidos ao redor do trono e pelo salão. Seu olhar parou em Ridha por um momento. A princesa de Iona não se moveu, mas segurou os braços da cadeira, o anel de prata no polegar raspando a madeira. Ridha era uma guerreira treinada, com séculos a mais do que a chefe de Yrla, e tinha duas vezes seu tamanho. Mas enxergou o desafio no olhar cortante de Lenna.

— Obrigada por virem — Kesar disse, colocando-se ao lado de Dyrian. — Sei que nossos povos nem sempre foram amigos, mas precisamos uns dos outros agora.

Sorrindo, Lenna exibiu um par de incisivos dourados, que brilharam, refletindo a luz das lareiras.

— Lutamos contra todos, não apenas contra vocês, Anciã.

Os jydeses não eram políticos. Eles não precisavam se gabar. Era um fato. Eles eram conhecidos por saquear todo o mar de Glória até os estreitos Tyreses. Cidades portuárias temiam seus drácares tanto quanto qualquer tempestade.

Ridha sentiu suas pernas se movimentarem antes mesmo de perceber que havia se levantado. Em três largas passadas, ficou cara a cara com Lenna. Ou melhor, cara com pescoço.

— E agora devemos lutar juntos — Ridha disse, baixando os olhos para a líder.

Os saqueadores não vacilaram, e Lenna sorriu ainda mais.

— É por isso que viemos.

— Ótimo. — Ridha soltou um suspiro interno de alívio. *Pelo menos eles são diretos.* — Todala precisará de vocês. De todos vocês.

— E outros virão — Lenna respondeu, a voz mais grave. Apesar do sorriso, Ridha viu a compreensão nela. As coisas eram muito piores do que pareciam. — Mas Yrla veio primeiro.

— Yrla veio primeiro — Ridha repetiu, assentindo com gratidão. — A história se lembrará disso. Eu prometo.

Lenna balançou o dedo tatuado como se fosse uma cobra.

— Coloque-nos em uma canção, não em um livro.

Ridha apenas assentiu de novo. *Se restar alguém para cantar*, ela pensou.

— A rainha de Galland está em marcha — Kesar disse para o salão, suas palavras se projetando no ambiente. — Ela está travando guerra contra o mundo, e o príncipe Taristan do Velho Cór...

— Sim, sim, o homem do Fuso — Lenna disse, interrompendo-a. Ela girou o dedo, indicando para Kesar resumir o assunto. O fim do mundo quase parecia entediá-la. — Ele vai trazer um grande mal para a esfera... disso nós sabemos. E aquela rainha idiota — ela zombou, revirando o olho azul e o verde. Atrás dela, alguns saqueadores riram. — Poder demais apodrece, e vamos apodrecer junto com eles.

Os vederes ficaram em silêncio, perplexos pelo atrevimento de Lenna. Ridha achou intrigante.

— Você conhece Erida de Galland? — ela perguntou.

Atrás da chefe, os invasores riram. Os dentes dourados de Lenna brilharam enquanto ria com eles.

— Um pouco, tentei casar com ela — a mulher disse, dando de ombros.

— Você poderia ter nos poupado de muitos problemas — Ridha suspirou. *Essa união era impossível, claro. Monarcas precisam de herdeiros.* A princesa de Iona sabia muito bem disso, e já lamentava o dia em que chegaria sua vez de oferecer o próximo monarca de seu enclave. — Sinto muito que ela tenha dito não.

— Eu não — Lenna respondeu, contundente, olhando nos olhos de Ridha, sem piscar, e a imortal sentiu o peso dessa encarada.

Não via mal algum na atenção e retribuiu o olhar.

Foi Dyrian quem as separou, andando entre a chefe e a princesa. Ele era quase da altura de Lenna, e, a julgar pela mãe, ainda ia crescer bastante. Ao lado do trono, o urso bocejou. Depois de uma semana em Kovalinn, Ridha o achava inofensivo, mas os saqueadores recuaram, com receio de seus dentes enormes.

Menos Lenna.

— Vamos ao sul em direção a Ghald, todos nós — Dyrian disse. — E veremos quais clãs respondem ao chamado para o combate.

— Muitos responderão. Blodin, Hjorn, Gryma, Agsyrl, as Terranevadas. — Lenna citou os pedaços de Jyd, listando os muitos clãs da tundra estéril na costa oriental. Ridha não conhecia nem metade. — Não saqueamos este ano. Estamos prontos.

Ridha lembrou dos fazendeiros pobres na floresta Castelã e do plano imbecil deles. *Os saqueadores não estão saqueando,* haviam dito, embora não soubessem o porquê.

— Como vocês sabiam que deveriam parar de saquear? — ela perguntou, ainda encarando Lenna.

A chefe virou, dando um passo para o lado, e fez sinal para um dos saqueadores assumir o lugar dela.

— Bruxo.

O homem sem armadura avançou, seus longos dedos ajeitando as tranças. Ele parecia encantado por falar com os vederes.

— O sul pensa que somos estúpidos, simplórios, adoentados — ele disse, olhando de soslaio ao redor. — Mas vemos mais do que eles. — O velho bruxo balançou uma bolsa no cinto antes de jogar o conteúdo no chão. — É o que dizem os ossos.

Ridha revirou os pés dentro das botas enquanto vários tipos de ossos de animais caíram na pedra. Vértebras, costelas, fêmures. Coelhos, ratos, aves. A maioria tinha sido limpa com água fervente, mas alguns pareciam *frescos*.

O bruxo encarou, boquiaberto, os esqueletos no chão, que exibiam dentes rachados e amarelados.

— Uma tempestade está a caminho — ele sussurrou antes de fazer uma inspiração rasa e irregular que saiu em um assobio estranho.

Dyrian franziu a sobrancelha ruiva.

— Sim, está.

— Não... *aqui, agora* — o bruxo murmurou, buscando as palavras, e apontou para os ossos, os dedos trêmulos. Atrás dele, os saqueadores, e até mesmo a destemida Lenna, ficaram tensos, em alerta. Muitas mãos se dirigiram para as armas.

O bruxo se voltou para a chefe.

— Toque os tambores.

— Que tempestade está a caminho? — Dyrian perguntou.

Ridha observou a chefe, tentando entender. Mas a mulher apenas preparou o arco e correu para as grandes portas no fim do salão. Sem pensar, Ridha acompanhou as passadas dela, em direção ao ar frio e à luz do poente. Os outros as seguiram, fazendo um estardalhaço, tanto saqueadores como vederes. O bruxo dos ossos chorava em algum lugar dentro do palácio, gritando em jydês. Ridha não conseguia entender, mas ouvia o terror dele. Ecoava em todos os mortais ao redor, seus corações batendo mais alto que qualquer tambor de guerra.

Ela passou por Lenna, subindo os degraus para os baluartes acima do portão de Kovalinn. O fiorde se estendia diante dela, refletindo os raios de sol que mergulhavam atrás da cadeia montanhosa ao leste. Brilhava em laranja e vermelho, um espelho sangrento entre os despenhadeiros perigosos. Primeiro, ela olhou para as encostas. *Uma avalanche?*, se perguntou, buscando algum sinal de morte fria e branca. *Será que o gelo nos cercou?* Mas as águas continuavam como estavam horas antes, livres o bastante para os navios.

— O que é? — ela perguntou, como se o ar gelado fosse responder.

A chefe Lenna parou ao seu lado, o arco já erguido, uma flecha na corda. Seus olhos penetrantes estavam fixos, não no fiorde ou nas montanhas, mas no céu rajado de nuvens flamejantes.

— *Dryskja!* — Lenna gritou, a flecha apontada para cima.

Lá embaixo, os saqueadores soltaram um grito de guerra e bateram as espadas, marchando sobre o chão de terra do pátio. O urro jydês ecoou pelo fiorde, agitando-se entre as montanhas até Ridha senti-lo em seus dentes.

A princesa não conhecia muito bem o que era medo de verdade. Até aquele momento. Sentiu algo semelhante a uma faca em sua barriga, uma ferida aberta por onde esvaía sua determinação.

— "*Dryskja*"? — ela perguntou, um grito preso na garganta.

Lenna disparou uma flecha sem pestanejar. O projétil voou por uns cem metros e desapareceu em uma nuvem. Ridha acompanhou sua trajetória, os olhos vederanos semicerrados. Seu sangue corria frio.

Uma sombra se moveu no céu, por cima das nuvens, rápida demais para ser uma tempestade, escura demais para ser outra coisa.

Nos céus, algo bramiu, alto e grave o bastante para estremecer a muralha de madeira sob os pés de Ridha. A princesa de Iona quase caiu, as pernas ficando dormentes.

Ao lado dela, Lenna não se atrevia a tirar os olhos do céu enquanto encaixava outra flecha. A sombra passou no alto, mais próxima, mas ainda dentro do agrupamento de nuvens.

— Dragão — ela rosnou.

6

ESPELHO DA MORTE

Corayne

A PRINCÍPIO, CORAYNE PENSOU QUE FOSSE uma miragem. Não seria a primeira que ela via depois de duas semanas nas dunas, uma imagem difusa do mar ou de uma caravana de camelos. Mas eles ainda estavam a quilômetros da costa, e não havia rotas de comércio por essa parte dos Areais. Não havia vilas para visitar, nem mercadorias para buscar ou vender nessa parte da Ala. Apenas areia dourada e um céu cravejado de estrelas.

E agora havia também a tenda, em um perfeito tom de azul tão escuro quanto o céu à meia-noite, fincada sob o horizonte como uma flor que desabrochava à noite. Corayne estreitou os olhos nas sombras curvas da penumbra, tentando discernir o que via. Ela não foi a única. Dom levantou na sela, seus olhos de Ancião fixados em um ponto à frente, com Sorasa ao seu lado. Ele murmurou algo para a assassina que a fez trincar os dentes e arregalar os olhos maquiados de preto.

— O que é? — Corayne perguntou, mas o estrondo dos cascos abafou sua voz.

Ela não se importou. De qualquer forma, aquela era a pergunta errada.

Quem é?

A resposta veio, óbvia até para uma filha de pirata do lado errado do mar.

Le herdeire de Ibal.

À medida que se aproximavam, Corayne se deu conta de que *tenda* não era a palavra certa. Ela não sabia como chamar aquela extensão de lona do tamanho de uma pequena vila. Pareciam muitas tendas juntas, conectadas por passagens intricadas como becos. Todas tinham o mesmo belo tom de azul, a cor da bandeira de Ibal, os tetos curvos bordados com luas prateadas e sóis dourados. Um dragão reluzente pousava na ponta mais alta das cabanas, as asas bem abertas e a cauda longa se curvando ao redor do alto da tenda. O sol poente reluzia em seus dentes à mostra. Ele era todo forjado em ouro.

Enquanto os Falcões paravam seus cavalos, Corayne se inclinou na sela, virando-se para Andry. Apesar da discussão, ele ainda cavalgava ao lado dela, e Corayne se sentia grata por isso. Embora as palavras dele ainda doessem.

Sou um monstro também?, ela ainda se perguntava, sentindo a espada em suas pernas. *É assim que ele me vê?*

— Quem carrega um dragão de ouro maciço pelo deserto? — ela murmurou, buscando algo para dizer. Observou o dragão que os encarava sobre as acomodações.

Andry sorriu, mostrando os dentes brancos contra o rosto marrom, e parte da tensão no peito de Corayne se desfez. Ela soltou um suspiro de alívio.

— Bem, o rei de Ibal é de uma riqueza inimaginável — ele disse.

— Douradas são suas mãos, dourado o tesouro incalculável — Corayne completou a velha cantiga infantil. — Douradas são suas frotas patrulhando cada centímetro do estreito — ela acrescentou com um resmungo, pensando nos pedágios que todo navio deveria pagar para atravessar o mar Longo.

O que eu não pagaria para atravessá-lo agora, ela pensou. A pontada de tristeza a pegou de surpresa, e ela precisou baixar o rosto.

— Corayne? — Andry chamou, a voz suave.

Mas ela balançou a cabeça, virando para o outro lado. Sentiu-se grata quando a égua do deserto parou, e ela saltou da sela. Quando suas botas tocaram o chão, suas pernas não estavam tão fracas como nos dias anteriores.

E a espada de Fuso não estava tão pesada.

A cidade-tenda os recebia como uma boca aberta, o céu acima riscado de rosa e roxo ao pôr do sol. Algumas primeiras estrelas cintilavam. Em outra vida, Corayne teria achado a imagem bonita. Agora, um pavor substituía a familiar exaustão, o calor do sol dando lugar a um medo congelante.

Dom e Andry a flanquearam, como sempre, com Sigil e Charlie atrás. Sorasa foi na frente, os passos fáceis de acompanhar, a cabeça se virando de um lado para o outro como um falcão em busca da presa. Valtik arrastava os pés atrás deles, tão pálida quanto no dia em que eles desembarcaram em Almasad. Ao contrário do restante. Até a pele de Ancião de Dom tinha um tom rosado, enquanto Sigil e Sorasa estavam com o rosto mais escuro por causa do sol.

Eu também, Corayne sabia, embora não visse o próprio rosto desde... Ela nem conseguia lembrar. Mas já não sentia mais a dor formigante nas bochechas, e a ardência por fim cedia à pele bronzeada. *Talvez eu me pareça mais com minha mãe*, ela pensou, o coração dando um pequeno salto. Anos velejando haviam deixado Meliz da cor de um bronze feito com primor. *E menos com meu pai. Menos com Taristan.*

Até o nome dele era uma nuvem escura. Caía sobre ela, mais pesado do que a espada em suas costas.

Pior do que o nome do seu tio, no entanto, era a presença por trás dele. O Porvir estava sempre à espreita, rondando a mente dela, ameaçando invadir seus pesadelos a qualquer momento.

Somente a exaustão o mantinha a certa distância, graças ao ritmo extenuante com o qual atravessavam o deserto e ao seu treinamento diário. Sorasa e Sigil eram a melhor canção de ninar que Corayne já ouvira.

Os Falcões os guiaram até a tenda maior do destacamento improvisado. Guardas protegiam a entrada, usando armaduras de bronze com ornamentos escamados por cima dos mantos azul--escuros. Cada um segurava uma lança com ponta de aço duas vezes maior que eles. Ao contrário dos Falcões, usavam elmos forjados simulando crânios de dragão. A peça obscurecia o rosto, transformando cada guarda em um monstro sinistro.

Os Companheiros entraram na enorme tenda sem dizer uma palavra, devorados pelo ar frio e pelas sombras escuras. A maioria dos Falcões ficou do lado de fora, exceto pelo comandante lin--Lira, que entrou ao lado de Sorasa.

Falcão e amhara, lado a lado.

Quando os olhos de Corayne se ajustaram à luz fraca, ela viu que a tenda era subdividida em aposentos dos dois lados, enquanto o centro formava um longo salão. Havia uma mesa redonda no meio, cercada por cadeiras, mas sem ninguém sentado. As únicas silhuetas no salão estavam reunidas no extremo oposto, ao redor de um espelho de bronze polido, que iluminava o lugar melhor do que qualquer vela, refletindo a luz rosa do pôr do sol que entrava por um corte fino no alto da tenda.

Alguém estava ajoelhado diante do espelho, olhando para ele. *Ou melhor, para dentro dele*, Corayne se deu conta. *Para a própria luz refletida.*

— Le escolhide de Lasreen — Charlie sussurrou, sua voz, normalmente calma, soando estranhamente ríspida. Ele puxou Corayne para perto de si enquanto caminhavam. — Todos os deuses no panteão têm a mão na esfera. — Charlie não era alto, então podia cochichar entre eles mais facilmente. — Alguém que consiga ver sua vontade e dizer suas palavras. O observador de marés de Meira. A espada de Syrek. — Ele foi abaixando os dedos. — E elu é le escolhide de Lasreen, ao mesmo tempo nobre e divine.

Meliz an-Amarat nunca tinha seguido nenhuma religião e não costumava rezar, nem mesmo para Meira, a deusa do mar que tanto amava. Corayne seguiu o mesmo caminho. Ela sabia mais sobre as rotas de comércio e direito tributário do que sobre o panteão dos deuses e suas muitas tramas intricadas.

— Eles podem falar em nome de uma deusa? — Corayne murmurou para Charlie, olhando para le herdeire mais uma vez.

O espelho cintilava. Mesmo depois de tudo que Corayne tinha visto, era difícil acreditar.

— Eles podem dizer o que quiserem — Charlie respondeu com escárnio. Sua voz estava carregada de amargura, e seus olhos castanhos calorosos pareceram esfriar. Ele baixou o capuz, expondo o rosto queimado pelo sol e fechando ainda mais a cara. — Os deuses falam por meio de todos nós, não apenas pelos supostamente escolhidos.

De repente não foi tão difícil imaginar por que Charlie era um sacerdote destituído, sua ordem abandonada. Mas ele beijou os dedos e tocou a testa. Mesmo destituído, era mais sagrado do que todos eles juntos.

E mais sagrade ainda era le escolhide de Lasreen, ao mesmo tempo dedicade e herdeire do trono ibalete. Membro da família real que servia à deusa da vida e da morte.

Corayne engoliu em seco, tentando ver o reflexo de herdeire no espelho, mas seu rosto estava distorcido na luz fraca que se espalhava pela superfície chapada e deformada. Ainda assim, pôde distinguir os cabelos pretos ondulados, soltos, sem coroa para marcar seu posto, mas com as roupas mais refinadas que ela já vira desde Ascal. Tecido azul com fios de prata e ouro, um longo casaco de seda por cima de uma túnica ainda mais comprida, leves o bastante para o calor do deserto.

Os guardas do dragão flanqueavam o espelho e le protegide, estoicos e inescrutáveis atrás de seus elmos. Ficaram em silêncio, assim como as servas sentadas ali perto, ambas com vestidos azul-escuros idênticos. Um guarda estava em pé diante de majestade ajoelhade, sua armadura escamada brilhando, mas a cabeça exposta, o elmo com presas embaixo do braço.

Ele encarou os Companheiros com um olhar que parecia fogo vivo, os olhos negros brilhando no salão escuro. Assim como le herdeire, tinha o cabelo cor de ébano, preso em uma única trança, a ponta amarrada com um círculo lápis-lazúli.

Embaixo do nariz longo e elegante, um canto da boca se retorceu em desagrado.

— Você demorou, comandante — ele disse, o olhar se voltando para lin-Lira.

O líder dos Falcões baixou a cabeça, tocando a testa com uma pequena continência.

— Os convidados não estavam acostumados com o nosso... *ritmo* — ele respondeu, escolhendo as palavras com cuidado.

Mesmo assim, deu para ouvir um rosnado de Sigil.

— Não faço uma viagem tão lenta desde a infância — ela resmungou.

Felizmente, a caçadora de recompensas ficou em silêncio quando le herdeire se levantou do chão atapetado.

Elu tinha a mesma cor do guarda dragão, e o mesmo olhar penetrante. *Eles devem ser irmãos*, Corayne pensou. Ambos eram furiosos em seu porte, não belos, mas impressionantes, como estátuas de bronze e azeviche. Um brilho dourado cintilava em seus dedos, punhos e pescoço. Elu não usava joias, mas inúmeras correntes finas como barbante, todas tão brilhantes quanto o espelho.

Corayne conheceu outres como le herdeire, pessoas que não eram nem homens nem mulheres, nem nada entre isso. Lembrando seus modos, a jovem fez uma reverência trêmula, o melhor que podia oferecer para alguém da família real ibalete.

— Vi vocês chegarem. Senti sua presença na virada do vento, na inquietação do shiran sagrado — le herdeire disse, com a voz firme.

Por um momento, seu olhar passou por todos eles, observando cada Companheiro da cabeça aos pés. Então seus olhos pretos como carvão se fixaram no fundo dos olhos de Corayne.

— Corayne an-Amarat.

Le herdeire de Ibal ergueu o queixo.

O nome de Corayne nunca tinha soado como um golpe antes. Ela cerrou o maxilar, fingindo ser tão destemida quanto o restante dos Companheiros.

Sorasa deu um passo à frente, cruzando os braços na frente do corpo esguio. Ao lado de herdeire, o irmão levou a mão ao cabo da sua espada. Assim como os Falcões, ele notou as tatuagens e a adaga dela, marcas conhecidas de uma assassina amhara.

— Engraçado — Sorasa respondeu, dando de ombros. — Devemos ter perdido a festa de boas-vindas, Isadere.

— Dirija-se a minhe irmane por seu título de direito ou nem se dirija a elu, cobra — o soldado dragão vociferou, então fechou os dedos ao redor da espada e sacou os primeiros centímetros da bainha, exibindo o aço reluzente.

À direita de Corayne, Dom tocou sua espada, mais rápido do que qualquer mortal conseguiria. Não a sacou, mas o Ancião gigantesco era ameaçador o bastante, e até o irmão de herdeire deu um passo para trás.

As pálpebras de Sorasa mal tremularam.

— Você vê a ironia dessa frase, não vê, Sibrez? — Ela avançou. — E com qual título devo me referir a você? Bastardo real?

Por um momento, Corayne pensou que Sibrez partiria para cima da amhara. Até que le herdeire se meteu entre eles, os lábios franzidos. Isadere encarou-os, mas não disse nada. Apenas balançou as mãos marrons, para dispensar o irmão com seus dedos longos e elegantes. Lisos. Intocados pelo trabalho ou pela guerra.

Sibrez fez uma reverência, soltando a espada, embora estivesse com um ligeiro espasmo na bochecha.

A atenção de Isadere se voltou para Corayne, seus olhares se encontrando.

— Você tem sangue do Cór nas veias — Isadere afirmou, rondando-a.

Andava com os pés descalços sobre os tapetes suntuosos, sem fazer barulho algum. A tenda estava surpreendentemente silenciosa se comparada com o estrondo dos cascos pelo deserto.

Corayne mordeu o lábio. Embora a prova disso estivesse lá atrás no oásis, e na própria espada de Fuso, ela ainda se sentia incomodada de saber a linhagem do pai. Tanto diante de estranhos, como no próprio coração.

— Apenas metade — ela se forçou a dizer.

A cada passo Isadere se aproximava dela, até estarem a apenas um metro de distância. Corayne sentiu o óleo perfumado que elu usava, jasmim e sândalo. *Importado de Rhashir*, ela pensou na longa jornada que um pequeno frasco inestimável fez até o óleo ir parar em seu punho.

— Mas é o sangue do Cór que a move, que a impulsiona rumo ao desconhecido — Isadere disse, os olhos arregalados e penetrantes. Corayne tentou não se agitar com esse olhar. — Pelo menos foi o que aprendi em minhas lições. Que os descendentes do Velho Cór são incansáveis, filhos de estrelas diferentes, desgarrados e sempre em busca de um lar que nunca vão encontrar. — Em seguida, le herdeire olhou para Dom, inclinando a cabeça. O Ancião não se moveu. — Também dizem o mesmo sobre os Anciões. Vejo Glorian em seus olhos, imortal.

Dom conseguiu fazer uma expressão extraordinária, algo entre um sorriso e uma careta.

— Sou nascido na Ala, alteza. Meus olhos nunca viram Glorian.

Le herdeire sorriu, exibindo dentes demais. Como um tubarão.

— Mas ela vive em você — elu disse, dando de ombros. — Assim como a deusa vive em mim. A luz de Lasreen me diz muitas coisas... enigmas, quase sempre — Isadere continuou, abrindo bem os braços. Suas mangas compridas caíram, os fios cintilantes brilhando como estrelas em um céu azul-real. — Mensagens confusas até se concretizarem, e a linha só pode ser rastreada para o passado. Mas, em uma coisa, a deusa é infinitamente clara.

Isadere ergueu um dedo com anéis de ouro. Atrás delu, os últimos raios do crepúsculo reluziam no espelho.

— A esfera está em grande perigo. A Ala está prestes a ruir.

Corayne rangeu os dentes. *Foi para isso que perdemos tanto tempo? Mais um membro da família real que adora ouvir o som da própria voz nos falando o que já sabemos?*

— Sim, disso já sabemos — Corayne disparou.

Ao seu lado, Andry cutucou suas costelas. O rosto dele era uma máscara, imóvel e impossível de interpretar. O escudeiro estava mais acostumado com as baboseiras da realeza do que qualquer um deles.

O comandante lin-Lira levou a mão ao peito e fez uma reverência, chamando a atenção de Isadere. O olhar delu se suavizou.

— Galland está ficando audaciosa — ele disse, ajeitando a postura de novo. — Duzentos soldados entraram em nosso território, todos para proteger uma abominação que mataria todos nós e afundaria nossas frotas.

Ibal é a maior potência marinha da Ala. Uma ameaça à sua marinha é uma ameaça ao seu reino inteiro, Corayne pensou. *E Galland também.*

— Então é verdade. O Fuso se abriu — Isadere murmurou, mordendo o lábio. — Devo admitir, rezei para que não chegasse a esse ponto. Rezei para que minhas leituras estivessem erradas. Mas, infelizmente, o espelho não mente, e aqui estamos nós.

Corayne olhou para o disco de bronze atrás de Isadere. Sua face chapada parecia inexpressiva, inescrutável. Longe de ser uma fonte de profecia.

Sibrez mostrou os dentes.

— O que restou dos monstros?

Com uma risada calorosa, Sigil bateu o punho no peito coberto pela couraça.

— Apenas ossos — ela disse, orgulhosa. — De nada.

Sibrez inclinou a cabeça.

— Muito bem, temurana.

Lin-Lira continuou:

— A rainha Erida não apenas violou nossa soberania, mas está marchando em Madrence com vigor.

— Isso não é novidade para ninguém. — Isadere bateu as mãos. Nos cantos das tendas, as servas começaram a acender velas. As sombras no salão se ergueram. — Galland disputa com Madrence década após década.

— Eles marcham ao longo do Rose, a caminho de Rouleine — lin-Lira continuou, a voz grave carregando todo o significado daquilo.

Corayne entendia pouco de deuses e sacerdotes, mas sabia ler mapas. Conhecia a Ala. Ela viu a rota da rainha em sua mente, e seu coração se acelerou enquanto continha uma exclamação de surpresa, olhando para Andry. Ele retribuiu o olhar, franzindo a testa. Corayne não precisava ler a mente dele para ver os pensamentos atormentados refletidos em seus olhos. Se os exércitos de Erida estavam marchando para o sul ao longo do rio Rose, a caminho da cidade madrentina de Rouleine, é porque realmente estavam em guerra. A conquista dela — e de Taristan — havia começado.

— Detesto a política do norte — Isadere murmurou. — Tão bárbara.

Sempre em seu papel de escudeiro, criado em um palácio e nascido na corte, Andry deu um passo à frente e fez uma reverência treinada.

— Permita-me, alteza? — perguntou, erguendo os olhos para elu em deferência.

Isadere o observou como se o garoto fosse uma planta peculiar.

— Pois não?

Andry se ergueu, a mão no peito.

— Nasci em Galland e fui criado na corte de Erida. Existem conflitos ao longo da fronteira há gerações, mas nenhum exército de verdade jamais avançou, de nenhum lado, pelo menos nos últimos cem anos. Se o que ele está dizendo é verdade, a rainha Erida está realmente em guerra no norte. E faz isso com um monstro ao seu lado.

— O zé-ninguém com quem ela casou? — Isadere zombou, olhando para Sibrez. Os semblantes nobres se desfizeram enquanto trocavam sorrisos maldosos. — A todo-poderosa rainha de Galland, casada com um oportunista convencido qualquer do Cór. Admito que isso fugiu até das previsões de Lasreen. Mas quem sou eu para julgar os caprichos de outro coração?

Corayne trincou os dentes. Decidida, puxou o manto para o lado e libertou a espada de Fuso, sacando toda a extensão de aço da bainha. Isadere observou a lâmina como se seus olhos dançassem, assimilando a espada e suas marcações estranhas. Os outros servos fizeram o mesmo, inclusive os guardiões de elmo, seus olhos pontilhados pela luz de velas. Sibrez e lin-Lira examinaram a espada de longe, fascinados pela arma antiga. Corayne sentiu como se todo o peso do salão tivesse caído sobre si, todos focados nela.

A última vez que estive diante de um membro da realeza, ela tentou me matar. Ao menos Isadere não tentou isso... ainda.

— Aquele zé-ninguém é meu tio, Taristan do Velho Cór, e a única outra pessoa viva capaz de abrir um Fuso — Corayne disse. Ela tentou soar forte como a lâmina em sua mão. *Não conseguimos atrair Galland para o nosso lado. Não podemos falhar outra vez.* — Ele fez isso aqui, em suas terras. Abriu um portal para Meer e lançou monstros ao mar. Eu fechei esse portal com as minhas próprias mãos, salvando as suas frotas da destruição. — O peso da espada parecia feito para sua mão, não uma âncora puxando-a para baixo, mas uma base que a mantinha firme. Ela se apoiou na espada, deixando que a força da arma a preenchesse. — E ele vai fazer de novo, na primeira oportunidade. Custe o que custar para Todala.

Depois de um longo momento, Isadere desviou o olhar da espada, se voltando para o espelho com o rosto tenso. Mas a luz tinha ido embora, e as velas mal iluminavam sua superfície. O que quer que elu quisesse ver não apareceu.

— Sabe aonde ele poderia ir em seguida? — Isadere perguntou, e Corayne sentiu um lampejo fraco de esperança. — Para outro Fuso?

Antes que Corayne pudesse responder, Charlie interrompeu, com um sorriso sarcástico.

— Não é melhor perguntar para o espelho?

Isadere ergueu o queixo.

— O espelho mostra o que a deusa quer. Não cede aos caprichos mortais.

— Quer dizer que ele só mostra aquilo de que você precisa... depois que você não precisa mais? — Charlie alfinetou. Nitidamente estava gostando daquilo.

Corayne se contraiu, contendo o impulso de pisar no pé dele.

Le herdeire corou e fechou a cara, colocando-se entre Charlie e o círculo de bronze sagrado, como se o objeto fosse uma criança a ser protegida.

— Me recuso a ouvir blasfêmias.

— Pois então tampe os ouvidos — Charlie respondeu, antes de Sigil tapar sua boca.

— Acho que Ibal é o único país onde você *não* é procurado — a caçadora de recompensas resmungou, puxando-o para trás. Apesar do enlaço firme de Sigil, Charlie revirou os olhos. — Está tentando mudar isso?

— É pedir muito que vocês se comportem? — Corayne sussurrou entre dentes, olhando feio para Sorasa, Dom e Charlie.

Ela deu um passo para o lado, escondendo Charlie, mudo, de Isadere. *Não estamos aqui para discutir religião.*

— Vossa alteza tem razão — ela disse, segurando a espada de Fuso com força. O toque do couro estava começando a se tornar familiar, moldando-se à mão dela e perdendo a forma da mão do pai. Ela tentou não pensar no que aquilo significava. — A Ala está em grande perigo, e você sabe disso há muito tempo.

Isadere baixou a cabeça apenas alguns centímetros, mas foi o suficiente.

A esperança em Corayne, a esperança indestrutível e idiota que ela se esforçava muito para ignorar, continuou a crescer.

— Seu pai também sabe, certo? — ela insistiu, avaliando a reação de Isadere.

O rosto de herdeire ficou sombrio, seu sorriso de tubarão se transformando em uma carranca de tubarão. Por um segundo, Corayne sentiu medo de ter extrapolado.

Então Isadere trocou um olhar profundo com o irmão.

— Sim, ele sabe — Sibrez respondeu. Sua voz tremeu de frustração.

— Por isso fugiu — Corayne disse. Os fios se ligaram em sua mente. — Para o palácio de verão, no alto das montanhas.

Juntos, os irmãos empalideceram, desviando o olhar. A vergonha atravessou suas expressões como uma tempestade. Atravessou lin-Lira também, que cerrou os punhos calejados.

— E vocês, seus Falcões... — Corayne se voltou para o comandante, lendo sua linguagem corporal. — Vocês se recusaram a ir com ele. Seu rei, sangue do seu sangue, seu dever. — Ele se remexeu com o comentário dela, e, de alguma forma, Corayne se sentiu a mais velha entre os dois, embora lin-Lira tivesse décadas a mais que ela.

— Você contrariou a coroa para salvar a Ala — ela murmurou.

Embora ela tivesse passado muitos dias à mercê de lin-Lira e seus soldados, sentiu como se o estivesse vendo pela primeira vez. As linhas de expressão ao redor da boca, os fios grisalhos em sua barba. A bondade em seus olhos. O *medo* repuxando-os. De repente ele não pareceu mais tão intimidador, não quando comparado aos Companheiros maltrapilhos que seus homens haviam trazido do deserto. *Assassinos, todos nós somos assassinos agora.* Corayne lembrou do sangue em suas próprias mãos. *Inclusive eu.*

Isadere colocou a mão no ombro de lin-Lira, em um gesto apaziguador. Elu não era tão jovem quanto Corayne pensou a princípio: linhas de expressão surgiram no rosto ferrenho. Assim como em lin-Lira, ela viu a dúvida nelu, o medo.

— Não haverá coroa para salvar se a Ala sucumbir — Isadere sussurrou, o toque se prolongando um pouco demais.

Então, tirou a mão, endireitando os ombros e virando para Corayne, os Companheiros e a espada de Fuso.

A luz das velas ardia em seus olhos. Embora as chamas fossem mornas e douradas, Corayne não conseguia deixar de sentir aquele calor intenso e sufocante, as brasas do Porvir. Elas ardiam agora, em algum lugar do outro lado da Ala, pedindo para serem incendiadas.

Isadere apontou para a mesa, convidando-os a sentar.

— Contem-me tudo.

As servas substituíram as velas duas vezes até Corayne terminar seu relato, Dom e Andry fazendo adendos. Enquanto a maioria estava sentada ao redor da mesa, Sorasa andava de um lado para o outro em um ritmo tranquilo. Charlie permanecia em um silêncio obstinado, com medo das mãos monstruosas de Sigil. Embora eles falassem até tarde da noite, os guardiões de Isadere seguiam Sorasa de longe, sem nunca perder o ritmo, vigiando a amhara incansavelmente. Corayne descobriu que eles eram chamados de *Ela-Diryin*: os Dragões do Abençoado. Assim como os Falcões protegiam o rei de Ibal, esses guerreiros juravam defender le escolhide de Lasreen. Eles morreriam pelas próprias espadas se Isadere dissesse que essa era a vontade da deusa.

Era um forte poder para deter.

Le herdeire escutou, com atenção e em silêncio.

Mas Erida também escutou, e todos sabemos aonde isso nos levou.

— E então o Fuso desapareceu, obrigado a se fechar — Corayne disse, olhando para o corte na palma da mão. Estava cicatrizando bem, apesar dos muitos dias segurando as rédeas de um cavalo. A espada de Fuso tinha pelo menos mil anos de idade, mas estava tão afiada quanto no dia em que foi feita. Cortava sem dificuldade. Ela ainda sentia o ardor, o aço frio na carne. — As águas foram absorvidas pela areia, deixando apenas os corpos e um oásis vazio. Fomos até o entorno para nos reagrupar. Foi lá que os Falcões nos encontraram.

— Comandante? — Isadere interrompeu, falando pela primeira vez em horas.

Na abertura da tenda, lin-Lira assentiu.

— É a verdade — ele suspirou.

Sigil se apoiou nos cotovelos, um cacho de cabelo preto caindo no olho.

— Agora estamos aqui, seus prisioneiros.

— Pela última vez, vocês não são prisioneiros... — lin-Lira bufou, mas foi interrompido por Sigil.

— Então podemos ir? — ela retrucou, encarando le herdeire.

— Sim — Isadere respondeu com tranquilidade, sem hesitar. — Em breve.

Um silvo baixo escapou da boca de Sigil. Corayne sentia a mesma frustração, mas chutou a perna dela por baixo da mesa para calá-la. Uma temurana enjaulada era um desastre em potencial, uma tempestade implorando para cair.

— O que le escolhide de Lasreen quer de nós? — Corayne perguntou, enunciando as palavras com cuidado.

Isadere se endireitou no assento, claramente contente com o título.

— Informação — disse. — Direção. Tempo.

Dom parecia uma montanha sentado na cadeira baixa, uma pilha de rochas. Uma das mãos estava pousada na mesa, imóvel exceto por um dedo tamborilando.

— Tempo para quê?

— Para nos preparar, Ancião. — Isadere apontou para a abertura da tenda e para o deserto lá fora. — Se Erida de Galland entrar em guerra contra toda a esfera, devemos nos preparar. Vou mandar emissários para Erida e meu pai...

Mais uma vez, Sigil debochou.

— Não há tempo para diplomacia.

Corayne sentiu a própria paciência se esgotar. Levantou rapidamente, parando diante da mesa e desejando poder mostrar a eles tudo o que tinham visto em Nezri. O que ela via em seus sonhos dispersos. *Mãos vermelhas, rostos brancos, algo se movendo sob as sombras, algo voraz e crescente.*

— Não ouviu o que acabamos de contar? — ela disparou, o rosto se inflamando.

Segundos se passaram, o silêncio da tenda piorando tudo.

— Erida enviou soldados para Ibal. Taristan abriu um Fuso nas suas terras para atacar sua marinha e isolar vocês. — Corayne passou o dedo pela mesa. Ela queria ter um mapa, nem que fosse para enfiá-lo na cara de Isadere e fazê-le *enxergar*. — Estão tentando enfraquecer o oponente mais forte deles antes mesmo que você saiba que está em guerra!

Ela achou que Isadere argumentaria, ou que Sibrez pediria respeito de novo. Mas nenhum dos irmãos da realeza fez nada, imóveis em seus assentos. Isadere olhou para o chão e soltou um suspiro baixo.

— Não sou le soberane de Ibal — elu murmurou, com uma pontada de pesar. — Não posso comandar as frotas ou os exércitos dele.

Corayne se crispou.

— Então o que estamos fazendo aqui?

— Não sou le soberane — Isadere repetiu, mais alto. Seu olhar se tornou mais afiado. — Mas *fui* escolhide por Lasreen. Falo em nome de uma deusa, e a deusa me diz para ajudar você. A deusa mostrou o caminho.

Em algum lugar perto do espelho de bronze, na outra ponta do salão, Sorasa parou. Os dois Dragões que a seguiam também, as lanças em punho.

— A marinha ibalete seria um bom começo — Sorasa rosnou.

Isadere riu com frieza.

— Você passou esse tempo todo em silêncio, amhara. Fiquei com medo de que fosse colocar uma faca em meu pescoço, admito. — Elu virou na cadeira para olhar diretamente para Sorasa. Eram descendentes de Ibal, mas distantes como dragão e tigre. — Ou não há mais encomendas em meu nome?

— Há muitas, alteza. — Sorasa abriu o sorriso sarcástico de sempre. — Mas estou um pouco preocupada com o fim do mundo. Vou coletar depois.

Amhara caída, amhara arruinada. Corayne lembrou das palavras de Valtik. Sorasa não era mais uma amhara, exilada da guilda que esse povo tanto odiava. Mas ainda usava a adaga com orgulho e aceitava o título, mesmo que isso a marcasse para todos que vissem.

— Estarei à espera — Sibrez respondeu, uma ameaça explícita.

Sorasa abriu um sorriso feroz. Isadere não era a única pessoa com um sorriso letal de tubarão.

Le herdeire virou para Corayne ao seu lado.

— Você tem amigos estranhos, Corayne an-Amarat.

Amigos. A palavra soou estranha para eles, sobretudo para Corayne. É óbvio que ela considerava Andry um amigo, e Dom também. Eles eram tão próximos a ela quanto Kastio, quanto a tripulação de sua mãe. Confiava neles; importava-se com eles. Mas Sorasa? Uma assassina sem lealdade a nada ou a ninguém?

Seu coração bateu forte. *Ela voltou para nos salvar no palácio. Ela me buscou no cânion. Quando Dom não conseguiu ver o perigo, ela viu. Ela sabia, e arriscou a vida para salvar a minha.* Corayne lembrou da amhara puxando-a a centímetros das pedras.

E Valtik? A velha estava dormindo na cadeira com a bochecha colada à mesa, mais parecendo uma bêbada que tomara cervejas demais. Na melhor das hipóteses era um incômodo e, na pior, uma perturbação. Fazendo barulho com seus ossos e rimas, sem dizer nada e dizendo tudo ao mesmo tempo. *A velha bruxa se colocou entre o kraken e o restante de nós, contendo-o por pouco. Estaríamos mortos sem ela, a Ala já teria sido destruída.* Em seu bolso, Corayne ainda sentia os gravetos, o amuleto jydês do barco parecendo ter vindo de outra vida. O sangue de Taristan ainda estava lá, seco e enegrecido.

Charlie, que reclamava a cada passo. Que a ensinou a fazer selos e salvo-condutos tyreses. Que fazia piadas diante das dores da estrada, que a fazia se sentir um pouco menos sozinha.

Sigil, rude e orgulhosa demais, arriscando a vida de todos sempre que se gabava. Que traiu todos eles e depois voltou atrás. Que ficava de guarda todas as noites.

Amigos?

A voz de Isadere cortou seus pensamentos.

— Não posso oferecer a marinha a vocês, mas posso oferecer um navio.

Ao redor da mesa, os Companheiros trocaram olhares animados, inclusive Corayne. Ela lambeu os beiços, atrevendo-se a ter esperanças, tentando conter o sorriso sincero que surgia em seu rosto.

— O meu próprio navio, ancorado em alto-mar — Isadere disse, apontando vagamente com a cabeça na direção da costa. *Mais alguns quilômetros, mas não está longe. Não depois da distância que já percorremos.* — O navio está bem aprovisionado e tripulado, e é capaz de levar vocês para o outro lado do mar Longo.

Corayne deu de ombros.

— Para onde, não sabemos — ela murmurou, soando tão pequena quanto se sentia. Os outros sentados à mesa não deram sugestões.

Mas Isadere se recostou em seu assento, as mãos cintilantes cruzadas sobre o móvel.

— A deusa sabe.

Todos olharam para le herdeire.

Charlie inspirou fundo.

— Que sombras seu espelho mostrou? — ele perguntou, a voz vacilante. — Que caminho você acredita ter visto?

Isadere virou no assento, observando o espelho de bronze, agora escuro e vazio. Um canto da sua boca se ergueu em um sorriso.

— Me digam vocês — elu murmurou. — Vi as primeiras neves do inverno e um lobo branco correndo ao vento.

— Um lobo branco? — Dom torceu o nariz, confuso. Corayne sentiu o mesmo.

Mas ao lado dela, Andry se inclinou para a frente, apoiando as mãos na mesa. Os olhos se iluminaram quando ele entendeu.

— Você está falando do príncipe de Trec — ele afirmou, sorrindo como Isadere. — Oscovko. Esse é o símbolo dele.

Isadere abriu um sorriso de orelha a orelha.

— Talvez ele seja o aliado de que vocês precisam, enquanto Ibal desperta de seu sono, certo?

— O príncipe de Trec é um bêbado e um tirano, que se contenta em combater os saqueadores jydeses, nada mais — Sorasa disse com desdém, dando de ombros. — Ele não vai fazer frente ao exército de Taristan e Erida.

— Oscovko foi um dos pretendentes mais promissores de Erida — Andry retrucou. — Ele guarda rancor dela, isso é certo. Pode ser o suficiente para convencê-lo.

Trec não tinha um litoral que sua mãe pudesse saquear, e Corayne sabia pouco além do básico sobre o território do reino. Um país ao norte, pequeno mas orgulhoso, satisfeito em ter o controle de suas minas de ferro, forjas de aço, e pouco mais que isso.

Ela piscou, tentando encaixar as peças.

— Não precisamos que ele combata o exército de Erida — Corayne murmurou, soltando uma expiração baixa. — Precisamos dele para fecharmos o próximo Fuso.

O coração dela palpitou com a possibilidade, ainda exausto por conta do último Fuso aberto.

— E onde isso poderia ser? — Sorasa resmungou, olhando de Corayne para o espelho de Isadere. — Alguma pista?

— Quanto a isso, o espelho não é claro — Isadere respondeu, seu sorriso desaparecendo.

A assassina sibilou como a cobra tatuada em seu pescoço.

— É claro que não.

Corayne virou na cadeira.

— Valtik? — ela chamou, olhando para a velha que roncava baixo. — Alguma ideia?

Sigil deu um peteleco no ombro da bruxa jydesa, acordando-a. Valtik piscou, sentando, os olhos no mesmo tom acolhedor de azul, brilhando mais do que qualquer objeto no salão. Nem as velas bruxuleantes se comparavam a ela.

— Ideias, Valtik — Corayne repetiu, frustrada. — Sobre onde pode estar o próximo Fuso. Aonde Taristan vai agora?

— Ele deixa rosas em sua esteira — a bruxa respondeu, rindo baixo. Ela começou a trançar e destrançar o cabelo, tirando galhos secos de jasmim e lavanda antiga. — Rosas, morrendo na trepadeira.

Corayne rangeu os dentes.

— Sim, sabemos que ele está no rio Rose.

— Ou ela pode estar falando literalmente de rosas — Charlie sugeriu, dando de ombros. — São a marca do império antigo, os Córs.

Sangue do meu sangue, Corayne pensou. Lembrou das rosas na corte de Erida, as pobres criadas cortando flores noite adentro para um casamento monstruoso. Vermelhas como os vultos em seus sonhos, como o sangue em sua espada, como o vestido que Erida usava naquela noite, quando prometeu ajudá-los a salvar a Ala e, em seguida, os entregou aos lobos.

Não podemos ficar pensando em rosas agora. Precisamos de respostas.

— O que os ossos dizem, *gaeda*? — ela perguntou, segurando o ombro de Valtik, enquanto levava a outra mão ao bolso da bruxa e aos pequenos esqueletos que chacoalhavam dentro.

Isadere inspirou fundo e levantou da mesa, dilatando as narinas.

— Não vou tolerar magia de ossos jydesa na minha presença! — elu vociferou, os olhos escurecidos de repulsa. — Não diante de Lasreen.

Corayne abriu a boca para questionar a reação violenta de Isadere, mas Valtik riu de novo, cortando-a.

— Vês tudo e nada — ela grasnou, guardando o saco de ossos. — Descendes mesmo de teu monarca.

— Como ousa, bruxa? — Isadere se enfureceu. Atrás delu, o espelho continuava escuro e vazio, um círculo simples de bronze. — Está questionando a vontade da deusa?

Para a surpresa de Corayne, Charlie se enfiou no meio, estendendo as mãos manchadas de tinta.

— Ela não está questionando nada, alteza — ele disse, assumindo um tom apaziguador. — As crenças dela são as mesmas que as suas no fim das contas. Ela serve aos deuses como você, à maneira dela.

Isadere voltou o olhar para o homem, avaliando-o novamente. Observou os dedos dele.

— E a que deuses você servia, sacerdote? — elu murmurou.

Charlie se empertigou, erguendo o queixo.

— Ainda sirvo.

— Muito bem — Isadere respondeu, afundando na cadeira novamente.

Corayne rangeu os dentes, comparando a magia de ossos de Valtik à ajuda de Isadere. Era um equilíbrio difícil de avaliar. Felizmente, a bruxa não estava a fim de brigar. Lançou apenas um olhar para Corayne com seus olhos inquietantes antes de sair da mesa rumo ao deserto. Os guardas não ficaram no caminho, e ela desapareceu noite adentro, deixando um cheiro tênue de inverno atrás de si.

No fim do corredor, Sorasa voltou a andar de um lado para o outro, fazendo que não com a cabeça.

E agora?, Corayne se perguntou, a esperança vacilando no peito. *Estamos perdidos e sem direção, um navio muito longe da costa.* Ela tentou pensar, buscando em sua mente qualquer coisa que pudesse ser útil.

— Não sabemos onde está o próximo Fuso, isso é óbvio. — A aceitação tinha gosto de derrota, mas ela se forçou a continuar, rodeando a mesa. Mais uma vez desejou ter um mapa. Ou uma pena e um pergaminho. Algo que pudesse segurar, que a ajudasse a pensar. — O que sabemos?

— Erida e Taristan são fortes o bastante para conquistar Madrence à força, e rápido. Antes que qualquer reino consiga se mobilizar para defender Madrence. Eles sabem disso, ou não estariam marchando rumo a Rouleine — Andry respondeu, a voz baixa.

Corayne viu a exaustão tomar conta dele, finalmente pesando depois da longa viagem pelo deserto.

Sorasa concordou.

— Isso não acontece há um século. E Taristan está com Erida. Ou está seguindo o caminho para outro Fuso, ou conquistar Madrence é mais importante para a causa dele.

Corayne assimilou tudo, enumerando as informações como listas em seu velho livro de registros. O mapa de Todala surgiu em sua mente, tão familiar quanto o rosto da mãe. Ela viu a fronteira perigosa entre Galland e Madrence, traçada ao longo do rio Rose, pontilhada por uma linha de castelos que protegiam cada lado. Então o Rose encontrava o Alsor, os dois rios se unindo antes de correr para o mar. Em sua junção ficava Rouleine, a primeira grande cidade no caminho de Erida. Não tão grandiosa quanto Partepalas, a capital madrentina, mas definitivamente um prêmio para qualquer conquistador.

Em sua cadeira, Dom passou a mão nas cicatrizes. Corayne estremeceu, pensando nos soldados esqueletos e suas facas.

— Não, Taristan ainda caça os Fusos como nós — ele disse. Seu lábio se curvou de repulsa. — Procurando pistas em lendas antigas, ouvindo os sussurros daquele rato vermelho que tem como sacerdote.

Isadere estreitou os olhos.

— Ele abriu outros Fusos desde que vocês o viram pela última vez? Libertou coisas... *piores*?

Com um suspiro, Dom jogou a cabeça para trás, afastando a angústia. Até os imortais sentiam dor.

— Não sabemos.

— Ainda temos tempo — Charlie sussurrou, tamborilando os dedos na mesa.

Sigil olhou para ele de canto de olho, com escárnio.

— E como você sabe isso?

O sacerdote deu de ombros, recostando na cadeira, e cruzou as mãos sobre a barriga, como um homem satisfeito após uma boa refeição.

— Os Fusos sustentam as esferas. Ainda não estamos mortos, então já é alguma coisa.

— Já é alguma coisa — Sigil repetiu, balançando a cabeça.

Ainda não estamos mortos. Corayne quase deu risada, e os muitos dias de viagem e trabalho árduo pareceram pesar de uma só vez, uma onda terrível. As serpentes marinhas, os cavalos, a cidade oásis sem nada além de fantasmas. *Ainda não estamos mortos*, ela pensou. *Coloque isso em uma tapeçaria, pois parece o fio central desta jornada.*

— Sabemos onde está um dos Fusos.

A voz de Andry era como um sino, nítida e ressoante pela tenda. Seus olhos encontraram os de Corayne, castanhos sobre pretos, terra sobre pedra. Ela franziu a testa, tentando entender o que havia esquecido, perdendo-se em memórias. A espada de Fuso ainda estava embainhada, apoiada em sua cadeira. Agora, pesava como uma pedra, tentando puxá-la para a terra. Enterrá-la.

Seus lábios formaram a pergunta, mas Andry respondeu antes que ela tivesse tempo de falar.

Ele franziu o rosto com pesar, contorcendo a boca em uma careta. A dor roubava sua voz, como se houvesse uma faca enfiada em suas entranhas, girando devagar.

Ele abriu a boca, os dentes trincados, o maxilar tenso. As palavras eram uma agonia para ele.

— O templo — ele se forçou a dizer, e Dom soltou uma expiração lancinante.

Mais rápido do que qualquer um julgaria possível, o Ancião deu um pulo e saiu da tenda, a soleira balançando como se tivesse sido soprada por um vento forte. Sorasa parou, o rosto inexpressivo, os olhos de tigresa arregalados, encarando as costas dele.

Corayne ficou atônita. O chão ameaçou sumir sob seus pés e ela quase caiu.

Isadere inclinou a cabeça, sem entender, assim como o irmão.

— O templo...? — Sigil começou, perplexa.

Ela não estava lá. Ela não sabia.

E, embora Corayne soubesse a história, soubesse quem morrera naquele campo atroz, soubesse qual sangue alimentara a floresta nos sopés das montanhas, ela não sentira na pele. *Eu também não estava lá. Não vi meu pai morrer, ou nenhum dos outros. Não tenho como saber o peso disso.*

Andry fez uma reverência, baixando a cabeça, o queixo quase encostando no peito.

— Temos que voltar — ele sussurrou, a voz embargada.

Sem nem perceber, Corayne tocou o ombro dele e sentiu seu corpo firme e quente. Era tudo que ela podia fazer para reconfortá-lo. *Se houvesse alguma outra forma...*, ponderou, já sabendo a resposta.

Ela olhou para o espelho no fundo da tenda. A lua havia nascido, filtrada pelo buraco no teto inclinado, e brilhava na superfície de bronze do espelho. Por um momento, Corayne pensou ver um rosto, frio e branco.

— Temos que voltar — ela repetiu.

7

NEM MESMO FANTASMAS

Domacridhan

Tudo bem sentir saudade dele. *Tudo bem sentir esse buraco.*

Andry Trelland disse isso algumas semanas antes, perto do rio e dos salgueiros, quando os pesadelos ficaram horríveis demais até para Dom suportar. Definitivamente parecia um buraco agora, crescendo a cada segundo que passava. Primeiro engoliu seu coração. O resto dele seria engolido logo depois.

O veder encarava o céu da noite repleto de estrelas. Uma centena de pontos de luz na escuridão infinita. Surgiam um a um, voltando a cada pôr do sol. Naquele momento, Domacridhan de Iona odiou as estrelas, pois elas não podiam morrer.

Ao contrário deles. Ao contrário de qualquer pessoa, mortal ou imortal, que Dom estimasse. Todas elas estavam mortas ou perto da morte, dançando no gume da destruição. Era algo estranho de entender — que todos e tudo que ele conhecia podiam desaparecer.

Corayne era perseguida pelas duas pessoas mais perigosas da esfera, seu rosto e nome estampados por toda a Ala. Sem mencionar que era a única coisa que protegia Todala do apocalipse. Uma posição precária para qualquer um, que dirá para uma jovem mortal. Andry era um fugitivo assim como Corayne, e, para o azar dele, era nobre demais. Seria capaz de pular na frente de uma espada a qualquer momento. E Ridha, sua querida prima, estava sabem os deuses onde, viajando pela Ala em busca de aliados que talvez nunca conseguisse.

Ele praguejou contra a covardia da mãe dela, mas sentiu falta da tia no mesmo doloroso instante. Se ao menos a monarca de Iona estivesse com eles agora, com seu poder e o poder dos enclaves imortais. Dom temia por ela também, por todos em Tíarma, por todos dentro da tenda de herdeire. Até mesmo por Valtik, murmurando enquanto atravessava as dunas de areia. Apenas Sorasa Sarn estava a salvo de suas preocupações. Dom achava que nem o fim do mundo conseguiria matá-la. Ela encontraria uma saída, de alguma forma, independentemente do que custasse aos outros.

Estava sem fôlego, como se tivesse feito todo aquele trajeto dos últimos dias correndo pela areia, e não a cavalo. Sentiu um aperto no peito, e a ferida na costela, embora cicatrizada, ardia como se fosse recente. As cicatrizes estavam piores, quentes e coçando. Ele sentiu as criaturas de Asunder de novo, seus dedos ossudos e espadas quebradas cortando sua pele.

Nos pesadelos, Dom não escapava deles. Nos pesadelos, eles o puxavam para as profundezas, até o céu virar apenas um pequeno círculo sobre ele, o resto do mundo em preto e vermelho. Ele conseguia ouvir Cortael gritando. Conseguia sentir o cheiro do sangue dele. Mesmo quando estava acordado, ouvia e sentia, a memória vívida demais.

E agora temos que voltar.

As estrelas giraram por minutos e séculos, infinitas no céu. Nem em Iona havia tantas estrelas. Dom as observou, buscando uma resposta.

Os milhares de luzes não responderam.

Mas Domacridhan de Iona não estava sozinho.

— Dizem que as estrelas são todas as esferas que existem, e suas luzes são um chamado, um convite.

Dom não se moveu quando a figura surgiu ao seu lado. Era da sua altura, e tinha pele negra com uma coroa de tranças pretas. Imortal, outro filho de Glorian.

Dom ficou boquiaberto e inspirou com dificuldade.

O recém-chegado não usava armadura, mas longos mantos roxos, com braceletes finos nos punhos elegantes. Eram panteras entrelaçadas, trabalhadas em azeviche e ônix, os olhos cravejados de esmeraldas. Dom sabia o que significavam, e a qual enclave pertenciam.

— Eu sabia que a corte de Ibal era próxima dos vederes do sul, mas não esperava encontrar um aqui. Muito menos um príncipe de Barasa. Que notícias você traz, Sem? — Dom perguntou, em vederano. A língua antiga de seu povo deixava um gosto bom em sua boca.

Ele se curvou, reverenciando o príncipe imortal, que retribuiu o gesto.

— Príncipe Domacridhan de Iona. Meu enclave não trata com os seus desde antes de você vir à luz desta Ala. — O rosto dele refletiu a luz de tochas, e Dom viu um nariz curvo imponente e maçãs de rosto altas. Os olhos eram semicerrados, como se congelados em um sorriso perpétuo, de uma bondade hipnotizante.

Um filho do monarca Shan. Barasa era o enclave mais ao sul nas terras conhecidas da Todala, situado no fundo da floresta dos Arco-Íris. Enquanto Iona erguia o emblema do cervo, Barasa carregava a pantera.

— Sinto muito por nos conhecermos nessas circunstâncias — Dom disse, olhando para as tendas. Ele tentou pensar como Corayne, entender por que um príncipe vederano seguiria le herdeire mortal de Ibal. — Imagino que tenha ouvido o que foi dito lá dentro.

— Nós, vederes, estamos sempre ouvindo, como seus mortais já devem ter descoberto — Sem respondeu, com uma risadinha.

— Fique tranquilo que darei suas notícias ao meu pai e ao restante dos enclaves ao sul, mas…

Dom cerrou os dentes e o punho.

— Eles não ouvirão? — ele murmurou. Tentou não pensar em Isibel e seus conselheiros em Iona, olhando para ele como se fosse invisível enquanto implorava por ajuda. — Assim como minha tia.

A luz fraca não dificultava a visão de Sem. Ele analisou o rosto de Dom, notando a clara frustração.

— Sua tia já contou a eles — Sem disse, suspirando. — Barasa recebeu uma emissão alguns meses atrás, e Hizir e Salahae também.

Dom sentiu um aperto frio no coração. *Uma emissão.* Ele revirou a palavra em sua mente, conhecendo seu peso. *Ela se recusou a usar magia para me ajudar, mas a usou para ficar no meu caminho.* Dom fechou a cara, um gosto amargo preenchendo sua boca. *Barasa, Hizir e Salahae.* Enclaves imortais do continente meridional, cercados por desertos e selva. Distantes, longínquos demais para Ridha alcançar. Tinha sido fácil para a mãe dela entrar em contato primeiro.

— A emissão estava frágil, e a magia dela foi enfraquecida pelos muitos quilômetros — Sem disse, num tom tranquilizador.

O temperamento explosivo de Dom venceu, e ele encarou o deserto, as mãos na cintura.

— Quando ela se recusou a lutar, pensei que sua covardia não fosse ultrapassar as muralhas de Iona — Dom rosnou. — A situação é pior do que ela pensa, e seja lá o que tenha dito a vocês…

— Era mentira? — Sem perguntou.

— Não — Dom respondeu. Mesmo agora, ele não conseguia mentir. — Mas ela está enganada. Se não lutarmos, a Ala vai sucumbir.

Sem mordeu o lábio, a expressão difícil de interpretar.

— Ela acha que esse Taristan do Velho Cór abrirá um caminho para casa. Para Glorian.

Dom quase amaldiçoou o nome da esfera deles.

— Nenhum de nós deveria estar disposto a pagar o preço. O risco é grande demais, para a Ala... e para todas as outras esferas.

Para sua surpresa, Sem concordou com um leve aceno de cabeça. Então observou as estrelas de novo, seus olhos pretos refletindo os infinitos pontos de luz.

— Obrigado pela bravura, Domacridhan. Nós, vederes, somos presenteados com muitos dons, mas, nesse, você realmente se sobressai.

— Não tenho bravura alguma. — Dom passou a mão no rosto, sentindo as cicatrizes. Sua pele estava dura e enrugada. Ele nunca mais seria o mesmo depois do templo. E a história estava prestes a se repetir. — Tenho fúria, tristeza, frustração, tudo menos bravura.

— Eu discordo — Sem disse simplesmente.

Dom apenas deu de ombros. Avaliou o príncipe imortal novamente, notando a firmeza de seus ombros sob os mantos e a força dos músculos em seus braços. Sem não carregava nenhuma arma que Dom conseguisse ver, mas claramente não era estranho a elas.

— Seria útil termos mais um imortal para proteger Corayne — ele disse baixo.

Sem ergueu a sobrancelha. As panteras em seus punhos cintilaram.

— Ou posso ir até o enclave mais próximo hoje à noite e contar o que descobri para Hizir.

Dom sentiu um aperto no peito e um nó na garganta. Dessa vez, quando pensou no massacre no templo, lembrou de Nour de Hizir, le guerreire silenciose que estava entre os outros combatentes mortos nos degraus de mármore. Entre os muitos vederes mortos de todos os cantos da Ala. *Será que Hizir vai se insurgir para vingar seus mortos?*

— Também seria bom — ele disse, a voz grave. — Isadere sentirá sua falta?

O príncipe de Barasa fez que não, olhando para trás na direção da tenda.

— Isadere de Ibal vai me agradecer por fazer esse trabalho. Imagino que elu mandará notícias aos reinos mortais e aos enclaves. — Ele baixou a voz, aproximando-se, como se as estrelas pudessem ouvir. — Algo estranho se espalha pela terra. Meu pai me mandou como seu emissário ao norte, para descobrir o outro lado dessa história, e é meu dever passar adiante o que descobri hoje. A monarca de Iona não pode ser a única a cantar essa canção.

Dom se atreveu a sorrir, o ar da noite frio batendo em seus dentes.

— Você acredita em nós, não acredita?

Sem apertou o ombro dele com firmeza.

— Não sei o que mais poderia juntar um bando como esse se não o fim do mundo — ele disse.

Nunca foram proferidas palavras mais verdadeiras.

— Adeus, Domacridhan. Que possamos nos encontrar mais uma vez algum dia.

— Mais do que uma vez, eu espero. — Dom ergueu a mão enquanto Sem recuava. O príncipe fez o mesmo. — Que Ecthaid esteja com você.

Sem fez uma grande reverência dessa vez, repetindo a velha despedida para honrar os deuses de Glorian.

— E Baleir, com você.

A alegria das notícias de Sem não durou muito, e a melancolia de Dom voltou. Ele não conseguia conceber enfrentar o templo novamente, com ou sem exército. Não queria pisar naquele solo amaldiçoado e ver as flores crescendo no sangue de Cortael.

Xingou em vederano, chutando a areia.

— Pensei que um príncipe imortal de Iona fosse mais educado.

Dom quase rosnou. Brigar com Sarn seria uma distração bem-vinda para parar de se afundar. Mas Byllskos também era uma memória nítida, feita de chifres lançados, gosto de veneno e um leve aroma de laranja.

Ele virou e viu uma sombra se materializar na silhueta já familiar da amhara. Ela ainda carregava o deserto consigo, completamente coberta de poeira. Combinava com ela. Essa era sua pátria, afinal.

— Acho que me enganei — ela disse, passando a mão na longa trança preta.

Quando parou a menos de um metro de Dom, ele rosnou, irritado.

— Me deixe, Sarn.

— Estou fazendo um favor a você, Ancião. — Ela deu de ombros, puxando o manto de viagem para se proteger da noite fria do deserto. — Ou prefere que Corayne e o escudeiro venham aqui para cuidar de você?

Dom chutou a terra de novo, fazendo uma pedra saltitar. Parecia infantil, mas ele estava triste demais para se importar.

— Não, acho que não.

Ele conseguia sentir o olhar da amhara tão facilmente quanto ouvia a batida do coração dela, estável e regular. Sarn não piscou, observando-o com aqueles estranhos olhos cor de cobre. Eles pareciam iluminados por uma tocha, embora não houvesse nenhuma ali.

— Deixe a dor de lado — Sarn murmurou. — Deixe a memória de lado. Você não precisa disso.

Isso é fácil para alguém como você, ele quis retrucar. A raiva era uma sensação boa, melhor do que a tristeza ou a dor.

— Foi isso o que ensinaram na sua guilda? — ele respondeu, encarando-a.

Mesmo depois de semanas na sela, atravessando as areias ferozes de Ibal, ela parecia perigosa como sempre. A poeira e o suor não tiraram o brilho do aço de suas adagas ou de seu coração.

Mas agora algo perpassou o rosto dela. Sarn virou para o horizonte, buscando a linha quase invisível em que a terra encontrava o céu.

— Foi a primeira lição que aprendi.

O ritmo lento e perfeito do coração dela acelerou, embora nada tivesse mudado ao redor deles. Nem mesmo o vento soprava pelas dunas. Tudo estava silencioso, imóvel.

— Você está com medo, Sorasa Sarn — Dom disse devagar. — Por quê?

— Você está bêbado, Ancião? — O ar reflexivo de Sorasa desapareceu. Ela virou, olhando-o com a antipatia de sempre. — Estamos tentando impedir o fim do mundo, e estamos *fracassando*.

Dom a encarou, os punhos cerrados. *Não sou tão ingênuo quanto você pensa, amhara.*

— Algo assusta você em sua pátria. Você está agitada desde que colocamos os pés nesta terra. E, para proteger a missão, proteger *Corayne*, preciso saber o *porquê*.

Sarn deu um passo ameaçador na direção dele. Dom era muito mais alto, mas ela conseguia parecer tão grande quanto ele.

— Não é relevante para a missão ou para Corayne — ela disparou. — É a minha cabeça e de ninguém mais.

Algo estalou dentro dele. Sorasa Sarn era uma assassina, uma ceifadora de vidas. E isso era uma via de mão dupla, pelo visto. A julgar pela contundência nos olhos dela e pela firmeza de seu maxilar, ela não diria mais nada. Domacridhan podia não entender muito sobre mortais, mas isso ele poderia afirmar sobre Sarn.

— Por que vocês, amharas, sempre negociam em termos de cabeças? — ele murmurou, pensando no acordo que fizeram em Tyriot.

Sua própria vida sacrificada como pagamento a ela, quando a Ala fosse salva e a tarefa concluída.

Para a surpresa de Dom, o canto da boca de Sorasa se ergueu. Apenas o esboço de um sorriso, mas já era suficiente.

O coração dela voltou a bater mais devagar.

— Le herdeire de Ibal pode ter certo fanatismo religioso, mas será útil — ela disse, mudando de assunto com graciosidade.

— Pensei que você também adorasse a mesma deusa.

A assassina era um quebra-cabeça interminável, com infinitas peças que ele não conseguia nem saber por onde começar.

Sarn deu de ombros.

— Lasreen rege a vida e a morte; eu seria uma tola se não a adorasse — ela afirmou. — Mas a deusa não vive em carne mortal, independentemente do que Isadere diga ou do que pense ver em um espelho vazio.

O esboço de sorriso desapareceu enquanto ela olhava para a tenda atrás deles, para as pessoas lá dentro.

— Os meus deuses ficam em silêncio — Dom respondeu, num sussurro.

Voltou a olhar para as estrelas. Agora ele odiava que fossem as estrelas da Ala, e não as de Glorian. Estrelas que ele nunca tinha visto.

Sua voz baixou mais.

— Eles estão separados de nós, até meu povo voltar à nossa esfera.

— Imagino que seus velhos companheiros estejam com eles agora — Sarn falou, num tom duro e formal. Ela não tinha talento para consolar ninguém, muito menos Domacridhan. — Aqueles que se foram.

Dom fez que não.

— Morrer na Ala é morrer para sempre.

De repente, as estrelas não pareciam mais tão brilhantes, e a lua também pareceu perder o brilho. Como se uma sombra tivesse caído sobre todas as coisas.

— Uma morte aqui é absoluta — ele murmurou.

Sorasa arregalou os olhos, a sobrancelha se franzindo.

— Nem mesmo fantasmas?

— Nem mesmo fantasmas, Sarn.

Fé era algo poderoso, e ele via isso em Sarn, assim como via em Isadere e Charlie. Mortais devotos que confiavam em seu panteão sagrado em todos os aspectos que lhes parecessem certos. Sorasa Sarn, ainda que fosse uma assassina, acreditava que havia algo além dessa vida. Para ela, para os outros, até para as pessoas que ela matava. Por algum motivo, uma assassina sem moral nem direção como Sorasa tinha algo guiando seu caminho. *Ao contrário de mim*, ele pensou. Era estranho ter inveja de uma mortal, ainda mais uma que ele odiava tanto.

A voz de Sarn o arrancou de seus pensamentos, trazendo-o de volta à missão.

— Corayne já está trabalhando em uma rota com o capitão de Isadere — ela disse, voltando a se dirigir para a tenda. — É melhor eu ajudá-los a mapear o caminho para o norte.

Na abertura da tenda, os guardas ibaletes com armaduras de dragão se empertigaram, segurando suas lanças com mais força. Dom os observou, depois alcançou Sarn, pegando-a pelo braço.

— É melhor tomar cuidado perto desses guardas ibaletes — Dom sussurrou. — Eles prefeririam matá-la a olhar para você.

E eles disseram isso na sua cara e pelas suas costas. Alguns falam sobre isso noite e dia, pensando que ninguém consegue ouvi-los. Ele se enchia de fúria só de pensar nos Falcões, prontos para cortar a garganta de Sarn. Embora entendesse a repulsa deles. Embora já tivesse desejado fazer a mesma coisa antes.

— Estou ciente do ódio deles — Sarn respondeu, seca. Parecia achar graça, orgulhosa, até. — É mais do que justificado. Assim como o medo deles.

Dom fez uma careta.

— Não seja imprudente, Sarn. Não baixe a guarda.

— Não baixo a guarda desde o momento em que vi você, Ancião.

Ele pensou em Byllskos e no porto tyrês de novo, a cidade semidestruída pela habilidade de uma única amhara.

Sarn observou enquanto o Ancião pensava, depois inclinou a cabeça. Ela o analisou e Dom se sentiu inquieto, incomodado com o escrutínio da assassina.

— Você *consegue* ficar bêbado?

A pergunta absurda o desequilibrou. Ele hesitou, buscando uma resposta certa.

— É possível — ele disse, por fim, lembrando dos salões de Iona e das celebrações muito tempo antes.

Mais uma vez, o canto da boca de Sorasa se ergueu. Ela saiu andando a passos largos, fazendo sinal para que ele a acompanhasse.

— Acho que eu gostaria de ver isso.

Ao voltar, Dom encontrou Corayne concentrada em planejamentos, um mapa aberto entre as mãos. Ela nunca havia parecido tão à vontade quanto naquele momento, os olhos iluminados enquanto fazia anotações ou passava os dedos ao longo de uma cadeia montanhosa. Por um momento, Dom enxergou como Corayne devia ter sido no passado. Antes de ele e Sarn a encontrarem. Antes de toda a esfera cair sobre seus ombros. Aquela pessoa havia desaparecido muito rapidamente, transformando-se na jovem de agora. Mais rígida, mais afiada, desgastada pela sorte e pelo destino.

O comandante lin-Lira e Sibrez tinham saído, substituídos pelo capitão do navio de Isadere. Ele estudava o mapa com Corayne. Le herdeire continuava à margem da chama das velas, olhando vez ou outra para o espelho repleto de luz da lua.

Valtik não havia voltado, e Charlie também não estava lá, provavelmente roncando em algum canto. Andry parecia querer estar dormindo, mas estava sentado na cadeira com valentia, os olhos semiabertos. Sigil bisbilhotava o salão, uma taça de vinho na mão enquanto examinava os móveis requintados, mexendo em tudo, de cadeiras a tapetes.

Dom voltou à mesa, relutante, olhando para um ponto conhecido no mapa. Não estava marcado, mas ele conhecia o lugar. Os sopés das montanhas, a bifurcação do rio. Uma floresta outrora tranquila, porém não mais. Ele prendeu a respiração.

— O templo impõe dois perigos — se forçou a dizer, a voz mais severa do que antes.

À mesa, Corayne ergueu os olhos.

— Primeiro, o exército de Taristan, os terracinzanos — ele continuou, uma palavra mais difícil que a outra. A memória ardia em sua mente. *Trazidos da esfera arruinada.* — Ou ainda estão lá, protegendo o Fuso, ou estão com Taristan em Madrence.

— Seja como for, não é bom — Corayne murmurou.

Dom concordou.

— O segundo perigo é que o templo fica nos sopés das montanhas da Ala, no reino de Galland. — Ele engoliu em seco. — Um reino que atormenta a todos nós.

Para a surpresa dele, Corayne sorriu.

— Então vamos dar a volta — ela disse, passando a mão pela longa linha de montanhas que cortava o continente setentrional em dois. — Atravessamos o mar Longo. — Seu dedo traçou o caminho pelas ondas, da costa ibalete até uma cidade do outro lado da água. — Aportamos perto de Trisad, atravessamos Ahmsare até os Portões de Dahlian e seguimos para o norte ao longo das montanhas. Para que haja uma muralha entre nós e Galland. — Ela caminhou com os dedos ao longo da rota, marcando o percurso. — E então chegamos a Trec, às portas de Galland. Correndo com o lobo branco. Se tivermos sorte, Oscovko e seu exército estarão conosco.

Suas bochechas estavam coradas, não por esforço, mas de alegria. O mapa era seu lar, seu propósito. Algo que ela sabia fazer. *Além de abrir e fechar portais de Fuso.*

Ela olhou de Dom para Sorasa, mordendo os lábios.

Dom não tinha visto muito aquela parte do mundo, embora conhecesse o mapa da Ala como qualquer outro imortal. Ele olhou de novo para as montanhas no pergaminho velho. Pareciam pequenas ali, uma jornada não muito longa. Ainda assim, ele estimou que levariam muitas semanas. Se nada os atrapalhasse no caminho.

— O enclave de Syrene fica próximo — ele disse, apontando para um ponto não marcado no mapa. É claro que os mortais não saberiam mais. Os carneiros de Syrene ficavam isolados, no alto das montanhas, e não conviviam com mortais havia séculos. — Talvez os vederes de lá nos ajudem em nossa jornada.

— Não temos tempo para reuniões familiares, Ancião — Sorasa disparou, praticamente o empurrando para o lado.

Ele tirou o dedo do pergaminho como se queimasse, afastando-se.

Sarn apenas olhou para o mapa.

— É uma estrada longa, e devemos nos apressar para atravessá-la. Mas é a estrada certa — ela acrescentou depois de um tempo. — A única estrada que vejo para nos levar a Galland sem sermos pegos. E talvez encontrar um aliado também.

Ela encarou Isadere, que acenou com seriedade.

Corayne estava radiante, orgulhosa de si.

— Obrigada, Sorasa.

— Não me agradeça; agradeça à sua mãe — Sarn retrucou, agora traçando a rota com o próprio dedo. — Ela pode não ter ensinado você a lutar, mas com certeza a ensinou a *pensar*.

Dom não se considerava bem versado em emoções humanas, mas até ele percebeu a sombra que atravessou o rosto de Corayne. *É tristeza ou frustração? Será que ela sente saudade da mãe? Será que odeia qualquer menção a ela?* O Ancião não sabia.

— Muito bem. — Isadere bateu as mãos, e as criadas levantaram, a postos. — Forneceremos o possível para a jornada.

Em uníssono, as criadas saíram do salão da tenda para os aposentos adjacentes. Dom conseguia ouvir mais servos do outro lado do tecido fino das paredes, já reunindo comida e suprimentos.

— As éguas do deserto? — Sorasa perguntou, erguendo a sobrancelha.

Dom se preparou para uma recusa. As éguas do deserto eram belas montarias, rápidas e fortes o suficiente para a longa jornada que os esperava. Mas a estrada que ele atravessara o ensinou a esperar qualquer tipo de obstáculo, ou até mesmo o fracasso absoluto.

Para seu alívio, Isadere assentiu.

— Podem levar os cavalos com vocês para o norte.

Com isso, Sarn se endireitou e inclinou a cabeça. Era o mais próximo de uma reverência que Dom já tinha visto a amhara fazer. Atrás dela, Sigil ergueu tanto as sobrancelhas que elas quase foram parar na testa. Claramente, também nunca tinha visto Sarn se curvar antes. Dom podia apostar que era uma cena inédita.

— Muito obrigada — Sarn disse, sem sarcasmo ou falsidade.

Isadere fechou a cara, mostrando os dentes.

— Não quero sua gratidão, amhara — elu retrucou, desviando o olhar como se não suportasse encarar uma criatura como aquela.

Então se voltou para Corayne. Ergueu o rosto esculpido com orgulho, dando forte destaque aos seus traços sob a luz dourada das velas.

— Durmam durante o calor. Partam para a costa ao anoitecer.

8

A VIDA DE UM HOMEM

Erida

TARISTAN PROMETEU ENTREGAR A VITÓRIA aos seus pés, e foi isso que ele fez, dia após dia.

O exército de Erida passou por cima de tudo em seu caminho, o Leão erguido à frente de vinte mil homens. A bandeira verde de Galland tremulava alto nos ventos refrescantes de outono. O rio Rose corria ao lado deles, protegendo o flanco oriental enquanto seu grandioso exército marchava ao sul pelo campo.

A rainha estava contente por viajar ao ar livre, fora da diligência enorme que avançava devagar com suas damas, no fim da fila, ao lado da caravana de bagagens. Embora seus cavaleiros insistissem que ela ficasse na segurança da carruagem, ela se recusava.

Erida estava farta de jaulas.

Usava seu manto verde-escuro de sempre, com barras douradas, tão longo que cobria os flancos de seu cavalo. Por baixo da roupa, sua armadura dourada cerimonial cintilava, leve o bastante para ser usada por horas sem causar nenhum incômodo. Dificilmente defenderia uma lâmina, mas Erida jamais veria a ponta de uma espada.

Eles deixaram a floresta Castelã e sua fileira de fortalezas para trás. O reino de Madrence se estendeu diante de todos como uma cortina invisível. Eles atravessaram a fronteira à luz do dia, sem oposição. Havia apenas uma pedra indicando a linha, suas marcações desgastadas pelo tempo e pelo clima. O rio ainda corria; a floresta de outono ainda estava em pé, verde e dourada, como se as próprias árvores recepcionassem o Leão. A estrada sob os cascos de seus cavalos não mudou. Terra ainda era terra.

Erida esperava se sentir diferente em outro reino, mais fraca de certo modo. Em vez disso, o território novo apenas a encorajou. Ela era uma rainha governante, destinada ao império. Essa seria sua primeira vítima, sua primeira conquista.

A cidade-fortaleza de Rouleine despontou ao sul, na confluência do Rose com o Alsor. As muralhas do lugar eram fortes, mas Erida era mais.

O exército inimigo se concentrava ao longo da margem oposta do Rose, seguindo seu avanço. Eles eram fracos demais para encarar o exército de Erida em batalha, mas beliscavam pelas beiradas como um carniceiro em um grande rebanho. Isso apenas diminuía a velocidade do exército gallandês, o suficiente para outra força atravessar o rio e cavar trincheiras, construindo paliçadas improvisadas da noite para o dia.

O Leão devorou todas.

Erida não sabia quantos madrentinos haviam morrido. Não se deu ao trabalho de contar os cadáveres de seus inimigos. E, embora tivessem perdido centenas de soldados gallandeses, outros vieram para substituí-los, convocados de todos os cantos de seu grande reino. A conquista estava em seu sangue, e no sangue de Galland. Nobres que resistiram às primeiras convocações à guerra chegavam a cavalo em peso, trazendo seus contingentes de cavaleiros, infantaria e camponeses cambaleantes. Todos ansiosos para dividir os espólios da guerra.

E minha glória.

Taristan estava fora de seu campo de visão, marchando na frente da fila, acompanhado por um grupo da Guarda do Leão de Erida. Era assim desde Lotha, a mando da rainha. Fazia com que ele ganhasse o respeito dos nobres covardes demais para acompanhar a vanguarda, ao mesmo tempo mantendo-o longe dessas víboras.

E longe de mim, Erida pensou, incomodada por estar tão abalada com a ausência dele.

Era muita coisa para avaliar, mas Erida tinha longos anos de prática na corte. Era a rainha dos Leões, e seus nobres certamente faziam jus ao nome. Ela sentia como se estivesse na cova dos leões com um chicote na mão. Mas até a domadora dos leões poderia ser dominada, se em menor número.

Por ora, os Leões estavam saciados, gordos e felizes. Empanturrando-se com homens feridos e barris de vinho. O mesmo aconteceria naquela noite, em um acampamento de cerco em vez de um castelo.

Rouleine era pequena quando comparada com Ascal, uma vila perto da grande capital de Erida. Ficava no alto da colina, cercada por muros de pedra e dois rios, deixando apenas uma direção de ataque. A cidade era bem construída e bem posicionada, o suficiente para sustentar a fronteira madrentina por gerações. Mas aquilo tinha acabado. Vinte mil pessoas moravam do lado de dentro das muralhas e nas fazendas ao redor. Erida poderia delegar um soldado para cada uma delas se assim quisesse.

As vilas madrentinas estavam vazias agora, silenciosas enquanto eles a atravessavam. Os edifícios eram apenas carcaças, portas e janelas abertas. Os soldados camponeses saqueavam tudo que havia sido deixado para trás, buscando botas melhores ou uma cebola para mordiscar. Todos os animais de fazenda eram levados para o comboio de bagagens no fim da fila, para se juntar ao rebanho de abastecimento do exército. Mas não restava quase nada além disso.

Mesmo a quilômetros de distância, Erida ouvia os sinos chamando os fazendeiros até um lugar seguro.

— Engraçado, os sinos serão a ruína deles — ela pensou em voz alta.

No cavalo perto dela, Lady Harrsing inclinou a cabeça.

— Como assim, alteza?

A velha andava a cavalo melhor do que damas com metade de sua idade. Usava um manto azul-celeste, o cabelo grisalho trançado para trás. Na corte, ela usava uma quantidade de joias que não deixava ninguém esquecer de sua fortuna. Mas na estrada, não. Ali as joias só fariam peso. Bella Harrsing sabia que não era prudente se exibir no meio de uma marcha de guerra, ao contrário de alguns outros, que usavam armaduras douradas ou brocados, como se estivessem num baile, e não num campo de batalha.

— Os sinos chamam os camponeses e plebeus para dentro das muralhas, para que os portões possam ser fechados, e a cidade, protegida — a rainha disse. Os alertas ressoavam sem nenhum tipo de harmonia, tocando de muitas torres. — Se deixassem os portões abertos, poderíamos entrar sem derramar sangue algum.

Harrsing deu uma gargalhada.

— Nem os madrentinos renderiam uma cidade sem brigar. O rei deles pode ser um vinhote, mas não é idiota.

— Pelo contrário, ele é incrivelmente idiota. — Erida apertou as rédeas, o couro macio moldado a seus dedos. Fazia menos frio durante o outono nas terras madrentinas, e ela não precisava de luvas à luz do dia. — Tenho vinte mil homens ao meu comando, e mais estão a caminho. O rei Robart faria bem em sair de seu palácio chique e se ajoelhar diante de mim hoje mesmo.

Harrsing abriu um sorriso irônico com seus lábios finos.

— Você está começando a falar como aquele seu marido.

Um calor subiu pelas bochechas de Erida.

— Ou será que ele está começando a falar como eu? — ela pensou alto, dando a Harrsing outra coisa para ruminar.

— É um ponto de vista — Bella disse com um suspiro.

Outros nobres viajavam com elas, os cavalos entrelaçados atrás da rainha. Erida olhou de relance para trás, observando o desfile de belos cavalos e armaduras cintilantes. Havia muitos lordes e algumas damas governantes, comandantes e generais de milhares de homens à frente e atrás deles. Ela conhecia todos os rostos. Seus nomes, suas famílias, suas complexas alianças e, mais importante, sua lealdade a Erida de Galland.

Bella seguia seu olhar.

— No que está pensando, majestade?

— Em coisas demais — Erida respondeu, mordendo os lábios. Baixou um pouco a voz. — Quem se ajoelhou em minha coroação, jurando servir a uma rainha de quinze anos? Quem viajou rumo ao front madrentino quando ordenei a primeira revista de tropas, convocando legiões e exércitos particulares? Quem esperou? Quem cochicha? Quem espiona para meu primo vil, Konegin, ainda escondido em algum lugar, protegido enquanto o procuro? Quem o colocará no trono se eu cair, e quem me enviará para esse fim letal com as próprias mãos?

Em seu cavalo, Bella empalideceu.

— Um fardo tão pesado sobre ombros tão jovens — ela murmurou.

Erida apenas deu de ombros, como se cedesse ao peso. Ela balançou a cabeça.

— E quem olha para Taristan com medo? Ou inveja? Quem vai arruinar tudo que buscamos construir?

Para isso, Bella não tinha resposta, e Erida tampouco esperava o contrário. A velha era uma cortesã habilidosa demais. Sabia quando algo estava fora de sua alçada.

Erida pigarreou.

— Thornwall, qual é o último relatório?

Lord Thornwall freou o cavalo, e o animal trotou até ficar ao lado da rainha. O comandante parecia mais alto no dorso do cavalo, como a maioria dos homens. Ao contrário dos outros lordes, ele não usava armadura para a marcha. Não precisava brincar de guerra. Comandava o exército inteiro, e levava tempo demais passando ao longo da fila de soldados, encontrando seus batedores e tenentes, para se dar ao trabalho de usar a armadura completa.

Thornwall fez que sim para a rainha, sua barba ruiva impetuosa contrastando com a túnica verde. Havia um leão bordado em seu peito, cercado por vinhas e espinhos curvos que simbolizavam sua família grandiosa.

— Os batedores dizem que o exército madrentino do outro lado do rio tem três mil homens. Talvez — ele disse.

Dois escudeiros cavalgavam ao lado dele, com túnicas da mesma cor que a de Thornwall. Erida tentou lembrar do nome deles, antes era tão fácil. Um tinha o cabelo amarelo, feio, o outro, uma expressão gentil. De uma coisa ela sabia: a quem serviam como escudeiros antes de Thornwall acolhê-los.

Suas túnicas antigamente eram de um vermelho vivo e prateado, um falcão no peito.

Os North, Erida pensou, todo o calor se esvaindo de seu rosto. *Sir Edgar e Sir Raymon. Cavaleiros da Guarda do Leão jurados a servir.*

Eles jaziam mortos no sopé das montanhas, os ossos engolidos pela lama. Seus leais guardiões foram a primeira vitória de Taristan.

Exceto um, ainda vivo. Ela retorceu os lábios, lembrando de Andry Trelland. Um filho nobre de Ascal, um escudeiro criado para a fidalguia. *E um traidor do reino*, Erida pensou, furiosa ao lembrar da última vez que o vira. Fugindo por uma porta, com o salão grandioso destruído às suas costas, e Corayne do Velho Cór com sua espada de Fuso à frente.

Thornwall continuava a tagarelar, e ela piscou, esquecendo dos escudeiros e de seus cavaleiros mortos.

— Mais soldados chegam todos os dias, a conta-gotas — o comandante disse, balançando com o movimento do cavalo. A estrada combinava mais com ele do que a câmara do conselho: suas bochechas estavam coradas, os olhos cinza brilhavam. — Há boatos de que o príncipe Orleon está com o exército do outro lado do rio, liderando uns cem cavaleiros de armadura e duzentos soldados.

Erida sorriu.

— Acho que ele percebeu que não vou me casar com ele — a rainha disse, rindo com Harrsing.

O príncipe herdeiro de Madrence foi um de seus muitos pretendentes desiludidos, mantido em suspenso pelo maior tempo possível.

A rainha tinha visto o príncipe apenas uma vez, no casamento da filha de Konegin com um duque siscariano. Ele era alto e bonito, um príncipe versão menestrel. Mas tedioso, sem nenhuma astúcia ou ambição. A maior parte da conversa havia girado em torno da coleção de minipôneis dele, que ficava no jardim do palácio do pai em Partepalas.

— Se ele for capturado, aprisione-o — Erida disse, rindo alto. Sua voz ficou firme. — Ele valerá um belo resgate do rei.

Do outro lado dela, Harrsing pigarreou.

— Talvez. Todos sabem que Robart morre de inveja do filho de ouro, algo tolo para qualquer pai sentir.

— Pouco me importo com as picuinhas familiares deles — Erida suspirou, ainda observando Thornwall. — E os *outros* batedores? — A sobrancelha escura se arqueou, incisiva.

Thornwall fez que não e repuxou a barba ruiva, frustrado.

— Nem sinal de Konegin. É como se ele tivesse desaparecido nas montanhas.

— Ou foi escondido — Erida ponderou, observando o rosto do homem, notando todos os movimentos de seus músculos.

Seu comandante olhou para baixo, de repente muito atento à crina de seu cavalo.

— É uma possibilidade, sem dúvida.

É vergonha que vejo em seus olhos, Otto Thornwall? Ou um segredo?
— Obrigada, Lord Thornwall — ela disse em voz alta, estendendo a mão entre eles. Com um sorriso treinado, Erida apertou o antebraço dele, o que não era um gesto pequeno vindo de uma rainha governante. — Estou feliz por tê-lo ao meu lado.
Por enquanto. A implicação pairou no ar, tão clara quanto palavras em papel. Thornwall as interpretou facilmente. Os dois sabiam a que ela estava se referindo. Lord Derrick havia desaparecido com Konegin naquela noite em Lotha, saindo às escondidas do castelo nas primeiras horas da manhã. Outro membro do Conselho da Coroa, outro traidor do pequeno círculo que ela mantinha. Assim restavam apenas Thornwall, Harrsing e o velho Lord Ardath, que ficara em Ascal, fraco demais para travar uma guerra contra o mundo.
Não posso sofrer outra traição.

O cerco já havia começado quando Rouleine surgiu no campo de visão. A cidade ficava no alto de uma colina como um gigante caído, pináculos de igreja e torres aparecendo por detrás de muralhas de pedra e um fosso pantanoso. Embora a fronteira ficasse a poucos quilômetros de distância, qualquer pessoa com olhos conseguia ver que a cidade não era gallandesa. As muralhas eram mais baixas, as torres, menos fortes e resistentes. Os telhados eram vermelhos, a maioria dos edifícios, branca ou amarelo-clara. Flores brotavam de jardineiras nas janelas, e bandeiras cor de vinho, bordadas com o cavalo prateado de Madrence, se agitavam ao vento. Rouleine era pacífica demais, bonita demais, e nem de longe orgulhosa. Nem um pouco gallandesa.

O Rose e o Alsor se encontravam atrás da cidade, correndo ao sul em direção à capital madrentina e ao oceano Aurorano. Os dois rios eram uma defesa melhor do que a muralha da cidade, que não tinha nem dez metros de altura, embora fosse grossa o suficiente para resistir a quase todos os exércitos. Rouleine era uma cidade mercantil, bem posicionada na velha estrada do Cór que antes interligava essa parte do império, mas também era uma defensora da fronteira, o portal para o resto de Madrence. Mesmo durante tempos de paz, Rouleine mantinha uma guarnição considerável na cidade, e havia uma grande fortaleza de pedra diretamente na confluência dos rios caso as muralhas fossem destruídas. Erida conseguia ver seus reparos e torres, a pedra parecendo uma nuvem de tempestade sobre a cidade luminosa.

Os sinos tinham parado de soar havia muito tempo. Todos sabiam que o Leão rugia diante do portão.

Dez mil homens já cercavam a cidade. Tomavam o topo da colina acima do pântano, ocupados com a parte organizacional da guerra. Arrumar o acampamento, cavar trincheiras, acender fogueiras, montar barracas, construir suas próprias cercas de estacas e paliçadas caso os homens de Orleon tentassem um ataque surpresa. Eles esvaziaram os arredores da cidade, as poucas estruturas e ruas que não eram protegidas pelas muralhas. Uma cacofonia de martelos e machados substituiu os sinos. Árvores caíram, seus troncos e galhos cortados em pedaços para fazer combustível ou pranchas de madeira. Ou aríetes.

Mil soldados gallandeses se reuniram na margem do fosso, fora do alcance dos arqueiros madrentinos que cercavam os reparos. Suas fileiras estavam organizadas, imponentes, uma imagem que metia medo até nos mais valentes guerreiros. Esses homens não eram saqueadores jydeses, desarticulados e caóticos, mas legiões gallandesas. Esperavam, como planejado, pela rainha e seus comandantes. Erida sabia que um manto vermelho estaria entre eles, cercado por guardas de armadura dourada. Ela precisou de todo o seu autocontrole para não atravessar o acampamento em disparada com a urgência que sentia.

Desejou ter um trabuco sendo puxado ao lado, em vez de uma corte de tolos e víboras. Mas as armas de cerco eram lentas e ainda levariam horas para chegar. Eles só teriam as catapultas prontas pela manhã, no mínimo, e então o verdadeiro ataque começaria.

De algum modo, o acampamento já fedia, e a estrada havia se tornado lama, as poucas pedras parecendo ilhas em um mar espesso.

A estrada do Cór dividia o acampamento em dois, levando diretamente à ponte do fosso e aos portões da cidade. *Ontem, essa estrada via apenas plebeus e nobres interioranos*, ela pensou, cavalgando na direção dos soldados reunidos na beira do pântano. *Agora recebe uma rainha e um príncipe do Cór.*

Os soldados abriram caminho para a rainha, movimentando-se como se fossem um enorme portão se abrindo. Ela avistou o manto vermelho dele primeiro, o tom inconfundível de escarlate imperial. Taristan estava parado na ponte, a via larga se arqueando acima do pântano. Até sua silhueta parecia de um rei.

Não, Erida pensou. *Não um rei. Um imperador.*

Flechas caíam aos pés dele, a centímetros de distância.

Taristan nem piscava, mas Erida com certeza sim. Seu coração saía pela boca.

Se aquele idiota estoico acabar morto por causa de algum arqueiro que pegou um ângulo bom..., ela pensou, trincando os dentes. Então lembrou. *Não, ele é invulnerável*, Erida repetiu a si mesma pela milésima vez. *O Porvir o abençoou e o mantém seguro.*

Embora o deus infernal de Taristan a fizesse estremecer, Ele também lhe trazia certo consolo. O Porvir era melhor do que qualquer escudo, e tornava seu marido quase um deus.

O cavalo dela mantinha o ritmo, mas continuava quieto. O capão era um cavalo de guerra bem treinado, acostumado com o cheiro de sangue e o som da batalha. O acampamento oferecia poucas distrações.

Também estou me acostumando, Erida pensou, contando os dias desde que saíra de Ascal. *Duas semanas desde Lotha. Duas semanas desde que o patife do meu primo fugiu para algum buraco infernal.*

Ronin se mantinha no limiar do alcance dos arqueiros, o máximo que sua coragem permitia. Claramente não era imune como Taristan, e ver o rato vermelho estremecendo a alguns metros atrás do marido fez Erida sorrir. *Se ao menos uma flecha voasse um pouco mais longe, puxada por um arqueiro um pouco mais letal do que aqueles na muralha.* Ela não sabia quais complicações a morte dele poderia trazer. Essa era a única coisa que impedia Erida de matá-lo com as próprias mãos. O sacerdote do Porvir não havia encontrado outro Fuso, mas formava uma ponte entre seu consorte e o Rei Destruído de Asunder. Romper isso certamente não seria prudente.

Suas pernas vacilaram um pouco quando ela desmontou, um cavaleiro da Guarda do Leão ao seu lado, praticamente respirando em seu cangote. Thornwall desceu com ela, e os dois marcharam juntos à frente, Erida e seu comandante, para se juntar ao príncipe do Velho Cór.

Soldados fizeram reverências ou se ajoelharam. Eram homens habilidosos das legiões, não camponeses obrigados pelos seus lordes a servir. Erida recebeu a atenção deles, conhecendo a força de mil homens bem treinados. Até Ronin inclinou a cabeça, seus olhos aquosos e vermelhos terríveis como sempre, o rosto parecendo uma lua branca cintilante por baixo do capuz.

Taristan não se movia, focado nos portões e na cidade que se acovardava atrás de suas muralhas. A espada de Fuso estava pendurada ao lado de seu corpo, a lâmina antiga brilhando mesmo embainhada. Ele mantinha uma das mãos no cabo, rubis e ametistas cintilando entre seus dedos.

Erida via Taristan todas as manhãs antes da marcha e todas as noites em qualquer castelo que fosse a próxima parada, mas hoje era diferente. Hoje eles estavam diante de seu primeiro inimigo de verdade. E seus nobres observavam, à espera de qualquer rachadura entre a rainha e seu consorte.

Vire-se, idiota, ela pensou, desejando que ele a visse. Que se ajoelhasse.

Quando Erida parou ao lado dele, seus pés a poucos centímetros do alcance das flechas, foi exatamente o que ele fez.

Em um único movimento, Taristan virou para ela e se curvou, jogando o manto para trás. Tocou a mão dela, quente como fogo, os dedos ásperos mas gentis, e depois encostou a testa febril nos dedos dela. A rainha estremeceu com o toque, surpresa pelo gesto. Taristan havia se curvado antes, reconhecido a posição dela como sua rainha, mas nunca desse modo. Um joelho no chão, a cabeça curvada feito um sacerdote diante do altar.

Erida o encarou, seu rosto parecendo uma máscara de porcelana, mas arregalou os olhos azul-safira. Torceu para que os nobres não conseguissem ver sua confusão. Sem dúvida estava grata por não ouvirem as fortes batidas de seu coração.

Os olhos pretos de Taristan encontraram os dela, a expressão de seu consorte pétrea como sempre. Erida não encontrou nada ali, mas o homem encarou sua rainha por um momento mais longo do que ela esperava. E então aquela camada vermelha se moveu nas sombras dos olhos escuros dele, apenas um vislumbre, e ainda assim mais do que o suficiente.

O príncipe do Velho Cór levantou, ainda segurando as mãos dela.

— Majestade — disse, a voz tão áspera quanto as mãos.

— Alteza — ela respondeu, permitindo-se ser guiada para longe da ponte e das flechas.

Ele parecia ansioso para afastá-la do perigo, por menor que fosse.

O sacerdote atrevido se aproximou assim que eles saíram da ponte, o cabelo platinado caindo nos olhos. Erida considerou se valeria a pena pisar na barra do manto dele e deixá-lo cair de cara no chão.

— Preciso falar com vocês dois — ele disse, balançando a cabeça em uma péssima imitação de reverência.

Erida abriu seu pior sorriso.

— Olá, Ronin.

Ele retribuiu, seus lábios finos repuxados sobre os dentes tortos. Era como ver um peixe tentando voar.

— Imediatamente, se possível.

Taristan se manteve entre eles sem dizer nada, o olhar ameaçador como sempre. Continuou de lado, se recusando a dar as costas para Rouleine. Qualquer que fosse o título dele, independentemente de seu sangue ou seu destino, Erida sabia que Taristan era, acima de tudo, um sobrevivente, nascido na miséria e com longos anos difíceis sobre a Ala.

Thornwall pigarreou.

— Sugiro que isso espere até oferecermos um acordo — ele disse, observando os portões da cidade. Então se inclinou para a frente, tomando o cuidado de oferecer a Taristan uma reverência de verdade. — Alteza.

— Lord Thornwall — Taristan respondeu, seco, e, para a grata surpresa de Erida, baixou a cabeça. Embora zombasse de praticamente todos os protocolos da corte ou de qualquer simples etiqueta, Taristan parecia estar aprendendo à força. — Você acha que eles aceitarão o acordo?

Erida deu de ombros, ajustando o manto para que caísse perfeitamente sobre os ombros. Os fechos, dois leões rugindo, cintilavam em dourado sob a luz do sol.

— É de praxe fazer esse tipo de cortesia, mesmo que seja inútil.

Uma expressão de absoluta confusão passou pelo rosto de Taristan.

— É tradição a monarca fingir negociar antes de uma batalha praticamente ganha?

Ela abriu um sorriso irônico.

— Creio que não há nada tradicional nessa nossa guerra.

Para dizer o mínimo.

Taristan comprimiu os lábios, formando uma linha fina que Erida já sabia reconhecer: o sorriso dele.

Sobre as muralhas, os arqueiros recuaram para os reparos, e o leve tilintar de flechas desperdiçadas na ponte parou. Então houve um ruído estridente do portão, e o som agudo de correntes de ferro arrastando enquanto a ponte levadiça era puxada.

Alguém está vindo.

Erida se virou na direção do som, o coração saltando no peito. Desejou ter mais armadura, ou uma espada ao seu lado. Algo que lhe desse a aparência da conquistadora que ela se tornaria, mais velha e mais temível do que no momento.

A Guarda do Leão reagiu conforme fora treinada para fazer, seis deles sacando suas espadas. Quatro atrás, um de cada lado de Erida e Taristan. Depois de tantos anos de reinado, ela nem os notava mais. O brilho do sol sobre a armadura dourada era familiar demais.

— Que perda de tempo — Taristan resmungou com um murmúrio, tão baixo que só Erida conseguia ouvir.

Ela disparou um olhar de frustração para ele. Ainda que o consorte estivesse certo, ela queria desfrutar esse momento. E nenhum príncipe mal-humorado do Velho Cór a impediria.

A bandeira de trégua subiu pela abertura estreita entre os grossos portões de madeira.

Meio branca, meio vermelha.

Meio paz, meio guerra.

Nenhuma pessoa que saísse sob uma bandeira de trégua poderia ser ferida até as negociações acabarem, por bem ou por mal. Não era uma defesa tão forte quanto uma bandeira branca de paz, mas bastava para enfrentar a ponte e mil soldados gallandeses.

O arauto era ruivo, sardento, muito alto, com um pescoço de cisne e cabelo ralo. Por baixo da túnica vinho e prateada de Madrence, usava uma cota de malha larga, que nem chegava aos punhos. Claramente não era dele.

Taristan também notou.

— Esse homem nunca usou uma armadura na vida — ele rosnou baixo.

— Madrence é um país fraco, cheio de gente fraca — Erida respondeu. Ela observou o arauto atravessar a ponte, seguido por dois soldados. — Frágil demais para governar. Indigno de comando. Vou livrá-los disso e carregar esse fardo por eles.

O arauto parou no ponto mais alto da ponte, a meio caminho entre o portão e o exército que aguardava. Engoliu em seco, buscando a voz.

— Majestade, rainha Erida de Galland. — O arauto se curvou, demonstrando respeito. — E alteza, príncipe Taristan do Velho Cór — ele acrescentou, curvando-se novamente para Taristan, que apenas riu com repulsa.

O arauto engoliu em seco de novo e encarou Erida com um ar mais austero.

— Vocês estão trespassando o reino de Madrence.

Taristan olhou de maneira teatral para o exército gigantesco atrás dele.

— O senhor é um homem observador! — gritou em seguida. Então se voltou para Erida, apenas para ela, e murmurou baixinho: — Posso matá-lo?

Ela trincou os dentes, contendo outra onda de irritação.

— Ele carrega uma bandeira de trégua. Seria indelicado.

— Na opinião de quem? — Os olhos de Taristan cintilaram, pretos e vermelhos ao mesmo tempo, homem e demônio. Apesar de seu manto e de sua linda armadura, Erida conseguia sentir o calor furioso dele.

A rainha mordeu o lábio. Mais uma vez, ele não estava errado em questionar. *Pretendemos conquistar o mundo. Por que devemos dar satisfação a alguém?*

Thornwall assumiu a fala, dando um passo à frente.

— A rainha de Galland declara uma guerra de conquista contra Madrence — ele disse, a voz ressoante. Erida nunca o tinha ouvido falar com tanta força, pelo menos não na câmara do conselho. Esse era Lord Thornwall em guerra, o seu lugar. — Ajoelhem-se, jurem lealdade à sua majestade e sejam poupados de sua ira.

O arauto ficou boquiaberto.

— Uma guerra de conquista é infundada. Vocês não têm direito a este reino!

Erida se empertigou, o queixo erguido, a voz fria e cortante.

— Eu o reivindico em nome da minha linhagem e do meu herdeiro, que nascerá com o sangue do Velho Cór.

Houve mais movimento no portão. Antes que o arauto gaguejante conseguisse formular algum tipo de resposta, um homem loiro saiu da ponte, com seis cavaleiros atrás. Um deles carregava outra bandeira de trégua. Eles atravessaram a ponte como crianças mimadas.

Taristan ficou tenso ao ver o recém-chegado, e segurou a espada com firmeza. Sua respiração se tornou estranhamente irregular, como se ele mal conseguisse conter a fúria que ardia dentro de si.

Erida não fazia ideia do motivo. A imagem do príncipe madrentino era no máximo motivo de riso para ela, não de raiva.

O arauto correu para alcançar o príncipe, gritando enquanto corria:

— Apresento Orleon Levard, príncipe herdeiro de Madrence, filho de sua serena majestade, rei Robart de Madrence...

O príncipe o dispensou com um gesto, seu rosto belo tomado por uma expressão de repulsa.

— Não vejo nenhum herdeiro ao seu lado, rainha! — ele gritou, um cacho de cabelo loiro caindo em seu olho azul.

Donzelas de toda a esfera dariam sua juventude para estar tão perto de um homem como esse, um belo príncipe herdeiro. Erida queria jogá-lo no pântano.

Orleon olhou da rainha para o consorte, observando Taristan como se ele fosse um inseto a ser esmagado.

— Vejo apenas um *vira-lata* que você encontrou em alguma vala, sem nenhuma prova de sangue além da palavra vazia dele.

— Inveja não lhe cai bem, Orleon — Erida retrucou, entrando habilmente entre os príncipes para que Taristan não se deixasse levar pelo temperamento. Não pelo bem de Orleon, mas pelo bem da conquista. — Renda-se em nome do seu pai. Se é que você tem poder para tanto.

Orleon corou, furioso.

— A esfera se insurgirá contra você. Nem Galland pode fazer o que quer. Nossos aliados em Siscaria...

— São mais fracos do que vocês — Erida disse, interrompendo-o. — Eles olham para o passado, para um império decadente. Eu olho para o futuro, para o que deve ser reconstruído. — Ela deu de ombros, deixando clara sua indiferença. Isso só enfureceu mais Orleon, exatamente como Erida queria. — Na verdade, eles provavelmente se juntarão a mim, ao menos pela chance de ver o velho império renascido.

Orleon tremeu de raiva, seu rosto ficando do mesmo tom de sua túnica. Ele não tinha jeito para esconder suas emoções, e Erida sabia exatamente o porquê.

Ele é um homem. Suas emoções não são consideradas um fardo ou uma fraqueza. Ao contrário das minhas, que devo esconder, para que os homens possam se sentir um pouco menos ameaçados e um pouco mais fortes.

Ela cerrou os punhos até sentir as unhas se cravarem na palma das mãos. Parte de si queria arranhar o rosto vermelho de Orleon naquele instante e dar a ele uma máscara para ser usada o tempo todo, como ela precisava fazer.

O príncipe ergueu a mão, e Erida quase achou que ele fosse bater nela, mas o homem apenas ajeitou o cabelo e a gola da túnica, erguendo a seda refinada bordada em prata. Ele olhou para a rainha outra vez com seus olhos azul-claros.

— Espero que os Incontáveis passem por cima de seu pescoço com seus cavalos — ele rosnou, inclinando-se para a frente.

Atrás dela, Taristan se agitou. Ela não precisou olhar para saber que ele ainda estava com a mão na espada de Fuso, sem tirar os olhos infernais do príncipe sitiado.

— Orleon, o único pescoço com que você deve se preocupar é o seu — Erida alertou. — Renda a cidade. Permitirei até que você parta e leve meu acordo para seu pai.

— Não me oferece acordo algum — ele disse, atormentado. Algo brotou no rosto dele, seu olhar vacilante. — Nos curvarmos ou sermos massacrados?

Erida sorriu. *O príncipe sabe que não há esperança de vitória. Ele vê o caminho diante de si, e esse caminho só segue em uma direção.*

— Para mim, parece uma escolha simples — ela respondeu.

Orleon bufou, franzindo os lábios. Então jogou a cabeça para trás. Erida fechou a cara quando o cuspe dele caiu a centímetros de suas botas.

— Preferia as flechas — Erida murmurou.

Taristan se moveu atrás dela, calculadamente, feito um gato à espreita, concentrado na presa principesca. Mas continuou em silêncio, os lábios contraídos. Erida temia que, se abrisse a boca, Taristan pudesse devorar Orleon em uma única bocada.

O príncipe não via perigo no consorte. Ele não conhecia Taristan como ela, mesmo nesses meses curtos que agora pareciam eclipsar o resto dos seus dias.

O príncipe de Madrence sorriu com crueldade.

— Você cortou a língua dele ou só as bolas?

Erida sabia a pergunta antes de Taristan abrir a boca.

— Posso matá-lo? — ele sussurrou.

As bandeiras de trégua tremulavam sobre eles, carregando um alerta. Mais uma vez, Erida considerou. O direito à trégua era um acordo antigo, um dos princípios fundamentais da guerra.

Taristan esperou, paciente como uma cobra em sua toca. A camada vermelha cobriu seus olhos de novo, apenas um lampejo, mas foi o suficiente. O Porvir observava através dos olhos de seu consorte. E, mesmo assim, Taristan se continha. Erida conseguia ver o autocontrole em todos os fortes músculos dele, na pulsação que latejava lentamente em seu pescoço. E em seus olhos também, contendo a presença vermelha. Mantendo aquilo — Ele — sob controle.

Até a decisão dela.

Erida inspirou, os lábios entreabertos, como se pudesse sentir o gosto do poder no ar. O poder *dela*. A rainha piscou, encarando Taristan. Retorceu os dedos, e quase conseguiu sentir uma coleira em sua mão, implorando para ser libertada.

A rainha olhou para Orleon.

— Sim.

A espada de Fuso foi desembainhada e a Guarda do Leão se fechou, protegendo Erida do banho de sangue. O coração dela reverberava nos ouvidos, ainda mais alto do que o som de aço e ferro se chocando. Sem fôlego, ela espiou pelos vãos das armaduras douradas, arregalando os olhos enquanto Taristan abria caminho por entre soldados madrentinos. Aqueles soldados não eram páreos para ele, mesmo sem suas muitas bênçãos sombrias. Taristan era um assassino implacável, letal e certeiro. Desviava de espadas e encontrava pontos fracos nas armaduras dos homens, derrubando todos com golpes calculados. O corpo do arauto caiu estatelado, a bandeira de trégua sobre as pernas inertes dele. Sua cabeça rolou pela ponte e caiu no pântano.

Erida já tinha visto homens morrerem antes. Execuções, acidentes em torneios, seus próprios pais definhando no leito. Sangue não era nada novo para ela. Não sentia nenhum embrulho no estômago, nenhuma tontura. Era surpreendentemente fácil ver seu consorte massacrar todos os soldados na ponte, até mesmo quando os arqueiros retomaram o ataque. Eles só conseguiram atingir os seus próprios homens, corpos abatidos sendo alfinetados.

O príncipe Orleon de Madrence não era um mero soldado de uma guarnição da cidade. Era bem treinado como qualquer fidalgo, acostumado com espada e armadura. E louco para provar seu valor fora do círculo de treinamento ou do pátio de torneio. Ele ergueu a espada de cabo prateado, granadas valiosas cintilando entre seus dedos.

Era apenas um pouco mais velho do que Erida — vinte e três anos, se ela bem lembrava. O cavalo prata o acompanhava no peito, brilhando sob o sol do meio-dia enquanto ele aparava um golpe, sua espada encontrando a de Taristan. Eles se encararam por trás das espadas cruzadas, os rostos a pouco centímetros um do outro.

Orleon fez uma careta, cedendo sob a espada de Taristan. Uma flecha se cravou no ombro de Taristan, mas ele mal notou, e Orleon empalideceu, balbuciando, confuso.

E com um golpe da espada de Fuso interrompeu a linhagem real de Madrence.

Vermelho brotou no pântano abaixo da ponte enquanto a espada continuava seu golpe.

Até mesmo na morte, o arauto cumpriu sua função. Serviu de alerta à sua própria cidade, prova do massacre iminente.

9

A ESFERA DESLUMBRANTE

Ridha

A ESPADA DELA NÃO VIA SANGUE HAVIA décadas. Ela não lutava de verdade desde que os saqueadores puseram Iona à prova um século antes. Embora sua mente e seu corpo fossem mais hábeis do que quaisquer outros sobre a Ala, Ridha ficou paralisada no alto das muralhas. Olhou para o céu cor de sangue, o terror correndo pelas suas veias. Não era um lobo, um urso e nem mesmo um exército diante dela.

Era um dragão. Ele rugiu outra vez, e Ridha estremeceu. O som ecoou pelas falésias do fiorde, envolvendo-os.

Mais adiante na muralha, um veder gemeu.

— São dois?

A boca de Ridha ficou seca.

— Um é mais do que suficiente para matar todos nós — ela disse, a voz baixa abafada por outro rosnado no céu.

Lenna gritou de cima das muralhas de Kovalinn, vociferando ordens em jydês. Seu povo se moveu em uníssono, com arqueiros subindo na direção de sua chefe, flechas erguidas. Dyrian gemeu. Em seu trono, ele parecera imperioso como qualquer outro monarca, apesar da pouca idade. Agora, não mais. Estava branco como a neve, movendo a boca sem emitir nenhum som, enquanto o mesmo medo que Ridha sentia tomava conta de seu pequeno corpo.

Era Lady Eyda quem gritava ordens no lugar dele, uma rainha guerreira da cabeça aos pés, com sua cota de malha e sua pele de raposa. Apontou a espada para o portão aberto. Os ursos esculpidos a encararam em seu rosnado perpétuo. O animal de estimação sonolento e preguiçoso de Dyrian parecia um filhote perto deles. Urrou de medo, farejando o ar. Também sentia o cheiro do perigo.

— Para o fiorde! — A voz de Eyda ressoou mais alto do que o caos no pátio. Somando os vederes de Kovalinn e o clã de Lenna, centenas de corpos passavam, se acotovelando. — Saiam do palácio. Precisamos chegar até a água!

— Yrla, para o fiorde! — Lenna gritou, para os seus homens lá embaixo, em jydês e primordial, para que todos conseguissem entender. Os saqueadores responderam com um urro, batendo no peito em sinal de concordância. — Arqueiros, fiquem! Mantenham o dragão conosco!

Com um breve aceno, Eyda gritou:

— Tragam arcos e flechas!

E seu povo obedeceu na hora.

O estômago de Ridha embrulhou, e ela estava quase vomitando na beira da muralha. Escorou todo o seu peso no reparo de madeira. O medo era exaustivo.

Lenna tocou no ombro dela, passando os dedos tatuados muito levemente em sua túnica.

— Respire — ela disse, fazendo sinal para Ridha inspirar. A imortal obedeceu, puxando uma lufada de ar. Ajudou, pelo menos um pouco. — E fuja.

Ridha trincou os dentes, tão forte que quase fez barulho, e se recompôs.

— Sou uma princesa de Iona, filha da monarca, sangue da Glorian Perdida.

Alguém colocou um arco em sua mão, e ela se empertigou, erguendo-se de toda a sua altura ameaçadora. A armadura verde se encaixava perfeitamente em seu corpo. Honrando seu treinamento de guerreira, ela se preparou. O medo continuava, sufocante como uma corda no pescoço, mas ela não se deixaria controlar por ele.

— Não vou fugir.

A boca de Lenna abriu em um sorriso quase ensandecido, seus dentes dourados cintilando com o brilho do pôr do sol. A imagem encheu Ridha de um calor estranho, embora ela não tivesse tempo para pensar nisso.

Quebrou a cabeça tentando lembrar como sua mãe e os outros haviam matado o último dragão trezentos anos antes. Havia muitas histórias, a maioria envolvendo mais tristeza do que estratégia. Lendas inúteis de sacrifícios nobres. O dragão, daquela vez, era do tamanho de uma nuvem de tempestade, cinza, com pelo menos mil anos de idade. Ele fez morada nos picos mais altos de Calidon, ao longo da costa, onde o oceano encontrava picos de pedra escaldante. Pensavam que a besta se alimentava de baleias. Mas ele ficou faminto demais, ou simplesmente cruel demais. Então os vederes de Iona e Kovalinn batalharam contra o monstro nas costas setentrionais de Calidon, à margem do mar da Glória. *Era primavera, chovia*, ela lembrou. *A tempestade ajudou a conter o fogo do dragão, e permitiu que o exército chegasse perto o bastante.* Ridha pegou uma flecha da aljava pousada aos seus pés, uma das dezenas trazidas para o topo das muralhas. Ela soltou o ar, puxando o arco. *Fizeram algo com as asas deles, forçaram-no a pousar.*

A sombra passou por uma nuvem. Uma cauda comprida cortou o ar, a primeira parte visível de seu corpo. Assim como o ouro na boca de Lenna, a cauda refletia o sol flamejante, suas escamas cintilando tanto que doía a vista.

Ridha estreitou os olhos, seu olhar vederano aguçado mesmo à distância.

— O couro — ela murmurou. Suas memórias ganharam forma, as histórias que sua mãe contava voltando à mente. — O couro é feito de joias! — ela disse, mais alto, gritando para a muralha. — Não vamos perfurar o couro com flechas nem nada do tipo. Precisamos mirar nas asas!

Lenna não discutiu. Vociferou outro comando em jydês, traduzindo a mensagem para seu povo.

A maior parte corria das falésias altas do enclave, atravessando o portão para chegar ao caminho íngreme e sinuoso até o fiorde lá embaixo. Lady Eyda e Dyrian os guiavam, chamando os dois povos para a segurança. Ridha espiou pela borda da muralha, na encosta quase perpendicular da montanha sobre a qual ficava Kovalinn. Seu estômago revirou de novo. Alturas não a incomodavam. Mesmo assim, ela não gostava da ideia de um dragão a perseguindo pela encosta de uma montanha.

— Eu não estava lá em Calidon quando o último dragão foi abatido — Kesar disse, se aproximando de Ridha. Ela ainda usava sua veste de corte, uma túnica macia. Nada apropriada para a batalha.

Ridha estava contente por sua armadura.

— Nem eu.

Quase cem vederes imitaram Kesar, encontrando espaço em meio ao povo saqueador, seus longos arcos prontos, cada um carregando o maior número possível de flechas. Qualquer desconfiança ou incômodo se dissipou.

Um inimigo em comum une como nada mais é capaz de fazer.

A luz estava diminuindo, os últimos raios do sol sumindo atrás das montanhas ocidentais como dedos soltando um objeto. A neve nas encostas perdeu o brilho, passando de rosa a roxo-acinzentado. Ridha estremeceu enquanto Kovalinn mergulhava na escuridão fria. A noite só ajudaria o dragão e condenaria o resto.

— Nunca achei que você estivesse mentindo sobre os Fusos, mas tinha minhas dúvidas — Kesar disse, ajeitando a gola da túnica para cobrir a pele cor de topázio de seu pescoço. Em momento algum ela tirou os olhos do céu ou do perigo acima. — Agora, não mais.

Ridha sentiu como se o ar tivesse sido arrancado de seus pulmões.

— Taristan — Ridha rosnou, seu medo dando lugar à raiva.

De repente ela quis que o dragão se mostrasse para que ela pudesse ter algo a que direcionar sua fúria.

Kesar contorceu os lábios com a mesma raiva. Jogou os cachos para trás, amarrando-os com um cordão de couro.

— O príncipe do Velho Cór soltou esse monstro sobre a Ala e deixou mais um Fuso aberto. — Ela balançou a cabeça. — Para qual esfera, não lembro.

Ridha era uma futura monarca, e seu treinamento tinha ido muito além do pátio do palácio. Quando ela era criança, o conselheiro de sua mãe, Cieran, lhe ensinara meticulosamente as histórias de Fusos. Ela passou a maior parte do tempo fugindo das lições dele, mas lembrava do que ele conseguira ensinar.

— Chama-se Irridas — ela sussurrou, pensando nas páginas de algum livro mais antigo do que a Ala. Os desenhos eram turvos em sua memória, mas ela nunca conseguiu esquecer a paisagem de pedras preciosas escarpadas e pontiagudas, e os grandes olhos escarlate a encarando. Era um mundo de riquezas inimagináveis e dragões insaciáveis para protegê-lo. — A esfera deslumbrante.

Sombras tomaram conta do céu escuro, escondendo mais ainda o dragão. Ele rugia, mais perto agora, e todos os arcos seguiam o barulho, traçando o vulto preto pelo céu azul-escuro. Uma ou duas flechas dispararam, arqueando para o nada.

Os saqueadores deveriam escapar com os outros, Ridha pensou, olhando para Lenna ao seu lado. *Mortais morrem muito rápido.*

Como se lesse sua mente, Lenna a olhou nos olhos, o rosto tenso, um músculo se contraindo na bochecha pálida. Seu arco era menor do que o de Ridha, feito para caçar coelhos e lobos. *Nunca vai derrubar um dragão*, Ridha quis dizer a ela, mas segurou a língua. Na verdade, ela não colocava fé em nenhum arco dali.

— Seja forte — Lenna disse, batendo o punho no peito, acertando o couro como seus saqueadores tinham feito. Os olhos dela cintilavam, tão ensandecidos quanto seu sorriso. — Yrla está com você. E Yrla luta.

Ridha voltou a se empertigar.

— Nós também.

Um negrume cortou o céu, afugentando o resto de roxo e azul. Tochas crepitantes ganharam vida, uma defesa fraca contra a escuridão crescente, mas o suficiente para os saqueadores enxergarem. Um vento soprou pelo fiorde, estremecendo e atravessando pinheiros e neve. Os arqueiros, mortais e imortais, esperaram em silêncio, como se todos prendessem a respiração, amedrontados. Lá embaixo, os outros ecoavam pelas rochas, os gritos de encorajamento de Eyda abafados pelo estrondo de botas sobre pedra. E, atrás de Kovalinn, no alto das montanhas, lobos uivavam, uma dezena de matilhas ressoando o mesmo alerta.

O dragão respondeu, surgindo na embocadura do fiorde. Desceu das nuvens, cobrindo as estrelas recém-surgidas, uma massa preta de asas e garras, seus olhos parecendo dois carvões flamejantes. Eles cintilavam, vermelhos, mesmo ao longe. Uma luz feroz bailava entre seus dentes, implorando para ser libertada de suas presas letais. Suas asas batiam mais alto do que qualquer som no fiorde, até mesmo do que as batidas atormentadas do coração de Ridha.

— As asas! — ela tentou gritar, mas sua voz ficou presa na garganta.

Lenna gritou por ela, berrando ordens pela muralha. Os saqueadores apontaram os arcos para o monstro, que ganhou velocidade enquanto começava a correr pelo fiorde, ficando maior a cada segundo. Kesar gritou comandos em vederano. *Esperem até ele estar quase sobre nós. Guardem as flechas até o último segundo, e dilacerem aquelas asas.*

Expirando novamente, Ridha levou a mão às flechas aos seus pés e sacou três da aljava mais próxima, posicionou na corda do arco e puxou todas de uma vez. Seus batimentos cardíacos seguiam um ritmo caótico, mas ela controlou a respiração, assumindo sua postura de arqueira. Seus músculos ficaram tensos. Seu corpo sabia o que fazer, por mais que o medo paralisasse sua mente.

Dessa vez, quando o dragão rugiu, ela sentiu o calor furioso da respiração dele em seu rosto, soprando seus cabelos para trás e desfazendo sua longa trança. As tochas bruxulearam, mas continuaram a queimar, obstinadas como o resto deles. Alguns dos arqueiros vacilaram, saindo de seus postos, mas nenhum abandonou as muralhas. Eles se recusavam a se acovardar, incluindo os saqueadores mortais.

Ridha desejou ter a mãe, Domacridhan e todos os guerreiros de Iona. E praguejou contra eles também, odiando que a deixassem ali sozinha. *Se é que Domacridhan ainda está vivo.* Mas esse era um fio que ela não podia se dar ao luxo de puxar, não naquele momento, enquanto sua própria morte descia pelo fiorde.

As flechas dispararam de seu arco quando chegou o momento. O dragão, perto o bastante para devorar todos ali, passou por cima deles, as asas tão abertas que talvez pudessem tocar os dois lados do fiorde. Seu couro refletia a luz das tochas, inúmeras pedras preciosas cintilando em vermelho, preto, rubi e ônix. O suor escorreu pelo pescoço de Ridha, fruto do terror e do calor súbito e implacável do dragão. Flechas foram disparadas de todos os arcos, mirando na membrana da asa, a única parte de seu corpo que não era coberta de joias. Talvez uma dezena tenha acertado. Pareciam agulhas na pele do dragão, pequenas e inúteis.

Lenna deu um grito alvoroçado antes de disparar outra flecha.

O dragão virou de repente, saindo do alcance deles em meio segundo, suas asas batendo incansavelmente para subir depressa. Ele soltou um rosnado, de dor ou irritação. Ridha torceu para que fosse a primeira opção e colocou mais três flechas na corda.

— De novo! — ela se ouviu gritar. Seu arco vibrou, as flechas desaparecendo noite adentro. — Ele está nos testando!

— Não por muito tempo — Kesar disse entre dentes. — Essa criatura vai nos transformar em cinzas assim que perceber que não somos páreo para ele.

Ridha desviou o olhar do dragão por apenas um momento, embora todos os seus instintos de guerreira mandassem não fazer isso. Observou a muralha e a trilha íngreme que descia até a beira do fiorde. O povo saqueador e os vederes se aglomeravam perto da cachoeira, as falésias às suas costas. Mesmo sob a luz fraca, Ridha identificou Eyda e Dyrian, com o urso avançando pesadamente ao lado.

— Os outros chegaram ao fiorde — ela disse, virando de novo.

Kesar assentiu, séria.

— Também temos que ir.

Trezentos anos atrás, minha mãe e seus guerreiros abateram um dragão. Centenas de vederes, armados até os dentes, preparados para lutar e morrer para matar um monstro vindo do Fuso. Ela olhou por cima das muralhas que os cercavam, avaliando os saqueadores e os arqueiros imortais. Eles estavam longe de ser o exército que Isibel de Iona havia levado à batalha. *Mas poderiam causar muito mais estrago.*

O dragão girou no céu, fora do alcance até do melhor arqueiro vederano. Ridha sabia que os deuses de Glorian não conseguiam ouvir as orações desta esfera, mas talvez os deuses da Ala ouvissem. As nuvens estavam indo embora, e a face brilhante da lua despontou sobre as montanhas, iluminando as encostas brancas e o couro do dragão. O luar brilhou nas joias como luz do sol sobre escamas de peixe.

— Precisamos chegar à água — Ridha murmurou, observando o rio que corria pelo pátio e caía da falésia para o fiorde lá embaixo.

As águas geladas não seriam uma rota de fuga, mas certamente serviriam de escudo. E de arma, se eles tivessem sorte.

Para surpresa de Ridha, Lenna bateu em seu ombro. Ao virar, a imortal deparou com a mulher mais baixa encarando-a com os olhos lívidos, o verde e o azul se misturando com o luar.

— Os yrlanos não fogem — a chefe disse, os dentes cintilantes.

Ridha teve vontade de largá-la nas muralhas, mas o povo saqueador não era de se jogar fora. Eram bons combatentes, alguns dos melhores da Ala. Os jydeses e os vederes certamente precisariam uns dos outros para sobreviver à longa noite do dragão.

— Não é fugir — ela retrucou, deixando sua frustração transparecer. — Vamos lutar ao longo de todo o caminho. E, caso não tenha percebido, Kovalinn é feita de madeira. — De fato, apenas os alicerces da muralha e das construções eram de pedra. O resto era pinho, troncos enormes cortados das florestas densas do Jyd. *Se ao menos fosse pinheiro-aceiro*, Ridha pensou, *poderíamos simplesmente aguentar as chamas.* — É um milagre já não estarmos em chamas.

Lenna ergueu o queixo, como se tentasse afugentar um animal.

— Fuja, Anciã — ela disse. — E deixe a glória para Yrla.

Como uma princesa de Iona, Ridha não estava acostumada a receber ordens de ninguém além da mãe. Muito menos de uma mortal do povo saqueador, que parecia combinar melhor com uma caverna do que com a sala do trono de um monarca.

Ridha estreitou os ombros, ficando mais alta. Com sua armadura refletindo a lua, ela peitou Lenna, despejando todo o peso de seu olhar imortal.

— Mova seus saqueadores ou eu vou mover vocês — disse, baixando o arco.

Lenna retorceu os lábios e Ridha se preparou para mais uma demonstração idiota de bravura. Mas o dragão desceu de novo, dessa vez com as quatro patas e as garras estendidas.

Chefe e princesa desviaram ao mesmo tempo, disparando flechas da melhor forma que conseguiram. Com um grito, duas figuras foram arrastadas da muralha, um saqueador e um veder. Seus corpos foram lançados no precipício, contra o céu frio, e desapareceram na encosta da montanha. Os saqueadores não conseguiam ouvir, mas Ridha se encolheu com o barulho de ossos na rocha. Triunfante, o dragão urrou seu alerta para o restante deles, um grito capaz de rachar ferro.

— Yrlanos, desçam! — Lenna gritou em primordial, e depois em jydês, jogando o arco sobre o ombro.

Kesar fez o mesmo, gritando as mesmas ordens para a linha de vederes.

Juntos, eles abandonaram as muralhas de Kovalinn, saltando para o pátio nevado e começando a descida vertiginosa rumo ao fiorde. Mais uma rajada de calor os seguiu, e, por um segundo, Ridha temeu que o dragão estivesse em cima deles. Mas o alvo tinha sido apenas o salão do palácio, uma bola de fogo atravessando o telhado. Chamas subiam, consumindo o edifício de pinho de dentro para fora, enquanto o dragão, cuspindo fogo, pairava sobre o telhado que cedia, suas asas fazendo um vento feroz e escaldante para alimentar a chama. O fogo se espalhou para os muitos aposentos que saíam do salão, e então as muitas casas, a caserna, os estábulos e depósitos — até todo enclave grandioso de Kovalinn se tornar um inferno. Os ursos pegavam fogo no alto da falésia, a madeira esculpida carbonizando até virar brasa.

Ridha deslizou na trilha escorregadia, mas manteve o equilíbrio. Os vederes eram rápidos e ágeis. O terreno não seria um problema, mesmo com a cascata lançando névoa gelada sobre a pedra. Alguns arqueiros imortais saltaram de trilha em trilha, descendo o caminho anguloso como se fosse uma escada. Ridha entendia. Ninguém era imortal diante da chama de um dragão. Ela não pediria que ficassem para trás e colocassem a própria vida em risco para proteger os saqueadores.

Suas pernas se refrearam.

Mas não é esse o objetivo disso tudo? Lutar por todos na Ala, e não apenas por nós mesmos? Não é essa a única maneira de triunfarmos?

Ela foi ficando para trás, deixando que o restante dos imortais passasse em ondas, com os saqueadores se esforçando para manter o ritmo.

— Princesa! — ela ouviu Kesar chamar, mas o rugido do dragão abafou todo o resto.

Ridha desviou com toda a sua velocidade vederana, movendo-se contra a multidão que descia pela falésia.

Avisou uma trança loira e uma tatuagem de lobo ao fundo, segurando o portão, recusando-se a deixar qualquer um para trás. Saqueadores passavam por ela, a fumaça se impregnando nos casacos de pele, seus olhos iluminados de puro terror.

Ridha foi para o outro lado do portão, montando guarda. Ursos esculpidos rosnavam sobre a cabeça dela, que quase riu deles. Os portões seriam apenas cinzas pela manhã, e os grandes ursos de Kovalinn virariam poeira em um vento gelado.

Lenna deu um pequeno aceno de agradecimento. Significou mais do que flores lançadas aos pés de Ridha. Ela respondeu o gesto e olhou fundo para o centro flamejante do enclave, fumaça e chama soprando a cada batida das asas do dragão.

Mais dois saqueadores saíram mancando da destruição, tossindo e se engasgando. Lenna questionou algo em jydês, palavras que Ridha não entendia. A resposta claramente não foi do seu agrado, e a chefe empalideceu, engolindo em seco.

— Há outros lá dentro! — Lenna gritou em meio ao estrondo.

Ridha ficou nauseada. Havia contado cem vederes sobre as muralhas, com mais vinte arqueiros mortais. Quase todos estavam lá embaixo agora, descendo com dificuldade a falésia escarpada antes que o dragão voltasse sua fúria contra eles. A princesa olhou para dentro dos portões de novo. A fumaça e as chamas haviam transformado o enclave em um apocalipse, e ela se perguntou se Infyrna, a esfera flamejante, era assim. *Ou a própria Asunder, o reino do Porvir. O inferno que está vindo atrás de todos nós.*

Mais fumaça fez seus olhos arderem e Ridha os estreitou, procurando algum retardatário nas chamas. Pedaços de lenha crepitavam e lascavam, fazendo uma rajada de brasas saltar. Cinzas começaram a cair como uma terrível coberta cinzenta.

Lenna também procurava, erguendo a mão para proteger a vista do brilho do fogo. Outro rugido, como metal sendo rasgado, soou no alto. Respirando com dificuldade, a chefe abandonou o portão e voltou a entrar no enclave em chamas.

Ridha levou menos de um segundo para seguir, o aço de sua armadura absorvendo o calor, esquentando sua pele.

O enclave queimava, vigas de madeira e telhados de colmo cedendo ao redor delas. Lenna colocou as mãos ao redor da boca e gritou, chamando quem quer que pudesse ter ficado para trás, mas a paisagem infernal abafou sua voz. Nem mesmo Ridha conseguia ouvir. Era uma tentativa imprudente, quase suicida. Ridha tentou enxergar entre as chamas de novo, buscando algum sinal de sobreviventes. Mas não viu nada, nem mesmo uma sombra no fogaréu.

— Temos que ir! — ela gritou, pegando Lenna pela gola, seus lábios quase roçando no ouvido da chefe. — Ou esse será seu fim.

Não o meu, Ridha disse a si mesma, embora um medo cáustico atravessasse seu corpo, corroendo sua força. *Sou uma princesa de Iona. Não morrerei dessa forma.*

Lenna a empurrou, os dentes à mostra como um animal. Ela parecia tão temível quanto o próprio dragão.

— Me deixe aqui — ela disse, sacando uma espada curta, lâmina larga e pesada apontada para Ridha. — Vou morrer com eles.

— Morrer *por* eles. — Com um movimento do braço, Ridha desarmou a chefe dos saqueadores com uma manobra simples que havia aprendido muito antes. Lenna empalideceu, erguendo os punhos para atacar, mas Ridha apenas jogou a espada em um banco de neve. — São aqueles que ainda estão vivos que precisam que você resista.

Lenna olhou com escárnio; então virou para trás de Ridha, na direção do inferno, e sussurrou:

— *Eles* também precisam de nós.

Três vultos saíam cambaleantes do incêndio, os rostos acinzentados, com trapos ou peles sobre as bocas. Um deles caiu de joelhos, arfando, antes de Lenna pegá-lo pelos braços e erguê-lo, levando-o para o portão. Ridha pegou outra, uma mulher alta com roupas queimadas e a perna ferida. Elas se encararam.

— Alteza — a mulher murmurou, e Ridha percebeu com espanto que a mulher não era saqueadora, mas veder. Seu próprio povo.

Todos eles eram.

— Para o portão — ela se forçou a dizer, enquanto era tomada pela vergonha.

O terceiro veder não estava ferido, e ajudou os outros a chegarem aos portões, a fumaça soprando em suas costas. A neve derretia, transformando o pátio em lama. Ridha segurava firme a outra imortal, usando toda a sua habilidade para não cair, enquanto o suor escorria pelo seu rosto e pescoço. *Todos esses séculos no pátio de treinamento*, ela pensou, praguejando, *e fico acabada em tão pouco tempo*. Ela sentia a exaustão subindo por suas pernas, ameaçando puxá-la para trás, na direção das presas do dragão.

— Quase lá! — Ela ouviu Lenna gritar e deu um forte impulso na direção do portão.

Uma cauda balançou como um aríete, agitando o ar a centímetros do rosto de Ridha. A veder sob seu braço desapareceu, levada pelo poder de pêndulo da cauda do dragão. Ridha entreviu o rosto da imortal, a boca aberta em um grito mudo, quando o dragão lançou o corpo dela contra os portões. A força derrubou os ursos esculpidos e parte da muralha, lascando a paliçada de madeira. As portas desabaram todas de uma vez, rachadas no meio, enquanto o resto desabava em um monte de escombros em chamas. Lenna gritou quando as brasas se erguiam em uma espiral, ardendo contra a luz das estrelas.

Ridha caiu de joelhos, encarando as chamas onde antes ficava o portão. Seus dedos traçaram a neve derretida e ela cerrou o punho, agarrando-se ao frio. O gelo ardeu sob suas unhas.

Pode ser a última coisa que eu sinta.

Ela continuava imóvel no chão, dormente, quando outro movimento da cauda do dragão atravessou o pátio. Lenna saiu do caminho, caindo de cara na neve, mas o outro veder ferido não teve a mesma sorte. O dragão o lançou para o alto, por cima da muralha em ruínas, o veder gritando enquanto caía da falésia.

— Levante, Anciã!

Dessa vez foi Lenna quem gritou no ouvido dela, tão perto que Ridha conseguia sentir o cheiro de seu cabelo. Fumaça, sangue, pinho queimado — e algo mais doce por baixo. *Flores silvestres.* A chefe se esforçou para ajudar Ridha a ficar de pé, obrigando a princesa a se orientar. Enquanto o dragão rondava o enclave, seus rugidos ecoando pelas montanhas, Lenna correu para onde ficava o portão, tentando abrir um caminho pelas ruínas em chamas. O terceiro veder se juntou a ela, tirando tábuas e troncos quebrados do caminho.

Ridha flexionou as mãos, desejando que seu corpo recuperasse a sensibilidade. Sua respiração saía entrecortada, em engasgos dolorosos, a fumaça ameaçando sufocar todos. *Não vou morrer desta forma*, ela pensou, se lançando na direção dos escombros. Suas mãos sangravam e queimavam enquanto eles trabalhavam, furiosos e desesperados. Ridha se encolheu, mas toda farpa deixada de lado era mais um suspiro de vida.

Lenna não hesitava, por mais mortal que fosse. Lágrimas escorriam pelo seu rosto, de dor ou de reação da fumaça ou ambas as coisas, mas ela continuava a lutar, jogando os destroços para o lado.

— Há uma passagem. Na base do fiorde, atrás da cachoeira — a chefe disse com vigor, contendo um grito quando faíscas caíram sobre eles. Seu casaco pegou fogo e ela o tirou, deixando que queimasse. — Os yrlanos saberão o caminho.

Eyda também saberá, Ridha pensou, aliviada. *Pelo menos a Ala não morrerá conosco. Ainda há esperança, por menor que seja.*

— Aqui — o outro veder disse, colocando o ombro embaixo de um dos troncos maiores.

Arfando, ele empurrou com toda a sua força, removendo uma cascata de troncos e tábuas, que rolou para os lados, cuspindo brasas. Lenna chutou os restos destroçados dos portões esculpidos. Ridha quase chorou, a garganta queimando como o enclave.

A estrada da falésia esperava, o fiorde além dela, um vestígio de luar entre as furiosas nuvens de fumaça.

Eles se dirigiram à abertura no meio dos escombros, trombando uns nos outros, cobertos de cinzas. Lenna se agarrou ao braço de Ridha enquanto elas puxavam uma a outra. Um vento frio soprou, aliviando brevemente o ataque do dragão, e Ridha inspirou, grata, seus pulmões clamando por ar fresco.

A besta atacou outra vez, tentando derrubar a muralha em cima deles. Ridha puxou Lenna, fugindo de tábuas quebradas caindo da falésia. O outro veder também conseguiu desviar, dando seu primeiro passo na estrada que descia para o fiorde, rumo à segurança.

O coração de Ridha batia forte, e o de Lenna batia no mesmo ritmo, ecoando seu medo. Outro ritmo ribombou, longe dela, fazendo o próprio chão tremer. Era quase familiar.

Cascos?, Ridha pensou, meio segundo antes de o cavaleiro surgir pela trilha, fazendo curvas fechadas em um galope que nem um cavaleiro imortal arriscaria.

O garanhão resfolegou, soprando com força, quase urrando por conta das rédeas, à beira da loucura. Ele usava uma armadura que combinava com a de seu cavaleiro, placas de ônix tão escuras que não refletiam a luz, nem mesmo a chama de dragão. O cavaleiro na sela o forçava a continuar, esporando-o, seu rosto obscurecido pelo elmo simples. Ele não usava túnica e não empunhava nenhuma bandeira, seu corpo coberto das manoplas nos dedos às botas nos pés. Não havia nenhuma insígnia nele nem em seu cavalo, nenhum sinal de reino ao qual pudesse servir. Nada além da armadura preta. Parecia feita de alguma pedra preciosa rara em vez de aço.

— Para trás! — o outro veder gritou, erguendo a mão para conter o cavaleiro.

Uma espada passou pelo ar, cortando o punho dele em uma única linha perfeita e sem dificuldade. O veder caiu de joelhos, uivando, enquanto o garanhão seguia em frente, aproximando-se dos portões destroçados — e de Ridha.

— Não fiquem em meu caminho — o cavaleiro sussurrou, o timbre baixo como de uma serpente.

O caos deveria ter abafado a voz dele, mas Ridha o ouviu muito claramente, mesmo a uma dezena de metros, em meio ao estrondo dos cascos e à fúria de um dragão.

Ela apertou Lenna, trazendo a chefe para junto de si. Não havia tempo para explicar, não havia tempo para pensar. O dragão rugia no céu, preparando-se para mais um ataque, enquanto o cavaleiro subia, sua espada tão preta quanto a armadura, pingando com sangue imortal. Parecia engolir o mundo, e até o dragão saiu da mente dela.

Ridha correu, não para o portão, não para a trilha sinuosa que descia a encosta da falésia — mas para a cachoeira perto delas.

A água era gélida, como mil facas cortando cada centímetro de sua pele. Não era a água que Ridha temia, nem a cachoeira.

Elas pularam juntas, caindo no vazio. Um único pensamento ecoou na mente de Ridha.

O dragão não atravessou o Fuso sozinho.

10

MERECER O MUNDO

Erida

Ao anoitecer, havia cheiro de fumaça por toda parte, empesteando suas roupas, seu cabelo e talvez até seus ossos. Fogueira, braseiros e chamas dentro de Rouleine, iguais e piores. As catapultas tinham entrado em ação, lançando rochas e escombros dos arredores. De tantos em tantos minutos, Erida ouvia o estrondo distante. Ela se perguntava qual seria o golpe que abriria os portões da cidade e traria a bandeira de rendição.

A tenda da rainha era tão grandiosa quanto um acampamento de cerco permitia, com tapetes no chão, um pequeno salão que consistia em uma mesa baixa com cadeiras descombinadas e uma cama escondida atrás de uma tela. Suas servas e damas tinham uma tenda própria à direita, conectada por uma passagem coberta, enquanto a tenda do conselho ficava à esquerda. Era grande o bastante para abrigar qualquer pessoa do exército que fosse ao menos remotamente importante, evitando assim que alguém se sentisse menosprezado e concluísse que Lord Konegin estava certo.

Como sempre, a cabeça de Erida latejava com a dificuldade de manter esse equilíbrio. Balanças oscilavam em suas mãos, instáveis.

Por sorte, havia apenas uma para equilibrar no momento. Ronin estava sentado diante dela no salão, uma travessa de comida apoiada nos joelhos, enquanto Taristan vagava pela tenda. Não usava seu manto e sua armadura imperial, mas sua sombra se projetava, grande, na lona. O movimento constante e silencioso a deixava nervosa. *Talvez esse seja o objetivo.*

Embora a armadura dela fosse leve, servindo mais para exibir do que para proteger, tinha sido bom tirá-la. Seu longo vestido verde com mangas compridas era mais confortável. Devagar, a rainha desfazia as tranças, aliviando um pouco a tensão na cabeça e no pescoço.

Os olhos pretos de Taristan refletiram a luz das velas. O consorte seguia os movimentos das mãos de Erida penteando o cabelo.

Aquele olhar fez um calafrio descer pela coluna da rainha.

— Preciso indicar mais membros para o Conselho da Coroa — ela disse, recostando no assento acolchoado.

Ronin parou diante da bandeja de ossos gordurosos de frango e ergueu os olhos vermelhos.

— Eu ficaria honrado.

Erida riu na cara dele.

— Não sabia que você tinha um senso de humor tão maravilhoso, Ronin.

O sacerdote, trêmulo, bufou e voltou a chupar os ossos como uma criança repreendida. *Mas de criança ele não tem nada*, Erida pensou. *Por mais que não tenha tanta idade e seja pouco mais velho do que eu, Ronin é um homem, e um homem perigoso.* Ela observou os olhos dele de novo, escarlate e injetados. Erida nunca tinha visto olhos assim. Em parte sabia que os olhos do sacerdote não eram naturais, mas sim um dom ou uma maldição do Porvir. *Nenhuma pessoa viva poderia ter olhos como esses.*

— Seu foco deve estar nos Fusos — Taristan disse a ela, parando atrás de seu feiticeiro. — Ele não gostaria que nada desviasse sua atenção.

Os Fusos. Com a marcha ela praticamente havia esquecido deles, por exaustão e por medo. Lembrou do castelo Vergon, ruínas causadas pelo eco de um Fuso. E agora cortadas por outro, o que Taristan abrira apenas semanas antes. Era vívido demais em sua mente. O cheiro do sangue dele na espada de Fuso. O sol no vidro quebrado, a imagem da deusa Adalen estilhaçada pelo punho dele. Até o ar parecia crepitar com a energia, como o céu antes de uma tempestade de raios. E ela nunca poderia esquecer do Fuso em si, um único fio dourado formando um portal para outra esfera.

E pensar que havia outros para abrir. Mais esferas para romper.

E que o Porvir estava atrás de todas, esperando seu momento.

Ela se perguntou como eles se comunicavam, seu marido e o Rei Destruído. *Por meio do sacerdote feiticeiro*, pressupôs. *Cartas é que eles não estão trocando.*

Embora mil perguntas atravessassem a mente dela, como acontecia quando surgia o assunto dos Fusos, a rainha não se manifestou. Ela não era tola. Havia coisas em que ela não queria se intrometer, pelo menos por enquanto.

— Não devemos demorar aqui — Ronin disse, quebrando um osso com os dentes. Ele sugou o tutano fazendo um barulho nojento.

Erida fez uma careta. *Está claro que o Porvir não lhe ensinou modos à mesa.*

— O cerco não vai durar — ela disse alto, engolindo sua repulsa. — Eles podem ter água e provisões, mas não têm pedras. Suas muralhas já estão começando a ruir e, quando as torres de cerco forem construídas...

O feiticeiro vermelho fez que não.

— Ainda assim é muito tempo.

— E por quê? — Erida questionou, encarando-o por cima da mesa baixa.

— Esgotei todos os seus arquivos em Ascal e encontrei pouco sobre Fusos. Os registros gallandeses de tudo que *não* é gallandês são muito deficientes. — Ele baixou o prato e lançou outro olhar carregado para Taristan. — A Biblioteca Ilha será muito mais útil.

Erida suspirou, frustrada.

— A Biblioteca Ilha fica em Partepalas — disse devagar, como se falasse com uma criança. — A capital madrentina é o objetivo de toda a nossa campanha. E depois que derrotarmos Rouleine, será uma marcha tranquila até a garganta de Robart.

Ronin quebrou outro osso com as mãos brancas. O estalo ressoou pela tenda.

— Você tem vinte mil homens. Deixe mil, cinco mil... dez, até, para sitiar Rouleine. Mas devemos continuar ao sul, na nossa busca por Fusos.

— Corayne é muito mais perigosa do que pensamos — Taristan resmungou.

A rainha suspirou para ele.

— Ela é só uma criança, e não é nada sem seus aliados. Mas não tenham medo: já providenciei tudo. Não esqueci do perigo de Corayne an-Amarat. — Ela inspirou mais uma vez, mantendo a compostura como faria em qualquer reunião de conselho. — Mas será igualmente perigoso dividir nossas forças. Você pode conhecer as histórias de Fuso, mas não entende nada de guerra, sacerdote.

Ronin levantou de repente, seus mantos caindo ao redor do corpo como uma cortina carmesim.

— Sua guerra está a serviço do Porvir, majestade — ele disse, inflamado. — Não o contrário.

— Mas ela não está errada.

A voz de Taristan era baixa mas inflexível, seu rosto severo.

Ronin ergueu as mãos, frustrado. Mas, para o grande alívio da rainha, não discutiu. O feiticeiro saiu da tenda a passos largos, murmurando sozinho em uma língua estranha que Erida não conseguiu identificar. Naquele momento, ela não se importava. Cercos eram cansativos, e a rainha estava sem energia para brigar com aquele rato.

Parte dela queria deitar na cama e dormir. Uma parte ainda mais forte estava enraizada na cadeira, imóvel e silenciosa; um reflexo da figura taciturna de Taristan, a sombra se estendendo atrás dele como um manto. Erida pensou que ele seguiria o feiticeiro e voltaria para a tenda, ali perto. Mas o homem atravessou os tapetes e sentou na cadeira de Ronin.

Erida o observou como observaria um grande tigre. Seu consorte era um homem bonito. Ela soube disso desde o primeiro momento em que o vira, metade do corpo coberta de lama, carregando apenas uma espada cravejada de joias e sua ambição. Mesmo as linhas em sua bochecha, os riscos que a maldita Corayne havia deixado, pareciam ilustres em seu rosto. Ele não amansara depois de meses como seu marido, praticamente um rei. Ao contrário, parecia mais severo e rude do que naquele dia. Mais retraído, de certo modo. Até as sombras pareciam mais escuras em seu rosto.

Ele deixou Erida observá-lo, silencioso e mergulhado em seus próprios pensamentos inescrutáveis.

— O que você fez com Orleon... — Erida começou, hesitante.

Por algum motivo que ela não conseguia entender, sua voz tremia.

Ela visualizou o príncipe caído, o cadáver estripado, a garganta cortada, os membros arrancados. Morto de uma dezena de maneiras diferentes. Ainda havia um pouco de sangue em Taristan, apesar das tentativas dele de lavar tudo. No pescoço, atrás da orelha. Até um pouco ao longo da linha do cabelo.

Sem pensar, Erida foi para trás da tela que escondia seu quarto e voltou com uma bacia de água e um pano.

Taristan olhou para a vasilha, confuso.

Antes que ele pudesse falar qualquer coisa que espantasse a coragem dela, Erida puxou uma cadeira para o lado dele, mergulhou o pano na água e começou a limpar seu rosto, secando as gotas do sangue de Orleon ainda impregnadas na pele.

— Eu consigo me limpar sozinho — ele se forçou a dizer, com a voz bastante estrangulada.

— Se conseguisse, eu não estaria fazendo isso — ela respondeu com um sorriso tenso.

O pano logo ficou sujo e a água na bacia ganhou um tom rosado.

Taristan não voltou a reclamar e ficou imóvel, como se sair do lugar pudesse causar o fim do mundo. Erida sentia o calor da pele mesmo através do pano e se perguntou se era a esfera de Asunder ardendo no coração dele.

— O que você fez com Orleon... — ela começou de novo, dessa vez com toda a determinação que conseguiu encontrar.

Ele a encarou.

— Assustei você?

Erida parou o que estava fazendo e se afastou para encará-lo de volta.

— Não. — Ela balançou a cabeça. — Não senti nada.

Era algo estranho de admitir, não ter empatia por um homem sendo esquartejado vivo. *Mas sou uma rainha governante. A vida de um homem não passa de uma pena nas balanças que devo equilibrar.*

— Só quero dizer que... entendo. O que você fez com ele, e por quê.

— Elabore. — Os dentes dele batiam uns nos outros a cada consoante, seus olhos ficando escuros.

Ela voltou a sentar na cadeira.

— Sei o que você viu nele — a rainha disse, soltando o pano. — Armadura elegante. Uma boa espada em mãos treinadas. Um príncipe nascido e criado para a grandeza, para o poder. Um homem com o mundo aos seus pés, que não fez nada para merecê-lo.

Taristan ficou visivelmente tenso; ela teve medo de que ele pudesse explodir. Ao menos, a camada vermelha não apareceu mais em seus olhos.

— Eu via o mesmo — ela murmurou, escolhendo as palavras com o máximo de cuidado possível. Ele arregalou os olhos, e seu olhar ardeu no rosto dela. — Mas, para você... ele era tudo que lhe foi negado e dado ao seu irmão.

Taristan inspirou, com dentes trincados.

— Não penso no meu irmão desde o dia em que cravei uma espada nele.

— Não acredito em você — ela respondeu, contundente.

A resposta dele foi igualmente rápida, como uma salva de flechas cortando o campo de batalha.

— Não me importo com o que você acha.

— Sim, se importa. — Erida cruzou as mãos no colo e firmou os pés no chão, as costas retas como uma lança. Ela o encarou como faria com um conselheiro ou um general. Embora nenhum conselheiro ou general já tivesse feito seu coração bater tão rápido. — Me conte. De onde você veio.

Taristan a observou, em silêncio por um bom tempo.

— Vim de lugar nenhum.

A rainha bufou.

— Não seja dramático.

Taristan contorceu os lábios, mas baixou o queixo em um leve sinal de consentimento. Ele passou a mão pelas bochechas, coçando a barba ruivo-escura que começava a crescer.

— Falaram para mim que meus pais morreram ou que me abandonaram para levar uma vida confortável em algum castelo ancião. Talvez eu tenha sido o preço que eles pagaram. Seja como for, estão mortos agora. Não lembro deles. Mas lembro de um orfanato em Corranport.

Erida recuou. Corranport era uma cidade portuária, uma mancha no mapa. Ascal, se Ascal não tivesse palácio, jardins ou cidadãos abastados. Se a maioria dos criminosos do mundo vivia em Adira, o restante vivia em Corranport. Ela sabia a dificuldade de crescer em um lugar como aquele e via no que isso o havia transformado. O ápice de uma vida dura, e a semente da desconfiança plantada tão profundamente que homem nenhum seria capaz de erradicá-la.

— Tudo fedia a mijo e peixe — Taristan murmurou, o rosto se azedando com a lembrança.

— Ascal não é muito melhor — Erida comentou, tentando ajudar.

Mas ele fechou a cara.

— Engraçado, não lembro do seu palácio fedendo como um orfanato nas docas.

Ela apenas olhou para baixo.

— É verdade.

Felizmente, o deslize não pareceu afastá-lo. Pelo contrário, ele se acomodou na cadeira, os olhos perdendo o foco. A luz das velas parecia brincar em seu cabelo, um brilho dourado sobre escarlate. Alguns fios caíram sobre seus olhos e, para o prazer de Erida, ele não os afastou do rosto. A luz suavizava os traços dele, embora as sombras caíssem sobre as protuberâncias angulosas de suas maçãs do rosto.

— Eu não queria pescar, não queria navegar, não queria trabalhar no comércio. Mal aprendi a ler — ele disse. — A maioria de nós acabava mendigando ou roubando. Eu era melhor na última opção.

Observando-o falar, Erida se deu conta de que nem conseguia imaginar Taristan do Velho Cór mendigando nada a ninguém.

— Mas eu não podia ficar. Meus pés estavam sempre em movimento, como se algo estivesse me puxando. — Taristan engoliu em seco, contendo algo que Erida não conseguia ver. — Agora eu sei, está no sangue.

— Sangue do Cór — ela disse, quase segurando a mão dele.

Os dedos de Taristan apertavam a mesa, quase limpos, exceto pelo vermelho ainda incrustado embaixo das unhas.

Ele olhou para Erida de soslaio, seus olhos pretos cortantes como uma faca.

— Uma bênção ou uma maldição, dependendo do ponto de vista.

— Bem, só restam dois de vocês — Erida murmurou, dando de ombros. — Corayne diria que é uma maldição.

Um canto da boca dele se ergueu.

— Talvez ela esteja certa.

Seus dedos tamborilaram na madeira, as pontas das unhas parecendo luas vermelhas.

— Eu tinha doze anos quando fui parar em um acampamento de guerra trequiano. Colocaram uma espada na minha mão, comida na minha barriga e me mandaram lutar. — Seus olhos brilharam, ainda pretos como azeviche. — Eu era o melhor.

A julgar pela forma como os ombros dele relaxaram, suas memórias de Trec eram muito melhores do que a maior parte das outras. Erida vacilou ao pensar nisso. Os acampamentos de guerra trequianos eram lar de soldados que mais lembravam lobos, trotando pelo interior para defender fronteiras e caçar bandidos. Ela sabia que quase todos os homens de lá eram mercenários, embora antes tivessem sido escravos que só serviam de escudo humano. *Ao menos essa prática sórdida acabou faz tempo*, ela pensou, com uma careta.

— Vi um acampamento de guerra uma vez — ela disse, lembrando da visão sombria. Nada além de lama e homens estúpidos e maliciosos que não tomavam banho havia décadas. Eram puro músculo e má índole, tão inflexíveis quanto o aço que servira de base para o reino de Trec. — Na minha fronteira setentrional.

Taristan ergueu a sobrancelha.

— E?

— Príncipe Oscovko estava com eles. — Ela franziu o nariz com repulsa. — Ele gosta daquilo, aparentemente.

Taristan abriu um sorriso discreto.

— Outro pretendente desapontado?

Erida assentiu, rindo.

— Ele disse que estavam defendendo os Portões de Trec de saqueadores jydeses. Mas acho que na verdade sua única rival era a gravidade. — Ela meneou a cabeça com a lembrança do príncipe grosseiro, sujo de sangue e bebida. — Oscovko estava bêbado de vinho. Acho que nem sabia quem eu era quando nos falamos.

— Estou surpreso que você não tenha casado com ele para depois matá-lo assim que seu filho atingisse a maioridade. Tomar a coroa e o país dele — Taristan disse, a voz baixa, sem um pingo de humor.

Erida inclinou a cabeça.

— Prefiro dar ao meu filho a esfera inteira.

As palavras ecoaram na cabeça dela e na tenda, reverberando entre os dois. Como sempre, a menção a filhos, uma linhagem real de suas árvores partidas, os perturbava. Erida se entregou ao desconforto. Fazia tempo que havia aprendido que essa era a única maneira de vencer seus medos. E, embora filhos fossem absolutamente necessários para o reino, ela ainda temia o conceito, como qualquer pessoa sensata deveria temer.

Taristan reagiu como sempre, se retraindo. Na verdade, era o único contexto em que Erida o via fazer algo assim. *Será que ele também tem medo? Ou simplesmente não tem interesse?*

Um homem como ele sobrevivia à vida vendo cada passo por vez, e não o longo caminho da jornada. *Não posso me dar ao luxo de fazer o mesmo.*

— Não acredito que você sobreviveu a um acampamento de guerra — ela disse, desviando a conversa de volta a um terreno seguro. Se é que uma criança crescendo em um acampamento de guerra poderia ser considerado algo seguro. — Você lutou contra saqueadores jydeses?

Taristan deu de ombros.

— E contra os Incontáveis também, durante as guerras do imperador temurano.

Ela tentou visualizar aquilo. Um menino de doze anos contra o povo saqueador implacável e depois contra o Temurijon, enfrentando a cavalaria mais temível da esfera conhecida. Era algo insensato, impossível, até na imaginação dela.

— E então Ronin encontrou você? — Erida murmurou, tentando traçar a linha da vida dele.

— Acho que nós encontramos um ao outro. — Taristan olhou para a abertura da tenda, como se o feiticeiro vermelho pudesse voltar. Erida quase achou que ele voltaria mesmo. *Aquele tormentinho é ótimo em interromper.* — Eu estava em minhas andanças de novo. Os jydeses não saqueiam no inverno, e rumei para o sul com o pouco dinheiro que tinha. Não sabia o destino. Mas algo me chamava para Ronin. E chamava Ronin para mim.

Erida sentiu seus olhos se arregalarem. Sua respiração ficou difícil, como se o ar tivesse sido arrancado de seus pulmões.

— Porvir.

Taristan a encarou, os olhos pretos e funestos. Devagar, ele se inclinou para a frente na cadeira, até o rosto ficar a apenas centímetros do dela.

— O que mais?

A proximidade lhe deu calafrios descendo por seu corpo e brincando em cada osso. Erida não se moveu, as costas ainda eretas, os pés ainda plantados no carpete. Não daria a satisfação de entregar seu espaço para Taristan, mesmo que isso significasse sentir a respiração dele em suas bochechas. De perto, os olhos do consorte não tinham o mesmo preto vazio e profundo. Pareciam mais a superfície de um lago sob um céu sem estrelas, fundo demais para mergulhar, escondendo mais do que ela poderia sequer imaginar.

Ele achou que Erida se afastaria. Ela conseguia ver isso na firmeza dos dentes dele, na tensão de sua testa. A tranquilidade da rainha o incomodava, mas Taristan também não era de recuar. Os dois continuaram assim, nariz com nariz, sem ceder de nenhum lado.

Isso deliciava Erida.

— Eu não teria acreditado nele — ela disse, abrindo um sorriso triunfante. Aquilo parecia uma vitória. — Um feiticeiro estranho vem e fala que você é filho do Fuso, um mortal com sangue do Cór e com um destino roubado.

Taristan não riu.

— Você acreditou em seu pai.

A rainha piscou, sentindo a menção a seu pai como um tapa na cara. Mas se recuperou rápido.

— Quê?

— Quando ele falou quem você era, o que você nasceu para ser. Quando ele falou o que sua coroa e seu trono significavam — Taristan explicou. Ela tentou não olhar para sua boca enquanto ele falava. — Por que acreditou nele?

Uma tristeza que Erida mantinha sob controle tomou conta dela mais depressa do que ela julgava possível, como o primeiro sinal de uma doença. Lágrimas arderam em seus olhos, subindo rápido demais para serem contidas. Ela respirou fundo, buscando uma resposta. *Porque ele era meu pai, porque eu confiava nele, porque o amava. Porque eu queria ser o que ele precisava e queria de um filho homem. E...*

As lágrimas desapareceram tão rapidamente quanto surgiram. Sua tristeza se dissipou, colocada de volta na caixa onde ela guardava coisas inúteis.

Taristan esperou, paciente como sempre.

— Porque senti que era verdade — Erida disse. — No meu íntimo.

O toque dele era quase abrasador, seus dedos se fechando ao redor do punho dela com facilidade.

— Eu também — ele respondeu, observando as mãos de Erida como um artista faria com uma pintura, ou um soldado, com um campo de batalha.

Ela não se atrevia a se mover, nem para a frente nem para trás. Eles continuaram, Taristan e Erida, conectados por um círculo estranho que se estreitava. Erida sentiu esse círculo se fechar em torno de seu pescoço, como um colar que ela não queria tirar nunca.

As velas bruxulearam, crepitando por um momento sob um vento fantasma, embora o ar não se agitasse. As chamas dançavam nos olhos dele, e o vermelho brilhava através do preto, uma rajada de sangue de uma ferida profunda demais para Erida ver.

Taristan baixou o punho sem cerimônia e levantou da cadeira. Pegou o pano ensanguentado, focando no tecido manchado, como se para não focar nela. De repente, a tenda parecia quente demais, como se estivessem em pleno verão, e não no outono.

— Você deveria dormir — Taristan disparou, indo em direção à abertura.

Erida cerrou os punhos, todos os músculos de seu corpo ficando tensos de frustração.

— Dormir será fácil. Temos um longo cerco pela frente.

Taristan chegou à saída da tenda e afastou a lona para o lado. Ele não olhou para trás.

— Não tão longo quanto você imagina.

Uma brisa fresca entrou quando ele saiu, e Erida queimava por dentro, um suor repentino resfriando sua pele.

Dentro dela, ardeu uma vontade de correr atrás dele. Uma vontade grande demais.

— Ótimo — ela disse para si mesma.

11

COMO ESTÃO OS VENTOS

Corayne

A COSTA FICAVA A APENAS UMA NOITE de viagem do acampamento de herdeire. A jornada fez Corayne pensar em uma procissão da realeza, com lin-Lira e os Falcões em seus cavalos em uma formação mais ampla, dando mais espaço para os Companheiros. Isadere e Sibrez viajavam com eles, seguidos por seus próprios guardiões, as bandeiras de Ibal erguidas. As sedas azul-real ficavam escuras sob o céu noturno, mas os dragões brilhavam com o luar, ouro transformado em prata.

Corayne não tirava os olhos do horizonte, espreitando a noite, à espera do primeiro vislumbre de aurora — e do mar Longo.

Hora após hora, o mundo desbotava do preto absoluto para tons de azul. Uma linha safira brilhava ao longe, refletindo a lua. Corayne sabia que era a costa, e as águas além. Respirou fundo, revigorada, o ar com toques de água salgada. Sentiu aquilo como se fosse um golpe, e pensou em seu lar. A costa da Imperatriz, a estrada do Cór ao longo das falésias, onde as ondas lançavam maresia toda manhã. A velha cabana branca na falésia nunca havia parecido tão distante.

Quando o sol nasceu, o céu pintado de rosa e dourado, eles estavam perto o bastante da água para Corayne sentir a brisa fresca no rosto. Quando os cavalos chegaram à praia, com a areia fina como pó sob seus cascos, Corayne levou sua montaria até as ondas rasas. Os outros se reuniram atrás dela, fora da água.

Corayne desmontou, jogando água para todo lado. Ela queria entrar mais, até as ondas estarem na altura do pescoço. Queria sentir o sal em seus dentes, o ardor do mar Longo, apenas um pedacinho de casa. *Será que esse mar teria me trazido aqui, se eu tivesse navegado?*, ela se perguntou, enquanto as ondas lambiam suas botas. Mas Corayne sabia a verdade. A correnteza não fluía como ela desejava, tampouco o caminho que ela no momento trilhava. Nenhum dos dois a levaria a nenhum lugar de sua vontade.

A galé de Isadere estava ancorada perto da praia, uma sombra contra o céu. Não se parecia em nada com a *Filha da Tempestade*, o navio de sua mãe, mas se Corayne estreitasse os olhos, poderia fingir.

Não temos tempo para isso, ela disse a si mesma, secando uma única lágrima com o dorso da mão. Ela corou, com vergonha. Parecia bobagem chorar por algo que ela conhecia tão bem como as ondas.

Corayne olhou para trás, na direção das dunas de areia que brilhavam em tons de dourado. Eram lindas vistas da praia, cintilando sob o alvorecer, quase convidativas. Corayne sabia, os Areais eram uma defesa como nenhuma outra na esfera, protegendo o reino de Ibal tão bem quanto suas frotas e exércitos. O deserto não era pequeno e de fácil travessia, e ela sentia como se uma criatura maravilhosa e perigosa tivesse permitido que ela passasse ilesa.

Um instante depois, ela baixou a cabeça, saudando a longa estrada atrás deles. O oásis, o Fuso fechado, os soldados mortos e seus passos por todo o caminho de volta a Almasad.

Sorasa se pôs ao lado de Corayne, guiando sua égua cor de piche, e alternou o olhar entre a menina e o deserto, a testa franzida de dúvida.

— Como sabia que deve fazer isso? — ela perguntou. Parecia uma cobrança.

Corayne retribuiu o gesto, olhando para a paisagem e depois para a assassina.

— Fazer o quê?

— Mostrar gratidão aos Areais. — Sorasa apontou, inclinando a cabeça como Corayne tinha feito. — Sua mãe te ensinou isso?

Corayne balançou a cabeça, confusa.

— Minha mãe nunca chegou a entrar tanto em Ibal — ela disse. Meliz an-Amarat não ficava longe da água salgada se pudesse evitar. E, embora tenha recebido do pai o nome e certa ascendência ibalete, nunca tinha vivido nesse reino dourado. — Pareceu a coisa certa a fazer, acho — Corayne acrescentou, dando de ombros. — Educação.

— Pois é mesmo — Sorasa respondeu, seu ar ríspido se suavizando um pouco. Então abriu seu sorriso torto, virou para os Areais e se curvou na direção das dunas, com a mão no peito e o rosto voltado para o chão.

Por toda a praia, os Falcões, os Dragões e os filhos do rei fizeram o mesmo. Isadere foi quem mais se curvou, apesar de seu berço dourado.

— O rei de Ibal só se curva ao mar e ao deserto, as duas coisas que ele nunca poderá comandar — Sorasa explicou, seguindo o olhar de Corayne. — Também vale para Isadere.

Andry se curvou também, respeitando os costumes alheios como qualquer cortesão educado e bem treinado faria. Mas os outros Companheiros não foram tão observadores. Sigil e Charlie estavam ansiosos para partir, dando as costas para as dunas sem nem olhar para trás. Valtik estava ocupada demais vasculhando a beira do mar em busca de conchas e ossos de peixe para honrar qualquer coisa além dos próprios pés. E Dom simplesmente mantinha o olhar carregado de sempre, fitando o horizonte. O continente setentrional estava longe demais, até para os olhos dos anciões.

Corayne, percebendo que o imortal estava de olho na galé, atravessou a parte rasa das águas e foi até ele.

— É um bom navio — ela murmurou, avaliando o casco e as velas.

Ambos eram imaculados, dignos da realeza. A galé não era tão grande quanto a *Filha da Tempestade*, mas parecia tão rápida quanto, feita para a velocidade. Enquanto a embarcação de Meliz era feita para devorar navios, a galé de Isadere era para ultrapassá-los.

Corayne olhou para os Companheiros ao redor, todos voltados para ela. A atenção deles ainda parecia estranha, injustificada.

Ela se virou para a galé de novo, tentando transferir o foco para outra coisa.

— Ela vai atravessar o mar Longo em um bom ritmo.

— Estou surpresa que você não nos tenha enviado de volta a Adira — Andry disse, um sorriso debochado surgindo nos lábios.

Corayne retribuiu o sorriso. O reduto criminoso era um abrigo em sua memória, seu último momento de paz antes de recrutarem Sigil e atravessarem o mar Longo.

— Não me tente.

Isadere parou atrás do círculo restrito, esperando sua presença ser notada. Já seu irmão não era tão delicado, inquieto no lugar, impossível de ignorar.

— Sua generosidade pode salvar a esfera. Todala estará para sempre em dívida com vossa alteza — Corayne disse depressa, antes que Dom, Sorasa, Charlie, Valtik ou Sigil pudessem estragar a missão toda. *Eu e Andry deveríamos ser os únicos com permissão para falar com pessoas estranhas.*

Mais uma vez, Isadere pareceu contente, mas também preocupade. Elu deu um passo à frente, os braços estendidos. Seus mantos de viagem tinham o mesmo tom azul-escuro de suas sedas, costurados com fios de ouro.

Corayne segurou as mãos delu. Felizmente, Dom não interferiu, satisfeito em observar de perto.

— Vejo muito em você, Corayne an-Amarat — Isadere disse, olhando-a de cima a baixo. O rosto delu ficou mais carregado, e Corayne sentiu um aperto no peito.

— Sei o que vossa alteza vê — ela murmurou, tentando ignorar a espada de Fuso em suas costas. — Uma menina, pouco mais do que uma criança. Pequena demais para a espada, pequena demais para a missão diante de mim. — Seu fôlego se perdeu. — E talvez tenha razão.

Os olhos pretos de Isadere se estreitaram.

— Mas sou tudo que temos. — Corayne tentou soar forte, mas sua voz saiu trêmula.

— E, por isso, sinto gratidão — Isadere disse, pegando Corayne de surpresa. — Vejo os deuses em seus olhos, e bravura em seu coração. Vejo o Fuso em seu sangue, queimando mais ardente do que qualquer chama. Só queria poder oferecer mais.

Um rubor esquentou o rosto de Corayne.

— Passagem e cavalos são suficientes.

Isadere apertou mais a mão de Corayne, os dedos fortes e firmes.

— Dou promessas também. O espelho me mostrou o lobo branco. Oscovko *vai* ajudar, e eu vou fazer meu pai dar ouvidos, tanto ao seu relato como a Lasreen. A deusa quer que lutemos. — Elu observou o deserto, os olhos cheios de determinação. — Não vou ficar parade e deixar que Erida de Galland devore a esfera. Nisso você pode confiar.

Corayne mordeu o lábio.

— Vou tentar, com certeza — ela murmurou.

As mentiras tinham saído tão facilmente dos lábios de Erida. Naquela saleta, onde ela fingiu se importar com Todala, fingiu ser sua salvadora. Corayne havia desejado tanto acreditar na rainha. *Eu era um alvo fácil, louca para entregar minha missão nas mãos de outra pessoa*, ela pensou. *E ainda sou, mas ninguém nunca vai aceitar assumir essa tarefa.*

Ela tentou ver além do próprio cansaço e medo, olhar dentro de Isadere, procurando a mesma mentira que Erida contara.

Isadere retribuiu o olhar, firme como ferro.

— Obrigada — Corayne se forçou a dizer, apertando levemente os braços de Isadere antes de recuar.

— E tenho, sim, algo mais para você. Quer dizer, *nós* temos — Isadere disse, apontando para o irmão.

Sibrez baixou a cabeça e desafivelou os avambraços, as proteções de couro preto em seus antebraços. Eles envolviam seus punhos e iam até abaixo dos cotovelos, o couro bordado em dourado com a mesma estampa de escamas da armadura dele.

— Você será a primeira pessoa além dos *Ela-Diryn* a usá-los — ele disse, estendendo o par para Corayne. Ela olhou para o objeto de olhos arregalados antes de aceitar os avambraços com as mãos trêmulas. — *Dirynsima*. Garras de dragão.

Eram mais pesados do que ela pensou, um peso bom, com fivelas de couro desgastadas na parte de baixo para mantê-los firmes. Ela os virou, examinando a armadura feita com esmero. Com uma exclamação, Corayne se deu conta de que o peso extra vinha de uma placa de metal que reforçava o tecido. Espinhos triangulares pequenos, mas letais, corriam pela longa margem externa, do punho ao cotovelo. Corayne testou um e quase tirou sangue.

Sibrez olhou com orgulho. Se sentia falta de suas garras de dragão, não demonstrou.

— Esses avambraços podem absorver o golpe de uma espada, se bem usados — ele disse, batendo na borda reforçada de aço com um dos dedos.

Sorasa surgiu nesse momento, observando os avambraços com o olhar criterioso. O que quer que tenha visto nas proteções de couro, a amhara certamente aprovou.

— Ela vai aprender — disse, olhando para Sibrez.

Relutante, ele assentiu.

— Obrigada a vocês dois — Corayne disse, segurando o presente com dedos tensos. Ela não os usaria ainda. Velejar com espinhos amarrados ao corpo não parecia prudente. — Espero que nos encontremos de novo.

Isadere assentiu, jogando os braços para cima, as mangas compridas parecendo as asas de um pássaro bonito.

— O espelho ainda não me mostrou o fim desta estrada, mas também espero.

Com mais uma grande reverência, Corayne deu um passo para trás. Um barco a remo esperava para levá-los à galé, o capitão ibalete já aguardando na proa. Os outros seguiram, se separando para descarregar os alforjes. Levaria um tempo para transportar os cavalos para a galé, e Corayne sabia que poderia levar horas até eles de fato zarparem. Mesmo assim, era bom embarcar em outro navio, partir na direção certa de novo.

Os Companheiros começaram a partir, mas Isadere estendeu o braço, detendo Charlie com a mão, pedindo que esperasse um momento.

Charlie olhou nos olhos de Isadere em silêncio. Ele não podia contrastar mais de herdeiro: era um homem baixo e corpulento com os dedos manchados de tinta e a pele pálida cheia de sardas. Mas algo também parecia unir os dois. Uma reverência que Corayne não conseguia compreender.

— Podemos não estar de acordo, mas a deusa nos vê — Isadere disse, voltando a assumir o ar sério de profeta. — Ela está com você, quer você sinta quer não.

Corayne se preparou para a resposta de Charlie. Para sua surpresa, ele tocou a própria testa e beijou os dedos manchados. Uma saudação aos deuses. Isadere fez o mesmo.

— Nisso concordamos — Charlie disse antes de ir para o barco, os alforjes pendurados no ombro, com seus muitos pergaminhos, selos de cera e potes de tinta visíveis.

Corayne ainda não sabia o que seria necessário na estrada à sua frente. Mas estava ansiosa para descobrir.

Depois que os cavalos foram embarcados e acomodados no andar inferior, em grande parte graças ao convencimento de Sigil, a galé abandonou a costa e rumou para o norte. O convés de remo abrigava vinte e cinco remos divididos ao meio, com dois remadores em cada lado, e eles atravessaram o mar Longo em um ritmo bom. Corayne ficou na amurada, inspirando fundo a maresia. De certo modo, isso dava forças a ela.

Marujos-soldados enchiam a galé de herdeire. Muitos eram arqueiros treinados, revezando para defender o castelo de proa na ponta do convés. Eles esperaram por monstros de Meer, krakens e serpentes marinhas, mas o mar Longo se estendia azul e vazio em todas as direções. Sem inimigos, ao menos nenhum que Corayne conseguisse ver.

Mas certamente os sentia. Erida e seu exército marchando por Madrence, conquistando quilômetro por quilômetro. Seu tio Taristan ficando cada vez mais forte, buscando Fusos para abrir. *Quanto tempo até ele abrir Fusos demais?*

Cada momento que passa pode ser o último, Corayne sabia, por mais que tentasse não pensar nisso. Esse fardo era demais para ela carregar com todos os outros. Ela se apoiou na amurada do navio, satisfeita em apenas ficar parada, grata pelo momento de paz. Atrás dela, caixas empilhadas a escondiam da maior parte do convés, e da maior parte da tripulação.

Mas não de toda.

— Quanto tempo até aportarmos de novo?

Corayne sorriu quando Andry contornou as caixas e se recostou ao seu lado, os cotovelos apoiados na amurada, os dedos marrons e compridos entrelaçados. A brisa do mar brincava em seu cabelo, bagunçando os cachos volumosos.

— Seu cabelo está crescendo — Corayne disse, lembrando da primeira vez que o vira.

Um rapaz na porta da casa da mãe, os olhos gentis e receptivos, dispostos a ajudar a menina desconhecida à sua frente. Mas já naquela época havia uma escuridão nele, a lembrança de um massacre dilacerando suas entranhas. Aquilo ainda pairava sobre o escudeiro. Corayne torcia que não fosse por muito tempo.

O escudeiro passou a mão na cabeça com um sorriso acanhado. Os cachos, mais definidos a cada dia, se enrolaram em seus dedos.

— Andei meio sem tempo de cortar o cabelo.

— Jura? — ela respondeu com um riso seco.

Andry voltou a olhar para as ondas, observando as profundezas. Corayne viu a preocupação dele.

— Estou começando a desconfiar que você não gosta de velejar — ela disse, virando para ele, e seu quadril bateu na amurada.

— Não quando podemos nos deparar com krakens e serpentes a cada onda.

— Bem, tem um a menos do que da última vez. Já é alguma coisa.

— Já é alguma coisa — ele repetiu, os olhos distantes. — Estou começando a desconfiar que você está se escondendo.

Corayne olhou de canto de olho para as caixas empilhadas ao redor deles e deu de ombros.

— Se Sigil e Sorasa me virem à toa, vão me obrigar a treinar — ela murmurou, e só de pensar em mais aulas de luta foi tomada por uma onda de exaustão. — Eu queria um momento para mim. Dar mais um pouco de tempo para os machucados cicatrizarem.

Andry assentiu, o sorriso ainda estampado no rosto, mas seus olhos não brilhavam mais.

— Claro, vou dar licença.

— Não, não vá embora. — Corayne o pegou pelo braço antes que ele saísse de seu alcance, puxando-o de volta para a amurada. Ambos sorriram. — Você é educado demais, Andry Trelland — ela disse, dando um empurrãozinho nele com o ombro. — Lembre que está andando com criminosos e párias agora.

— Estou sabendo disso já faz um tempo.

O olhar dele ficou sombrio e Andry se voltou para o mar, observando não as ondas, mas o horizonte além delas. *Leste*, Corayne percebeu, seguindo o olhar dele. *Para sua mãe? Para Kasa, a pátria dela, onde ela espera um filho que talvez nunca reveja?* Ela lembrou de Valeri Trelland, doente, mas firme, um pilar de força em sua cadeira de rodas. *Ou ele olha para Ascal, onde deixou sua honra no salão despedaçado do palácio de Erida?*

— Você deveria deixar seus machucados cicatrizarem também — Corayne sussurrou, hesitante.

Ele inspirou com dificuldade.

— Há uma diferença entre cicatrizar e esquecer, Corayne. Nunca vou esquecer do que fiz.

As palavras doeram.

— E você acha que eu vou?

— Acho que você está tentando seguir em frente de todas as maneiras possíveis, mas...

— Mas?

— Não perca o coração no caminho.

Foi exatamente o coração que ela sentiu naquele momento, ainda batendo obstinado dentro do peito. Colocou a mão ali e sentiu a pulsação.

— Ele não vai a lugar algum. Prometo.

Não estava mentindo. Mas certamente sentia como se estivesse.

— Menos de uma semana para aportar — Corayne disse, buscando no mar uma mudança fácil de assunto. — Se o tempo continuar favorável.

— E vai?

Ela torceu os lábios, pensando.

— As piores tempestades de outono estão ao leste, onde o mar Longo encontra o oceano. — O céu sobre eles estava perfeito, o sonho de qualquer marinheiro. — Acho que os ventos vão se manter a nosso favor. Será o primeiro golpe de sorte que tivemos.

Andry endireitou os ombros e olhou para ela. Parecia confuso.

— Acho que já tivemos muita sorte.

Ela jogou para trás o cabelo bagunçado pelo vento.

— Talvez essa palavra tenha significados diferentes para nós dois.

— Não, estou falando sério. — Andry se aproximou, a voz mais firme. — Viemos a Ibal para fechar um Fuso. Fechamos. E ainda estamos todos vivos. Com certeza chamo isso de sorte.

— E quanto a mim? — A boca de Corayne se encheu de um gosto amargo. Ela sabia que era remorso. — Você me consideraria uma pessoa de sorte?

Os olhos dele brilharam.

— Você está viva. Já é o suficiente.

— Viva — Corayne riu com desdém. — Filha de uma mãe que parte a cada maré boa. Um pai que não conheci mas que ainda assim, *sabe-se lá como*, exerce poder sobre mim, sua influência corre no meu sangue. O *fracasso* dele, essa *maldição* de que sou... e não estou falando apenas dos Fusos. — As mãos dela tremiam, e Corayne as colocou para trás, tentando esconder as emoções. Mas não conseguiu esconder o tremor na voz. — Sangue do Cór nos torna inquietos, desgarrados, sempre ansiando o horizonte que jamais poderemos alcançar. É por isso que o Velho Cór avançou, se espalhando para todos os lados, buscando algum lugar para chamar de casa. Mas eles nunca, jamais, encontraram. E eu também não vou encontrar.

Andry pareceu angustiado, o rosto se retorcendo de piedade.

— Espero mesmo que isso não seja verdade.

Corayne só pôde corar, envergonhada por seu desabafo. Virou de costas para Andry e para o mar, os dedos brancos de tanto pressionar a amurada. O convés do navio rangeu quando Andry deu um passo, diminuindo a distância entre os dois. Ela o ouviu inspirar fundo, sentiu o levíssimo toque da mão em seu ombro.

E então Sorasa surgiu detrás da pilha de caixas como um leopardo rondando seu covil e cruzou os braços, olhando para eles. Corayne mordeu os lábios, tentando eliminar todos os traços de sentimentos.

Felizmente, Sorasa Sarn não sentia pena de ninguém, nem de Corayne.

— Está se escondendo? — a assassina perguntou, ignorando o rosto enrubescido de Corayne.

— Jamais — ela respondeu, se afastando da amurada.

— Ótimo. — Sorasa deu meia-volta, fazendo sinal para que ela a seguisse. Corayne obedeceu, ansiosa, feliz em deixar Andry e todos os pensamentos sobre seu maldito sangue para trás. — Vamos ensinar você a usar aquelas garras de dragão.

Mas Corayne olhou para trás, encontrando Andry ainda na amurada, seus olhos calorosos e suaves seguindo cada passo dela.

— Vou fazer um chá — ele disse, indo pegar a bolsa.

E assim os dias passaram, deslizando como as ondas que se chocavam contra o navio. Corayne estava certa. O tempo continuou limpo, embora a umidade pesasse no ar conforme eles chegavam perto das costas de Ahmsare, o reino mais próximo. Nuvens se formaram no horizonte ocidental, na direção das águas mais quentes do golfo do Tigre, mas nenhuma tempestade chegou perto da galé. Nenhuma serpente ou kraken, embora os marinheiros e Companheiros ficassem de vigia toda noite, as lanternas brilhando para todos os lados. Era a única vez que Corayne via Dom, que passava a maior parte do tempo com a cara enfiada em um balde, vomitando tudo que havia conseguido comer no dia.

Sigil e Sorasa treinavam Corayne de manhã, deixando as tardes para ela se recuperar. Valtik se juntava a elas para assistir, suas rimas alternando entre primordial, língua comum a todos, e jydês, que Corayne mal compreendia. Ela até orou sobre os novos avambraços de Corayne, esfregando seus ossos velhos nas garras de dragão. Como sempre, a bruxa não falava coisa com coisa, mas sua presença servia de consolo. Principalmente depois do que tinha feito com o kraken no oásis, empurrando-o de volta para o Fuso com algum de seus feitiços. Os marinheiros se esforçavam ao máximo para evitar a bruxa velha no convés. Alguns faziam sinais dos deuses na direção dela, zombando de sua coleção de ossos.

Charlie passava o tempo de maneira muito mais interessante.

Ainda se recuperando das dores e contusões da manhã, Corayne o encontrou certa tarde escondido na proa do navio. Ele estava de pé, curvado sobre uma pequena bancada de trabalho formada apenas por uma tábua apoiada sobre dois barris.

Corayne se aproximou com cuidado, deixando que a tripulação e o bater das ondas mascarassem o som das suas botas. Foi quase fácil demais chegar discretamente por trás de Charlie e espiar por cima de seu ombro.

Ele movia os dedos com uma lentidão meticulosa tingindo um pedaço de pergaminho. Corayne observou a página e reconheceu o emblema de Rhashir — um elefante branco de quatro presas em um fundo laranja vivo. Era um trabalho terrivelmente preciso, e ele encaixava suas marcações nas brechas entre uma onda e outra.

— Não gosto de ser espionado, Corayne — ele disse com a voz arrastada, fazendo a menina pular de susto.

Ela corou, mas Charlie virou com um sorriso torto. O sacerdote fugitivo tinha tinta na testa e um brilho nos olhos.

Corayne sorriu, apontando para o pergaminho.

— Praticando?

— Digamos que sim — ele respondeu, tomando o cuidado de ficar entre Corayne e a mesa.

— Acho que eu nunca tinha visto um selo rhashirano antes. — Ela tentou contorná-lo, mas Charlie se moveu junto, usando o corpo largo para mantê-la afastada. — Me ensina?

Ele riu baixo, balançando a cabeça.

— Não vou entregar meus segredos a você. Acha que quero dar carta branca para sua mãe pirata navegar livremente por todo o mar Longo?

Corayne quase revirou os olhos e torceu os lábios, bufando.

— Você parte do princípio de que vou vê-la de novo e de que, se a vir, vou contar para ela o que você me ensinou. — *Sem chances, depois que ela me deixou apodrecendo em Lemarta.*

— Amargura não é uma coisa boa, Corayne. Experiência própria — ele acrescentou com uma piscadinha.

— Verdade, e olha que Sorasa usou você como isca viva...

— Na longa lista de coisas que me afligem, Sorasa Sarn me balançando na frente da minha caçadora de recompensas particular não é uma delas — ele suspirou, se virando para o trabalho.

Era uma tática que Corayne conhecia muito bem. Charlie estava tentando esconder a tristeza que preenchia seus olhos. A curiosidade natural dela disparou, mas seu bom senso venceu, e ela o deixou em paz. Não era nenhuma tola: Charlie estava claramente de coração partido. Embora nunca tivesse sentido isso, ela via os mesmos indícios nos marinheiros de Lemarta e em suas famílias deixadas na costa. Com Charlie não era diferente: ficava distante nos momentos de silêncio, sua mente e seu coração em outro lugar.

Devagar, ele guardou o pergaminho, deixando o trabalho inacabado.

— Me ensine a cortar um selo, então — Corayne suplicou, entrelaçando os dedos como se estivesse rezando. Não se deu ao trabalho de fazer charminho, sabendo muito bem que Charlie não teria o menor interesse nela, nem em nenhuma outra mulher, aliás.

— Só um.

Um canto da boca de Charlie se ergueu. Ele era um homem derrotado, um castelo derrubado.

— Só um.

Ela pulou de alegria.

— Posso escolher?

— Você é mesmo uma *peste* amaldiçoada pelo Fuso — ele retrucou, cutucando-a com a pena. Depois levou a mão à bolsa. — Sim, pode.

Encantada, a mente dela se encheu de possibilidades. *Um selo tyrês seria mais útil, mas o ibalete é mais valioso...*

— Vela! — uma voz gritou no alto.

Protegendo os olhos do sol, Charlie olhou para o mastro principal, onde o vigia ficava de guarda. Corayne não deu atenção, mais focada nos produtos do falsificador. Não era incomum avistar outros navios no mar Longo. Definitivamente era o que mais tinha no estreito da Ala. Sua mãe brincava que mal dava para erguer um remo sem bater em outro barco. E a galé estava na baía de Sarian, a poucos dias da costa. Veriam cada vez mais navios, também a caminho do porto.

Os marinheiros ibaletes corriam de um lado para o outro, alvoroçados. Não havia muita carga para proteger — a galé de Isadere não era nenhum navio mercantil —, mas eles checaram mesmo assim, apertando cordas e cordames. Os homens murmuravam entre si em um ibalete apressado, rápido demais para Corayne entender.

Mas para Sorasa Sarn não.

— Não estão gostando da cara do navio — ela disse, parando ao lado da bancada de Charlie.

Ela escutava os marinheiros e observava o horizonte com o olhar cruel e atento.

Corayne mal a olhou; se pôs a pesar um par de moldes de selo nas mãos, dois cilindros de madeira com ponta prateada. Eram pesados, tão bem-feitos que só podiam ter sido roubados de um tesouro, desconfiou ela. Um carregava o emblema de Tyriot, a sereia brandindo uma espada, e o outro era o dragão ibalete. Seus olhos brilharam com a perspectiva de reproduzir qualquer um deles.

Mas Charlie tirou os selos da mão dela e os enfiou de volta na bolsa.

— Vamos guardá-los até termos certeza de que não vamos ser saqueados por piratas — ele disse, abrindo um sorriso tenso.

— A baía de Sarian não é uma zona de caça — Corayne respondeu com desdém. Ela sabia melhor do que qualquer pessoa a bordo onde os piratas do mar Longo perseguiam suas presas. — Nenhum pirata com bom senso caça nestas águas. É só um comerciante passageiro.

Na amurada, Andry apontou para o horizonte. Uma mancha escura balançava ao vento, pequena demais para distinguir.

— Velas roxas. Siscaria — ele disse, estreitando os olhos. — Estão a um longo caminho de casa.

O estômago de Corayne revirou com as ondas que passavam pelo convés. Ela ergueu os olhos para o horizonte. Seu coração saltava e se apertava no peito em igual medida, como se dividido em dois.

— Cadê o Dom? — ela perguntou, chegando à amurada.

— Compartilhando o almoço dele com os tubarões — Sorasa zombou, apontando com o polegar. O Ancião estava debruçado na proa, a cabeça para fora. — Vou buscá-lo.

Ele vai saber. Vai ver o que o navio é... e o que não é, Corayne pensou, mordendo os lábios. Apoiou a barriga na amurada e se inclinou para a frente como se mais alguns centímetros pudessem revelar a forma sobre as ondas. Andry parou ao lado, dividido entre observar o navio e observá-la.

— Você acha que... — ele murmurou, mas Dom abriu caminho entre eles, o rosto mais branco que o normal e o corpo um pouco vacilante.

Sorasa revirou os olhos atrás dele.

O Ancião se apoiou na amurada, usando-a para se equilibrar.

— O que estamos vendo?

Corayne apenas apontou para o navio distante.

— Descreva a embarcação para mim.

Ele soltou uma expiração trêmula e olhou o horizonte, seus olhos esmeralda mais aguçados do que os de qualquer pessoa.

— Vejo uma galé — ele disse, e Corayne cerrou o punho. — Velas roxas. Dois mastros, um convés inferior. Mais remos do que nós.

Embora ainda estivesse muito longe, o navio tomou forma na mente de Corayne a partir de incontáveis memórias.

— Quantos remos? — ela perguntou, entre dentes.

Sua garganta apertou, ameaçando fechar.

— Quarenta — Dom respondeu.

— Que bandeira eles estão hasteando? — Corayne fechou os olhos.

Tentou mentalizar a bandeira siscariana, uma tocha dourada sobre roxo. Mas a imagem não parava em sua mente.

O Ancião se remexeu ao lado dela.

— Não vejo bandeira alguma.

Ela abriu os olhos e saiu da amurada.

O ruído invadiu seus ouvidos, um zumbido que abafava os Companheiros gritando ao fundo. Sentiu Andry acompanhar seus passos, com Dom atrás. Mas ela não virou, as botas batendo no convés em meio aos marinheiros errantes, se esforçando para chegar ao castelo de proa na traseira da galé. Remos dançavam dos dois lados do navio, cada mergulho era como uma provocação.

O capitão ibalete a viu chegar e abandonou seu posto, deixando o subcomandante no alto castelo de proa. Ele a encontrou ao pé da escada, as sobrancelhas escuras franzidas.

— Coloque todos os homens que você tem nos remos — ela ordenou. — Vamos ver quão rápido este navio é.

Ele a encarou, perplexo. *Dois dias atrás esse homem velejava para le herdeire de Ibal e, agora, veleja para nosso bando maltrapilho de zés-ninguém.* Felizmente, ele baixou a cabeça, assentindo.

— Deixa que a gente cuida desses piratas — o homem disse, acenando para o subcomandante atrás dele.

Pelo convés, ordens foram gritadas para que todos os marinheiros se preparassem para batalha. Embaixo, um tambor soou, ditando um ritmo mais rápido e brutal para os remadores.

Corayne quase mordeu a língua. *Desses não*, ela quis dizer.

Sentiu um toque caloroso no braço, e Andry Trelland a olhava com os olhos castanhos ternos, notando todas as contrações e tensões de seu rosto. Corayne tentou disfarçar o medo e a frustração, e até o entusiasmo. Mas não havia onde se esconder, nem no convés nem nas ondas.

— Corayne? — ele chamou, a voz ainda distante, quase inaudível.

Ela cerrou os dentes, osso raspando osso.

— É minha mãe.

Imediatamente, ela quis poder retirar as palavras e de algum modo fazer com que não fosse verdade.

Em vez disso, voltou a olhar para o horizonte e para o navio que se aproximava.

Filha da Tempestade.

— Nunca a vi dessa forma — ela murmurou, em parte para si mesma. Mas Andry ouviu. — No mar aberto, a favor do vento. Um lobo à caça, e não voltando ao covil.

A galé era uma maravilha, cortando a água com facilidade. Parecia estar ganhando vantagem, apesar dos muitos remos que trabalhavam ali embaixo de Corayne. A *Filha da Tempestade* os alcançaria em breve, e nenhuma força sobre a Ala poderia detê-la.

— Ela é linda — Corayne sussurrou, se referindo tanto à galé quanto à mulher que ela não conseguia ver, a capitã em seu trono feroz e voraz.

Sigil passou por eles, entrando no fluxo de marinheiros em direção ao convés. Arregaçou as mangas, provavelmente ansiosa para mostrar como é que se fazia.

— Não sei qual é o problema! — ela exclamou. — Duvido que sua mãe seja pior do que krakens e serpentes marinhas.

As velas acima deles se encheram de vento, como se a própria Ala os estivesse empurrando para a frente. Corayne desejou que fosse com mais força, mas, no fundo, sabia. Ela olhou para a *Filha da Tempestade* de novo, agora mais de perto. *Essa corrida já começou perdida.*

Corayne fechou a cara.

— Dá para ver que você não a conheceu.

Os minutos se estenderam, um mais doloroso que o outro. Corayne quase se perguntou se a *Filha da Tempestade* estava segurando o passo, seguindo no ritmo perfeito, se aproximando tão lentamente a ponto de deixar todos malucos. Ela parou na proa da galé ibalete, sob a bandeira azul e dourada de herdeire. O estandarte se agitava acima, volta e meia encobrindo Corayne com sua sombra. A espada de Fuso pressionava as costas dela, exposta ao mundo.

Seu olhar não vacilou em momento algum, fixado na galé a cem metros de distância. Por mais glorioso que fosse o navio, ela viu sinais de uma batalha contra um kraken. Um dos mastros era novo, e havia longos trechos da amurada que haviam sido substituídos. A proa estava sem o aríete, provavelmente arrancado por um tentáculo. Mas Corayne ainda reconhecia o casco, as cordas, as velas vinho-escuras. Ela sabia exatamente quantos remadores suavam embaixo do convés, como o grupo de abordagem era grande e como a tripulação era temível.

Corayne quase conseguia ver os rostos familiares lá dentro, em especial aquele à frente do leme.

— Mel Infernal! — ela ouviu um dos marinheiros ibaletes gritar com a voz aflita. O resto da tripulação repetiu, com a mesma apreensão, a mensagem correndo pelo navio.

A reputação de sua mãe era conhecida em todo o mar Longo por marinheiros de muitos reinos. Os ibaletes não eram exceção.

Quando o capitão se juntou a Corayne no castelo de proa, portando uma espada na cintura, ela soube que a hora havia chegado. Não haveria como fugir da *Filha da Tempestade*.

A jovem quis gritar. Mesmo depois do Fuso em Nezri, do sangue que ela havia derramado, do rosto ferido de Taristan, da traição de Erida — por mais longe que ela tivesse chegado, não era páreo para a própria mãe. *Você não tem coragem para isso*, Meliz dissera certa vez. Parecia em outra vida, mas lá estava ela novamente, se aproximando a cada segundo. Corayne ouviu a voz da mãe, as palavras a cercando como as grades de uma gaiola.

— Você não vai precisar disso — Corayne disse para o capitão.

O capitão empalideceu, levando a mão à espada.

— Não pretendo entregar meu navio.

— Ela não está atrás de seu navio. Ela está atrás de mim.

Corayne passou por ele, um torpor tomando conta de seu corpo. Ela voltou ao convés com passos cuidadosos, os dedos tremendo na amurada.

— Não peguem em armas e ninguém será ferido! — ela gritou por cima do ombro, alto o bastante para o capitão e seus marinheiros ouvirem.

— Façam o que ela diz — Sorasa rosnou, calando qualquer tentativa de protesto. — Nem mesmo Mel Infernal atacaria a própria filha.

Dom parou ao lado de Sorasa e Corayne. Ele também segurava sua espada. Mesmo nauseado, ainda era uma figura imponente.

— Mas ela vai tentar levá-la.

— Não se pudermos evitar — Sorasa retrucou, seus olhos cor de cobre cintilando. Ela apertou os cintos e verificou suas adagas. Não precisaria usar lâmina alguma, mas Corayne desconfiava que ofereciam certo consolo.

Até Valtik parecia nervosa, encostada no mastro, sentada com os pés descalços para a frente.

— Você deveria ir para baixo do convés — Corayne murmurou, olhando para a bruxa.

Tentou não se retrair quando Dom e Sorasa surgiram em seus flancos, e Sigil na retaguarda.

Valtik ergueu os olhos, abrindo seu sorriso maníaco.

— Os ossos não querem falar. — Ela riu baixo e apontou o

dedo torto, não para a *Filha da Tempestade*, mas para o outro lado do convés no céu vazio ao norte. — O caminho à frente é de assombrar.

— Fica quieta, bruxa — Sorasa resmungou.

— Quieta deve ficar a abandonada — Valtik retrucou, os olhos azuis lívidos como duas lâminas. Constrangida, Sorasa se encolheu e olhou para baixo feito uma criança repreendida. Satisfeita, a bruxa se voltou para Corayne novamente. — Você não está enganada.

— Sobre o quê, *gaeda*? — Ela olhou de Valtik para a *Filha da Tempestade*.

Os remos pararam. Nenhuma das galés precisava mais deles. Lentamente, a sombra da *Filha da Tempestade* obscureceu o navio ibalete, sua vela bloqueando o sol.

— Você segue outra linhagem. — Ainda sorrindo, Valtik gesticulou com o dedo esquelético. — Tem outro tipo de coragem.

Sem coragem. Um choque frio perpassou Corayne, que fez menção de ir até a bruxa. *Como ela poderia saber?*

— Valtik...

— Preparem-se para ser embarcados! — alguém gritou, a voz cortando a curta distância entre os dois navios.

Era Kireem, o marujo da *Filha de Tempestade*, com o pé apoiado na amurada e segurando uma corda. Estava com uma aparência melhor do que quando Corayne o vira pela última vez, em Adira, ferido e desnorteado por causa do kraken que quase havia destruído o navio. Com seu olho bom ele encontrou Corayne em meio à tripulação e franziu a sobrancelha preta.

O capitão ibalete deu um passo à frente. Embora claramente estivessem em menor número, ele não demonstrava medo.

— Esta é a galé real de sua alteza serena, le herdeire de Ibal. Você não tem direito nem motivo para deter nossa viagem.

— Tenho tanto direito como motivo, capitão.

A voz de Meliz an-Amarat evocava todas as tempestades que deram nome ao navio. Ela subiu na amurada ao lado de Kireem, se segurando nas cordas para se equilibrar. Não usava seu casaco surrado pelo sal, apenas calça, botas e uma camisa leve, nada que a destacasse como a capitã da *Filha da Tempestade*, mas nenhum homem vivo poderia confundi-la por algo menos. O sol brilhava às suas costas e destacava uma silhueta temível, o cabelo preto e desgrenhado ao redor do rosto, as pontas avermelhadas. Meliz se debruçou no espaço entre as duas galés, os dentes à mostra. Parecia mais tigresa do que mulher.

Foi impossível para Corayne não tremer sob o olhar dela.

— Entreguem minha filha, e nunca verão a *Filha da Tempestade* novamente — ela disse.

Não era uma pergunta, e sim um comando. Meliz não sacou a espada, mas a tripulação atrás dela estava armada até os dentes, com machados, espadas e adagas.

Ninguém se moveu.

Meliz agarrou as cordas com mais força de frustração, as mãos todas feridas, os nós dos dedos ralados. Também havia um hematoma roxo e amarelado na clavícula. Corayne conhecia muito bem as marcas que os tentáculos de um kraken deixavam.

Retorcendo os lábios e irradiando fúria, Meliz encarou a filha.

— Corayne an-Amarat, me obedeça.

O medo de Corayne se dissipou na brisa constante. *Você pode ser uma capitã pirata no auge da glória, mas é minha mãe antes de tudo.*

— Não — Corayne retrucou, erguendo o queixo. Então inspirou, trêmula, se recompondo. *Enfrentei coisas piores do que você.*

Meliz sacou a espada com facilidade, sem perder o equilíbrio na amurada. A lâmina dançou, traçando um arco no ar.

— Saia do navio, ou todas as pessoas a bordo vão morrer.

Pela primeira vez, Corayne venceu o impulso de revirar os olhos.

— Nem você se rebaixaria tanto, mãe.

As cordas estalaram e uma dezena de piratas passou de um navio a outro, pousando com tudo no convés. Corayne conhecia todos eles, os marinheiros mais temíveis da sua mãe. E Meliz era a pior, queimando mais do que qualquer chama. Ela atravessou o convés, ameaçadora com a espada na mão. Os marinheiros ibaletes recuaram diante dela e dos outros.

Mel Infernal olhou para eles com escárnio, cerrando os dentes, e ergueu seu rosto aterrorizante.

— Por sua vida, eu faria coisa até pior — a capitã rosnou, cercando a filha.

Corayne se manteve firme, se preparando. Meliz parou no último segundo, o rosto quase colado ao da filha, e a encarou, emanando fúria.

Foi preciso todo o seu autocontrole, mas Corayne conseguiu se manter no lugar, mesmo se sentindo uma garotinha de novo, que havia aprontado alguma besteira e estava prestes a enfrentar as consequências.

Os Companheiros também continuaram onde estavam, inflexíveis. Também já tinham visto coisa pior.

Meliz olhou um por um. Mal reparou em Andry ou Charlie, Valtik tinha sumido de novo, mas Sorasa e Dom a fizeram vacilar. Corayne tentou não se gabar. Conhecia a mãe bem o suficiente para ver a hesitação atravessar seu rosto.

— Um Ancião e uma amhara? — Meliz murmurou. — Você fez amigos esquisitos na minha ausência. — Então a espada de Fuso chamou sua atenção, bem como Corayne queria. Sua mãe observou a arma, os olhos arregalados e o fascínio superando a raiva por um momento. — E isso?

— A espada do meu pai — Corayne disse. — Cortael do Velho Cór.

Meliz ergueu as sobrancelhas e murmurou um "hum".

— Pelo visto então ele não morreu.

Dom fechou a cara atrás de Corayne.

— Fale dele com respeito ou não fale nada.

— Acho que ele comentou de *você* uma vez — Meliz disse tranquilamente com um sorriso frio. Analisou Dom como se ele fosse uma maré. — Infelizmente, não lembro seu nome... Sei que é algo grande e ridículo. Mas ele disse que você era um misto de irmão e babá. — Ela deu uma risada sarcástica que Corayne já tinha cansado de ouvir. — Você foi o coveiro dele também?

Crispando-se, Corayne virou para Dom, mas Sorasa Sarn já estava lá, plantada entre os dois. Ele rosnou como um animal atrás da assassina, os olhos iluminados por um fogo verde vingativo. Sorasa estava longe de ser o suficiente para detê-lo caso ele quisesse defender a honra de Cortael, mas pelo menos o fez hesitar. Ele apenas soltou mais um rosnado e ficou em silêncio.

— Não sabia que os Anciões eram tão ferozes — Meliz riu. — Vamos, Corayne. É um milagre que tenha sobrevivido tanto tempo com essas pessoas.

— Sim — Corayne respondeu, ferrenha, cruzando os braços e batendo os pés. *Você vai ter que me arrastar deste navio, mãe.* — Sobrevivi a sombras de esqueletos, à rainha de Galland, a serpentes marinhas, um kraken, uma legião gallandesa e um Fuso aberto. Graças a eles. Não a você.

Sua mãe arregalou os olhos de espanto, depois medo. Ela não foi a única. O sentimento reverberou pela tripulação como uma onda. Eles também conheciam os monstros de Meer. E alguns, Corayne sabia, não conheceriam mais nada. Ela olhou para a tripulação de novo. Sentiu falta de alguns rostos. *Mortos*, ela se deu conta, e foi um chute no estômago. *Perdidos para o Fuso e para o mar Longo.*

Meliz titubeou pela primeira vez desde que Corayne se entendia por gente, a boca se abrindo para formar as palavras certas.

— Você encontrou o kraken também? — ela perguntou, o ar imponente se desfazendo. Havia apenas medo agora. — Minha filha amada... — ela sussurrou, a voz ficando embargada.

Os músculos de Corayne estavam mais fortes, seu corpo, mais esguio, e ela sentia mãos e pés mais firmes depois de semanas de treinamento. Mesmo assim, quando segurou o braço da mãe e a puxou, se sentiu uma criança.

Meliz permitiu que a filha fizesse isso sem questionar, e juntas foram para o castelo de proa. A porta se fechou, confinando-as na sala minúscula de pé-direito baixo. Parecia tanto com a cabana delas que Corayne quase chorou.

Mas Meliz foi mais rápida. Lágrimas brotavam e as mãos machucadas tremiam quando ela abraçou a filha. Com espanto, Corayne se deu conta de que os joelhos da mãe estavam cedendo. Seus próprios olhos arderam e ela fez o possível para manter as duas em pé. Corayne an-Amarat se recusava a cair, mesmo ali, sem ninguém por perto. Olhou para o teto, uma lona manchada soprando ao vento. As lágrimas quase venceram, mas ela piscou para se conter, inspirando de forma profunda e fortificante.

Contou dez segundos. Apenas dez. Durante esse tempo, ela era a filha de Meliz, uma menina segura nos braços da mãe. Nada poderia lhe fazer mal, e Corayne se permitiu esquecer. Nada de monstros. Nada de Fusos. Nada de Erida ou Taristan. Não havia nada além dos braços calorosos e familiares da mãe. Ela apertou firme, e Meliz também, se agarrando à única filha como se esta fosse uma rocha em um mar tempestuoso. Corayne desejou poder ficar nesses segundos para sempre, parada nesse momento único. *Eu estava me afogando*, ela se deu conta, suspirando por mais um precioso segundo. *Eu estava me afogando e ela é a superfície. Ela é o ar.*

Mas tenho que mergulhar de novo. E não sei se voltarei a subir.

— Dez — ela murmurou, ajudando a mãe a sentar à mesa do capitão.

Meliz passou a mão no rosto manchado de lágrimas, as bochechas cor de bronze agora vermelhas de emoção. Ajeitando o cabelo, disse:

— Bem, isso foi constrangedor. Sinto muito por esse espetáculo.

— Eu não.

Corayne observou Meliz mudar diante de seus olhos, deixando de ser mãe e voltando a ser capitã. Ela se inclinou para a frente na cadeira, as pernas cruzadas, o cabelo preto caindo sobre o ombro. Seu olhar assumiu aquele brilho severo de novo. Um desafio subia em sua garganta.

— Tem mais de um monstro sobre a Ala agora, mãe — Corayne se apressou em dizer. — E sou a única que pode detê-los.

A pirata riu com escárnio, apoiando os cotovelos nos joelhos.

— Você é uma menina brilhante, Corayne, mas...

— Sou o sangue do Velho Cór, querendo ou não, e carrego uma espada de Fuso.

As fivelas da espada já tinham se tornado naturais para ela. Corayne colocou a espada na mesa com um baque. Meliz examinou a arma com um olhar habilidoso, acostumada a todo tipo de tesouro. A espada de Fuso parecia encará-la de volta, suas joias roxas e vermelhas vibrando com a magia do Fuso. Corayne se perguntou se Meliz também conseguia sentir.

— Sou um alvo, mãe. Tenho certeza que você já sabe disso a essa altura.

— Por que acha que vim atrás de você? Abandonei todas as riquezas de Rhashir para tirá-la da confusão em que se meteu.

Meliz pegou debaixo da manga um pedaço amassado de pergaminho. Ela o jogou no chão. Estava molhado e manchado de sal, a tinta escorria. Mas nada poderia disfarçar o rosto de Corayne estampado no cartaz embaixo da palavra "procurada". Sua recompensa e seus muitos supostos crimes estavam listados embaixo. Era parecido com os cartazes de Almasad, embora esse estivesse escrito em larsiano e em primordial.

— O alcance da rainha Erida vai longe — Corayne disse, rasgando o cartaz ao meio. Ela queria poder fazer isso com todos os desenhos rabiscados de seu rosto espalhados pela esfera. — Não fui eu que me meti nessa confusão. Mas preciso resolvê-la.

Meliz estreitou os olhos. Uma nova camada de sardas se formava em suas bochechas, causadas por longos dias no mar.

— Por quê?

Corayne cravou as unhas nas palmas, quase tirando sangue.

— Eu queria muito saber — ela suspirou, focando na dor aguda em sua carne.

A dor a ancorou e tornou mais fácil recontar os longos dias desde Lemarta, desde que ela observou de uma doca a *Filha da Tempestade* velejar rumo ao horizonte. Corayne falou de Dom e Sorasa, um Ancião e uma assassina amhara unidos na busca por ela. Contou a Meliz do massacre no sopé das colinas, quando Taristan mandou um exército contra eles, e Cortael morreu. Corayne não estava lá, mas ouviu a história tantas vezes que quase parecia uma lembrança. Então veio Ascal, Andry Trelland, a espada do pai. A traição e o novo marido de Erida, tio de Corayne, que pretendia destruir o mundo. Por si mesmo. Pela rainha. E por um deus voraz e abominável — o Porvir. Quando Corayne falou de Adira e de seu quase encontro com a *Filha da Tempestade*, Meliz encarou o chão com um olhar inerte.

Corayne não lembrava da última vez que a mãe tinha ficado calada. Não era da natureza de Meliz an-Amarat ouvir, mas, de alguma forma, ela ouviu.

— Le herdeire nos deu o navio delu, e vamos aportar na costa ahmsariana depois de amanhã. De lá vamos para o norte, subir as montanhas para Trec e depois... rumo ao templo — Corayne completou, engolindo em seco.

Desejou ter algo para beber, mas não se atreveu a sair do lugar. A esfera toda dependia daquele momento, uma capitã pirata e sua filha em uma pequena cabine abafada.

Por fim, Meliz levantou. E aproximou a mão da espada de Fuso, hesitante. Olhou para a arma como se fosse uma cobra prestes a dar o bote.

Então olhou para cima, encontrando os olhos pretos de Corayne.

— A *Filha da Tempestade* está preparada para uma longa viagem — Meliz disse.

Corayne sentiu um aperto no peito. Aquela era Mel Infernal falando, não Meliz. Seu tom era firme, inflexível.

A capitã cerrou o maxilar.

— Há partes da Ala que nem a rainha de Galland consegue alcançar.

Corayne queria mais dez segundos do amor e da proteção da mãe. Queria dizer sim e voltar à infância, segura ao lado da mãe, velejando para os confins da esfera, fugir das trevas que se espalhavam sobre a Ala e ir para novos reinos e horizontes. Era uma vida que Corayne poderia ter. Bastava aceitar.

Em vez disso, ela deu um passo para trás. Cada centímetro era como uma facada. Cada segundo perdido, uma gota de sangue.

— Do fundo do meu coração, queria que fosse verdade — Corayne sussurrou. Uma única lágrima ganhou a guerra e escorreu por sua bochecha. — Mas nada está fora do alcance do Porvir.

Meliz a imitou, avançando para a porta da cabine e se lançando contra ela, bloqueando a saída.

— Não me faça fugir de você, mãe — Corayne implorou, avançando para a parede de lona.

Pegou a espada de Fuso, desembainhando os primeiros centímetros da lâmina. — Se eu não fizer isso, todos vamos morrer. Todos. Você. E eu.

O peito de Meliz subia e descia com respirações rápidas e desesperadas. Seus olhos dançavam sobre Corayne, como se ela pudesse encontrar alguma brecha, algum atalho. Algo estalou no peito de Corayne. *É essa a sensação de um coração partido?*, ela se perguntou.

— Então vou com você — Meliz ofereceu, abraçando Corayne de novo. — Posso ajudar.

Corayne se desvencilhou dela, mantendo a mãe a um braço de distância. Ela não podia se dar ao luxo de perder mais tempo, nem de encarar outra tentação.

— O melhor que você pode fazer é no mar Longo. Não na estrada diante de nós.

A costa, as montanhas, a estrada para Trec e o exército de um príncipe — e o templo à espera. Um caminho aterrador, Corayne sabia. *Não é lugar para uma pirata.*

Meliz tentou pegar as mãos dela de novo, e mais uma vez Corayne se afastou, continuando a dança perversa entre as duas.

— Diga algo que eu possa fazer, Corayne. — Ela entrelaçou os dedos, os cortes e hematomas impossíveis de ignorar.

Corayne sabia que sua mãe não era uma pessoa de ficar parada vendo o mundo desmoronar. *Ela precisa se apegar a algo. Algo que não a mim. Ela precisa se sentir útil.*

Foi uma resposta fácil de encontrar. A verdade sempre era.

— Erida tentou encher o mar Longo de monstros. — Seu peito se apertou com a memória, e ela lembrou das marcas na *Filha da Tempestade*. — Vamos dar a ela um gostinho de monstros de verdade.

— Como assim? — Meliz perguntou, desconfiada.

— Vi uma dezena de navios piratas no porto de Adira — ela disse, tentando soar tão imponente quanto a mãe. — Há outras centenas pela esfera. Contrabandistas, piratas e todos os outros que se atrevem a passar pelos estreitos fora das leis da coroa. Você pode mobilizá-los, mãe. Eles vão ouvir a Mel Infernal.

Corayne dizia a si mesma para não ter esperança, mas a esperança ardia dentro dela assim mesmo.

Meliz cerrou o maxilar.

— E se não ouvirem?

— É *alguma coisa*, mãe — Corayne disse com ênfase, frustrada.

Centenas de piratas não eram pouca coisa, nem para a rainha de Galland.

Dessa vez foi Meliz quem parou por segundos intermináveis. Inspirou fundo e encarou Corayne, seus olhos se movimentando tão devagar que quase não saíam do lugar.

Ela está me memorizando.

Corayne fez o mesmo.

— É alguma coisa — Meliz sussurrou, dando um passo para o lado.

Ela abriu a porta da cabine, derramando a forte luz do sol no chão.

Corayne se retraiu, cobrindo os olhos. E escondendo o último afluxo de lágrimas. Meliz também, fungando alto.

Que dupla formamos.

Os pés de Corayne se moveram rápido demais, levando-a para a porta em pouco tempo. Ela parou no meio do caminho, perto o bastante para tocar em Meliz.

— Tente os príncipes tyreses também — ela disse rápido, tendo outra ideia. — Eles já devem ter entrado em conflito com os monstros marinhos a essa altura. Com as criaturas do Fuso e a invasão gallandesa em Madrence, eles não vão olhar com bons olhos para Erida ou Taristan.

Sorrindo, Meliz jogou o cabelo para trás.

— Os príncipes tyreses vão colocar minha cabeça na proa de um navio antes de me darem a chance de abrir a boca — ela disse com um orgulho evidente.

Corayne deu uma risada sombria.

— O fim do mundo faz com que todos sejamos aliados — ela suspirou, indo em direção ao convés.

Meliz a seguiu até onde batia o sol. A tripulação da *Filha da Tempestade* esperava pelo convés como gatos sonolentos. Gatos sonolentos com uma quantidade ridícula de armamento. A tripulação ibalete e os Companheiros continuavam em guarda, todos menos Charlie, que havia voltado para seus papéis. Corayne supôs que ele tinha menos motivos para temer piratas do que qualquer um a bordo. Afinal, também era um criminoso.

Então ele atravessou a confusão de homens às pressas, com selos e uma pilha de pergaminho na mão, chacoalhando, os cilindros rolando.

— Toma — ele disse, estendendo as mãos.

Meliz apenas encarou, surpresa.

— Corayne...?

— Charlie, isso é... — A voz de Corayne falhou enquanto ela olhava os papéis nas mãos dele, e os selos preciosos em cima. *Ibal. Tyriot.* Um dos selos cintilava, dourado, mostrando a imagem gravada de um leão. *Até Galland. Marcas de passagem.* — Isso é brilhante.

Mas Charlie a ignorou, olhando fixamente para Meliz.

— Isso deve ajudar a passar por qualquer bloqueio ou frota de pedágio. A marinha de Erida logo vai estar à espreita, se já não estiver. — Ele estendeu os papéis de novo, seu rosto redondo e bondoso parecendo firme como nunca. — Leve-os com você.

O capitão e a tripulação sabiam o peso dessas coisas. Os selos em si valiam mais do que a maioria dos seus tesouros. Meliz os pegou com uma grande reverência.

— Obrigada. De verdade.

— É bom ajudar quando tenho oportunidade. Por mais raro que seja — Charlie suspirou, fazendo um gesto como se não fosse nada. Mas suas bochechas ficaram rosadas de orgulho.

Corayne o encarou, lacrimejando de novo. *Obrigada*, ela repetiu, sibilando por cima do ombro da mãe.

Ele apenas assentiu.

— As frotas ibaletes vão se juntar a vocês quando tudo estiver em andamento — Corayne disse, guiando a mãe para o outro lado do convés novamente.

O sol lançava um brilho vermelho no cabelo dela e aquecia sua pele. Seus olhos, como sempre, estavam aguçados como os de um falcão, um castanho-escuro que ficava dourado sob a luz certa, com cílios grossos e escuros. Corayne sempre havia invejado os olhos da mãe. *Pelo menos uma coisa não mudou*, ela pensou.

Meliz a observou, perplexa.

— O rei de Ibal declarou guerra contra Galland?

— Ainda não, mas vai declarar — Corayne disse, ainda caminhando. Ela só parou quando alcançou Dom e Sorasa, seus dois guardiões valentes. Andry também estava lá, conforto e amparo.

— Se Lasreen quiser.

— Quando foi que você encontrou a religião? Ah, deixa pra lá — Meliz respondeu.

A pirata não conseguia mais esconder as lágrimas, não em plena luz do dia. Elas cintilavam diante das duas tripulações.

Sua voz se suavizou.

— Me deixe ir com você, filha.

Pedi isso a você uma vez. Corayne viu a mesma lembrança nos olhos da mãe. Era algo que envenenava as duas, um eco que nunca se desfaria.

Seria fácil responder na mesma moeda. *Você fica*, Meliz havia dito na ocasião, deixando Corayne na doca, sozinha e esquecida.

Mas Corayne não esqueceria.

— Como estão os ventos? — ela perguntou, tremendo.

Era a única despedida que tinha forças para dar.

O sorriso de Meliz se abriu, brilhante como o sol.

— Ótimos — ela respondeu —, pois me trouxeram para casa.

12

A COBRA DE JADE

Sorasa

CORAYNE SE FECHOU NA PEQUENA CABINE do capitão depois que a *Filha da Tempestade* desapareceu no horizonte. Embora horas tivessem se passado, Andry ficou de guarda diante do castelo de proa, uma xícara de chá frio na mão, como se alguém fosse querer aquilo.

Dom mantinha sua própria guarda, encostado no mastro da galé. Era o lugar mais estável do navio e, portanto, o melhor para seu estômago fraco. Ele parecia enorme em seu manto e encarava as próprias botas, para fixar o olhar em algo parado. Mas, fora uma piscada ou outra, poderia ser confundido com uma estátua presa no convés.

Havia pouco para se fazer a bordo, e nenhum lugar para ir. Remadores e cavalos ocupavam os conveses inferiores. Sorasa considerou tirar um cochilo, mas achou melhor não. Cochilos a deixavam zonza, sem equilíbrio e vulnerável. Os marinheiros ibaletes não eram diferentes dos outros guardas. Eles a odiavam, suas tatuagens amharas valendo tanto quanto uma marca de ferro quente para aqueles homens. Ela já tinha feito seus exercícios diários duas vezes, seus músculos alongados e fortes. E, se limpasse as lâminas de novo, elas poderiam acabar se desgastando. Charlie apenas a afugentaria para longe de seus papéis, e Sorasa não poderia culpá-lo. Era por causa dela que ele estava ali, preso ao fim do mundo. Valtik era pior do que uma tempestade ou serpente marinha. Sarn a evitava mais do que qualquer outro, para não ser chamada de abandonada de novo pela bruxa velha. Tampouco podia traçar estratégias com Sigil. A caçadora de recompensas estava embaixo no porão, cuidando dos cavalos com seus próprios rituais temuranos.

Suspirando, Sorasa parou perto de Dom, relutante. *Faz tempo que estou longe da cidadela. Nunca me pareceu tão difícil lidar com o tédio como agora.*

Dom a olhou de canto de olho, nauseado demais para encará-la. Ela apontou com o queixo para Andry.

— Ele parece um cachorrinho esperando na frente da porta.

— Não imagino que uma assassina saiba o que é amizade — Dom murmurou, encostando a cabeça no mastro do navio, e inspirou fundo pelo nariz antes de soltar o ar pela boca, em um ritmo constante para acalmar o corpo.

— Se você pensa que aquilo é amizade, Ancião... — Sorasa riu baixo, perdendo a voz de maneira incisiva.

— Não pode ser nada além disso — ele disse, sua voz entre um sussurro e um rosnado.

Sorasa ergueu a sobrancelha.

— Você virou o pai dela agora?

Um rubor se espalhou rapidamente pelas bochechas de Dom. Não de vergonha, Sorasa sabia, mas de raiva.

— Fazer você perder a paciência é um jogo fácil de jogar, e mais fácil ainda de ganhar — ela sussurrou com sarcasmo.

Dom retorceu os lábios.

— Sou um imortal da Glorian Perdida. Meu temperamento não está em jogo.

— Se você diz, Ancião. — Sorasa balançou a cabeça para ele. — Vamos todos morrer tentando salvar esta esfera maldita. Deixe Corayne aproveitar o tempo que lhe resta, pelo menos.

Ele se curvou até ficar na altura dos olhos dela. Os olhos esmeralda de Dom ficaram escuros e frios, e seus lábios não passavam de uma linha fina. Sua barba loira estava crescendo, mas não o suficiente para esconder os arranhões, que cicatrizavam, mas lentamente. Sorasa achava que nem séculos poderiam apagar o exército de Asunder da pele dele.

— Seu cinismo não ajuda, Sarn — ele disse, pronunciando cada palavra de forma lenta e deliberada, esculpindo-as no ar.

Sorasa ergueu a cabeça, sua trança preta caindo sobre o ombro, e abriu um sorriso largo e falso, uma arma como qualquer uma de suas lâminas.

— Sou a pessoa que mais ajuda neste navio, e você sabe disso.

— Sim, enquanto lhe convém — ele respondeu, com um espasmo de ódio.

Sem querer, Sorasa parou de sorrir, magoada.

— Não me convém desde Ascal.

— Não acredito nisso.

Dom deu um passo à frente. Mesmo depois do deserto e dos muitos dias no mar, ele ainda cheirava a montanhas e florestas, ou a uma chuva fresca de primavera. Ele a olhava como se conseguisse ver além de todas as muralhas de Sorasa Sarn, até chegar em seu coração. Ela sabia que Dom não conseguiria. Essas muralhas haviam sido construídas muito antes. Nada nem ninguém poderia derrubá-las.

— Você está protegendo um investimento — ele sussurrou.

Sorasa olhou para o pescoço dele. *Sua cabeça*, ela lembrou, sabendo o preço que ele havia aceitado pagar. *A morte dele nas minhas mãos, seu sangue formando um rio de volta à cidadela, a Lord Mercury e à Guilda amhara.*

Domacridhan de Iona era um Ancião, com séculos de idade. Estava escrito em seu corpo, em seu jeito de segurar a espada, na agilidade de seus braços e pernas, na força letal de suas mãos. Agora Sorasa via isso nos olhos dele também. Quinhentos anos sobre a Ala, mais tempo de vida do que ela conseguia sequer imaginar. Ele era inútil na maioria das coisas que Sorasa considerava importantes. Não conseguia passar despercebido em um mercado nem usar veneno. Sabia pouco sobre reinos, línguas ou moedas, e nada sobre a natureza humana. Mas era um príncipe imortal, um guerreiro forjado por séculos, e tinha muito mais relevância do que ela, uma filha órfã da Guilda amhara. Embora os dias dela sobre a Ala fossem conquistados a duras penas, eles pouco importavam para um filho de Glorian. Ela usava as pessoas como armas e ferramentas, e Dom a estava usando também.

— Vocês, Anciões, se consideram superiores ao resto de nós — ela disse, se inclinando para a frente para desequilibrá-lo. — A ponte entre mortais e deuses.

O Ancião não disse nada, erguendo o queixo para parecer mais estoico do que nunca. Voltou a parecer uma estátua, nobre e orgulhoso demais para ser de verdade.

Ela fez uma careta de escárnio, mostrando os dentes.

— Mas isso não é verdade. Vocês estão mais para a ponte entre mortais e monstros.

— E quem é você para julgar, Sorasa Sarn? — ele retrucou. Em vez de ficar mais alta, a voz dele ficou mais grave, até ela quase conseguir sentir o timbre no peito. — Assim que o vento mudar de direção, assim que surgir outro caminho, você vai segui-lo.

Os amharas aprendiam a disfarçar as emoções tão bem quanto disfarçavam a própria pele. Sorasa não vacilou, o rosto inexpressivo e vazio, límpido como o céu acima deles. Mas uma tempestade caía em seu peito, por trás das muralhas altas. Ela combateu uma raiva que nem conseguia entender, e sua confusão só alimentava a tempestade.

— Você é implacável e egoísta, Sorasa Sarn. — Ele recuou e, como sempre, parecia crescer sobre ela, projetando uma sombra comprida. Àquela altura, a assassina já estava acostumada. — Sei pouco sobre mortais, mas sobre você, sei o suficiente.

— Não creio — ela disse. Sua voz não trazia nenhuma emoção, mais uma muralha atrás da qual se esconder. — Finalmente você disse algo inteligente.

Ela pensou que Dom rosnaria, mas não ouviu nada além do retorno da respiração rítmica do Ancião e das ondas batendo no mar.

A costa setentrional foi uma visão bem-vinda. Sorasa contemplou o reino de Ahmsare, suas praias e colinas parcialmente cobertas de névoa. As nuvens ardiam sob o sol nascente, e a luz cintilava na cidade portuária de Trisad. Comparada a Almasad e Ascal, parecia um fim de mundo, um pequeno entreposto para navios que faziam longas viagens a reinos muito mais ricos. Uma fortaleza assomava sobre Trisad, em cima de uma colina elevada. Tinha uma única torre do sino com uma pintura vívida em tons de laranja-claro e um azul vibrante. Sorasa sabia que era o lar da rainha de Ahmsare, Myrna, que ocupava o trono havia seis décadas, mais do que qualquer governante vivo sobre a Ala. Enquanto passavam pelo porto e a galé ibalete cortava as ondas calmas, o sol reluziu nos portões da fortaleza, forjados em cobre.

Logo deixaram a cidade para trás. A recompensa de Erida era alta demais. Eles não podiam correr o risco de aportar em cidade alguma, gallandesa ou não. Não deixariam o destino da Ala depender da guarnição de uma cidade gananciosa ou da misericórdia da rainha Myrna.

Ancoraram alguns quilômetros depois e levaram os carregamentos para a costa, incluindo os cavalos. Le herdeire havia lhes fornecido tudo que seria necessário para atravessar os Portões Dhalianos e seguir para o norte. Sorasa pensou que eles só teriam que reabastecer em Izera, ou Askendur, se a caçada fosse boa nos sopés das montanhas.

Seu cavalo empinou, feliz por estar de volta à terra firme, e Sorasa sentiu o mesmo, estranhamente animada pela perspectiva da jornada. Segundo seus cálculos, era quase uma linha reta do seu desembarque até os portões, na abertura das montanhas. Uma semana de viagem por fazendas e regiões montanhosas. A estrada diante deles era o trecho mais seguro que eles percorreriam até então. *A menos que outra criatura infernal decida brotar no nosso caminho*, ela pensou enquanto saltava na sela.

— Isso que estou vendo é um sorriso, Sorasa Sarn? — Sigil provocou, montada no próprio cavalo.

Ela parecia mais à vontade na sela, os ombros relaxados, o ar tranquilo.

Sorasa ergueu o capuz de seu manto cor de areia, repuxando os lábios em uma careta brincalhona.

— Não seja tola, Sigil. Você sabe que a Guilda arrancou qualquer sorriso de mim. — Então ela respondeu com um aceno. — E fale por você. Isto é o mais próximo que está de casa em quantos anos?

— Quase uma década — Sigil respondeu, sorrindo. Ela mexeu na armadura de couro, limpando poeiras invisíveis. — Temurijon chama todos para casa mais cedo ou mais tarde.

Embora eles tivessem acabado de deixar o reino de Ibal, Sorasa sentiu uma leve pontada de inveja. O país de Sigil estava logo à frente; as estepes de Temurijon eram vastas, e seu povo estava espalhado sob o céu infinito. E, embora a estrada dos Companheiros não os levasse para dentro das terras do imperador temurano, eles certamente passariam perto.

— Espero que não a chame tão cedo — Sorasa disse, baixando a voz. — Não consigo fazer isso sozinha.

A caçadora de recompensas soltou uma gargalhada e bateu nas costas da assassina. Era como levar um golpe de pá.

— Não tema, Sarn. Os ossos de ferro dos Incontáveis não podem ser quebrados. — Ela bateu o punho no peito em continência. — E estou me divertindo demais para ir embora agora.

Ainda dando risadinhas, Sigil estalou as rédeas, guiando a égua pela leve subida da praia.

Obrigada, Sorasa quis dizer, mas tensionou o maxilar em vez disso, trincando os dentes com firmeza.

O restante dos Companheiros seguiu, deixando que Sigil guiasse o grupo estranho para dentro da floresta. A temporada de chuvas em Ahmsare havia passado, e as florestas estavam secando, as folhas ficando douradas. Mas o clima estava morno, muito mais agradável do que o calor de Ibal.

E muito menos perigoso.

Quando eles se afastaram da praia e do mar Longo, Sorasa olhou para trás, avaliando o horizonte com seus olhos de tigresa. A galé de herdeire já estava se afastando, a bandeira do dragão tremulando em uma espécie de adeus. Longos quilômetros se estendiam entre Sorasa e Ibal, suas dunas e costa a muitos dias de distância. Ela via aquele horizonte em sua mente, uma faixa impecável de dourado em um fundo safira. Seu coração se apertou e ela suspirou, dando as costas para a praia. Um pouco da tensão deixou seus ombros, o peso se derretendo. A saudade de casa voltou, só que mais tranquila do que antes.

Volte e tudo o que restará serão seus ossos.

A ameaça de Lord Mercury ecoou, uma promessa e um alerta. Essas foram as últimas palavras que ele disse antes de Sorasa ser expulsa da cidadela e da Guilda amhara.

Estou abandonada, Sorasa sabia, odiando a palavra. *Em Ibal não é seguro para mim, e nunca mais será.* Ela bufou e instigou a égua, assumindo a retaguarda do grupo. Cada segundo em Ibal era um segundo mergulhado em medo. Mas não mais.

Com a cabeça coberta pelo capuz, Sorasa não conseguiu conter um sorriso. Ela havia desafiado a velha cobra de novo, e se sentia vitoriosa.

Centímetro após centímetro, quilômetro após quilômetro e dia após dia, a paisagem ia mudando. A floresta ficava mais densa à medida que as colinas subiam e eles deixavam as fazendas da costa para trás. Não havia mais cidades grandes e quase nenhuma pequena, pouco mais do que agrupamentos ao longo da estrada do Cór. Os Companheiros não se arriscavam na jornada para o norte. Sigil avançava à frente, guiando-os por vilas e castelos semiabandonados. Eles evitavam todos os perigos possíveis, desde fazendeiros e comerciantes a velhos sentinelas pelo caminho.

As montanhas da Ala pareciam crescer, seus grandes picos perdidos nas nuvens. Um vento morno soprava do sudoeste, trazendo a umidade das terras verdejantes de Ghera e Rhashir. Era um bálsamo depois de longas semanas no deserto, principalmente para Charlie. As queimaduras de sol finalmente começaram a sarar, e ele se atreveu a viajar sem a sombra do capuz de novo.

Dom tomou o cuidado de viajar entre Corayne e Andry, como se isso servisse de alguma coisa. Para Sorasa, o ingênuo Ancião nem imaginava o que era sentir atração, que dirá frustrá-la. Suas artimanhas atrapalhadas pelo menos eram divertidas de observar, e uma boa forma de passar o tempo.

Valtik, como sempre, balançava em sua sela, cantando seus cânticos jydeses. Quase todo dia, Sorasa queria derrubá-la do cavalo, mas se continha.

Quando chegaram aos Portões Dhalianos, a grande abertura nas montanhas, Sorasa os guiou para fora da estrada e para perto dos sopés das montanhas. Era mais fácil do que correr o risco de encontrar bandidos ou patrulheiros ao longo das várias fronteiras. Os pequenos reinos nessa parte do mundo mantinham uma trégua instável, se unindo para que Temurijon e seu imperador não decidissem romper a paz das últimas décadas.

Enquanto atravessavam os portões, os Companheiros continuaram a cerca de um quilômetro de distância da antiga estrada do Cór, com Dom vigiando qualquer movimentação. Havia pouca — comerciantes em sua maioria, alguns sacerdotes peregrinos e um criador de ovelhas pastoreando seu rebanho. O ar ficava mais rarefeito e a temperatura despencava à medida que eles seguiam em frente, ganhando altitude ao atravessar a grande cadeia montanhosa que cortava Todala em duas.

— Essa região é pacata — Corayne comentou, a respiração formando nuvens no frio da manhã.

— Nem sempre foi assim — Andry disse no cavalo perto dela. — O Velho Cór dominava esse lugar antigamente, quando Ahmsare e os reinos circundantes eram províncias sob seu império. Foi a última terra a cair diante dos conquistadores com sangue do Cór, e os Portões Dhalianos controlavam o caminho para suas províncias ao norte. Mas isso foi há muito tempo.

Sorasa abriu um meio-sorriso.

— Você tem talento para contar histórias, escudeiro.

Ele apenas deu de ombros.

— Todos aprendemos na infância — ele disse. — O velho império. O que ele era antigamente. E o que Galland pode voltar a ser.

Apesar da luz do sol que iluminava sua pele marrom, os olhos de Andry pareceram escurecer.

— Erida aprendeu bem demais essa lição.

Não havia resposta para aquilo. Sorasa se ajeitou na sela, um calafrio percorrendo seu corpo. Ela voltou a olhar para a paisagem.

Só havia ruínas do velho império, as torres decrépitas se projetando sobre a floresta.

Sorasa se perguntou se Corayne sentia alguma atração por elas, as relíquias do povo do pai, mas não quis levantar o assunto e correr o risco de provocar mais uma avalanche de perguntas da intrépida e insuportável filha de pirata.

Nas semanas de viagem desde que deixaram a costa, os Companheiros acharam o próprio ritmo. Acampar, viajar, acampar, viajar. Treinar Corayne quando paravam para descansar os cavalos ou mandar Sigil à frente para fazer o reconhecimento. Aquilo a perturbava. Ritmo era sinônimo de conforto, e conforto era sinônimo de descuido, um luxo ao qual nenhum deles poderia se dar. Sorasa fez o possível para se manter vigilante, mas até ela sentiu seus instintos relaxarem.

Os Portões Dhalianos surgiram antes que se dessem conta, e eles começaram a longa marcha dentro de Ledor, uma terra de ovelhas e planícies verde-douradas. As florestas se concentravam nos sopés das colinas, e a planície se abriu como um livro, para todas as direções. A cidade de Izera era um ponto escuro a oeste, menor do que Trisad, nada além de um padoque gigante para milhares de ovelhas e gado pastando na paisagem. Por sorte, as provisões eram mais do que suficientes, e os Companheiros não tinham motivo para se aproximar da cidade.

Sorasa sussurrou uma oração a Lasreen, agradecendo por mantê-los longe das ruas cheias de bosta de vaca de Izera.

A estrada continuava rumo ao norte, através da selva no sopé das colinas. Não havia estradas do Cór daquele lado das montanhas, apenas a Trilha do Lobo, algo entre um atalho e uma estrada. A trilha corria para o nordeste a partir de Izera, serpenteando por todo o caminho até as presas de aço de Trec. Sorasa não conhecia muito aquelas terras. Seu trabalho com os amharas quase não a havia trazido para o norte das montanhas. Sigil tomou a liderança, um sorriso largo estampado no rosto.

Vamos seguir a Trilha do Lobo por um mês pelo menos, Sorasa concluiu, rangendo os dentes. *Ainda mais se depender de Charlie e Corayne.*

Mas até ela tinha que admitir que tanto o sacerdote fugitivo quanto a filha da pirata estavam melhorando. Não apenas na sela. Corayne finalmente conseguia segurar uma arma direito. A espada de Fuso sempre seria grande demais para ela, mas a adaga longa comprada em Adira semanas antes servia bem. Charlie também fazia o possível, às vezes se juntando a Corayne como parceiro de treino. Ele também era um tremendo cozinheiro, coletando ervas e plantas sempre que podia ao longo da jornada.

A contragosto, Sorasa percebeu que já estava pronta para o jantar. Colocou a mão na barriga, tentando conter a fome com a força de vontade. Não funcionou.

— Vamos ter que caçar hoje — ela disse alto, se dirigindo aos Companheiros. Eles curvavam a cabeça, se protegendo do sol oblíquo, que agora descia no oeste. — Há cervos e coelhos nestas colinas. Talvez um javali, se tivermos sorte.

— Ainda tenho um pouco de alecrim — Charlie respondeu, dando um tapinha nos alforjes. — Cairia bem com javali.

Na Guilda amhara, os acólitos eram alimentados com comida insossa em porções racionadas. Comiam exatamente o necessário para seus corpos se manterem fortes e nada mais. A prática serviu bem a Sorasa por muitos anos. *Até Charlon Armont aparecer com seus temperos*, ela pensou, salivando.

Freou o cavalo, saindo da formação.

— Sigil, monte acampamento na subida — ela disse, apontando para um costão plano mais à frente. Despontava um pouco mais alto do que os sopés das montanhas ao redor, com um bosque de árvores oferecendo abrigo do vento e de olhares curiosos. — Eu e o Ancião voltaremos em uma hora mais ou menos.

Não costumavam montar acampamento tão cedo, mas ninguém reclamou. Depois de muitos dias longos de viagem, eles ficaram gratos pelo descanso.

Com um baque surdo, Sorasa desceu da montaria. Pegou o arco, mas deixou o chicote e a espada, sua bainha amarrada com os alforjes. Andry pegou suas rédeas, amarrando a égua do deserto dela à sua com os dedos ágeis.

Dom fez o mesmo, entregando seu cavalo a Sigil. O Ancião estava com seu manto, sua espada e a cara feia de sempre.

Por mais que Sorasa odiasse admitir, caçar era muito mais rápido e eficiente com o Ancião ao lado. Ele conseguia ver e ouvir quilômetros à frente e farejar quase tão longe. Era raro voltarem de mãos abanando.

Ela o seguiu obedientemente pela floresta, se mantendo alguns metros atrás, tentando não fazer barulho. O Ancião era mais silencioso do que a amhara, até do que o próprio Lord Mercury, e ela xingava os próprios pés mortais toda vez que fazia uma folha de relva farfalhar.

Eles caminharam por alguns minutos em terreno montanhoso. Um ar fresco descia do alto das montanhas carregando a névoa. O sol brilhava em um tom dourado, seus raios parecendo flechas atravessando os galhos de árvore. Sorasa sabia que eles não tinham muito mais que uma hora de luz do dia, embora não temesse a escuridão nessas colinas. As montanhas da Ala estavam atrás deles, se estendendo por centenas de quilômetros em uma muralha impenetrável. Os exércitos gallandeses não conseguiriam segui-los. Nem mesmo a rainha Erida se atreveria a enviar caçadores tão perto de Temurijon e botar em risco a paz com o imperador.

Sorasa segurava o arco com firmeza, uma aljava no quadril, pronta para mirar onde quer que Dom apontasse. Às vezes ele fazia isso rápido demais, indicando um cervo que já estava correndo para longe ou um pássaro fora do alcance. Sorasa desconfiava que era a forma dele de insultá-la sem abrir a boca.

Quando ele se ajoelhou de repente, ela fez o mesmo. Sem uma palavra, ele ergueu a mão e apontou para o meio das árvores, na direção de uma clareira.

Sorasa não precisava de muito mais: viu a corça de barriga redonda, gorda pela fartura do outono, baixando a cabeça no pasto. Estava sozinha, felizmente, sem filhotes. Sorasa nunca havia gostado da ideia de matar uma mãe na frente do filho.

Ela encostou a flecha na corda do arco em silêncio e puxou, mirando. Controlou os batimentos cardíacos, sentindo o sangue pulsar pelo corpo, controlando o ritmo. Expirou lentamente e a flecha disparou pelas árvores, acertando embaixo do ombro da corça, bem no coração. O animal soltou um grunhido de dor e caiu, as patas tremelicando até ele ficar imóvel, os olhos vítreos sob a luz agonizante.

— Carne de veado hoje — Sorasa murmurou, voltando a levantar.

Dom não disse nada e caminhou devagar para a clareira.

O silêncio voltou a cair sobre os sopés. A barra do manto dele se arrastava na vegetação rasteira, o único barulho além do suspiro do vento nos galhos. O cabelo dele se camuflava nas árvores de outono, com suas folhas amarelas e verde-claras. Por um momento, ele parecia uma criatura da floresta, tão selvagem quanto qualquer outra coisa nas montanhas. Dom tinha a forma de um homem comum, ombros largos e alto. Mas, de certa forma, ele era diferente, em um sentido que Sorasa não conseguia explicar.

O Ancião não precisaria de ajuda para carregar o cervo, e Sorasa ficou esperando na borda da clareira, o arco pendurado nas costas de novo.

O sopro do vento e o canto dos pássaros preenchiam o ar. Sorasa se recostou no tronco de um pinheiro e inclinou a cabeça, olhando para os galhos. Inspirou fundo, sentindo o cheiro limpo e fresco. Apesar de todo o seu treinamento, sua mente vagou para o jantar.

— É diferente deste lado das montanhas — ela disse para si mesma. — Mais selvagem, de certo modo.

Dom se agachou perto da corça, passando um braço embaixo do pescoço e erguendo-a nos ombros, então lançou um olhar fulminante para Sorasa e ficou paralisado, com apenas um joelho no chão e o rosto voltado para a floresta. Devagar, observou a linha de árvores.

Sorasa ajeitou a postura. Ela não via e não ouvia nada. A floresta parecia pacífica.

Mas os pássaros pararam de cantar, a mata ficou em silêncio.

— O que é...

Um graveto estalou na trilha da vegetação rasteira. Foi um eco nítido, deliberado. Dom virou na direção do ruído.

A resposta foi mais um estalo, dessa vez do outro lado da clareira. O estômago de Sorasa se contorceu, e ela levou a mão à adaga de bronze, rezando para Lasreen e para todos os deuses.

Pela primeira vez na vida, Sorasa Sarn quis estar errada.

— Você está muito longe de casa, Osara.

A voz fez seu sangue gelar.

Caída. Abandonada. Arruinada. Tudo que aquela palavra maldita significava ferveu nas suas entranhas, trazendo diversas emoções à tona. A mais forte de todas... medo.

No centro da clareira, Dom fez menção de levantar. Sorasa avançou, a mão esticada, um grito preso entre os dentes, os olhos arregalados de terror enquanto saltava para a clareira.

— Não — ela rosnou, uma tigresa.

Uma tigresa cercada por caçadores.

Uma dezena de flechas esperava. Suas pontas cintilavam ao redor da linha de árvores, brilhando como os olhos de uma matilha de lobos famintos. Todas miradas para Sorasa e Dom. Ela se preparou para o corte frio do aço em sua carne.

Sombras tomaram forma ao redor da clareira, corpos saindo da mata. Sorasa sabia o nome de cada um. Não precisava ver os rostos para saber exatamente quais amharas a cercavam. Os vultos eram suficientes.

A ágil e pequena Agathe, com sua graciosidade de bailarina. O gigantesco Kojji, maior até que Dom. A caolha Selka, com seu irmão gêmeo, Jem; sempre juntos. Lá estava Ambrose. E Margida. Sem parar, todos os filhos da Guilda se aproximavam, acólitos que haviam sobrevivido como ela para se tornarem caçadores implacáveis e letais, os caçadores leais de Lord Mercury. Faltava apenas Garion. *Talvez ele ainda esteja vagando por Byllskos, esperando que outra encomenda caia em seu colo.*

Sorasa ergueu o queixo e as mãos vazias. As flechas acompanharam. No chão, Dom tentou levantar de novo, e uma flecha foi disparada, cravando na terra a um centímetro de sua bota. O Ancião paralisou, o joelho ainda no chão.

Um alerta. O único que vamos receber.

— Não tenho casa — Sorasa disse para a clareira.

— É mesmo? — a voz respondeu, e seus olhos encontraram Luc.

O assassino saía do meio das árvores em direção à luz. Exatamente como ela lembrava, sempre se mexendo, seguindo o ritmo de alguma música que ninguém mais conseguia ouvir. Ele usava peças de couro como o resto, preto e marrom, modeladas para se camuflar ao terreno. Na cidadela, Luc se destacava nas lições, principalmente em persuasão. Ele se tornara um homem lindo, com a pele branca, o cabelo preto e os olhos verde-claros com cílios grossos e escuros. A Guilda encontrou muitas utilidades para ele depois que atingiu a maturidade. *E agora acham que podem usá-lo contra mim.*

— Lord Mercury é um homem misericordioso — ele disse, abrindo bem as mãos, ambas tatuadas como as dela, o sol e a lua em cada palma.

— Até onde eu sei não — ela respondeu, contando as armas. *Espada e duas adagas com Luc. Seis adagas com Agathe. O chicote de Margida. Um machado com Kojji...*

Luc abriu um sorriso tranquilo e sedutor, afastou um cacho de cabelo escuro dos olhos que tinham a cor da espuma do mar.

— Você vai descobrir que ele pode ser persuadido — Luc disse, dando um passo enviesado na direção dela.

Ela sentiu o ar mudar, Dom desviou o olhar, avistando algo atrás dela. Ele a encarou e piscou com força. Uma. Duas vezes.

Mais dois atrás de mim.

Ela moveu o corpo como tinha sido ensinada, os músculos se contraindo para a posição certa. Apoiou o peso nos calcanhares, flexionando os joelhos e abrindo os ombros. Todas as lições dela na Guilda ferviam sob sua pele. Sorasa não se atreveu a pegar as adagas para a clareira não irromper em um tornado de sangue e aço.

Manteve a compostura, ainda encarando Luc. Ele era um homem perigoso, igualmente habilidoso com lâmina e veneno. Eles haviam sangrado juntos, suas primeiras mortes a apenas uma semana de distância.

— Eu lembro de quando você chorava até pegar no sono — Sorasa disse, fazendo uso da única arma da qual Luc duCain não havia sido treinado para se defender.

Memória.

O sorriso afiado dele vacilou.

— Os amharas tiraram você de uma vila em Madrence, em algum lugar da costa. — Ela passou a língua pelos dentes, como se saboreasse algo delicioso. — Você choramingava o nome dela.

— Podemos ter passados diferentes, mas nosso futuro é o mesmo — Luc respondeu, rude, recitando o velho ensinamento amhara como uma oração. — Servimos à Guilda e ao seu senhor.

Os outros ecoaram o sentimento. "Servimos" ressoou entre eles. Sorasa até sentiu as palavras nos próprios lábios, pedindo para serem ditas. Ela mordeu a língua.

No centro da clareira, Dom se voltou para a espada, seus movimentos muito lentos e silenciosos, quase imperceptíveis.

— Eu invejava você, Luc — Sorasa murmurou, dando um passo na direção dele.

O homem não se moveu, sem se incomodar pela proximidade dela. Ele conhecia a capacidade de Sorasa, e Sorasa, a dele.

— Você ainda me inveja — ele disse, balançando a cabeça.

— Você tinha tanta sorte. Lembrava da sua família, da sua casa. De algo fora dos muros da cidadela. — Sorasa fingiu um sorriso, enervando-o. — Eu nunca consegui.

— Nós dois só temos uma família — Luc rosnou, franzindo as sobrancelhas pretas. Então, para a surpresa de Sorasa, ele estendeu a mão, o sol em sua palma voltado para ela. — Deixe-nos levá-la para casa.

Ele está zombando de mim, ela pensou, as bochechas ficando vermelhas com a raiva que ardia em seu coração. Suas costelas coçavam, e ela rosnou.

— Ah, Luc, carrego sua casa comigo aonde quer que eu vá.

Ela puxou a túnica de lado com violência, mostrando o longo desenho tatuado na pele. Descia pela lateral do corpo, das costelas até o quadril, tinta preta riscada na pele cor de bronze. Quase tudo era bonito, seu nome e suas façanhas, suas grandes glórias e conquistas expostas em um troféu que ninguém nunca poderia tirar. A escrita era ibalete, a língua que ela havia escolhido, e algo mais antigo, a língua dos amharas mortos havia muito tempo. Ela sentiu uma dezena de olhos percorrerem as tatuagens, traçando cada letra. Todos os assassinos tinham uma igual na própria costela.

No chão, Dom também a encarou, seu olhar esmeralda passando pelo abdome da assassina. Não era difícil adivinhar os pensamentos do Ancião. *Aqui está uma vida de morte traçada na minha pele, impossível de ignorar ou esquecer. Aqui na minha carne está tudo que ele odeia em mim.*

O vento soprou mais forte, esfriando a pele dela, mas Sorasa se recusou a estremecer. Ela queria que eles vissem tudo. Queria que lembrassem da última vez que a tinham visto, imobilizada no chão do átrio da cidadela.

Os olhos de Luc encontraram o ponto entre cintura e quadril, os músculos rígidos e curvos. A última tatuagem não era bonita, nem intricada. As linhas finas tinham sido quase entalhadas, feitas de tinta e cicatriz.

Osara. A palavra era uma marca na pele e na mente dela. *Osara. Osara.* Ainda queimava, exposta ao mundo e a uma dezena de olhares, sua vergonha e seu fracasso desnudados. Sorasa queria gritar.

Foi Kojji quem me segurou no chão, com o joelho contra minhas escápulas. A dor queimava na memória de Sorasa. *E Agathe manteve a adaga na minha garganta, a um milímetro de me cortar.*

— Vocês todos viram isso ser feito — ela murmurou, a voz ficando áspera.

Luc assentiu, desviando os olhos das costelas dela devagar, passando pela tinta, pela história, até chegar ao seu rosto.

— Eu lembro — ele disse. — Nós lembramos.

Sorasa Sarn não esperava um pedido de desculpas de nenhum amhara. Ela os conhecia, e se conhecia, muito bem. Eles nunca mostrariam remorso nem se pronunciaram contra a guilda. Ela também não. Sentia saudades, mesmo agora, com todas as lâminas amharas do mundo apontadas contra ela.

O vento voltou a agitar as árvores, os galhos. Os amharas se destacaram, imóveis mesmo com a ventania, suas silhuetas escuras ancoradas com firmeza. Sorasa soltou a túnica, e o tecido suave e desgastado caiu sobre seu corpo de novo. Ela respirou para se equilibrar, sentindo o gosto da morte no ar. Olhou de esguelha para Dom. Percebeu pelo peito que ele arfava. A espada dele continuava na cintura, a lâmina enorme praticamente implorando para ser sacada.

— E você também lembra — Luc disse, mais perto. — Que Lord Mercury pode ser comprado.

Sorasa soltou uma risada sincera, apesar de tudo.

— Diga o preço dele, então.

— Saia agora, Sarn — Luc disse, cortante, as palavras afiadas como uma faca. — Deixe o Ancião, deixe a menina do Cór. E seja bem-vinda de volta.

Ela riu de novo.

— Devo confiar na sua palavra, Luc? Prefiro beijar um chacal.

— Podemos providenciar isso — a Selka caolha disse com a voz rouca na beira da clareira.

A alguns metros de distância, Jem riu.

Luc silenciou os dois com um gesto.

— Está escrito em pedra da cidadela. Seu perdão — ele disse. — E Lord Mercury enviou um símbolo de boa vontade. Vai lhe dar livre passagem.

Então ele colocou a mão dentro da roupa e pegou algo. Sorasa se preparou para a adaga dele, a mesma que todos carregavam, em couro preto e bronze. *Um símbolo de boa vontade*, ela pensou, rindo consigo mesma. *Lord Mercury mandou você para cortar minha garganta. Nem mais, nem menos.*

Em vez disso, Luc tirou um jade polido no mesmo tom que os olhos penetrantes dele.

Sorasa não se moveu nem piscou, por mais que seu corpo quase desabasse, todos os seus músculos se enfraquecendo. Ela entreabriu os lábios, sua respiração saindo falhada. A amhara encarou o cilindro de jade sólido, a ponta gravada com um selo prateado inconfundível. *O de Mercury — a cobra alada, com a boca aberta e as presas à mostra.* A pedra sólida era do tamanho do punho de Luc, um objeto precioso mesmo sem as gravações na face.

Mas as marcações o tornavam inestimável. Ela lembrou da pedra de jade na mesa de Lord Mercury, esperando em silêncio para carimbar outra encomenda e tirar outra vida. Ele nunca se separaria disso, por ninguém. *Ao menos era o que eu pensava.*

Para Sorasa Sarn, o selo de jade era a coisa mais valiosa em toda a esfera.

Sua voz saiu trêmula.

— Livre passagem — ela murmurou, o coração acelerando. O mundo se turvou diante dos olhos dela. — Até em casa?

No centro da clareira, o rosto pálido de Dom ficou ainda mais pálido, toda cor se esvaindo. Os lábios dele se entreabriram, formando palavras silenciosas que Sorasa se recusava a entender. Ele estava a quilômetros de distância agora, do outro lado da Ala em outra vida. Um som repentino encheu seus ouvidos.

Luc estendeu a mão e a pedra fria, apertando-a na palma da mão dela.

— Volte para nós, Sorasa. Deixe que o resto do mundo cuide dos grandes problemas.

O selo era pesado o bastante para quebrar um crânio. Sorasa cerrou o punho até seus dedos ficarem brancos. A superfície fria era um bálsamo em sua pele subitamente quente.

— Essa encomenda não cabe a você — Luc murmurou, seus olhos cravados nela. — Temos um acordo?

Ela quase não conseguia ouvi-lo com o estrondo em seus ouvidos.

A cidadela. Casa.

Com determinação, guardou o selo na bolsa do cinto, em meio aos pós e venenos. Sorasa carregava muitas armas, mas o selo era a maior de todas. Olhou para Luc, depois para Dom, com o olhar ardente. O Ancião se ajeitou, estufando o peito em uma última demonstração de bravura.

Ela abriu um meio-sorriso.

— Matem o Ancião devagar.

13

VENHA VER

Erida

A TENDA DO CONSELHO FEDIA A ÁLCOOL E PEIXE. Os servos demoravam para tirar a mesa do jantar, tentando não atrapalhar a discussão entre nobres e generais. Erida estava sentada na ponta da mesa comprida, em seu prato restavam a espinha e o rabo de uma truta, nadando em manteiga e sal. Nada disso tinha conseguido melhorar o sabor. Depois de longos dias no cerco, todas as comidas começavam a ter o mesmo gosto, por mais que os cozinheiros se esforçassem. Ela não tomava cerveja como os outros, nem vinho, como Lady Harrsing a duas cadeiras de distância. Preferia uma xícara revigorante de chá de hortelã, a intensa cor dourada combinando com seu vestido.

Erida não usava armadura, cerimonial ou não. Eles estavam no cerco havia duas semanas. Mas muitos dos nobres ainda usavam cota de malha e placas de aço, mesmo sem nunca chegar nem perto dos muros da cidade. Todos suavam na tenda abafada, os rostos pálidos e rosados lembrando porcos à luz de velas.

Ao lado dela, Taristan não bebia nada, e seu prato estava vazio fazia tempo. Nem os ossos sobraram, jogados no chão para os lebréis roerem. Embora ele desprezasse abertamente a maioria das pessoas no ambiente, os cães escapavam de sua ira. Taristan deixava a mão caída para que os animais pudessem se aconchegar em seus dedos se quisessem. Os cães não o temiam, ao contrário dos conselheiros de Erida.

Quase todos evitavam seu olhar, a memória da ponte e do corpo desmembrado do príncipe Orleon fresca em suas mentes. Eles cacarejavam como galinhas em trajes de gala, e Taristan era como uma raposa ali no meio.

— Rouleine foi construída para resistir a cercos — disse Lord Thornwall, observando a mesa comprida.

Erida sabia que o comandante tinha suas próprias balanças, equilibrando as opiniões desmioladas de nobres presunçosos com a sabedoria de soldados comuns.

— Estamos interceptando tudo que podemos no rio, mas os madrentinos são bons em trazer suprimentos para a cidade. E nunca vão precisar de água potável. Mas fiquem tranquilos: a cidade será vencida. É só uma questão de tempo.

Lord Radolph fez um barulho gutural, mal disfarçando a risada. Era um homem pequeno, em estatura e caráter, estava longe de ser um soldado. Erida duvidava que Radolph sequer soubesse empunhar uma espada. Mas as terras dele eram vastas, abrangendo a maior parte da área rural perto de Gidastern. Suas posses lhe garantiam um título e autoconfiança suficiente para abrir a boca à mesa de Erida.

— Tempo que Robart aproveitará para reunir todas as tropas — Radolph zombou, tirando uma espinha de peixe dos dentes.

— E para fazer o quê? Nos enfrentar em uma batalha campal? — Thornwall perguntou, um sorriso se formando por baixo da barba ruiva. — Ele pode convocar todos os homens e meninos de seu reino para a guerra, e mesmo assim não seria o suficiente. Galland pode derrotar este e quase todos os reinos sobre a Ala.

Menos Temurijon, Erida e qualquer um com bom senso sabiam. O imperador Bhur e seus Incontáveis eram o único exército capaz de enfrentar as legiões gallandesas. *Por enquanto*.

Radolph balançou a cabeça. Para o espanto de Erida, não eram poucos os nobres que tinham o mesmo sentimento.

— E Siscaria? A aliança entre eles?

A rainha ergueu a mão discretamente, fazendo o anel de esmeralda refletir a luz das velas. A pedra cintilou, mais do que o suficiente para atrair a atenção de todos na tenda, incluindo Radolph. Ele se calou.

— Obrigada, milorde — Erida disse, com sua etiqueta perfeita. Ela não daria a ninguém motivo para se ofender, ainda que isso significasse inflar o ego de homens pequenos e estúpidos. — A aliança com Siscaria foi construída com base em um casamento que não existe mais. Morto, Orleon não pode casar com uma princesa.

Ao redor da mesa, alguns conselheiros linha-dura sorriram. Outros olharam de esguelha para Taristan, perturbados pela lembrança da morte de Orleon.

Radolph fechou a cara e gesticulou, pedindo mais vinho. Um servo correu para atendê-lo com um jarro na mão.

— Assassinado sob uma bandeira de trégua — o lorde murmurou enquanto o criado o servia.

Muitos arregalaram os olhos, e Erida se esforçou para manter a máscara de compostura. Forçou um sorriso e recostou no assento, os dedos agarrados aos braços como se fossem seu trono. Na sua cabeça, o nome de Lord Radolph entrou em uma certa lista.

Ao lado dela, Taristan mal se mexeu, os dedos calejados tamborilando um ritmo lento na perna. Ela ouviu as notas em sua mente, uma marcha fúnebre.

— Você está acusando meu marido de alguma coisa? — Erida perguntou, a voz baixa e fria.

Radolph se retratou rapidamente, fugindo feito um rato.

— Só quis dizer que a morte do príncipe Orleon vai criar complicações — ele afirmou, espiando os outros nobres em busca de apoio. Felizmente, não encontrou nenhum. — Rei Robart, outras nações... eles não olharão para nós com bons olhos.

Erida ergueu a sobrancelha fina.

— E algum dia eles olharam? — ela perguntou.

Um murmúrio percorreu a mesa, e alguns homens balançaram a cabeça, concordando com o argumento dela.

Lady Harrsing até bateu sua bengala nova no chão atapetado, dizendo:

— É verdade.

Embora seu corpo tivesse se fragilizado, a voz dela continuava firme como sempre. Erida quis sorrir para a idosa, agradecê-la por um apoio tão fiel, mas manteve a pose irredutível.

— A esfera sempre teve inveja de Galland. Da nossa riqueza, da nossa força. — Erida cerrou o punho sobre a mesa, os dedos ficando brancos. — Somos os sucessores do Velho Cór. Somos um império renascido. Nunca vão nos amar, mas com certeza vão nos temer.

Radolph fez uma reverência, se rendendo.

— Claro, majestade.

Embaixo da mesa, Taristan parou de tamborilar.

— Devemos ficar atentos ao inverno — outro lorde disse, erguendo o dedo.

O sorriso de Erida ficou mais tenso e ela conteve um grito de frustração. *Assim que um buraco é tapado, surge outro vazamento no balde*, pensou, praguejando em sua mente.

Para sua sorte, Harrsing entrou na discussão com seu habitual desdém. Ela riu baixo e deu um gole no vinho.

— Lord Marger, estamos marchando para o sul. Você vai estar comendo laranjas em Partepalas quando a neve cair em Ascal.

— Foi uma boa colheita, e os comboios de provisões vão bastar por enquanto — Thornwall acrescentou, dando de ombros. — A marinha vai assumir a tarefa quando a neve mais densa cair, e nos abastecer na costa.

Ao menos isso pareceu satisfazer Marger, e aos tenentes de Thornwall, que assentiram. Erida pouco se importava com a economia da guerra. Não tinha o menor interesse no que era necessário para fornecer comida e água para um exército, para fazer com que ele continuasse avançando. Mas sabia que era melhor não ignorar Thornwall.

E sabia que a reunião do conselho já estava se estendendo demais. A comida já tinha quase acabado, mas o vinho e a cerveja continuaram sendo servidos. Eles não fariam mais nenhum progresso hoje, não na direção que Erida queria.

Ela levantou, apoiando as mãos na mesa. Suas mangas douradas caíram pelos braços com um bordado elegante de vinhas verdes e cor-de-rosa cravejadas de rubis. Muitas cadeiras foram arrastadas sobre terra batida e tapete enquanto todos levantavam rapidamente, em deferência à rainha. Taristan levantou em silêncio, descruzando os braços e as pernas compridas.

— Pretendo celebrar o Ano-Novo no trono de Robart com uma caixa de um de seus vinhos para cada um de vocês — Erida disse, erguendo a xícara em um brinde. Eles a imitaram, erguendo canecos de cerveja e taças cheias. — Que o Palácio de Pérolas ressoe com canções gallandesas.

Eles comemoraram de forma retumbante, incluindo Marger e Radolph, embora Erida notasse que não a encaravam. Ao menos os outros pareceram aplacados, ansiosos para continuar a bebedeira longe da rainha e de seu consorte voraz. *Se querem tratar um acampamento de cerco como um salão de banquete, que seja*, Erida pensou, erguendo a xícara junto com os copos deles. *Eles querem glória, querem poder — e eu darei isso a eles.*

Desde que não se metam no meu caminho.

A promessa de Madrence foi suficiente para fazer os nobres saírem tagarelando noite afora, puxando um ao outro enquanto tramavam. Alguns falavam de castelos e tesouros, negociando uma vitória ainda não ganha. Erida tentava não imitá-los. Ela nunca tinha visto o Palácio de Pérolas, a sede dos reis madrentinos, mas tinha ouvido o suficiente sobre suas paredes e torres altas de alabastro, todas as janelas polidas como uma joia, seus portões cravejados de pérolas de verdade e pedras da lua. O castelo magnífico tinha vista para a baía de Vara, uma fascinante referência tanto para marinheiros como para a cidade. E dentro dele havia um prêmio ainda maior: o trono de Madrence. Mais uma coroa para Erida de Galland. O começo de seu grandioso império e de seu destino ainda maior.

Harrsing parou na entrada da tenda, mas a rainha balançou a cabeça, fazendo sinal para sua conselheira mais velha ir também. Ela obedeceu, dando passos duros com a ajuda da bengala. Erida a observou se afastar pela noite, acompanhada por um membro da Guarda do Leão. *Bella está envelhecendo diante dos meus olhos*, ela pensou com uma forte pontada de tristeza.

Erida se jogou contra o encosto da cadeira. O ar morno a havia esgotado, e ela apoiou o queixo na mão, exausta demais para manter a cabeça erguida.

A essa altura, a Guarda do Leão sabia que deveria deixar a rainha quando apenas Taristan e Ronin estivessem por perto. Todos saíram, assumindo seus postos na entrada da tenda do conselho e na passagem adjacente para o quarto de Erida. A tenda subitamente pareceu muito maior sem eles, a mesa longa praticamente vazia, somente com Ronin na ponta oposta e Taristan ainda em pé. Era um ritmo que eles mantinham, o trio estranho de rainha, seu consorte e o sacerdote de estimação dele.

Taristan enfim foi até o aparador, se servindo de uma taça de vinho. Bebeu com vontade, lambendo os beiços. Apenas um pouco do líquido sobrou, grosso e escuro, parecendo gotas de sangue na taça.

— Estou começando a odiar essas reuniões do conselho mais do que odiava minhas petições — Erida suspirou, fechando bem os olhos, que coçavam, vermelhos, irritados pela fumaça de velas e pela poeira do acampamento. Apesar dos esforços de suas damas, parecia haver pó e sujeira em toda parte. — Pelo menos os peticionários podiam ser dispensados. Mas esses idiotas e parasitas precisam ser mimados feito crianças.

— Ou açoitados — Taristan respondeu, inexpressivo. Não era uma piada.

— Se fosse tão simples assim... — Erida fez sinal pedindo vinho e Taristan obedeceu, enchendo o cálice. Deixou o chá de lado. — Queria poder enviar esse bando de volta a Ascal e ficar apenas com os generais. Eles sabem do que estão falando, pelo menos.

Ela pegou a taça, seus dedos quase tocando os do marido. A pele dele fez um raio descer pela espinha de Erida.

— E por que você não faz isso? — ele perguntou, o abismo escuro dos seus olhos parecendo tragar a luz das velas.

Erida empalideceu, se esquecendo dos dedos dele.

— Mandar a corte de volta a Ascal? Sem mim ou meus conselheiros mais próximos? Seria o mesmo que entregar meu trono a Konegin esta noite mesmo. — Ela deu mais um gole no vinho tinto. Aquilo a equilibrou. — Não, eles têm que ficar aqui, e satisfeitos. Não vou mais entregar aliados de bandeja para meu primo. Onde quer que ele esteja.

— Os batedores de Lord Thornwall ainda não encontraram nada?

Foi possível ouvir o silvo presunçoso de Ronin da outra ponta da mesa. Ele encarava, com seus mantos vermelhos, o rosto branco como uma lua contrastando com o escarlate. Não era a primeira vez que Erida considerava ordenar que ele trocasse de roupa. O vermelho era muito gritante. Ele ficava ridículo à mesa do conselho, e fazia o marido dela parecer ridículo também.

— Não — ela disse, irritada.

Ronin arqueou a sobrancelha.

— Ou será que não estão nem tentando?

Erida ficou mais ríspida. Depois de quatro anos governando uma corte perversa, sabia reconhecer manipulação.

— Confio em Lord Thornwall mais do que na maioria das pessoas sobre a Ala.

— Não consigo imaginar o porquê — Ronin resmungou, dando de ombros. — Estamos parados aqui há duas semanas. Duas semanas desperdiçadas nesta lama. Saiam daqui — ele acrescentou, afugentando os últimos cachorros. Eles ganiram e saíram correndo da tenda.

— Fique à vontade para ir aonde quiser, Ronin. — Erida desejou poder expulsá-lo, mas sabia que era melhor nem tentar. Ela não havia esquecido do castelo Lotha e seu Fuso, nem do rosnado dentro dele. Não sabia se algo havia saído de lá, mas Ronin ainda parecia satisfeito, e isso era o bastante para incomodá-la. — Cercos levam tempo, como você deve saber.

— Sim, claro. Cercos levam tempo — Taristan disse com vigor. Ele colocou a taça vazia na mesa, ainda em pé. Assim como Erida, não usava nenhuma armadura. Não via motivos para isso, enquanto os arqueiros e as catapultas cuidavam do combate. Ele estava apenas com a espada do Fuso afivelada ao quadril, acomodada sobre a túnica vermelha e a calça de couro. — Para homens, ao menos.

Erida abriu a boca para questioná-lo, mas Ronin levantou rapidamente, a cadeira caindo no chão com um baque.

— O que você viu? — ele perguntou, os olhos vermelhos praticamente brilhando pela tenda.

O feiticeiro avançou, seus dedos brancos como ossos tremendo sobre o tampo da mesa. As dobras carmesim de seu manto deixavam os punhos à mostra, expondo os braços excessivamente finos. Ele parecia uma aranha rastejando pela teia. Atrás, as velas derretiam, as chamas amarelas e vermelhas altas.

Na ponta da mesa, Erida recostou na cadeira, apenas alguns centímetros. Ela odiava Ronin, mas naquele momento o temia. E, por isso, detestava-o ainda mais.

Taristan demonstrou uma gota de emoção.

Triunfo.

— Sonhei com eles — ele respondeu.

— Com quem? — Erida sussurrou, mas seu consorte não tirou os olhos do feiticeiro vermelho.

Taristan, por sua vez, voltou a andar, rodeando a mesa até estar do lado oposto de Ronin. Seu sorriso era terrível. Havia algo de predatório nele — sobrenatural, até. Erida odiava como aquilo fazia seu coração disparar.

Ele observou toda a extensão da mesa, um cemitério de pratos e copos com sobras de comida e bebida. Espinhas, pele, restos de bebida. A bagunça causava coceiras em Erida, mas o olhar de Taristan estava distante, como se nada mais existisse no mundo.

— Eles vêm hoje à noite — ele disse, seu olhar vítreo para cima. Erida estreitou os olhos, tentando ver a camada vermelha reveladora, mas não havia nada além do vazio preto. — Pelo rio.

Ronin mal conseguia esconder a alegria. Por um segundo, Erida pensou que ele poderia sair saltitando pela tenda. Em vez disso, o feiticeiro se aproximou dela com passos curtos e arrastados, e sorriu, exibindo os dentinhos.

— Eu diria para suas damas começarem a fazer as malas — Ronin disse, como se estivesse se vangloriando.

A rainha de Galland não gostava de ficar confusa. A dúvida a fazia se sentir fraca. Ela tentou esconder a perplexidade, mas não conseguiu. Olhou para Taristan, esperando algum tipo de explicação.

— Rouleine será invadida hoje antes do amanhecer — ele disse.

— Amanhecer? — Erida indagou e sentiu o ar morno da tenda denso em sua pele, como uma coberta apertada demais. Tentou engolir em seco a sensação. — O que vai acontecer hoje à noite, Taristan? *Quem está vindo?*

Taristan ergueu os braços, as palmas brancas para cima. Fazia tempo que limpara as mãos depois de trucidar Orleon, mas Erida ainda conseguia ver o sangue do príncipe naquelas mãos.

Mais uma vez ele sorriu.

— Venha ver.

No castelo Lotha, ela não sabia em que estava se metendo. Foi uma confiança cega que a fizera entrar no castelo em ruínas, seguindo o marido sem um membro sequer da Guarda do Leão para protegê-la. Foi a primeira vez que ficaram a sós desde o casamento, uma tarde que havia deixado Erida furiosa e arruinado seus lençóis da maneira menos satisfatória possível. Ela estava terrivelmente ansiosa para vê-lo de novo, e ansiosa para descobrir exatamente *qual era* o grande poder que ele comandava, o tipo que concederia a ela o controle sobre Todala, como prometido. Ela não se decepcionou. A espada de Fuso havia cortado o ar, abrindo um portal entre as esferas, levando Taristan um passo mais perto de seu deus. E Erida um passo mais perto do trono supremo.

Ela deixou a Guarda do Leão para trás novamente. Estava acostumada com a ausência da esfera de proteção deles. Taristan também era seu escudo, e era melhor do que eles. Cavaleiros poderiam ser subornados ou chantageados. Taristan, não. Ele não a trairia. *Não poderia me trair*, ela pensou. *Ele não é nada sem mim, e sabe disso.*

Erida seguiu Taristan e Ronin pela noite, os capuzes cobrindo os rostos enquanto atravessavam o grande acampamento de cerco.

Duas longas semanas ali e pareciam anos, as tendas encardidas de terra e fumaça de fogueira, as pistas sulcadas ou irregulares por cavalos trovejantes. A lama manchou a barra de seu vestido e manto, mas Erida mal notou. *O que é um vestido estragado comparado à rendição de uma cidade?* Ela impeliu o palafrém à frente, a égua cinza--claro se esforçando para acompanhar o corcel veloz de Taristan.

O consorte ficava sentado com leveza na sela, ao contrário dos lordes e cavaleiros que chacoalhavam em seus pobres cavalos. Ele montava com um foco singular e uma postura perfeita, seu longo manto vermelho tremulando às costas como uma bandeira. Se os soldados nas tendas notavam o príncipe consorte, não falavam nada. Os boatos da façanha dele na ponte de Rouleine já eram bem conhecidos àquela altura, e ninguém ousaria atrapalhar o caminho dele, nem mesmo para admirar. Já Erida se afundava mais na roupa, escondida no manto de lã simples, com apenas as barras douradas do vestido visíveis.

Thornwall vai me repreender por isso, ela pensou. Ainda que aqueles fossem soldados dela, viajar sozinha entre eles era uma ideia perigosa. Poderia haver diversos espiões em meio às legiões ou, pior, assassinos. Assim como muitos monarcas da Ala, Erida sabia sobre os amharas e a habilidade deles. Mas não os temia. Eles pelo menos entendiam a língua da moeda.

A cerca de paliçada na beira do acampamento se erguia, cinza e irregular contra o céu sem lua. Havia um portão, reforçado de um lado por uma fazenda antiga. Erida fez menção de refrear o cavalo, mas os sentinelas se sobressaltaram, atentos, com a aparição de Taristan e Ronin. *Não é a primeira vez que eles fazem isso*, Erida refletiu, seguindo-os para o outro lado da barricada construída às pressas.

Depois da tenda do conselho, Erida estava se deliciando com o ar fresco da noite batendo em seu rosto. Mas, quando o portão se fechou, um calafrio percorreu sua espinha. Eles estavam fora do acampamento de cerco agora, além das cercas, longe da Guarda do Leão. Erida ficava assustada ao ver o mundo aberto ao seu redor, as presas escancaradas. Ela vacilou na sela, prendendo a respiração.

É assim que todos os outros se sentem?

O rio era como uma faixa fluente de ferro, mal refletindo a luz das estrelas. O Rose era mais largo do que o Alsor, a corrente mais lenta. Na margem do rio, Taristan guiou o cavalo na direção da cidade. Tochas brilhavam ao longo das muralhas, as luzes amarelas e laranja ficando mais fortes a cada passo.

Erida rangeu os dentes. Eles estavam fora do acampamento, sem guarda, e agora viajando *rumo* a uma cidade sitiada? Uma cidade que faria *qualquer coisa* para rechaçá-la?

— Taristan... — ela disse com firmeza, tentando ser ouvida apesar dos cavalos. — Taristan!

Ele a ignorou, e Erida quase puxou as rédeas, pronta para voltar. Mas algo a fez continuar, como se um fio que unia a rainha de Galland a seu príncipe a puxasse pelo peito. Ela queria cortar esse fio. Queria puxá-lo. Queria menos e mais, tudo ao mesmo tempo.

Outras luzes bruxuleavam ao longo da base das muralhas, e Erida soltou um breve suspiro aliviado. Havia patrulhas gallandesas se movendo ao longo do pântano que protegia metade da cidade. Os rios protegiam o resto, confluindo atrás de Rouleine, mais um obstáculo para qualquer exército que se aproximasse. Independentemente da quantidade de homens ou catapultas, eles nunca poderiam atravessar o Rose ou o Alsor para atacar as muralhas do sul. Algumas montanhas nem a rainha de Galland era capaz de escalar.

Antes que ela perguntasse exatamente aonde estavam indo, Taristan guiou o cavalo para descer a ribanceira, entrando nos baixios cheios de lama e juncos. Ronin o seguiu e Erida também, se preparando para os respingos de água fria. Eles chapinharam até o rio lamber as botas dela e os cavalos não conseguirem avançar mais, sob risco de serem puxados pela correnteza.

— Eles vêm hoje à noite — Taristan repetiu, sem mais explicações.

Erida seguiu o olhar dele pelo rio e pela base das muralhas a alguns metros de distância. Daquele ângulo, ela conseguia ver onde o Alsor encontrava o Rose, a espuma branca se formando antes de avançar para o sul, mais adentro do reino de Madrence. Os rios unidos eram uma estrada para Partepalas, para o rei Robart e para a vitória.

Erida sentiu a paciência se esgotar, conquistada a duras penas na corte de Galland.

— O que estamos buscando exatamente? — ela sussurrou, embora não houvesse mais ninguém para ouvir. — Quem são *eles*?

Ronin a encarou, claramente se divertindo com a confusão dela.

— Tem mais algum Fuso aqui? — Ela olhou para a espada de Taristan, sabendo o poder e o perigo da arma, e apertou as rédeas do cavalo.

O ar parecia parado, silencioso exceto pelo som distante da cidade e do acampamento. Erida não sentia nenhuma descarga crepitante de energia, nenhum silvo abrasador de poder de Fuso.

— Outra travessia?

Taristan não respondeu. Seu cabelo ruivo parecia preto sob a luz das estrelas, levemente ondulado. Ele contemplou a escuridão, a testa franzida, o maxilar cerrado, uma barba rala nas bochechas. O consorte olhava de um lado para o outro, vasculhando a linha onde o rio encontrava as pedras das muralhas da cidade.

Começou como um vento balançando a relva alta ao longo do rio, curvando as plantas na margem oposta. Erida mal notou, até se dar conta de que não havia vento algum. O ar na pele dela ainda estava parado, as árvores, ao longe, imóveis. Ela ficou boquiaberta enquanto observava, os olhos arregalados, tentando entender.

Pareciam sombras a princípio, estranhamente nítidas, as silhuetas contrastadas pela luz fraca. Sem a lua, eles atravessavam a grama invisíveis, em silêncio, quase sem um tilintar de armadura ou raspar de espada. Mas carregavam ambas. E eram muitos. De repente, eram mais do que Erida conseguia contar, cada vulto entrando no rio Rose, atravessando a água até desaparecer na superfície. Um deles brilhou sob a luz das estrelas antes de mergulhar, um brilho branco se curvando em seu rosto.

Não, aquilo não é um rosto, Erida se deu conta, um grito subindo em sua garganta.

A mão de Taristan cobriu sua boca, a pele áspera e rígida sobre os lábios entreabertos dela. Ele a puxou para trás, quase para fora da sela, pressionando o corpo dela junto ao seu para que ela não caísse nem fizesse barulho.

Os dentes dela morderam a carne dura, e ela pensou que sentiria o gosto metálico de sangue. Mas não; a pele de Taristan era resistente a qualquer ferida que ela pudesse provocar. Erida se debateu mesmo assim, seu cotovelo acertando o peito dele, mas não adiantou. Taristan do Velho Cór era uma pedra.

— Aquele é o Exército de Asunder — ele sussurrou, o hálito quente no pescoço dela, a voz atravessando sua mente. Ela sentiu os lábios dele se moverem, a barba áspera da bochecha dele na sua.
— O primeiro presente que o Porvir me deu.

O coração dela batia forte, ameaçando saltar do peito, e um raio percorria suas veias. Ela agarrou as rédeas, tentando guiar o cavalo, mas Taristan segurava com firmeza, as mãos inabaláveis.

Ronin continuou olhando, em silêncio, com o rosto inexpressivo.

Ela respirou fundo contra a mão de Taristan, tentando se acalmar, tentando pensar em meio à loucura.

Tentando *ver*.

Não são rostos, ela pensou, observando enquanto cada vez mais, dezenas, centenas daquelas *coisas* entravam na água. Cadáveres, esqueletos, todos em estados variados de deterioração, mas de certo modo ainda *vivos*. A respiração dela se estabilizou, mas os batimentos ainda estavam acelerados. Ela viu pedaços de pele se desgarrando de crânios, órbitas oculares vazias. Carnes penduradas. Cabelos ensebados, cheios de nós. Membros decepados, bocas sem línguas ou dentes. Erida quase vomitou na mão de Taristan. As armaduras deles eram surradas, enferrujadas, ensanguentadas ou tudo junto. O mesmo valia para suas armas, uma variedade de espadas, machados e facas, todos cruéis, todos terríveis. *Criaturas das Terracinzas. O Exército de Asunder*, ecoou na mente dela, mais alto que a batida de seu coração. *O primeiro presente do Porvir.*

Eu sabia que eles existiam, ela pensou, tentando entender a cena surreal. Homens mortos andando, homens mortos *nadando*. Ela acompanhou a caminhada deles, fileiras atravessando a grama alta e entrando no rio. Depois, apenas reverberações na água, pequenos movimentos na corrente. A primeira leva chegou às muralhas, jogando ondas contra a pedra. Devagar, eles emergiram — e começaram a *escalar.*

Essas coisas mataram Sir Grandel e os North. Sua Guarda do Leão havia enfrentado esses monstros primeiro, quando Taristan era apenas um mercenário com sangue antigo e uma espada ainda mais antiga. *Foi isso que ele tirou do primeiro Fuso.*

Ela parou de se debater, e Taristan colocou a mão no pescoço dela, para que não tentasse gritar de novo.

— Eu sabia, mas... — Erida murmurou. Engoliu em seco, a palma da mão dele em sua garganta. A mente dela estava acelerada, palavras se formando devagar demais para falar.

Taristan continuou, o corpo quente e firme contra as costas dela.

— Não, não sabia — ele disse, sua voz tão baixa quanto seus princípios. — Não de verdade. Como poderia saber? É impossível, sem tê-los visto.

— Contemple — Ronin sussurrou, apontando para os cadáveres. Seu dedo branco saiu do manto, a mão esquelética, parecendo desprovida de carne, um osso nodoso.

Os terracinzanos escalavam feito aranhas, se arrastando na pedra irregular, como nenhum homem mortal poderia fazer. Alguns caíam de volta na água com baques, as mãos apodrecidas se quebrando enquanto rastejavam. Mas a maioria chegou ao alto das muralhas, indiferente à altura. Erida se perguntou se eles sabiam o que era medo, ou se sentiam qualquer coisa. Quando o primeiro chegou ao topo, ouviu-se um grito. Algumas das tochas flamejaram, a chama aumentando, antes de caírem do parapeito no rio com um chiado. E o mesmo aconteceu ao longo de todos os reparos. Os terracinzanos continuaram a escalar, deixando escuridão e gritos arrepiantes no caminho.

A rainha Erida de Galland observou, sem conseguir se mover, sem conseguir fazer nada além de encarar. Tentou não se abalar, mas seu corpo estremecia nas mãos de Taristan, sentindo um calafrio a cada clangor de metal. *Centenas*, ela pensou, tentando contar os cadáveres de novo. *Milhares*.

Erida ergueu o queixo, se imaginando em Rouleine, os portões da cidade escancarados. Então em Partepalas, no trono de Madrence, duas coroas na cabeça. Depois de um longo momento, ela parou de tremer, e Taristan recuou, obrigando-a a se segurar sozinha. Ela não se atreveu a se mover para não cair da sela, nem vomitar nos baixios. Mais uma vez pensou na coroa de Galland. A coroa de Madrence. A glória dos seus antepassados, seus sonhos encarnados em uma rainha jovem e vibrante.

Quando os gritos começaram na cidade — homens, mulheres e crianças —, ela não se encolheu. As chamas vieram em seguida, subindo pelas muralhas. Depois veio a fumaça, enevoando as estrelas fracas, até desaparecerem. O mundo assumiu uma luz vermelha quente, pulsando como um coração vivo, pesado como a fumaça e as cinzas que caíam sobre os rios. No acampamento de cerco, gritos surgiram, ordens ressoando pelas legiões.

— Temos que estar prontos para a rendição — Erida disse, inexpressiva, se sentindo fora do próprio corpo.

Moveu braços e pernas sem pensar, guiando a égua para fora do rio, em um trote.

Minutos que pareceram horas se passaram, caindo sobre ela enquanto um massacre irrompia em Rouleine. Os sons da carnificina ecoaram entre as batidas de seu coração, ferro sobre carne, gritos e choro.

Ela se dirigiu de volta para o portão, o capuz caído às costas. Taristan e Ronin a acompanharam, mantendo o ritmo, sombrios como o mestre deles do outro lado das esferas. Os sentinelas ficaram boquiabertos, reconhecendo a rainha. O portão abriu, permitindo que passassem direto. Soldados se ajoelharam, mas Erida os ignorou, seguindo em frente.

— Eu tinha quinze anos quando assumi o trono. Jovem demais. Apenas uma menina — ela disse.

Taristan virou na sela. Seus olhos estavam vermelhos. Se pelas chamas ou pelo deus dele, Erida não sabia. E não se importava.

— Quando o alto sacerdote colocou a coroa na minha cabeça, eu disse a mim mesma para deixar essa garota para trás. — O acampamento de cerco despertava ao redor deles, levantando e encontrando a cidade em chamas. — Não havia espaço para ela no trono.

O vento soprou, trazendo uma cortina de cinzas enevoadas sobre o acampamento. Soldados saíam trôpegos de suas tendas e corriam para buscar baldes de água, prontos para apagar brasas errantes. Erida continuou a passar por eles, o gosto de fumaça dançando em sua língua.

— Mas agora eu sei. Aquela menina continuou aqui, escondida nos cantos. Me puxando para trás com os desejos e pensamentos ingênuos de uma criança.

Taristan a encarou, a penumbra ao redor deles tingindo-o de tons venenosos de vermelho e amarelo.

— Onde ela está agora?

Mesmo com os sons do acampamento, o rugido da chama, o crepitar de madeira e pedra, ela conseguia escutar os gritos. Erida não se deu ao trabalho de tentar ignorá-los. Eram um custo que ela estava disposta a pagar.

— Está morta.

Eles só entraram em Rouleine na primeira hora da manhã, o sol nascente filtrado pelas nuvens de cinzas. A fumaça se erguia no ar, mais pesada que a névoa, lançando um véu nebuloso sobre o mundo. As chamas haviam queimado lentamente, contidas pelas muralhas, deixando o rio e a floresta outonal intocados. Tirando a fumaça e as cinzas, nada parecia diferente.

Aquilo estava longe de ser verdade.

Erida parou na beira da ponte, além do alcance dos arqueiros, cintilante em sua armadura e seu manto verde, a esmeralda de Galland brilhando em seu dedo. Seu cabelo estava trançado ao redor da cabeça, decorado com grampos cravejados de joias que lembravam uma coroa. Contraiu até os dedos dos pés dentro das botas. Mas nenhuma flecha foi disparada. A guarnição de Rouleine estava morta ou escondida, escorraçada havia muito das muralhas altas. Ela observou os reparos, os olhos turvos de fumaça e exaustão. Havia passado a noite toda sem dormir e quase conseguia sentir as olheiras nos olhos. Rouleine estava em silêncio agora, mas os gritos ainda ecoavam dentro da cabeça dela. Repicavam como o sino de uma igreja distante, implacáveis e impossíveis de silenciar.

Apesar de sua falta de sono, suas damas fizeram o possível para deixá-la com a aparência de uma rainha conquistadora. Os outros estavam igualmente majestosos, vestindo suas melhores roupas e armaduras. Lady Harrsing se apoiava com força na bengala, entusiasmada apesar do cansaço. Lord Thornwall usava a armadura completa para a ocasião, o aço reluzindo sob o sol da manhã, e um manto verde sobre o ombro. Embora não saísse do lugar, ficava se remexendo, inquieto. Erida o observou de esguelha. Não era do feitio de seu comandante parecer tão incomodado, não estando tão perto da vitória.

Até mesmo Taristan havia se esforçado, sua armadura recém-polida. A proteção brilhava como se fosse nova, e as únicas coisas à altura eram a espada de Fuso, embainhada na sua cintura, e seu manto vermelho imperial. Ele havia até tomado banho, penteado o cabelo ruivo-escuro e feito a barba. A olhos destreinados, Taristan se parecia com os outros nobres, um espectador em vez de soldado. Mas Erida conhecia bem a natureza do consorte; via o lobo nele, o mercenário, a mão sombria de um deus distante. Ele retribuiu o olhar dela sem hesitar, o rosto carregado, as longas linhas de expressão firmes.

Ronin estava o mesmo de sempre, envolto em seu manto vermelho, mas sorria, os dentinhos brancos lembrando a Erida um rato no queijo.

Ela manteve o foco na cidade, enquanto os nobres sussurravam. Alguns se acovardavam atrás da Guarda do Leão, enquanto outros esticavam o pescoço para ver melhor.

O que aconteceu durante a noite?, eles murmuravam, trocando teorias entre si. *Incêndios, assassinos, traidores na cidade?* Cada explicação era mais absurda do que a outra, mas nunca tão impossível quanto a verdade.

Erida se preparou, erguendo o queixo e dando um passo à frente, avançando sobre a ponte até o alcance dos arqueiros mortos. Os nobres exclamaram atrás dela, e Thornwall ergueu o braço para puxá-la para trás.

— Majestade... — ele disse, esticando o braço, mas Erida escapou do toque dele.

— Rouleine, vocês se entregam? — ela gritou para os reparos.

O sol dançava em seu rosto, refletindo em sua armadura, aquecendo suas bochechas.

Como esperado, ninguém respondeu. Nem mesmo um galo cantou.

— Onde está a guarnição? — alguém murmurou entre os nobres, com medo.

— É uma armadilha? — outro perguntou, e em resposta um coro sussurrado de concordância.

O pântano embaixo do fosso fervilhava de moscas, um cheiro azedo subindo com o calor do sol. Erida tapou o nariz e olhou para baixo, avistando alguns corpos quebrados no fosso, semiescondidos pelas ervas daninhas. Evitou seus rostos, mas era fácil identificar. Dois soldados, a julgar pela cota de malha. Uma criada com roupas de lã grossa. Todos os três haviam saltado das muralhas, fugindo de chamas ou espadas, ainda assim encontrando a morte.

Erida trincou os dentes para evitar o enjoo que revirava seu estômago. Esticou a mão, fazendo sinal para seu séquito avançar. Taristan foi o primeiro, caminhando sem medo, enquanto o resto se mantinha à margem, relutante.

Thornwall viu os corpos embaixo da ponte e mordeu os lábios.

— Não é uma armadilha — ele disse. — Tragam o aríete.

Rodas rangeram e correntes cantaram, o longo aríete balançando em seu suporte enquanto se encaixava na posição. A guarnição nem sequer havia baixado o rastrilho do portão da cidade, deixando as portas de madeira expostas sem nenhuma grade de ferro para defendê-las.

A ponta de ferro do aríete lascou o portão com facilidade, estilhaçando a madeira chamuscada. Os portões explodiram para dentro depois de um único golpe, pendendo nas dobradiças. Erida sentiu o coração subir pela garganta quando teve seu primeiro vislumbre de Rouleine.

A equipe de aríete de Thornwall foi primeiro, todos soldados de carreira, homens grisalhos munidos de armaduras com espadas consagradas e olhares implacáveis. Satisfeitos com o que viram, gritaram para a Guarda do Leão entrar em seguida.

Erida inspirava com força pelo nariz e expirava pela boca, contando os segundos. Esperando sua vez.

Os cavaleiros demoraram mais do que os homens de Thornwall. Alguns minutos se passaram em um silêncio estranho e tenso, uma quietude quebrada apenas pelo zumbido das moscas dos cadáveres e por um ou outro cochicho. Até Ronin se limitou a murmurar consigo mesmo, cerrando os lábios em seguida.

Quando a liberação veio, os nervos de Erida estavam à flor da pele, ardendo de medo e ansiedade. Ela quase fez sinal para Taristan ir primeiro, mas se forçou a seguir em frente. *Essa é minha vitória. Devo ser forte o suficiente para vê-la.*

Atravessou a ponte com baques surdos, um pé na frente do outro, cada passo ressoando como o martelar de um prego. *Mas de onde verei isso?*, Erida se perguntou. *De um caixão ou do trono?*

O cheiro chegou primeiro. Fumaça, principalmente, com sangue e algo pior. Erida entrou em Rouleine com toda a determinação que conseguiu encontrar, a cabeça erguida ao passar pelo portão, plenamente ciente dos buracos acima preparados para um ataque surpresa ou um banho de óleo fervente. Mas não havia mais guardiões lá. Os terracinzanos fizeram bem seu trabalho.

Ela caminhou em direção à luz esfumaçada da avenida principal que cortava Rouleine, cheia de casas e lojas. Portas pendiam nas maçanetas, com janelas arrombadas ou quebradas. Corpos estavam caídos nas sombras, ela avistou o de uma mulher no batente com o crânio aberto em uma mistura de osso e cabelo embolados. Soldados madrentinos cercavam a estrada, caídos em suas formações, dominados pelos terracinzanos que atravessaram a cidade como uma praga voraz. Para qualquer lugar que olhasse, Erida via evidências da batalha noturna. O combate acabou tão rapidamente quanto havia começado, a cidade sitiada vencida por um ataque impossível de prever. Cinzas cobriam o chão formando um carpete grosso, marcado por pegadas e rastros de corpos arrastados. O silêncio era o mais perturbador de tudo. Milhares de pessoas até poucas horas antes caminhavam naquelas ruas, que agora estavam silenciosas como um cemitério.

Seus cavaleiros, posicionados ao longo da rua, espreitavam debaixo de seus elmos, tanto para proteger a rainha como para assimilar a imagem impensável. Erida viu surpresa a desconfiança neles.

— Onde eles estão? — Erida murmurou, sentindo o calor de Taristan ao seu lado.

Ele observou a rua principal e as muitas estradas que se ramificavam a partir dela.

— Esperando — ele disse baixo.

Erida mordeu os lábios, agitada com a falta de explicação.

— Por aqui — Ronin disse, e desceu a rua arrastando os pés, adentrando em Rouleine sem demonstrar medo algum ao passar por corpos massacrados e ruínas em chamas.

Dessa vez, Erida se sentiu inclinada a seguir o feiticeiro vermelho e fez isso com determinação, seguida pela Guarda do Leão, suas espadas e escudos a postos. O pavor diminuía a cada minuto. Ela se acostumou com o cheiro de sangue. Cada corpo pelo qual passavam era o preço do império, o custo de seu novo trono. Ela observou cada cadáver, quase sem prestar atenção, até os corpos se mesclarem às portas quebradas e prédios queimados. Dano colateral, nada mais.

Já os nobres atrás delas ficavam mais perturbados a cada segundo. Um deles vomitou, e não foram poucos que voltaram para os portões. A rainha não deu importância. Ela não se interessava pela fraqueza deles.

A guarnição da cidade era pequena, como evidenciado pelos pouquíssimos soldados que ela viu caídos ao longo do caminho. Havia sinais dos terracinzanos também. Membros decepados, ossos podres. Espadas nodosas, cadáveres semideteriorados com armaduras enferrujadas. Os madrentinos haviam lutado. *Mas foi em vão.*

Quando chegaram à praça do mercado, Erida mordeu o lábio para conter um grito de espanto. Manteve a cabeça e o olhar erguidos, se recusando a desmoronar. Atrás dela, porém, muitos nobres perderam as forças. Seus gritos de surpresa ecoaram pelo ar esfumaçado.

A horda estava diante deles, terríveis, encarando, numerosos demais para contar. Eles tomavam toda a praça do mercado, aglomerados como um cardume de peixes amaldiçoados.

— O Exército de Asunder — Ronin murmurou, abrindo bem os braços enquanto fazia uma reverência para os milhares de esqueletos.

Eles eram ainda mais horrendos à luz do dia. O exército cadavérico parecia saído de um pesadelo, irreal mesmo diante de seus olhos. Eles estavam espalhados pela praça, esperando em todas as ruas e becos atrás da linha de frente fechada. Erida não via nenhum comandante, nenhuma organização além de suas fileiras. Nada que controlasse a multidão de terracinzanos além do que ela só poderia supor ser o Porvir e...

— Ajoelhem-se para sua rainha.

A voz de Taristan era baixa e grave, quase um rosnado, mas ecoou pela praça e pela coluna de Erida.

Os cadáveres obedeceram, agachando em uma confusão trêmula de carne e osso. Suas armaduras e armas tilintaram como mil insetos trepidantes. Não foram poucos os crânios que se deslocaram e rolaram pela praça de pedra. Erida não sabia se ria ou se vomitava.

— Minha rainha.

Thornwall balbuciou atrás dela, estava branco como osso, seus pequenos olhos fixos nos cadáveres, abrindo e fechando a boca como um peixe fora d'água.

— Majestade, o que são eles? — ele se forçou a dizer. — O que é isso?

Atrás dele, os nobres refletiam seu terror. A Guarda do Leão não estava muito melhor, tremendo em suas armaduras, as espadas erguidas para lutar. No meio deles, até Lady Harrsing estremeceu. Bella, que dificilmente se perturbava, estava pálida feito fantasma, o rosto sem nenhuma cor. Ela foi a única a desviar o olhar dos terracinzanos e analisar a rainha, buscando algo.

Seus lábios se moveram num sussurro horrorizado: *Erida?*.

Erida voltou a olhar para os terracinzanos, agora ajoelhados, suas cabeças — ou o que quer que restava delas — baixas. Mas, apesar dos corpos deteriorados e ossos expostos, eles poderiam ser as legiões dela, obedientes e leais até a morte.

E eles são a própria morte.

Antes que alguém mais pudesse falar por ela, Erida deu meia-volta, ficando de costas para os terracinzanos apesar de todos os instintos de seu corpo protestarem. Ela precisava parecer destemida e poderosa, não uma menina, e sim uma mulher coroada, uma governante da cabeça aos pés trêmulos.

— Sou a rainha de Galland, e serei a imperadora do Cór Renascido — ela disse, a voz firme. As palavras ressoaram pela praça, ecoando no silêncio sinistro. Até os nobres tagarelas ficaram quietos. — Vivo o sonho dos meus antepassados, seus reis, sangue do seu sangue, que morreram pelo que vamos construir juntos. Ao lado do príncipe Taristan, vou forjar um novo império com Galland no centro, a joia mais brilhante em sua poderosa coroa. Sentarei no trono do mundo, com todos vocês ao meu lado.

Eles a encararam, os lábios tensos, os olhares alternando entre Erida e os esqueletos. Ela engoliu em seco e desejou ter uma espada. Mas tinha uma arma melhor, algo que ninguém poderia ver.

— E os deuses também — concluiu. Em vez de erguer a cabeça, ela a baixou, e beijou as palmas das mãos em reverência sagrada. Alguns dos nobres, os mais religiosos, imitaram o gesto. Ela reparou em cada um. Seriam os mais fáceis de convencer.

Thornwall estreitou os olhos e inclinou a cabeça.

— Os deuses? — ele perguntou, perplexo.

Erida ergueu o rosto e sorriu.

— Quem, se não os deuses, poderia reunir um exército como esse? — ela questionou, abrindo bem os braços, deixando o manto cair de maneira que o sol iluminasse todas as curvas de sua armadura cerimonial. — Contemplem as lâminas de Syrek, os soldados de Lasreen. Esse exército é obra dos nossos deuses, é a vontade deles concretizada nesta esfera.

Atrás dela, o exército de cadáveres continuou ajoelhado. Erida tentou ver o que seu séquito via, para que pelo menos conseguisse manipular a perspectiva deles futuramente. Todas as atuações que ela havia feito, na câmara do conselho, na sala do trono, no salão de banquete — todas tinham sido um treinamento para *isso*.

Ela levou as mãos ao peito, sua esmeralda da realeza brilhando.

— Somos os escolhidos, abençoados com a missão de começar uma nova era de glória. — Então estendeu a palma da mão de novo, chamando todos. — Quem vai se juntar a mim?

A maioria hesitou, mas Lord Radolph franziu a testa, o corpo pequeno encolhido como uma cobra.

— Essas criaturas não são naturais, não são... *divinas* — ele disparou, ainda olhando para os esqueletos. O rosto dele assumiu uma palidez verde doentia.

Para a surpresa de Erida, Bella também parecia nauseada.

A velha soltou uma expiração.

— Tanto sangue — murmurou, olhando para as ruas de novo.

Mas Erida não se abalou, nem mesmo pelas inquietações de Bella.

— Um pequeno preço a se pagar pelas coroas da Ala — ela respondeu rapidamente, quase sem pensar. Erida não era uma pessoa insensata, nem uma rainha tola. — Que eles saibam do que somos capazes, para que possam se ajoelhar antes que sejamos forçados a fazer isso novamente.

Isso pareceu agitar quase todos, especialmente Thornwall. Ele baixou o queixo em um leve aceno.

Até Ronin pareceu impressionado, as sobrancelhas amarelo-claras erguidas. Ele se virou para ela, os lábios se contorceram, em contraste com a expressão traiçoeira, e Erida reconheceu uma sensação estranha: a aprovação de Ronin.

E, além dele, do Porvir.

— Os deuses farão acontecer — Ronin disse, e Erida sabia exatamente a que deus ele se referia.

Radolph arquejou, com nojo.

— Por que ainda temos que tolerar o feiticeiro vermelho? Cale-se, seu demônio amaldiçoado pelo Fuso.

— É você quem deve se calar, Lord Radolph — Erida disse, inflamada, cortando os dois. Os olhos dela brilharam, azuis e perigosos. — Fique em silêncio ou vá embora. Não preciso de covardes nem descrentes.

O lorde se encolheu e até deu um passo para trás, chocado e assustado com a súbita fúria da rainha.

— Não sou nem um nem outro, majestade.

— Ótimo — ela disse, ríspida.

Radolph é um homem morto, ela pensou, e se voltou para Bella e os outros.

— Este é apenas o começo, meus amigos. Rouleine é uma mensagem para toda a Ala. O Leão de Galland não se curva a ninguém. E os deuses estão do nosso lado.

— Os deuses estão do nosso lado — Taristan murmurou, e Ronin logo repetiu o chamado. Depois Thornwall, então Bella, com a voz vacilante. O restante enfim se juntou ao novo grito. Isso encheu Erida de um orgulho saboroso.

Eles comemoraram durante todo o caminho para fora da cidade e de volta ao acampamento de cerco, onde a notícia se espalhou entre os soldados comuns. *Rouleine caiu. Madrence cairá também.*

Os deuses estão do nosso lado.

Enquanto voltava para a tenda, Erida tentou imaginar que os sentia. Que *o* sentia. Os deuses dela ou o Porvir. Quaisquer deidades que zelassem por ela e a tivessem colocado nesse caminho. Se era a presença vermelha nos olhos do marido dela, brilhando agora, mais forte do que a luz do sol, que fosse.

— Os deuses estão do nosso lado? — Taristan perguntou em um sussurro, a respiração quente no ouvido dela, praticamente a envolvendo com sua presença.

— Estou errada? — Erida sussurrou em resposta.

Sua pele formigava, como se conseguisse sentir os esqueletos se arrastando sobre ela. A rainha estremeceu, resistindo à sensação.

Taristan deu de ombros.

— Acho que não.

Ronin, que nunca ficava muito longe, fechou a cara.

— E o próximo Fuso?

— Se Robart dá valor à própria cabeça, os portões de Partepalas estarão abertos para nós, assim como o trono — Erida murmurou, fazendo um gesto de desdém. Sua tenda surgiu à frente. Depois daquela manhã, o lugar mais parecia um santuário. — Você terá seus arquivos assim que conseguir chegar a eles.

— Muito bem — ele disse, satisfeito ao menos uma vez na vida.

— Majestade!

O chamado retumbante de Thornwall fez Erida parar de repente. Ela deu meia-volta, querendo apenas desaparecer em seu quarto e tirar a armadura, mas fazendo uma expressão mais respeitosa e condizente com seu general. Taristan parou ao lado dela, a careta fulminante de sempre ainda estampada no rosto.

Thornwall mal olhou para ele enquanto se aproximava, a armadura completa atrasando seu passo e possibilitando apenas uma reverência curta, para dizer o mínimo. A idade já demonstrava seus sinais.

— O que será de Rouleine? — ele questionou, se empertigando.

Erida queria dar de ombros. *Por que vou me importar com Rouleine agora?* Em vez disso, olhou para baixo com modéstia.

— O que você acha, Lord Thornwall?

O comandante mais velho voltou o olhar para a cidade, muralhas e portão, sua sombra fumegante caindo sobre o acampamento de cerco, e suspirou.

— Podemos deixar mil homens para trás para limpar as ruas e proteger a cidade.

— Ou? — Erida perguntou.

Thornwall ficou ríspido e severo, e ela vislumbrou o soldado de outrora. Talentoso, inteligente. E brutal.

— Queimamos até não restar pedra sobre pedra, para não permitir que nenhum outro reino construa uma fortaleza em nossa fronteira novamente.

— Em breve não haverá mais fronteiras — Erida respondeu, sorrindo. Ela virou para a tenda e para as damas que esperavam lá dentro. — Deixe que queime.

14

DEIXE A DOR DE LADO

Dom

— Matem o Ancião devagar.

A voz dela foi como uma lâmina. Cortando suas entranhas.

Dom não esperava nada menos. Fazia uma semana que havia dito isso. Mas não imaginava que a traição de Sarn viria tão cedo. Ou que fosse tão definitiva, tão inescapável, até para um príncipe imortal de Iona.

— Sorasa — ele rosnou entre dentes, ainda de joelhos.

O nome dela saía ao mesmo tempo como uma oração e uma praga.

Você sabe as consequências disso!, ele quis gritar. *Sabe o que está fazendo com todos nós.*

Tudo passou pela sua cabeça muito depressa — Corayne, Andry, Iona em chamas, Ridha morta, Cortael sacrificado em vão. Todala inteira caindo aos pés de Taristan e da sombra do Porvir. Tudo por causa dos desejos vis e egoístas de uma assassina rebelde, Sorasa Sarn. Ele quis quebrá-la com as próprias mãos. *Se ela será meu fim, serei o fim dela também.* Ele avaliou a distância em sua mente, se comparando com os muitos assassinos ao redor da clareira. Era mais rápido do que qualquer mortal, mas conseguiria ultrapassar a flecha de um amhara? Ele não sabia — e não estava disposto a colocar o mundo em risco para descobrir.

— Sorasa! — ele gritou de novo.

Ela não respondeu, dando as costas e entrando no meio das árvores. A amhara saiu sem nem piscar os olhos flamejantes cor de cobre, nem para Dom nem para ninguém. O Ancião rangeu os dentes, desejando que ela olhasse para trás e visse o ódio, a raiva, a completa repulsa dele. Mas Sorasa negou a ele até essa breve consolação. Em seu manto cor de areia e sua roupa de couro marrom, com suas tranças pretas balançando abaixo dos ombros, ela se camuflou facilmente na floresta. Sua sombra desapareceu, até para Dom, deixando apenas o som distante de passos pela vegetação rasteira.

O foco dele se voltou aos assassinos amharas e às pontas de suas flechas, ainda miradas para ele e prontas para atravessá-lo. Doze corações batendo em um ritmo estável, onze arcos erguidos. Sua mente acelerou, buscando um plano. Ali, sua força bruta não o levaria muito longe.

Onze assassinos observavam em silêncio, imóveis. O décimo segundo, o que se chamava Luc, parecia satisfeito com a saída de Sorasa. Ele não tinha pressa, sorrindo enquanto rondava pela clareira. Em algum lugar, um pássaro começou a piar, lamentando o pôr do sol.

Dom continuou ajoelhado, embora todos os músculos de seu corpo estivessem retesados, prontos para saltar. Ele sentiu a grama nas mãos, fresca e viçosa. Inspirou fundo, enchendo os pulmões com ar fresco e cheiro de terra. Ele não estava em Iona. Mas havia semelhanças, algumas notas saudosas na canção do pássaro. Tentou pensar em seu lar, lembrar de um lugar que amava e tirar forças disso. O local pulsou em seu sangue, vivo em seu corpo. Ele rezou para seus deuses silenciosos de Glorian — Ecthaid para orientação, Baleir para coragem, Melim para sorte.

O assassino esbelto de olhos verdes parou diante dele, se deliciando com a vitória traiçoeira.

Dom resistiu ao impulso de cortar as pernas do homem e condenar o mundo com sua fúria.

— Minha morte será o fim da esfera — ele disse, encarando Luc.

O assassino balançou a cabeça, levando a mão à espada longa de Dom.

— Você se acha muito importante, imortal.

Dom tentou se afastar, mas cordas de arcos rangeram por toda a clareira, suas flechas enviando um alerta constante. Paralisado, Dom percebeu que não poderia fazer nada enquanto Luc sacava a espada da bainha, o aço de Iona brilhando vermelho sob o pôr do sol. O assassino recuou para inspecionar a lâmina. Mais uma vez, Dom mediu sua força em comparação às flechas. Em meio segundo, conseguiria cravar a espada no coração de Luc. Mas o Ancião permaneceu imóvel, como se estivesse acorrentado ao chão. Ele quase se retraiu quando Luc jogou a espada na grama.

— Pensei que vocês, amharas, fossem corajosos — Dom disparou. — Não vai me deixar usar a espada? Devo morrer de joelhos?

Luc apenas deu de ombros.

— Nós, amharas, somos espertos. Tem uma diferença.

Então ele ergueu a mão, retorcendo os dedos longos e pálidos em sinal para os outros. Dom leu as cicatrizes nas mãos dele. A ponta dos dedos de Luc estava queimada e manchada, chamuscada por ácido ou veneno. Ele lembrou das cicatrizes de Sorasa, pequenos cortes entre as tatuagens, marcas de muitos anos de treinamento em sua preciosa Guilda. Os amharas não eram bondosos com os seus, e Dom sabia exatamente que tipo de pessoa isso criava. Se não fosse pelas circunstâncias, ele poderia sentir pena desses mortais venenosos, criados para conhecer apenas morte e obediência.

Luc ordenou algo em ibalete, a língua rápida e fluida demais para Dom entender.

A resposta veio dos arcos e dos onze batimentos cardíacos ao redor. Ele ouviu todos, os arqueiros firmes, o pulso deles lento e frio, insensível. Luc era o décimo segundo. O coração dele batia um pouco mais rápido.

O amhara deu um único passo para trás, se retirando da linha de tiro, e encarou Dom, arregalando os olhos verde-claros, sem piscar.

Ele nunca viu um imortal morrer, Dom se deu conta. E lembrou da barganha de Sorasa, o preço pelo seu serviço. A morte dele. *Acho que estou pagando.* Ele inspirou de novo para criar forças, e pensou em casa.

Os doze corações eram o único som.

Não, não eram doze.

Ele engoliu em seco, todos os nervos à flor da pele.

Treze.

A adaga de bronze refletiu o pôr do sol, rodopiando em chamas pelo ar, seu arco certeiro e brutal. Sem parar para pensar, Dom estendeu a mão e seus dedos se fecharam ao redor do cabo de couro preto de uma lâmina amhara. Ainda guardava o calor do corpo dela. Ele moveu o braço em um arco amplo, rápido o bastante para desviar de duas flechas que dispararam. Outras quatro cortaram o ponto exato em que ele estava meio segundo antes, os amharas lentos demais para apanhar um veder em movimento. Outras duas flechas passaram ao largo, longe do alvo. Seus arqueiros caíram das árvores, segurando as próprias gargantas cortadas. O cheiro de sangue se espalhou pela floresta, enchendo o ar com o aroma forte e metálico.

Dom se crispou quando pelo menos três flechas acertaram o alvo. Uma passou de raspão em sua bochecha, fazendo um corte ao longo da maçã do rosto. A outra perfurou seu bíceps, mais uma ferida ardendo na carne. A terceira atingiu seu ombro, a ponta cravada no músculo firme. Ele a arrancou sem pensar, quebrando a flecha como se fosse um graveto. Soltou um rosnado gutural. Os séculos se encheram dentro dele, cada ano de sua longa e amarga vida vindo à tona.

A espada de Luc encontrou a adaga, metal contra metal retinindo enquanto Dom levantava e assomava sobre o assassino sorridente, o manto jogado para trás como uma bandeira poderosa de resistência. Dom parecia uma tempestade, alta e sombria, pronta para cair sobre a terra sem dó nem piedade. Uma fera solta.

O sorriso de Luc desapareceu.

Pelo canto do olho, Dom encontrou o décimo terceiro batimento cardíaco, um som familiar depois de tantos dias. Ele conhecia seu passo, conhecia sua respiração, conhecia o grunhido baixo de esforço ao correr entre as árvores, lançando um dos assassinos no chão. Outros dois jaziam mortos atrás dela, o sangue na adaga de Sorasa Sarn. Ela lutou com uma mulher amhara, uma loira de cabelo curto armada até os dentes com facas de todos os tamanhos. Elas se equiparavam uma à outra, golpe após golpe, treinadas nos mesmos movimentos e defesas. Se moviam em sincronia, feito bailarinas. Era uma imagem magnífica, mas não havia tempo para assistir. Os outros amharas saíram do bosque, dentes e armas à mostra, e partiram para cima dos dois, o imortal e a exilada.

Dom se jogou em cima de Luc, usando sua considerável força para conter a espada dele. Com um chute quebrou as costelas do assassino. Luc cambaleou para trás, apertando a barriga, ofegante. Outra flecha foi disparada, dessa vez acertando Dom na coxa. A dor era um combustível, alimentando sua raiva e sua determinação. Ele arrancou a flecha e a cravou no olho de Luc. A agonia do amhara ecoou pela floresta em um grito arrepiante.

Antes que Dom pudesse acabar com o sofrimento do oponente, este se agachou, desviando do golpe de um machado enorme.

O imortal virou e viu o maior assassino do círculo que se fechava diante dele.

O homem atacou de novo, dessa vez com a espada de Dom na mão secundária. De Temurijon, ele lembrava um pouco Sigil e, de alguma forma, tinha o dobro do tamanho dela. Dom o agarrou pela barriga e o jogou no chão, derrubando a espada longa de sua mão, mas não o machado, que ficou espremido entre eles. O imortal não estava acostumado a ser o menor em uma luta e acabou sendo empurrado para trás, caindo com tudo sobre o ombro ferido. Silvou com outra pontada de agonia e se recuperou bem a tempo de apanhar o cabo do machado do assassino, detendo-o antes que o cortasse ao meio. O assassino apenas fechou a cara e ergueu o pé gigante, chutando o peito de Dom.

O Ancião arfou, firmando os braços para conter o golpe do machado. Então deu uma rasteira para derrubar o amhara de novo. Dessa vez, chegou à espada longa primeiro e golpeou o assassino, decepando as mãos dele, os dedos ainda agarrados ao cabo do machado.

Algo estalou no ar. Dom se engasgou quando um chicote envolveu seu pescoço, sufocando-o. Ele virou, segurando a espada, mas outro chicote envolveu sua mão. Dom rosnou para a amhara que o atacava, uma mulher pequena com o rosto tatuado e o cabelo ruivo curto. Agitando o braço, ele envolveu o chicote no próprio pulso e assim a puxou para a frente. Ela fincou os calcanhares no chão, e as botas deslizaram. A amhara gritou algo em ibalete, um pedido de ajuda ou um grito de guerra.

Um arco se materializou em sua visão periférica, a mira apontada. Dom se preparou para outra flechada, se retraindo. A corda do arco zuniu, mas ele não sentiu nada. A flecha tinha um alvo diferente: o pescoço da amhara que segurava os chicotes. Ela gorgolejou e tombou, os penetrantes olhos cinza fixados no céu. Dom se soltou enquanto Sarn colocava outra flecha na corda, apontando para o outro lado da clareira. Ela disparou antes de desviar do golpe violento de uma espada.

Sem pensar ou hesitar, Dom saltou na direção de Sorasa, segurando a espada para lhe dar cobertura. Ela fez o mesmo, acompanhando o ritmo dele, se abaixando quando ele se abaixava, desviando quando ele atacava. Eles conversavam aos sussurros, a voz dela firme e comedida, enquanto lutavam para sobreviver.

Flecha, espada, espere, vá, cuidado com os pés, prenda a respiração.

Venenos e pós preencheram o ar, fazendo os olhos de Dom arderem, mas ele continuou lutando.

Sorasa conhecia todos os truques do arsenal amhara. Dom se deu conta de que ela conhecia aquelas pessoas como se fossem sua família e se aproveitava das fraquezas delas. Velhos ferimentos, velhas rivalidades. Ela usou tudo a seu favor, derrubando um amhara após o outro, até a clareira ficar calma de novo, silenciosa exceto pelos últimos sons de tilintar de metal e pelas respirações aceleradas deles próprios.

— Espere.

A última amhara caiu, as pernas trêmulas e a mão erguida para proteger o rosto. Ela jazia em uma poça do próprio sangue, um leque de facas ao redor como uma auréola. Seu outro ombro pendia fora da articulação, deslocado, mas os ferimentos não eram graves. A mulher não morreria ali, não sem ajuda.

Dom se recostou, a longa espada ainda na mão. Mas não conseguiria abatê-la, não dessa forma. Naquele momento, a assassina era tão ameaçadora quanto um coelho encolhido na toca.

Sarn empurrou um cadáver, deixando outro assassino cair com a adaga dela ainda enfiada no peito. Sangue manchava seu rosto e suas mãos, e seu manto estava dilacerado. Com um sobressalto, Dom se deu conta de que a trança dela havia desaparecido também, cortada na altura da nuca. Ele piscou, vendo a mecha grossa de cabelo caída na terra, retorcida como uma corda esquecida.

— Quem pagou pela encomenda? — Sarn rosnou, se aproximando da última amhara viva. — Quem comprou a morte de Corayne an-Amarat?

A assassina inspirou fundo, trêmula.

— Você já sabe — ela se forçou a dizer, arfando.

Dom olhou de relance para Sarn, que retribuiu quase sem mover os olhos, mas ele viu a resposta ali, assim como ele mesmo já sabia.

Taristan e Erida enviaram os amharas atrás de nós.

No chão, a assassina apertou o ombro quebrado.

— Sorasa...

— É clemência que você pede, Agathe? — Sarn sussurrou.

Seu olhar estava desvairado, quase maníaco. Quando ela falou, Dom viu sangue nos dentes.

Ele recuou, ofegante. Os últimos raios de sol passavam pelas árvores enquanto a clareira ficava escura.

— Espere — Agathe disse de novo, mais fraca agora. Os olhos dela alternavam entre os dois.

Dom viu medo nela. Medo e desespero.

— Imortal — ela engasgou, encarando o Ancião. — Esse não é seu estilo, é?

Sarn respondeu por ele, o rosto retorcido de repulsa.

— Não, Agathe — ela afirmou, colocando a mão dentro da túnica. Pegou o selo de jade, sentindo o peso do objeto na mão. — É o nosso.

— Sorasa...

A jade pesada estilhaçou osso e carne, até a pedra verde ficar escarlate. Os gritos de Sorasa ecoaram pela mata silenciosa, e ela só saiu de cima do corpo arrastada por Dom, deixando o selo de jade ensanguentado na terra.

Sorasa foi até cada cadáver na clareira engatinhando. Seus gritos violentos se transformaram em orações baixas e fervorosas, indistinguíveis aos ouvidos de Dom. Não importava se tinham sido vítimas de Sorasa ou de Dom, ela tratou todos com o mesmo cuidado, sussurrando bênçãos sobre os corpos, fechando seus olhos ou tocando suas testas. Pegou quinquilharias de cada um dos amhara. Um pedaço do manto, uma faca de dedo, um anel. Pressionou a testa na de Luc, se recostando nele por um longo momento de silêncio. O que disse ao homem era algo apenas dela.

Dom queria ir embora, mas não se sentia capaz de abandonar Sorasa em meio ao seu sofrimento. Mesmo assim, eles não podiam ficar. A noite caía rápido demais nos sopés e as sombras se espalhavam, formando uma escuridão absoluta.

— Sorasa — Dom murmurou.

Ele quase hesitou ao dizer o nome dela. Fazia isso tão raramente, e normalmente com raiva. Dessa vez sua voz era gentil, chamando, cheia de arrependimentos.

Ela o ignorou.

Ele tentou argumentar com ela três vezes. Então, com delicadeza, devagar, a pegou pelos ombros e a tirou do chão. Na última vez que havia tocado Sorasa dessa forma, ela ameaçou cortar-lhe as mãos.

Ela se debateu nos braços do imortal como um peixe preso no anzol, o corpo todo lutando contra ele. O Ancião a segurou com firmeza, conhecendo a força dela, as costas da amhara apoiadas em seu peito. Ele deixou que ela se enfurecesse pela noite escura adentro. Todas as emoções que ela mantinha enterradas vieram à tona e transbordaram. A represa dentro de seu coração estourou, espalhando raiva e tristeza. Ela praguejou em ibalete e uma dezena de outras línguas que Dom não conseguia identificar, mas o sentido estava claro. Sorasa lamentava pelos mortos ao redor, a única família que tivera, a única chance de voltar ao seio deles.

Abrira mão das últimas partes de si, pela Ala e pelo bem da esfera.

A voz dela se perdeu antes da tristeza, e seus lábios se moveram em silêncio, repetindo orações e pragas.

Dom queria dar tempo e privacidade para ela sofrer. Mas eles não podiam se dar a esses luxos.

Ele segurou a cabeça da amhara e acariciou as maçãs do rosto dela com os polegares. Sorasa parecia tão débil ali, seus ossos frágeis como casca de ovo. Ela tentou não olhar para o imortal, observando todos os pontos ao redor.

— Sorasa — ele murmurou, a voz baixa e trêmula. — Sorasa.

As orações silenciosas continuaram, mas devagar e relutante ela voltou os olhos carregados de tristeza para ele, o sentimento ardendo dentro daquelas chamas cor de cobre. Foi como se olhar no espelho, e por um momento Dom não conseguiu respirar. Ele se viu, sofrendo por Cortael, um irmão e um filho para ele assassinado aos seus pés. Ele viu a própria angústia, profunda demais para ser desenterrada, impossível de superar. Fracasso, perda, raiva e luto. Ele viu isso nela, assim como sentia nos próprios ossos.

— Deixe a dor de lado — Dom disse, e ela prendeu a respiração, o subir e descer atormentado de seu peito diminuindo. Ela havia dito as mesmas palavras para Dom no deserto, sua lição mais antiga na Guilda. — Deixe a memória de lado. Você não precisa disso.

Ela fechou os olhos com força, parou de rezar e franziu os lábios. E a respiração voltou, irregular e áspera. Ela virou a cabeça fracamente, tentando se soltar.

Dom se manteve firme, os dedos pálidos contrastando com a pele cor de bronze da amhara. Havia sangue seco e grudento nas bochechas dela.

— Precisamos correr, Sorasa.

Os outros estão em perigo.

Sorasa abriu os olhos e moveu a cabeça ainda nas mãos dele, tentando assentir, então segurou os punhos de Dom e os afastou com força.

Eles deixaram o cervo para trás. Não teriam carne de veado hoje.

Correram de volta o mais rápido possível. Dom não se permitia temer o pior. *Mais amharas, mais assassinos.* Ele saltou raízes de árvores e desviou de galhos enquanto pegavam o caminho de volta à colina. *Não, eles vieram atrás de nós primeiro, para eliminar os outros depois que estivéssemos mortos.* Sorasa mantinha o ritmo atrás dele, braços e pernas se movendo em sincronia. A vegetação rasteira e os galhos a açoitavam, mas ela não parou, nem quando arranhavam seu rosto. A dor não significava nada agora.

Suas lágrimas já tinham secado quando eles alcançaram os outros.

Avistaram a luz da fogueira por entre as árvores, e as vozes ecoavam pela floresta. Risos e zombarias, como se o mundo não estivesse em perigo e tudo não passasse de uma brincadeira. Dom diminuiu a velocidade e soltou um suspiro de alívio, a tensão deixando seu corpo. *Estão seguros*, ele pensou, observando as sombras à fogueira.

Desejou apenas que Andry tivesse feito chá. Sorasa Sarn com certeza precisaria.

Estamos com uma aparência atroz, Dom pensou. Hematomas manchando toda a pele e sangue sujando os nós de seus dedos, surrados pelo combate. Buracos de flecha perfuravam túnica e pele. Riscos de sangue cobriam o rosto de Sorasa como tinta em uma pintura de guerra, fazendo os olhos dela se destacarem mais do que o normal, interrompidos por rastros de lágrimas traçando linhas irregulares por suas bochechas. E o cabelo dela pendia em uma linha torta, cortado logo acima do ombro. Caía sobre seu rosto e pescoço, grudado em sangue e suor.

Dom tentou dar a Sorasa mais um momento antes de voltar ao círculo, mas ela apenas apertou o passo, estufou o peito e ajeitou a postura, ignorando a própria aparência. Os outros não veriam Sorasa como ele tinha visto, destruída, vazia por dentro. Ela trancou a dor mais uma vez, com dentes cerrados.

— Limpe o rosto, pelo menos — ele murmurou. — Quanto pior sua cara, mais eles vão perguntar.

Ela respondeu com um olhar afiado que nem adaga.

Ele se encolheu e a seguiu para o acampamento na costa suave com vista para o outro lado das planícies a noroeste. A noite caía sobre a paisagem, o horizonte ocidental distante, apenas uma faixa de luz vermelho-escura.

Andry e Charlie estavam em volta da chaleira, adicionando folhas à água fervente, enquanto Corayne olhava, jogando conversa fora. Sigil estava sentada em uma pedra, afiando o machado, a armadura de couro guardada. Dava para ver a silhueta de Valtik na beira do costão, o rosto ao vento, as tranças dela caídas como fitas. Depois da clareira e dos doze cadáveres amharas, o acampamento pacífico era quase chocante.

— Dom e Sorasa voltaram de mãos abanando? Estou chocado... — Charlie começou, mas seu sorriso sarcástico sumiu dos lábios, e os calorosos olhos castanhos se arregalaram ao observar Dom e depois Sorasa.

Até Corayne ficou em silêncio, de queixo caído, tentando adivinhar o que havia acontecido. Com o sangue, os hematomas e as lâminas deles todas manchadas de vermelho, não era um quebra-cabeça difícil de resolver.

Sigil deu um pulo, o machado se agitando na mão.

— O que aconteceu? — perguntou, encarando Sorasa. — Bandidos? Um bando de guerreiros trequianos? Eles não costumam ficar tão ao sul.

— Monstros do Fuso? — Corayne perguntou, a voz embargando de medo.

Andry se aproximou deles e apontou para as armas, que Sorasa entregou com prazer sem dizer uma palavra.

— Eu limpo para vocês — ele murmurou. — Sentem-se e descansem.

Mesmo sem um cavaleiro, Andry Trelland não deixava de ser um escudeiro, e ainda o mais observador de todos ali. Ele pegou as adagas e a espada dela, reunindo-as com cuidado para lavá-las. Com o rosto pétreo, Dom sacou sua espada e a colocou ao resto. O aço refletiu o horizonte vermelho, ensanguentado de ponta a ponta.

Sorasa ignorou Sigil e pegou seu cantil, saindo em direção ao costão. Ela o derramou sobre a cabeça enquanto caminhava, deixando a água cair sobre o cabelo mal cortado e o rosto sujo de sangue.

Sigil fez menção de segui-la, o rosto franzido de preocupação. Mas Dom a segurou.

— Deixe ela quieta — ele disse.

— O que aconteceu? — Sigil perguntou de novo, mostrando os dentes.

Dom viu a mesma pergunta nos olhos de todos, até no olhar do paciente e calmo Andry. Ele hesitou, pensando no melhor a fazer. Uma coisa era clara: seria responsabilidade dele explicar. Sorasa certamente não conseguiria nem gostaria de fazer isso. *Bandidos. Bandos de guerreiros. Monstros de Fusos.* Muitas mentiras explicariam o sangue, mas nenhuma o comportamento de Sorasa, os olhos vazios dela. *A verdade é melhor*, ele decidiu. *Em parte, pelo menos.*

— Assassinos — Dom disse, escondendo toda a emoção da voz. Tirou o manto sujo, desejando que houvesse um córrego por perto. — Taristan e Erida pagaram a Guilda amhara para matar Corayne. E fracassaram.

O rosto dourado de Corayne empalideceu, a luz do fogo dançando em suas bochechas.

— Bem, isso é óbvio — ela murmurou, balançando a cabeça. — Afinal, não é à toa que metade da esfera queira me matar.

Sigil estava mais contida. A julgar pela tensão em seu rosto, ela sabia que era melhor não celebrar essa vitória.

— Quantos vocês mataram?

— Doze — Dom respondeu.

Os rostos deles já estavam desaparecendo de sua mente.

Perto da fogueira, Charlie estava imóvel, encarando as chamas. Seu corpo roliço fazia uma sombra comprida atrás dele, grande como uma muralha.

— Garion estava entre eles? — ele perguntou, ainda olhando para o fogo.

Garion? Dom tentou rastrear o nome, vasculhando a memória. Pensou no que sabia do sacerdote, até lembrar do amante de Charlie — um amhara como os que eles abateram na clareira.

— Não sei — ele respondeu. Sua voz saiu como um pedido de desculpas.

Os lábios de Charlie fizeram uma oração silenciosa.

Quando Sorasa finalmente voltou ao círculo, seu rosto estava limpo, e o cabelo curto, penteado para trás. Ela carregava a túnica e o manto no braço, encardidos. A camisa não estava tão suja, mas ainda assim em um estado deplorável, rasgada no pescoço, exibindo mais tatuagens pretas como piche. Dom avistou uma cobra alada que combinava com o emblema no selo de jade. Ele fechou a cara, lembrando das marcas nas costelas dela. Todas as suas façanhas e todos os seus erros gravados para sempre.

Sigil não disse nada, mas Dom viu que ela estava se segurando. Ela sentou o mais perto que se atrevia de Sorasa, contorcendo os dedos. Até Corayne conseguiu controlar sua curiosidade natural.

Charlie, não.

Ele parou diante de Sorasa, os punhos cerrados, o corpo tremendo de medo.

Mas sua voz era firme e equilibrada.

— Ele estava lá?

Quando ela não respondeu, Charlie se agachou, ficando na altura dos olhos dela.

— Sorasa, ele estava lá?

Dom prendeu a respiração, mas não tinha a menor esperança. Ele não sabia quem havia ficado na clareira, quais corpos serviriam de alimento para os corvos.

Sem mudar a expressão severa, Sorasa encarou Charlie e conseguiu reunir forças para balançar a cabeça.

Com um longo suspiro, Charlie se afastou dela, o corpo trêmulo. Sorasa também estremeceu e voltou a colocar o manto imundo em volta dos ombros. Devagar, ergueu o capuz, o rosto praticamente escondido. Apenas seus olhos de tigresa apareciam, um pouco menos brilhantes do que nos dias anteriores.

Dom ficou de vigia naquela noite, sem conseguir dormir. Ela também não pregou o olho.

E tampouco abriu a boca na manhã seguinte. Nem na outra, apesar de toda a insistência de Sigil e Corayne. Não ter mais a voz e os comentários cortantes dela incomodava Dom.

Um veder poderia passar uma década em silêncio e não seria nada em comparação ao seu tempo de vida. Mas ela era uma mortal, e seus dias, que significavam mais do que os dele, escorriam como areia nos dedos, perdidos para o silêncio. Dom se viu abalado, muito mais preocupado com a assassina enlutada do que gostaria de admitir.

Precisamos de Sorasa Sarn inteira, em mente e corpo, se quisermos salvar a esfera.

Era algo fácil de dizer a si mesmo, para explicar sua preocupação crescente com uma assassina imoral, egoísta e absolutamente irritante. Ela era uma sicária. Uma homicida.

E uma heroína também.

15

UM ROSTO HONESTO

Andry

TODA NOITE, SORASA ENCARAVA O FOGO, revirando um selo de jade nos dedos. Andry não sabia o que significava ou quem representava, e até Corayne sabia que era melhor não perguntar. Mas a assassina encarava o selo como se pudesse memorizá-lo. Charlie realmente o decorou, praticando o formato em pedaços de pergaminho quando tinha certeza de que Sorasa não estava olhando.

Eles viajavam para o norte ao longo da Trilha do Lobo, através de Ledor, Dahland e Uscora. Todos aqueles reinos eram pequenos, sombreados pelas grandes montanhas ao sul e por Temurijon ao norte. A assassina continuou sua jornada em um silêncio insistente, dia após dia. E aquela situação que para ela mostrou-se muito natural perturbou a todos.

Pior do que o humor de Sorasa, no entanto, era a nuvem sobre eles, o medo constante de encontrarem amharas. Andry observava todas as sombras e espreitava todas as curvas, olhando para trás e para a frente sempre que o vento sacudia os galhos. Ele não era o único. Sorasa, Dom e Sigil ficavam de sentinela, e os três grandes guerreiros estavam exauridos pela vigilância. Enquanto Sorasa parava de falar, Dom parava de dormir. Isso transformou os dois em fantasmas.

Andry fez o possível para facilitar as coisas para todos. Ele era rápido com seu chá e sua ajuda, cuidando dos cavalos com Sigil ou coletando suprimentos com Charlie. Corayne também fazia o que podia, aprendendo a limpar os arreios e a cuidar das lâminas.

A esfera era mais fria ao norte, um vento forte soprando dia e noite. O frio vinha das montanhas e das estepes. A geada endureceu a terra, a grama afiada e cintilante sob a luz da manhã. A floresta foi ficando esparsa, oferecendo pouca cobertura, poucos animais de caça e uma lenha fraca e úmida que fazia mais fumaça do que calor. Andry sentiu um calafrio. O inverno se assomava no horizonte, os picos das montanhas mais brancos a cada dia, as neves ganhando terreno a cada noite. Andry conhecia o inverno em Galland, mas o terreno onde estavam era mais áspero, mais severo e árido. Colinas douradas ficavam cinza e vazias, as folhas mortas caídas no chão.

Sigil ficou inquieta à sombra de sua pátria, os olhos fixos ao noroeste, na direção das estepes. Ela não se importava com o frio, aconchegada em suas peles, mas Corayne, Charlie e Andry eram de países mais quentes, viajavam próximos para aproveitar o calor um do outro.

Era a única trégua de Andry contra as temperaturas que despencavam.

Enquanto isso, Valtik se deliciava com o clima. A bruxa jydesa conhecia o norte congelado melhor do que ninguém. Combinava com ela, suas bochechas pálidas ficando rosadas e seus olhos azuis cintilando sob a luz fria do sol. Ela cantava todas as manhãs, quando a geada brilhava, uma cobertura de diamante sob os cascos dos cavalos. Era tudo em jydês, ininteligível exceto para Corayne, e até mesmo ela só conseguia traduzir pequenas partes bizarras.

Mas certa manhã, perto da fronteira trequiana, quando a canção de Valtik ressoou, Andry percebeu que entendia. Ele se sobressaltou na sela, se perguntando se finalmente tinha assimilado a língua jydesa. Mas não: ela estava cantando em primordial naquele dia.

— A neve cai e o frio se descerra, com navios saqueadores e tambores de guerra.

Sua voz era fina e frágil como a grama congelada. Os Companheiros se voltaram para a bruxa ao mesmo tempo, observando enquanto ela seguia a cavalo.

Até Sorasa olhou, o rosto ainda escondido pelo capuz. Ao menos seu olhar fulminante havia voltado, ao contrário da voz.

— Os saqueadores são valentes e impressionantes de navegar através do mar Vigilante — Valtik continuou a cantar. Sua égua do deserto avançou, vacilante no terreno irregular. Ou por causa da amazona em seu dorso. — Espadas quebradas e escudos surrados, de campos gallandeses a fiordes gelados.

Corayne chegou perto de Valtik para ouvir melhor. Num murmúrio, ela repetia as palavras que a velha cantava, memorizando a canção. Andry seguiu atrás delas, tentando resolver o enigma impossível.

Sorrindo, Valtik se inclinou entre os cavalos, esticando a mão para tocar no nariz de Corayne. Suas tranças balançaram. O jasmim ibalete havia deixado seu cabelo fazia tempo, substituído por íris de um roxo vivo, as últimas flores da estação.

— É algo temível o mundo a ruir, mas o povo saqueador não há de fugir.

O vento trêmulo continuou a soprar. Cheirava a pinho, neve e ferro, a coisas duras.

— Se ao menos a bruxa fizesse um voto de silêncio em vez de você, Sorasa — Sigil murmurou.

Àquela altura, todos sabiam que era melhor não esperar nenhuma resposta.

— O povo saqueador não há de fugir — Corayne repetiu, torcendo o lábio.

— Estamos na estrada para Trec, não para um país saqueador. — Andry lambeu os lábios secos e imediatamente se arrependeu quando o frio os atingiu de novo. — Será que ela quer que abandonemos o príncipe Oscovko e procuremos aliados em outros lugares?

Charlie disse com desdém:

— Por mais que não goste de seguir ordens de devotos dogmáticos como Isadere, eu não daria tanto valor à canção da bruxa. Ela só vai soltar alguma coisa relevante quando lhe der na telha. Não gastem energia em cânticos de bruxa e tolices jydesas.

Corayne lançou um olhar cortante para ele.

— Essa tolice jydesa mandou um kraken de volta para outra esfera — ela disse, e Charlie jogou as mãos para o alto.

— Devemos seguir o plano — Sigil disse, a voz forte ressoando na frente da fila. — Os trequianos são bons combatentes, bons inimigos. Serão aliados ainda melhores se conseguirmos trazer o príncipe Oscovko para nossa causa.

Andry concordou.

— Mesmo que ele seja um bêbado pilhante — ele disse, cerrando os dentes.

Corayne apenas deu de ombros.

— Ele pode beber o quanto quiser, desde que nos ajude a lutar.

A gargalhada de Sigil estremeceu no ar frio.

— Nisso, temos uma grande chance. Oscovko é um belicista. Passa mais tempo com seus bandos de guerreiros mercenários do que no trono.

— Um dos muitos motivos por que Erida o recusou — Andry retrucou. — Ele a cortejou por anos, enviando cartas e todo tipo de presentes horríveis. Chegou a mandar *lobos* uma vez, lobos de verdade. Eles aterrorizaram o palácio por semanas. — Andry riu com a lembrança, balançando a cabeça. — Não deu muito certo quando se conheceram, antes de... — Ele vacilou, as palavras azedando na boca. Sua expressão ficou mais sombria. — Antes de tudo.

Corayne se inclinou na direção dele, olhando para seu rosto, e ergueu as sobrancelhas como se tentasse trazer o sorriso de volta.

— Não sabia que escudeiros eram tão bem treinados na arte da fofoca — Corayne provocou, cutucando o peito dele.

Andry corou.

— É impossível escapar, na verdade. — Ele pigarreou. — A maioria das pessoas na corte tinha pouco que fazer além de brigar e conspirar. Os cavaleiros mais do que todos. Sir Grandel vivia...

Andry perdeu a voz. Suas memórias pareceram se distorcer, enferrujadas, corrompidas. Por baixo de todas, havia a traição de Erida e a dor dele.

Corayne apoiou a mão quente em seu antebraço, os dedos puxando sua manga.

— Tudo bem — ela disse, com um tom baixo e firme. — Me conte mais.

Andry engoliu em seco o nó na garganta.

— Sir Grandel vivia reclamando das reuniões do conselho de Erida. Dizia que eram eternas discussões sobre o noivado dela. — Na mente dele, Sir Grandel aparecia com a armadura dourada, o rosto vermelho de exaustão e os fios grisalhos de seu cabelo ficando prateados sob a luz das velas. — Ele reclamava de quase tudo.

E mesmo assim mandou que eu fugisse, mandou que eu me salvasse. No campo do templo, Sir Grandel havia tombado ao lado dos outros cavaleiros. Morreu pela Ala. Morreu como um herói. Andry ainda conseguia ouvir sua última palavra. *Comigo.*

— Queria ter tido a oportunidade de conhecê-lo — Corayne murmurou.

O vento frio agitava seu cabelo, e ela ergueu a gola, abraçando o próprio corpo para se aquecer.

Andry sabia que ela também tinha seu próprio fantasma para lamentar, um rosto que ela buscava nas memórias. *Não é justo*, Andry pensou. *Conheci o pai dela e ela não. Nada disso nunca vai ser justo.*

Corayne abriu um sorriso exausto.

Apesar do frio, uma rajada de calor aqueceu seu peito. Ele conhecia Corayne como a palma de sua mão depois de meses juntos na estrada. Mas o sorriso dela ainda o atravessava, penetrante como uma lâmina. Era quase exaustivo ficar tão impressionado a cada vislumbre dos dentes dela.

— Oscovko vai nos ajudar — Andry disse, tentando se convencer. — Ele tem que nos ajudar. Seus bandos de guerreiros não fogem de uma batalha.

— Os bandos de guerreiros enfrentavam Temurijon também — Sigil disse, virando na sela. Sua voz retumbante cortou o silêncio ao redor. — Mas nem eles vão se atrever a incomodar a paz do imperador. A fronteira está pacífica há vinte anos.

Hoje ela estava usando a armadura de couro completa e trazia o machado nas costas, em vez de amarrado aos alforjes. Também parecia pronta para uma batalha.

— E você, Trelland? — ela perguntou. — Trec teve alguns problemas com Galland também.

— Não sei se ainda sou gallandês. — Andry sentiu uma pontada no coração ao dizer isso.

Era uma questão que o atormentava desde a capital — passando por abrigos de malfeitores e mares perigosos, através do deserto infinito, e agora por centenas de quilômetros ao longo das montanhas. Do escudeiro mais fiel à rainha a um de seus inimigos mais fervorosos.

— Erida traiu a esfera — Corayne disse em voz baixa e cutucou seu ombro, se debruçando novamente entre os cavalos. — E ela traiu você. Não o contrário.

Andry tentou levar as palavras a sério, deixar que elas o enchessem da mesma determinação. Ele rangeu os dentes e a cutucou de volta, forçando um sorriso, para alegrar Corayne.

★

    Como escudeiro no palácio da rainha, Andry passava grande parte do tempo no pátio de treinamento, aprendendo a lutar com espadas, andar a cavalo ou brigar com as próprias mãos. Mas os escudeiros não eram ignorantes sobre o mundo ou a corte. Suas lições na sala de aula eram tão importantes quanto seu treinamento, e muitos cavaleiros dependiam tanto da inteligência como da espada. Então, Andry havia aprendido história, política da Ala e etiqueta, além de como limpar armaduras e cuidar de cavalos. A maioria dos escudeiros se importava pouco com a própria educação, os olhares atraídos para as janelas, sonhando com quartéis ou tavernas. Andry Trelland não. Ele se dedicava ao trabalho com diligência, estudando seus livros com o mesmo afinco com que estudava seu combate.

    Foi por isso que sentiu um calafrio quando passaram pelo reino de Trec.

    Ele olhou para a túnica, a estrela azul aparecendo entre as dobras do manto. Com um tremor, puxou o tecido, escondendo o emblema do pai e de um cavaleiro gallandês.

    Pouca coisa marcava a fronteira com Uscora. Apenas uma pedra na lateral da Trilha do Lobo, um par de espadas cruzadas esculpido na frente. Eles se arriscavam na estrada, com Dom protegendo a retaguarda e Sorasa viajando na dianteira, fazendo o reconhecimento das vilas e fazendas que pontilhavam a paisagem ondulante.

    — Sinto cheiro de fumaça — Corayne disse, voltando o rosto para o vento frio.

    Observou o horizonte, os olhos pretos devorando as colinas.

    Os Portões de Trec se erguiam ao sul, a grande abertura nas montanhas quase invisível na névoa. Picos nevados se erguiam como as torres de uma catedral. Faziam Andry lembrar de Ascal, o Palácio Novo, e o lar que ele havia deixado para trás.

Andry respirou fundo. O ar tinha cheiro de fogueiras e carne cozinhando, lenha chamuscada e cinzas. Mas não havia nada em nenhuma direção, apenas campos cinza-dourados e rochas, os afloramentos parecendo dedos gigantes tentando sair da terra. A neve se acumulava na sombra das rochas.

— Deve haver um acampamento de guerra por aqui — ele respondeu, olhando de esguelha para Corayne, que ergueu a sobrancelha. — Eles normalmente vagam pelas fronteiras, lutando contra saqueadores jydeses.

— Normalmente?

— Às vezes os bandos de guerreiros ficam inquietos, e um capitão ou lorde doido por glória entra em Galland, procurando briga. — Andry suspirou. Muitos cavaleiros iam para o norte até a fronteira trequiana, levando seus escudeiros. — A guerra é um esporte para eles.

O som de cascos ressoou na curva e no alto da subida. Mas, antes que Andry tivesse tempo para se preocupar, a silhueta de Sorasa apareceu, sentada na sela de sua égua do deserto. O cabelo caía livre agora, as pontas mal cortadas por uma lâmina amhara.

— Problemas à frente? — Sigil perguntou, endireitando a postura nos estribos. Ela era uma imagem imponente. — Meu machado está a postos.

Debaixo do capuz, Sorasa franziu os lábios e balançou a cabeça; depois ergueu a mão aberta.

Sigil assentiu.

— Cinco quilômetros para Vodin — ela murmurou para os outros.

Andry nunca havia chegado tão ao norte, mas tinha alguma ideia do que esperar. Embaixadores trequianos visitavam a corte com frequência, vestindo chapéus e sobretudos de pele. Afivelados na cintura, carregavam longos sabres curvados, desprovidos de bainha mesmo em banquetes e festas. Andry lembrava deles suando em suas roupas pesadas, desacostumados com o calor e o tamanho da corte gallandesa. Erida gostava de exibi-los, como se fosse piada. Eles ficavam deslocados, e ninguém fazia nada para acolhê-los. Escudeiros como Limão entravam na brincadeira, provocando os pajens e criados trequianos que iam para o sul. Andry nunca vira graça naquilo.

Agora era ele quem estava deslocado, tremendo sob o manto enquanto atravessavam a Trilha do Lobo a caminho da capital trequiana. Mais uma vez ajustou o manto, tentando esconder qualquer sinal de Galland. *O lobo trequiano não morre de amores pelo leão gallandês*, Andry pensou.

Eles passaram por duas fileiras extensas de muros de lanças que cercavam a cidade, espaçadas para deter um ataque de cavalaria. A paisagem não estava mais vazia, os campos ondulantes e colinas pedregosas agora cheios de fazendas e vilas, uma maior do que a outra. Camponeses, fazendeiros e mercadores os acompanhavam na estrada, formando um tráfego contínuo em direção à cidade fortaleza, que estava a apenas um quilômetro e meio. Andry notou que todos estavam armados, carregando pelo menos uma faca longa. A maioria estava a pé, com alguns burros, cavalos e carroças passando ao lado. Os viajantes andavam em pequenos grupos, forçando os Companheiros a viajarem mais próximos uns dos outros, com Dom por último e Sorasa primeiro.

Vodin surgiu sobre dois morros altos, cercados por uma muralha de madeira fortificada por portões de pedra e torres abobadadas, os telhados pintados de laranja-claro. Em uma colina ficava o castelo, onde o príncipe Oscovko e a família real moravam. Aos olhos de Andry, parecia mais uma fortaleza do que o palácio de um rei, com largas muralhas de pedra, torres atarracadas e, pelo que ele via, poucas janelas. Na outra colina ficava uma igreja magnífica, de doze lados, com uma torre em forma de bola em cada ponta. O topo das torres da igreja era pintado em um dourado régio, cada uma representando a figura de um deus ou deusa. Syrek se erguia mais alto do que todos, sua espada poderosa apontada para o céu cinza.

Assim como Galland, Trec preferia o deus da guerra.

Quase toda a cidade ficava no vale entre as montanhas, e a estrada seguia na direção dela, passando pelo portão principal. A abertura parecia uma boca de pedra com pontas de ferro, o rastrilho erguido para permitir a passagem durante o dia. Bandeiras laranja tremulavam com o vento, o lobo preto de Trec bordado no tecido. Não havia fosso, mas uma pequena vala cavada na base da muralha, também cercada por lanças afiadas entalhadas com pontas assassinas.

— Trec lembra o poder de Temurijon — Sigil murmurou, observando o fosso com um rubor de orgulho. Assim como as cercas de lança, aquilo também tinha sido construído para deter um exército de cavalaria. — Eles ainda nos temem, mesmo depois de vinte anos de paz do imperador.

Eles estão certos em temer, Andry quase disse. Até em Galland, seus lordes e instrutores falavam de Temurijon com cautela, respeito. O imperador Bhur e seus Incontáveis quase dividiram o norte em dois, esculpindo as estepes em um império, forçando nações como Trec a subir as montanhas. Apenas uma estranha mudança de comportamento havia poupado os reinos da conquista, deixando-os com suas fronteiras novas e rivalidades antigas.

Erida não é assim. Nada pode mudar o comportamento dela agora. Ela vai conquistar a esfera com Taristan, ou morrer tentando.

A fumaça era carregada pelo vento, e não vinha apenas da cidade. Andry avistou um acampamento de guerra a leste, pouco mais do que uma mancha enlameada ao redor de outro portão da cidade. Tendas se erguiam em linhas desordenadas, uma monstruosidade em comparação com os acampamentos das legiões gallandesas.

Andry analisou o acampamento de guerra, mordendo os lábios ao contar as tendas.

— O que você acha? — Corayne murmurou ao lado dele.

O escudeiro apertou as rédeas com força.

— Dispersos, desorganizados. Um caos. Mas melhor do que nada.

Corayne abriu um sorriso e subiu o capuz, pronta para esconder o rosto.

— Esse é o espírito.

O trânsito perto do portão cresceu, mas Andry não se importou. Estava acostumado com Ascal, a maior cidade da Ala. O fluxo de viajantes se estreitou diante das sentinelas do velho portão cinza, passando embaixo do rastrilho sem dificuldade. Os dois homens acenavam com desinteresse para todos passarem, segurando as lanças de forma relaxada, as mãos enluvadas. Embora todo o reino de Trec parecesse pronto para se defender de uma invasão repentina, era apenas mais um dia para os dois soldados.

Os Companheiros se aproximaram juntos, desmontando de seus cavalos para atravessar as muralhas da cidade. Eles se destacavam muito dos outros viajantes, quase todos fazendeiros de pele branca e cabelo claro, com olhares mansos e carrinhos cheios da safra de outono. Os mais velhos olhavam para Sigil com antipatia, o medo de Temurijon dando lugar a um desdém cego. Eles lembravam mais das guerras. Andry os encarava, em defesa de Sigil.

— Gallandês? — um dos guardas gritou em primordial, sua longa barba grisalha balançando.

Andry levou um susto ao perceber que o guarda estava olhando para ele.

O velho apontou para a túnica de Andry embaixo do manto. A estrela azul no fundo branco sujo, a heráldica do pai. Andry tocou nela com delicadeza, sentindo o tecido áspero. Seu pai ganhara a estrela servindo a uma coroa que o matou e traiu a Ala.

— Eu era — Andry respondeu, engolindo em seco.

Seus batimentos cardíacos latejavam nos ouvidos.

O guarda velho abriu um sorriso desdentado, e Andry suspirou com alívio. Mas a sensação não durou muito.

Os homens no portão acenaram para os Companheiros avançarem, mas não para entrarem. Eles observaram, confusos, o grupo estranho, reparando tudo, desde o tamanho de Dom, a espada nas costas de Corayne, as tatuagens de Sorasa, até o machado curvo de Sigil. Apenas Charlie e Valtik escaparam do escrutínio, ambos comuns o suficiente para olhos distraídos.

Andry mordeu o lábio, o estômago revirando com um pavor desconhecido. Ele sabia como seu grupo era estranho — e como todos eram distintos.

— Qual é o objetivo de vocês em Vodin, viajantes? O grupo de vocês é estranho — o guarda disse, afagando a barba, agora segurando a lança com firmeza.

Não que aquilo tivesse alguma utilidade. Dom ou Sigil poderiam facilmente quebrá-lo ao meio.

O imortal se dispôs a responder.

Mas, antes que ele dissesse alguma palavra, Charlie entrou na frente, tranquilo, um pergaminho perfeitamente enrolado na mão esticada. Ele abriu um sorriso sedutor para os dois guardas, as bochechas vermelhas pelo frio, os olhos castanhos brilhando com a luz do meio-dia.

— Fomos convidados pelo príncipe Oscovko em pessoa — falou, pragmático e muito convincente.

Andry sentiu a falsidade arder nas próprias bochechas e olhou para baixo, tentando esconder o rubor. E também o sorriso.

Os guardas se olharam, depois o pergaminho e os Companheiros reunidos.

— Com licença — Charlie disse, pigarreando, desenrolou o pergaminho casualmente e o estendeu para que todos vissem.

— "Eu, Oscovko, o Esplêndido, príncipe do sangue de Trec, convoco os portadores deste pergaminho em Vodin, onde tratarão comigo em meu trono no castelo Volaska. Que nenhum homem ou fera atrase meus amigos em sua jornada, pois ela é de grande importância para a segurança de Trec e para a sobrevivência da esfera. Assinado, Oscovko, o Esplêndido, príncipe do sangue de Trec", e assim por diante — Charlie acrescentou, diminuindo o tom de voz, a mão traçando círculos no ar.

Andry mal conseguiu conter a alegria quando o sacerdote fugitivo ergueu o pergaminho de novo, exibindo a assinatura e o selo ao pé da página. Cera laranja, estampada com o contorno de um lobo uivante. Charlie até permitiu que os dois guardas examinassem a mensagem, tamanha era sua confiança no próprio trabalho.

Os dois homens recuaram, balançando a cabeça. Andry duvidava que eles soubessem ler, que dirá identificar uma habilidosa falsificação.

— O que nosso príncipe quer com gente como vocês? — um deles zombou, voltando a puxar a barba.

Andry se moveu sem pensar e parou ao lado de Charlie, ajeitando a postura. Lembrou dos cavaleiros e cortesões de Ascal. Não apenas da fofoca, mas da pompa e do orgulho que exibiam sem nenhum esforço. Ele se esforçou para desenterrar o sentimento das profundezas. Mordendo os lábios, pegou o pergaminho da mão de Charlie.

— Isso é da conta do príncipe, infelizmente — disse, soltando um suspiro cansado. Como se ver o príncipe herdeiro fosse uma tarefa entediante. — Precisamos nos encontrar com ele, e rápido.

A multidão ao redor do portão continuava a crescer, e alguns viajantes gritaram por conta do atraso, implorando para entrar na cidade. Parecia a primeira centelha de uma chama crepitante.

Andry deu uma olhada na multidão impaciente, deixando a frustração deles trabalhar em benefício de seu grupo.

— Bem, senhores, podemos passar ou devemos chamar o príncipe de Trec aos portões da própria cidade?

Os guardas se entreolharam com uma careta. Por mais que não confiassem nos Companheiros, estava claro que temiam o príncipe mais do que tudo. Um deles lançou um último olhar para Sigil, medindo-a de cima a baixo, antes de ceder e se afastar do portão. O outro fez o mesmo, recuando alguns centímetros para permitir a entrada deles em Vodin.

— Bom trabalho, escudeiro Trelland. — Charlie riu baixo enquanto eles entravam

— Bom trabalho, sacerdote — Andry respondeu com um sussurro.

Seguiram a estrada que passava entre as duas colinas de Vodin, com o castelo de um lado e a igreja grandiosa de outro, ambos dominando a paisagem, o rei e os deuses em pé de igualdade.

Depois de semanas na natureza selvagem, a capital trequiana era contrastante, mas fazia Andry lembrar de sua terra. Vodin era muito diferente de Ascal, mas também movimentada, as ruas da cidade cheias de baias, vitrines de lojas e pessoas perambulando para todos os lados. O barulho de cascos, os gritos de mercadores, o bater de martelos ressoando na forja de um ferreiro, uma briga saindo de um bar de *gorzka* — era tudo terrivelmente familiar. E, ao mesmo tempo, completamente diferente.

Por mais reconfortantes que fossem as ruas, também eram perigosas. Ainda em silêncio, Sorasa parecia uma cobra prestes a dar bote na sela. Observava as ruas e as construções, analisando todos os rostos e carroças. *Buscando assassinos*.

De volta ao cavalo, Corayne revirou os alforjes. Depois de um segundo, tirou um pedaço de carne-seca e o dividiu com Andry sem dizer nada. Ela se inclinou no flanco do cavalo, estremecendo com o calor dele. O rubor do escudeiro passou enquanto mordia o charque, saboreando a descarga de sal.

— Notou alguma coisa? — Corayne perguntou depois de um tempo, olhando a formação deles.

Andry seguiu o olhar dela. Um sentimento parecido com pavor embrulhou seu estômago.

— Valtik sumiu de novo?

De fato, a velha jydesa não estava em lugar algum. Quando ou como ela havia desaparecido, Andry não fazia ideia.

Diante deles, Dom fez que não com a cabeça.

— A bruxa vai perambular — ele disse, seco.

— Não é com ela que estou preocupada — Sigil respondeu, olhando diretamente para Charlie. — Se mais algum caçador roubar minha recompensa...

— Não se preocupe, Sigil, não vou tentar fugir. Nem eu sou tão idiota — Charlie respondeu, revirando os olhos.

Corayne parou.

— Pelos deuses, Sigil, você ainda vai entregar Charlie?

A temurana encolheu os ombros largos, pegando o charque da mão de Corayne.

— Gosto de manter minhas opções em aberto.

Corayne pegou o pedaço de volta.

— Ela está ficando mais rápida, Sarn — Sigil disse por cima do ombro.

Do outro lado, Sorasa não reagiu, nada impressionada.

Mas Corayne sorriu, dando mais uma mordida.

— Ficando mais rápida — ela murmurou para que apenas Andry pudesse ouvir.

— Finalmente — ele disse, sorrindo.

Ela retribuiu o sorriso, e um calor se espalhou pelo corpo de Andry, fazendo com que seus braços e pernas gelados formigassem.

O topo da colina da cidade dava no castelo de Oscovko, com um único portão. Os outros lados desciam pela colina, altos demais para qualquer exército escalar. Nos reparos, lobos esculpidos em granito preto, contrastando com o cinza, ostentavam suas bocarras abertas, ameaçadores e brutais. Apenas um lobo era branco, talhado em calcário puro. Encarava de cima do portão usando uma coroa.

Dessa vez não havia guardas velhos para enganar, mas uma guarnição de jovens soldados liderados por um capitão de olhar aguçado. Andry se desesperou com seu plano enquanto desmontava, se juntando a Charlie com o pergaminho desenrolado à vista de todos.

— O príncipe não convocaria vocês a Volaska — o capitão disse com um riso de escárnio, indicando a fortaleza imponente atrás dos portões. Olhou bem para o pergaminho e para os Companheiros. — Ele mora no acampamento fora da cidade, não no castelo.

— É mesmo? Que estranho! — Charlie disse, fingindo choque.

Andry era menos habilidoso, sentindo o rosto esquentar de novo. Suas mãos suavam dentro das luvas. Ele tentou pensar, se perguntando o que um cavaleiro ou até mesmo sua mãe nobre faria.

Mas Corayne foi mais rápida, saltando do cavalo com habilidade. Dom a seguiu de perto, lançando sua sombra imortal sobre ela.

O capitão engoliu em seco, erguendo o rosto para encarar o imortal, mesmo com Corayne diante dele.

— Meu nome é Corayne an-Amarat — ela disse, cortante.

Andry inspirou fundo. *Assassinos, caçadores de recompensa e todos os reinos estão caçando você!*, quis berrar. Lembrava de todas as lâminas apontadas para ela. *Mas será que ela lembra?*, sua mente vociferou.

— Corayne... — ele sussurrou.

Por sorte, o capitão não sabia sobre ela, nem se importava.

— Bom para você — ele respondeu, confuso.

Ela se manteve firme.

— Leve o nome para seu príncipe e veja o que ele tem a dizer.

— O príncipe vai mandar matar todos vocês se souber dessa maluquice — o capitão retrucou, frustrado.

Corayne apenas sorriu.

— Vamos ver.

Dom vigiou Corayne durante uma hora, tomando cuidado para manter o capitão longe dela. Ele inclinou a cabeça, olhando pela estrada em direção à cidade. No alto das muralhas, a luz do sol poente lançava sombras compridas dos lobos de pedra.

Andry seguiu o olhar dele, observando a colina com os olhos semicerrados, mas não viu nada ao longe.

— Uma comitiva está se aproximando do portão — Dom disse, endireitando o corpo para que Corayne ficasse completamente atrás dele. Afastou o manto, para que nada travasse a espada, caso precisasse dela.

Andry o imitou em um movimento fluido, jogando o manto para o lado, e ignorou o frio que atravessou suas roupas.

— Volte para seu cavalo — ele sussurrou para Corayne.

Ela não discutiu, subindo na sela e segurando as rédeas com força. Sua égua pateou a pedra, pronta para correr.

Andry sentiu um arrepio quando mais membros da guarnição saíram pelo portão do castelo, com mantos laranja por cima da cota de malha e das roupas de couro. O lobo preto correu entre eles, um alerta e um símbolo. Quase todos eram grisalhos, veteranos de muitos anos, com barbas cinza e maxilares fortes. Não se moviam como os soldados disciplinados das legiões gallandesas ou os cavaleiros da Guarda do Leão, mas davam medo mesmo assim, empunhando espadas e lanças.

Uma corneta soou, um ruído baixo e latejante que cortava o ar frio. Não vinha do castelo, mas de algum lugar da cidade, subindo até eles. Era um som completamente diferente dos trompetes de bronze de Galland, que ele sempre ouvia em Ascal. Esse era mais grave, feito para ser ouvido a quilômetros de distância, fazendo tremer os dentes de Andry. *O uivo de um lobo.*

O príncipe de Trec estava chegando.

Andry sabia que Oscovko era quase uma década mais velho do que Erida, chegando aos trinta, e tinha cara de herdeiro de Trec. Tentou lembrar tudo o que sabia da corte e da realeza estrangeira, esperando seda e brocado fino, uma coroa cravejada de joias, uma expressão permanente de escárnio. Algo para merecer o título de *Esplêndido*.

Oscovko não tinha nada disso.

Ele se aproximou com meia dúzia de cavaleiros, todos subindo em direção ao castelo de Volaska. O príncipe estava montado em um garanhão vermelho assassino, a cabeça do animal balançando contra as rédeas tensas.

Parou na estrada e desmontou sem nem se apresentar. Não havia coroa na cabeça de Oscovko, e seu cabelo era curto, escuro como piche. Ele fez um sinal para os Companheiros, movimentando as mãos brancas de forma abrupta e rápida, chamando-os para vir à frente. Antes que pudessem se mover, contudo, Oscovko entrou no meio deles, parando a apenas um metro de Dom.

Ele era quase meio metro mais baixo do que o Ancião, mas tão largo quanto, os músculos definidos por baixo do gibão preto e do manto cor de ferrugem. A pele de lobo em seus ombros o fazia parecer ainda maior, com a cabeça do animal pendurada sobre o bíceps, amarrada com uma corrente de ferro escuro. Um par de cintos passava por seu quadril, prendendo uma espada e um conjunto de adagas. As lâminas eram a única coisa limpa em seu corpo. Tirando isso, eram só manchas de deuses-sabem-o-quê, mas Andry apostava em uma mistura de vinho e lama. Longe de ser um príncipe herdeiro criado em um palácio, parecia mais um soldado como eles, à exceção do único anel de ouro no polegar esquerdo.

O príncipe Oscovko talvez fosse a primeira pessoa que olhava para Dom não com medo, mas fascínio. Seus olhos verde-claros mal piscavam diante do imortal imponente, assimilando tudo, de sua espada ao manto semidestruído.

Com um movimento rápido, Oscovko pegou um pedaço dobrado de pergaminho e o estendeu para que todos vissem.

O medo tomou conta de Andry.

Corayne os encarou do pergaminho, seu nome e seu rosto estampados. Andry sabia o que o resto do cartaz dizia, lembrando daqueles colados em todas as docas de Almasad, com seu próprio rosto, seus supostos crimes listados em tinta preta ardente.

Oscovko olhou por trás do corpo grandioso de Dom, encontrando Corayne no cavalo.

Ela não vacilou sob seu escrutínio e até ergueu o queixo em afronta.

— Que horror! — Oscovko ladrou, balançando o papel. Então sorriu, exibindo alguns dentes dourados que cintilaram sob a luz acinzentada. — Não se parece nem um pouco com você. Não é de admirar que não tenha sido pega.

— Alteza — Corayne disse, tentando fazer uma reverência na sela do cavalo da melhor forma que conseguiu.

Isso agradou o príncipe.

— Procurada pela rainha de Galland em pessoa, morta ou viva — ele disse, assoviando baixo. — O que você poderia ter feito para merecer uma sentença como essa?

Corayne desmontou em um único movimento, pulando delicadamente para a geada com suas botas.

— Eu teria o maior prazer em contar.

Andry a seguiu, parando como um cavaleiro atrás de sua rainha. Era quase natural, a essa altura, protegê-la como ele antes sonhava em proteger Erida. *Corayne é muito mais importante. Para a Ala e para mim.*

— Hum — o príncipe respondeu, batendo no lábio. Para a surpresa de Andry, a atenção de Oscovko vagou, passando de Corayne para o escudeiro. — Você tem um rosto honesto. Me diga com sinceridade, isso tudo vale o tempo de um príncipe do sangue de Trec?

Andry pensou que se sentiria nervoso na presença de um futuro rei, mas tinha enfrentado coisa muito pior nas últimas semanas. Sua resposta saiu com facilidade, uma verdade simples.

— Vale todo o tempo que vossa alteza tiver — ele respondeu, com cuidado de usar o título e fazer uma reverência.

Então se ergueu lançando um olhar de tristeza para o príncipe.

— Sinto muito, aliás — ele acrescentou, dando de ombros com o ar empático. — De todos os homens que Erida poderia ter escolhido, eu estava torcendo por você.

Andry tinha poucas habilidades com política ou intrigas, mas não era de todo ignorante no assunto.

Oscovko franziu o nariz, ficando taciturno. Andry sabia que era uma jogada ousada, quase abusando da sorte. Mas entendia de orgulho. E, embora Oscovko parecesse muito mais um soldado do que um príncipe, certamente era orgulhoso como um filho da realeza. A recusa de Erida havia machucado seu ego, e talvez até seu coração, e era uma ferida fácil de cutucar.

— Muito bem — Oscovko disse, observando os Companheiros. Fitou Sorasa, que o encarava ao lado do cavalo. — Mas eu seria um tolo de convidar uma assassina à minha mesa.

Sorasa fumegou, seu cabelo bagunçado e solto caindo no rosto. Servia tão bem quanto o capuz, escondendo a maioria de suas tatuagens no pescoço. Ela respirou fundo, relutante, e abriu a boca.

— Não sou mais amhara.

Sua voz saiu rouca pela falta de uso. O choque atravessou os Companheiros.

Por um momento, Dom perdeu o foco, virando para ela. Seus olhos se encontraram brevemente, mas Andry viu algo cortante e doloroso passar entre eles.

Perto dela, Sigil soltou um grito de alegria, levantando nos estribos. Quase arrancou Sorasa da sela, apertando o ombro dela com a mão imensa. O movimento fez com que o capuz caísse e Sorasa o deixou assim, exibindo o rosto todo pela primeira vez desde a clareira e dos amharas.

O coração de Andry vibrou no peito, feliz em ouvir a voz de Sorasa, por mais cortante que fosse. Ao lado dele, Corayne sorriu, radiante.

Oscovko não notou a alegria deles, ou simplesmente não se importou.

— Parece algo que uma amhara diria — ele murmurou. — Bem, Corayne an-Amarat, prometo que não vou entregar você se sua assassina prometer não me matar.

Sorasa rosnou, a voz se irradiando.

— Não aceito encomendas tão pequenas.

O príncipe preferiu ignorá-la. Deu meia-volta, fazendo sinal para todos seguirem, e continuou gritando, seu resmungo irritado carregado pelo vento.

— Se vamos falar sobre a rainha dos leões, vou precisar de uma taça de vinho. Ou dez!

16

OS LOBOS DE TREC

Corayne

Isso é muito melhor do que se esgueirar por túneis úmidos e guardas armados, pensou Corayne, lembrando de como entrara no palácio de Erida. O castelo do rei trequiano era muito mais fácil agora que o príncipe Oscovko os guiava.

Ele estalou os dedos e os portões se escancararam, a grade se ergueu, com as correntes de ferro estalando. O príncipe entrou sem olhar para trás, acompanhado dos compatriotas corpulentos do acampamento.

Corayne estava nervosa na cidade, e ficou feliz de deixá-la para trás, engolida pelas muralhas do castelo. O mero cheiro das ruas já era quase insuportável. Doce, salgado e podre, tudo junto surrando seus sentidos. Os olhos de Corayne ainda ardiam por causa da fumaça, mesmo que a carne no fogo e o pão fresco lhe dessem água na boca. Não havia frutas na feira, naquela região tão ao norte e com o outono já tão avançado. Em Lemarta, Corayne nunca tivera dificuldade em encontrar comida fresca. Depois de tantos dias de carne e biscoito duros na Trilha do Lobo, sentiu uma saudade que chegava a doer. Mal lembrava o gosto de azeitonas ou laranjas, ou do bom vinho siscariano. Com uma pontada de tristeza, percebeu que a saudade era de casa. Da brisa salgada, das colinas de cipreste. Pescadores no porto, trilhas nos penhascos e o pequeno chalé. Céu azul e mar mais azul ainda. Ela pensou na mãe, na *Filha da Tempestade*. Não fazia ideia de onde estavam. *Ainda a caminho de Rhashir, em busca de riqueza? Ou ela fará o que pedi e lutará?*

Corayne conhecia a mãe muito bem e, ao mesmo tempo, não. Não sabia prever o caminho da pirata. A incerteza era como uma alfinetada em sua pele; não era possível esquecê-la, mas, às vezes, conseguia ignorá-la.

Com determinação, Corayne sacudiu a cabeça e olhou para cima, se livrando das dúvidas como podia. Notou o pátio interno do castelo, menor do que a praça lá fora. Uma enorme torre se estendia imponente, com manchas antigas de fogo. Avistou um quartel, um estábulo e uma capela construídos daquele lado da cortina. Em comparação com o Palácio Novo, o lugar era estreito e apertado, a muralha alta fazendo sombra no pátio inteiro. Por um instante, ela entendeu por que Oscovko preferia morar no acampamento, fora da cidade.

Cachorros uivavam perto do quartel, uma matilha a galope, cães de cores diversas, do amarelo ao cinza. Corayne os olhou, lembrando o que Andry falara dos lobos. Mas os únicos lobos que via eram feitos de pedra ou bordados, em preto ou com manchas brancas, esculpidos nos muros ou nas muitas bandeiras e túnicas.

O príncipe os apressou. Homens paravam para cumprimentá-lo, mas ele nem hesitava, subindo os degraus da entrada da torre sem um aceno sequer. Corayne quase sentia a pele do homem arder de nervosismo. Ele estava visivelmente desconfortável.

— Bem-vindos a Volaska, o Covil do Lobo — disse, sem fanfarra, empurrando a porta dupla de carvalho.

A madeira era grossa, equivalente ao comprimento do braço de Corayne, e reforçada por aço trequiano, o metal mais forte da Ala.

Ela estremeceu ao entrar, piscando na escuridão repentina do salão comprido iluminado por tochas. As janelas do lado oposto eram meras fendas, da largura necessária para os arqueiros, e as que tinham vista para o pátio estavam fechadas. Corayne semicerrou os olhos para se adaptar à iluminação e notou que estava no centro da torre, na corte do rei trequiano. Era um salão de banquetes e sala do trono ao mesmo tempo, com um estrado erguido na frente das janelas fechadas. O trono de Trec, vazio, era esculpido de um só bloco de calcário branco, o mesmo material dos baluartes. A única decoração era o lobo entalhado no encosto, coroado por ouro de verdade.

Não tinha ninguém no salão além de Oscovko e seus homens; não se viam nem mesmo criados. O cheiro era de um lugar mofado e sem uso, o ar espesso.

— O rei Lyev já se retirou por hoje? — perguntou Sorasa, quase desaparecendo nas sombras, a voz soando mais forte.

Ela passou o dedo pelo braço de uma cadeira, fazendo um risco na grossa camada de pó. Corayne olhou para os dois soldados atrás de Sorasa, que acompanhavam todos os seus movimentos a uma distância segura. Ela conteve um sorriso, pelo menos em respeito a Sorasa.

Oscovko bufou com desdém e atravessou a sala larga, chamando a comitiva.

— O rei Lyev não entra no próprio salão há muitos meses — falou, passando por uma porta.

Três dos tenentes o acompanharam, e o resto dos guardas ficou no salão.

A sala contígua era longa, estreita e mais clara, as janelas dando para o lado mais íngreme da colina, com vista para a cidade. Os Portões de Trec se agigantavam ao longe, destacados pelo grande vão entre as montanhas. Dali do castelo, era possível ver até a fronteira gallandesa. Corayne cerrou os olhos, como se pudesse enxergar o próprio Taristan à espera do outro lado. No entanto, só viu névoa cinzenta de mais floresta e encostas, quase mortas naquela estação.

Uma mesa de banquete dividia a sala ao meio. Era grande demais para aquele espaço e nitidamente pertencia ao salão principal. Oscovko os convidou a sentar com um gesto e se serviu de vinho no aparador. Ele virou a taça em um só gole, a encheu de novo e enfim sentou.

Corayne notou que ele não escolheu a cadeira na cabeceira, e sim a que ficava imediatamente à direita. A da cabeceira ficou vazia, reservada para um rei ausente.

— Bem — disse Oscovko, cruzando os pés em cima da mesa. — Desembuche, Corayne an-Amarat. Estou animado para ouvir essa história.

Corayne suspirou. Primeiro Erida, depois Isadere, a mãe e, agora, o príncipe Oscovko. *Talvez eu deva só escrever a história e me poupar de explicar tudo de novo.* Ela rangeu os dentes e sentou. Os outros fizeram o mesmo. Antes que Corayne pedisse, Oscovko empurrou uma taça de vinho até sua mão.

Ela tomou um gole para se concentrar e começou.

Com a voz rouca e grave, Corayne contou a história. A luz cinzenta nas janelas tornou-se dourada, o céu nublado ganhando tons iluminados de laranja e amarelo devido ao pôr do sol. Dom não sentou, apenas ficou olhando para a cidade, sua silhueta fazendo sombra na sala estreita, cortando-a ao meio.

— Doze assassinos amharas nos seguiram na Trilha do Lobo — disse Corayne, finalmente. — Eles nos atacaram alguns dias ao norte dos Portões de Dahlian.

Ela não tinha chegado a ver a clareira onde os assassinos morreram, mas lembrava das consequências. O cabelo destruído de

Sorasa, seu olhar vazio, seu silêncio. E a enorme preocupação de Dom por ela, mais desconcertante do que todo o resto.

Corayne olhou de relance para Sorasa, imóvel na cadeira, encarando a mesa manchada e arranhada, o rosto inexpressivo e os olhos vidrados. Escondida atrás de um muro que ela própria construíra. O peso que ainda carregava não era para os olhos de mais ninguém.

Oscovko também a observava, olhando para suas mãos tatuadas, seu pescoço, todas as marcas de amhara em sua pele. Ele bebeu a quarta taça de vinho, imune aos efeitos da bebida vermelho-escura.

— Eles obviamente não tiveram sucesso — disse, apontando para os seis do grupo. — Estou impressionado. Doze amharas detidos por vocês aí. — Seu olhar cinzento foi de Dom até Sorasa. — Mas imagino que seja mais fácil matar aquilo que conhecemos bem.

À janela, Dom virou para trás e mostrou os dentes em sinal de desprezo, repuxando as cicatrizes do canto da boca.

— Sua alteza…

— Não — disse Sorasa, a voz estalando como seu chicote, uma só sílaba repleta de autoridade.

O Ancião sabia que era melhor não discutir e fechou a boca com força, trincando os dentes.

Corayne continuou, ansiosa para concluir a história:

— Depois dos amharas, seguimos ao norte, planejando entrar em Galland pelos Portões de Trec.

O príncipe baixou a taça e se inclinou para a frente, se aproximando de Corayne. Seu rosto pálido mostrava resquícios de uma barba raspada com pressa. Ela imaginava que o príncipe não precisasse manter a aparência no acampamento de guerra, já que a corte do pai estava praticamente abandonada.

Ele a analisou.

— Mas vocês não atravessaram os Portões de Trec. Em vez disso, vieram à minha cidade, em busca de lâminas trequianas, sangue trequiano.

— Em busca de *aliados* — respondeu ela, tensa.

— E o que eu ganho com essa suposta aliança? — perguntou Oscovko, apontando para o próprio peito e, em seguida, para os tenentes silenciosos. — Além de homens mortos.

Sigil batucou com os dedos na mesa, contorcendo o rosto com desgosto.

— Você sobrevive.

— Tentador — retrucou ele, a voz seca como um osso velho.

Corayne franziu a boca. Ela sentiu a adaga na mão, a resposta certa tão fácil.

— Glória — falou, como se fosse a coisa mais óbvia do mundo.

Oscovko piscou e entreabriu a boca, mostrando língua e dentes. O olhar a acompanhou quando ela levantou, jogando a capa para trás. Ali estava um príncipe que preferia batalha a banquetes, mercenários e cortesãos. Se o dever ao reino não o convencesse, o orgulho certamente o convenceria.

— Glória para Oscovko, o Esplêndido, príncipe do sangue de Trec — ela continuou. — A história lembrará do senhor, se sobreviverem para lembrar.

A espada de Fuso tiniu quando Corayne a desembainhou, puxando a lâmina comprida por cima do ombro em um gesto preciso. Colocou a arma suavemente na mesa, deixando o príncipe de Trec examinar o fio, nascido no Fuso. Ele levantou da cadeira e esticou as mãos, mas não tocou a lâmina.

— Ainda melhor que o aço trequiano — murmurou, levando a mão à espada em sua cintura.

As minas e forjas de Trec realmente produziam as melhores espadas e o melhor aço de Todala. Mas a espada de Fuso não era daquela esfera. O objeto se destacava mesmo aos olhos dele, o metal refletindo a luz fria de outras estrelas. As pedras preciosas do punho, por mais lindas que fossem, reluzindo em vermelho e roxo ao pôr do sol, eram ofuscadas pela lâmina.

Oscovko lambeu os lábios, como se estivesse diante de um banquete luxuoso.

— Nunca vi um Fuso — ele falou, olhando para Corayne.

— Não diria que recomendo, mas... é para onde devemos ir. — Corayne andou até as janelas, onde Dom ainda observava a Ala. — O Fuso nos contrafortes deve ser fechado.

— Por quê? E se ficar aberto? E se eu ficar aqui, atrás de minha muralha? — perguntou Oscovko, apontando para as janelas com o queixo. — O que exatamente está acontecendo lá?

Pela primeira vez em um tempo, Corayne hesitou, as palavras engasgadas. Ela só vira as sombras de Terracinzas, imagens conjuradas pela magia de Valtik.

À mesa, Andry pigarreou. A memória ainda era dolorosa para ele, todos sabiam.

— Taristan tem um exército que... que não se compara a nada que a Ala já viu. Cadáveres e esqueletos. Vivos, mas mortos. E são muitos.

Oscovko inclinou a cabeça, confuso.

— Eu também não acreditava — disse Corayne, a voz baixa.

Ela lembrou da garota que tinha sido um dia, nas falésias de Lemarta, desejando apenas o horizonte. Tola o bastante para acreditar que o mundo lhe daria aquilo. Que via um Ancião e uma assassina como meros degraus, como a oportunidade de escapar da linda jaula que sua mãe construíra. Sentiu inveja daquela garota e a odiou ao mesmo tempo.

Oscovko continuou a encará-la, o olhar sem vida ficando mais severo. Para tristeza de Corayne, ela notou que a expressão do príncipe não era de dúvida.

— Traga-me a carta — disse ele, ríspido, falando com um dos tenentes.

O homem atrás dele bateu continência e saiu apressado da sala, as botas martelando o chão.

O medo preencheu o peito de Corayne, como dedos gelados agarrando suas entranhas.

— Que carta? — perguntou ela com a voz falhando.

O príncipe não respondeu, inexpressivo. Quando o tenente voltou, trazendo um pergaminho, Corayne quase o puxou para ler com os próprios olhos. Em vez disso, apertou com força os braços da cadeira, tentando ignorar o ritmo acelerado do peito.

Com um estalo, Oscovko desenrolou a carta. Corayne se debruçou na mesa, assim como Charlie, os dois tentando enxergar do outro lado.

— Do rei de Madrence — disse Oscovko, olhando para eles dois.

Ele indicou o selo vermelho-escuro partido ao meio, o carimbo de cavalo rasgado.

— O mensageiro quase morreu no caminho, trocando de cavalo sem descanso — falou o príncipe.

Madrence, pensou Corayne, engolindo em seco. Ela trocou olhares de preocupação com Andry, sentado diante dela.

— Vai ler a carta ou sacudi-la na nossa frente? — sibilou Sorasa.

Oscovko engoliu em seco e olhou para Corayne. Ela viu medo no príncipe, um medo destrutivo, do tipo que era capaz de esvaziar uma pessoa. Do tipo que ela conhecia tão bem.

— "O príncipe herdeiro Orleon foi morto" — disse ele, lendo o papel manchado. — "A cidade de Rouleine tombou nas mãos de Erida. Ela tem vinte mil homens marchando até Partepalas, e mais um exército de...

Sua voz vacilou, e seus olhos também.

Corayne sentiu o mesmo em si.

— "Cadáveres e esqueletos" — sussurrou Oscovko, baixando a carta e empurrando-a pela mesa. — Como vocês dizem. Um exército diferente de tudo que a Ala já viu.

Os dedos de Corayne tremeram, balançando sob a mesa. Ela olhou para a carta, a mensagem escrita a tinta, a caligrafia bagunçada. Quem quer que tivesse enviado, a escrevera com enorme pressa.

— Não é falsificado — disse Charlie, puxando o pergaminho e analisando o selo e a assinatura com seu olhar de especialista. — Foi escrito de próprio punho pelo rei, na letra dele. Ele está mesmo desesperado.

— Com razão — murmurou Andry, cerrando o punho na mesa.

Dom recostou no vidro espesso da janela, o peito subindo e descendo.

— O exército do Fuso marcha.

Andry afundou devagar na cadeira, apoiando a cabeça nas mãos. Corayne queria consolá-lo, mas não conseguiu se mexer. As sombras dos terracinzanos passavam por sua mente, os corpos decompostos atravessando a floresta silenciosa. Um grito subiu por sua garganta, o bosque se transformando em prédios, o matagal, em ruas. Ela fechou os olhos com força, tentando organizar os pensamentos. Tentando não ver os esqueletos atacando homens, mulheres e crianças, devastando tudo no caminho de Erida.

Rouleine é uma cidade de fronteira, construída para enfrentar guerras e cercos. Ela abriu os olhos, que ardiam com lágrimas quentes. *Mas não monstros. Não Taristan. Não o Porvir.*

Seus sonhos irromperam diante de seus olhos, por um momento apenas. A presença vermelha do Porvir espreitava a um canto, um brilho quente e pulsante. Ela virou o rosto, tentando capturá-lo, mas Ele desapareceu.

O medo, contudo, não.

Corayne não imaginava o que Andry via na própria mente, nem Dom. Eles conheciam coisa muito pior. Os dois cediam ao peso da memória, lutando contra uma tempestade que Corayne nunca suportaria. Ela, então, encarou os olhos de cobre de Sorasa atentamente. A assassina virou para o escudeiro e para o imortal, os lábios grossos contraídos com força, as narinas abertas ao absorver a dor deles, em desespero.

Oscovko observou, desconfortável, os Companheiros. Dobrou a carta em gestos deliberados, marcando o papel, e pigarreou.

— Rei Robart convoca uma aliança da Ala, todos unidos contra Erida e seu consorte. Contra o mal que estiverem usando para atropelar a esfera.

— O senhor concordará? — disparou Corayne.

Ela esperou a familiar explosão de esperança no peito, mas o sentimento nunca chegou. A situação era simplesmente terrível demais.

O príncipe hesitou.

— Esta carta foi escrita mês passado, e só a recebi há dois dias — ele enfim falou, e Corayne fez uma careta. — Devo supor que Robart já faleceu. Ou entregou o trono.

— O exército do Fuso tem milhares de soldados — disse Andry, e ergueu a cabeça, com um olhar distante. Normalmente, seus olhos castanhos eram calorosos, mas Corayne só viu uma escuridão fria neles. — Muitos milhares — acrescentou ele.

— E marcham por Madrence — murmurou Dom, parecendo perdido.

Sigil socou a mesa com um estrondo, quase derrubando as taças. Todos pularam com o barulho, até mesmo Oscovko. Ela olhou para eles com raiva, estreitando os olhos pretos, seu rosto bronzeado corado.

— Se o exército está avançando, não está protegendo o Fuso

— ela sibilou. — Vocês podem se lamentar quando a esfera estiver em segurança.

Um leve sorriso surgiu na boca de Oscovko, que achou graça. Andry, contudo, continuava sombrio.

— Mais terracinzanos podem estar atravessando sem parar e, mesmo se não for o caso, Taristan com certeza deixaria guardas para trás.

Ele passou a mão pelo cabelo preto, coçando a cabeça. O corte rente de escudeiro já crescera havia muito tempo, os cachos densos pesando como uma auréola sedosa e escura. Corayne preferia assim. Ele não estava mais limitado pelas regras da corte egoísta e se tornava mais autêntico. Entre escudeiro e cavaleiro, menino e homem.

Sorasa puxou o cabelo curto para trás, fazendo um nó. As tatuagens em seu pescoço se destacaram, impossíveis de ignorar. Oscovko as olhou de novo, por um bom tempo.

— É uma oportunidade — disse Sorasa, e Corayne quase achou que ela iria sair dali na mesma hora.

Do outro lado da mesa, Sigil assentiu e socou o peito, o punho atingindo as vestes de couro. Charlie não parecia nada animado, mas também deu seu próprio soquinho.

— Uma oportunidade — suspirou Corayne, pesando as palavras. — Bem, oportunidades nos trouxeram até aqui.

Ela foi até a mesa e ergueu a espada de Fuso, encaixando a arma às costas de novo. O peso se tornara um conforto naquelas longas semanas, um lembrete do que ela era capaz de fazer — do quanto ainda podiam lutar.

Dom continuou à janela, os olhos esmeralda fixos, sem enxergar. Corayne sabia que ele estava muito distante, em um templo esquecido, a grama primaveril apodrecida sob sangue e ossos.

Ela levou a mão ao ombro dele, por cima da capa. Era como encostar em uma estátua.

— Não podemos salvar as pessoas já perdidas — Corayne disse, devagar, tanto para ela como para ele. — Mas podemos tentar salvar os que restaram.

Ele demorou a reagir, um bloco de gelo começando a derreter. Seus olhos degelaram primeiro, as lascas duras de tons verdes cedendo.

— Podemos, sim — ele disse finalmente.

— Se eu pudesse viajar a cavalo, iria com vocês. Deixaria esses ossos lutarem uma última vez.

Corayne virou e viu um velho frágil no lado oposto da sala, se apoiando com força em uma bengala. Ele vestia apenas uma túnica comprida de lã não tingida e estava descalço, veias azuis percorrendo a pele branca fina e manchada. Seu cabelo descia pelas costas, quebradiço e grisalho, a barba penteada.

Assim como Oscovko, não usava coroa nem joias, mas Corayne o reconheceu mesmo assim.

Lyev, rei de Trec.

Uma camada esbranquiçada enevoava os olhos do rei idoso, e ele virou o rosto para o teto. O rei estava cego.

Oscovko foi correndo até o homem, segurando seu braço com um suspiro exasperado. Tentou guiá-lo até a outra porta, na direção dos aposentos particulares do castelo.

— Pai, por favor. Se o senhor cair de novo, os curandeiros...

— Estamos todos destinados a cair, meu filho — o rei disse fracamente, tateando o rosto de Oscovko. — O que você fará antes do fim?

O príncipe fez uma careta, aflito. Franziu as sobrancelhas, pressionou os lábios; rugas de preocupação se formaram em sua testa.

— O que você fará? — repetiu Lyev, e Corayne sentiu um calafrio gelado e afiado percorrer sua pele.

— Enfermeira — comandou Oscovko, se dirigindo à porta escura.

Ele desviou o olhar antes que a cuidadora do pai entrasse, arrastando os pés até segurar o braço do rei.

Corayne ficou boquiaberta.

Para surpresa de todos, Valtik estava calçada, usando um modelo de bota em cada pé. Ela deu uma piscadinha com seu olho azul-relâmpago ao levar o rei embora. O olhar de Oscovko passou por ela sem notá-la. Ele não dava atenção a criados e a velhas enfermeiras. Ao redor da mesa, os Companheiros morderam os lábios, tentando falar sem dizer nada.

Se não fosse a circunstância, Corayne teria caído na gargalhada. Sorasa chegou a rir, escondendo a boca com a mão.

Oscovko se recuperou devagar, passando a mão no rosto, seguindo o rastro do toque do pai.

— O que você fará? — murmurou para si, repetindo as palavras do rei.

As palavras de Valtik, Corayne pensou.

O príncipe observou todos à mesa com seus olhos cinza, por fim se voltando para Corayne e a espada que levava no ombro. Um canto da boca dele se curvou, abrindo um sorriso sombrio.

— Meu acampamento está quieto há muito tempo. Vamos acompanhar vocês até Galland — disse ele, batendo os nós dos dedos na mesa, e os tenentes responderam da mesma forma, comemorando. — Poucos homens podem dizer que lutaram contra o apocalipse. Eu serei um deles.

Corayne concordou com a cabeça, seu sorriso discreto disfarçando o furacão que revirava seu estômago. Terror, convicção, alívio e uma esperança nascente lutavam dentro de Corayne an-Amarat, cada emoção brigando por domínio. Todas, porém, eram ofuscadas por Taristan e pelo Porvir. Ele era pior do que o medo — era o fim.

— Convoque o acampamento para Volaska — disse Oscovko, empurrando um dos tenentes para o salão.

Com uma gargalhada maníaca, ele serviu mais uma taça de vinho. O líquido se acumulava como sangue até a borda. Quando Oscovko ergueu a taça, derramou um pouco, e o vermelho escorreu pelos dedos. Ele não se incomodou.

— Amanhã, a partida! — gritou, a voz alta demais para a sala, e ninguém brindou com ele. — Mas, hoje, um banquete.

Eles se acomodaram em quartos no castelo, aposentos abandonados pela diminuta corte trequiana. Com um rei doente e um príncipe ausente, havia poucos motivos para nobres e cortesãos continuarem ali. A maioria tinha seus próprios castelos e salões espalhados pelo campo. Por sorte, Volaska ainda empregava muitos criados, da cozinha ao estábulo, e a todos foi dada a tarefa de limpar os aposentos fechados e empoeirados.

Corayne achava estranho esperar uma faxineira trocar sua roupa de cama, então ajudou como podia, pegando a vassoura e enchendo a bacia e a jarra de água. Ainda mais estranho era Sorasa, parada no canto, braços cruzados com força. Ela parecia um cadáver em um caixão vertical, camuflada nas sombras. A faxineira a olhava com desconfiança e arrumou o quarto o mais rápido possível.

Nem Corayne nem Sorasa falaram enquanto a mulher trabalhava. Apesar de Corayne duvidar que a rainha Erida tivesse espiões na capital trequiana, não valia a pena se arriscar.

A lareira crepitava alegremente acesa, e tapeçarias forravam as paredes de pedra; dois elementos do quarto que evitavam o pior do frio. Havia até mesmo uma tina diante da lareira, cheia de água fumegante.

Corayne estava aquecida, mas continuava arrepiada, calafrios correndo sob a roupa. Ela olhou para baixo, observando uma tapeçaria do deus Syrek vestido de vermelho, o branco de seus olhos praticamente brilhando. Um exército derrotado jazia sob seus pés, com soldados de muitos reinos, os rostos de todas as cores.

As feições dele lhe eram estranhamente familiares, bordadas com uma precisão inacreditável. Ela o fitou, a pele branca, o nariz comprido, a boca fina e o cabelo ruivo-escuro.

Taristan.

Cerrou os dentes e bufou.

Os fios mudaram, o rosto perdeu a definição. Corayne soltou um assobio e se afastou dali, andando até o meio do quarto.

— Já está bom — ela disse para a arrumadeira, primeiro em primordial, e depois em um trequiano atrapalhado.

Ainda havia poeira em metade dos móveis, mas a roupa de cama era nova, a comadre estava limpa e a banheira estava cheia. Era o suficiente.

— É só uma noite — acrescentou.

A arrumadeira mal acenou antes de sair a passos rápidos, ansiosa para se afastar dali.

Sorasa não perdeu tempo. Também examinou o aposento, mas, em vez de investigar as tapeçarias, tateou cada centímetro das paredes atrás, procurou rachaduras e aberturas, empurrou um baú de madeira pesada, soltando uma nuvem de poeira.

— É bom ouvir sua voz de novo — disse Corayne, sentando na cama. Pensativa, observou Sorasa andar pelo quarto. — Senti saudade dos seus comentários no treinamento.

A assassina nem virou.

— Não sentiu, não — ela retrucou.

Corayne gargalhou.

— Não mesmo.

Com um suspiro, ela recostou na cama e se espreguiçou. Depois de semanas ao relento, o colchão de palha duro era como uma nuvem. Ela precisou de toda a força para não fechar os olhos e pegar no sono.

Sorasa continuou a investigação, ajoelhando para verificar o chão.

— Oscovko não vai me entregar para Erida.

— Não estou preocupada com Oscovko — resmungou Sorasa, se enfiando debaixo da cama. — Este castelo está infestado de ratos.

Ela saiu pelo outro lado, com um corpo gorduroso que se remexia pendurado pelo rabo. Corayne fez uma careta quando a assassina jogou o bicho no corredor.

— Ah, não me venha com essa, você já viu coisa pior — reclamou Sorasa, fechando a porta.

— Nem por isso gosto de ratos — respondeu Corayne, irritada, encolhendo as pernas.

Ela sacudiu o lençol, procurando mais roedores.

— Estamos prestes a jantar com um acampamento inteiro de batalha trequiano. Confie em mim, ratos são melhores.

Sorasa colocou as mãos na cintura e olhou ao redor, finalmente satisfeita. Então cutucou uma pilha de pano dobrado perto da janela, franzindo o nariz.

— Parece que Oscovko teve a gentileza de nos fornecer roupas para a noite.

Corayne cheirou sua camisa larga, manchada pelas semanas de estrada.

— Nem imagino o motivo.

As roupas oferecidas não eram muito melhores, considerando a expressão de Sorasa. Ela pegou um vestido pela gola e o sacudiu, irritada.

— Não vai conferir se estão cheias de veneno? — disse Corayne, com um sorriso irônico.

Mas Sorasa já estava analisando o tecido, esfregando-o, cheirando cuidadosamente as dobras de linho e lã.

— Era brincadeira — disse Corayne. — As pessoas realmente fazem isso?

— Eu já fiz — respondeu Sorasa, forçando um sorriso exagerado e jogando o vestido na cama, com roupas de baixo de linho. — Você toma banho primeiro.

Corayne pegou as roupas cuidadosamente, olhando as peças com certa hesitação. O vestido era de lã simples, em um tom de azul-claro que talvez tenha sido vibrante um dia. Passou o dedo pelo bordado nas mangas e no decote, sentindo o artesanato. A roupa era antiga, mas bem-feita, talvez para uma dama ou uma princesa de outra época. Bordados de lobos em linha branca e dourada, entrelaçados em um padrão de flocos de neve.

O lobo branco na nevasca, pensou Corayne, com um calafrio.

— Isadere viu isso no espelho — murmurou.

Sorasa bufou de desdém.

— Me avise quando Isadere conseguir voltar as frotas de Ibal contra Erida. Aí, sim, ficarei impressionada.

Lentamente, Corayne tirou a camisa e a calça, jogando-as no chão. Era como arrancar uma camada de pele, descascando terra e sujeira.

A água quente da pequena tina de madeira era ainda mais gostosa que a cama. Ela soltou um suspiro ao afundar, mergulhando a cabeça. Quando emergiu, secando os olhos, a água já estava turva.

Fez uma careta.

— É melhor pedir mais água para o seu banho?

Sorasa nem pestanejou.

— Só vá rápido — disse, testando o trinco da janela.

Havia um pedacinho de sabonete, e Corayne esfregou o corpo inteiro, retorcendo os dedos do pé a cada arranhão na pele. Parte dela queria esquecer o banquete e ficar no banho até a água congelar. Mas esfregou o sabonete na cabeça e se enxaguou pela última vez. O fogo ardia na lareira atrás dela, e Corayne quase não estremeceu ao sair da água, se enrolando em um cobertor grosso.

Sorasa já tinha tirado as roupas, a túnica, as calças, e arrumado as botas no canto junto às muitas facas. Antes que Corayne piscasse, ela mergulhou na água.

Corayne não deixou de notar as tatuagens. Nunca vira tantas, nem mesmo na tripulação da mãe. Sorasa tinha tatuagens quase no corpo todo. Pernas, costas, costelas. Um falcão, uma aranha, uma constelação.

— Qual é sua preferida? — perguntou Corayne quando Sorasa levantou a cabeça.

A assassina piscou, a sombra preta escorrendo pelo rosto. Ela estreitou os olhos.

— Preferida de quê?

Corayne sentiu as bochechas corando.

— Perdão, foi grosseria minha. — Ela abaixou a cabeça, se enroscando mais no cobertor.

— Das tatuagens?

— Não quis ser indiscreta — respondeu Corayne, desviando o olhar.

Sorasa nem piscou.

— Mas você é sempre indiscreta.

A menina corou ainda mais.

— É, acho que sim. Eu só... quero saber. Tudo. O tempo todo. Se souber o que está ao meu redor, nos mínimos detalhes... — ela disse, largando a frase no meio, a cabeça confusa e atordoada. — Acho que me sinto um pouco mais no controle. Um pouco mais forte. Mais útil. Pelo menos era assim antigamente.

Na casa dela, em Lemarta, conhecimento era seu poder. Conhecer as marés, as rotas de comércio, as trocas de moeda e os boatos. Toda a informação que tinha de repente lhe parecia inútil diante do fim do mundo.

No banho, Sorasa estava imóvel, a água ondulando de leve ao

seu redor. Era o oposto de um livro aberto. Corayne esperava que ela mergulhasse a cabeça e se calasse de novo. Mas a mulher esfregou os olhos, tirando a maquiagem preta, e sorriu.

— Minhas preferidas são estas — falou, mostrando a palma das mãos.

O sol e a lua eram virados para fora, levemente distorcidos pelos calos e pelas linhas das palmas.

Corayne olhou de uma para a outra, fascinada.

— Qual é o significado?

— São Lasreen, os dois lados da deusa. Sol e lua, vida e morte. Carrego ambos nas mãos. — Ela as olhou, pensativa. Sua voz ficou mais suave. — Todos os amharas têm essas mesmas tatuagens.

A assassina passou os dedos pelo sol e depois pela lua.

Corayne a observou por um longo momento, em silêncio. Se sentia pisando em ovos.

— Está tudo bem, Sorasa?

Sorasa enfiou as mãos de volta na água, fazendo a tina transbordar.

— Estou perfeitamente bem — respondeu, seca.

— Você passou um mês sem falar — disse Corayne gentilmente, sentando em um banquinho perto.

— Estou falando agora.

Sorasa parecia mais uma criança petulante do que uma assassina fatal. Ela voltou a atenção para o sabonete, esfregando os braços.

— E já disse que estou bem — falou, os dentes cintilando à luz do fogo. — Os amharas me fizeram quem sou hoje. Só agi como eles me ensinaram.

Era um equilíbrio delicado, Corayne sabia bem. Toda pergunta poderia fazer com que ela — ou Sorasa — passasse do limite. Mas ela não perguntava por pura curiosidade, não mais. Via a dor nos olhos da assassina, ardendo mesmo atrás das barreiras.

— Você conhecia eles?

Sorasa inspirou fundo e piscou algumas vezes. Também estava se equilibrando.

— Cada um deles.

A lenha estalou na lareira e Corayne se encolheu, enjoada. *Cada um deles*. Ela sabia pouco da vida de Sorasa na Guilda amhara, mas era o bastante para entender. Os assassinos tinham sido sua família, quer ela admitisse ou não. E agora doze deles estavam mortos por causa dela, doze irmãos e irmãs que tinham vivido a seu lado e morrido por suas mãos.

— Por que você foi exilada? — perguntou Corayne, com a boca seca.

Sorasa ajeitou o cabelo, afastando os fios do rosto limpo. Sem a sujeira e a maquiagem preta, a assassina parecia mais jovem. Ela encarou Corayne com firmeza.

— Achei que você tinha dito que isso era problema meu.

Corayne soltou o cobertor e pegou as roupas na cama.

— Não significa que eu não fique me perguntando.

Ainda na banheira, Sorasa não disse nada.

Corayne se vestiu sem esperar respostas. Estremeceu ao sentir o linho macio na pele. Como todo o resto, aquilo era estranho após tantas semanas usando suas roupas gastas de viagem. O vestido era justo por cima das roupas íntimas, realçando as curvas do corpo, o decote arredondado logo abaixo das clavículas. Em Lemarta, Corayne raramente usava vestidos. Não havia motivo, nem mesmo em festivais. No entanto, não desgostava deles.

Se olhou no pequeno espelho, pouco maior do que uma folha de pergaminho, a superfície manchada e turva, mas ela girou a saia, admirando o que via.

— Um homem odiava a esposa e queria destruí-la.

Corayne virou de sobrancelha erguida. Sorasa não reagiu, olhando para o fogo, o sabonete esquecido e a água do banho misturada à poeira da estrada.

— Ele contratou a Guilda — disse a assassina, as chamas pulando. O calor pulsava pelo quarto.

— Mas não para ela — sussurrou Corayne.

— Já matei crianças — disse Sorasa, a lareira brilhando em seus olhos, as chamas dançando em uma luz vermelha e quente. — Mas aquilo... me pareceu errado. E pouca coisa me parece errada.

Ela mergulhou uma das mãos na água, tocando a costela, uma tatuagem que Corayne não enxergava.

— Voltei à cidadela. Mas Lord Mercury teve que me usar de exemplo.

— Porque você não conseguiu matar a criança?

— Porque me *recusei* — disse Sorasa com a expressão mais dura, um lampejo de raiva no rosto. — O fracasso é aceitável, mas desobediência, não. *Nós servimos*. É nossa lição mais profunda. E eu não servi, não pude servir. Então Lord Mercury me marcou como *osara* e me jogou ao mar.

A memória surgiu em seu olhar, e ela soltou um ruído baixinho de desdém.

— Homens não combinam com poder.

Corayne riu, desanimada.

— Mulheres também não são muito melhores.

— Erida é uma espécie rara. Seu tio também.

Foi a vez de Corayne ficar tensa, um calafrio horrível descendo por suas costas. Ela mexeu no vestido, tentando não pensar em Taristan e no exército dele. Nem em seus olhos de abismo, a lembrança ainda apavorante.

Os olhos dele a engoliriam se tivessem a oportunidade.

E engoliriam o mundo junto.

A espada de Fuso estava deitada ao pé da cama, quase do mesmo tamanho. A bainha escondia um pouco da magia, abafando o chamado da espada de Fuso ao sangue de Fuso, mas Corayne ainda sentia o eco. Passou o dedo pelo couro. Àquela altura, já conhecia cada arranhão e entalhe, as rachaduras e as partes desgastadas, danificadas pela jornada dela, pela de Andry. E pela de Cortael. Corayne esfregou o polegar no punho da espada, como se pudesse sentir os dedos dele ali.

— Não quero morrer que nem meu pai — murmurou.

A água se agitou na tina quando Sorasa virou para ela, estufando o peito.

— Ninguém quer morrer, Corayne — ela falou com firmeza. — Mas todos vamos morrer quando chegar a hora.

Um pouco da tensão deixou o rosto dela, suavizando a testa.

— E, então, Lasreen nos acolherá em nossa casa — acrescentou.

Casa.

De início, Corayne pensou no chalé, nos cômodos pequenos e nas paredes brancas, nas flores do quintal, no chá cítrico da mãe fervendo no fogão. Ela inspirou fundo, tentando lembrar do oceano e dos bosques de cipreste, mas só sentiu cheiro de lenha e sabonete. Seu coração ficou descompassado. Lemarta era onde tinha crescido, mas no fundo nunca tinha sido seu lar. Era o lugar onde crescera, mas não ao qual pertencia.

— Talvez pertençamos uns aos outros, nós, que não pertencemos a lugar algum — murmurou Corayne.

Sorasa havia dito essas palavras muito tempo antes.

A assassina lembrava. Lentamente, ela assentiu.

Uma batida ribombante na porta arrancou Corayne do devaneio. Sorasa se recostou no lado da tina, a água agitada ao redor dos ombros despidos, e grunhiu baixinho, irritada.

— Sim, pode entrar.

A porta se abriu e o Ancião entrou, abaixando para passar, a enorme cabeça loira quase esbarrando no teto. Ele também usava roupas limpas, uma túnica preta e calças de couro, a espada presa à cintura. A capa velha e puída finalmente tinha sido abandonada pela noite.

— Eu... — ele gaguejou, o rosto pálido ficando vermelho como sangue.

O olhar de Dom foi de Corayne, completamente vestida, a Sorasa, se espreguiçando no banho, onde parou por um instante, antes de se voltar para o teto, para o chão, para a lareira — para qualquer lugar que não fosse a pele bronzeada de Sorasa.

— Perdão... você disse *sim, pode entrar*?

— E qual é o problema?

Sorasa deu de ombros na água. Um cavalo tatuado ondulou no ombro dela, galopando na pele em movimento.

— Domacridhan, você tem quinhentos anos. Certamente já viu uma mulher nua, mortal ou imortal. Ou imortais são diferentes?

Dom se distraiu por um momento, olhando Sorasa com irritação.

— Não, não somos *diferentes*... — ele rosnou, desviando o rosto de novo e cobrindo os olhos com a mão. — A questão não é essa, Sorasa.

Corayne precisou tapar a boca para não uivar de tanto rir. Dom parecia querer pular do telhado, enquanto Sorasa sorria, preguiçosa, um gato dissimulado lagarteando no sol que ela própria criara. Ela se deleitava com cada segundo do desconforto de Dom.

— Bem, então diga logo o que queria falar — ordenou a assassina. — Ou quer ficar aqui?

Ele silvou, se acalmando.

— O banquete está sendo servido lá embaixo, e Oscovko já está bêbado, a julgar pelos gritos que ouvi.

— A gente teria descoberto isso por conta própria, Dom — brincou Corayne.

O Ancião fez uma careta, olhando para ela com os olhos ainda parcialmente cobertos pela mão.

— Só quis dizer que o príncipe e os homens dele não se comportam bem. Vou esperar na porta até vocês duas estarem prontas para descer ao salão.

Sorasa mudou de posição, se endireitando na banheira.

— E o que lhe deu qualquer indicação de que não posso me proteger, ou proteger Corayne? — ela perguntou, a linha da água descendo um pouco.

Corayne temia pelo coração do imortal.

Ainda se recusando a olhar para ela, Dom só conseguiu gaguejar a explicação. As frases saíram incompletas e confusas, as palavras entrecortadas fazendo pouco sentido.

— Muito bem, estou indo — ele finalmente falou, dando meia-volta.

Dom abriu a porta com força de novo, quase a arrancando das dobradiças. Com a mão ainda levantada na frente dos olhos, se jogou para fora, o corpo largo esbarrando no batente com um estrondo que fez o quarto todo tremer. A simples força com que bateu a porta agitou o ar, e Corayne quase esperou que a madeira rachasse.

Ela olhou para Sorasa com um sorriso malicioso.

— Acho que ele nunca viu uma mulher nua.

A água transbordou quando Sorasa levantou, um sorriso irônico nos lábios.

— Com certeza já viu.

Corayne levantou as sobrancelhas.

— Como você sabe?

— Ele sabia exatamente para onde olhar — respondeu ela, calma, se secando rápido.

Em seguida, Sorasa vestiu as roupas de baixo e torceu o cabelo, olhando feio para o vestido. O sorriso se transformou em uma carranca.

— A moda trequiana é horrenda.

O vestido dela era da cor de carvão, com florezinhas bordadas em preto e dourado. Tinha mangas compridas e uma amarração na gola, que Sorasa apertou para o vestido largo se ajustar melhor ao corpo. Assim como o vestido de Corayne, o decote caía abaixo das clavículas, expondo mais das tatuagens amharas. Se Sorasa se incomodava em mostrar a tinta preta e a pele cor de bronze, não demonstrou. Ela trançou o cabelo úmido habilmente, fazendo um nó na altura da nuca. Passou a sombra de olho de novo, em linhas retas e pretas nas pálpebras. Isso destacava seus olhos de cobre, mais reluzentes que qualquer chama.

A aparência de Sorasa era impressionante, uma linda mulher ibalete de pele marrom e cabelo preto, bem-vestida em saias trequianas. Ela parecia brilhar, os traços finos do rosto e os lábios cheios tão belos quanto os de uma dama em uma pintura.

Corayne sentiu aquela sensação incômoda e familiar no estômago, como sentia ao lado de sua mãe magnífica e distinta.

— Atroz ou não, você está linda — ela falou, acenando para Sorasa.

A assassina deu de ombros.

— Já estive mais bonita, para falar a verdade — ela murmurou, apertando o laço das mangas. — Se ao menos pudéssemos viajar direto pelo sul… A corte de Ibal é gloriosa mesmo.

Corayne tentou imaginar. Em Almasad, estavam mais concentrados na travessia, mas ela lembrava de vislumbrar sedas finas e joias preciosas. Ouro, turquesa, ametista, lápis-lazúli e as mais finas pratas. Tecidos em camadas para proteger as pessoas do sol do deserto, mas também para exibir suas silhuetas elegantes ou músculos fortes. Até então, ela só vira Sorasa em peças de couro e túnica, nunca sem sua capa. Não conseguia imaginá-la usando roupas de seda.

— Nunca fui a um banquete — ela murmurou, mexendo de novo no vestido.

— Eu já, mas nunca fui convidada — respondeu Sorasa, levantando a saia e exibindo a perna esguia. Prendeu uma adaga à coxa e enfiou outra na bota. — Primeiras vezes para nós duas.

Corayne olhou para a espada de Fuso.

— Acho que não posso deixar isso aqui — falou, imaginando como pareceria tola, carregando uma espada nas costas.

— Peça para Dom carregar, ou Andry. Tenho certeza de que o escudeiro fará tudo que você pedir — disse Sorasa, com um olhar malicioso.

O rosto de Corayne ardeu quando ela pegou a bainha.

— Andry só é gentil — ela murmurou, lutando contra a onda repentina de emoção no peito.

No corredor, ecoavam zombarias, audíveis mesmo dentro do quarto. De repente, ela se sentiu grata pela distração. *Os homens do príncipe estão mesmo bêbados.*

— Quantos homens viajarão com Oscovko? — Corayne perguntou.

Sorasa deu de ombros.

— Quinhentos, no máximo. Nunca vi um acampamento maior que isso.

Corayne franziu a testa.

— Ele fala de salvar a Ala como se fosse um jogo cujo prêmio é a glória.

— Ele pode falar do jeito que quiser, desde que cumpra sua palavra — disse Sorasa, indo até a porta.

Ela levou a mão tatuada ao trinco.

— Pronta? — perguntou.

— Faminta — respondeu Corayne. — Quer dizer, pronta.

Sem surpresa alguma, Dom ainda esperava à porta. Ele não disse nada quando as duas saíram, e se pôs a andar, como uma sombra gigantesca e pesada. No entanto, mantinha o ritmo delas, não ficando muitos metros à frente. Corayne notou que ele aparara a barba e fizera novas tranças no cabelo, duas na frente das orelhas, deixando o resto das madeixas loiras soltas. Parecia um príncipe de novo, um filho imortal da Glorian Perdida, imponente e poderoso.

Corayne sorriu.

E completamente apaixonado por Sorasa Sarn.

17

RAINHA DAS CAVEIRAS

Erida

As torres e os coruchéus da catedral de Partepalas se erguiam no céu azul sem nuvens. As pedras brancas e a reluzente pintura prateada brilhavam ao sol da tarde, um sinal ainda mais forte do que o famoso farol da cidade, imponente no porto. O frio do outono dos bosques se fora, substituído pelo ar calmo e ameno da costa sul. Tudo ainda florescia, o ar perfumado por flores e pela maresia. Erida absorvia tudo, ávida por mais.

A capital madrentina se estendia pela orla onde o rio e o mar se encontravam, a correnteza forte levando à baía Vara. Parte dela formava um fosso ao redor da cidade, um canal verde que servia como uma segunda barreira por dentro das muralhas. Havia vários portões, todos formidáveis, muito mais imponentes que os de Rouleine. E muito mais ricos. Partepalas não era uma cidade construída para conquistas ou comércio, e sim para ser admirada. Os reis madrentinos eram ricos, e a cidade refletia isso, até nos paralelepípedos. Havia escudos de prata com acabamento martelado nos muros e nas torres de observação, todos gravados com o garanhão de Madrence.

A residência do rei Robart, o Palácio de Pérolas, combinava perfeitamente com o nome. O lugar se destacava acima do rio, cercado por muros de pedra polida cinza e cor-de-rosa, as muitas janelas parecendo pedras preciosas. *Menor que meu palácio*, notou

Erida, *porém muito mais belo. A construção contempla prazer e conforto para um monarca sem medo de guerra. Até agora.*

Só faltava uma coisa na cidade, uma ausência suspeita. Não havia bandeiras: nada de seda bordô ou do cavalo prateado do rei Robart. Todas tinham sumido, substituídas por um único estandarte branco, pendurado inerte no ar parado. Aquela bandeira só tinha um significado.

Rendição.

A capital inteira era como um bolo perfeito e delicioso, pronto para ser devorado. E o banquete já havia começado.

Metade da legião já armara acampamento fora da capital, dez mil soldados prontos para a ocupação. Navios gallandeses flutuavam na baía. Havia apenas três galés de guerra, de convés duplo e velas verdes, mas bastava para servir de aviso. A frota de Erida estava a caminho. Era só questão de tempo até o porto inteiro ser bloqueado. De qualquer forma, a maioria dos navios de Robart já tinha saído, deixando a baía quase vazia.

Erida se sentia prestes a voar, praticamente vibrando. Foi necessário usar todo o treinamento de corte para se conter e manter o cavalo trotando, em ritmo constante na liderança da fileira de cortesões. Os murmúrios preocupados dos nobres e generais tinham parado havia muito tempo e agora davam lugar a um zumbido de animação. Naquele instante, Erida compartilhava do sentimento da corte. Eles vestiam as melhores roupas — aço, seda e bordados reservados para coroações ou velórios. Um colar de esmeraldas reluzia no pescoço de Harrsing, a corrente dourada de Thornwall pendurada no peito com a imagem de um leão rugindo. Marger, Radolph e todos os outros brilhavam como moedas. Sabiam que era um dia a ser lembrado, a ser admirado.

Principalmente para Erida.

Suas damas de companhia tinham se superado na arrumação dela, mesmo tão longe de Ascal. Suas tranças eram pesadas, caindo até a lombar, entrelaçadas com grampos de ouro e fitas de seda vermelha. As maçãs do rosto estavam pintadas em um cor-de-rosa suave, o resto da pele branca e impecável como a mais refinada porcelana ishei. Ela sabia que fazia um lindo contraste com sua armadura dourada e a saia vermelha, a barra bordada com roseiras em verde, dourado e escarlate. O leão gallandês rosnava em seu manto carmim, aberto nos flancos do cavalo. Até a égua de Erida combinava, o arreio de couro vermelho lustroso com fivelas de ouro e uma manta estampada com rosas sob a sela.

Apesar de a maioria das joias de Erida ainda estar trancada no tesouro, ela levara a coroa do pai para aquele propósito. Não era de forma alguma seu tesouro mais bonito, mas com certeza o mais antigo. Uma obra-prima de ouro preto e pedras preciosas brutas em todas as cores, usada pelo primeiro rei gallandês. Tinha sido ajustada para o tamanho dela e lhe servia confortavelmente. O rubi no meio da testa aquecia sua pele, a pedra do tamanho de um polegar. A joia era ainda mais antiga, da época dos imperadores do Cór, do império que ela desejava reconstruir.

A aparência de Erida era melhor do que a dos estandartes verdes esvoaçando acima de seu exército. Todos saberiam que ela era a vitoriosa rainha de Galland.

Ela balançava na sela conforme se aproximavam da ponte e do portão principal de Partepalas. Mil dos legionários já estavam a postos dentro da cidade, acolhidos em antecipação à comitiva da rainha.

Os terracinzanos ficaram para trás, já que ali não havia serventia para o exército de cadáveres. Eles se aglomeravam no horizonte, como uma fita escura por cima da colina do outro lado do rio, uma longa fileira preta, uma presença pesada na terra. A uma distância que evitaria o desconforto de seus lordes, mas que permitia a Erida convocá-los a qualquer momento, caso precisasse intimidar alguém, caso fosse contrariada. No entanto, Erida também gostava de mantê-los longe. Os corpos putrefatos envenenavam o ar, os cadáveres fétidos e doentes marchando pelo campo.

Taristan também os observava, com uma satisfação fria em vez de nojo. Sua silhueta era elegante, de armadura e capa vermelha, o rosto voltado para o sol, apesar de a luz nunca parecer atingir seus olhos, que continuavam pretos e insaciáveis, imunes à luz do dia.

Ronin, por outro lado, parecia mais agitado a cada dia da marcha, a poeira grudando nas suas vestes e no rosto. Fez uma careta de desprezo ao olhar para a cidade adiante.

— E se o rei de Madrence mudar de ideia? — ele sibilou, agarrando as rédeas do cavalo com os dedos brancos.

A égua estremeceu debaixo dele, desconfiada do feiticeiro.

Erida sorriu.

— Bem que eu gostaria.

Ela esticou a mão e apontou, arrastando a manga comprida da roupa.

— Aqui estão os seus arquivos, feiticeiro. Como prometido.

A Biblioteca Ilha não era uma ilha de fato, mas uma torre no fim da ponte, a correnteza do rio rebentando na base. Se erguia como uma espada fincada na terra, mais alta que uma catedral, com reparos de ponta prateada e um observatório abobadado no topo. A biblioteca era conhecida por toda a Ala como um lugar de conhecimento ímpar. Se houvesse qualquer pista relativa ao paradeiro do próximo Fuso, Ronin certamente a encontraria ali, entre as estantes em espiral e os pergaminhos empoeirados.

O feiticeiro vermelho olhou para os enormes arquivos de Partepalas com deleite. Erida quase esperou que ele lambesse os beiços pálidos.

— Qual será a próxima esfera? — perguntou ela, baixando a voz.

Thornwall e os outros estavam a poucos metros, a Guarda do Leão cercando todos.

Taristan desviou o olhar do exército de Fuso e se voltou para ela. Como sempre, o olhar dele era uma espada cravada em seu peito.

— Não sei.

O que mais pode vir?, Erida se perguntou, cerrando os dentes. Mesmo com a coroa de mais um país nas mãos, ela ainda se sentia em desvantagem. *O que mais pode existir?*

— De quantas o Porvir precisa?

Taristan olhou para a espada de Fuso e depois para Ronin.

— Também não sei.

— Ainda temos dois abertos e um perdido. Mais devem vir. Em breve — insistiu Ronin, fechando a cara. — E Corayne tem que morrer. Não podemos perder outro Fuso para ela.

— Vamos cuidar dela — afirmou Taristan.

— Minha recompensa não trouxe pistas, nem de Corayne, nem de Konegin.

Erida suspirou, frustrada. *Conseguimos derrubar reinos, mas não encontrar uma garotinha de sangue do Cór, nem meu primo traiçoeiro.*

— E os amharas não tiveram sucesso até agora — ela acrescentou.

— Vamos cuidar dela — repetiu Taristan, enfatizando cada letra, os dentes à mostra.

Estranhamente, o foco feroz dele era quase reconfortante. Erida quis saber se ele já tinha algum plano em andamento, mas os portões de Partepalas se ergueram antes que ela pudesse perguntar.

As éguas atravessaram a ponte levadiça da cidade, suas ferraduras tinindo na madeira e nos pregos. Era como entrar em Rouleine, a sensação multiplicada por mil. Erida temia que o coração fosse explodir, toda emoção vindo à tona. Alegria, orgulho, preocupação, alívio e arrependimento também, tudo embebido de uma estranha impressão amarga. Ela queria rir e chorar. Mas era uma rainha, e manteve a cabeça erguida e a expressão plácida ao sair do outro lado, nas ruas da capital estrangeira.

A legião dela ladeava o caminho. Gritaram em uníssono, uma comemoração poderosa para receber a rainha e o príncipe. O povo de Partepalas, aqueles que não tinham conseguido fugir da cidade, também acompanhou a procissão de Erida. Eles olhavam de todas as portas, janelas e esquinas, seguindo seus movimentos. A maioria estava em silêncio, sem esboçar nenhuma reação, disfarçando os sentimentos verdadeiros, escondendo as crianças. Alguns, mais corajosos, olhavam com nojo para a rainha e seu exército. No entanto, ninguém se levantou contra os conquistadores. Ninguém gritou ou jogou pedras. Ninguém nem se mexeu, congelados enquanto Erida entrava na cidade.

— Eles nos odeiam — disse Thornwall, um tom bruto na voz. Erida olhou para o comandante.

— Eles nos temem mais. E isso também é vitória.

O Palácio de Pérolas ecoava, seu enorme pátio polido de pedra branca incrustada de pérolas e silencioso como um mausoléu. Dava para ouvir o barulho das armaduras da Guarda do Leão retinindo, das capas farfalhando, de pés pisando firme pela praça. O rio lambia de um lado, as muralhas se abrindo para a água. Refletia a luz oscilante do sol, salpicando a procissão de ouro e azul.

— Nada de guardas — murmurou Erida, notando o palácio vazio, e olhou de Thornwall para Taristan. — Nem soldados na cidade.

— O exército que rei Robart reuniu já foi embora há muito tempo — respondeu Taristan, estreitando os olhos.

Thornwall baixou a cabeça.

— As legiões receberam suas ordens. As torres de vigia estão ocupadas e a postos; nossos batedores percorrem o campo. Se Robart planeja nos pegar desprevenidos, terá que se esforçar muito.

Não foi a primeira vez que Erida ficou feliz de ter o velho comandante ao seu lado.

— Ótimo.

Os cavaleiros escancararam as portas do palácio, conduzindo todos às salas enormes. O salão era o primeiro cômodo, decorado com um padrão de azulejos cor-de-rosa e brancos com madrepérola de verdade. Erida queria demolir o palácio tijolo por tijolo, para despachar todas as pedras e joias para seu tesouro. As estátuas de mármore dos reis madrentinos a olhavam de cima. Erida sonhou em esmigalhar todos os rostos, até não sobrar mais nada.

— Onde estão os cortesãos? — ela perguntou, sua voz ecoando por mármore e calcário, subindo até o telhado pintado.

— Na sala do trono, aguardando com Robart — disse Thornwall, apontando para a frente, na direção de outra arcada. — Não se preocupe, a Guarda do Leão acompanhará a senhora a todo instante.

— Não temo Robart, nem seus nobres afetados — disse Erida, com raiva. — Esses madrentinos são fracos.

Ela olhou de novo para a sala. Para cada pedaço de tinta e pérola. Depois franziu a boca, com nojo.

— Ficaram preguiçosos depois de tantos anos de paz — Erida continuou — e são mais adequados a moeda ou pena do que a espada ou coroa.

Quando entrou na sala seguinte, viu que o trono estava vazio, instalado no palanque, sua silhueta destacada por uma fileira de janelas de vidro quadriculado. A água azul da baía Vara reluzia no sol da tarde, um escudo de safira e ouro, o reflexo pintando as paredes claras da sala.

O rei de Madrence esperava poucos passos abaixo do antigo trono, nos degraus do palanque, com as mãos cruzadas nas costas.

Erida avançou sem desacelerar o passo.

— Pelo menos Robart é esperto o bastante para não fazer pose — sussurrou para Thornwall, observando o trono.

Mesmo sem o trono, Robart ainda tinha ares de rei, com roupas de veludo bordô e um cinto de pedras preciosas no quadril largo. Ele usava a coroa de prata, cujos rubis se destacavam no cabelo loiro e grisalho. Erida viu o filho dele nos olhos azuis e no maxilar forte, assim como no desprezo natural. Ambos compartilhavam o mesmo olhar de desdém.

Seus poucos cortesãos ficaram calados, assim como o resto da cidade. Pareciam aborrecidos, olhavam para baixo, com roupas amarrotadas e cabelos desgrenhados. Talvez aqueles lordes e damas tivessem escolhido permanecer ali, talvez tivessem sido obrigados. Erida não dava importância a nenhuma das duas explicações.

A Guarda do Leão se abriu em formação, deixando Erida se aproximar do trono. Até Taristan desacelerou, parando poucos passos na frente dela e da comitiva, com Ronin ao lado.

— Salve Erida, duas vezes rainha, de Galland e de Madrence — entoou Thornwall, a voz reverberando pela sala de mármore. — A glória do Velho Cór renascido.

Ela piscou algumas vezes, um calafrio de prazer descendo pelo corpo. Sentia como se asas tivessem nascido de seus ombros, abrindo e enchendo a sala com sua imponência e poder. Todos observavam seus passos, e ela se deleitava. *Duas vezes rainha.*

— Majestade.

O título parecia um insulto na boca de Robart, mas ele fez uma reverência, se curvando com toda a destreza de um nobre nascido na corte. Erida não deixou de notar o nojo em seu rosto.

Não teria por que reclamar. O trono já era dela. Robart era um homem destruído, não mais um rei. *Tirei tudo o que restava dele. Só ficou esse olhar torto.*

— Robart — Erida falou, firme, sem se curvar, arrastando a capa atrás de si, o leão rugindo pelo chão da sala do trono. — Seria sábio se ajoelhar.

O rei deposto se encolheu, o corpo todo em sobressalto. Ele mexeu a boca, apertando e relaxando a mandíbula, mas sabia que não adiantava brigar. Lentamente, abaixou, os ossos velhos estalando quando se apoiou no joelho.

— Minha rainha — ele falou, rouco, apontando para o trono.

O nojo dele se transformou em vergonha quando Erida subiu, deixando Robart destruído no degrau.

O trono de Madrence era de pérola e prata, acolchoado em veludo vermelho-escuro. Magnífico, mas não imponente, não temível. Erida afundou nele com um suspiro lânguido, expirando todos os fracassos dos homens vindos antes dela.

Sou eu que sento neste trono, que uso uma segunda coroa. Uma mulher, e mais ninguém.

Ao redor da sala, os outros também ajoelharam, tanto Taristan e seus próprios cortesãos como os lordes e as damas de Madrence. Eram menos relutantes do que o rei, mais ávidos para acabar logo com aquela conquista. Erida não os culpava. Já estava exausta com a perspectiva de julgar a lealdade deles.

Contudo, precisava ser feito, e rápido.

A rainha fez um gesto com os dedos, ordenando que todos levantassem.

— Ouvirei seus juramentos de fidelidade — ela disse com firmeza, cruzando as mãos no colo.

Aguerrida, analisou a sala com olhar atento. Já conhecia alguns nomes ali, os nobres mais poderosos de Madrence.

— E exijo uma cadeira para meu consorte, o príncipe do Velho Cór.

Taristan nem mexeu o rosto, mas Erida viu a satisfação na postura dos ombros dele, no movimento firme das mãos, nos passos tranquilos e decididos, seu andar galopante de lobo mais temível que qualquer cavaleiro no salão.

Robart perdeu o controle.

— Esse monstro matou meu filho a sangue-frio! — ele rosnou, cerrando os punhos e parando ao pé do palanque.

Tinha a mesma altura de Taristan, mas parecia muito menor, um resquício de rei. Taristan parou a um metro de Robart, despreocupado. Os modos dele enfureceram ainda mais o rei, cujo rosto ficou vermelho.

— Como ousa parar aqui entre nós? — sibilou Robart. — Não tem vergonha? Não tem alma?

No trono, Erida não se mexeu. Ela analisou a sala rapidamente, olhando para os nobres madrentinos ao lado. Eles compartilhavam do nojo do rei e, no caso de alguns, até mesmo a dor. Por um instante, Erida se perguntou quantos cortesãos o charmoso príncipe Orleon levara para a cama antes do fim.

Não que isso tivesse importância. Orleon era um tolo, muito mais útil como cadáver do que como príncipe vivo.

— A morte de seu filho e as mortes em Rouleine salvaram a vida de todos vocês — disse ela, fria.

Era verdade, e eles sabiam, até mesmo Robart. A queda de Rouleine era como uma nuvem carregada que pairava no continente, a notícia da derrota se espalhando aos quatro ventos, anunciada pelas ruas das cidades e pelas trilhas do campo.

— Nos salvou... de algo baixo como a fome — soltou Robart, a voz trêmula. — Falam disso pela Ala inteira. O Leão de Galland acordou e está faminto. Não há exército como o de Erida na Ala, e ela se tornará imperatriz de toda a esfera, ao lado de um príncipe com sangue do Cór. Custe o que custar, não importando a quantidade de sangue derramada por ela e seus exércitos.

Havia algo mais que ele não dizia, algo implícito entre as palavras. A rainha sentia o gosto do pavor dele, sentia nos cochichos que a acompanhavam desde Rouleine. Erida ouvira na estrada e nas ruas. Via em Robart ali e nos cortesãos silenciosos.
A rainha Erida controla um exército de mortos.
— Já acabou? — ela perguntou, olhando de relance para o rei deposto.
Robart baixou a cabeça, desviando o olhar de Taristan, e se afastou lentamente, arrastando os pés. Se o antigo rei ainda tinha fogo, ele queimara e morrera, deixando apenas cinzas para trás.
Uma dupla de criados surgiu do canto da sala, carregando uma cadeira ornamentada. Eles a dispuseram no palanque, e Taristan subiu, se instalando ao lado de Erida.
Robart os observou com os olhos cheios d'água, olhando de um para o outro, mas não disse nada.
— Foi sábio de sua parte se entregar, Robart — disse Erida, passando a mão pelo braço do novo trono. Percebeu que a pedra fria, incrustada de pérolas, era esculpida na forma de um garanhão. — Sua filha fará o mesmo?
O rei empalideceu.
— Minha...
Uma satisfação prazerosa tomou o peito de Erida.
— A princesa de Madrence. Sua única herdeira viva, agora que Orleon morreu — ela falou, severa.
Erida não deixou de notar o medo que percorria os cortesãos na sala. Nem o orgulho de Thornwall e Harrsing.
— Não a vejo aqui — ela continuou. — O nome dela é Marguerite, não é? Deve ter quinze anos agora.
— Sim, majestade — choramingou Robart, caindo de joelhos.
Erida aprendera muitas lições, principalmente de política e história. Sabia o risco de um herdeiro perdido e o perigo de uma jovem subestimada.

— A mesma idade que eu tinha quando subi ao trono. *Onde* ela está?

Robart ergueu as mãos trêmulas, como se estivesse se protegendo de um ataque.

— Um convento adaleniano, perto de Pennaline. Depois que a mãe dela faleceu, achei que seria o melhor para sua educação. Ela é uma menina tímida, sem aspiração à coroa; não é preciso temê-la...

Erida o interrompeu com um aceno de desdém, a esmeralda reluzindo.

— Tenho certeza que o senhor está ansioso para revê-la. Que os dois vivam o resto de seus dias em paz e tranquilidade.

— E onde isso ocorrerá? — perguntou Robart, rouco.

Ele não tinha nem mesmo a força de demonstrar medo.

Thornwall gesticulou um comando silencioso para os cavaleiros. Uma dupla avançou, empunhando espadas e cercando o antigo rei. Robart mal se encolheu, soltando um suspiro cansado.

— Não consigo pensar em nenhum lugar mais tranquilo que a cela de uma prisão.

Erida, sem expressar nenhuma emoção, assistiu enquanto Robart era levado embora. O rei deposto não lutou, e ela olhou então para os cortesãos, analisando a reação deles. Só alguns pareciam aflitos, menos do que ela esperava.

— Não conquistarei um império para perdê-lo para reis aspirantes e princesas errantes. Não construirei uma terra gloriosa para destruí-la em uma guerra civil.

Em seu trono, Taristan pigarreou baixinho, e Erida olhou de relance para ele, em aviso.

— Temos um dia longo à frente — sussurrou ela, rangendo os dentes. — Não dificulte mais.

Ele retorceu os lábios e pôs a mão na frente da boca.

— Não seria mais fácil matá-los?

O primeiro instinto de Erida foi revirar os olhos, mas ela se conteve e analisou a opção com calma. Rouleine tinha sido um massacre difícil de esquecer. A lembrança ainda a deixava enjoada. *Mas nos trouxe a rendição do reino inteiro. Será que a chacina da corte madrentina nos traria a esfera?* Ela hesitou, sustentando o olhar de Taristan.

Foi então que sentiu dedos macios em seu braço, arrancando-a de seu devaneio. Ao virar, Erida viu Lady Harrsing a seu lado, apoiada com força na bengala. O rosto dela tinha rugas de idade e preocupação, e seu olhar estava sem vida. O colar de esmeraldas balançou no pescoço quando a senhora engoliu em seco. Ela sorriu levemente com os lábios pressionados e fez uma curta reverência para Erida e Taristan.

— Majestade, a senhora conquistou o medo deles — ela murmurou, ainda segurando a manga da rainha.

Erida mal sentia, tão leve e gentil era o toque. Se fosse qualquer outra pessoa, ela teria mandado que a soltasse, mas não Bella Harrsing. Até a Guarda do Leão sabia que não deveria intervir quando se tratava da dama.

— Prossiga, Bella — disse Erida, segurando a mão de sua conselheira, cuja pele era fria e branca, sem sangue.

Harrsing se aproximou mais. Cheirava a água de rosas.

— A senhora tem o medo deles — repetiu.

— Não quero o amor deles — retrucou Erida, brusca.

— Não, amor, não. Eles nunca nos amarão.

Lady Harrsing sacudiu a cabeça enquanto observava a corte, desesperada pelos madrentinos, como qualquer boa filha de Galland. Ela baixou a voz, olhando de relance para Taristan outra vez.

— Mas eles devem respeitá-la. Deixe-os viver. Deixe-os ver que *rainha* a senhora é. Como é melhor do que os reis fracos que vieram antes, que sentaram neste trono e não fizeram nada além de beber vinho e escrever poesia — continuou Harrsing, apertando mais o braço de Erida com uma força surpreendente. — Mostre a eles o que é poder *de verdade*.

Poder de verdade. Erida o sentia fluir por suas veias, como se nascesse do trono sob seu corpo e da coroa em sua cabeça. Era mais sedutor do que qualquer coisa ou pessoa que a rainha já conhecera. Ela queria mais, porém sobretudo queria mantê-lo.

Erida apertou a mão de Harrsing em um gesto de conforto.

— Você é ainda mais sábia do que seus anos diriam, Bella.

— Não é pouca coisa — respondeu a dama, sorrindo como de costume.

Mas os olhos de Harrsing continuaram sérios, sem brilho. Impenetráveis como janelas fechadas.

— A senhora é uma fortaleza, majestade — disse ela, se endireitando.

Mais uma vez, Harrsing olhou para Taristan e, pelo canto do olho, Erida o viu ficar tenso.

— Mantenha-se firme — continuou. — Mas flexibilize quando necessário, para que sua majestade e sua coroa não se quebrem.

Com isso, Lady Harrsing voltou para o lado de Lord Thornwall. O sorriso dela sumiu, substituído por uma expressão fria e neutra, uma máscara esculpida por muitas décadas na corte. Ela olhou para o chão de pérola e mármore.

Taristan continuou olhando para a dama, os olhos pretos brilhando com aquela luz vermelha. Erida sentiu a dúvida percorrer seu corpo, desconfortável como um toque quente numa testa febril. Mas logo se livrou da sensação. Bella Harrsing era leal ao trono, mais do que qualquer outra pessoa, sua fidelidade provada dezenas de vezes. Estava em uma sala repleta de inimigos, mas a dama não era um deles.

E havia questões muito mais importantes a tratar do que uma senhora idosa.

Erida de Galland e Madrence se acomodou no trono, apontando para os degraus à sua frente.

— Quem vai se ajoelhar primeiro?

18

A PRIMEIRA A SER LEMBRADA

Sorasa

A ASSASSINA SENTIA-SE DIVIDIDA. Sorasa sabia que não deveria provar a cerveja do príncipe, nem o vinho, nem a *gorzka* ácida. Ela já notava a bebida clara queimando uma dúzia de gargantas. Mas desejava o acolhimento atordoante de uma taça, nem que fosse para diminuir a dor das lembranças perturbadoras. Ainda via os outros amharas em cada pessoa e em cada sombra. Eles a seguiam em seu campo de visão, seu estômago revirando a cada miragem. Até Oscovko tinha o rosto de um homem morto, as feições ofuscadas pelas de Luc.

Ela piscou para afastar a imagem, tentando se concentrar. Banquetes eram boas oportunidades para assassinos, algo que Sorasa sabia melhor do que ninguém. Ela já tinha disfarçado assassinatos em diversas festas como essa, usando o caos dos arredores para cumprir suas encomendas.

O caos espiralava ao redor deles.

O salão, tão vazio poucas horas antes, tinha sido varrido, mais mesas compridas foram arrastadas até ali e as janelas estavam escancaradas. De alguma forma, o espaço parecia maior agora que estava lotado de pessoas. Havia nobres trequianos, lordes e damas vestindo roupas chiques com cabelo e barba trançados. A maioria dos homens usava terçados expostos no cinto, o aço reluzindo a cada passo. O acampamento de Oscovko continha soldados, trequianos e mercenários, somente homens, de quase todos os cantos de Todala. Os rostos eram como um arco-íris, desde jydeses de pele leitosa empunhando machados a arqueiros nironeses de pele escura como a noite e seu característico arco de ébano. Armas à mesa de jantar nitidamente não eram malvistas em Trec.

A maioria dos soldados estava sentada nos bancos compridos ou vagava como chacais errantes. Alguns brigavam, socos tão frequentes quanto apertos de mão. Sorasa não deu atenção. Os trequianos eram bons de briga e ainda melhores de garfo.

Pratos de comida cobriam todas as superfícies, travessas repletas de frango assado, presunto curado e mais tipos de batata do que Sorasa conhecia. Barris de vinho e cerveja revestiam a parede dos fundos, supervisionados por um soldado trequiano especialmente barulhento. A noite tomava conta das janelas, mas muitas velas e tochas ardiam, enchendo o ar quente de fumaça. Tudo cheirava a álcool, carne e bafo azedo, e Sorasa torceu o nariz ao andar pelo salão. Corayne, com seus olhos brilhantes, não parecia se incomodar, e Dom seguia na frente, abrindo caminho pela multidão de tenentes de Oscovko.

O rei de Trec não estava por ali. Sorasa se perguntou se Valtik ainda estava com ele em seus aposentos, cuidando do governante cego, entoando suas rimas e cantigas jydesas. Ela não conseguia pensar em nada mais entediante.

Para o alívio de Sorasa, havia outras mulheres na festa. Esposas, damas nobres e algumas mulheres do acampamento, usando seus melhores vestidos. No entanto, nada de guerreiras. *Corayne, Sigil e eu não chamaremos mais atenção do que de costume*, pensou. *Bem, pelo menos eu e Corayne não.*

Sigil já estava entre os homens, quase meio metro mais alta do que a maioria, fácil de identificar. Seu cabelo preto estava crescendo, bagunçado e solto na altura das orelhas. Em vez de vestido, ela usava uma túnica e um colete de couro, amarrados até o pescoço, calças justas e suas velhas botas marrons. Oscovko bebia ao lado dela, um chifre de cerveja em uma das mãos e um copo de *gorzka* na outra. A história entre Trec e Temurijon era longa e escrita com sangue, mas a aprovação do príncipe aquietava a atenção dos outros soldados. Pelo menos por enquanto.

Corayne olhava concentrada para a multidão, e Sorasa notou. Estava procurando pelo escudeiro, esticando o pescoço para buscá--lo no mar de rostos.

— Ele está perto da janela — cochichou Sorasa no ouvido de Corayne.

A garota sorriu, agradecida, e saiu, atravessando o salão para se juntar a Andry no estrado. Ele sorriu quando ela chegou, apontando para alguma coisa pela janela, lá na cidade. O trono vazio se erguia acima deles, o calcário branco lembrando ossos deteriorados à luz das velas.

Assim como Corayne, o escudeiro estava recém-banhado, livre da sujeira da estrada. Ele era o único que parecia confortável no banquete, já acostumado à vida em uma corte agitada. *Vodin provavelmente é um lugar mais comportado*, pensou Sorasa, lembrando do Palácio Novo de Ascal e de seus salões monstruosos.

— É claro que o escudeiro acharia o lugar mais silencioso da festa — murmurou Sorasa, a voz se perdendo em meio ao ruído da multidão.

Exceto aos ouvidos de um imortal.

Dom olhou para trás, os olhos verdes e fulminantes.

— Não é sábio juntá-los, Sorasa. E não se sinta obrigada a passar a noite grudada em mim.

Ela deu de ombros, andando na direção de Dom, que franziu a testa ao vê-la tão próxima, mas não disse nada, voltando a prestar atenção em Corayne.

— Por mais irritante que seja, Ancião, você também é muito útil — disse Sorasa.

Ela gostou do choque que passou pelo rosto dele.

— Já começou a beber, Sarn?

— Esses trequianos nem ousariam se aproximar de um príncipe imortal — explicou ela, ignorando a provocação. — Só estou me aproveitando da vantagem de sua enorme sombra.

Ela apontou com a cabeça para os homens e mulheres ao redor. Todos mantinham distância dos dois. Dom mal parecia notar. Sorasa se perguntou se ele dava alguma atenção a mortais.

— E mal sabem eles que o perigo aqui é você — resmungou Dom —, não eu.

— Essa foi a coisa mais gentil que você já me disse, Ancião.

— Bem, agora que tenho sua atenção, deixe-me repetir...

Ele se abaixou até estar na altura dela, encarando-a. A chama das tochas reluziu no olhar de esmeralda de Dom.

— Pare de se meter com Corayne e Andry — disse ele.

— Eles são dois adolescentes destinados a salvar a esfera, mesmo que isso lhes custe a vida, forçados a conviver nesta jornada impossível. Acredite, nem preciso me meter — respondeu ela, seca.

Dom suspirou, desviando o olhar das janelas.

— Acho que é verdade. Só gostaria que Corayne se escondesse melhor, disfarçasse as emoções.

— Eu, não — disse ela, surpreendendo até a si mesma.

O imortal virou, as sobrancelhas franzidas formando uma linha reta.

— *Você* não?

— Corayne pode ser sincera sem nem pensar duas vezes — respondeu Sorasa, encontrando as palavras conforme as dizia. — Ela pode usar o próprio rosto, em vez de uma máscara.

Sorasa corou e desejou ter um capuz ou uma capa. Um véu tyrês bordado com moedas de ouro. Maquiagem e pó ibalete. Qualquer coisa para esconder a rachadura na própria máscara. Ela sentia a fissura crescer, e mal conseguia conter tudo que ela guardava. Dom olhou para ela, analisando sua expressão. O Ancião não era nada perceptivo, mas também não era cego. Sorasa viu compaixão nos olhos dele, o mesmo remorso terrível de que lembrava das colinas, da clareira, quando as mãos dela ficaram vermelhas de sangue amhara. Ela odiava cada segundo daquilo e quase fugiu correndo do salão. Seus dedos tremeram, ávidos por um copo de *gorzka*. No mínimo para forçá-lo na goela de Domacridhan, se poupando de uma noite inteira daquele julgamento carrancudo.

Ele entreabriu os lábios, e Sorasa se preparou para uma interrogação, ou, pior, para *pena*.

— Você só está encorajando desilusão amorosa, Sorasa — disse ele, dando-lhe as costas.

Aquilo parecia uma repreensão. E misericórdia.

Ela soltou um suspiro de alívio, a tensão no peito relaxando.

— Talvez você deva parar de se preocupar com o coração deles e cuidar do seu — ela murmurou, com um olhar malicioso.

Assim como Sigil, Dom era maior do que a maioria dos soldados no salão e tinha uma bela silhueta. A espada de Fuso em suas costas lhe dava uma aparência mais robusta, que ela sabia que ele não tinha, mais de guerreiro do que de príncipe.

O Ancião se incomodou com o escrutínio.

— Não acompanho sua linha de pensamento.

Ela sorriu e apontou para o salão, gesticulando para o fluxo de cortesãos e soldados. Homens de túnicas com belos bordados. Damas de vestido, cabelo preso em tranças trequianas tradicionais, mangas compridas e rendadas em fios preciosos de ouro e prata. Muitos olhavam para Dom ao passar, assim como olhavam para Sorasa, se perguntando quem eles eram. Interessados.

— Contei pelo menos seis pessoas neste salão, homens e mulheres — disse Sorasa —, que lhe fariam companhia hoje à noite com prazer.

Dom corou pela segunda vez. Ruborizado, ele pegou um pequeno copo de *gorzka* e virou a bebida, se engasgando com o sabor.

— Seis — ele finalmente murmurou, chocado.

Sorasa quase revirou os olhos. Apesar dos sentidos de Ancião, ele ainda era completamente desatento a muitas coisas, principalmente a emoções mortais. Ela ergueu o queixo, indicando várias direções, apontando para lordes e damas pelo salão. Uma era bem mais ousada do que o resto, uma jovem de cabelo ruivo, pele branca e olhos tão verdes quanto os de Dom. Estava perto, imóvel, observando-o com olhos de crocodilo. Paciente, à espera.

— Pode ser sua última chance — disse Sorasa, dando de ombros.

Ele estreitou os olhos, carrancudo, e pegou mais um copo.

— Não tenho desejo algum de levar um mortal para a cama, muito menos um que nunca mais verei.

Para surpresa de Sorasa, ele passou o copo de *gorzka* para ela. A assassina segurou com avidez, mas não conseguiu levá-lo à boca.

— Eu deveria ter desconfiado que você era exigente para parceiros — disse ela, com desprezo.

Dom devolveu o olhar de desdém, a irritação palpável, praticamente emanando do corpo. Ele parecia mais animal do que imortal de novo, os dentes afiados demais brilhando à luz de velas.

— Nem vou tentar contar quantos avidamente se juntariam a você hoje à noite — disse ele, olhando para a multidão.

— Isso nem é um elogio. Metade desses homens enfiaria o pau em um tronco de árvore sem pensar duas vezes.

Sorasa o viu fazer uma careta, a boca torcida de desgosto. Aquilo a irritou, e ela apertou o copo com mais força, quase quebrando o vidro.

— Já vi você cortar pessoas ao meio, Domacridhan — ela falou, frustrada. — Não me diga que um pouco de grosseria e uns centímetros de pele deixam você tão abalado.

— Não estou abalado — disse ele, seco e inexpressivo, como se quisesse provar seu argumento.

Mas, assim como Corayne, ele tinha pouca prática com máscaras. O rosto ainda estava corado, um tom ligeiramente rosa tingindo as cicatrizes.

— Cuidado com a *gorzka* — disse Sorasa, dando um passo para trás e fazendo uma reverência mais fluida do que a de qualquer cortesão, antes de beber o líquido todo em um só gole. — Ela é traiçoeira.

Ele rosnou quando Sorasa se foi, mas não a seguiu, satisfeito em deixar a multidão se fechar entre eles. A *gorzka* fez sua garganta arder e ao mesmo tempo a acalmou. Sorasa desejava outra dose, mas ignorou os muitos copos pelo salão, optando por um pedaço de pão, que engoliu enquanto circulava. Estar de boca cheia era tão útil para evitar conversas quanto a presença de Dom.

Soldados briguentos passaram por ela aos empurrões, obrigando Sorasa a desviar por entre as mesas. Dois nobres trequianos mediam força, de mãos dadas e os cotovelos apoiados na mesa. Outra tradição trequiana.

Ela quase pulou quando Charlie passou na sua frente com uma taça de vinho na mão. O estômago dela se retorceu. Vê-lo era como voltar no tempo.

Charlie estava arrumado, vestindo as melhores roupas que o castelo de Volaska tinha a oferecer: um colete de brocado dourado por cima de uma camisa de seda laranja-clara, botas forradas de pele e um pingente elegante no pescoço. Seu cabelo castanho estava solto e recém-lavado, os cachos caindo na altura dos ombros, o rosto mais uma vez barbeado depois das semanas de viagem.

Aquele era o Charlie Armont de quem ela lembrava, que conhecera dois anos antes. Já fugitivo, uma lenda em construção. Com vinte anos recém-completados e ainda assim o melhor falsificador de metade da Ala, ao mesmo tempo respeitado e temido por aquele dom.

Parte dela esperava que Garion se esgueirasse pela multidão, a espada fina de duelo presa ao cinto, o sorriso discreto reservado só para Charlie. O assassino amhara e o sacerdote destituído formavam um par admirável, imbatíveis na lâmina e na tinta. Garion, no entanto, não estava ali. *Pelo menos não morreu com os outros e seu cadáver não virou comida de corvo.*

Sorasa se sentia grata por isso. E sabia que Charlie também.

Ele franziu a testa, encarando-a.

— Aconteceu alguma coisa? — ele perguntou, a voz trazendo-a de volta para o mundo ao seu redor.

O sorriso tranquilo dele murchou um pouco.

Ela sacudiu a cabeça, afastando a memória.

— Nada.

Mesmo assim, Charlie se aproximou mais. Cutucou o ombro dela com a taça.

— Nada de bebida?

— Ainda não. Preciso ficar atenta.

Sorasa olhou pelo salão de novo, cada sombra um perigo em potencial. Nada escapava à sua atenção.

— Se outro amhara chegar, quero estar preparada.

O sorriso de Charlie murchou por completo. Seus olhos grandes e castanhos ficaram inacreditavelmente escuros, mesmo à luz das velas. Devagar, ele tomou um gole de vinho. Não para saborear, mas para se recompor.

— E se Garion sair das sombras? — ele perguntou, a voz grave demais, sufocada de emoção. — E então?

Sorasa queria pegar a taça da mão dele e virá-la de uma vez. Em vez disso, manteve-se imóvel, retribuindo o olhar sombrio.

— Acho que não é minha escolha — ela murmurou e, bem lá no fundo, rezou para que aquilo não ocorresse. — É sua.

O sacerdote destituído terminou o vinho e olhou para a taça vazia, deixando o vidro refletir a luz bruxuleante. Um arco-íris brincava entre seus dedos, e seu olhar estava muito distante. Sorasa sabia onde.

Em um lugar diferente, uma vida diferente.

Ele cerrou os dentes.

— Acho que é minha melhor esperança.

— Esperança — disse Sorasa, com desdém, forçando um sorriso e esbarrando nele com o ombro. — Você está começando a falar que nem Corayne e Andry.

Charlie sorriu de novo, de forma discreta e perspicaz. Mas ainda assim um sorriso. Levou a mão ao peito e revirou os olhos.

— Essa doeu, Sarn.

Foram necessárias algumas cotoveladas e um pouco de força no ombro, mas Sorasa finalmente atravessou a multidão mais próxima da mesa do príncipe. Oscovko estava usando sua coroa, trançada em ferro e cobre antigos ao redor da cabeça. Ele trocara a pele de lobo por um sobretudo preto e calças de montaria de couro. Lobos brancos estampavam as mangas, e ele deixara a gola desamarrada, expondo o tórax, as clavículas e uma corrente grossa de ouro. Estava sentado na mesa, as botas pesadas apoiadas no banco, cercado por soldados bajuladores do acampamento. Sigil ainda estava à mesa dele, com uma caneca gigantesca de cerveja, que bebia em goles lentos e silenciosos, ao contrário do que costumava fazer.

— Está tudo bem? — perguntou Sorasa, parando ao lado dela e olhando preocupada para a cerveja.

Sigil suspirou, se apoiando nos cotovelos. Passou a mão no cabelo, a mecha lisa e grossa caindo na frente do olho castanho.

— Os homens mais jovens não confiam em mulheres na batalha. E alguns dos homens mais velhos lembram bem demais das guerras com meu país. — Ela deu de ombros. — Além do mais, já estão todos bêbados. Vamos dar sorte se a noite acabar sem briga.

— Eu apostaria em você — sussurrou Sorasa.

— Até eu sei que é melhor não esmurrar um desses soldados e correr o risco de perder nosso único aliado — respondeu ela, engolindo com força.

Olhou ao redor da mesa. Os soldados do príncipe a encararam, mudando a expressão de fascínio para nojo.

— Mas devemos viajar com esses homens, lutar ao lado deles — ela continuou. — Como posso fazer isso se eles não confiarem no meu machado ou na sua adaga? Em *Corayne*?

Nesse momento, Oscovko terminou uma piada grosseira, arrancando gargalhadas altas e brindes dos homens. O príncipe então ergueu a própria caneca e brindou com Sigil, assentindo. Ela respondeu com um sorriso tenso.

— Pelo menos ele está fazendo o possível para aliviar a situação — disse Sorasa quando ele voltou a contar suas histórias, uma mais fanfarrona que a outra.

Sigil tomou um gole de cerveja e estreitou os olhos.

— Ele está tentando.

Os homens próximos a elas eram os favoritos de Oscovko. Só alguns nobres, pela análise de Sorasa, mas todos soldados, seu valor provado no campo de batalha e nos acampamentos de guerra. Eram homens brutos, grisalhos e corados de bebida, com cicatrizes nas mãos e olhos ariscos. Lembravam os lobos nas roupas e no castelo de Oscovko. Robustos, bravios, mas unidos pela causa. E fiéis ao seu líder.

— Os trequianos respeitam força. Vitória — disse a assassina, se aproximando de Sigil. — Deixe os mais jovens verem sua força. Deixe os mais velhos vê-la como aliada.

— Como? — perguntou ela, erguendo a sobrancelha.

— Talvez você deva, *sim*, lutar contra metade do salão — afirmou Sorasa, sentindo um sorriso sincero surgir no rosto e se divertindo com a ideia. — De certa forma.

Sigil fez uma careta, confusa, e inclinou a cabeça, esperando uma explicação.

Em vez de falar, Sorasa se inclinou e apoiou o cotovelo na mesa, a mão erguida e espalmada. Sorrindo, balançou os dedos em convite.

A caçadora de recompensas piscou algumas vezes e sorriu, a boca fina se esticando até os dentes brancos cintilarem à luz das velas. Ela imitou Sorasa, estendendo a própria mão e quase rindo.

Pegou a mão da assassina, o cotovelo firme na mesa de madeira. Sorasa já sentia o aperto forte de Sigil nos dedos, ameaçando esmigalhar seus ossos e parti-los ao meio.

— Os ossos de ferro dos Incontáveis... — começou Sigil, praticamente lambendo os beiços.

— Não podem ser quebrados — concluiu Sorasa, os nós dos dedos batendo na mesa com estrondo quando Sigil prendeu sua mão.

Um rugido ressoou dos homens trequianos, Oscovko fazendo mais barulho que todos. Não havia nada que os trequianos amassem mais do que uma oportunidade de mostrar seu vigor.

Charlie e Corayne organizaram as apostas, circulando pelo salão, o homem com um pedaço de pergaminho na mão e uma pena na boca. Calcularam as probabilidades rapidamente, coletando moedas e apostas dos soldados e da corte trequiana. Oscovko era o mais favorecido, naturalmente, e sentou à mesa com um sorriso tranquilo e relaxado, sem nem largar a bebida, mudando de cerveja para *gorzka* na hora da competição de força. O príncipe derrotou seu primeiro rival com facilidade, esmagando o braço de um soldado sob um coro de aplausos.

O mesmo ia acontecendo ao redor da mesa, para alegria de Sorasa. Soldados se amontoavam nos bancos, sentados diante dos compatriotas, animados para exibir a força ou muito bêbados para notar que aquilo não era uma boa ideia. Até Andry foi parar no meio da competição, apesar de protestar com veemência. Corayne riu e o incluiu na lista.

Sigil entrou na deles, a manga arregaçada expondo a pele bronzeada e os músculos definidos. Sorasa conteve um sorriso. Aquela era a área de Sigil, uma oportunidade fácil de conquistar os homens dali.

— Junte-se a nós, amhara! — bradou o príncipe Oscovko, tentando abrir lugar no banco para ela.

O sorriso de Sorasa sumiu e ela se afastou, cruzando os braços.

— Conheço minhas habilidades. Meu valor não está na mesa de disputas.

O príncipe fez uma careta exagerada de frustração, mas não discutiu, se voltando para a próxima vítima. Quando ganhou de novo, fez um gesto para pedir mais bebida, vociferando com um criado que passava.

— Ele vai acabar a noite cego — disse Dom, se afastando da bagunça. — Não é assim que um príncipe deveria se comportar.

Revirando os olhos, Sorasa se voltou para ele. O imortal parecia deslocado, um dos únicos guerreiros a não entrar na brincadeira. Se mantinha afastado da multidão, e algumas damas interessadas ainda estavam por perto, inclusive a ruiva, bebericando de um copinho.

— Está com medo de competir? — provocou Sorasa, só para irritá-lo.

Ela sabia, melhor do que ninguém, que Dom ganharia de qualquer mortal da Ala. *Exceto por Taristan, talvez*, pensou, desanimada.

— Não vou cair na sua provocação, Sorasa — ele respondeu, inexpressivo, de olho na mesa comprida.

Observava Corayne, que andava pela multidão com Charlie, controlando as apostas conforme as partidas aconteciam.

Sorasa deu de ombros.

— Melhor assim. Você estragaria meu plano, como estraga tudo.

— *Isto* é um plano? — perguntou ele, horrorizado, gesticulando na direção das competições desordenadas, cerveja derramada e cortesãos zombeteiros.

Oscovko urrava no centro de tudo, batendo os pés e estilhaçando copos a cada vitória.

Sorasa estava de olho em Sigil. A mulher temurana bebia a cerveja com mais gosto, o sorriso crescendo a cada vitória, enquanto soldados trequianos faziam fila para desafiá-la.

— Trec e Temurijon são inimigos antigos, com uma longa história de rancor e carnificina — explicou Sorasa, baixinho. — O imperador Bhur quase apagou Trec do mapa na última conquista. Os veteranos mais antigos lembram das guerras, e os soldados mais jovens não querem lutar com a gente, mulheres fracas e choronas.

Ao ouvir isso, Dom gargalhou.

— Então aqui estamos. A mesa de disputa é uma tradição trequiana, uma demonstração de amizade e de força. Deixe que eles vejam que Sigil é uma guerreira tão boa quanto todos os outros, disposta a lutar *com* eles, e não contra eles.

Dom franziu a testa, ainda não convencido.

— E a competição vai fazer isso?

— Essa é a ideia — disse Sorasa.

— Entendi.

Pelo tom do Ancião, dava para notar que ele não entendia, e Sorasa soltou um suspiro exasperado. Apesar da idade e dos dons imortais, Dom entendia menos a corte do que uma criança camponesa. As maquinações e manipulações de uma corte real estavam além do alcance dele, ou simplesmente abaixo de seu interesse. *Ele não sobreviveria a uma semana de treinamento amhara, mesmo sendo um Ancião.*

— Andry está indo bem — murmurou Dom, apontando para a mesa.

De fato, o escudeiro tinha acumulado vitórias, ainda sentado no banco conforme os outros eram eliminados. Mas a disputa nitidamente não fazia o estilo dele e, depois de derrotar um soldado mais velho, Andry se afastou da mesa com as mãos erguidas. Sorasa não esperava nada diferente.

— E você? — perguntou o Ancião, olhando para as mãos de Sorasa e analisando as tatuagens, aquelas que ela compartilhava com todos os seus irmãos, vivos ou mortos. — Não ensinam isso na sua Guilda?

— Prefiro cortar a garganta de um homem a segurar a mão dele — retrucou a assassina, cruzando as mãos. — Além do mais, não podemos deixar que lembrem de nós. Matamos e sumimos. Não esperamos elogios.

— Bem, então você será a primeira — disse Dom, tranquilamente.

Ela contorceu a boca, confusa.

— A primeira?

Ele ficou olhando para ela, como se a resposta fosse óbvia.

— A primeira amhara a ser lembrada — falou, rude, o olhar verde encontrando o dela. — Se salvarmos a esfera, é claro.

A primeira a ser lembrada. Sorasa repetiu as palavras na própria mente, tentando compreendê-las. Pareciam se aglutinar, se recusando a se desfazer, como um nó firme. Amharas serviam à Guilda, serviam ao legado dos maiores assassinos, serviam Lord Mercury, serviam uns aos outros até, mas nunca a si mesmos. Nunca ao singular. Nunca um acima do todo, e muito menos acima de Mercury. Os amharas valorizavam glória acima de tudo, mas para a Guilda. Não era do feitio deles crescer sozinhos, carregar o próprio nome para além das muralhas da cidadela. Ela corou. Até pensar naquilo era estranho, entrava em conflito com os ensinamentos martelados em seus ossos.

Dom continuou a olhá-la, silencioso em meio ao caos do banquete. Ele esperava, imóvel como uma montanha na tempestade.

— Não é do feitio dos amharas — murmurou ela, a voz fraca.

Ele se mexeu, a luz das chamas dançando em seu rosto.

— Você não é mais amhara.

As palavras eram como uma punhalada em seu peito, um golpe fatal. Ao mesmo tempo, tiravam um peso de suas costas. Ela perdeu o ar, as duas sensações em disputa dentro de si.

— Não desejo ser lembrada — disse Sorasa finalmente, as palavras forçadas e firmes. — Sobreviver a isso tudo já basta.

— Concordo — grunhiu ele, o rosto pétreo. — Vamos sobreviver.

Mentiroso, pensou ela, reparando na tensão no maxilar de Dom. Mesmo assim, Sorasa ficou quieta. *Se o imortal morrer, que seja. Enquanto Corayne estiver viva, a Ala terá uma chance.*

Embora essa chance já seja pequena.

Sorasa percorreu a trilha diante deles em sua mente, atravessando os Portões de Trec e os contrafortes gallandeses até um templo perdido infestado pelas criaturas asquerosas de Taristan. Seria uma tarefa intimidante, com variáveis demais para Sorasa contabilizar. Ela respirou fundo, tentando expulsar o desespero antes que fosse engolida.

Foi então que um lorde trequiano levantou da mesa. Era de longe a pessoa mais alta do salão, maior até do que Dom, parrudo e formidável, a barba bifurcada em duas tranças, pulseiras de ferro grossas para marcar sua posição elevada. Ele não era um cortesão franzino como os lordes de Ascal, que desconheciam guerra e dificuldades. Sorasa o analisou enquanto ele avançava em sua direção, a intenção nítida no olhar.

Ela se preparou. Normalmente, não pensaria duas vezes antes de recusar a investida de um homem, mas não queria ofender ninguém, por mais irritante que fosse. Eles precisavam do apoio trequiano. Era um equilíbrio delicado.

Entretanto, o lorde trequiano parou abruptamente, olhando de Sorasa para Dom. E se ajeitou, estufou o peito e levantou uma taça de vinho tinto.

— Lorde Ancião — rosnou, a voz carregada do forte sotaque trequiano. — Eu o desafio à mesa.

Sorasa conteve uma gargalhada, mordendo os lábios.

Ao lado dela, Dom empalideceu. Em vez de se exibir como o lorde fizera, ele parecia querer pular da janela mais próxima.

— Ah, sim, Lorde Ancião — disse a ruiva, parando ao lado dele. Dom se encolheu quando ela o segurou pelo braço, os olhos verdes da mulher cintilando. — Todos ouvimos lendas sobre sua força imortal. Nos mostre, por favor.

Sorasa mordeu os lábios com ainda mais força, quase tirando sangue.

— Peço perdão — disse Dom, gaguejando.

Ele olhou do lorde para a mulher, os dois apontando para a mesa da disputa. Várias pessoas ergueram a cabeça, ávidas para ver o príncipe imortal em ação. Ele se soltou da mulher delicadamente, tirando os dedos dela de seu braço.

— Não é meu costume — disse, finalmente, curvando a cabeça para o lorde. — Os vederes não se envolvem... — Dom continuou, olhando para a mesa e apontando com um gesto vago — *nisso*.

— Mas é *nosso* costume, Ancião — disse o lorde, rude, insistente, a voz um pouco mais firme, muito mais do que Sorasa gostaria.

— Também é o costume dos temuranos — disse Sorasa, tranquilamente, se metendo entre eles.

Ela vestiu a máscara com facilidade, mesmo depois de tantos anos. Com um sorriso suave e uma piscadela, Sorasa pegou o braço do lorde em movimentos ágeis e deliberados.

— Sigil, de Temurijon, derrotou todos desta mesa. Ela já o derrotou, milorde?

O homem trequiano virou para Sorasa, encantado. Em seguida, sorriu, virando o vinho.

— Não derrotou, não — grunhiu ele, andando a passos largos, ainda de braços dados com Sorasa.

Ela viu um brilho dourado pelo canto do olho. Dom a acompanhava, perto como uma sombra.

— Concede-me esta dança, temurana? — pediu o lorde, arrancando outro homem do banco em frente a Sigil.

Ele sentou sem ser convidado, abraçando Sorasa e preparando o outro braço para a disputa.

Sigil olhou primeiro para Sorasa, a expressão ilegível. A assassina abriu um sorriso irônico.

— Não quebre a mão dele — disse em ibalete, e Sigil sorriu.

Trinta segundos depois, o lorde foi embora segurando o punho. Sigil apenas deu de ombros.

— Não podemos enfrentar um exército se você machucar nossos próprios soldados — sibilou Sorasa.

— Você não falou nada do punho — protestou Sigil, com um pedido de desculpas forçado.

Mas quem respondeu foi Oscovko, se aproximando da amhara com passos estranhamente silenciosos e sentando no banco.

— Vamos acabar com isso, Sigil, de Temurijon? — disse, firmando o cotovelo. — Parece que somos os últimos na mesa.

De fato, os bancos estavam vazios, restando apenas a caçadora de recompensas temurana e o príncipe de Trec.

As demais pessoas no salão os observavam, a multidão inebriada de competição, calor e vinho. A maioria torcia pelo príncipe, batendo as mãos na mesa ou nas coxas, no ritmo de um tambor de guerra. O som se espalhou pelo banquete, na mesma cadência de batimentos cardíacos, até a própria Sorasa querer participar. Mas ela se conteve, se afastando da mesa para observá-los com o resto da festa.

Corayne gritava mais alto do que o barulho, anotando as últimas apostas com Charlie, Andry servindo de mensageiro. Valtik tinha ressurgido em algum momento da noite e estava agachada no canto, praticamente uma sombra de olhos azuis, quebrando ossos com os dentes. Dom murchou, feliz de ser ignorado.

Um músculo tremia na mandíbula de Sigil, o rosto dela delineado pelas muitas tochas. Sua pele cor de bronze parecia cintilar, os olhos dançando na luz. Ela afastou a mecha de cabelo dos olhos e firmou o cotovelo, oferecendo a mão ao príncipe. Se sentia a pressão do momento, não demonstrava. O sorriso voltou a seu rosto, quase feroz.

O príncipe sorriu de volta e segurou a mão dela, unindo as palmas enquanto seus dedos se entrelaçavam. Ele ergueu o rosto barbado e áspero, com um meio-sorriso.

— Por Trec! — urrou ele, para alegria do salão.

— Pela Ala! — respondeu ela, recebendo vivas retumbantes.

Os dois grunhiram e começaram a disputa, corando ao mesmo tempo, franzindo a testa até se formarem linhas fundas e determinadas. Oscovko bufou, os nós dos dedos brancos. Os músculos se destacavam no antebraço de Sigil, que também ofegava. Ela rangeu os dentes, as mãos de ambos tremiam, sem ceder um centímetro sequer para nenhum dos dois lados.

— Oscovko! Oscovko! — gritavam os trequianos pelo salão, brindando e socando as mesas, lembrando Sorasa da briga na taverna em Adira. — O Lobo Branco de Trec!

— Sigil! — torceu Sorasa em resposta, falando alto para ser ouvida. — Sigaalbeta Bhur Bhar!

Ao som de seu nome temurano completo, o olhar de Sigil se iluminou, e ela mordeu os lábios com determinação. Respirou fundo para ganhar forças e continuou a disputa, jogando todo o peso no braço. Oscovko soltou um gemido de dor, o suor escorrendo pela testa. O rosto dele estava roxo como uma beterraba, a cor mais vívida que sangue fresco. Seus músculos tremiam no pescoço, tensionando a pele.

Os gritos e vivas continuaram, com vários trequianos torcendo para ambos. Sorasa continuou a gritar e aplaudir, gesticulando para que os outros fizessem o mesmo. Dom foi quem fez mais barulho, erguendo os punhos no ar e esbravejando:

— Os ossos de ferro dos Incontáveis não podem ser quebrados!

Foi o empurrão que faltava para a derrota de Oscovko.

Sigil soltou um grito gutural, o berro de guerra de Temurijon, e esmagou o punho do príncipe na mesa. O corpo dele quase foi junto, e o homem se retorceu para impedir que o braço fosse quebrado ao meio. Quando Sigil levantou, erguendo as mãos em triunfo, ele fez o mesmo. O salão vibrava de empolgação quando ele pegou a mão dela, mantendo o braço abatido junto ao peito. Com um grito, Oscovko levantou a mão dela, comemorando a vitória de Sigil na frente de todos. Os soldados comemoraram com ele, derramando vinho, cerveja e bons votos.

— Partimos amanhã, pela guerra e pela Ala! — ribombou ele.

— Pela Ala! — responderam os homens.

— Pela Ala! — berrou Sigil.

Pela Ala, pensou Sorasa.

Uma pontada de esperança surgiu no peito dela, hesitante, como a luz de uma única vela. Muito pequena, muito fraca. O salão ecoava em triunfo, mas Sorasa só ouvia o som de sua sentença de morte. Mesmo sorrindo, o medo tomava conta de seu corpo. O sentimento nunca ia embora por completo, mas, naquele momento, ela foi dominada por suas garras geladas arranhando-lhe as entranhas.

19

A ESCOLHIDA IMPLACÁVEL

Erida

Mesmo coberto de veludo bordô, o trono de Madrence era desconfortável, a pedra fria embaixo do tecido, o espaldar alto insuportavelmente reto. Após uma longa manhã na assembleia, Erida estava ávida por caminhar e aliviar a dor.

Com um sorriso forçado, a rainha deixou Thornwall e Harrsing na sala do trono e saiu para se juntar à comitiva de damas. Gostaria de poder mandar embora as várias garotas e mulheres, que tinham pouca serventia na campanha além de deixá-la apresentável. E de espionar a mando de suas famílias e maridos. Mas as aparências eram importantes, a um nível enlouquecedor, e, por isso, as damas continuavam ali. Elas a seguiam de uma distância respeitável, murmurando entre si, as vozes zumbindo baixo.

A Guarda do Leão a acompanhava, silenciosa não fosse pelo tilintar da armadura, uma presença constante enquanto ela percorria os corredores desconhecidos do palácio. No caminho, Erida refletiu sobre os juramentos de novo, considerando os nobres madrentinos que tinham prometido lealdade a ela no dia anterior. Foram horas ouvindo louvores afetados e ofensas disfarçadas. *Jovem*, a maioria dos nobres a chamava, fazendo reverência à ousada conquistadora. Erida sabia que não deveria levar aquilo como elogio. Eles a viam como uma criança, uma menina, mal capaz de se governar, que dirá governar dois reinos, um império.

Estão enganados, e logo saberão, ela pensou.

Pelas janelas, viam-se nuvens se espalhando pela baía, escurecendo a tarde, apenas um raio dourado a oeste. Os corredores, antes reluzentes, ofuscaram, as pérolas perdendo o brilho. O palácio de Robart de repente lhe pareceu pequeno e insignificante, uma ninharia se comparado à casa de Erida, a muitas centenas de quilômetros dali.

Ela não esperava sentir saudade do Palácio Novo, mas uma leve pontada de dor a atingiu. Sentia saudade dos jardins, da catedral, das janelas de vitral estampadas com o grandioso Syrek e os muitos deuses. Sua cidade inigualável, de tamanho avassalador, habitada por seu povo leal, centenas, milhares de pessoas. Eles comemoravam até ao ver a rainha de relance. Ao contrário do povo de Rouleine e Partepalas, que cuspia aos pés dela e derramava sangue por rancor.

Erida vagava sem direção, mas seus pés as levaram ao magnífico jardim do palácio. Árvores e brotos floresciam, o ar era perfumado com diversos odores, e um chafariz corria em algum lugar, em meio ao canto dos pássaros. Pequenos pôneis abriam caminho pela grama, suas barrigas redondas lembrando moedas de ouro reluzentes. Parte de Erida queria expulsá-los do palácio. Eram, afinal, bichos de estimação do príncipe Orleon, e ela não precisava de mais lembretes dos mortos.

Olhou de relance para o céu escuro, avaliando se ia chover. Em comparação com todo o resto, uma tempestade não era nada.

A cidade é sua. O reino é seu, pensou. Os muitos nervos de seu corpo começaram a relaxar. *O próximo cairá, bem como o seguinte. Até o mapa ser todo seu.*

Ela sorriu, tentando imaginar Todala. Da selva nironesa à neve jydesa. Do sufocante golfo do Tigre aos vales de Calidon. Ascal, a joia em sua coroa, às estepes de Temurijon e do imperador Bhur.

Tantos tronos, tantos reinos. Alguns cederiam, apavorados pela carnificina em Madrence. Outros, não.

Erida tensionou a mandíbula, mordendo com força. O alívio logo passou, se esvaindo conforme ela listava os enormes obstáculos em seu caminho. Os muitos perigos na estrada do destino.

— Duas vezes rainha — disse uma voz grave, e Erida se assustou.

A Guarda do Leão sabia que deveria deixar Taristan se aproximar.

Ele surgiu de algum lugar da trilha, saindo de uma fileira de choupos. A rainha sentiu as damas reagirem atrás dela, algumas cochichando. Outras, mais espertas, se calaram. Com um simples aceno, Erida as mandou embora, depressa, para o palácio.

A Guarda do Leão continuou ali, formando um círculo amplo ao redor da rainha.

— Achei que ainda estivesse ajudando Ronin nos arquivos — disse para ele, que se aproximava a passos lentos. — Alcançando as estantes mais altas, coisas assim.

A boca dele tremeu, denunciando a vontade de sorrir.

— É um desperdício me fazer trabalhar nas páginas.

Taristan se remexia no jardim, deslocado como sempre. Ele não usava capa, nem armadura, apenas a fina túnica vermelha com uma rosa bordada no peito.

— Combina com você — disse ela, indicando a heráldica na roupa de Taristan. — Parece um verdadeiro príncipe do Velho Cór.

— Minha aparência não tem importância, só o que sei fazer.

— As duas coisas têm importância. E você deve parecer o que é. Um príncipe das linhagens antigas, um raro descendente dos velhos imperadores.

— A prova disso está no meu sangue e na minha espada, não em minhas roupas.

Erida sabia disso mais do que ninguém. Nenhum outro homem podia rasgar um Fuso ou empunhar uma espada de Fuso. Nenhum outro homem podia ser o que ele se tornara.

O colarinho da túnica dele estava desamarrado, mostrando as veias brancas que riscavam sua pele. Erida foi tomada pelo estranho desejo de tocar as linhas, que lembravam galhos, e tracejá-las. Ela achava que aquilo era fascínio. *Meu marido carrega um deus no corpo. Quem não gostaria de vê-lo?*

Taristan foi até ela, e a temperatura parecia subir a cada centímetro que chegava mais perto dele. A pele da rainha pinicava por baixo do vestido ornamentado. O tecido era pesado, muito justo. Erida queria rasgá-lo. Observou Taristan sem piscar, sem desviar o olhar dele.

— Duas vezes rainha — repetiu ela. — E três vezes príncipe.

Os títulos dele lhe vieram à mente. *Velho Cór, Galland e agora Madrence.*

— Um trajeto e tanto para um mercenário trequiano — acrescentou ela.

Ele também não piscava, e os olhos dela começaram a arder.

— Penso nisso todos os dias — disse Taristan, ainda prendendo o olhar de Erida como uma armadilha prende a lebre.

Ela finalmente cedeu, se permitindo piscar. Ele respondeu com um sorriso de satisfação, dizendo:

— De órfão do porto a isto.

— Um príncipe de seda e aço — afirmou ela, analisando seu consorte.

Mão direita de uma rainha e de um deus demoníaco.

— O que você está vendo? — perguntou ele, ainda sem piscar.

O olhar de Taristan era quase insuportável, rasgando sua pele com foco inumano. Ela se sentia perfurada.

— Eu vejo você, Taristan.

Erida engoliu em seco. Os dois estavam tão próximos que ela poderia tocá-lo, mas, em vez disso, entrelaçou os dedos.

— Eu me pergunto que partes do seu rosto puxaram sua mãe

— disse ela. — Seu pai. Que partes são sangue do Cór e que partes são nascidas na Ala.

Ela tentou lembrar de Corayne, a menininha na raiz de todos os seus problemas. Cabelo preto, pele castanha. Cores diferentes, mas os mesmos olhos e o mesmo rosto. Os mesmos modos distantes, como se de alguma forma fossem diferentes dos outros mortais. *Corayne sente essa diferença em si? E Taristan, sente?*

— Ninguém vivo pode responder a essa pergunta — murmurou ele, finalmente desviando o olhar.

O limite do jardim chegava à baía, com ondas suaves lambendo a pedra. A água azul era escura, refletindo as luzes da cidade em pontos de ouro tremeluzentes.

— Para você ou para mim — concluiu ele.

Erida perdeu o fôlego, as luzes da cidade parecendo estrelas brilhantes nos olhos dele. Pela primeira vez, se sentiu capaz de imaginar sua profundidade.

— No que mais você pensa? — perguntou ela.

Taristan deu de ombros, esfregando as mãos. Seus dedos compridos e pálidos estavam limpos, mas Erida lembrava de quanto sangue tinham derramado.

— No meu destino, principalmente.

— Não é pouca coisa — respondeu ela.

— Já foi, um dia. Morrer em uma vala por aí. Agora, não. Não desde que Ronin me encontrou e o Porvir me forjou no que sou hoje.

Erida estalou a língua. Se sentia ousada.

— Dê-se algum crédito, pelo menos. Não foi nenhum feiticeiro nem deus que o ensinou a sobreviver.

O olhar dele voltou, prendendo-a no lugar. Era como uma martelada.

— Posso dizer a mesma coisa de você.

Ela balançou a cabeça devagar.

— Eu aprendi porque era necessário. Principalmente após a morte dos meus pais. Ninguém protegeria uma garota que não era capaz de se proteger.

Ele assentiu, em um gesto estoico. Para a surpresa de Erida, ela viu compreensão no olhar do homem.

— No palácio ou na sarjeta, os ratos são todos iguais.

Ratos.

Ela rangeu os dentes.

— Já encarei parasitas o bastante — disse Erida, com desdém. — Primeiro, Corayne an-Amarat e sua patota intrometida. Espero que ela esteja morta em uma duna de areia qualquer, com os ossos secos pelo sol do deserto. — Engoliu uma onda de repulsa. — E Konegin, ainda fugindo. Só os deuses sabem onde está meu primo traidor, ou quem o ajuda. Independentemente de quantas cidades derrubemos, esses dois dão um jeito de escapar.

Ela ardia de calor, não por causa do vestido pesado, nem da presença de Taristan. Por fúria.

— Raiva lhe cai bem — murmurou Taristan, olhando seu rosto. — Alimenta a chama que você mantém acesa.

Erida corou e desviou o rosto, a mandíbula tensa. Sentia o coração bater forte, tanto por frustração quanto pela atenção de Taristan.

— Quero a cabeça de Konegin — sibilou ela.

— Ele logo cometerá outro erro — disse Taristan, de forma estranhamente tranquila. — Ou outro nobre cometerá por ele.

— Já estou trabalhando nisso. O tesouro madrentino é vasto, e a riqueza de Robart já está sendo dividida entre meus apoiadores.

Taristan soltou um suspiro de desdém e fechou a cara, olhando para a Guarda do Leão, todos silenciosos e implacáveis.

— Pague os soldados, não os nobres pomposos.

— Muitos dos meus soldados seguem esses nobres pomposos — respondeu Erida, com frieza. — E dinheiro forja as alianças mais fortes. Konegin não pode comprar o que já é meu.

— Konegin não é *nada* neste mundo — disse ele, sua voz enchendo o jardim. — Um dia, você verá.

Ela apenas suspirou, empertigando os ombros. A armadura cerimonial era muito pesada, começava a machucar suas costelas.

— Um dia, você estará certo. Mas, por enquanto, ele ainda é uma ameaça. Assim como sua sobrinha.

— Ela, sim — disse ele, retorcendo os lábios.

Por mais exasperada que estivesse, Erida não conseguia deixar de enxergar certa graça na própria circunstância — e na de Corayne. *Tanto do mundo repousa nos ombros de duas jovens enquanto homens grasnam ao nosso redor.* Ela tentou se motivar com aquilo, voltar à mulher que era uma hora antes, rainha de tudo que via.

Mas só se sentiu pequena, sem graça como o palácio encolhido, uma pérola sem luz que a fizesse brilhar. *Hoje, sou uma conquistadora. Por que não me sinto assim?*

A voz de Taristan saiu mais grave, tão baixa que reverberou pelo ar, aninhando-se no peito dela.

— Isso é tudo com que você sonhou?

Ela fechou os olhos por um longo segundo, lutando contra a onda repentina de tristeza. O canto dos pássaros e do chafariz se derramou sobre ela, envolvendo seu corpo com o leve ruído.

— Queria que meu pai estivesse aqui para ver — ela disse, finalmente, se obrigando a abrir os olhos.

O fogo de que Taristan falara a lambeu por dentro, consumindo sua dor, transformando-a em algo que tivesse utilidade. Raiva. Medo. Qualquer coisa menos tristeza.

— Queria que Konegin estivesse aqui para ver — continuou Erida. — Acorrentado ao chão, amordaçado, obrigado a me ver virar tudo que ele tentou tirar de mim.

Taristan gargalhou alto, os dentes reluzindo.

— Você é implacável, Erida — disse ele, se movendo até cobri-la com sua sombra. — Por isso foi escolhida.

Erida sentiu seu estômago revirar e perdeu o fôlego.

— Escolhida por quem? — ela perguntou, sem ar, já sabendo a resposta.

— Pelo Porvir, é claro.

O nome do deus demoníaco lançou um choque pelo corpo de Erida. Como um balde de água fria e um raio elétrico lançados ao mesmo tempo. Erida tentava não pensar nEle, e em geral era fácil. A campanha tinha muitas distrações.

— Ele viu em você uma arma, assim como em mim. Algo a ser valorizado, a ser recompensado — disse Taristan, observando a rainha, os olhos ainda escuros, ainda vazios a não ser pelo negrume sem fim. — Isso a deixa desconfortável?

Ela pensou na resposta.

— Não sei — disse, finalmente.

Era verdade.

Taristan continuou no lugar, sem querer se afastar — ou se aproximar. Ele a olhou de cima, e Erida se sentiu como um cadáver no campo de batalha, olhos sem vida e arregalados, encarando seu fim. Ela não conseguia nem de longe estimar quantos tinham visto seu marido desse ângulo, em seus momentos finais, ensanguentados e destruídos. Mais uma vez, se sentiu uma grande tola por confiar nele, por segui-lo voluntariamente em um caminho tão sombrio. Ainda assim, parecia ser a escolha correta. A única realmente possível.

— Você também me escolheu — suspirou ele. — Você viu o que eu era, o que eu oferecia, e mesmo assim me aceitou. Por quê?

Erida respirou fundo.

— Outro homem teria sido meu carcereiro, uma coleira amarrada à minha coroa. Soube disso a vida toda. Mas você é meu igual e também me vê como igual. Nenhum outro pretendente na Ala diria o mesmo.

Suas palavras o aquietaram, e as pálpebras dele pesaram. Taristan parecia um dragão encantado por uma cantiga de ninar.

Então Erida deu de ombros.

— E nenhum outro pretendente servia a um deus apocalíptico de outra esfera — comentou, com um meio-sorriso. — Mas se esse for o preço a pagar pela minha liberdade, pela minha vitória, continuarei a pagá-lo.

No mar ao longe, um trovão retumbou pelas nuvens, e uma única gota de chuva pingou no rosto dela, surpreendentemente gelada. Mas o ar entre eles ainda era quente. De repente, ela ergueu a mão e sentiu o calor do rosto dele, liso e quase febril, mas sem suor algum. Como uma pedra queimando no sol.

Ele não se encolheu sob o toque de Erida. Mais uma vez não piscava, os olhos ferozes parecendo engolir o mundo todo.

— Ele está sempre aí dentro? — murmurou Erida, acariciando-lhe a maçã do rosto protuberante com a ponta dos dedos.

Ele inspirou profundamente.

A rainha analisou os olhos de Taristan, esperando o característico brilho vermelho. Não veio.

Outra gota de chuva caiu. Erida esperava que virasse vapor na pele dele.

— Não — disse Taristan, dilatando as narinas.

Erida passou a mão pela orelha dele, ajeitando uma mecha de seu cabelo ruivo-escuro. Um músculo no rosto dele se moveu, o sangue pulsando forte no pescoço.

— Ele pode controlá-lo?

— Não — disse ele de novo, quase um rosnado.

Ela deixou a mão vagar, encontrando as veias na base do pescoço de Taristan. Eram ainda mais quentes que a pele dele e pulsavam no ritmo do coração.

— Meu arbítrio é próprio — continuou o consorte.

Erida baixou a mão. Seu coração rugia nos ouvidos, como trovões ribombando sem parar, todos os nervos à flor da pele, e até o ar em si parecia eletrizante. Ela contorceu os dedos dos pés, afastando-se do penhasco do qual se sentia prestes a cair. Um movimento e já era.

Para sua surpresa, Taristan parecia igualmente abalado. As faces coradas, e ele entreabriu a boca, voltando a inspirar. O ar sibilou por entre os dentes de Taristan.

— Prove — suspirou Erida, a voz tão suave que ela mal se ouviu.

Taristan, contudo, a ouviu claramente.

O toque dele ardia, as mãos cercando o pescoço de Erida, os polegares firmes sob o queixo para erguer o rosto dela, que suspirou, surpresa, mas ele abafou o som com os lábios. Quase no mesmo instante ela fraquejou, por pouco não cedeu completamente. Ele a segurou, pressionando o corpo com firmeza junto ao dela, a seda da túnica contra o aço da armadura. Ela levou a mão ao seu pescoço, apertando a pele flamejante, e com a outra mão o agarrou pelo punho, os dedos segurando músculo e osso. A respiração dele era a dela, o calor dele era o dela, o fogo de Erida encontrando o fogo de Taristan, queimando juntos. Erida era furacão e litoral ao mesmo tempo. Ela desmoronou nas mãos dele, e ele, nas dela. A rainha quase tropeçou, mas manteve o equilíbrio, fincando as unhas na pele dele, encorajando-o.

Foi então que ele se afastou, a respiração ofegante, os olhos pesados.

Ela entreabriu os olhos e viu Taristan a poucos centímetros, agarrando os dois punhos dela. A chuva cintilava sobre eles, encharcando-os até a pele. Erida não sentia nada além do toque ardente dos dedos dele, mesmo com o vestido ensopado. Ela abriu a boca, respirando forte. A umidade fria era estimulante e a trouxe de volta a si.

Usando toda a sua força de vontade, deu um passo para trás.

Ele a soltou sem questionar.

Erida queria mais, queria tanto que doía. O coração dela quase quebrava suas costelas, com tanto barulho que ela temia que Taristan o ouvisse. Ela estremeceu com a ausência repentina e inesperada da pele dele. Erida respirou fundo mais uma vez, firmando os pés no chão. Sua mente estava em embate, dividida entre deveres reais e autocontrole. Harrsing certamente comemoraria se soubesse que Erida enfim levara o marido para a cama. E a ideia também lhe agradava.

Talvez até demais.

— Tenho negócios a tratar — ela se forçou a dizer, a voz falhando.

— Certo — respondeu Taristan, o rosto novamente neutro.

No entanto, ele continuava corado, com manchas na pele.

Ela virou, a saia girando, redonda, reluzindo em verde e ouro, um espelho do jardim viçoso na chuva. Erida se repreendeu ao caminhar para longe, acompanhada pela Guarda do Leão. Ao mesmo tempo, se parabenizou.

Sou a rainha governante de dois reinos. Não posso me permitir ser fraca, não agora.

E, por mais que Taristan lhe desse força, ele com certeza a enfraquecia também.

20

ESPERANÇA É TUDO O QUE TEMOS

Andry

O DIA AMANHECEU FRIO NO CASTELO DE VOLASKA.

Andry esperava no portão, os alforjes cheios, a chaleira tilintando. Junto com as roupas para o banquete, Oscovko dera para cada um deles uma capa forrada de pele, luvas e roupas de baixo de lã. Andry ficou feliz. As camadas de lã, a cota de malha, a túnica azul estrelada e a nova capa o protegiam dos dias mais frios. A respiração dele fazia fumaça no ar, que espiralava com a mais leve neve. O cavalo trequiano resfolegou, soprando nuvens também. Era mais resistente e robusto que a égua do deserto, que dormia contente no estábulo. Andry sentiria saudade dos passos suaves e dos olhos brilhantes do animal, mas o novo cavalo baio aguentaria o frio muito melhor. Embora o trajeto até o templo fosse levar apenas uma semana, o inverno era iminente, como uma sombra no horizonte.

Cavalariços e criados iam e vinham no pátio, entre o torreão e o estábulo. Carregavam provisões e arreios, preparando o abastecimento e os cavalos para a viagem ao sul. No entanto, Andry não avistava soldados, conselheiros, o príncipe Oscovko nem ninguém que reconhecesse. Nem mesmo os Companheiros.

Ele se mexia de um lado para o outro, batendo os pés com força, para se aquecer. Volaska se erguia sobre o pátio, as torres destacadas no céu cinza como ferro. Andry olhou para o torreão, buscando algum sinal de vida nas janelas. Nada se mexia. Nenhuma pessoa, nem uma vela.

Andry mordeu os lábios e, depois de um momento longo e constrangedor de hesitação, chamou um criado no estábulo.

— Com licença — começou Andry, baixando a cabeça.

O criado trequiano fez o mesmo, acenando com a cabeça loira, e abriu um sorriso cheio de dentes.

— Sim?

— Cadê todo mundo? Os soldados? O príncipe Oscovko?

O criado piscou algumas vezes.

— Ah! — ele exclamou com o sotaque forte e uma risada gentil. — Estão dormindo, senhor! Depois da bebedeira, ainda devem dormir mais umas boas horas.

— Claro — resmungou Andry, forçando um sorriso tenso de agradecimento.

Com um suspiro demorado e amargo, pegou as rédeas do cavalo e saiu arrastando os pés, levando o animal parrudo de volta ao estábulo. Chutou pedrinhas pelo pátio, afugentando todas dali que nem os criados.

Quando voltou ao salão do torreão, a maioria das mesas estava vazia, exceto por Corayne e Charlie, sentados no canto dos fundos. Os dois também usavam as novas capas de pele, os alforjes empilhados no chão. Estavam debruçados em papéis e no café da manhã simples, composto de pão duro e guisado. Corayne comia sem reclamar, mas Charlie fazia uma careta ao remexer o líquido cinzento na cumbuca com a colher.

— Pode ir pagando — disse Corayne quando Andry sentou no banco ao lado dela.

Charlie franziu a testa ainda mais, jogando uma moeda para cima. O metal acobreado reluziu antes de cair na mão esticada de Corayne, que guardou o dinheiro com um sorriso satisfeito.

Andry olhou de um para o outro.

— Qual foi a aposta? — perguntou, torcendo o nariz quando um criado lhe serviu uma tigela de guisado.

A aparência não era nada apetitosa.

— Apostei que você seria o primeiro a ficar pronto — respondeu Corayne, partindo o pão ao meio e jogando o pedaço maior na tigela de Andry. — O primeiro a postos para salvar a esfera.

Charlie riu, o rosto enfiado no café da manhã, e olhou de relance para Andry por cima da borda.

— O primeiro a postos para morrer por ela.

O escudeiro sabia que era para ser uma piada inofensiva, mas ainda assim doía.

— Nem de longe fui o primeiro — disse Andry, desanimado, começando a comer.

A refeição não era horrível, apenas insossa. As verduras eram irreconhecíveis de tão cozidas, perdendo a cor e o gosto. Ele sentiu falta da coleção de ervas guardada nos alforjes que deixara com o cavalo no estábulo.

O rosto de Corayne se contorceu de dó.

Andry abaixou o olhar. Disse a si mesmo que não deveria sentir vergonha, que não deveria se arrepender de ter sobrevivido. Parte dele sabia que era tolo sentir culpa. Ainda assim, não deixava de sentir.

— Já deveríamos estar na estrada — resmungou ele. — Estamos com pressa, e cada minuto é uma oportunidade perdida. — Sua voz falhou. — São vidas perdidas.

E vidas ainda em risco. Minha mãe. E nós, também.

Ele se forçou a engolir, fazendo a comida descer. Não serviu para esconder a frustração.

— Você está certo, Andry — disse Corayne, cruzando os braços. — Acho que é esse o custo. Agora temos um exército, mas não estamos na liderança.

— É generoso chamar isso de *exército* — disse Charlie, com um sorriso irônico. — Está mais para um bando de carniceiros.

Andry não discordava. Em comparação com os cavaleiros e as legiões de Galland, os guerreiros trequianos não pareciam melhores do que os lobos estampados em suas bandeiras. Ele suspirou, sacudindo a cabeça e olhando para o salão vazio.

— Eu trocaria todos eles pelos soldados de Isadere — falou, lembrando dos Falcões e dos Dragões, duas forças de guarda de elite fatais e, sobretudo, dedicadas. — Fico me perguntando se o rei de Ibal decidiu lutar.

Ao ouvir isso, Corayne e Charlie trocaram um olhar conspiratório e abriram sorrisos idênticos.

Com o olhar atento, o escudeiro perguntou:

— O que foi?

Charlie se recostou na cadeira, cheio de si.

— Mesmo que Ibal não lute, talvez outros lutem.

— Madrence caiu — gaguejou Andry.

Ele lembrava da carta, assim como todos os outros, e da expressão de Oscovko ao lê-la. O medo estampado.

— Rei Robart provavelmente morreu — ele continuou. — Mas, mesmo se estiver vivo, mal pode esperar para formar aliança com qualquer um agora... — Charlie deu de ombros e olhou de relance para a resma de pergaminho. — Não é rei Robart quem está pedindo.

— O que é isso? — perguntou Andry, pegando as folhas espalhadas pela mesa. A tinta estava seca, os selos frios e perfeitos. Ele analisou as páginas com os olhos agitados. — Mais documentos de passagem...?

E ficou boquiaberto quando finalmente entendeu.

— São cartas — sussurrou, passando as folhas.

Do outro lado da mesa, Corayne sorriu.

— Foi ideia de Charlie. Ele está trabalhando nisso desde que saímos de Ibal.

Charlie sorriu com ela, o rosto pálido ganhando um pouco mais de cor.

— E Corayne ajudou muito — ele falou, parecendo um professor orgulhoso. — Ela é uma tradutora excelente e melhor com selos do que parece. Espertinha.

Corayne pegou as cartas de volta, tomando cuidado para não as amassar.

— Se o rei de Madrence pode convocar a Ala para lutar, nós também podemos.

Andry quase gargalhou, olhando para os muitos selos de Todala. Todos falsificados, as assinaturas também.

— Não são cartas suas.

— Todo reino da esfera precisa se preparar para a guerra. Quanto mais cedo, melhor.

Ela inspecionou as páginas de novo, testando a tinta.

Muitas línguas passavam sob os dedos cuidadosos dela, junto aos selos e marcas coloridas. O dragão dourado de Ibal. O elefante de Rhashir. A águia branca de Kasa. O unicórnio desgrenhado de Calidon. O sol de Ahmsare. O lobo de Trec. Até mesmo o cervo de Iona. Convocatórias de toda a Ala, pedindo auxílio dos outros reinos, cartas falsas contendo verdades horríveis. A conquista de Erida, a empreitada sombria de Taristan. Os Fusos destroçados, o Porvir à espreita, atrás dos véus da esfera. A combinação completa do talento de Charlie e da esperteza de Corayne.

Andry suspirou, impressionado.

— Acham que vai funcionar?

— Tentar não faz mal — disse Corayne, dando de ombros e tentando parecer indiferente, apesar do sorrisinho satisfeito no rosto. — Se pelo menos uma carta tiver sucesso, já vai ter valido a pena.

— Verdade disfarçada de mentira — disse Charlie, orgulhoso.

— Vamos enviá-las por mensageiros antes de partir — acrescentou Corayne. — Ainda não tivemos sinal de Oscovko, mas podemos pedir para Dom arrombar a porta dele se começar a ficar muito tarde.

Com a colher, ela apontou para a conhecida silhueta corpulenta no corredor mais próximo.

O príncipe imortal estava de sentinela, vigiando o caminho dos aposentos de Oscovko com a concentração de um gavião.

— Tanto faz a hora que sairmos... Com nossa sorte, vamos acabar pegando uma nevasca — disse Charlie, alegre. — Mal posso esperar para morrer congelado em uma vala na fronteira.

Sorasa chegou de outro corredor, vestida de novo com as roupas de couro marrom. Tinha puxado o colarinho de pele para cobrir o pescoço, escondendo as tatuagens. Parou ao lado da janela, recostada no vidro e de frente para a mesa, irritada.

— Pessimismo combina com você, Charlie.

O fugitivo abriu um sorriso charmoso para a assassina.

— Vivem me dizendo isso, sabia? — respondeu ele, seco.

— Quem você tinha escolhido depois de mim? — murmurou Andry, cutucando o ombro de Corayne.

Mesmo que falar com ela já fosse fácil, tão natural quanto respirar, ele ainda sentia um frio na barriga.

— Na aposta — explicou ele.

— Sorasa — respondeu Corayne, mastigando. — Ela está à caça. Acho que não gosta de ficar trancada no castelo.

A assassina franziu a testa, ainda observando o salão.

— Você está certíssima. Tem oportunidades demais. E se Dom não arrastar Oscovko da cama, eu vou.

Corayne sorriu, cheia de malícia.

— Duvido que o príncipe se incomode.

Dom fez cara feia, mas Sorasa só sacudiu a cabeça, exasperada.

— Desde que as coisas andem... — resmungou ela, pegando um pedaço de pão. — Viram Sigil por aí?

— A última vez que a vi foi ontem à noite, levando um lorde e uma dama para o quarto — disse Charlie, finalmente desistindo do guisado e empurrando a tigela.

Sorasa pegou a tigela dele, sem nem pestanejar.

— Só dois? Está ficando devagar depois de velha.

Andry corou e mexeu no guisado, tentando esconder o desconforto, mas Charlie riu dele mesmo assim.

— Constrangido, escudeiro? — zombou ele. — Os cavaleiros de Ascal com certeza não eram melhores do que isso.

— Não muito — murmurou Andry.

Ele tinha servido a Sir Grandel tempo suficiente para saber quais membros da corte se deitavam com ele e quando ficar longe.

— Jura? — provocou Corayne, erguendo as sobrancelhas escuras. — Primeiro fofoca e agora sedução? Achei que vocês, cavaleiros e escudeiros, fossem tão comportados...

— Eu... não... bem... — gaguejou Andry, nervoso.

De fato, muitos escudeiros tinham seus namoricos, alguns mais escondidos, outros menos. Nenhum era permitido, mas sempre era possível dar um jeito.

Não que Andry tentasse.

Ele engoliu uma colherada de guisado empelotado, tentando se recompor.

— Deveríamos estar pensando na marcha — disse por fim, exageradamente formal. — E planejando enfrentar o que Taristan deixou para trás na guarda do templo.

Seu disfarce funcionou bem até demais, deixando todos à mesa sérios. Inclusive Charlie parou de sorrir.

Corayne empurrou a tigela, em silêncio.

— Isso sem nem mencionar o próximo Fuso que ele abrir — murmurou ela. — Ou que já abriu.

— Será que ele precisa mesmo dos Fusos? — murmurou Charlie.

Andry estreitou os olhos.

— Como assim?

— Você viu a carta de Madrence — disse o antigo sacerdote, olhando para os pergaminhos. — Rei Robart convocou uma aliança. Estamos pedindo a mesma coisa. Mas talvez não dê tempo. Taristan não vai precisar de um deus demoníaco para dominar a Ala se a esposa já tiver conseguido, colecionando reinos, um a um.

Ainda perto das janelas, Sorasa fez uma careta e deu de ombros.

— Acho que o império de Erida seria melhor que o apocalipse.

— Bem, pensando por esse lado... — falou Corayne, desanimada. — Minha cabeça já era de qualquer jeito.

— Taristan do Velho Cór não está lutando apenas pela coroa, nem mesmo pela Ala — disse Dom, se aproximando da mesa, o rosto contorcido de raiva. — Ele tem uma dívida com o Porvir, e o feiticeiro dele também. Nenhum trono mortal satisfará sua fome, ou sua fúria.

Charlie o olhou, atônito.

— Como você sabe?

— Os olhos dele. O rosto — Andry respondeu.

De repente, o imortal estava de novo naquela colina, olhando para o templo e para seus Companheiros mortos, vendo Taristan percorrer a clareira. Os olhos ardendo mesmo atrás do elmo, a espada de Fuso parecendo uma labareda em sua mão.

— O Porvir vive nele e no feiticeiro também. Isso é só o começo do que eles querem fazer. É mais do que uma simples conquista.

Andry lembrava cada segundo daquela manhã, que tinha sido marcada nele a ferro e fogo. O cheiro de sangue, as cinzas quentes se espalhando sobre as portas do templo. Um mínimo vislumbre das Terracinzas ao longe, uma esfera ardente de dor e tormento. E os cadáveres cuspidos por ali, conduzidos por um mestre que Andry não enxergava.

Ele coloca as mãos trêmulas embaixo da mesa, tentando esconder o medo que o dominava.

De repente, sentiu os dedos frios de Corayne na palma de sua mão suada. Ela apertou com força, e ele apertou de volta. A garota era uma âncora à qual ele se agarrava, ávido.

E ela se agarrava a ele também.

— Temos que ir — disse Andry.

Sua voz era baixa, mas ecoou pelo salão, um comando mais do que qualquer coisa.

A neve caiu na cidade, soprada por um vento amargo.

Ao meio-dia, o bando de guerreiros atravessou os portões de Vodin, metade da cidade aparecendo para se despedir de Oscovko e dos soldados. Andry escutou pouco dos incentivos do povo, focado apenas no ritmo do cavalo. Lembrava de deixar Ascal com Sir Grandel e os North, os cavaleiros da Guarda do Leão em sua armadura dourada distinta. Naquele dia, o sol aquecia o rosto deles, e o ar da primavera era fresco e limpo. Parecia ter acontecido em outra vida, ou até em um sonho, muito distante da realidade que Andry vivia. Mais uma vez, o escudeiro desejou poder voltar no tempo. Retornar com o que aprendera. Salvar os Companheiros e impedir que tudo aquilo acontecesse.

Andry olhou de soslaio para as várias centenas de soldados atrás dele. *Quantos morrerão no templo?*, Andry pensou, sentindo um gosto amargo na boca. *Quantos mais precisarão morrer lá?* Por mais que tentasse, Andry não conseguia afastar aquela imagem da cabeça. Ele via Corayne, Dom, Sorasa e os outros, todos mortos diante do Fuso do templo, despedaçados como os antigos Companheiros. Voltar ao abatedouro parecia loucura, suicídio.

Mas temos que fazer isso, ele pensou, repetindo sem parar. *Temos que voltar.*

Oscovko conduzia as longas fileiras de viajantes, todos montados em cavalos fortes e corpulentos, criados para resistir ao inverno. A neve continuava a cair como uma cortina incessante, cobrindo a paisagem em um manto espesso e branco. O exército viajou alguns quilômetros pela estrada do Cór, na direção da fronteira, mas desviou nas margens do Leão Branco, seguindo o rio ao sul. A estrada continuava sem eles a oeste, até a cidade gallandesa de Gidastern na costa, a alguns dias de viagem dali.

A noite chegou depressa, o céu passando de cinza a preto conforme eles acompanhavam o rio sinuoso através do vale da montanha. O Leão Branco formava uma fronteira nítida entre Trec, na margem acidentada a oeste, e Galland, a leste. Bosques se apinhavam nos dois lados da água, fazendo com que todos se espalhassem conforme as trilhas iam se estreitando. Andry só vislumbrava galhos e matagal na margem gallandesa. Não havia torres de vigia, nem trequianas, nem gallandesas, não tão distante das estradas principais que conectavam Vodin ao resto da esfera.

Corayne montava o cavalo ao lado dele, virada para o rio. Mal piscava, atenta à margem oposta.

— Não acredito que Galland está logo ali — ela falou, com ferocidade. A neve na trança preta dela lembrava estrelas. — Parece que até as árvores podem vir nos pegar.

Andry se esticou para olhar a fronteira além dela.

— Acho que as terras de Erida não conseguem fazer isso. Por enquanto — acrescentou ele, com um suspiro. — Se continuarmos neste ritmo, de manhã atravessaremos a fronteira.

— E à noite seremos capturados — disse ela, com ânimo exagerado.

Ele voltou a ficar ereto na sela, apoiando uma das mãos na coxa enquanto a outra segurava as rédeas.

— Ah, é verdade, você é uma fugitiva procurada.

— Você também, Andry Trelland — retrucou Corayne.

Andry revirou os olhos.

— Nem me lembre.

— Tenho certeza que a corte toda está escandalizada — brincou ela.

— Sem dúvida. Vai ser a fofoca do momento. Além daquela história de a rainha tentar conquistar o mundo inteiro. — Ele olhou para a frente, desde as árvores curvas até a ponta da coluna, e abaixou a voz. — Pelo menos Oscovko sabe o que está fazendo.

Como sempre, Corayne ficou interessada, dando as costas para o rio.

— Como assim?

— Olhe bem para eles: nunca vi um exército assim — explicou ele, apontando com a cabeça para os viajantes e para Oscovko. — Não carregam bandeiras. Não usam túnicas ou uniformes combinando. Nada que indique o reino ou a quem são leais. E Oscovko parece um soldado qualquer. Sem coroa, sem armadura elegante.

O príncipe vestia peles escuras e couro marrom, se misturando aos homens ao redor. Muito diferente dos cavaleiros e lordes que Andry lembrava.

— Ele não é orgulhoso nem tolo o bastante para colocar um alvo nas próprias costas — falou ele, meio impressionado. — Ou para facilitar a vida de um batedor que tente identificar o exército dele.

Corayne suspirou, resmungando:

— Não que bandeiras ou coroas façam diferença nas Terracinzas.

Um calafrio percorreu Andry. Ele sabia, melhor do que a maioria das pessoas, que os soldados mortos devorariam qualquer obstáculo se recebessem ordens de Taristan. Eram carcaças vazias na memória dele, mortos-vivos, pesadelos em carne e osso.

Ele balançou a cabeça, se recusando a deixar que aqueles pensamentos o engolissem.

— Oscovko foi esperto de contornar a fronteira assim — continuou Andry, apontando para o rio. — São quilômetros sem um castelo sequer, aqui abaixo dos contrafortes. A guarnição verdadeira mais próxima vai estar em Gidastern, lá longe, na costa. E nenhum vigia de aldeia vai conseguir conter um bando inteiro de guerreiros.

Corayne o olhou, atenta, de cima a baixo, e ergueu o canto da boca, sorrindo sutilmente.

— Isso é uma pontada de esperança na sua voz, Andry?

— Acho que só nos resta ter esperança, Corayne — disse ele, a contragosto. — Por mais que doa.

A garota continuou sorrindo, mas seu olhar ficou mais triste. Ela baixou o rosto, olhando de novo para as rédeas.

— Eu digo a mim mesma para não sentir isso. Esperança. Mas não consigo me conter.

Andry se inclinou, esbarrando de leve no ombro dela.

— Que bom. Eu odiaria ver você perdê-la. Você e sua esperança nos trouxeram até aqui.

— Eu? — perguntou ela, chocada. — Não sou nada sem os outros. Dom, Sorasa... e *você* também.

Apesar do frio cruel, Andry se sentiu aquecido. Ele franziu a testa.

— Sou só um escudeiro.

— Você pode falar isso quantas vezes quiser, mas não vou acreditar. Deixe-me elogiá-lo, pelo menos uma vez.

Andry a encarou, notando as manchas cor-de-rosa em seu rosto. A irritação dela a deixava ainda mais encantadora, assim como sua curiosidade e determinação ferrenha. Ele se perguntou quanto disso vinha do sangue do Cór, da natureza inquieta de seus ancestrais. E quanto era simplesmente de Corayne, uma garota do fim do mundo, que só queria ver o resto dele.

— Muito bem — disse ele, sorrindo, enfim sentindo o próprio rosto corar. — Só desta vez. Mas isso significa que também posso elogiar você.

Ela revirou os olhos.

— Certo.

A resposta dele foi rápida, já pronta.

— Fico feliz por ter encontrado você, Corayne an-Amarat. Você é a pessoa mais corajosa que conheço. E, não importa o que pense, já fez coisas incríveis. E fará ainda mais.

Ele a viu engolir em seco. Algo se suavizou nos olhos pretos e impenetráveis dela. Em seguida, Corayne estreitou os olhos e virou para a frente na sela. Empinou o nariz e fungou.

— Foram três elogios.

A neve finalmente dera uma trégua, o céu clareando acima das árvores. Galhos secos se cruzavam acima deles, e o rio tinha ficado para trás, o ruído perdido na floresta.

— Galland — disse Andry, sua respiração formando nuvens no ar gelado do amanhecer.

Debaixo do capuz, Corayne fez um barulho atordoado e confuso. Teria caído da sela, assustada, não fossem os reflexos ágeis de Andry. O escudeiro sempre se chocava com a capacidade dela de dormir sentada.

— Desculpe — murmurou ela, se situando enquanto avançavam. — O que foi?

— Estamos em Galland — repetiu Andry.

O nome do próprio país era como uma pedra pendurada no pescoço dele, puxando seu corpo para baixo. Ele afastou a sensação.

Corayne tirou o capuz, soltando o cabelo preto ondulado. Piscou, sonolenta, na luz da manhã, olhando para a floresta quase morta acima dos homens e dos cavalos. Os Companheiros viajavam ao redor deles, meio adormecidos, exceto por Dom e Sorasa, os dois altivos na sela.

— Como você sabe? — perguntou ela, olhando para o bosque.

Andry não sentiu orgulho, e sim vergonha.

— Passei a vida estudando mapas de guerra — murmurou. — Era meu dever defender esta fronteira um dia. E defender os governantes que a manteriam.

— Você ainda a está defendendo — disse Corayne, com a voz mais firme.

Andry não respondeu, e ela segurou as rédeas do escudeiro, forçando seu cavalo a se aproximar ainda mais. Seus joelhos se tocaram, e Andry precisou de toda a força de vontade para se manter imóvel.

Ela não soltou.

— Andry.

O assobio alto de Oscovko a interrompeu, o som agudo ecoando pela fila. Ele chamou a horda e puxou o cavalo para a direita, virando toda a comitiva para o oeste, se afastando do Leão Branco.

Andry sentiu um aperto no peito.

— Sei o caminho — sussurrou.

Ele visualizava o trajeto em sua mente. *Através dos bosques e dos prados congelados, sob os contrafortes mais acidentados das montanhas. Na direção do Leão Verde, outro rio. E a estrada de peregrinos que leva a um velho templo, antes esquecido, mas não mais.*

Olhou além de Corayne, para Dom balançando na sela, gigantesco se comparado aos soldados. O imortal observou Andry sob o capuz.

Eles trocaram um olhar pesado e sombrio. Andry sabia que Dom passara pelo mesmo que ele, se não por coisas piores. Lentamente, o escudeiro se forçou a acenar com a cabeça. Mexeu a boca, sem emitir nenhum som: *Comigo*.

Para sua surpresa, o Ancião respondeu.

Comigo.

Era um pequeno gesto, mas Andry aceitaria o conforto que encontrasse. Qualquer coisa que ajudasse a combater o pavor que tomava conta de seu peito, ameaçando expulsar todo o resto. Apertou a mão com mais força, sentindo as rédeas de couro mesmo com as luvas. Mais uma vez, tentou se ancorar em algo de concreto, no mundo diante dele, e não nas lembranças.

Ainda assim, o cheiro de cinzas e madeira queimada encheu seu nariz. Andry se encolheu, rangendo os dentes para aguentar a sensação. Ardia, mais forte do que nos seus sonhos. Fechou os olhos, tentando afastar a memória que parecia cercá-lo.

— O que é isso? — perguntou Corayne.

Andry abriu os olhos e notou que o cheiro não fazia parte de um pesadelo, da lembrança das ruínas do templo.

Era real e estava bem diante dele.

Oscovko assobiou de novo, guiando os viajantes para que se espalhassem, adentrando uma clareira onde a terra era vazia e plana. No entanto, perceberam que não era uma clareira, pelo menos não natural. As árvores estavam rachadas, queimadas até o talo, os galhos transformados em cinzas frias. O fogo já se fora havia tempo, deixando uma cratera preta e um resquício de cheiro.

— Não sei — murmurou Andry, aturdido.

Ele olhou de um lado para o outro do talho rasgado pelos contrafortes, como uma enorme cicatriz preta arrebentando o bosque. Não fora causado por um incêndio, nem por um exército. Alguma coisa queimara aquela terra até as brasas, com uma força colossal e uma precisão ainda maior.

— Outro Fuso? — Corayne perguntou, com um suspiro.

Ele via a mente dela a mil diante daquela paisagem.

— Não sei — repetiu Andry.

O estômago dele se contorceu. A terra arrasada era estranha, o ar parecia veneno em sua pele.

Dom se aproximou deles e franziu a testa, enrugando as cicatrizes. Sussurrou um xingamento em sua língua imortal, palavras indecifráveis.

Sorasa apareceu logo em seguida, uma sombra no cavalo preto, pouco mais de um par de olhos de cobre sob o capuz.

— O que você está vendo, Domacridhan?

— Não é o que estou vendo — sussurrou ele, o corpo tenso. — É o que eu sei.

Oscovko abriu caminho até eles, dando a volta com o cavalo.

— E o que é isso? — perguntou, em tom imperativo.

Dom levantou o queixo.

— Um dragão foi solto na Ala.

21

DORMIR E SONHAR COM A MORTE

Domacridhan

A AMEAÇA DO DRAGÃO PAIRAVA como o próprio dragão, uma nuvem carregada acima deles.

Todos deixaram a cratera queimada para trás, murmúrios se espalhando pelo bando de Oscovko. Seus guerreiros temiam o dragão e ao mesmo tempo se deleitavam com a ideia. Os Companheiros, nem tanto; somente Sigil parecia animada para testar o machado no fogo da criatura.

— O que você sabe deles? — murmurou Sorasa conforme avançavam, baixo o bastante para a pergunta se perder entre as conversas e os cascos dos cavalos.

Os olhos dela brilhavam com uma demonstração rara de preocupação, as sobrancelhas escuras franzidas.

Dom hesitou, olhando de relance para Corayne, atrás dele. Ela já carregava tanto peso. Ele não queria acrescentar um dragão inteiro à conta. Felizmente, ela estava envolvida em uma conversa com Charlie, os dois debruçados em algum pergaminho.

A amhara percebeu o olhar dele.

— Se prefere não contar, tudo bem. Mas se você morrer sem me explicar como derrubar um dragão, imagino que eu morrerei logo depois. E, sinceramente, prefiro que isso não aconteça.

Ele suspirou, o ar sibilando entre os dentes, seu rosto dividido entre um sorriso e uma carranca.

— Desta vez você me superestimou, amhara — murmurou ele. — Eu não estava presente na morte do último dragão.

— Imortal inútil — reclamou ela, mas a ofensa não era séria, e o olhar de Sorasa não carregava raiva.

Ele sentiu um aperto na garganta.

— Mas eu lembro.

O olhar de cobre dela se iluminou.

— A fera caiu há uns trezentos anos e levou muitos imortais consigo. Queimados, destruídos, estraçalhados. — Cada palavra saía como um pequeno corte, mais profundo que as cicatrizes em seu rosto. — Não sei que fim meus pais tiveram, mas sei que não sobreviveram. Lord Triam e a princesa Catriona, perdidos nos rochedos e no mar.

Sorasa apenas o observava, imóvel não fosse o ritmo do cavalo, sem piscar seus olhos de tigre.

— Quase não lembro do rosto deles — murmurou Dom, a voz falhando.

Cabelo grisalho, olhos verdes. Pele branca e macia. A espada dele. O arco dela. Só as capas voltaram, queimadas, quase apenas cinzas.

Era uma ferida antiga, cicatrizada havia bastante tempo. Muito mais suportável do que as outras.

— Lembro da volta dos guerreiros, liderados pela monarca. Eu era criança, e Isibel me acolheu, criou o filho da irmã como se fosse dela.

A tristeza se transformou em raiva. A tia dele comandara a espada da guerra, porém não mais. A covardia dela poderia ser o fim da Ala.

— Ela me contou histórias daquele dia. De como o dragão se mexia. Do calor da chama. Cortaram as asas dele, usando flechas e balistas, armas de cerco. Qualquer coisa que pudesse derrubá-lo, abaixá-lo o bastante para enfiarem lanças em seu couro, incrustado de pedras preciosas, atingindo o coração em chamas.

Sorasa baixou o queixo.

— Primeiro as asas, entendi — ela falou, e estalou a língua para que o cavalo apertasse o passo, levando-a para longe da comitiva.

Dom ficou feliz de ser deixado para trás. Apostava que ela não sabia o que fazer diante do medo ou da pena. Era uma confusão que ele entendia.

O imortal ficou atento ao céu, olhando e ouvindo, o foco externo e não interno, mal notando os passos nos contrafortes. Os quilômetros se passaram tranquilamente, e apenas os nervos dele estavam em frangalhos, o coração, fraco e melancólico, passava ileso. O clima também ajudava. Era primavera na última vez que ele fizera aquele trajeto, atravessando bosques verdejantes repletos de pássaros canoros. Agora, as colinas florestadas estavam cinzentas e esqueléticas, os galhos lembrando dedos tortos, só os pinheiros ainda altos e sempre verdes. Folhas secas crepitavam sob os cavalos e o vento ardia, com cheiro de neve e podridão. Nada era como antes, e Dom agradeceu por isso.

Apenas quando baixou a guarda as lembranças se esgueiraram de volta, lentas, mas implacáveis. As figuras a seu redor mudaram, as silhuetas se transformando. Sorasa se tornou Marigon ou Rowanna, o cabelo preto ficando ruivo, a pele bronze ficando branca, couro marrom substituído por camadas de cota de malha roxa. A pessoa atrás dele não era mais Sigil, mas Lord Okran de Kasa, enorme e vestido com uma armadura de aço branco e uma águia no peito, seu sorriso claro se abrindo como uma lua crescente no rosto marrom-escuro. Oscovko, Charlie, os outros soldados e mercenários trequianos desapareceram. Até Corayne, que já parecia tanto com o pai. Ela o olhava com o rosto de Cortael e os modos severos dele, a boca fina formando o sorriso tenso de costume. O rosto dele era como Dom lembrava, não no templo, mas em casa, em Iona. Antes do sangue, antes do massacre. Antes de o corpo dele jazer frio e imóvel, destruído. Dom queria tocar o braço daquela figura, para ver se a sensação era tão concreta quanto a aparência.

Ele se conteve, apertando as rédeas com força excessiva, amassando e rachando o couro. Com esforço, voltou a olhar para o céu, buscando a sombra do dragão nas nuvens cinzentas.

— Não é justo — murmurou uma voz a seu lado.

Dom virou e levou um susto ao ver Andry, empertigado na sela. Por um momento, acreditou que o escudeiro também fosse mera lembrança. No entanto, seus olhos castanhos estavam sombrios demais, tristes, assombrados pela paisagem assim como Dom. Andry olhou para as árvores com raiva, um sentimento raro de ódio no rosto gentil.

Relutante, Dom olhou para a paisagem dos arredores. A inclinação sutil da trilha colina acima, a proximidade das montanhas. O som distante do fluxo do Leão Verde, o rio baixo e fraco àquela época do ano. Era familiar, mas estranho, semelhante a um casaco antigo que ficara apertado.

O imortal se preparou, puxando o cavalo para se afastar dos outros. Ele sabia que aquele momento chegaria, e o odiava.

— Vou me adiantar e analisar o terreno do templo — falou. — Para ver o que vamos enfrentar.

Em meio ao bando, os Companheiros viraram para vê-lo partir, os rostos brilhando como lamparinas.

Andry foi atrás, segurando o braço de Dom. O escudeiro balançou a cabeça e falou, em voz baixa:

— Leve Sorasa com você.

— Sorasa não sabe o que esperar — respondeu Dom, mesmo que parte dele quisesse aceitar.

A assassina com certeza era capaz de ver alguns esqueletos acéfalos e sobreviver.

O escudeiro tensionou a mandíbula e acelerou o cavalo, entrando no ritmo de Dom.

— Eu sei. Deixe-me ir também.

Dom estendeu a mão e estalou a língua, fazendo o cavalo parrudo de Andry parar.

— Tem que ser eu — disse o imortal, mesmo que todo o corpo ardesse de pavor.

Ele engoliu o medo, tentando esmagá-lo.

— Fique com Corayne — acrescentou Dom, o olhar verde se dirigindo a ela, que os observava do cavalo, o rosto tenso de preocupação. — Fique de olho no céu e no vento. Vai mudar rápido se um dragão estiver por perto.

Outro cavalo saiu da formação, se juntando à dupla. Sorasa tirou o capuz forrado, o cabelo curto solto e o rosto carrancudo em uma expressão de desdém para Dom.

— E aonde você pensa que vai?

O imortal desviou, mal olhando para ela. Era mais fácil continuar andando sem dar a Sorasa sequer a oportunidade de ir junto.

— É meio dia de viagem daqui até o templo — falou o Ancião, o cavalo trotando mais depressa. — Darei notícias assim que puder. Como falei, fiquem de olho no céu.

— Dom... — Sorasa rosnou.

Mas ele já tinha se afastado em seu cavalo a galope, deixando para trás espirais de folhas de outono.

Após alguns quilômetros, Dom parou e vomitou em um riacho. Secou a boca com o dorso da mão e lavou o rosto, deixando o choque da água fria despertá-lo. Um peso repentino esmagou seu peito, como se uma pedra tivesse sido jogada nele, dificultando sua respiração. Ele conhecia bem o pânico, mas agora a sensação ameaçava dominá-lo, embaçando sua visão e atrasando suas reações. O peito dele batia em um ritmo desenfreado. A água ajudou, e ele conseguiu se estabilizar um pouco, arfando e tentando respirar fundo. Subiu na sela de novo e cuspiu o resquício de gosto azedo. Por sorte, o cavalo trequiano robusto tinha um ótimo temperamento e mantinha um bom ritmo, atravessando o terreno escarpado com os trotes firmes de seus cascos duros.

Volte para casa, Domacridhan.

A voz foi como um raio atingindo a coluna de Dom. Ele se ajeitou, arregalando os olhos, e analisou a floresta, em busca de sinais da magia da tia. Não via uma emissão havia décadas. Quase não reconheceu, a voz parecendo vir de dentro do próprio corpo, e não do mundo exterior.

Mas a voz da monarca de Iona era inconfundível.

Isibel?, pensou, chamando a tia.

Ela não respondeu, mas ele conseguia sentir seu sorriso, sutil e frio. Sentiu o cheiro de Iona através dos galhos cinzentos. Era o perfume de chuva e teixo, de musgo, de névoa, das velhas pedras da cidade. Seu lar, em uma única respiração. Ele quase chorou ao lembrar.

Meu sobrinho querido, volte para casa.

A silhueta branca dela surgiu entre os troncos, ondulando, uma sombra pálida sem forma definida. Sombrio, ele avançou com o cavalo. Pela visão periférica, vislumbrou o perfil dela, o nariz comprido e as sobrancelhas franzidas, os olhos cinzentos, o cabelo loiro esvoaçando. A magia dela não o alcançava de verdade ali. Ele estava muito distante, ou o Fuso mais próximo era forte demais. Ela só existia em ecos. E os ecos já quase bastavam para arruiná-lo.

Não posso, respondeu, apertando as rédeas com mais força. O animal respondeu, acelerando o passo. Não foi suficiente para escapar da emissão, que continuava a segui-los, um vislumbre no canto dos olhos de Dom.

A voz dela era oscilante como a imagem. *Os elos entre as esferas estão ficando mais tênues. Todala cairá.*

Não se depender de mim. Dom franziu a testa, olhando na direção das árvores. Não viu sinal de cadáveres, nem de esqueletos, nada do exército amaldiçoado das Terracinzas. Nem sequer sentia o fedor. A colina subia levemente, com a clareira infernal do outro lado.

É nossa chance de voltar para casa. De encontrar a Encruzilhada. De abrir todas as portas.

Dom bufou, frustrado. A tia dele tinha usado o mesmo argumento na sala do trono de Tíarma, muitos meses antes. *A senhora morrerá na tentativa*, pensou, *e condenará o resto de nós com essa esperança tola.*

Alguma coisa se rompeu em Isibel e ela arquejou, algo entre escárnio e choro. *Cadê Ridha? Onde está minha filha?*

Na sela, Dom se encolheu, puxando as rédeas. O cavalo desacelerou enquanto um calafrio percorria o imortal, seus dedos ficando gelados. Um medo inundou suas veias, comparado apenas ao terror na voz da tia.

Não sei.

A emissão de Isibel tremulou, ardendo em desespero. *Não consigo alcançá-la. Ela está com você?*

Ele sentia a angústia através da emissão, por mais distante que estivesse a magia. Espelhava a dor dele ao pensar na prima pela primeira vez em muitas semanas. Tentou lembrar dela naquele dia em Iona, orgulhosa, de armadura verde, uma princesa imortal com o mundo a seus pés. Esperava que ela ainda não estivesse morta. O peso no peito dele aumentou dez vezes, a garganta se fechando.

O mal desperta nesta esfera. A voz dela ecoou, ao longe. *Posso senti-lo cada vez mais perto.*

Dom tentou alcançar Isibel na sua mente, desejando que ela permanecesse ali. A emissão não se aproximou, ainda rondando as árvores, longe de seu alcance.

O mal já está aqui, milady, suplicou ele, jogando toda a raiva e o desespero para ela, esperando que a magia carregasse as emoções.

Pensou no dragão, em algum lugar da Ala. E em Taristan, ainda pior. *A senhora ajudou a pari-lo anos atrás, quando fez de um irmão príncipe e deixou o outro se tornar um monstro. E por qual motivo? Pela esperança do antigo império? Do Cór renascido? Do caminho para Glorian Encontrada?*

De alguma forma, ele sentiu Isibel se encolher.

É vergonha, milady? Pois a senhora a merece.

Enquanto pensava aquilo, Dom quis retirar as palavras. Por mais que fossem verdadeiras.

A escolha de Isibel levara Taristan a um caminho terrível. Sem ela, o homem talvez nunca tivesse se tornado marionete do Porvir, um instrumento cego de um rei demoníaco. A decisão dela, por menor que parecesse, poderia ter condenado o mundo.

Mas a senhora pode ajudar a impedir o que começou, insistiu, tentando mais uma vez alcançar a magia dela, segurá-la. *Abaixe as flores, empunhe a espada.*

A emissão falhou, a luz dela desaparecendo das árvores.

Não posso. A voz de Isibel ecoava pelo crânio dele, mais fraca a cada segundo. *Seu tempo está acabando, Domacridhan. Volte para casa.*

— Não — sussurrou ele em voz alta, esperando que a tia ainda o escutasse.

Talvez fosse a última palavra que ele diria.

A colina se agigantava, o templo cada vez mais próximo. O cheiro de Iona se foi, substituído pelo odor da floresta no inverno e de algo pior. Doença, corrupção.

Dom apeou do cavalo, empunhando a espada, a velha capa ainda presa nos ombros. Quando o último toque da magia de Isibel o deixou, ele sentiu sua ausência como um vazio mental repentino.

Ridha, pensou, repetindo o nome da prima incessantemente. Ele não tinha magia, nem ela, mas tentou alcançá-la mesmo assim, apontando os pensamentos para onde quer que ela estivesse. *Isibel não conseguiu encontrá-la.* Aquela era uma ideia apavorante. Ou Ridha estava distante demais, escondida por alguma magia que ele não entendia, ou tinha desaparecido completamente da esfera. *Morta.* A perspectiva ameaçava engoli-lo. Ele não desistiria da prima. Não suportaria aquilo.

Dom amarrou as rédeas do cavalo em uma árvore no início do cume, protegendo o animal do que estivesse do outro lado. Em vez de fugir da memória do templo, se apoiou nela. Tentou enxergar além dos cadáveres da comitiva devastada e lembrar a paisagem que o aguardava.

Afundou as botas na grama amarelada, se equilibrando na subida lamacenta. Era o mesmo lugar em que Andry estivera meses antes, guardando os cavalos. Ele sabia que a colina ia até depois da clareira, e o templo ficava do lado oposto. O lugar era feito de pedras brancas, antigas e rachadas, construído por mãos vederanas séculos antes. Tinha um único campanário, cujo sino era grave como um martelo. Agora o instrumento estava em silêncio, mas Dom sabia que não deveria confiar naquilo.

Apesar da necessidade de discrição, ele avançava rapidamente, sem ruído algum. Afinal, era o sangue de Glorian, abençoado com agilidade e velocidade, além dos sentidos aguçados. Mesmo apavorado, era impressionante para qualquer adversário em seu caminho.

E seriam muitos.

Dom avançou entre os troncos marrom-acinzentados e os galhos cortantes, a capa de Iona camuflada pelo outono. Até mesmo seu cabelo dourado se disfarçava bem ali, da mesma cor do matagal de grama seca e folhas mortas. Ele agachou e deitou de bruços, se arrastando até a beira do morro para espiar.

Em silêncio, rezou para não encontrar nenhum cadáver que reconhecesse, apodrecendo na armadura da Guarda do Leão ou nas capas vederanas.

O cheiro de morte era insuportável, fazendo com que lacrimejasse. Ele queria dar meia-volta e correr. Queria nunca mais se mexer, paralisado. Apenas sua determinação era maior que o medo. E a promessa de vingança. Cortael tinha morrido por aquele Fuso. Domacridhan era o único que podia garantir que seu fim não seria em vão.

O templo era bem como ele lembrava, com colunas e muros brancos, o campanário vazio e quieto. Mas os degraus estavam imundos, pintados da cor da ferrugem. Dom sabia que era sangue seco. A grama da clareira se fora, pisoteada por milhares de pés. Qualquer corpo que antes pudesse ter jazido ali já se fora havia muito tempo, esmagado até virar pó. De alguma forma, saber que os Companheiros tinham sido completamente destruídos era ainda pior do que encontrar seus restos mortais; não haviam sobrado nem seus ossos.

Ele acompanhou o trajeto do exército pelo outro lado da clareira, na estrada de peregrino que Taristan trilhara meses antes. Dom lembrava do primeiro vislumbre dele através das árvores, em um ritmo tranquilo, com aquele feiticeiro vermelho horrendo ao lado. Os dois já estavam muito longe, com a maior parte do exército terracinzano.

O Fuso, contudo, permanecia ali e não estava desprotegido.

Dom sentiu a familiar vibração do portal, a própria existência gerando um tremor de poder no ar. Estalava na pele dele, dando calafrios. Se os terracinzanos também o sentiam, ele não sabia.

Os corpos andavam em um círculo estranho, no mesmo ritmo, dando voltas incessantes no templo em uma parede impenetrável de aço e osso. Caminhavam em fileiras de dez, se arrastando a passos lentos mas regulares. Restavam apenas alguns cadáveres com carne. A maioria tinha apodrecido até os ossos, que tilintavam nas armaduras enferrujadas. Ele viu o braço de um deles cair do ombro com um tendão desintegrado. Dom cerrou os dentes, engolindo outra onda de pânico. Ele começou a contar o mais rápido que conseguia.

— Mais de mil.

Dom ainda sentia o cheiro podre, mesmo já a quilômetros do templo.

Olhou para as chamas da fogueira, deixando a luz dançante acalmar seu pânico. Era fácil se perder no brilho vermelho e amarelo. Mais fácil do que encarar os Companheiros e Oscovko, todos ao seu redor, aguardando notícias. O príncipe de Trec cruzou os dedos, uma silhueta gigantesca vestida em peles pretas, erguendo a sobrancelha, pensativo.

O resto do bando se espalhara entre as árvores, indo dormir na véspera do ataque. Estavam acostumados a dormir em lugares áridos, e sem reclamar. Dom também não conseguia olhá-los. Não precisava de mais fantasmas.

Corayne olhou para os muitos soldados e mercenários percorrendo o bosque. Ela não sabia como era carregar tamanho peso.

— E nós somos...? — perguntou ela, olhando para Oscovko.

O príncipe retorceu a boca.

— Trezentos.

Ela mordeu o lábio.

— E sete.

— E seis — retrucou Dom, ríspido. — *Você* não vai lutar.

Charlie levantou o dedo manchado de tinta, as sobrancelhas erguidas.

— E quatro. Vocês não precisam de mim nessa bagunça. E não vejo Valtik desde que saímos de Vodin.

Dom suspirou alto, sentindo o olho tremer involuntariamente. Desaparecer era tão a cara da bruxa que eles nem tinham notado.

— Ela vai aparecer — murmurou Sigil, agachada em uma pedra. Ela flexionou a mão enorme, e Oscovko abriu um sorriso. A disputa obviamente ainda estava viva em sua memória.

Corayne não quis nem ouvir, levantando e parando na frente de Dom. Era como olhar para um coelhinho irritado.

— Do que adianta esse treino todo se eu não puder lutar com vocês?

Deixando todos os modos de lado, Dom se abaixou até a altura dela e grunhiu.

— Do que adianta lutarmos se você *morrer*, Corayne?

Ela recuou, assustada pelo tom áspero. Dom imediatamente se arrependeu.

— Perdão, mas não tenho mais paciência para valentia. — Ele suspirou, tocando o ombro dela. — Sempre acaba mal.

Corayne franziu a testa e voltou a sentar.

Do outro lado da fogueira, Sorasa ergueu o copo.

— Essa é a coisa mais inteligente que você já disse, Ancião. — E riu, tomando um longo gole do vinho.

Oscovko se apressou a encher o copo dela com o próprio odre, nitidamente muito feliz de estar sentado entre a assassina e a caçadora de recompensas.

Aquilo irritava Dom, mesmo que ele não soubesse identificar o porquê.

— Tinha mais atravessando? — perguntou Andry, se inclinando para a frente e se apoiando nos joelhos.

Ele era o único que conhecia o verdadeiro perigo que enfrentariam e tinha uma expressão séria muito parecida com a de Dom. O Ancião sacudiu a cabeça. As tranças de Volaska tinham se desfeito, e o cabelo dourado lhe caía sobre os ombros.

— Não. As portas do templo estavam escancaradas, e o Fuso ainda está aberto, mas não vi nada — respondeu ele, fazendo o que podia para relatar sem lembrar, para falar sem invocar aquele lugar miserável para seus olhos. — Acho que as Terracinzas estão devastadas, e a maior parte dos soldados está com Taristan ao sul.

Oscovko sorriu, os dentes reluzindo com a luz das chamas.

— Dá para encarar.

— Mil cadáveres não é de se desdenhar — resmungou Andry, distraído, antes de abaixar a cabeça em uma reverência rápida. — Alteza.

O príncipe fez um gesto relaxado, gabando-se:

— Já desdenhei de pior. Meus homens são lutadores de sangue, todos eles. Não há exército melhor na Ala inteira.

Roncos, arrotos e outros ruídos escatológicos ecoaram do bosque, de várias centenas de soldados trequianos.

Sorasa riu, bufando no copo.

— Isso não é verdade — falou, e Dom concordou.

Oscovko deu de ombros, ignorando a crítica, e sorriu ainda mais.

— Não há exército mais bem-disposto a lutar com vocês, é o que quero dizer.

— Esse, sim, é um bom argumento — resmungou Sorasa.

— Estamos a cavalo, é outra vantagem — interveio Corayne, dando um pulo outra vez.

Dom quase queria empurrá-la de volta. Ela acabaria morrendo por causa daquela natureza animada e insistente, principalmente ali. Devagar, ele abaixou e sentou perto do fogo. Até imortais ficavam exaustos, e Dom certamente tinha se exaurido.

Corayne continuava em pé, inabalável. O fogo dançava atrás dela, formando uma silhueta dourada.

— Um exército de cadáveres não é páreo para um ataque de cavalaria.

— Eles têm lanças — disse Dom, cansado, esfregando o rosto.

Ele tocou as cicatrizes. Não doíam mais.

— Mas não têm líder — retrucou Corayne, colocando as mãos na cintura e o encarando. — Os terracinzanos obedecem Taristan e Ronin, que não estão aqui. Eles são acéfalos, não são? Certamente somos mais espertos que algumas centenas de esqueletos ambulantes.

Andry franziu a testa.

— Outras pessoas já tiveram a mesma ideia, Corayne — disse ele, gentil.

Ela estreitou os olhos, movendo o queixo.

— Eu sei disso — falou, irritada, baixando a voz, e se voltou de novo para Dom, com os olhos faiscando. — É por meu pai que você lamenta, Domacridhan. Não finja que não tenho nada a ver com isso, que não sei o que está em jogo.

Dom sentiu o rosto esquentar, mas não pelo calor da fogueira. Olhou para baixo, examinando as botas, evitando Corayne.

Mas ela não se permitiu ser ignorada, ajoelhando e pegando as mãos dele, os olhos brilhando, pretos como os de Cortael.

— Sei que você está com medo — disse, baixinho. — Nós também estamos.

Ele rangeu os dentes.

— É diferente.

— Luto não é competição — retrucou ela, soltando as mãos de Dom, e levantou com um olhar fulminante. — Vamos lutar amanhã de manhã. E vamos vencer.

Ela esticou a mão espalmada para ele e balançou os dedos, em convite.

— É nossa única opção.

De onde estava sentado, Oscovko gargalhou com a cara no vinho.

— Se eu não soubesse, diria que você foi criada por lobos — falou, acenando com a cabeça para Corayne. — No meu país, isso é um elogio.

— Pior que lobos — respondeu ela, sorrindo com uma pontada de amargura. — E então?

A mão dela era quente, tão pequena, tão frágil. Dom a segurou e levantou.

— Muito bem, Corayne an-Amarat — falou, e o sorriso da garota se iluminou como o sol.

Atrás dela, todos sorriram também, exceto Sorasa.

— Vou dormir e sonhar com a vitória — acrescentou ele.

Domacridhan dormiu e sonhou com a morte.

22

AJOELHAR-SE OU CAIR

Erida

Os corredores do Palácio de Pérolas foram se tornando familiares, por mais que isso irritasse Erida. Ela queria ir embora de Madrence o mais rápido possível, mas os dias passavam, e o exército continuava em Partepalas.

Quando acordou naquela manhã, tudo estava como de costume. Criadas demais, damas demais, todas zumbindo ao redor dela que nem um enxame de moscas. Elas a lavavam, arrumavam, vestiam e penteavam, um hábito com o qual Erida já se acostumara havia tempos. Trabalhavam em silêncio, sem se pronunciar até que a rainha se dirigisse a elas, o que Erida nunca fazia. Ela ficava de boca fechada, olhando para o chão, a mente distante.

Sua pele ainda formigava, mesmo dias depois da chuva no jardim. Ela sentia a ardência do toque de Taristan em seu rosto, os dedos quentes passando por suas bochechas e por sua boca. O toque das damas de companhia que penteavam seu cabelo comprido nem se comparava.

Não que Erida ou Taristan tivessem conversado sobre aquela ocasião, fosse na corte ou nos poucos momentos que passavam sozinhos, longe dos olhares atentos do conselho. Ronin também não dissera nada, o que significava que não sabia. Se soubesse, aquele intrometido teria se coçado de ciúme. Afinal, ela era a grande rival do feiticeiro no que dizia respeito à atenção de Taristan, um fato que ele deixava claro sempre que podia. *Atenção ou lealdade*, ela divagou, tentando descobrir de onde vinha a verdadeira ira de Ronin. A resposta lhe escapava, assim como a maioria das informações do feiticeiro vermelho. Amaldiçoado pelo Fuso, diziam os cortesãos. Um mortal da Ala nascido com magia, tocado pelo Fuso de algum modo. Um mero feiticeiro no passado, que agora se tornara porta-voz do Porvir, o Rei Destruído de Asunder. Um demônio das histórias infantis, um pesadelo que Erida sabia ser plenamente verdadeiro.

E o mestre de Taristan também.

Erida estremeceu, pensando no brilho vermelho nos olhos do consorte. Mal notou o vestido que as damas de companhia colocaram nela. A saia caiu em camadas de seda branca, com rosas bordadas na barra.

Ela deixou o calor dos aposentos para trás, os corredores amplos frescos no outono. A Guarda do Leão entrou em formação, acompanhando Erida na caminhada pelo palácio. Assim como as damas de companhia, eles ficavam em silêncio, e com razão. Protegiam a coroa mais poderosa da Ala. Nada interromperia a concentração deles.

Lady Harrsing a encontrou na escadaria, apoiada na bengala. Pegou o braço de Erida, que o ofereceu com prazer.

— Dormiu bem, Bella? — perguntou Erida, olhando para a velha amiga, e franziu a testa, preocupada. Harrsing envelhecia mais rápido naquela campanha.

A senhora, no entanto, apenas riu.

— Tanto quanto possível hoje em dia. Toda hora aparece uma dor nova.

— Mal posso esperar — brincou Erida, sacudindo a cabeça.

— E eu tenho algo a esperar, majestade? — perguntou Harrsing, apertando o braço da rainha, os dedos compridos surpreendentemente fortes. — Dizem que cuido muito bem de crianças.

Apesar do frio, Erida corou tão de repente que teve medo de soltar vapor. Mais uma vez, sentiu Taristan em sua boca, o toque febril da pele dele. Forçou uma gargalhada, sem ceder.

— A senhora é implacável.

Harrsing deu de ombros.

— Sou velha. Tenho direito.

A luz quente banhava o salão no andar de baixo, se derramando das janelas com vista para o mar Longo. As ondas eram douradas e cor-de-rosa, iluminadas pelo sol nascente. O vento cortante espalhava espuma pelo mar. Apenas uma semana se passara desde que marcharam para dentro de Partepalas, vitoriosos, mas o tempo virara rapidamente, o ar quente do sul dando lugar à umidade invernal. Ela nem imaginava o que Lady Harrsing sentia, tão magra e frágil em suas roupas elegantes.

As nuvens ainda estavam vermelhas, coloridas pela alvorada.

— O céu está esquisito hoje — murmurou Erida, observando as nuvens.

De fato, tudo brilhava em uma luz estranha, cintilante, quase forte demais. Como se as janelas em si fossem coloridas, não o céu.

— Que nem ontem — acrescentou.

Harrsing mal olhou.

— É a mudança de estação — falou, dando de ombros.

— Nunca vi o céu assim, em nenhuma estação.

Erida tentou localizar onde já vira aquilo antes. O mais perto que chegava era a luz do fogo, emitindo um brilho alaranjado, como se alguma coisa queimasse logo abaixo do horizonte, ao longe, no mar.

Mas era impossível. Apenas um truque das nuvens e dos ventos de outono, mais imprevisíveis com a chegada do inverno.

Mais navios gallandeses balançavam na baía, as velas verdes amarradas e os remos guardados. Erida abriu um sorriso discreto ao ver as embarcações, feliz por estarem ali. Tinham vindo para trazer reforços e armamento, e voltariam a Ascal com os porões transbordando de ouro madrentino. Guerras eram vencidas com moeda, não só com espadas.

O sorriso dela murchou enquanto contava os navios com os dedos.

Como se tivesse sido convocado, Lord Thornwall virou no corredor, praticamente batendo os pés no chão, acompanhado da comitiva de cavaleiros. O homem mais velho pareceu aliviado ao vê-la, mas também estava desgrenhado, o cabelo grisalho bagunçado e a capa torta, pendurada em um ombro.

Ele se ajoelhou, abaixando a cabeça, quando ela se aproximou.

— Majestade...

— Lord Thornwall, só vejo na baía Vara metade dos navios que esperava — disse Erida, gesticulando para que ele levantasse. — Tem algo a me informar?

— Sim — disse ele, tenso. — Os capitães relataram problemas nos estreitos da Ala.

Erida ergueu a sobrancelha fina, franzindo a testa.

— Com a marinha ibalete?

— Com piratas, principalmente — respondeu Thornwall, sacudindo a cabeça.

Ele parecia estranhamente agitado, comportamento pouco característico do soldado resoluto. Olhou de Erida para a dama.

— Mas não é isso que vim informar.

Erida sentiu Harrsing se mexer ao lado dela, tensa. A idosa conhecia Thornwall tão bem quanto Erida, e as duas perceberam o desconforto dele.

— O que foi? — perguntou Lady Harrsing, ríspida, parecendo uma professora.

Thornwall engoliu em seco.

— Um batedor acabou de trazer notícias.

Ele apontou para um menino sujo e desengonçado em meio aos soldados, o rosto com queimaduras e as pernas fracas depois de semanas a cavalo. O batedor olhava fixamente para o chão, determinado a não encarar ninguém.

— E o que ele disse? — perguntou Erida devagar.

Thornwall engoliu em seco outra vez.

— Corayne an-Amarat e seus compatriotas foram vistos no extremo norte. Do outro lado das montanhas da Ala. Viajando em direção a Trec.

O chão pareceu se abrir sob os pés de Erida, e ela quase perdeu o equilíbrio. Mas a rainha se conteve, mantendo-se firme, mesmo com a cabeça girando.

Ela já conseguia imaginar Corayne, uma menina desesperada, praticamente morta, montada em um cavalo fraco. O cabelo preto oleoso, rosto comprido e comum, pele bronzeada por excesso de sol. Não era nada notável na memória de Erida, nem bonita, nem feia. Um rosto fácil de esquecer, se não fossem os olhos vazios e a língua afiada. Será que Andry Trelland, traidor do reino e da rainha, ainda caminhava ao lado dela? Ou teria o escudeiro morrido, perdido no Fuso do deserto e nas dunas de areia? Ele não era importante, no panorama geral. Apenas Corayne e a espada às suas costas importavam, o poder terrível em seu sangue. A garota podia desfazer tudo pelo que eles lutaram e matar o império recém-nascido de Erida no berço.

— Trec? — murmurou Erida, estreitando os olhos. *Tão longe de Ibal, a meia esfera de lá.* — Por que Trec?

Thornwall balançou a cabeça, boquiaberto. Ele não tinha resposta.

— Eu sei o porquê.

Taristan saiu por uma porta, uma sombra vermelha contrastando com as paredes brancas e cor-de-rosa. Erida arregalou os olhos ao vê-lo e seu coração disparou. Ela se afastou de Harrsing, chamando Taristan com um gesto.

— Junte-se a nós, alteza — falou, a voz embargada.

Os outros fizeram reverências, abrindo passagem para o consorte. Ele soltou um grunhido grave e segurou o braço de Erida. Os dedos dele queimaram seu braço.

— O templo — falou Taristan no ouvido dela, a voz trêmula de um desespero repentino. — É próximo à fronteira, a poucos dias de cavalo.

Ela tensionou a mandíbula, contendo uma enxurrada de palavrões.

— Mande notícias à guarnição de Gidastern, com a maior urgência — ordenou Erida, o olhar fulminante em Thornwall. — Um cavaleiro, um navio, o que achar mais rápido. — *Provavelmente as duas coisas,* sabia, pensando na estrada norte. — Enviem homens de Ascal também. Quero Corayne respirando na minha frente, ou morta. Nada menos do que isso.

Thornwall assentiu, mas continuou ali, ainda desconfortável.

Ele não costumava hesitar, principalmente diante de ordens expressas da rainha.

Erida o olhou, sentindo a agitação do soldado tomar seu corpo também. Um pavor subiu-lhe à garganta.

— O que mais, milorde? — perguntou, mais baixo. — Konegin?

— Venham ver — respondeu Thornwall, fazendo um gesto para Erida e Taristan acompanhá-lo.

Eles percorreram o salão, uma onda de armaduras e vestes de seda, o comandante e seus homens menos de um passo atrás de Erida. Ela passou por arcadas de mármore rosado, telhados dourados e pintados com cenas pastorais de fazendas e pradarias, orlas bucólicas e vinhedos verdejantes. Estandartes e cortinas bordô ainda pendiam da galeria alta, apesar de as bandeiras pela cidade terem sido substituídas pelo Leão gallandês. O ar frio parecia fugir deles, quente pela presença de Taristan. Erida até abaixou um pouco o casaco de pele.

Quando entraram na sala do trono, o assento elevado marcava uma silhueta impressionante diante da parede de janelas, iluminado em contraluz pela cor estranha do céu. A sala em si estava praticamente vazia. Parecia menor sem a multidão de cortesãos. Erida sentiu um calafrio ao passar debaixo de uma tapeçaria de garanhões prateados, o último sinal dos reis madrentinos.

Não, o último, não, concluiu, olhando para a dúzia de pessoas aglomeradas diante do trono. A maioria, soldados gallandeses de túnicas verdes, uma escolta armada recém-chegada da estrada. Ainda cheiravam a cavalo. Uma menina tremia entre eles, a trança loira descendo até o meio das costas.

Erida sentou no trono, forçando uma expressão fria de desinteresse, mesmo com a cabeça a mil. A conquista. Corayne. Konegin.

E agora aquela menina diante dela, aos quinze anos, princesa só no nome, a última herdeira viva de Madrence.

Marguerite Levard estremeceu visivelmente, mas não se ajoelhou, mantendo as mãos cruzadas às costas. Estava vestida de plebeia, uma capa simples de lã grosseira, mas não era possível esconder a aparência de realeza. Era a miniatura do irmão, cabelo louro e queixo reto, a pele bronzeada pelo clima da costa sul. Encarava o chão de pérola e mármore com seus olhos azuis. Erida analisou a postura da menina. Era medo ou desrespeito?

Ela pensou em si mesma naquela idade. Igualmente pequena, igualmente assustada. *Mas eu me erguia*, pensou, franzindo a boca. *Eu olhava nos olhos dos meus inimigos.*

— Marguerite de Madrence — disse a rainha, observando a princesa deposta, que se encolheu ao ouvir o nome. — Onde ela foi encontrada? No convento, como disse o pai?

Ao lado dela, Thornwall se curvou para responder.

— Não, majestade — falou, hesitante. — Meus homens a encontraram na estrada, na direção da fronteira siscariana. Acompanhada por uma comitiva de cavaleiros e por esses traidores.

Ele apontou para os dois nobres madrentinos ao lado de Marguerite. Os dois eram brancos como a neve. Assim como a princesa, usavam roupas simples de viagem e tremiam de medo. Erida os reconheceu com facilidade, mesmo desarrumados. Tinham jurado lealdade a ela uma semana antes, oferecendo promessas e sorrisos vazios.

A rainha mordeu a língua, segurando uma praga. *Sou a governante deste reino há sete dias e já estão tentando me depor.*

Não se dirigiu aos dois lordes, mal olhando para eles. Não mereciam seu nojo, nem sua raiva, apenas um castigo imediato. Taristan os olhava com uma raiva fulminante.

— Entendo — ela se forçou a dizer. — E o que procuravam em Siscaria?

Marguerite continuava olhando para os pés, o próprio retrato da inocência.

— Santuário, majestade.

Ela falava baixo, soando mais jovem do que era. Erida conhecia aquele truque muito bem.

— E não encontrou no convento? — questionou a rainha, com desdém.

Um dos lordes deu um passo à frente e ajoelhou, baixando a cabeça, como se fosse se salvar da justiça de Erida.

— Achamos que seria mais seguro para a princesa.

— Não vejo princesa nenhuma aqui — retrucou Erida, ácida.

Um raio de silêncio percorreu o salão de mármore.

— Para Marguerite — murmurou o lorde, mas o erro já tinha sido cometido. — Ela é como uma filha para nós, e nenhum pai aguentaria ver a filha trancafiada, mesmo em um lugar confortável.

Erida apertou o braço do trono.

— O pai dela *está* trancafiado e ficaria muito feliz de ter companhia — falou, com um olhar fulminante. — Não ouvirei mentiras.

No chão, o lorde continuou a se humilhar.

— Vocês são primas distantes, majestade — choramingou ele, em súplica. — Sua *magnífica* majestade. A mãe dela é da família Reccio, assim como a sua.

— E? — perguntou ela, fria, dando de ombros.

Ele gaguejou, ajoelhado.

— Ela é herdeira de sua majestade.

Erida ficou feliz pela máscara, pelas lições aprendidas à força na corte de Ascal. A fúria ardia em seu peito, queimando só de pensar em Marguerite usurpando seu trono. Ela levantou lentamente e desceu os degraus do palanque em um ritmo firme e enlouquecedor. Parou antes de estar ao alcance dos lordes, esperta demais para ficar vulnerável a uma adaga escondida, ou à própria mão deles.

Olhou para Marguerite, esperando que a menina a olhasse de volta. Depois de um longo momento, a antiga princesa ergueu o rosto, relutante mas decidida.

Com uma pontada no estômago, Erida notou que seus olhos eram praticamente do mesmo tom de azul.

— Você aprendeu bordado no convento? — perguntou, tentando tirar uma resposta da menina. — Costura? Tecelagem?

Marguerite assentiu discretamente.

— Sim, majestade.

— Muito bem. Eu nunca tive talento para a agulha. Meus pontos sempre saíam tortos. Nunca gostei daquilo. Fios nunca me interessaram.

Não era mentira. Erida detestava qualquer tipo de costura e tecelagem, em grande parte porque não tinha talento para aquilo. No entanto, detestava traidores ainda mais.

Ela virou, olhando para o lorde no chão.

— Mas costurar sua boca seria muito interessante. Entende o que quero dizer?

Ele fez que sim, cerrando os dentes para não a provocar mais.

— Sábia decisão — comentou Erida. — Agora, o que você sabe do plano deles, Marguerite? Vejo que é uma menina inteligente, mais do que seu irmão era.

A princesa deposta se encolheu à menção de Orleon e olhou para além de Erida, encontrando Taristan, ainda sentado perto do trono. Em um instante, o teatro se esvaiu, e Erida viu a fúria nos olhos de Marguerite. Pura, descontrolada, uma raiva profunda nascida da dor. Erida também a entendia, o bastante para temê-la.

A rainha estalou a língua devagar.

— Não faz ideia? Tem algum palpite, pelo menos?

— O plano era me proteger — respondeu a menina, franzindo a boca.

Erida levantou as sobrancelhas.

— Proteger do quê? Tinha algum motivo, certamente.

A princesa baixou o rosto de novo, tentando se esconder atrás daquele muro de inocência silenciosa. Era jovem, menos capaz do que Erida, e a rainha conseguia ver através do fingimento.

— Não sei, majestade — murmurou Marguerite.

Erida abriu um sorriso irônico.

— Eu também já fui uma menina. Conheço suas armas, Marguerite, pois eram as mesmas que as minhas. E admiro sua valentia, por mais tola que seja.

Como Thornwall fizera uma semana antes, ela apontou para os soldados ao redor de Marguerite. Dois deles avançaram, segurando a menina pelos ombros.

Pelo menos ela sabe que é melhor não lutar, pensou Erida, vendo a jovem princesa desmoronar. O mesmo olhar morto do rei Robart surgiu no rosto de Marguerite, só que mais profundo. Uma única lágrima escorreu pelo seu rosto.

— Lembre deste momento, Marguerite. Lembre desta lágrima. — Erida viu a gota cair. — É sua última lágrima como menina. Agora, você é uma mulher, e os seus sonhos e esperanças infantis morrem ensanguentados diante de seus olhos.

Marguerite se forçou a erguer o rosto, encarando Erida com seus olhos azuis ferozes. Ela não disse nada, apenas mordeu o lábio.

À direita, Erida sentiu o calor familiar. Taristan surgiu ao seu lado, o rosto tão inexpressivo quanto o dela.

— Não há contos de fadas neste mundo — disse Erida, com olhar suave. — Nenhum príncipe encantado virá salvá-la. Nenhum deus ouvirá as *suas* preces. Você não vingará seu irmão. Você vai fracassar se tentar se rebelar contra mim. E vai morrer.

Marguerite desabou nas mãos dos guardas, quase caindo. Ela sibilou, em um ruído de dor.

— Mas se você se comportar, será bem cuidada — ofereceu Erida, direta, até sorrindo. — Não tenho vontade de torturar um rei deposto e sua filha viva, desde que vocês cooperem. Seu pai tem um lindo aposento e não sente falta de nada. E você também terá isso, prometo.

Aquilo não consolava Marguerite.

Erida não se importava, e, olhando para os lordes madrentinos, voltou para sua postura severa.

— Já traição, *isso* não posso aceitar — rosnou, olhando de um para o outro, tentando medi-los. — A lição só precisa ser ensinada uma vez. Quem vai aprendê-la?

O homem que estava de pé franziu a testa. O suor brilhava na testa dele, apesar do ar frio na sala.

— Majestade?

Erida o ignorou.

— Deslealdade apodrece os alicerces da paz e da prosperidade. Não aceitarei isso em meu império. O primeiro homem que me disser aonde vocês iam e quem os ajudava viverá. Darei esta única oportunidade.

Os dois lordes arregalaram os olhos, os rostos contorcidos de ira. Eles se entreolharam, sem piscar, apertando a boca com força.

Mais uma vez, um silêncio pesado caiu na sala, tão palpável quanto fumaça no ar. Ela continuou imóvel, implacável, sem ceder aos traidores, por mais que quisesse olhar para trás, tirar forças de Thornwall e Taristan. Em vez disso, tirou-a do pai, da memória de vê-lo firme no trono gallandês. Ele passara a vida lidando com traições e traidores, sempre com sabedoria e sempre com severidade. Se não fizesse isso, daria margem para trapaça.

Ela não cederia aos lordes. As coroas dela dependiam disso.

— Byllskos — gaguejou o lorde ajoelhado, e o compatriota se jogou nele.

Os soldados de Erida pegaram o outro homem pela cintura, puxando-o para trás enquanto ele gritava em madrentino, cuspindo palavrões e ameaças.

O lorde ajoelhado começou a chorar, levantando as mãos em rendição.

— Os príncipes tyreses — arquejou ele. — Os príncipes tyreses se rebelam contra sua majestade.

Entre os guardas, Marguerite se debateu.

— Não...

— E ele também — disse o homem ajoelhado, jogando uma carta no chão, aos pés de Erida.

O outro traidor gritou mais uma vez, um urro grave misturado às súplicas desesperadas de Marguerite. Erida não escutou nenhum deles, pegando a carta, desdobrando o pergaminho, entorpecida. Ela não olhou para a mensagem, mas para o selo rasgado.

O leão verde a encarava, e ela sentiu sua pele em chamas.
Konegin.

Fazia mais de dois meses que Erida o vira, no castelo Lotha, antes de conquistar uma coroa com a qual seus predecessores apenas sonhavam, quando Lord Konegin envenenara a taça do marido dela e fugira da tentativa fracassada de assassinato, desaparecendo pela fronteira. De repente, o homem estava ali entre eles, com seus cabelos dourados e olhos de raposa, vestido em seda e pele. Erida via seu olhar malicioso em cada rosto presente na sala. Os lordes, Marguerite, os soldados de Erida, até Thornwall. Apenas Taristan estava a salvo da sombra de Konegin. Ela desejou que sua imaginação se concretizasse, para estrangular o primo usurpador com as próprias mãos. Ele oscilava diante dela, com um sorriso de dar nojo e um pergaminho na mão. O papel ainda a perturbava, todos os nomes, todos os pretendentes, todas as pessoas que ele tentara empurrar para ela. Ardiam na mente dela junto ao rosto de Konegin, cada nome criando uma ferida aberta.

— Quem, majestade? — ela ouviu Thornwall perguntar, a voz distante, como se gritasse do outro lado de um corredor comprido.

Com a visão atordoada, ela andou, segurando a carta. Não sentia nada além da raiva pulsante no fundo do crânio. Estava ofegante, concentrada no mundo exterior, na aparência, na máscara de calma. Sentiu o foco se esvair e tentou segurá-lo, se forçando a continuar em movimento. A continuar rainha, não um monstro.

— Aqui — murmurou ela, entregando o pergaminho a Thornwall.

Os cantos de sua visão escureceram, manchas e sombras se espalhando. Uma onda de náusea a percorreu, mas a raiva era mais forte. Guiava seu corpo e a mantinha de pé, mesmo com a aproximação de Taristan, que mexia a boca, mas Erida não o ouvia, todos os sons morrendo. Todas as sensações sumindo.

Exceto pelo couro em sua mão, pelo aço.

A adaga de Thornwall era antiga, já tinha uma década sem uso. E ainda estava afiada.

A carne de Marguerite cedeu como manteiga quando a rainha enfiou a lâmina na barriga dela. Erida não ouviu nada, nem quando a princesa abriu a boca, os dentes mordendo o ar. Sentiu a mão virar e os órgãos da menina se abrirem na adaga. O sangue quente escorreu pelas mãos dela, escarlate como o céu lá fora, como o veludo no peito de Taristan, como o brilho demoníaco nos olhos dele. O mármore branco e rosa se manchou de vermelho quando a princesa desabou, se debatendo como um peixe no anzol, sufocada com o sangue que subia pela garganta. Bateu, fraca, nas próprias entranhas, os gestos ficando cada vez mais lentos e arrastados. Por fim, ficou imóvel, os olhos abertos, sem expressão. O palácio do pai parecia encará-la de volta, repleto de pinturas tolas de campos idiotas e árvores provocantes. Estátuas de reis mortos havia muito tempo se erguiam no lugar, olhos de pedra vendo a dinastia morrer ensanguentada no mármore e na pérola.

O ar voltou queimando os pulmões de Erida. Ela inspirou fundo, ofegante, os dentes à mostra. Sentia-se uma leoa, uma espada, poderosa e destruidora. Pela primeira vez, segurava o destino nas próprias mãos.

Um dos lordes vomitou nas próprias roupas, o cheiro atravessando os sentidos atordoados de Erida. Ela virou para ele com cara de nojo.

— Deixe de ser frouxo — rosnou, quase tropeçando.

Sentiu mãos ardentes agarrarem seu corpo antes que caísse no mármore, mantendo-a de pé. Tentou empurrar Taristan, se levantar sozinha, mas ele não a soltou, servindo de muleta e âncora.

Ao redor da sala, os súditos estavam todos boquiabertos. Até Thornwall ficara lívido, ainda segurando o pergaminho. O olhar aterrorizado dele oscilava entre Erida e o cadáver de Marguerite, com uma adaga enfiada na barriga.

Erida inspirou de novo, com força, tentando não engasgar. Tudo fedia a vômito e sangue. Ela agarrou Taristan, o coração batendo forte, um maremoto no estômago. Queria desmaiar ou fugir.

— Thornwall — rosnou Erida, ofegante.

Encharcada de suor, ela estremeceu com a umidade repentina.

Ao lado do trono, o comandante tremia, boquiaberto. Ele não ousava falar.

Erida ajeitou o cabelo, afastando-o do rosto e manchando as bochechas de sangue. Inspirou ar fresco, tentando se recompor.

— Mande uma mensagem para Siscaria e Tyriot. Devem se ajoelhar ou cair.

Erida dispensou as damas de companhia na volta para os aposentos reais. Elas saíram correndo feito insetos, desaparecendo no palácio sem fazer perguntas. A rainha ensanguentada assustava até as mais ousadas.

Apenas Taristan continuou do seu lado, conduzindo-a à sala de estar, um cômodo redondo com vista para a baía. A luz ainda era estranha, uma faixa laranja no chão, como se um incêndio ardesse em alguma floresta próxima. Erida olhou para o tapete, inspecionando as estampas complexas com uma intensidade repentina. Observou cada fio, azul, dourado e cor-de-rosa, formando losangos e arabescos. Era mais fácil do que olhar para as próprias mãos, as unhas sujas de sangue, as mangas do vestido manchadas de vermelho.

Ela ouviu barulho de água, e Taristan se ajoelhou à sua frente, com uma toalha e uma bacia. Começou a limpá-la com gestos firmes e lentos, tomando cuidado para não a assustar. A respiração dela ainda estava entrecortada, o cheiro forte de ferro no ar.

— A primeira morte é a mais difícil — murmurou ele, segurando a mão dela. A toalha ia ficando vermelha conforme a pele ficava branca. — Acaba marcando a gente.

Erida mudou o foco do tapete para a água. Respingava, ganhando uma tonalidade ferrugem, sempre que ele mergulhava a toalha. O sangue da princesa era como o de qualquer outra pessoa, indistinguível do plebeu mais imundo ou do traidor mais ordinário. Ela viu o rosto de Marguerite na água, os olhos inertes, a boca aberta e o cabelo loiro espalhado como um halo divino. *A menina só tinha quinze anos.*

Erida lembrou da tenda no campo de batalha, quando limpara o sangue da pele de Taristan. Na ocasião, era o príncipe Orleon que a água limpava. E, agora, a irmã dele.

Ela engoliu o gosto amargo.

— Quem foi a sua? — murmurou Erida.

Taristan continuou a lavar a mão dela, tocando cada linha da palma.

— Outro órfão no porto. Maior do que eu, lento demais para roubar como eu fazia. Achou que conseguiria roubar meu jantar se me batesse. — Ele franziu o rosto, uma linha profunda se formando na testa. Erida viu a memória na expressão dele, uma ferida ainda aberta. — Ele estava errado.

Ela acariciou a mão de Taristan.

— Quantos anos você tinha?

— Sete — cuspiu ele. — Usei uma pedra.

Muito diferente de uma adaga no salão de um rei. Os olhos dela arderam, a visão embaçada, não de náusea, mas de lágrimas. Ela piscou com força, tentando contê-las. Mordeu os lábios, quase tirando sangue. A sensação voltou aos poucos, o torpor se esvaindo do corpo, o zumbido nos ouvidos diminuindo. *O que foi que eu fiz?*

Sem pensar no sangue ou se incomodar com ele, Taristan apertou a mão de Erida com força. Ela retribuiu com a mesma força. Desejava a pressão da boca dele, a ardência de seu toque.

— Não se desculpe por fazer o necessário — suspirou ele, feroz.

Ela sentiu um aperto no peito, a adaga na mão de novo, a vida de Marguerite escoando entre seus dedos.

— Este mundo vai devorá-la se você permitir — acrescentou.

Taristan levou a mão ao rosto dela e o virou, fazendo Erida olhá-lo. Não para o tapete, não para a bacia. Não para os próprios dedos pintados pela carnificina. Ela se inclinou, sustentando seu olhar, procurando algo nos olhos dele.

Mas só via o negrume sem fim. Taristan ajoelhado diante dela, com a reverência de um sacerdote.

— Você é forte, Erida. Mas por mais forte que seja, é a carne mais apetitosa de toda a esfera agora. — A preocupação no rosto dele era estranha, um enigma. Erida nunca vira aquela expressão. — Os lobos virão.

— Um lobo já veio — disse ela, apoiando a testa na dele. Taristan corou e piscou várias vezes, as pálpebras pesadas. — Você também vai me devorar?

A respiração dele saiu como um rosnado. Estremeceu no corpo dela, da cabeça aos pés.

— Assim? — sussurrou ela, quase inaudível.

O coração dela pulsava nos ouvidos. O mundo pareceu diminuir.

— Assim — respondeu ele.

A boca de Taristan era ardente, e Erida estremeceu com o toque dele, o suor descendo de novo pelas costas. Seu casaco de pele caiu dos ombros, e a rainha esqueceu o sangue. Alguma coisa rugiu em suas entranhas, dominando-a, guiando seus dedos no cabelo dele, debaixo da túnica. Ele já estava passando a mão por seu colo, descendo o vestido pelo ombro, a boca indo até o pescoço.

Cada toque ardia, até Erida queimar de dentro para fora. Ela desejou que aquilo nunca acabasse.

Deitados juntos, enroscados e vendo o pôr do sol sangrento pelas janelas do quarto da rainha. Erida esperou o feiticeiro vermelho infernal irromper pela porta. Felizmente, ele ainda estava trancado na Biblioteca Ilha, fascinado pela imensidão de pergaminhos.

Já vai tarde, pensou Erida, passando a mão pela área finalmente conhecida. Pele pálida, veias brancas, tórax definido, esculpido por anos de batalha e esforço. Havia muitas cicatrizes, nodosas e inchadas, mas nenhuma se igualava às veias. Ela tracejou as bifurcações, relâmpagos sinuosos na pele de Taristan, se espalhando na pele dele como uma teia de aranha. Erida nunca vira nada assim, nem mesmo na mãe, que definhara até a morte, reduzida a ossos no fim da vida. Era diferente. E se espalhava. Ela via, de forma lenta, mas firme, as veias brancas como osso se esgueirando na pele dele.

— Não sei o que é — disse Taristan com a voz inexpressiva, olhando o teto dourado. — Por que fiquei assim.

Erida sentou bruscamente, apoiando nos cotovelos.

— O Po... Ele nunca explicou? — perguntou ela, perplexa.

O consorte se espreguiçou ao lado dela, o tronco exposto e o lençol de seda bordô embolado na cintura. Ele estava deitado de costas, com a mão debaixo da cabeça. As veias se destacavam em seu braço também, dando voltas nos músculos esguios. Apesar de a corte do rei madrentino não combinar com Taristan, a cama dele certamente combinava.

— O Porvir não fala como mortais — disse ele, o rosto tenso. — Ele não se expressa por meio de palavras, apenas visões. E sensações.

Erida tentou imaginar, mas não conseguiu. Acariciou o pescoço dele, onde se destacavam as veias mais grossas.

— O que Ronin pensa disso?

— Ronin diz que é uma dádiva. Ter a força do Porvir fluindo em mim.

— A sensação é de força? — murmurou ela, cobrindo o pescoço dele com a mão.

A pele dele estava quente, ardendo como sempre. Erida já sabia que aquilo não era incomum. A temperatura de Taristan era sempre febril. Bastava tocá-lo para começar a suar, por diversos motivos.

— O que mais pode ser? — respondeu Taristan, virando o rosto para ela.

A luz vermelha estava ali, um leve brilho. Erida percebia. E, apesar de saber daquilo, de saber que aquilo estava nele, ainda assim ficou enjoada. *O Porvir não o controla, mas está nos olhos dele, na cabeça dele. De um jeito diferente do que eu jamais estarei.* Dessa vez foi ela que sentiu ciúme, não de um feiticeiro, mas de um deus demoníaco.

Lentamente, Erida levantou da cama ampla, de costas para o marido e seus olhos vermelhos. Sem as damas de companhia, se vestiu com simplicidade, pondo roupas de baixo e um vestido verde sem se esforçar muito. Arrumar o cabelo era mais difícil, ainda embaraçado pela noite de sono, então ela fez uma trança. Enquanto isso, olhava não para Taristan na cama, mas para a espada de Fuso perto da janela. A arma refletia a luz vermelha do pôr do sol, um espelho cheio de sangue fresco.

Taristan logo se vestiu também. Ele detestava seda e veludo, e fez uma careta ao amarrar a gola, escondendo as veias brancas.

— Pelo menos sua Lady Harrsing vai parar de nos importunar pedindo herdeiros — murmurou ele, calçando as botas.

Erida riu com desdém.

— Muito pelo contrário, as perguntas vão ficar dez vezes piores. Ela provavelmente vai inspecionar os lençóis para verificar meu fluxo mensal e registrar meu apetite também — resmungou Erida, já desesperada com a intromissão da mais velha. — A corte tem feito apostas.

Ele franziu o nariz, com nojo.

— Estamos em guerra pela dominação mundial, e seus nobres não têm nada melhor a fazer?

— Meus nobres não são soldados. Preferem banquetes a batalhas. — Ela vestiu um colete comprido, uma pele amarela roçando o queixo. — Se apostar na sua semente e na minha barriga for a distração necessária, que seja. Deixe que eles fofoquem enquanto ficamos mais fortes.

De repente, Taristan parou atrás dela e a abraçou pela cintura. O gesto foi lento, leve, cuidadoso como sempre. Como se ela pudesse escapar a qualquer momento.

— Em breve, você não precisará mais deles — grunhiu em seu ouvido.

A rainha se recostou no corpo firme de seu consorte, sentindo o calor através das roupas.

— Duvido até que o Porvir consiga isso, meu príncipe.

— Meu príncipe — repetiu ele, apreciando as palavras.

— É o que você é — murmurou ela, levando os dedos ao braço de Taristan, segurando o punho dele. — Meu.

Ele roçou o rosto no dela, a barba por fazer arranhando sua pele.

— Isso significa que você é minha?

Para aquilo, Erida não tinha resposta. Um *sim* subiu à garganta, mas ela não falou nada. Era uma traição a si, à coroa, ao pai e aos sonhos dos seus antepassados. *Sou a governante de Galland, rainha de dois reinos, uma conquistadora. Não pertenço a ninguém, apenas a mim mesma.* Nem Taristan era exceção, por mais inebriante que fosse, por mais poderosa que ela se sentisse ao seu lado. Não se acorrentaria a homem nenhum, nem ao príncipe do Velho Cór.

Pelo menos foi o que disse a si mesma, em silêncio.

A tosse de Ronin fez Erida pular.

Assustada, ela se afastou de Taristan, a trança voando sobre o ombro. Com o coração a mil, olhou com raiva para o feiticeiro.

— Sua pontualidade é incrível — rosnou Erida, sentando perto da janela.

Taristan virou com uma indiferença fria, mas o rosto, normalmente pálido, estava corado. Olhou com irritação para o sacerdote, a boca retorcida em uma rara demonstração de desdém pelo homem.

— Ronin — grunhiu.

O feiticeiro mal o olhou. Observava a bacia ensanguentada, esquecida no chão, e as mãos da rainha, que fechou os punhos, voltando a sentir vergonha, mas era tarde demais para esconder as evidências.

Ronin estalou a língua, o sorriso de rato voltando ao rosto.

— Ah, isso explica a bagunça na sala do trono.

— Há quanto tempo você está parado aí? — perguntou Erida, furiosa.

— Isso é irrelevante — respondeu ele, dando de ombros.

Fazendo as vestes carmim esvoaçarem, foi até a janela, observando a cidade e a baía. A iluminação estranha formava uma silhueta dourada, como uma figura sagrada em uma pintura ou tapeçaria.

— Encontrei mais do que pensei — disse ele. — A Biblioteca Ilha é muito mais completa do que os arquivos no seu próprio palácio.

Era uma alfinetada, e Erida mordeu a bochecha para não reagir.

A paciência de Taristan estava acabando. Ele rosnou:

— Então, feiticeiro. Diga de uma vez.

Quando Ronin virou, foi com um sorriso que Erida desejou nunca ver de novo. Era grande demais, fazendo as rugas do rosto se aprofundarem, os olhos avermelhados parecendo duas luas sombrias. Ela fez o possível para não se encolher de horror quando as veias do pescoço dele pulsaram, tão brancas quanto as de Taristan, mas de algum modo mais destacadas. Elas pulavam levemente, batendo no ritmo do coração seco do homem.

O sacerdote uniu as mãos, como se orasse.

— O que sabem da esfera... Infyrna?

23

ESCADARIA PARA O INFERNO

Corayne

O PESADELO ERA PIOR DO QUE QUALQUER OUTRO. Verossímil demais, próximo demais. Ela sentia Asunder por todos os lados, a esfera infernal quente e fria, exageradamente clara e profundamente escura. Tudo e nada. Corayne esticou as mãos vazias, cavando ar e lama. Tentou respirar, gritar. Nada aconteceu.

Mas ela sentia o movimento das pernas. Dos pés. Ouvia o eco das botas na pedra.

Havia uma escadaria. Seus dedos roçaram uma parede, áspera e quente.

Ela descia cada vez mais na espiral, as trevas dominando sua visão.

Corayne quis gritar de novo, mas nenhum som saiu.

É um pesadelo, pensou. *Você está dormindo, nada aqui pode machucá-la. Você vai acordar. Vai sobreviver.*

Parecia mentira, mesmo em pensamento, mesmo sabendo que nada ali era real.

Mas era, com certeza.

A escadaria acabou.

Aquilo era Asunder. Era o Inferno.

A esfera do Rei Destruído, do Demônio do Abismo, do Deus Entre as Estrelas. Da Escuridão Vermelha.

Do Porvir.

— Corayne an-Amarat — sibilou uma voz, vindo de todos os

lados e de lugar nenhum, nos ossos e nos ouvidos dela. — Eu estive esperando por você.

O ar da noite era frio, queimando os pulmões quando ela arquejou, sufocada. Corayne sentou no susto, a testa encharcada de suor, a capa embolada no corpo. Ao lado dela, Andry dormia profundamente, e, do lado dele, Charlie. Corayne ofegou, olhando para os garotos adormecidos para se localizar.

Foi só um sonho. Um pesadelo.

O coração dela ameaçava pular do peito. Cada inspiração era uma luta, ardendo, o vento congelando o rosto.

Dom estava curvado junto à fogueira mais próxima, a silhueta delineada pelas chamas. Ele a observava, imóvel, os olhos vidrados, mas alerta. Corayne o viu erguer a sobrancelha e sacudiu a cabeça.

— Foi só um pesadelo — sussurrou.

Ele assentiu levemente e a deixou quieta.

Com esforço, ela deitou de novo, de costas na capa, o peito subindo e descendo. As estrelas piscavam pelas nuvens e árvores. Ela tentou contá-las e acalmar o coração.

Apesar dos discursos e dos planos, Corayne an-Amarat nunca sentira tanto medo. Ela não adormeceu de novo e passou a noite observando as estrelas, vendo sua respiração subir no ar gelado. Procurou dragões, esqueletos, qualquer coisa incomum entre as nuvens. Se aqueceu nas peles, a fogueira ainda emanando calor quando a alvorada começou a tingir o céu. E, por mais confortável e exausta que estivesse, Corayne não pregou o olho.

Andry foi o primeiro a acordar, como de costume. Fez chá, pendurando a chaleira na fogueira para ferver a água enquanto escolhia ervas da lata. De olhos entreabertos, Corayne ficou olhando e encontrou paz na tranquilidade do escudeiro, atencioso em tudo que fazia. Ele cheirou um ramo de alecrim antes de jogá-lo na chaleira com um pouco de sálvia e lavanda. Conforme a água fervia, ia enchendo o bosque de um cheiro relaxante. Corayne inspirou fundo, ávida.

Andry parou na frente dela de repente, com uma caneca fumegante na mão.

— Não vai compensar o sono que você perdeu, mas deve ajudar — disse ele, agachando para olhá-la nos olhos e mantendo a voz baixa para não incomodar os outros.

Com um sorriso de gratidão, Corayne sentou e aceitou o chá. Tomou um gole, deixando o calor acolhedor se espalhar pelo corpo. Era diferente do calor do pesadelo, do inferno fervente de Asunder e do Porvir. O chá era como uma casa com lareira. Como um copo de quentão de Lemarta, como o mar de inverno cinzento no porto. O chá era como a sombra de Dom, o sorriso de desdém de Sorasa, os olhos de Andry. A gargalhada da mãe. Tudo que a sustentava, mesmo quando o mundo se esforçava para derrubá-la.

— Você parece um pouco menor do que ontem à noite — disse ele, baixinho.

Ela tomou mais um gole, se sentindo revigorada.

— E é culpa minha?

A mistura de ervas ajudou a diminuir um pouco da tensão do corpo. Pelo menos as dores antigas já tinham passado, os músculos acostumados aos dias na sela, as mãos calejadas por causa da faca comprida. O treinamento de Sorasa e Sigil tornara a viagem mais fácil naqueles últimos dias.

— Obrigada — murmurou ela, a respiração formando nuvem no ar frio. — Você está pronto?

— Isso não existe — respondeu Andry, pensativo. — E você?

— E eu? Você ouviu Dom. Ele provavelmente vai me amarrar em uma árvore aqui.

— Eu estava falando dos sonhos — disse ele, olhando para baixo enquanto seu rosto ficava sério, corado. — Escutei você ontem. Parecia...

— Pior — falou Corayne com firmeza. Ela olhou para a fogueira, tentando encontrar conforto nas chamas. — Pior a cada passo em direção ao Fuso, e não tenho dúvida do motivo.

Andry se inclinou para trás, agachado, arregalando os olhos castanhos. Uma expressão de dor passou pelo rosto dele, e Corayne desejou tirá-la dali.

— O Porvir? — sugeriu ele, preocupado.

As labaredas pulavam e estalavam, vermelhas e amarelas. Brasas subiam em espiral entre as árvores. Corayne acompanhou o trajeto, observando os rastros de luz enquanto se apagavam.

— O portal do templo leva às Terracinzas, uma esfera queimada, rachada por Asunder. Está sob o controle dele. Ele não tem como atravessar, mas talvez pedaços, vestígios dele atravessem.

Os galhos acima pareciam arranhar o céu da manhã. Corayne observou as árvores, tentando se estabilizar, afastando o medo que a devorava por dentro.

— Ele me conhece — continuou. — Está vendo tudo. Ainda não pode encostar em mim, não enquanto Todala estiver inteira, mas...

A voz dela falhou, as palavras se embolando. Por um segundo, Corayne se sentiu de volta ao pesadelo, sem conseguir emitir sons.

Mas o ar que batia no rosto dela era fresco, e a luz do sol adentrava a floresta. E a mão de Andry, quente em seu ombro, era um peso firme.

Você está acordada, pensou.

— Ele vem quando durmo — Corayne engoliu em seco. — Noite após noite, mais forte a cada centímetro que me aproximo do Fuso e das Terracinzas. É lá que ele fica mais forte, no vão no mundo.

Ela não precisava olhar para Andry para saber que ele entendia o medo, sentia também. Ele vira o templo com os próprios olhos. Sabia o que esperava do outro lado das portas, nas cinzas de outra esfera.

— Normalmente, é sempre a mesma coisa, o pesadelo. Mãos brancas, olhos vermelhos, um buraco negro sem fundo. Fica mais fundo a cada vez, como se fosse mais cruel. — Ela ainda o sentia. — Ontem, tinha uma escadaria, e ele falou comigo. Antes, eu esquecia o pesadelo ao acordar. Agora, parece que eles nunca vão embora completamente.

Andry estreitou os olhos, franzindo as sobrancelhas. Corayne quase esperava que ele risse. Em vez disso, o escudeiro apertou o ombro dela.

— O que ele falou?

— Que está esperando por mim — respondeu ela, cerrando os dentes, e sacudiu a cabeça. — É quase engraçado. Eu esperaria mais de um deus demoníaco.

Andry não sorriu, concentrado.

— E o que você disse?

— Não consegui falar. — Mesmo acordada, era difícil formar palavras. — Pois é. Quem diria que seria possível? Mas não consegui emitir nenhum som, nem gritar. Só fiquei parada naquele lugar estranho, esperando alguma coisa me despertar.

Ela fixou o olhar no chão, na terra e na grama morta. Passou os dedos pela superfície congelada.

— Agora, tão perto do Fuso, eu achei... Eu tinha medo de não conseguir voltar. De nada nem ninguém conseguir me arrancar de lá.

— Merda nenhuma — grunhiu ele, e Corayne quase deu um pulo de susto.

— Andry Trelland! — exclamou ela, impressionada pelo tom grosseiro e surpresa ao vê-lo carrancudo, sem nenhuma suavidade nos olhos carinhosos.

A raiva, contudo, não era direcionada a ela. Andry olhava para as árvores, na direção do Fuso, do templo, da ruína do mundo. Uma das pálpebras tremia, e Corayne viu no escudeiro a sombra de um cavaleiro, um guerreiro de muitos anos. Não só o escudeiro, mas o homem que sempre estivera no destino de Andry Trelland se tornar.

— Estarei aqui do seu lado. Sempre — soltou ele, olhando para ela sem pensar. — Todos estaremos. Prometo.

Andry Trelland era a pessoa mais honesta que Corayne conhecia. Ele não tinha talento para mentir. Era fácil ver a hesitação nele. A dúvida. *Ele não pode prometer que não morreremos nas próximas horas. Mesmo assim, ele tenta.*

Ela segurou a mão dele.

— Vou cobrar essa promessa.

— Espero que cobre — respondeu ele, imóvel.

Os dois se afastaram quando Charlie acordou, fungando, e se arrastou da cama para sentar perto da fogueira. Olhou de relance para o resto do círculo adormecido, esticou um pedaço de pergaminho no colo e começou a escrever.

Corayne observou o pergaminho de esguelha, esperando que fosse mais uma falsificação.

No entanto, a carta não era nada oficial, nem tinha sua maestria de sempre. Nenhum selo falsificado ou assinatura adulterada. A letra dele nem estava bonita. Mesmo assim, ele escrevia sem parar, franzindo a testa, concentrado, enquanto a pena percorria a página. Quando os olhos dele ficaram embaçados, brilhando de emoção, Corayne desviou o rosto.

Os outros acordaram pouco depois. Corayne e Andry prepararam café da manhã para todos, mexendo no abastecimento de comida.

Dom finalmente tinha pegado no sono, mas logo abriu os olhos e sentou, a consciência repentina assustando a todos. Sorasa tinha se afastado sem Corayne notar, mas voltou de cabelo trançado e olhos pintados, o rosto maquiado para a guerra. Tinha tirado a capa de pele, apertado as fivelas e amarrações da roupa de couro e deixado todas as adagas em lugares de fácil acesso. Até a bolsinha de pós preciosos pendia do cinto, junto ao chicote enrolado e à espada embainhada.

Sigil levantou por último, com um bocejo de leão.

Parecia animada para começar a manhã, batendo no peito para cumprimentar os mercenários que despertavam. A animosidade entre ela e Volaska já tinha caído por terra havia muito tempo. Oscovko a chamou para falar de estratégia, discutindo cavalos e possíveis ataques.

Corayne sacudiu a capa e calçou as botas, amarrando os cadarços com firmeza. Todos os seus gestos pareciam ao mesmo tempo rápidos e lentos demais. Ela queria que a manhã acabasse. Queria o pôr do sol e a fogueira, queria deixar o Fuso para trás, com todos que conhecia ainda a seu redor. Podiam discutir e brigar o quanto quisessem, desde que sobrevivessem para ver as estrelas mais uma vez.

Andry a encarou com pesar. A raiva dele se fora, mas o medo, não.

— Dom está certo. Fique de fora da batalha.

Ela rangeu os dentes, um calor repentino subindo ao rosto.

— Não posso só ficar parada vendo tudo acontecer.

Andry piscou, pensativo.

— Foi o que eu fiz.

— E isso assombra você — retrucou ela, apertando a caneca de barro com uma força excessiva. — Assombra você até hoje.

A voz dele continuou calma e baixa, apenas os dois capazes de ouvi-la.

— Foi o que me manteve vivo, Corayne — disse ele, as palavras pesadas de frustração.

Como Corayne não respondeu, ele esticou o braço e tocou a mão dela, roçando o dorso com os dedos marrons, fazendo calafrios percorrerem seus braços e costas. Corayne disse a si mesma que era o frio, o pavor, a fatalidade que os aguardava.

Os olhos castanhos dele pareciam derreter, profundamente quentes, convidativos como uma lareira crepitante. O olhar dele era imponente, impossível de ignorar. Ela queria desviar o rosto, mas se sentia presa ali, criando raízes diante dele. Andry Trelland lembrava um amanhecer na primavera, quando a luz se derramava, dourada, e a grama reluzia com o orvalho. Cheio de promessas e possibilidades, mas passageiro. Ela queria mantê-lo naquele momento e manter-se nele também.

— Por favor — murmurou ele.

O momento acabou.

— Está bem — respondeu Corayne, abaixando a cabeça.

Ela não aguentaria ver o sorriso aliviado dele, não se fosse causado pela própria covardia. Em vez disso, se concentrou nos avambraços, tirando dos alforjes o presente de herdeire de Ibal. *Dirynsima. Garras de dragão.*

Os braçais de couro reluziam, com detalhes em ouro polidos e couro lustrado. Quando os afivelou, sentiu o reforço de aço interno, firme em seu antebraço. A aparência escamada e os espigões fizeram Corayne sentir um frio na barriga. Ela se perguntou se as garras de dragão eram mesmo fiéis ao nome, se o dragão solto na Ala era daquele mesmo jeito.

— Se os deuses quiserem, você não vai precisar disso — grunhiu Sorasa, passando por ela com os próprios alforjes nos ombros.

O cavalo de Sorasa vinha logo atrás, fuçando a terra rala em busca de grama.

Corayne cerrou o punho e girou o braço, ativando os espigões na borda. O avambraço ficou mais apertado, e a fileira curta e letal de triângulos de aço se ergueu.

— Pelo menos agora sei usar.

Sorasa bufou, rindo.

— Vai nessa — disse, jogando os alforjes no lugar. — Pronto, Ancião? — perguntou, olhando para Dom, já em seu cavalo.

Ele estava virado para o bosque, com a expressão sombria e os olhos desconcentrados.

— Não acho que seja possível estar pronto para isso — falou, devagar

Charlie se afastou da fogueira, guardando o pergaminho no colete, por baixo da capa de pele. Olhou de Dom para Sorasa, analisando-os.

— Vocês já viram essas coisas, certo? Já as mataram antes?

— Só as sombras, Charlie — respondeu Sorasa, e, com um único gesto gracioso, pulou na sela e ajeitou as rédeas. — Mas, sim, é possível matá-las. E é isso que faremos.

Corayne sabia que aquilo não consolava Charlie. O rosto do sacerdote ficou levemente esverdeado, mas ainda assim ele seguiu em frente, arrastando os pés para desamarrar o cavalo. Corayne foi atrás, mais uma vez desejando que o tempo acelerasse e desacelerasse. Queria aproveitar mais a manhã. Queria que fosse noite. Queria fechar os olhos e pular algumas horas, acordando no futuro, quando estivesse tudo bem, com seus amigos em segurança, vivos e vitoriosos.

Mas aquilo era impossível. Nenhuma magia no mundo poderia manipular o tempo, nem os Fusos. Nem o Porvir. A montanha diante deles precisava ser escalada. Não havia como dar a volta. Seguir em frente era a única alternativa.

Corayne subiu na sela sem pensar, o gesto finalmente muito familiar, quase natural. O vento frio ardia no rosto, mas seu sangue estava em chamas, quente de antecipação e medo. Ela engoliu em seco, olhando para a paisagem de árvores e terra rochosa. O bando avançava entre galhos e troncos, seus rostos tão cinzentos quanto as árvores mortas, vestidos com peles de couro desgastadas pelas batalhas, as capas enlameadas. Alguns levavam escudos e espadas, outros, machados. Oscovko empunhava um montante quase do tamanho da espada de Dom e sorria. Juntos, os trezentos guerreiros se ergueram, a própria terra parecendo se erguer junto.

Os cavalos bateram cascos e resfolegaram, soprando nuvens de bafo quente. Os homens entoavam gritos de guerra, baixinho no começo, mas ganhando força como uma onda prestes a quebrar na praia.

Primeiro, em trequiano. Depois, em primordial, para todos ouvirem.

— Lobos de Trec, lobos de Trec! — gritaram, levantando aço e ferro, e alguns uivaram. — Hoje devoramos a glória!

Em meio a eles, Sigil empunhou o machado, com um sorriso maníaco.

— Os ossos de ferro dos Incontáveis não podem ser quebrados! — bradou, unindo seu grito de guerra aos deles.

O sangue de Corayne ferveu, movido pelo coração agitado, pelos vivas estrondosos e pelo chamado do Fuso e das esferas além da Ala. Ela sentia o sangue do Cór cantar, tentando alcançar a origem de seus antepassados. Os puxões vinham de todas as direções, como o canto de uma sereia. A espada de Fuso amarrada à sela também a chamava, o poder do aço se espalhando como a vibração de um coro sobrenatural. Assim como a garota, a espada sentia o Fuso, o coração fumegante onde fora forjada. Por um momento, Corayne esqueceu que viajavam rumo à perdição e deixou a magia fluir pelo seu corpo, preenchê-la. Como deveria fazer, como ela deveria se sentir. Tentou se agarrar à sensação, se voltar para a luz do Fuso, em vez de dar-lhe as costas. Rangeu os dentes, apertando as rédeas.

Ela cortaria aquele portal ao meio, como fizera no deserto. Faria Taristan sentir. E faria o Porvir se arrepender de cada pesadelo que dera a ela.

Seu peito trovejou, e a terra tremeu sob a força de trezentos cavalos, todos correndo na direção da própria morte.

24

O SINO DA MORTE

Domacridhan

CADA PASSO RETUMBANTE DO CAVALO era como uma espada perfurando seu peito. Dom se perguntou se restaria algum pedaço dele quando chegassem ao templo. Ou ele seria apenas uma sombra, um eco do imortal perdido? Mas cada centímetro que o despedaçava também o entorpecia, até o medo ser um mero zumbido em seu ouvido. A memória de Cortael não causava dor. Pois Domacridhan não sentia nada.

Apenas fome. Fúria. Desejo de vingança.

Poucos têm a oportunidade de corrigir os erros do passado. Talvez esta seja minha chance, pensou, encorajando o cavalo a prosseguir, o garanhão robusto avançando pelo bosque meio morto. Centenas de cavalos irrompiam do lugar, martelando a terra.

Até que a colina chegou.

Ele sentiu o estômago revirar, mas manteve a postura, inclinado para a frente, junto ao pescoço do cavalo. Não lembrava de ter empunhado a espada longa, só a sentiu na mão, o punho de couro gasto pelas décadas. Reconhecia a textura mais do que qualquer outra coisa na esfera, até do que o próprio rosto. A espada era mais antiga que suas cicatrizes; mais velha que os homens ao redor. O aço refletia o sol, reluzindo como um sorriso maníaco. Todas as outras armas também, incontáveis lâminas se erguendo. Pelo canto do olho, viu Sorasa com seu arco, Sigil com seu machado. Andry levantou a espada, a estrela azul no peito reluzindo de forma impressionante. Ele era um cavaleiro de verdade.

Do outro lado do escudeiro, para o enorme alívio de Dom, Corayne estava dando meia-volta. Não por vontade própria, mas por causa de Charlie. O sacerdote segurava as rédeas dela, puxando os dois com força para longe da movimentação, buscando segurança na parte mais profunda do bosque. Nenhum dos dois lutaria.

Foi a última coisa que Dom viu antes de chegar ao topo da colina, uma onda de guerreiros e cavalos. Ele se encontrava na crista, Oscovko à esquerda e Sorasa à direita, a corda do arco já cantando. Sigil urrou o grito dos Incontáveis, primeiro na própria língua e depois em primordial.

— Os ossos de ferro dos Incontáveis não podem ser quebrados!

Dom rezou para aquilo ser verdade.

Rezou por todos eles, até por si mesmo. Ainda que estivesse em uma esfera na qual nenhum deus o ouviria.

Oscovko uivou como um lobo, e os homens responderam, bradando o grito de guerra.

Mais uma vez, Dom tentou fazer uma emissão. Não tinha magia própria, mas jogou os pensamentos na direção da tia, chamando-a através de milhares de quilômetros. Chamou por Ridha também, onde quer que ela estivesse. Não recebeu nenhuma resposta. Não havia nada além do templo.

A estrutura se erguia diante deles, com a clareira exposta na base da colina. Dom olhou primeiro para o portão, o Fuso lá dentro e as Terracinzas além. Ainda assim, nada saía, apenas brasas e cinzas sopradas pelo vento quente. O exército de cadáveres marchava em círculos ao redor da pedra branca e das colunas lisas, como um redemoinho no mar. Por um momento, mantiveram a estranha formação, se arrastando, um atrás do outro. Dom se perguntou se eles podiam mudar de posição sem ordens do mestre.

A resposta foi rápida.

Os cadáveres perceberam a presença do exército e pararam abruptamente, virando os crânios sem olhos e as armas quebradas. Espadas, facas e lanças foram erguidas para lutar, mil pedaços de aço enferrujado famintos por carne.

— Fechar formação! Avancem o mais unidos possível! — gritou Oscovko para seus homens.

Eles obedeceram, se aproximando para formar uma muralha de cavalo e aço. O exército atacou.

Dom se inclinou e o cavalo reagiu, acelerando.

O mundo fedia a sangue e podridão. Os únicos sons eram os gritos de homens e terracinzanos. Acima deles, o céu estava claro, sem nuvens. Pacífico, até, mas abaixo deles o inferno fervilhava. Esqueletos e cadáveres formavam um muro macabro entre o exército e o templo. Dom manteve o olhar no chão à sua frente. Cadáveres olhavam para cima, esticando dedos ossudos e mãos podres.

Ele foi o primeiro a desferir um golpe, mas não o último.

Domacridhan de Iona era um imortal, um filho da Glorian Perdida. Não tinha aprendido a temer a morte. Não conhecia a fragilidade de um mortal. Mas mesmo ele sabia que deveria estar apavorado. Aquela ideia invadiu sua mente.

De alguma forma, os mortais e os cavalos lutavam sem hesitar. O bando de Oscovko continuava com os uivos demoníacos, mesmo enquanto cadáveres se jogavam neles, derrubando muitos das selas. Os gritos de dor se misturavam aos berros de êxtase, de prazer até. O próprio Oscovko berrava entre os ataques, uma torrente de golpes de espada. O rosto dele logo ficou manchado de lama e sangue, mas ele não parecia se incomodar. O príncipe de Trec era veterano de muitas batalhas, entusiasmado com cada uma.

Sem precisar se preocupar com Corayne, Dom tentou se concentrar apenas em si. Era o melhor jeito de sobreviver. No entanto, por mais que tentasse, não conseguia deixar de lado Sorasa, Andry e Sigil. Mesmo que a maré da batalha tentasse afastá-los, Dom fez o possível para se manter próximo deles, a poucos metros de distância.

Sigil liderava os outros dois, melhor até do que Dom na sela. Manobrava com uma maestria incrível, deixando o cavalo lutar com ela, os cascos esmagando crânios e costelas enquanto o machado esmigalhava dezenas de colunas. Com vestes de couro que contrastavam com o céu, ela era como uma montanha, e os cadáveres, um mar revolto.

Sorasa vinha atrás dos notáveis guerreiros, estalando o arco para todos os lados. As rédeas batiam no pescoço do cavalo, soltas. Ela não precisava usá-las e dirigia o animal apenas com as coxas. As flechas perfuravam inúmeros cadáveres, desacelerando a maioria e derrubando alguns.

A estrela azul brilhava no canto da visão de Dom, mais longe, à esquerda. Andry se movia em curvas graciosas, a espada se movendo de um lado a outro conforme ele avançava. O escudeiro sabia lutar a cavalo tão bem quanto qualquer um deles. Sua pele marrom reluzia como pedra polida, o sol nascente refletindo nele como se o abençoasse. Se os deuses protegessem alguém naquele campo de batalha, Dom esperava que essa pessoa fosse Andry Trelland.

A maré revolta movimentava a luta, a investida da cavalaria cortando a onda de cadáveres. Mas o bando de guerreiros estava em número consideravelmente menor, e encontrava lanças e espadas em todos os lados. Dom destruiu dezenas deles, mas sempre havia mais. Subiam e tropeçavam, ossos, carne e corpos podres para onde se voltasse. Pior ainda, os terracinzanos não sentiam medo. Não tremiam. Não hesitavam. A determinação deles era absoluta e inabalável, motivada pela mais cruel das persistências.

Então o cavalo de Sorasa caiu, jogando a cabeça ao desabar, um grito terrível cortando o ar. Sem pensar, Dom virou o próprio cavalo e viu Sorasa Sarn desaparecer no mar de corpos, perdendo o arco na lama.

— Amhara — rosnou ele.

O corpo dele ficou entorpecido, reagindo sem pensar ou se preocupar.

Sigil também viu o que havia acontecido e chamou, uivando, o cavalo atravessando os corpos com estrondo.

Finalmente, um chicote estalou para cima, ressoando como o trovão. Um cadáver foi pego e, com um puxão violento, teve o crânio arrancado do pescoço. O terracinzano caiu, revelando Sorasa Sarn enfiada na lama até os tornozelos, o chicote em uma das mãos, a adaga na outra.

— *Não morra!* — gritou Dom através do campo de batalha, as palavras soando familiares.

Falara na língua dele, reparou, na língua de Glorian. Desconhecida de todos os outros.

Sorasa o ouviu mesmo assim, os olhos de cobre o encontrando em meio à massa. Ela não respondeu, a atenção voltada aos inimigos que a cercavam. Sabia que não deveria desviar o foco. Mas Dom viu uma prece escapar de seus lábios, na língua dela, enquanto continuava a derrubar cadáveres, lutando com unhas e dentes, o cabelo curto esvoaçando, as tranças desfeitas. Era diferente da luta com os amharas, uma demonstração equilibrada de inteligência e talento. Ali, tudo era intenso, violento. Assim como os cadáveres, ela não mostrava emoção e nem preocupação.

Pela primeira vez, Dom ficou feliz pelo treinamento de amhara. Era o que a manteria viva.

Foi então que o cavalo dele guinchou, empinando. Dom sacolejou, sentindo um enjoo forte. Viu a lança, meio partida, enfiada no peito orgulhoso da montaria. Antes que o animal caísse, ele pulou da sela, a espada longa em mãos. Seus sentidos imortais despertaram e ele golpeou, cortando a floresta de cadáveres no ímpeto da queda. O cavalo caiu na lama com um baque, mas Dom já estava em movimento. Não podia virar nem por um instante. Em algum lugar, acreditou ter ouvido Corayne gritar, mas ela ainda estava na colina, ele sabia, em segurança com Charlie, entre as árvores.

Sigil deu a volta no perímetro, fechando o caminho como um laço ao redor dos cadáveres. Acenou com a cabeça para Sorasa e Dom ao passar, sangue pingando da lâmina de seu machado. Lá no alto, nuvens se espalhavam pelo céu azul, enchendo-o de um tom cinza-férreo.

Como acontecera na Trilha do Lobo, Dom ficou costa a costa com Sorasa Sarn. Mas, em vez de amharas, estavam cercados de incontáveis cadáveres.

Ela levantou a adaga, bloqueando o ataque de um morto.

— Que gentileza vir lutar comigo, velhote.

— Já sobrevivi a coisa pior — disse Dom, as palavras mais firmes que ele.

Sorasa dirigiu ao imortal um rápido olhar fulminante.

— Não achei o kraken tão difícil assim.

Mesmo cortando um cadáver ao meio com a espada, Dom teve que conter um sorriso maníaco.

— Estou falando de você, Sarn.

— Que lisonjeiro — retrucou ela, pulando um terracinzano sem pernas, que se arrastava nos dedos podres.

Pelo canto do olho, Dom viu Andry ainda a cavalo, acompanhando o círculo de Sigil. Outros cavaleiros se juntaram a eles, formando mais uma investida de cavalaria para derrubar a quantidade cada vez menor de terracinzanos. Dom perdeu o fôlego, sentindo a esperança crescer dentro de si, pisoteando crânios, a espada dançando.

Eles estão perdendo, pensou, olhando rapidamente ao redor do campo de batalha. Via mais da terra do que antes, mesmo que estivesse coberta por corpos despedaçados. Pilhas de ossos para todos os lados, a lama tingida de vermelho. No entanto, os olhos dele não mentiam. Os cadáveres se arrastavam em quantidade menor, o exército vivo atacando.

Podemos vencer.

Pelos Companheiros caídos. Por Cortael, em algum lugar a seus pés, perdido na lama como tantos corpos mutilados. Uma alegria descontrolada tomou o peito de Domacridhan como uma labareda.

Até que ouviu o pior som do mundo. Não, não ouviu — *sentiu*. No alto do campanário do templo, o sino soou.

O som oco o fez voltar no tempo, e Domacridhan de Iona caiu de joelhos, sua espada indo ao chão. A sombra de Sorasa girava acima dele, sem nunca perder o ritmo. Ele ouviu a voz dela chamá-lo, mas as palavras eram indecifráveis, distantes mesmo aos gritos.

Então Sorasa não estava mais ali. A amhara desaparecera.

Era Cortael que o Ancião via, parado diante dele com a expressão séria, a espada de Fuso na mão. As pedras preciosas brilhavam na luz profana de forma incomum, cintilando como chamas vermelhas e roxas. Ele ergueu a espada e Dom se afastou, com medo da lâmina de aço. No entanto, seu velho amigo não se mexeu. Estava paralisado, exposto aos horrores do mundo.

Os terracinzanos fervilhavam ao seu redor, e Dom queria gritar. Mas estava enraizado no chão, acorrentado na lama. Fadado a ver tudo aquilo acontecer de novo.

Em um piscar de olhos, Taristan estava lá, uma visão que Dom não conseguia expulsar. A espada dele se movia com precisão, perfurando o coração de Cortael. O filho do Velho Cór desabou devagar, como se estivesse na água, esticando os dedos sem ter a que se segurar.

A garganta de Dom ardia, mas ele não lembrava de ter gritado.

O sino ressoou de novo, e Dom se encolheu, assustado. A visão de Taristan voltou a atacar, levantando a espada para desferir um golpe. Dom quase sentia o aço e se perguntou que parte do corpo perderia primeiro.

As cinzas sopravam do portão do templo, sombras se mexendo ali dentro.

Dom não podia fazer nada além de fechar os olhos.

25

UMA SOMBRA SEM HOMEM

Corayne

CORAYNE AINDA SENTIA O GOSTO DE ALECRIM e lavanda, mesmo quando o fedor do exército de cadáveres cobriu as colinas arborizadas. Ela se agarrou à lembrança do chá de Andry, desejando mais uma xícara, desejando a fogueira e a noite longa e insone. Em vez disso, se debruçou no pescoço do cavalo, forçando o animal a avançar com o resto.

Até que alguém puxou suas rédeas, afastando-a da coluna e adentrando o bosque. Mas a marcha continuava com um estrondo, os primeiros homens do bando de Oscovko uivando como os lobos na bandeira. Dom estava com eles, o cabelo dourado reluzindo ao sol como um farol. Sorasa e Sigil vinham logo atrás, a primeira erguendo o arco, a outra girando o machado. Andry ia junto, e Corayne sentiu a primeira de muitas lágrimas subir aos olhos.

A mão nas rédeas de sua montaria continuou a puxá-la, manobrando os dois cavalos para longe da investida, circulando uma parte mais fechada do bosque, onde poderiam esperar escondidos.

— Charlie — disse Corayne com dificuldade, ofegante. Gritos irrompiam do outro lado da colina, um som horripilante, de homens e monstros. — Charlie, não podemos abandoná-los.

O sacerdote fugitivo se recusou a olhá-la, uma expressão severa no rosto. Ela nunca o vira tão sério, as sobrancelhas e a boca tensas.

— Você não serve de nada se morrer e eu não sirvo de nada em batalha — disse ele, impulsionando os cavalos. — Eles correriam mais riscos se fôssemos para lá. Vamos deixar que se concentrem em sobreviver.

Corayne mal conseguiu assentir, engolindo um grito de frustração. Esfregou o rosto, secando as lágrimas. Não adiantou. O choro continuou a cair, escorrendo pelo rosto até ela sentir gosto de sal no ar podre.

Ainda nos cavalos, eles pararam na beira da colina, os galhos das árvores retorcidos como um muro de farpas e espinhos. Lá embaixo, o exército de esqueletos ocupava a clareira, formando um muro de mortos-vivos ao redor do templo. Charlie beijou as duas mãos e tocou os olhos, murmurando uma prece silenciosa antes de baixar a cabeça. Ele mexia a boca sem parar, falando com todos os deuses do panteão da Ala.

A princípio, Corayne não queria ver, então fechou os olhos com força. Os sons eram igualmente terríveis. Uivos trequianos. Gritos roucos de monstros cadáveres. Cavalos morrendo. O grito de guerra de Sigil. Uma voz grave exclamando em uma língua que, embora não entendesse, Corayne reconheceu. Ela abriu os olhos e viu Domacridhan de Iona abrindo um caminho ensanguentado pelos terracinzanos, seu cavalo pisoteando ossos enquanto ele atacava com sua poderosa espada cadáveres com carne despedaçada e armaduras quebradas. A terra revolvida na frente do templo virou lama, cobrindo todos os guerreiros de marrom e vermelho. Com um calafrio, Corayne percebeu que o sangue era todo deles. Os terracinzanos não sangravam. Não tinham um coração que pulsava.

Foi o coração dela que deu um salto, com um frio na barriga. Ela quase esqueceu de respirar, as mãos pálidas nas rédeas, apertando com tanta força que tirava sangue com as unhas, embora ela nem estivesse notando. A cena que se desenrolava era terrível demais, ofuscando todo o resto.

A batalha ia e vinha como um pêndulo, a vantagem ora de um lado, ora de outro. Corayne não aguentava acompanhar, então se concentrou nos Companheiros, procurando-os no caos revolto.

O templo se erguia acima de tudo, o campanário branco parecendo uma sentinela. Corayne o odiava. Apenas um pouco de cinzas se espalhava pelos degraus, soprado pelo vento de outra esfera. Ela tentou não olhar para dentro, para o pequeno brilho de luz dourada. Mas o Fuso vibrava em sua pele, assim como o relâmpago no ar. E algo sibilava lá dentro, ao contrário do Fuso do oásis. Dançava nos dedos e no rosto dela, como se desenhasse suas feições, memorizasse seu corpo. Corayne queria afastá-lo aos tapas, mas não havia nada, apenas ar fresco.

O pêndulo continuou a inclinar-se para eles, a sorte havia mudado. O volume de esqueletos parecia diminuir, enquanto o bando trequiano se mantinha firme, fazendo um esforço brutal. A esperança que Corayne tanto detestava crescia como mato, brotando em seu peito. Ela tentou ignorá-la, tentou não dar azar à batalha que acontecia diante de seus olhos.

Centenas jaziam mortos, esqueletos e mortais, mas o número de ossos era muito maior do que o de corpos sangrando.

— Prepare a espada, Corayne — sussurrou Charlie, atordoado, seus olhos brilhando de incredulidade.

Ela agarrou a espada de Fuso às pressas, levando a mão ao cabo gasto de couro. Mais uma vez, sentiu o fantasma da mão do pai. O fracasso dele, o triunfo dela.

Foi então que o sino soou.

Corvos irromperam do campanário, grasnando e voando no céu cinza-chumbo. Corayne os acompanhou com o olhar, desejando ter asas também.

Eu não estava aqui. Não vi meu pai morrer, pensou, a dor massacrando sua cabeça. Ela pressionou a testa com força, quase caindo da sela. *Mas sei o suficiente. Foi o sino que os trouxe.*

Pelos olhos entreabertos e marejados, ela viu o portão do templo. A luz lá dentro piscou, oscilando entre dourado e um vermelho odioso. Pulsou no mesmo ritmo da dor lancinante na cabeça dela, como as batidas de um coração. O vento das Terracinzas ficou mais forte, soprando fumaça e poeira do Fuso para o campo de batalha. Pareceu dar coragem aos terracinzanos, que rugiram em uníssono, as vozes ocas e sibilantes, a respiração fazendo um chiado impressionante entre os ossos.

Dom cambaleou com o sino, caindo de joelhos. Sorasa manteve o ritmo perto dele, o chicote em uma das mãos, a adaga na outra. Mas ela não era suficiente, e o cerco se fechou, os terracinzanos famintos de morte.

A voz de Sorasa foi mais alta que o ressoar do sino.

— Sigil!

A caçadora de recompensas temurana chegou na mesma hora, manobrando o cavalo pela turba. Pulou da sela, o machado em mãos, e deu uma cambalhota, ficando de pé do outro lado de Dom, que ainda estava de joelhos, encolhido, mas Corayne não via sangue. Ele tremia a cada batida do sino.

Ela só podia imaginar o que ele via, o que estava lembrando naquele momento.

Andry.

Apesar do martelo flamejante ameaçando partir sua cabeça ao meio, ela olhou para cima em busca da estrela azul. Encontrou Oscovko, ferido mas lutando, os mercenários reunidos ao seu redor. Mas nada de Andry. Nada da estrela azul do escudeiro gallandês, quase um menino e ainda assim melhor que todos os homens ali.

Nos degraus do templo, o portal ainda estava escancarado, a luz vermelha ficando mais forte. Sombras se arrastavam lá dentro, e os primeiros reforços terracinzanos saíram. Eram piores do que os no campo de batalha, mais podres, esfarelando ao andar.

Mas seriam o suficiente.

— Ah, que os deuses nos protejam — murmurou Charlie.

Corayne secou as lágrimas de novo, a pele coçando no ar quente. Estalou as rédeas.

— Nós temos que fazer isso.

Antes que Charlie pudesse impedi-la, ela disparou colina abaixo, pensando apenas em duas coisas.

No Fuso... e na estrela azul.

Não ouvia nada, não sentia cheiro nenhum. Sentia dor, mas a ignorou, se deixando entorpecer. Via apenas a linha na frente dela, entre as orelhas do cavalo. Apertou as coxas ao redor do animal, com a força que Sigil ensinara. Deixou uma das mãos livre para segurar o punho da espada de Fuso, enquanto esticava a outra, empunhando a faca comprida virada para rasgar qualquer terracinzano que tentasse atacá-la.

O cavalo trequiano disparou colina abaixo, chegando à lama sem perder velocidade. Era um animal de passos firmes, forte o bastante para atravessar a batalha. Corayne apertou as coxas e firmou os tornozelos. A égua acelerou sob o comando dela, avançando.

— Corayne! — berrou uma voz, parecendo muito distante.

Ela não distinguia de quem vinha, se homem ou mulher, imortal ou mortal. Sabia apenas que não era Andry.

Então finalmente o encontrou, caído em seu caminho, a estrela azul reluzindo como um farol no oceano.

A agonia na cabeça dela triplicou, mas nem se comparava à ferida ardente no peito.

Um grito rasgou sua garganta.

— Andry!

Ao ouvir a voz dela, o escudeiro cambaleou, tentando levantar apesar da lama que o puxava de volta. Estava ferido, mas vivo, um longo corte no rosto, outro sangrando no joelho. *Mas vivo.*

— Andry! — repetiu Corayne, deixando a faca comprida cair.

Ela continuou com os dedos esticados, o braço estendido o máximo possível. Cerrou os dentes, torcendo para ele ser um pouco mais rápido, subir um pouco mais alto. Mandando o próprio corpo se sustentar.

A vinte metros, Andry encontrou o olhar dela, sacudindo a cabeça devagar. Alguns soldados trequianos batalhavam contra os terracinzanos mais próximos, que estavam voltando a fechar o cerco. Andry só conseguiu acenar, erguendo a mão fraca, mandando Corayne ir embora.

— Vá para o Fuso! — disse ele com dificuldade, ofegante. — Corayne!

Uma pontada de dor perfurou a cabeça dela de novo, quase a cegando. Mesmo assim, ela se manteve firme, uma das mãos no cabo da espada de Fuso, a outra aberta e esticada para baixo. Gritando para aguentar a sensação lancinante, ela se inclinou, curvando o corpo.

No momento seguinte, notou que nunca seria forte o bastante. Andry era muito alto, muito grande, com vestes de couro e cota de malha. Ela não conseguiria erguê-lo.

Andry a viu se aproximar. Pelo seu olhar, Corayne notou que ele também sabia.

Mas ela não parou.

Um uivo de dor selvagem escapou da boca de Andry quando ele levantou com esforço, se equilibrando na perna ferida. Com dificuldade, abriu caminho na direção do cavalo dela, acelerando e rangendo os dentes, o rosto contorcido de angústia.

Ele tentou alcançá-la, e ela, a ele. Corayne tateou e encontrou a gola dele, as mãos do escudeiro agarrando os lados da sela.

Com mais um urro, ele deu impulso e subiu, a respiração saindo com dificuldade.

Corayne quase chorou de novo quando sentiu o peso dele em suas costas, a abraçando com a mão, deixando a outra solta. Lutando contra a própria dor, ela puxou o outro braço dele e o segurou, para garantir que ele não caísse.

Finalmente chegaram aos degraus do templo, os cascos do cavalo parecendo martelos na pedra. Ela viu Sigil pelo canto do olho, o machado vermelho, idêntico a um sorriso. Oscovko veio pelo outro lado de Corayne, os dois se esforçando para manter o ritmo do cavalo dela. Os três avançaram juntos, como um aríete.

A porta do templo se erguia diante deles, os monstros se jogando da nau. Entre os terracinzanos, ela viu o Fuso. Desabrochava em ouro puro e escarlate, e sua cabeça latejava no ritmo da oscilação das cores. Uma presença observava Corayne lá de dentro, os olhos afiados como facas em brasa perfurando seu corpo. Ela tentou desviar, mas não conseguiu.

O Porvir aguardava. Aguardava por ela.

Corayne continuou avançando, com Andry atrás e os monstros ao seu redor. Com determinação, ela desembainhou a espada de Fuso.

As pedras preciosas cintilaram na luz do Fuso, pulsando em vermelho e roxo, dançando em sua visão periférica.

Corayne ergueu o aço com as duas mãos, posicionando os cotovelos como Sorasa ensinara. Por um instante, teve esperança de que a assassina ainda estivesse viva. Até que o Fuso expulsou todos os seus pensamentos. Restava apenas o portal entre as esferas, a porta entreaberta.

Só preciso fechá-la, pensou, o rosto molhado de lágrimas.

No fundo de sua mente, o Porvir riu, um som gutural e incômodo, como pedaços do mundo em atrito.

A espada reluziu e ela riu de volta.

Seu cavalo tropeçou, as patas enfraquecidas, virando o pescoço em uma onda de dor repentina e brusca. Corayne foi jogada para a frente, arremessada da sela como uma boneca. Ela se preparou para o impacto, o muro de pedra do templo parecendo vir em sua direção.

Então caiu na terra, o gosto horrendo de cinzas quentes e pó de osso preenchendo sua boca.

O calor a cobriu como uma cortina pesada. O inverno ficara para trás, e uma esfera flamejante de dor e tormenta a esperava.

Corayne sentou, trêmula, a dor na cabeça desaparecendo como uma vela apagada. Ainda estava segurando a espada de Fuso com força, e mais nada. Nada de cavalo. Nada de Andry. Sem piscar, ela olhou ao redor, tentando entender a luz vermelha que a cercava.

— Que lugar é esse? — murmurou, só para si.

No fundo, sabia. A esfera dela ficara para trás, do outro lado do portal.

As Terracinzas eram um deserto devastado. Ao contrário das dunas douradas de Ibal, que brilhavam sob o céu azul. Aquele mundo era vermelho, uma esfera quebrada, com terra da cor de ferrugem. Ela cuspiu no chão e levantou cambaleante, os pés trêmulos, a espada erguida para lutar. Ao seu redor, os terracinzanos continuavam longe, encarando-a com órbitas ocas e mandíbulas soltas.

Com um susto, ela reparou que estava entre eles e o Fuso.

Como se uma garota bastasse para isso.

Atrás dos terracinzanos, a paisagem se estendia horrivelmente por todos os lados. Era uma esfera íngreme de penhascos e areia esvoaçante, com fumaça espiralando no horizonte carmim. Eram dias sem sol, noites sem estrelas, existindo em um entremeio. O pior de tudo era a silhueta de um castelo distante, estilhaçado e abandonado, as torres desmoronadas e irreparáveis. Uma cidade se estendia a seu redor, em ruínas. Corayne estremeceu, sabendo que via uma esfera destruída. O que Todala se tornaria, caso o Porvir tivesse sucesso.

— Foi um prazer conhecê-la, Corayne an-Amarat — disse uma voz, suave como seda e afiada como aço na forja.

Veio de todos os lados e de lado nenhum, das Terracinzas e de sua própria cabeça. Corayne arquejou, procurando a voz. Não havia nada além de uma sombra no chão, a silhueta de um homem encapuzado.

Mas não havia nenhum homem para projetá-la.

O Porvir.

A espada de Fuso ainda brilhava, mais forte que o céu vermelho das Terracinzas. Corayne olhou para a arma e depois para os terracinzanos, ainda parados. E para a sombra, cada vez mais escura no chão, se espalhando até ela como óleo na água.

Ela forçou um sorriso na direção Dele, passando a mão pelo fio da espada de Fuso. A palma ardeu, seu sangue fresco escorrendo entre os dedos.

Ela moveu os pés, testando o chão. Corayne queria correr, mas o corpo parecia pesado, como se o ar das Terracinzas a esmagasse.

— Você não pode passar — sibilou ela, empunhando a espada de Fuso.

O aço brilhou entre Corayne e a sombra, que parou no chão. O Porvir riu de novo.

— Ainda não — disse Ele.

Corayne se obrigou a se mexer, mas o pé só deslizou um centímetro. E só isso já era exaustivo, como erguer um peso insuportável. Ela rangeu os dentes, tentando parecer forte. Tentando parecer qualquer um dos amigos guerreiros lá atrás, do outro lado do Fuso, em uma esfera intacta.

— Seu mundo está perdido, Corayne — estremeceu a sombra com a voz Dele. — Você ainda não sabe disso. Como saberia? Essa esperança miserável não deixará que você aceite a derrota. Ah, como detesto essa chama em você, esse seu coração inquieto.

Ela deu mais um passo, com um pouco mais de facilidade. A espada pesava em sua mão.

— A Todala ainda está de pé. E não cairá sem lutar.

— Você nem imagina as esferas que vi, as eras infinitas, ganância e medo sem limites. Não faz ideia de como está enganada. Quase sinto pena de você — murmurou a voz, causando-lhe calafrios. — E, apesar de odiar seu coração, também o admiro.

O Fuso queimava às costas de Corayne, abrasando o ar com sua força.

— Solte a espada de Fuso. Dê um passo à frente, não para trás — disse Ele. — E eu a tornarei rainha de qualquer reino que desejar.

— Foi o que prometeu a Taristan? — perguntou Corayne com desprezo, cuspindo no chão. — Foi muito fácil comprá-lo.

A gargalhada do Porvir ficou aguda e estridente, como vento através de uma rachadura no vidro. Quase estourou a cabeça de Corayne, que se encolheu.

— Que espécime é seu tio... — sibilou Ele e, no chão, a sombra se aproximou. — Não, Corayne, minha querida, meu bem. Ele não precisa ouvir comandos da minha voz, mas você... você precisa ser persuadida. Sua mente é mais aguçada, seu coração é mais maciço.

Ela arregalou os olhos. Um choque a percorreu.

— E por quê?

— É fácil me apropriar do que já está quebrado, e Taristan se quebrou há muito tempo. Você, não. De algum modo, mesmo agora, não vejo rachadura alguma em você.

Erguendo a cabeça, Corayne estreitou os olhos para a sombra.

— E nunca verá — afirmou ela, virando com toda a velocidade que conseguiu.

De volta ao Fuso, de volta a Todala. De volta a todos que amava.

Os terracinzanos se mexeram com ela, rosnando e assobiando, tropeçando uns nos outros ao avançar. Ela sentiu dedos ossudos em seu cabelo, puxando sua capa, agarrando seus tornozelos.

Mas eles eram coisas fracas, quebradiças e destruídas, assim como aquela esfera.

Eu sou mais forte.

Ela pulou, a espada de Fuso brilhando em sua mão, atacando com toda a força do corpo. Alguma coisa gritou atrás dela, um gemido inumano que causou um terremoto nas Terracinzas.

Ecoou até mesmo através do portal, acompanhando Corayne quando ela caiu com força no mármore de sua própria esfera.

Então o grito se foi, desaparecendo com a luz vermelha, com o vento repleto de cinzas e com o Fuso em si. O fio dourado piscou e sumiu como se nunca tivesse existido, sem deixar sinal nenhum além dos terracinzanos que ainda se arrastavam pelo templo.

Corayne levantou com esforço, tropeçando por causa das pernas fracas, quando um morto veio em sua direção, costelas caindo a cada passo. Ele levantou uma faca denteada, manchada com o sangue de muitos homens. Ela bloqueou o ataque, usando a espada de Fuso, e cortou a coluna do esqueleto ao meio.

Então cambaleou até o chão do templo, perdendo o equilíbrio na pedra ensanguentada e escorregadia.

— Andry — murmurou ela, a visão indo e vindo.

O chão se inclinou, se aproximando, mas ela lutou contra a vontade de desmaiar. Poderia ser a última vez que fecharia os olhos. Estava perto demais do Fuso.

— Não me deixe dormir, não me deixe... Ele está perto — murmurou, aos tropeços.

Ela foi erguida por mãos fortes, que a carregaram templo afora, para o ar frio e revigorante. O lugar ainda fedia, mas ela inspirou avidamente, desesperada para expulsar qualquer resquício de Terracinzas do pulmão.

Corayne estremeceu e viu que Dom a encarava, os olhos verdes vivos e em chamas. Ela estava cansada demais para sentir alívio, destruída demais para falar. Ele apenas fez um gesto com a cabeça, com uma expressão sombria, percorrendo os escombros da chacina.

— Acabou? — murmurou ela, desabando no colo do imortal.

Em resposta, Dom apenas a jogou por cima do ombro.

Atrás deles, o salão do templo ficou escuro, mais uma vez repleto de sombras. O sino não tocou. O Fuso se fora, partido, a luz dourada extinta.

— Andry sobreviveu?

Dom não disse nada. Corayne nem tentou conter as lágrimas, deixando que escorressem, quentes e furiosas, no ombro de Dom. Se ele as sentiu, não demonstrou.

Segundos ou dias se passaram. Corayne não sabia.

Finalmente, Dom a soltou, deixando a menina se enroscar a seus pés. Ela ergueu o rosto com os olhos embaçados, esperando uma explicação do guardião Ancião. Em vez disso, ele foi embora, curvado. A visão dela ficou embaçada, focada no chão à sua frente. Daquela vez, ela queria desmaiar. Queria deitar e deixar a escuridão levá-la por um tempo. O Fuso estava fechado, um muro entre ela e o Porvir. Ela estava em segurança de novo, pelo menos naquele momento.

Em vez disso, sua visão se aguçou, e o véu se ergueu de sua cabeça.

As nuvens cinzentas pesavam no céu, imutáveis. Mal se passara uma hora. E Corayne estava de novo na colina, olhando para o templo e para o campo de batalha lá embaixo, como fizera com Charlie.

Não era só ela.

Os feridos estavam entre as árvores, com vários graus de lesão. Alguns gemiam, mas a maioria estava sentada, cuidando sozinha de cortes e rasgos. Os homens trequianos lidavam bem com a dor, sorrindo apesar de tudo. Alguns comparavam feridas. Oscovko caminhava entre seus homens, sem camisa, as costelas enfaixadas em um curativo manchado de sangue. Corayne estava boquiaberta, tentando entender.

Atrás dela, ouviu uma respiração resfolegante.

— Você conseguiu — disse alguém, a voz sofrida, mas forte.

Corayne ajoelhou e virou, primeiro devagar, e depois tão rápido que ficou tonta. Quando voltou a enxergar, arquejou e caiu, se apoiando nas mãos.

— Andry — falou, engatinhando até ele. — Andry.

Ele estava deitado, imóvel, a cabeça apoiada na própria capa. Alguém tinha feito curativos na perna e no corte do rosto, limpado a sujeira de sua pele marrom.

Trêmula, Corayne tocou o rosto dele, hesitante, esperando não o machucar. Ele estava quente, não de febre, mas do esforço. A batalha continuava nele, assim como pendia no ar.

Ele segurou a mão de Corayne antes que pudesse se afastar, pressionando a palma dela em seu rosto.

— Corayne — murmurou Andry, fechando os olhos.

O peito dele subia e descia em um ritmo regular, sob a estrela azul ainda brilhante. Nenhuma cama jamais parecera tão convidativa, nenhum cobertor, tão macio e quente.

A exaustão dela finalmente bateu, derrubando-a. Corayne conseguiu apenas deitar ao lado do escudeiro ferido, aninhando a cabeça no coração dele, que batia firme.

O sono lhe veio rápido, mas os pesadelos, não.

26

INCAPAZ DE MORRER

Sorasa

ENTRE A CRATERA DO DRAGÃO E O EXÉRCITO de esqueletos, Sorasa Sarn não sabia mais no que acreditar. Nenhum deus para o qual rezava jamais fora tão concreto. Nem mesmo a própria Lasreen.

A assassina olhou para a palma das mãos, para o sol e a lua tatuados na pele. As linhas de suas mãos não estavam tão sujas quanto deveriam, considerando a batalha, mas, por outro lado, os terracinzanos não sangravam. Quando a faca passava por tendões e ossos rachados, saía limpa. Ela nunca vira nada assim, apesar dos anos de assassinato e treinamento da Guilda. Os amharas nunca tinham enfrentado um inimigo daqueles.

Isso explica por que Mercury é idiota a ponto de aceitar uma encomenda para matar Corayne. Ele não sabe que o fim da garota é o fim dele, pensou. *Mas talvez possa descobrir.*

Ela ergueu o rosto para a cena ao redor, o topo da colina arqueado sobre o campo de batalha. Homens surrados se espalhavam como neve, encostados em árvores ou deitados no chão. A maioria dos feridos fora tirada do lamaçal, e só alguns estavam em estado crítico demais para mudar de lugar. Os mortos foram arrastados para longe do exército de cadáveres, descendo a estrada de peregrino na direção do riacho. Oscovko cuidava dos próprios mortos, se responsabilizando pelos enterros, cumprindo seu dever de príncipe e comandante.

Sorasa ficou feliz por não precisar fazer o mesmo.

Corayne estava viva. Dom estava vivo. Andry, Charlie e Sigil também. Só os deuses sabiam onde Valtik estava ou o que fazia. Sorasa não dava importância para a ausência da feiticeira. Pelo menos o resto sobrevivera para ver o Fuso e o templo fechados. Para ver a batalha vencida.

Ela os observava através das árvores. Se sentia uma pastora contando o rebanho. Corayne e Andry estavam dormindo profundamente, abraçados de um jeito que Dom não achava nada bom. Ele estava por perto, curvado, carrancudo, tentando, inutilmente, não olhar para os dois com raiva. Charlie andava entre os feridos, orando e se ajoelhando para murmurar uma palavra ou outra, aqui e ali. O povo de Trec era devoto de Syrek acima de tudo, e Charlie os respeitava, beijando a palma da própria mão e encostando nos olhos deles.

Sigil andava pelo acampamento e sorriu ao se aproximar de Sorasa. Os dentes dela estavam vermelhos, tão ensanguentados quanto o machado. Ela ainda estava corada por causa do esforço, uma camada de suor reluzindo na pele cor de bronze. Seu nariz tinha sido horrivelmente quebrado, a parte de baixo retorcida em um ângulo estranho. Se incomodava, ela não demonstrou.

— Uma manhã e tanto — disse ela com um assobio, estendendo a mão para Sorasa.

A assassina aceitou sem dizer nada, deixando a caçadora de recompensas puxá-la.

— É melhor endireitar isso aí — murmurou ela, olhando para o rosto de Sigil, que bufou e tocou de leve o nariz quebrado.

— Acho que me dá um ar interessante.

— Vai fazer você roncar — retrucou Sorasa.

Com a rapidez de um relâmpago, a assassina levou um dedo de cada lado e estalou o nariz de Sigil, encaixando-o no lugar com um ruído. A mulher grunhiu de dor.

— Estraga-prazeres — resmungou, tocando a pele de leve. — E você está fedida — acrescentou, apontando com a cabeça para o corpo de Sorasa.

Era verdade: estava coberta de lama, pó de osso e suor. Na roupa, no cabelo, no rosto.

Sorasa deu de ombros e olhou Sigil de cima a baixo, dizendo:

— Você também não está lá essas coisas.

E começou a descer a colina, na direção do riacho.

Sigil riu e foi atrás, esmagando folhas secas e mato com as botas pesadas. Apesar da aptidão fatal, a caçadora de recompensas não tinha talento para discrição.

Elas encontraram uma área rio acima, distante dos enterros de Oscovko, onde a água tinha boa profundidade no leito pedregoso. As duas mulheres se despiram, ansiosas para se limpar depois da batalha. Sorasa criou coragem para entrar no frio cortante, mas Sigil mergulhou na corrente até o pescoço, boiando entre pedras e redemoinhos. Brincou um pouco na água, enquanto Sorasa se esforçava para esfregar os resquícios da batalha o mais rápido possível.

Sorasa olhou para o céu, observando as nuvens baixas e cinzentas.

— Seria a nossa cara o dragão aparecer agora — resmungou ela, os dentes tiritando de frio.

— Espera mais um pouco, dragão! — exclamou Sigil, gritando para o céu. — Deixa eu colocar as calças.

A contragosto, Sorasa soltou uma gargalhada baixa e demorada, que aumentou até o peito se sacudir, rindo abertamente. Sigil a observava, muito satisfeita, o rosto corado de frio.

Por fim, ela sentou na parte rasa, jogando água no próprio corpo.

— Mandei notícias para Bhur — falou.

A água gelada descia por seus ombros largos, caindo pelas costas esculpidas em músculos definidos.

Sorasa parou o que fazia e a olhou, pestanejando.

— O imperador?

— É meu primo, apesar de tudo — disse Sigil, dando de ombros e batendo as mãos na água que corria ao redor do tronco. — Enviei uma carta de Volaska antes de partirmos. Achei que não custava nada, já que Charlie está mandando rabiscos para todos os homens, mulheres e crianças da Ala. Mas sabe-se lá quanto tempo levará para chegar a Korbij — resmungou.

A capital temurana ficava a muitas semanas de viagem dali, passando por estepes já cobertas de inverno.

Ela estreitou os olhos oblíquos, uma expressão angustiada retorcendo seu rosto largo.

— Eu gostaria de ter tido a oportunidade de contar isso para ele também. E falar dos dragões, pelo amor dos deuses.

Sorasa estremeceu na água.

— E o *que* você contou?

— Tudo que pude — respondeu Sigil, contando nos dedos. — O Fuso do oásis. O tio de Corayne, Tari sei lá das quantas.

— Taristan — disse Sorasa, rangendo os dentes.

— Isso, esse mesmo. — Sigil suspirou e voltou a se limpar, jogando água no rosto e esfregando para tirar o sangue. — Falei que a Ala vai cair sem os Incontáveis e a força total de Temurijon. Falei que Erida vai engolir a esfera toda. Inclusive ele.

Sorasa começou a bater os dentes. A água fria, vinda da neve derretida das montanhas, ardia como alfinetadas na pele.

— Ele vai acreditar em você?

— Espero que sim — disse Sigil, saindo da água para a margem, a pele cor de bronze se destacando na floresta cinzenta. — Mas talvez não queira arriscar sua preciosa paz.

O ar era quase tão frio quanto o rio, e Sorasa se enroscou na capa, tentando não tremer.

— Infelizmente, guerra é a única opção que temos para protegê-la.

— Foi o que eu disse. Não de forma tão eloquente, mas... — Sigil deu de ombros, se secando com calma. Sorasa não sabia como ela não tinha congelado. — A ideia era essa. E você?

Os olhos dela brilharam, pretos como pedra polida. Sigil também não tinha talento para manipulação, e sua intenção era óbvia. Sorasa estremeceu por baixo da capa e se esquivou da pergunta.

— Pensei em mandar uma carta para Mercury — disse ela, esfregando o corpo na tentativa de se esquentar. — Mas ele nunca me escutaria. Não depois do preço que Erida pagou. E... — A voz dela falhou. — Não depois do que fiz.

Sigil fez uma careta e cuspiu no riacho.

— Ele não pode culpá-la por ser incapaz de morrer — esbravejou Sigil, indignada, dando um soco no peito. Mais uma vez, Sorasa se perguntou como a mulher temurana não virava gelo. — Não sinta vergonha disso, Sorasa Sarn. Seu senhor deveria estar orgulhoso, na verdade. É prova dos ensinamentos dele.

A contragosto, e apesar de fingir calma, Sorasa se encolheu e inspirou com dor. *Sigil tem razão. Não é minha culpa ter conseguido sobreviver*, pensou. *Mas também não é culpa deles. A ordem era me matar, e eles foram criados para obedecer, assim como eu.*

— Perdão — disse Sigil, rapidamente, a carranca murchando e dando lugar a um olhar gentil de pena.

Aquilo doía ainda mais.

— Tudo bem — resmungou Sorasa, com um gesto de desdém. Tentou pensar no exército de cadáveres, e não nos assassinos que tinham morrido por sua faca. — Os amharas são coisa pequena perto de tudo.

Ela tirou a capa e enfrentou o ar frio para vestir as roupas de baixo e as vestes de couro. Ainda estava tudo sujo, mas Sorasa não podia fazer nada ali, tão dentro do bosque.

Sigil fez o mesmo, se vestindo e calçando as botas. Um desânimo raro tomou conta dela, sem nenhum vestígio de seu sorriso largo. Ela olhou para o riacho e depois para o bosque, onde Oscovko enterrara os homens.

A caçadora de recompensas jogou a capa por cima dos ombros e suspirou.

— Muitas coisas são, agora.

Eles não podiam demorar nos contrafortes gallandeses. Não havia guarnições ali por perto, mas Ascal ficava a poucas semanas a cavalo, ao sul, e entrar no território de Erida deixava todos nervosos, principalmente Oscovko. Ele preparou o bando de guerreiros para voltar para casa antes do anoitecer, amarrando os mais feridos em macas entre os cavalos. Andry estava entre eles, com um novo curativo na perna. Ao prendê-lo à maca, a própria Sorasa examinou os pontos, esperando um trabalho malfeito de um mercenário trequiano, mas teve a surpresa agradável de ver que a ferida tinha sido bem tratada. O escudeiro se recuperaria rápido e voltaria a andar antes mesmo de cruzar a fronteira.

Voltar a Trec era estranho, mas seguro, e o lugar estava relativamente próximo. Sorasa sabia que era a melhor opção para botar as coisas em ordem, e até Corayne concordava. Ela havia recebido um novo cavalo e viajava ao lado de Charlie, com Andry amarrado na maca entre eles. Sigil liderava a fileira com Oscovko, sua silhueta se destacando em meio aos homens menores. Sorasa e Dom iam na retaguarda, nunca longe de Corayne, na frente de mais ou menos uma dúzia de homens.

Duzentos guerreiros partiram pela floresta gallandesa, deixando para trás cem homens caídos, derrotados pelo Fuso.

Um preço baixo a se pagar.

O trajeto ao norte parecia mais rápido do que o inverso. As coisas eram assim. O Fuso não ameaçava mais a jornada, e o templo antigo estava esquecido outra vez. Desaparecia aos poucos entre as árvores, uma mancha branca em meio ao campo de batalha. Talvez, dali a alguns anos, a clareira voltasse a ser verde, a grama alimentada por sangue e ossos. A tragédia coberta, perdida no avanço inexorável do tempo.

Conforme ele os conduzia, Sorasa notou que Oscovko também apertava o passo. Ele tinha perdido um pouco da pose orgulhosa, a cor se esvaindo do rosto. A assassina imaginava que o exército de cadáveres tinha algum impacto naquilo. Sabendo o que estavam enfrentando, o que Erida de Galland liberara na Ala, ele tinha pressa. Os cavalos galopavam rápido, na direção da velha estrada do Cór.

Sorasa não estremeceu ao pensar na estrada aberta. Naquele caso, velocidade era mais importante do que discrição.

Construídas na época do Velho Cór, as estradas se espalhavam ao longo das antigas fronteiras do império, conectando as maiores cidades e as muitas encruzilhadas. Aquela estrada específica, a linha Vigilante, descia a Gidastern, no mar, antes de seguir a costa até Calidon. Se conectava a muitas outras vias e estradas, todas cruzando Galland, com Ascal no centro.

A estrada do Cór era o caminho mais rápido até a capital trequiana, mas também o caminho mais rápido para exércitos ou guarnições percorrerem. O cavalo de Sorasa seguia o resto na terra compacta e nos paralelepípedos, linhas fundas pela passagem de rodas marcando o chão. Eles conseguiam viajar em fileiras de três cavalos, sem contar os feridos que carregavam, e até as macas iam rápido, melhor do que na floresta. Ainda assim, Sorasa se sentia muito exposta e se encolheu na capa, erguendo o capuz de pele.

Ela olhou para trás, para as muitas fileiras de cavaleiros e soldados a pé. O horizonte se estendia além da floresta, o fio azul sinuoso do Leão Branco dividindo a planície. Nuvens escuras se aglomeravam ao leste, perto do mar. Se ela estreitasse os olhos, pareciam um exército agrupado, percorrendo as terras cinzentas e douradas.

Ela sacudiu a cabeça. As coisas já estavam difíceis sem inventar novos inimigos.

Ao lado dela, Dom parecia igualmente incomodado. O imortal buscava algo nos últimos trechos de contrafortes arborizados, analisando os galhos antes de se voltar para cima. Ele mal piscava, o olhar penetrante como uma espada afiada.

Sorasa estalou a língua.

— Não acho que Taristan vai pular do meio das árvores.

— Talvez um dragão pule — respondeu ele com a voz grave, quase rosnando.

— Mais uma coisa para a lista — resmungou ela, sacudindo a cabeça de novo. — Nenhuma chance de você estar enganando a respeito do dragão?

Dom se ajeitou na sela, endireitando os ombros e virando para ela.

— Nada mais pode ter feito aquilo na floresta.

— Pode ter sido um incêndio, um raio. Um lenhador idiota — sugeriu ela, muito esperançosa. Mesmo assim, sentiu um pavor já familiar tomar seu peito. — O último dragão de Todala morreu há séculos.

— Há exatamente trezentos e sete anos.

Dom perdeu o foco, o olhar voltando para dentro de si.

Sorasa ficou em silêncio. Alfinetar o imortal não tinha graça se tirasse sangue.

Ele respondeu à pergunta silenciosa dela mesmo assim, rangendo os dentes.

— Eu era novo demais para estar lá. Mas queria ter estado.

Estranhamente, Sorasa não conseguia imaginar Dom com outra idade. Era impossível conceber o tempo de vida dos imortais. *O que constitui uma criança no povo dele? Para mim, Dom parece ter apenas trinta anos e se comporta como se tivesse. Quanto tempo levou para chegar nessa idade? Ele ainda vai envelhecer? Um dia ficará grisalho?* Ela tentou imaginar, mas não conseguiu. Dom só existia para ela com aquela aparência, tendo ao mesmo tempo quinhentos e trinta anos. Antigo no mundo e muito novo ao mesmo tempo.

Dom não notou a análise dela, mergulhado demais em memórias. Sorasa via as lembranças estampadas no rosto dele, uma dor amarga que repuxava os olhos verdes. Foi a única vez em que ela viu os anos pesarem nele. A dor o envelhecia como nada mais. No entanto, aquela não era uma ferida aberta, ao contrário do templo e do pai de Corayne. Era uma dor mais profunda, familiar, suportável.

— Os enclaves se alinharam e venceram, a grande custo — disse ele, a voz baixa e firme.

Debaixo do capuz, Sorasa engoliu em seco, o pescoço tenso. Dom era um príncipe imortal, uma velha âncora carrancuda, cabeça-dura demais. No melhor dos termos, muito irritante. Mesmo assim, de alguma forma, ela sentiu compaixão em seu peito, vazando pelas rachaduras na barreira que ela se esforçara tanto para construir. Sorasa lutou com unhas e dentes.

Odiava o sentimento de pena. Não demonstraria aquilo para Dom.

Foi então que ele a encarou, os olhos verdes se chocando com ouro e cobre. Ele franziu a testa, implacável. Levou os dedos ao punho da espada longa, segurando o couro. O aço já não estava sujo de lama e cinzas, mas Sorasa lembrava dele no templo, lutando como um tigre e um urso, juntos em um só corpo. Nada além do sino era capaz de derrubá-lo.

— O último dragão me fez órfão — sibilou Dom. — Não vou subestimar esse.

Ao ouvir isso, Sorasa conseguiu apenas assentir, estranhamente sem fôlego.

— Então eu também não — disse, por fim, se voltando para a frente.

Um momento se passou, permitindo que a assassina e o imortal se recompusessem. Os cavalos caminhavam em sincronia, cascos batendo no chão de pedra quebrada. Sorasa se crispou. Cada segundo de luz era uma oportunidade para os homens de Erida irromperem do bosque e capturarem Corayne. Cada passo sob o céu cinza como ferro poderia ser o último antes do ataque do dragão.

Ela não sabia o que seria pior.

— Se você estiver certo sobre o dragão, então outro Fuso foi aberto — disse ela, finalmente voltando a olhar para Dom, que, por sua vez, voltara a fazer a carranca de sempre. — O dragão chegou por algum lugar. Ou talvez também seja das Terracinzas...

— Dragões não são dessa esfera — disparou ele, arrancando a esperança de Sorasa pela raiz. — Outro Fuso *foi* destroçado.

Sorasa suspirou profundamente. Sentindo um calor repentino, tirou o capuz. Uma gargalhada maníaca subiu à garganta, e ela não conseguiu contê-la, quase se sacudindo de rir no vento frio.

— Bem, estamos fodidos — riu ela, cobrindo o rosto com as mãos.

Em seu cavalo, Dom concordou.

— Estamos fodidos mesmo.

Reconhecendo a exaustão, Sorasa deixou que as ondas de cansaço a percorressem. Levantou a cabeça e girou os ombros, apesar de saber que nenhum alongamento acabaria com aquela dor nos ossos. *Sempre que escalamos uma montanha, outra se ergue logo atrás.*

— Eu deveria ter deixado os amharas me matarem — resmungou ela, jogando as mãos para o alto. — Com certeza teria sido mais fácil do que isso.

Dom não achou graça da piada. Ele virou para ela bruscamente, em um movimento rápido demais, a velocidade do Ancião quase incompreensível para Sorasa. Os olhos dele lampejaram.

— Nunca diga isso de novo.

— Tudo bem — murmurou ela, chocada, sentindo o rosto corar.

Dom voltou a analisar as árvores, praticamente farejando o ar. Ele lembrava um cão de caça, rosnando a cada ruído.

De repente, assobiou e virou o cavalo, saindo da estrada e apontando.

— Nas árvores! — gritou, chamando quem pudesse escutar.

Na frente da coluna, Sigil se deteve, e Sorasa fez o cavalo acompanhá-la, seguindo Dom.

Alguns dos soldados trequianos levantaram os arcos, mas Dom fez sinal para abaixarem. Ele pulou do cavalo, as mãos erguidas.

— Guardem as flechas... são crianças — falou, entrando no bosque.

Crianças? Sorasa estava poucos passos atrás dele, abrindo caminho entre os arbustos baixos e os galhos de pinheiro, e viu Dom ajoelhar embaixo de um carvalho caído. Ele olhava para o tronco oco. Na estrada, os viajantes pararam, e Oscovko pulou no chão.

Sorasa viu Dom encorajar um trio de meninas a sair do carvalho, uma mais suja do que a outra. Os rostos pálidos estavam pretos das cinzas, o cheiro de fumaça grudado aos cabelos e às roupas amarrotadas. Só duas delas vestiam capas, e a mais velha das três tremia, usando apenas um vestido de lã e um xale.

Oscovko se juntou a Dom, estendendo a mão para as meninas.

— Shh, shh, está tudo bem. Vocês estão seguras — disse ele, abaixando.

As meninas olharam para ele de cima a baixo antes de se encolherem, se agarrando umas às outras.

— Um bando de guerreiros — murmurou a mais velha, olhando para os homens na estrada além de Oscovko.

Sorasa desceu do cavalo. As três meninas estavam nitidamente apavoradas, traumatizadas por alguma coisa.

— Talvez alguém menos assustador deva falar com elas — disse Sorasa, fazendo um gesto para Dom e Oscovko se afastarem. — Corayne!

Mas ela já estava ali, atravessando as árvores, com Andry mancando a seu lado e Charlie logo atrás. O escudeiro, mesmo fazendo careta a cada passo, mantinha o ritmo, se sustentando sem ajuda. Sorasa queria gritar com ele para voltar à maca, mas mordeu a língua. Ele não ouviria, de qualquer forma.

Ela se manteve distante, sabendo que não tinha um rosto muito acolhedor, e deixou Corayne ir.

Corayne olhou para as meninas, considerando as opções. Então ajoelhou lentamente, Andry parado atrás dela.

— Oi, meu nome é Corayne — disse ela com calma, oferecendo um sorriso alegre e falso. — Quem são vocês? De onde vieram?

A mais velha segurava as duas irmãs, abraçando-as. Em um primeiro momento, Sorasa achou que ela não falaria, mas a menina ergueu o queixo, os olhos azuis decididos.

— Meu nome é Bretha. Viemos de Gidastern.

Corayne a cumprimentou com um aceno de cabeça.

— Oi, Bretha. Você é uma menina muito corajosa. Já percebi. — Ela olhou para as roupas e os sapatos gastos delas. — Gidastern é bem longe para vir andando no frio.

— A gente fugiu — murmurou a menor, abraçando Bretha.

— Deuses do céu — disse Corayne, arregalando os olhos. — Fugiram do quê? Foi um incêndio?

Bretha assentiu, séria.

— Sim. Muitos.

— A cidade está pegando fogo! — soltou a mais nova, se debulhando em lágrimas.

O som do choro da criança fez alguma coisa se romper em Sorasa, e ela teve que desviar o rosto. Olhar para o chão, para os cavalos, para Sigil, ainda vigiando a estrada. Mais uma vez, queria seguir em frente. Pegar as crianças e voltar ao cavalo.

A voz de Andry era baixa e calma, quente como seu chá.

— Como vocês chegaram tão longe sozinhas?

— Com o papai — disse Bretha, a voz falhando.

Sorasa fez uma careta, esperando que a mais velha não chorasse também.

— E cadê seu papai agora? — perguntou Corayne, hesitante.

As meninas não responderam, e a menor continuou chorando.

— Entendi. — A voz de Corayne estremeceu, porém ela se recompôs e continuou. — Sinto muito pela sua cidade. Vocês podem viajar com a gente. Estamos indo para Vodin, para ficar no castelo e nos aquecer na lareira. Este é o príncipe de Trec, sabia? — acrescentou ela, apontando Oscovko, que acenou. — Ele está muito feliz de conhecê-las.

A irmã do meio virou para ele, arregalando os olhos.

— Foi um príncipe que botou fogo na nossa cidade — falou, com uma voz estranha e monótona.

Corayne inclinou a cabeça e franziu a testa. Atrás dela, Sorasa se perguntou que idiota tinha deixado a vela errada acesa.

Bretha voltou a abraçar as irmãs, estreitando os olhos.

— Um príncipe e um sacerdote todo de vermelho.

A irritação de Sorasa se foi, e um raio percorreu seu corpo, enevoando sua visão. Ouviu Dom arquejar ao seu lado, e Corayne quase perdeu o equilíbrio, se apoiando em Andry. Ele a segurou, apesar da lesão, arregalando os olhos.

Corayne gaguejou, a boca trêmula.

— Um príncipe e um sacerdote?

— Não era sacerdote nenhum. Era um feiticeiro — disse a irmã do meio, educada, olhando para a mais velha. — Amaldiçoado pelo Fuso, que nem a mamãe falou.

— Ah, desculpa — disse Bretha, olhando para o chão. — Um *feiticeiro* todo de vermelho.

— Em Gidastern — sibilou Sorasa.

A garota a encarou e assentiu, a expressão de pavor atravessando a assassina.

— Isso. Eu vi quando eles passaram pelo portão dois dias atrás. E aí começou o fogo.

A cabeça de Sorasa estava a mil. E ela quase sentia que a dos outros também.

Corayne desabou no chão, sentada. Ela passou a mão pelo cabelo solto, com o olhar distante. Desviou o rosto das três crianças, se voltando para os Companheiros, olhando-os sem vê-los.

Paralisado, Dom praticamente tremia de fúria. Estava segurando a espada de novo, ameaçando quebrar o punho da arma.

Corayne fechou os dedos na terra.

— Se Taristan estiver aqui...

— Outro Fuso — disparou Andry. — Outro portal.

Sorasa sentiu os joelhos cederem e se apoiou no ombro de Dom. De repente, respirar ficou difícil. Sorasa ainda sentia arrepios ao lembrar dos esqueletos, dos dedos ossudos, das espadas enferrujadas. Tentou lembrar do treinamento, abafar o medo. Deixar que o sentimento a guiasse mas não a controlasse. Parecia impossível.

Outro Fuso. Não só a origem do dragão, mas outro, aberto. Ela tentou contar. *Dois fechados, dois abertos. Sempre que damos um passo à frente, aquele príncipe maldito nos empurra para trás.*

As palavras tiveram o efeito oposto no Ancião. Ele não se encolheu, não estremeceu.

Pela primeira vez desde Byllskos, Sorasa Sarn temeu Domacridhan de Iona. Não era Dom por trás dos olhos dele, apenas ódio e raiva. Seu lado feroz o dominava, expulsando qualquer outro pensamento.

— Ele está por perto — rosnou o imortal, e as meninas estremeceram. — Perto o suficiente para ser morto.

Foi Charlie quem investiu com o golpe fatal, a expressão apavorada como uma faca na barriga de Sorasa.

O antigo sacerdote se recostou em uma árvore, se forçando a respirar, ofegante. Lentamente, beijou a palma das mãos e as ergueu em prece.

— Vem a esfera flamejante. Infyrna.

27

IMPERATRIZ EM ASCENSÃO

Erida

CONQUISTA ERA MOTIVO DE COMEMORAÇÃO.

E um baile de coroação suntuoso seria uma agradável distração para os nobres de Erida, gallandeses e madrentinos, que agora ocupavam uma só corte. Ela via as mesmas desconfianças em todos, por mais que tentassem esconder. O que acontecera com Marguerite de Madrence se tornou de conhecimento comum, se espalhando pelo palácio todo. A notícia provavelmente chegara a Ascal, rastejando pelas estradas do Cór até os ouvidos ensurdecidos de Lord Ardath.

Erida sabia que não deveria ignorar fofocas venenosas. Se as deixasse crescer, destruiriam as lealdades e alianças, desestabilizando tudo que ela tentava construir. Também empurraria mais nobres para a causa de Konegin, os mandaria correndo de um soberano para outro. O esforço dele não pararia com Marguerite. Erida tinha certeza de que outros já tinham recebido cartas de amizades e estratagemas, dentro e fora da corte.

Ela sentou confortavelmente em uma cadeira na sala de seus aposentos, olhando para a baía Vara e Partepalas na orla. Semanas haviam se passado desde a partida de Taristan em busca do Fuso seguinte, e o estranho tom avermelhado do céu não mudara. Ele zarpara de madrugada, acompanhado por Ronin. O feiticeiro insistira em usar as vestes vermelhas espalhafatosas, mas Taristan deixara os trajes imperiais para trás, voltando a usar o gibão de couro gasto e a velha capa manchada. Ela se preocupava com a jornada dele, mas não muito. Ninguém poderia ameaçar seu marido, nem com aço, nem com fogo. E ele se dava bem na estrada, errante de nascença. Ela apenas esperava que Taristan voltasse logo, destruindo o Fuso e cumprindo a tarefa.

As damas de companhia cochichavam entre si enquanto andavam pela sala, nos preparativos para a coroação que aconteceria à tarde e o baile que viria a seguir. Ela queria que Taristan estivesse ali, mas o Fuso o chamara, assim como os outros deveres de Erida. Ela precisava se coroar como rainha de Madrence, cimentar o título e seguir adiante, para seu próprio destino grandioso.

E o Fuso fortaleceria seu reino, pavimentando o caminho ao império.

Quanto mais rápido isso for resolvido, mais seguros estaremos, pensou, inclinando a cabeça para trás.

Uma das criadas penteava seu cabelo comprido, castanho-cinzento, até reluzir, ainda ondulado por causa das tranças com que dormia. Outra massageava óleo nas mãos e pés da rainha, derretendo calos e dores. Erida suspirou, se permitindo desacelerar e manter a calma naquele momento, tudo em silêncio, exceto por sua mente. As damas de companhia eram discretas, como Erida preferia. Ela sabia muito bem que não deveria confiar naquelas jovens nobres ao seu redor.

A luz estranha do céu a incomodava incessantemente, assim como ao resto da corte, embora ninguém soubesse explicar o fenômeno. Nem mesmo Ronin, que ria de desprezo das perguntas e sacudia a cabeça com tanto desinteresse que Erida sabia que ele também não fazia ideia.

Ela viu Bella Harrsing empertigada perto da janela, parecendo um pássaro velho. Segurava a bengala, encostada no vidro. A mulher mais velha virou a cabeça como pôde, os gestos lentos. A campanha a envelhecera, criando rugas novas no rosto, manchas novas nas mãos. Os olhos verde-claros pareciam ter perdido a cor, e ela desenvolvera uma tosse áspera.

— A senhora deveria sentar, Bella — disse Erida, com preocupação.

A rainha não tinha ilusões quanto à mortalidade, mas ainda queria que Bella durasse um pouco mais.

Lady Harrsing fez um gesto de desdém.

— Sentar dói — resmungou. Apesar do corpo fraco, a personalidade dela continuava afiada como nunca. — Todo aquele tempo a cavalo e dormindo em camas de armar acabou de vez com as minhas costas velhas. Ficar de pé é melhor.

— Eu falei para a senhora ficar na casa do leme com os outros.

— Desde quando sou que nem os outros, milady? — questionou Harrsing, um sorriso fazendo seu rosto enrugar.

— É verdade — concordou Erida. A criada acabou de pentear o cabelo da rainha e começou a arrumá-lo, dividido em quatro tranças. Seus dedos eram ágeis no couro cabeludo, firmes, mas sem machucar. — Fico feliz por sua presença aqui.

Harrsing bateu com a bengala no chão e olhou para a baía, franzindo a testa para a luz vermelha que dançava na corrente.

— Porque seu marido não pode estar?

— Porque eu amo a senhora, Bella, e valorizo sua sabedoria — disse Erida, rápido, levantando e deixando a camisola cair como se fosse uma nuvem branca.

As criadas se sobressaltaram, correndo para entregar a ela o vestido da cerimônia. Erida mal prestou atenção enquanto elas amarravam sua anágua. O vestido veio em seguida. Um dia tinha pertencido a uma rainha madrentina, fato visível na rica seda bordô e no corpete justo, com decote aberto abaixo da clavícula. As mangas desciam até o chão, recém-bordadas com as rosas do Velho Cór, o leão dourado de Galland e o garanhão prateado de Madrence. Formavam um desfile cintilante, combinando com o cinto de ouro trançado. E com a coroa que a aguardava na sala do trono. Erida sentiu o olhar astuto de Harrsing enquanto as damas de companhia posicionavam sua capa de trama de ouro e prendiam os fechos de pedras preciosas nos ombros.

— Não é por ser rainha duas vezes que eu não preciso mais da senhora — disse Erida, estendendo a mão.

Uma criada pôs um anel em cada dedo, rubis e safiras cintilando junto à esmeralda gallandesa.

Harrsing a olhou nos olhos, as rugas da testa mais marcadas, o rosto tenso.

— É verdade, alteza?

— Eu não minto, Bella — respondeu, sentindo a mentira na boca. *Rainhas dizem o que for necessário, e apenas os deuses podem julgá-las.*

— Não para a senhora.

Erida dispensou as criadas com um gesto e se aproximou, segurando os dedos frágeis de Harrsing. A pele dela era macia e roliça, com um inchaço que parecia doer.

— A senhora pode me dizer qualquer coisa.

Harrsing engoliu em seco.

— Só quis dizer que... essa situação com Marguerite... — murmurou, levando Erida para mais perto da janela. A luz estranha dava um ar doentio a Harrsing, mas fazia as joias de Erida brilharem como fogo. — É tão difícil de acreditar, conhecendo-a como eu a conheço.

Erida estreitou os olhos. Sentia o julgamento, mesmo que Harrsing se esquivasse.

— Não tenho coração mole, Bella.

— Eu sei disso — disse a mulher rapidamente, quase conciliadora. — Mas nunca a vi ser tão impulsiva. Pelo menos não até...

— Até o quê? — questionou Erida, cerrando os dentes.

Lady Harrsing respirou fundo. Não por causa da idade, mas por saber que aquele era um terreno perigoso.

— Até seu casamento com o príncipe Taristan.

Erida franziu a boca.

— Achei que a senhora o aprovasse.

— Minha aprovação não tem importância alguma — suspirou Harrsing, sacudindo a cabeça.

— Não tem mesmo.

— Sua alteza gosta dele; quer tê-lo ao seu lado; vê valor nele como vê em mim, ou em Thornwall — disse Harrsing, apertando a mão de Erida com uma força surpreendente para a idade. — E eu a apoio nisso.

Erguendo a sobrancelha, Erida inclinou a cabeça. Estava decidida a ouvir, mesmo que a conselheira falasse tolices. *Bella está ficando velha, mas merece ao menos ser ouvida.*

— Mas...?

— Mas ele não entende as realidades da corte — respondeu, em sussurros desesperados. — Política. Comportamento humano, ao que parece. — Os olhos dela brilhavam, hesitando ao tentar encontrar o olhar de Erida. — Sua alteza, sim.

Erida não conteve um sorriso irônico. Gentilmente, afastou as mãos.

— Acredito que isso seja equilíbrio, Bella.

— Sim, majestade — disse Harrsing, relutante. — Só não quero vê-la tomar uma decisão impulsiva e arriscar tudo que construiu desde o dia que a coroa foi posta em sua cabeça. Poucos floresceriam como sua alteza. É a rainha de Galland, a pessoa mais poderosa em toda a esfera. Já tem Madrence, e Siscaria parece prestes a se entregar. Mas não se agarre ao que não pode manter. Não arrisque seu castelo por outra cabana.

A senhora não sabe o que sou capaz de fazer, Bella, ou o que meu destino exige, pensou Erida, impaciente. Deu um tapinha no braço da dama, com um sorriso sutil e agradável.

— Levarei isso em consideração — falou, se voltando para as criadas.

Atrás dela, Harrsing se curvou na melhor reverência que ainda conseguia fazer. A bengala tremeu.

— Obrigada, majestade.

As criadas voltaram ao trabalho. Uma deu os últimos toques no cabelo, unindo as quatro tranças em uma única trança comprida, decorada com grampos brilhantes de prata e ouro. Outra pintou o rosto e a boca da rainha com ruge.

Harrsing a observou por um momento, como fazia antigamente. Que nem uma avó, cheia de orgulho e satisfação. Mas não era igual à época de Ascal, quando Erida governava apenas um reino, com um único trono. Agora, alguma coisa assombrava os olhos de Harrsing. Erida queria culpar a dor ou a idade. Lady Harrsing já era uma senhora idosa antes mesmo de sair da capital, antes da marcha difícil pelo continente. A menina que Erida fora um dia ignoraria a expressão estranha no rosto da dama. A mulher que a rainha Erida se tornara não podia ignorá-la.

— Aliás — disse —, tem notícias da sua filha, Bella?

Harrsing suspirou, agradecida pela mudança de assunto. Ela abriu um sorriso sincero.

— Qual delas, majestade?

A boca de Erida tremeu. Lady Bella tinha três filhas muito bem conectadas pelo continente, cada uma com um bando de filhos e um marido poderoso.

— A que é casada com um príncipe ibalete — disse Erida, seca.

A expressão de Harrsing ficou sombria. Ela baixou o olhar, encarando a bengala enquanto pensava na resposta.

— Recentemente, não. Ela manda cartas, é claro, mas faz tempo que saímos de Ascal, e a correspondência demoraria a chegar para mim — falou, as palavras saindo rápido demais. — Por quê?

Erida escondeu a decepção. Ela sabia como Harrsing ficava quando mentia.

— A marinha gallandesa tem enfrentado problemas no mar Longo. Piratas, segundo Thornwall — falou, dando de ombros em um gesto exagerado. Manteve a expressão de desinteresse, perfeitamente ciente de que as muitas criadas e damas de companhia ouviam a conversa. — Mas nunca soube de piratas que causassem tanta confusão. Suspeito que alguma outra coisa esteja em jogo.

Harrsing se agitou como um pássaro assustado, a saia balançando.

— Ibal certamente não a contrariaria, mesmo com as frotas.

— Certamente — repetiu Erida.

Uma criada ofereceu um espelho que ela mal olhou, sabendo exatamente sua aparência, até a mínima dobra do vestido. Não era mais uma rainha, mas uma imperatriz em ascensão. Precisava apenas das coroas, especialmente feitas para a ocasião.

Erida bateu palmas uma vez, indicando aprovação. As criadas se afastaram, rostos voltados para baixo, felizes por terem acabado.

As damas de companhia chegaram rapidamente, já vestidas com suas roupas mais elegantes. Nenhuma, no entanto, ofuscava a rainha. Elas sabiam que seria tolice cometer um erro simples como aquele.

Erida as olhou uma vez, só por garantia. Até a condessa Herzer, que parecia uma boneca, estava discreta e sem graça, usando um vestido cinza de seda simples.

Satisfeita, Erida se voltou para Bella, com olhos duros como safiras.

— Ibal desafiaria Erida de Galland, mas agora sou rainha duas vezes, com dois reinos em mãos. Seria bom lembrá-los disso — disse ela, a voz cheia de importância. — Filhas escutam as mães, principalmente se são sábias como a senhora.

Mais uma vez, Harrsing se curvou em uma reverência trêmula. Erida tentou não notar o desconforto no rosto da senhora.

Como Taristan havia partido, Erida entrou sozinha na sala do trono, o Palácio de Pérolas se abrindo a seu redor em paredes rosadas e pinturas preciosas. A sensação ainda era de atravessar nuvens, iridescentes após a tempestade, cortadas por molduras de ouro e janelas quadriculadas. A luz no céu ficava mais intensa no pôr do sol, formando uma vista esplêndida, como se a esfera toda estivesse pendurada em um escudo de ouro.

A luz flamejava pelo chão de mármore, projetando a sombra entrecortada de Erida nas paredes. Ela mantinha os passos firmes e regulares, nem rápidos, nem lentos demais, ao atravessar o salão, descendo o corredor de cortesãos. A Guarda do Leão a acompanhava, as armaduras douradas brilhando na luz fraca da tarde. A armadura e as botas faziam o único ruído que se ouvia na sala, como Erida constatou, com um jorro de satisfação.

Os nobres não cochichavam mais ao redor dela.

Não ousavam.

O trono de Madrence já lhe era familiar, depois de tantas semanas. Ela já era rainha deles, mas o teatro servia a um propósito. E Robart era parte do espetáculo, obrigado a assisti-lo, parado na frente da multidão. Ela o olhou ao passar, notando as algemas de ouro nos punhos e tornozelos do homem. Ele a encarava sem enxergar, tão morto por dentro quanto o exército de cadáveres postado nas colinas além da cidade. A perda da filha e do filho pesava nele como âncoras, uma visão triste de presenciar.

Mas aquilo era importante. Erida não daria aos nobres a esperança de restauração, não com um rei tão perfeitamente derrotado.

Em Madrence, idolatravam Pryan acima do resto do panteão. O deus encantador de arte, música, celebração e narrativas ocupava pouco da mente de Erida, mas era fácil seguir a tradição. A mão dele na esfera, uma sacerdotisa conhecida como Alegria de Pryan, se encontrava diante dos degraus que levavam ao trono. Era uma mulher alta e bela, de cabelo branco e pele marrom-dourada. Usava o mesmo manto lilás do círculo de sacerdotes, destacada apenas pela tiara de prata na testa, fina como uma linha.

Ela carregava uma almofada de veludo que continha as coroas.

Erida as olhou no caminho, subindo os degraus do trono madrentino.

Alegria começou a cantar, misturando várias línguas. Gallandês, madrentino, siscariano, tyrês, ibalete. Todas as línguas do mar Longo trançadas até chegarem à primordial. Erida não escutou nada, por mais linda que fosse a voz de Alegria. Ela se concentrava apenas nas coroas, no trono, no sol poente, vermelho e ardente.

Eram rostos demais, olhos demais. Ela olhou por cima das cabeças da multidão, deixando que ficassem embaçadas. Era um truque antigo que aprendera na corte de Ascal. Parecia estoica e decidida, mesmo que tremesse por dentro.

Um dos sacerdotes pôs um cetro na mão dela, uma flor desabrochada feita de prata e rubi precioso. Outro ungiu-lhe a testa com óleo sagrado que cheirava a rosas. Eles cantavam com Alegria, no ritual completo de coroação madrentina. Em algum lugar, uma harpa ressoou, enchendo o ar com música doce.

Por dentro, Erida ficou tensa. Ela queria a espada gallandesa. Queria a fúria do leão, a força e o poder de Syrek sob a luz desenhada de uma enorme catedral. Nada daquela besteira fútil. Contudo, se manteve imóvel, as costas eretas no trono, camadas de capa dourada jogadas de lado, escorrendo pelos degraus. *Pelo menos pareço uma conquistadora, e não um menestrel qualquer no palco.*

A primeira coroa foi posta em sua cabeça, uma trança de ouro e esmeralda. Aqueceu sua pele, e ela relaxou. Quando Alegria ergueu a segunda coroa, Erida suspirou, deixando todo o nervosismo ir embora com a respiração gelada.

O círculo prateado, incrustado de rubis, se encaixava na trança dourada, formando uma coroa dupla ao redor da cabeça de Erida. Era mais apertada do que deveria, a coroa dupla de dois reinos, mas Erida preferia assim. Seria mais fácil de usar, e outras coroas se juntariam àquelas em pouco tempo.

Alegria concluiu a canção com um sorriso gentil, mas seus olhos estavam inexpressivos. Ela fez uma reverência profunda e Erida levantou, abraçando a flor de joias feito criança.

— Erga-se, Erida, duas vezes rainha, de Galland e Madrence — disse a sacerdotisa, o rosto ainda abaixado. Atrás dela, os cortesãos repetiram as palavras, ajoelhando. — A glória do Velho Cór renascido.

Erida se obrigou a não sorrir. Seria inadequado. Em vez disso, olhou para os nobres, quase cegos pela luz do pôr do sol. Eles não conseguiam olhá-la, posicionada onde estava, na contraluz do fogo do céu. Mas ela via todos, cada cortesão jurado e curvado. Nenhum hesitou.

Nenhum além de Robart, ainda de pé, os punhos algemados.

— Ajoelhe-se — disse Erida, a voz alta e clara em seu primeiro comando como rainha duas vezes coroada.

Ele não se ajoelhou, de queixo caído, olhos entreabertos e vazios. Robart era uma mera casca, mas até cascas têm poder. Erida apertou a coroa dourada e fez uma careta quando as pétalas afiadas a cortaram, tirando sangue.

Lord Thornwall foi o primeiro a reagir, atravessando o corredor até Robart.

— Ajoelhe-se pela rainha, pela imperatriz em ascensão — falou com firmeza, e Erida sentiu uma onda de prazer.

Mas, antes que Thornwall o alcançasse, Robart pulou, se jogando para a frente. As correntes estrepitaram, soando como sinos.

Atrás dele, a multidão de cortesãos se assustou, arregalando os olhos e exclamando.

A Guarda do Leão entrou em ação, formando um muro na frente de Erida enquanto ela se esquivava, esperando o pior de um pai enlutado. Robart passou por eles correndo, se mexendo com fluidez, apesar das mãos e pés acorrentados. Cada passo largo que dava fazia um estrondo. Thornwall o perseguiu, mas não era ágil o bastante, tropeçando nas pernas velhas.

Entre os nobres, Lady Harrsing fechou os olhos.

Erida não fez o mesmo e assistiu à cena pelas brechas entre os guardas. O mundo pareceu ficar mais lento enquanto Robart correu e se jogou nas janelas atrás do trono. O vidro cedeu à força de seu corpo, se estilhaçando pela baía.

O velho rei foi atrás, mergulhando nas águas do mar.

Por um momento, Erida se esqueceu de si mesma e da coroa. Ofegante, correu para a janela e olhou para fora, esperando ver um navio ou bote abaixo do palácio. Algum traidor enviado para recuperar o rei deposto. Talvez até o próprio Konegin. Mas não havia nada na água, apenas a ondulação branca onde Robart mergulhara.

As algemas dele eram de ouro, e ouro era pesado.

Thornwall se debruçou ao lado dela, chocado, o rosto tão cinzento quanto o cabelo.

— Ele não voltará à superfície, milady.

A brisa do oceano ficou mais forte, salpicando água no rosto de Erida. Ela estremeceu, ainda observando as ondas douradas.

— Robart deve saber nadar.

— O objetivo dele não é nadar — disse Thornwall, com a voz espessa.

Erida queria cuspir no mar, mas se conteve.

— Que perfeito. Um presente para minha coroação — sibilou, se afastando da janela quebrada. — Claro que Robart estragaria meu dia, até morto.

O rosto de Thornwall se contorceu de nojo por um instante, mas ele sabia muito bem que não deveria manter a expressão. Começou a caminhar junto a Erida, escoltando-a ao trono em silêncio.

A rainha tinha preocupações muito maiores do que seu velho comandante. Ela tensionou o maxilar, observando os nobres, antes silenciosos, mas que agora vibravam de interesse. A maioria só se preocupava com a fofoca, esticando o pescoço para tentar enxergar além da janela quebrada. Mas alguns, tanto madrentinos quanto gallandeses, pareciam preocupados — angustiados até. Isso incomodava Erida mais do que o homem afogado debaixo do palácio.

— Viva a rainha! — exclamou o Thornwall, encorajando os cortesãos como faria com as tropas.

Lady Harrsing foi a primeira a responder ao chamado, gesticulando para que os outros fizessem o mesmo.

No passado, a lealdade deles teria sido um bálsamo para Erida. No momento, contudo, suspeitas tremulavam em seus pensamentos. Thornwall e Harrsing não eram confiáveis, assim como ela não confiaria em nenhum outro nobre da corte. Eles também eram cortesãos, veteranos no lar real. Sabiam navegar e sobreviver melhor do que todo mundo.

Só tenho a mim, pensou Erida, deixando os vivas e juramentos passarem por ela. Nada a satisfazia como poucas semanas antes. *A mim e a Taristan, aliados contra o resto do mundo.*

Taristan, no entanto, estava muito longe, procurando o Fuso em Gidastern. Eles não podiam se proteger tão longe um do outro.

Aquilo era apavorante e atingia Erida tão profundamente que ela não sabia como se conter. Conseguia apenas suportar o sentimento, se agarrando à máscara de calma e indiferença. Era sua melhor arma no trono, a única que tinha naquele dia.

Não, disse uma voz na mente dela, uma voz que não era sua.

A voz sibilava e gritava, ecoando como um pequeno sino, ou o estrondo de um martelo na bigorna. O rugido do leão, o grasnido da águia. Um amante, um filho. Tudo e nada ao mesmo tempo.

Você não está sozinha, meu bem. Estou aqui, se me deixar ficar.

As mãos de Erida estremeceram, sacudindo a flor de joias. O coração dela bateu mais rápido, o sangue correndo nas veias. O ar pesou na pele da rainha até ela se sentir abraçada e presa, confortável e capturada ao mesmo tempo.

Mais uma vez, olhou para os cortesãos. Mais uma vez, viu o rosto de Konegin em todos, e o de Corayne também. De Marguerite. De Robart. Dos muitos reis e rainhas ainda restantes no seu caminho para a vitória.

Ela respirou fundo, o ar sibilando entre os dentes.

Quem é você?, sussurrou em pensamento.

Ela sentiu e ouviu a gargalhada.

Você já sabe, meu bem. Deixe-me ficar aqui, respondeu Ele.

A rainha Erida apertou a flor de joias com força, sangrando mais uma vez. A dor clareou seus pensamentos e lhe deu firmeza. Seus olhos marejavam, parecendo queimar.

Duas vezes rainha, imperatriz em ascensão.

Ela encarou a sala e sorriu, sentindo o mundo preso entre os dentes.

28

QUE BÊNÇÃO É ARDER

Andry

Ele olhava para a fogueira crepitante, esperando a alvorada. O bando de guerreiros ainda dormia, espalhado pelo campo aberto, mas acordar cedo era natural para Andry Trelland. Tinha se tornado parte dele depois de tantos anos no quartel, despertando com o sol para treinar e servir aos cavaleiros.

Ambara-garay.
Tenha fé nos deuses.

Andry ouvia a prece kasana da mãe em sua mente, gentil, mas forte. Ela já tinha atravessado o mar Longo e agora estava segura com a família em Nkonabo. Ele tentou imaginá-la encolhida na cadeira, sentada no pátio da vila de Kin Kiane. O sol quente em seu rosto, os peixes roxos nadando no laguinho, o ar perfumado por orquídeas e estrelícias. Andry só conhecia o lar da mãe pelas histórias que ela contava, mas lhe parecia bem concreto. Na imaginação dele, ela respirava fundo, sem esforço, os olhos verdes iluminados e abertos. A doença tinha passado, o corpo frágil, restaurado. Ela levantava da cadeira e andava até ele, as mãos marrons estendidas, o sorriso largo e branco. Ele queria muito ir até ela. Queria acreditar que ela estava viva e bem, protegida do apocalipse iminente. Não havia outra realidade na mente de Andry. Ao menos, nenhuma que ele suportasse.

O escudeiro já tinha peso suficiente nos ombros.

Brasas estalavam na fogueira, brilhando em vermelho e emanando um calor baixo para afastar o frio. Sem a proteção dos contrafortes e das árvores, as planícies gallandesas eram geladas e áridas. Um vento cruel e ardente soprava do leste, carregando o frio do mar Vigilante e o cheiro acre da fumaça ao longe. Gidastern queimava, e eles já estavam perto o bastante para sentir.

Uma silhueta se mexeu, se precipitando pelo acampamento com o vento que batia na capa, esvoaçante como asas verde-cinzentas. Por um momento, Dom era um deus em vez de imortal, o rosto voltado para o céu da madrugada. As cicatrizes estavam marcadas pelas sombras, pela memória do que ficara para trás.

Ele seguiu até os cavalos, todos agrupados em um cercado de cordas improvisado. Sobressaltado, Andry ficou de pé, a perna ardendo com o movimento. Arregalando os olhos, viu Dom encaixar uma sela em um dos cavalos. Em seguida, o imortal soltou o cinto da espada e o prendeu aos arreios, afivelando a arma.

A respiração dolorosa de Andry assobiava entre os dentes enquanto ele mancava, atravessando o acampamento adormecido o mais silenciosamente possível. Os pontos continuaram no lugar, a ferida na coxa ainda dolorida, mas sarando bem.

— O que o senhor está fazendo? — sussurrou Andry, passando por baixo da cerca de corda.

Ele bufou e se apoiou no cavalo mais próximo, aliviando o peso da perna machucada.

Dom virou da sela e o olhou com frieza. A luz da alvorada fazia sua pele pálida parecer um pedaço de alabastro, o olhar verde reluzindo. Os primeiros raios de sol o coroavam em ouro. Ele parecia imortal da cabeça aos pés, alto e belo demais para ter nascido na Ala.

— Acha que eu o abandonaria, escudeiro Trelland? — perguntou, com a voz grave.

Andry se encolheu, ofendido pela acusação.

— Acho que está indo atrás de Taristan sozinho.

Torcendo a boca, Dom virou de novo.

— Sou mais rápido que o bando de guerreiros — grunhiu ele, sem olhar para trás.

— Velocidade não vai salvá-lo, Domacridhan — sussurrou Andry, mancando até chegar ao lado dele.

Já conseguia ver Dom desaparecer no horizonte, um imortal condenado em um cavalo condenado, viajando até um Fuso em chamas e os monstros lá dentro.

Dom passou a rédea pela cabeça do cavalo e encaixou o freio na boca do animal.

— Já me salvou uma vez — resmungou, dando um tapinha no focinho da égua. — Não vou deixar Taristan escapar das minhas mãos de novo. Não suportarei a dor.

— Estamos a dois dias de Gidastern. Apenas dois dias — disse Andry, o próprio desespero nítido na voz. — O senhor ouviu o que aquelas meninas disseram: a cidade está pegando fogo. Já deve ter virado cinzas, com um Fuso no meio, cuspindo sabe-se lá o quê. Os terrores de Infyrna...

Dom ignorou o argumento como um escudeiro se defendendo de uma espada. Andry bufou de frustração.

— Nem sabemos se ele ainda está lá — acrescentou.

Ele pegou as rédeas, mas Dom as pegou de volta, na rapidez de um Ancião, seu corpo enorme contrastando com a silhueta magrela de Andry. Dom inflou as narinas, arregalando os olhos verdes.

— Sei o suficiente dele — disse Dom, irritado, a beleza imortal dando lugar à raiva imortal, um fogo aceso havia séculos. — Taristan está nos provocando, tentando atrair Corayne. Não vou dar a ele a satisfação de matá-la também. — Ele cerrou os punhos, os nós dos dedos empalidecendo. — Ele está esperando por ela e vai precisar me encarar primeiro.

Andry já vira coisa muito pior do que um imortal deprimido e desgastado. Ele se manteve firme mesmo quando Dom se endireitou até atingir a altura total, algo entre uma montanha e uma tempestade.

— *Nos* encarar. Ele vai precisar *nos* encarar — falou, com clareza, e pegou as rédeas de novo.

Como uma criança petulante, Dom puxou-as de volta.

— Não vá — pediu o escudeiro, fazendo uma careta ao sentir uma pontada na perna. — De qualquer modo, o senhor não pode fazer isso sozinho.

— Você deveria ouvir o escudeiro.

Quando Sorasa Sarn apareceu atrás de um cavalo, Andry soltou um suspiro de alívio. Ela se aproximava de braços cruzados, os olhos cor de cobre transbordando de raiva, tão grande quanto a de Dom. Fez uma expressão de escárnio para o imortal, o cabelo curto solto ao redor do rosto.

Dom imitou a expressão.

— Imagino que você dê conta das coisas aqui por dois dias, certo?

— Com certeza — respondeu ela. — E você, consegue?

Ele sibilou.

— Sorasa, sou imortal, o sangue de Glorian Perdida...

Sem hesitar, a assassina agarrou o punho da espada longa de Dom e a puxou, dando meia-volta com rapidez. Para a surpresa de Andry, Dom não reagiu com a agilidade de Ancião. Em vez disso, se recostou no cavalo e levou a mão à testa, em pura exasperação. Sem titubear, Sorasa desapareceu em meio aos cavalos, carregando uma espada quase do tamanho do próprio corpo.

— Não dá para ir a lugar nenhum sem espada — murmurou Andry, dando de ombros.

Ele olhou de soslaio para Dom, vendo sua índole perfeita se esvair, o fogo no peito dele virar brasas. Por um momento, não parecia mais tão imortal.

Dom suspirou de novo, relaxando um pouco da tensão na testa.

— Dois dias até Gidastern.

— Dois dias — repetiu Andry, dando um tapinha no ombro dele.

Com um grunhido, Dom se endireitou e começou a tirar os arreios do cavalo.

— Eu já deveria ter me acostumado.

— Com Sorasa?

— Com a morte — soltou Dom. — Mas imagino que sejam sinônimos.

Andry tentou sorrir, pelo menos para Dom.

— Não dá para se acostumar — falou, baixinho, as palavras pairando na luz da manhã, silenciosa exceto pelos cavalos. — Nem mesmo nós, mortais.

Dom também tentou sorrir.

— Isso é estranhamente reconfortante.

— É um prazer servi-lo, milorde.

Andry ainda guardava a memória muscular de como prestar reverência. A habilidade fora incutida nele ainda jovem. Quando se curvou, jogando os braços para trás, o tempo pareceu mudar. Dom poderia ser Sir Grandel, e a grama da planície, o mármore do palácio.

Mas tudo isso se fora, devorado pelo tempo e pelo girar da esfera. Ainda assim, Andry fechou os olhos, se agarrando à sensação um pouquinho mais. Teria que ser o suficiente para sustentá-lo.

Quando ele voltou à fogueira em brasas, Corayne estava acordada, agasalhada. Charlie roncava alto ao lado dela, enrolado na capa.

— A esfera flamejante — murmurou Corayne, olhando para Andry pelas brasas.

Os olhos pretos dela dançavam à luz do fogo.

Andry abaixou e sentou no chão ao lado dela, soltando um grunhido ao esticar a perna ferida. Mais uma vez, olhou para as chamas, que faiscavam e crepitavam, comendo o resto da lenha, transformando tudo em cinzas. *A esfera flamejante*, pensou. *Infyrna*.

— *Gambe-sem-sarama. Beren-baso* — murmurou ele, falando em kasano, a língua de sua mãe. Era uma oração antiga, fácil de traduzir. — Que os fogos nos purifiquem. Que bênção é arder.

Corayne franziu as sobrancelhas.

— Onde você aprendeu isso?

— Com a minha mãe.

A memória lhe veio à mente de novo. Daquela vez, Andry lembrou de Valeri como era na infância dele. Vibrante, cheia de vida, rezando na frente da lareira dos aposentos.

— Ela é devota de Fyriad, o redentor. Em Kasa, rezam para ele mais do que para o resto do panteão.

— Ouvi falar que o templo dele é uma maravilha — disse Corayne. — Que as piras ardem noite e dia.

Andry assentiu.

— Para os fiéis. Eles sussurram os pecados nas chamas e são perdoados. — Ele estreitou os olhos para a brasa, tentando lembrar do deus que a mãe amava. — Que bênção é arder.

— Imagino que estejamos prestes a ser muito abençoados — murmurou Corayne, cutucando as luvas. Ela não tentava esconder a preocupação, nem o medo. — Você faz alguma ideia do que podemos encontrar em Infyrna?

Andry deu de ombros.

— Sei o que dizem as lendas, o que sugerem as escrituras da minha mãe. Há histórias de pássaros de fogo, cães flamejantes, flores que desabrocham em brasas. Um rio de labaredas.

Ele pensou em Meer, a esfera da deusa da água e seu Fuso aberto no meio do deserto. Serpentes marinhas, krakens, um oceano jorrando nas dunas de areia. Andry vira Nezri com os próprios olhos e mal conseguia acreditar. *Será que Infyrna será ainda pior?*

— Já nem sei mais dizer o que é verdade — murmurou ele, baixando a cabeça.

O gesto abriu um vão na gola da roupa dele, e o frio tomou conta, percorrendo a coluna de Andry como um dedo gelado.

O calor no punho dele o assustou, fazendo com que levantasse a cabeça.

Mas era apenas Corayne, que segurava o braço dele como podia.

— Eu sou de verdade, Andry — disse ela, encarando-o. — Você também é.

Em seguida, ela se inclinou para perto de Andry, deixando-o atordoado e sem fôlego. Corayne apertou a coxa ferida dele, testando o corte costurado embaixo do calção. Ele rangeu os dentes, assobiando de dor.

— Isso é de verdade — disse ela com um sorriso brincalhão, se afastando.

— É — disparou ele. — Entendi o argumento.

— Pelo menos você já pode viajar a cavalo de novo — disse ela, olhando para o horizonte além do acampamento.

Apesar de o céu acima deles estar límpido, se abrindo em um azul-claro e nítido de inverno, nuvens pesadas tomavam o leste. Andry sabia que não eram nuvens, e sim colunas de fumaça espessa. O sol filtrado por elas ficava estranho, jogando uma luz vermelha e alaranjada, riscando o céu como garras. O vento voltou a soprar, frio e cheio de vapor.

Corayne estremeceu.

— Coitadas daquelas meninas — falou, o olhar hesitante. — Que bom que Oscovko ofereceu uma escolta para elas. Já devem estar em Vodin. Parte de mim gostaria que também estivéssemos.

— Bem, não podemos esperar fechar Fusos todos os dias —

disse Andry, uma tentativa falha de brincadeira. — É um trabalho exaustivo.

Ela não respondeu, voltando a remexer nas luvas e depois nos avambraços, que usava desde o templo. Com a espada de Fuso, Corayne parecia um soldado.

— Você tem dormido melhor — comentou Andry.

Corayne empalideceu.

— Você notou?

— Bem, você não tem mais me acordado tanto quanto antes. — Ele se recostou nas mãos, inclinando a cabeça para o céu. Daquela nova posição, só via o azul vazio. — Acabaram os pesadelos?

— Acabaram os pesadelos — respondeu Corayne, apoiando o queixo nos joelhos. — Acabaram os sonhos também. É só preto. Parece que estou morrendo.

Andry a olhou atentamente, ignorando a paz tranquila do céu.

— Quer falar do que aconteceu?

Ela o olhou, irritada.

— Vai precisar ser mais específico, Andry.

Ele mordeu o lábio.

— Você caiu no Fuso — disse ele, finalmente, fixando o olhar no rosto de Corayne. *Ela ainda está aqui. Está aqui na minha frente.* — No templo. O cavalo tropeçou e você saiu voando. Desapareceu no portal e eu achei... achei que nunca ia voltar.

A pele dourada de Corayne ficou lívida, e sua boca tremia ao falar. Imediatamente, Andry desejou voltar atrás, poupá-la da dor causada por aquela memória.

— Ele estava lá — sussurrou ela, os olhos ficando marejados. — O Porvir.

Andry sentiu um aperto no peito. Arranhou a terra com os dedos. Antes do templo, o Porvir era apenas um vilão de contos de fadas, um demônio das escrituras, nada mais que um jeito de manter crianças bagunceiras comportadas. Mas Andry sabia. O Porvir era tão verdadeiro quanto a terra sob suas mãos.

A voz de Corayne estremeceu.

— Ele não tinha rosto nem corpo, mas eu sabia. Vi a sombra Dele.

Andry conseguiu ver a sombra também, no fundo dos olhos dela, tomando-a pelo peito.

— E vi o que ele faz com as esferas que conquista — sibilou. — Eu sonhava com Ele, até mesmo antes de Dom e Sorasa me encontrarem. Eu não sabia, na época, o que Ele era. Ou o que queria. — Por motivos que Andry nem conseguia imaginar, ela corou, como se sentisse vergonha. — Imagino que Taristan também tivesse esses sonhos, muito tempo atrás. E cedeu a eles.

Ele tocou os dedos dela com cuidado, querendo arrancar as luvas e sentir a pele dela.

— Ao contrário de você, Corayne — disse Andry, segurando a mão dela e olhando em seus olhos. — Sei que você teme seu tio. Eu também. Mas você é mais forte do que ele.

Ela desviou o olhar, exasperada.

— Andry...

— Não me refiro a espadas, força física, nada disso. Estou falando daqui — falou, batendo no próprio peito. — Você é mais forte.

O sorriso dela era fraco, mas ainda brilhava. Ela apertou a mão dele.

— Minha força vem das pessoas ao meu lado. Nisso, pelo menos, tive sorte — disse ela, afastando a mão. — Mesmo que eu esteja fadada a encrencas o tempo todo.

Andry soltou uma risada rouca.

— Não é só você.

— Eu cresci sozinha, sabe? — O olhar dela ardia no dele, as linhas vermelhas da alvorada se espalhando em seu rosto. — Tinha Kastio, é claro. Meu guardião. Velho demais para navegar, porém ainda forte o suficiente para cuidar de mim quando minha mãe não estava presente. Mas, mesmo assim, eu vivia sozinha. Brincava com mapas e moedas, em vez de bonecas. Tinha contatos, parceiros de negócios, a tripulação da minha mãe, mas não tinha amigos.

Corayne levou a mão à espada de Fuso a seu lado, passando o dedo no cabo incrustado de pedras preciosas. Aquilo parecia lhe dar forças, e também certa estabilidade.

— Aí o mundo decidiu acabar, e eu sou a única pessoa que pode impedi-lo — continuou ela, o sorriso ficando azedo. — Dá para imaginar coisa mais solitária?

Andry queria tanto segurar a mão dela de novo que os dedos até ardiam.

— Não consigo, não.

— Mas não é assim que me sinto. De algum modo, tudo isso, por mais horrível que seja... — Ela engasgou. — Estou tentando agradecer, Andry. Por ser meu amigo.

Você é muito mais do que isso, Corayne, ele quis dizer. As palavras quase saíram, implorando para serem ditas, brigando por ar, mas ele cerrou os dentes e segurou a língua. Monstros de Fuso e os caçadores de Erida eram menos apavorantes que a verdade no peito dele, sacudindo suas costelas como se fossem as barras de uma jaula. *Você pode não saber o que é amizade, mas eu sei. E isso é mais profundo.*

Corayne sustentou o olhar dele, quieta. Esperando uma resposta que Andry não conseguia se forçar a dar.

Quando ela virou, ele sentiu algo em si murchar.

— Obrigada a esse montinho também — disse ela, dando um tapinha no ombro de Charlie.

Ele acordou com um ronco, levantando em um pulo e fazendo careta. O sacerdote piscou várias vezes e franziu a testa.

— Não me chama de montinho, sou só redondo — falou, bocejando. — E eu não considero você minha amiga. Um estorvo, no máximo.

Até Andry sabia que aquilo era praticamente um abraço.

— E aí, cadê nossos estoicos guardiões e sentinelas? — perguntou Charlie, procurando pelo acampamento com só um olho aberto.

Ele esfregou o rosto, limpando os resquícios do sono.

— Sabe como é Dom, sempre está por perto — disse Corayne, gesticulando para a grama ao redor. — E sabe como é Sorasa, sempre perto dele, garantindo que Dom não vai pisar em ninguém.

Eles riram juntos, os três. Andry lembrou da vida no quartel do palácio, com os outros escudeiros. Alguns eram horríveis, como Limão, mas tinham algo de bom. O treinamento os unira, dera a eles um obstáculo em comum. Taristan e os Fusos tinham o mesmo efeito.

Charlie suspirou e levantou, ainda embrulhado na capa para se aquecer.

— Vamos ver se convenço Sigil a me liberar quando isso tudo acabar — resmungou, se endireitando.

Alguma coisa pequena e castanho-clara caiu da roupa dele ao se movimentar, esvoaçando até o chão. Charlie abaixou, mas Corayne foi mais rápida e pegou o pedacinho dobrado de papel. Ela o virou, sabendo que não deveria abrir.

— Devolva — disse Charlie, sério, abandonando os modos joviais.

Corayne se assustou com o tom e estendeu o papel imediatamente, fazendo careta quando ele o arrancou de sua mão.

— Você deveria ter mandado com as meninas e a escolta — disse Corayne, estreitando os olhos. — Duvido que tenha sobrado algum mensageiro em Gidastern.

Ele enfiou a carta de volta no casaco, corando.

— Não tenho como mandar uma carta sem saber o destino.

Andry ergueu a sobrancelha.

— Você não conhece o destinatário?

— Conheço ele muito bem, sim — respondeu Charlie, soando amargo. — Só não sei onde ele está.

— Ah — disse Corayne, relaxando o rosto ao entender. — Garion.

O nome ecoou em algum canto distante do cérebro de Andry, que tentava lembrar onde o ouvira. A memória voltou devagar, como se atravessasse lama. A expressão de Charlie explicava mais do que qualquer outra coisa.

Garion tinha sido namorado dele, algum tempo antes. E um dos irmãos amharas de Sorasa.

— Essa sua cabecinha é muito irritante — resmungou Charlie.

— E eu não sei? — retrucou Corayne, se curvando um pouco. — Desculpe.

Charlie fez um gesto para ela deixar pra lá, ainda segurando a carta em seu bolso.

— Tudo bem. Não é uma carta de amor, nem nenhuma tolice dessas.

Ela ergueu a sobrancelha.

— Ah, é?

A expressão de Charlie murchou, a capa escorregando dos ombros. Ele retorceu os lábios.

— É uma despedida.

— Queime — disse Corayne, a voz ríspida de repente. — Você não morreu no oásis, não morreu no templo e não vai morrer em Gidastern. Nenhum de nós vai morrer. Eu não vou deixar.

Ela mostrava os dentes enquanto falava e olhou de relance para Andry. Outra vez, ela parecia mais um soldado do que a jovem que ele conhecera. O escudeiro pensou nos comandantes que tivera no palácio. Ela era apavorante, se comparada a eles. Depois de conhecer sua mãe pirata, não era difícil entender por quê.

A bravata teve efeito em Charlie, que assentiu, lamentoso. Andry, por outro lado, tinha mais juízo. Corayne precisava dizer aquelas palavras para se convencer, não só para os outros. Era o melhor que ela podia fazer, e ele se agarrou àquela convicção, por mais falsa que fosse.

Com uma careta, Andry levantou, cambaleando, mas recuperou o equilíbrio e ignorou a dor.

— Comigo — falou, estendendo o braço.

O velho grito de guerra da Guarda do Leão parecia música para seus ouvidos.

— Comigo — respondeu Corayne, segurando o braço dele.

Eles aguardaram, na expectativa, enquanto Charlie piscava, olhando de um para o outro. Ele observou as mãos unidas com desgosto, o rosto contorcido em desdém.

— Que besteira — falou, seco, arrastando os pés ao ir embora.

Andry e Corayne riram da partida dele, a gargalhada de um alimentando a do outro, até os dois sentirem a barriga doer, se curvando e cobrindo o rosto com as mãos. Era estranho e ridículo, mas também libertador, rir tão abertamente com fogo no horizonte.

Alguma coisa fria caiu no rosto de Andry enquanto ele se recuperava e secava os olhos. Ele olhou para cima, com os olhos semicerrados, para o céu azul. Não havia nuvens acima deles, apenas a fumaça soprando do leste.

Mas a neve começou a cair, um floco atrás do outro, em espirais de vento que ninguém enxergava.

29

ATÉ OS OSSOS FRIOS, ATÉ O SANGUE QUENTE

Domacridhan

A NEVE CAÍA NO BANDO DE GUERREIROS, flocos esvoaçando pelo ar esfumaçado. Nunca era o suficiente para ofuscar o horizonte, por mais que Dom o desejasse. Ele viu Gidastern primeiro, uma ferida ardente ao leste, soprando nuvens de fumaça preta iluminada por chamas. Quase esperava ver o dragão ali também, rondando, mas não havia nada além de fumaça acima de Gidastern.

Como qualquer cidade gallandesa, o lugar tinha muralhas altas e torres, as ameias do torreão se erguendo no centro. As defesas eram inúteis contra um inimigo já infiltrado. Na verdade, a muralha servia como arma, enjaulando a cidade. Tudo lá dentro servia de combustível para o incêndio incessante, enchendo o ar com cheiro de madeira queimada e cinzas. A fumaça escapava, descendo pela costa como tinta preta no mar Vigilante.

Mais uma vez, Dom quis bater os tornozelos e galopar pelos últimos quilômetros. Arrombar o portão. Caçar Taristan pela cidade. *É a vida dele ou a minha. Uma delas acabará hoje*, prometeu a si mesmo. Precisou de todas as forças para manter o ritmo regular e enlouquecedor do grupo.

E se Taristan já tiver ido embora?

Dom não sabia o que mais temia, se a ausência de Taristan ou sua espada.

Olhou de novo para a cidade, seguindo a velha estrada do Cór através da planície costeira. Descia direto para os portões de Gidastern, cortando as fazendas que cercavam a muralha. Para o azar de Dom, a estrada estava vazia. Depois de encontrar as meninas no bosque, ele esperava mais refugiados, mas ninguém ia ou vinha da cidade. Havia apenas neve e fumaça, rodopiando em espirais cinza e infernais. Até o mar de ferro desaparecia ao longe, escondido por nuvens de fumaça a poucas centenas de metros da orla. Parecia que estavam viajando rumo aos braços de um fantasma.

Sorasa mantinha o ritmo ao lado dele, com o capuz forrado abaixado. Ela olhava para o horizonte com as sobrancelhas franzidas, a boca carnuda enrugada de forma sombria. Os olhos mortais não enxergavam tão longe, mas as nuvens de fumaça bastavam para que fechasse a cara.

— Quantas pessoas moram em Gidastern? — perguntou Dom, pelo canto da boca.

O cheiro de fumaça ardia no nariz dele, e seu peito estava apertado.

Ela o olhou de relance, impassível.

— Milhares.

Uma flecha de dor atravessou Dom e ele se encolheu, soltando um grunhido baixo.

— A rainha de Galland não dá muita importância ao próprio povo.

— Você nunca conheceu nenhum governante? — perguntou Sorasa, com desprezo. — Não, ela só dá importância ao poder. É sempre assim.

Dom engoliu uma resposta, pensando na própria monarca em Iona. A emissão de Isibel ainda vívida na memória, a silhueta branca seguindo-o como uma sombra. *Volte para casa.* Um dia, ele a chamara de covarde, e ainda era o que pensava.

As muralhas pareciam crescer na frente deles, construídas em pedra e argamassa, com a altura de mais de três homens. Os portões trancados continham o incêndio e a cidade. Dom tentou não imaginar quem ou o que barrava a saída de uma cidade em chamas.

Os homens de Oscovko totalizavam duzentos, muitos deles feridos. Dom não tinha muita esperança na capacidade deles de organizar um ataque contra qualquer coisa, muito menos uma cidade incendiada.

Ele se aproximou de Sorasa, falando mais baixo.

— Ensinaram estratégias de cerco na sua Guilda?

— Acho que faltei a essa aula. Sei me infiltrar por um portão e atravessar uma muralha, mas não com um exército pendurado na saia — resmungou, olhando para os soldados. Ela se demorou em Corayne e nos Companheiros, abatidos, mas não destruídos. — Talvez Oscovko tenha alguma ideia.

Dom franziu a testa.

— Ele provavelmente só vai atrasar ainda mais a marcha.

— O bando dele está ferido, saindo de uma batalha que nem era dele. Ainda assim, eles seguem em frente — retrucou ela, insistente. — Ele merece um pouco de crédito, pelo menos.

O imortal sentiu uma onda fraca e quente de raiva percorrê-lo.

— Não é do seu feitio dar crédito algum.

Ela fez um gesto de desdém, seus dedos pintados rachados pelo frio.

— Sou muitas coisas, mas em primeiro lugar sou realista.

— Bem, acho que a realidade está alcançando o príncipe — disse Dom.

Ele apontou com o queixo para a dianteira da coluna, onde Oscovko montava seu cavalo, com Sigil bem ao lado.

Assim como Sorasa, os outros mortais não enxergavam tanto da cidade. E, no entanto, o príncipe de Trec ia ficando mais pálido a cada passo. Seu rosto parecia perder sangue e o sorriso tranquilo sumira. Ele olhava de um lado para o outro, virando na sela para analisar o bando de guerreiros e a cidade, franzindo a boca até perder a cor.

Sorasa parecia igualmente impactada.

— Quão grave é a situação? — sussurrou ela, ainda olhando para o horizonte. — Seja sincero, Domacridhan.

Um músculo tremeu no rosto dele ao examinar a cidade. Dava para ver o reflexo do fogo na massa de fumaça, transformando o preto em um vermelho reluzente. Faíscas dançavam pelos telhados e nas nuvens, explodindo e pulando. As torres de vigia e as ameias do torreão estavam vazias, sem guarnição responsável. Labaredas lambiam a pedra e flores vermelhas desabrochando.

— No melhor dos casos, enfrentamos um enorme incêndio — murmurou. — E o fogo é nosso único obstáculo.

Sorasa assentiu, dominada pela tensão, e apertou com mais força as rédeas do cavalo.

— No pior, enfrentamos o fogo, Taristan, e o que mais ele tiver tirado do portal do Fuso — disse Dom, rangendo os dentes. — Enfrentamos o desconhecido.

Se a perspectiva apavorava Sorasa Sarn, ela não deixou transparecer. Em vez disso, desafivelou a capa e a guardou, revelando a velha roupa de couro por baixo, ainda suja do templo.

— Posso guiá-los pela cidade — disse ela.

Dom suspirou, sacudindo a cabeça.

— Não preciso saber quantas pessoas você matou aqui.

— Tudo bem, não vou dizer — retrucou ela. — Então, vamos atravessar o portão. Fechar o Fuso. Sair dessa vivos.

Na cabeça de Dom, o fio do Fuso brilhava, fino e dourado, cercado por chamas crepitantes. Uma silhueta se destacava diante do fogo, o corpo esguio, a cabeça exposta. Ele tinha o rosto de Cortael, mas Dom sabia: era *Taristan*.

— Domacridhan.

Sorasa o chamou de forma ríspida, o tom e o uso do nome completo trazendo-o de volta.

— Nosso foco é o Fuso. Proteger Corayne — continuou ela. Atrás da assassina, Corayne estava sentada na sela, firme, conversando com Charlie e Andry. — Ela é nossa primeira e única prioridade.

Dom queria concordar, mas sua língua parecia grudada na boca. Ele olhou com raiva para a crina do cavalo. Era preto como carvão, da mesma cor dos olhos de Taristan.

— Se ele morrer, isso tudo acaba — grunhiu.

Ele sentiu o olhar fulminante e furioso de Sorasa, mas se recusou a encará-la.

— E se isso custar a vida dela? — perguntou Sorasa, fria.

Ao ouvir isso, ele levantou a cabeça e a olhou rapidamente, de cima a baixo. Ela não mudara, continuava sendo uma víbora no corpo de mulher. As adagas eram suas presas, o chicote, seu rabo agitado. E, além disso, era peçonhenta.

Sorasa ficou tensa sob o olhar de Dom, mas se manteve firme, sem piscar, o cavalo trotando. A neve caiu no rosto erguido dela, flocos brancos grudando nos seus cílios escuros e no seu cabelo preto.

— Agora você tem coração, amhara? — questionou Dom, incrédulo.

Ela abriu um sorriso irônico.

— Nunca, Ancião.

Oscovko deteve a marcha a menos de dois quilômetros da muralha de Gidastern, em um ponto elevado em relação à praia exposta ao vento. Dali, até os mortais enxergavam as ruínas da cidade. O príncipe desmontou do cavalo e olhou com uma expressão de consternação. Chamas consumiam as ruas e os prédios, deixando marcas em um tom assustador de vermelho. O rugido enchia o ar, a fumaça ardendo na garganta de Dom. Cinzas caíam com a neve, cobrindo-os de cinza e branco, até não conseguirem mais distinguir um guerreiro do outro.

Murmúrios percorreram o bando. Dom não entendia nada da língua trequiana, mas alguns também falavam primordial, e aquilo ele entendia bem demais.

— Cadê todo mundo? — sussurrou um dos soldados.

— Todo mundo foi embora? — perguntou outro.

Oscovko olhou mais uma vez para os homens, e Dom entendeu o objetivo. Ele os estava medindo, comparando a força deles com os obstáculos à frente.

— Vocês dizem que outro Fuso foi aberto na cidade e que ela deve fechá-lo! — exclamou o príncipe, apontando para Corayne com a espada desembainhada.

— Já fizemos isso antes — retrucou Corayne, mas soou como uma criança, pouco convincente.

Ela estremecia sob a capa suja, um fantasma cinza. Apenas a espada de Fuso brilhava, as pedras vermelhas e roxas refletindo a luz do fogo.

Um dos tenentes do príncipe riu dela, com desprezo.

— É melhor acamparmos. Vamos esperar o incêndio baixar e limpar o que tiver restado.

— Ou dar meia-volta — sugeriu outro, com uma ferida ainda aberta no rosto. — Por mim, podemos deixar os gallandeses queimarem.

Dom desceu da sela, andando na direção do príncipe. Os dois tenentes se afastaram, abrindo caminho. Eles sabiam que não era sábio atrapalhar um veder imortal.

— Vocês vão queimar com eles se deixarem o Fuso crescer — disse Dom, olhando com raiva de um para o outro, a voz grave se espalhando pelo bando.

Ele desejava poder mostrar o que via na sua mente, o que tinham enfrentado no mar Longo. As criaturas de Meer ainda estavam soltas na água, mesmo após o Fuso ser fechado. E havia outro

Fuso em outro lugar, cuspindo dragões. Um dos monstros talvez até estivesse ali por perto, queimando colinas e florestas. Eles não podiam deixar mais um rasgo na esfera de Todala, mais uma oportunidade para o Porvir atravessar.

— Nossa melhor esperança é fechá-lo agora — disse Dom, virando para o príncipe e olhando de cima para o guerreiro robusto. — Antes que qualquer coisa mais terrível entre na esfera.

Oscovko o olhou de volta.

— E o que já entrou? Pode ser o dragão?

Dom só conseguiu balançar a cabeça.

Sigil pulou do cavalo e deu um tapa no ombro de Oscovko, sacudindo-o com animação.

— Não seria divertido descobrir?

Dom fez uma careta, mas a bravata de Sigil era contagiante, se espalhando pelo bando de guerreiros. Alguns ergueram as espadas, e um pouco de cor voltou ao rosto de Oscovko. Ele pôs a mão em cima da mão da mulher, abrindo um sorriso largo e cheio de dentes de ouro.

A neve começou a cair mais rápido, carregada por um vento mais forte.

O príncipe de Trec retomou a pose, levantando a espada também.

— Não obrigarei quem não pode ou não quer lutar — gritou, de frente para o bando de guerreiros. — Mas, hoje, este lobo devora a glória.

Nesta esfera ou na próxima, pensou Dom, sombrio, enquanto o bando de guerreiros uivava ao vento. O grito de guerra passou por todos, até pelos feridos, que levantavam qualquer coisa que conseguiam em um aceno reluzente de aço e ferro. Para sua surpresa, ele sentiu um grito subir-lhe à garganta, implorando por liberdade. Trincou os dentes, esperando a sensação passar.

Até que alguma coisa respondeu ao uivo dos lobos.

A buzina soou do mar, um ruído grave e gutural que reverberou no peito de Dom. Ele virou para a praia, estreitando os olhos para enxergar através das nuvens. Elas, porém, formavam uma parede cinzenta que escondia o horizonte, até para Dom. Outra buzina respondeu, um pouco mais alta e aguda, e Oscovko se encolheu.

Ele arregalou os olhos.

— O que foi? — perguntou Corayne em seu cavalo, ficando em pé nos estribos.

Dom desmontou sem pensar, andando até a beirada da elevação para enxergar melhor. A areia se espalhava sob seus pés. Ele semicerrou os olhos, vendo sombras escuras muito vagas atravessarem a neblina.

Atrás dele, Oscovko pulou de volta na sela.

— Saqueadores de Jyd — disparou. — Urubus, carniceiros, vindo se alimentar de carcaças ainda quentes. Vamos dar essa satisfação a eles?

O bando de guerreiros gritou em oposição, socando escudos e couraças. Os cavalos se empinavam, percebendo a empolgação crescente. O reino de Trec conhecia bem os clãs de Jyd.

Dom suspirou, exasperado. Não tinha estômago para aquelas picuinhas de mortais.

Entre as nuvens, as sombras se solidificaram em dracares, as proas em curvas altas, bem acima da água, com velas largas abertas para aproveitar o vento gelado que soprava do norte.

Quando o primeiro navio atravessou a barreira de nuvens, toda a frustração de Dom desapareceu, deixando seu corpo entorpecido. As pernas cederam, e ele caiu de joelhos na areia amarela e macia da praia.

Homens e mulheres prontos para a batalha se aglomeravam no convés, remando. Os escudos de madeira pendiam da lateral do navio, pintados em todas as cores. O aço e o ferro brilhavam em um tom de vermelho, refletindo a cidade incendiada. Dom não olhava para eles, mas para a mulher na proa. Ele quase não acreditou no que via. *Não pode ser*, pensou, mesmo com o navio entrando em foco.

Ainda na elevação, Oscovko olhou para baixo, seu corpo em contraste com a fumaça.

— O que está vendo, imortal? — gritou.

Os outros Companheiros se amontoaram ao redor dele, preocupação estampada em todos os rostos, até no de Sorasa.

— Vitória — respondeu Dom.

Ela usava uma armadura verde-clara, o cabelo preto solto esvoaçando abaixo do ombro. Para Dom, era como ver uma bandeira.

Mais e mais dracares atravessavam as nuvens pesadas, repletos de escudos e lanças, mas Dom via apenas Ridha, o sangue de Iona de volta.

Sua prima não era uma visão, nem uma emissão. Era verdadeira e concreta, a capa de Iona tremulando com o vento. Ela o viu, assim como ele a via, e acenou. Dom fez o mesmo, gesticulando na direção das ondas.

Uma alegria estranha e desconhecida tomou-lhe o corpo, crescendo a cada navio no horizonte. Era eletrizante como um relâmpago nas veias. Era esperança.

O navio de Ridha foi o primeiro a chegar à praia, parando na areia. Diversas outras embarcações vinham logo atrás, cortando as ondas rasas. Dom só se importava com a prima, e foi correndo até o navio de braços abertos. Ela pulou do convés, saltando graciosamente apesar da armadura completa. Outros a seguiram, a maioria vederes, mas dava para ver que uma das pessoas era mortal, de cabelo loiro e tatuagens jydesas espiraladas. Ridha correu na mesma velocidade de Dom. Ele riu quando ela o abraçou pela cintura, quase o levantando do chão. Por um segundo, Dom voltou a ser criança, arrastado pelos séculos.

— Você emagreceu — murmurou Ridha, sorridente.

Dom a segurou pelos ombros e a olhou, sorrindo tanto que até suas cicatrizes arderam. Ele a conduziu colina acima, de volta aos Companheiros e ao bando de guerreiros.

— Você está igual a meses atrás, quando viajou em busca de um milagre — riu Dom enquanto subia. Ele olhou para além dela, para o resto da tripulação desembarcando na praia. — Parece que encontrou.

Esperança cresceu nele conforme os vederes de Kovalinn tomavam a praia, vestidos em pele e cota de malha, carregando espadas longas como a dele. Uma mulher ruiva os liderava, mais alta até do que Dom, usando uma tiara de ferro. Ela subiu a colina atrás deles a passos largos e o analisou com um olhar frio, erguendo o rosto branco.

Apesar de estarem em uma planície cinzenta, e não nos salões de um enclave imortal, Dom se curvou em uma reverência profunda à mãe do monarca de Kovalinn.

— Lady Eyda — falou, levando a mão ao peito. — É uma pena que nos conheçamos em tais circunstâncias. Mas agradecemos por sua ajuda.

Ela se aproximou com uma graciosidade fluida, empunhando a própria espada.

— O comando do meu filho foi claro. Kovalinn não condenará a Ala à ruína — respondeu ela, olhando de Dom para os mortais atrás dele.

Os Companheiros assistiam à cena com enorme interesse, principalmente Corayne. Oscovko piscava sem parar, olhando de Eyda para Ridha, boquiaberto. Dom quase deu um tapinha para fechar a boca dele.

Eyda não se incomodou.

— Meus guerreiros são poucos, mas são seus nesta guerra.

Dom assentiu e fez mais uma reverência. Dessa vez, os outros repetiram o gesto, empalidecendo diante de tantos guerreiros imortais.

— Apresento Lady Eyda e o exército de Kovalinn, assim como minha prima Ridha, princesa de Iona e herdeira da monarca — disse ele, exageradamente orgulhoso.

Pelo menos alguém da minha família é útil.

— E os saqueadores? — perguntou Sigil, observando as águas atrás deles.

Os navios pararam na praia um a um, seus cascos arranhando a areia. Quatro já tinham chegado, e mais embarcações vinham atrás. Os jydeses desembarcavam, menos graciosos do que os imortais, mas em número muito maior. Dom viu homens e mulheres, de pele clara e escura, todos armados até os dentes. Só de relance, entendeu por que o povo jydês era tão temido.

Ridha se mexeu, dando espaço para a saqueadora loira avançar. Ela era baixa e musculosa, com uma tatuagem de lobo que pegava metade da cabeça. Abriu um sorriso cheio de malícia, os caninos afiados e feitos de ouro.

— Estamos prontos — disse, erguendo um punho para os saqueadores. Eles gritaram em resposta ao comando. Em seguida, ela bateu no peito com o punho, os olhos brilhando. — Mas Yrla veio primeiro.

Dom não fazia ideia do que ela queria dizer, ao contrário de Ridha. Ela quase revirou os olhos.

— É, Yrla veio primeiro, já sabemos — resmungou, sacudindo a cabeça e abrindo um sorriso sutil e doce.

A expressão, entretanto, logo mudou quando ela viu o rosto de Corayne. Ridha ficou sem fôlego.

Antes que Dom pudesse interferir, Ridha baixou o rosto e levou a mão à testa.

— Peço perdão, mas... — murmurou, o rosto pálido corando. — Você parece tanto com ele.

Foi uma facada no peito de Dom. Pela expressão repentina de Corayne, o efeito nela era o mesmo.

— É o que dizem — respondeu, inexpressiva. — Parece que todo mundo conhecia meu pai, menos eu.

Ridha aprofundou mais a reverência, fazendo a armadura tilintar.

— Peço perdão novamente.

— Bem, eu consigo ver a semelhança entre vocês dois — murmurou Corayne, olhando para Dom. — Como você soube onde nos encontrar?

Quem respondeu foi a mulher jydesa, apontando para trás com o polegar, indicando uma pessoa na praia.

— Foi o que disseram os ossos — falou a saqueadora.

Dom estremeceu, e os Companheiros ofegaram, assustados. Eles se entreolharam, confusos, todos pensando a mesma coisa.

Ele seguiu o gesto da saqueadora, encontrando a pessoa que se aproximava deles. Os olhos azuis eram a coisa mais colorida na praia, o cabelo grisalho preso em várias tranças amarradas com ossos. Ela havia pintado os olhos e o nariz com tinta preta, o que lhe dava um ar temível, tão guerreira quanto todo o resto. Não usava mais o vestido de lã velho, mas sim um manto preto e comprido. Mexia os dedos ossudos, rindo e cantando uma melodia que embora todos conhecessem nunca conseguiriam repetir. Na cintura, uma bolsinha de ossos tilintava.

Por mais irritante que ela fosse, Dom soltou um suspiro profundo de alívio. Ele nunca se preocupava com a bruxa, mas mesmo assim ficava feliz em revê-la, apesar das rimas.

Valtik não decepcionou.

— Até os ossos frios, até o sangue quente — gargalhou ela, se aproximando. — Um Fuso aberto em chamas, um Fuso aberto em torrente.

Ele reconheceu a rima. Já tinha sido dita outra vez, muitos meses antes, na taberna que ficava em uma encruzilhada. O Fuso em torrente se fora, mas o Fuso em chamas continuava ali, pegando fogo, tão próximo que ele conseguia sentir o cheiro.

Ridha olhou para todos eles, franzindo a testa, confusa.

— Encontramos essa bruxa velha flutuando no mar, agarrada em um pedaço de madeira. Os jydeses disseram que ela era de lá, e ela nos guiou a partir das nuvens. Até vocês — explicou. — Conhecem ela?

A gargalhada de Valtik estalava como ossos quebrados.

— O Fuso ameaça o panorama — cantarolou ela, andando devagar. — Arvore morta, a flor esparrama!

Corayne segurou o braço dela, como se a mulher jydesa precisasse de qualquer tipo de ajuda.

— Ela está certa, não temos tempo para explicar.

Ridha jogou as mãos para o alto, incrédula.

— Pelas asas de Baleir! — praguejou. — Você entende essa bruxa velha?

— Não se preocupe — murmurou Dom. — Temos coisa pior pela frente.

A cidade ainda queimava depois da praia, os portões ainda trancados. O medo de Dom voltou à vida. Ele tentou respirar devagar, diminuir os batimentos cardíacos.

Os outros olhavam para o horizonte, vendo as chamas.

— Lá vamos nós para as garras da morte — murmurou Ridha.

Sorasa foi a primeira a subir de volta na sela, estalando as rédeas.

— Daqui a pouco você se acostuma — falou, olhando para trás.

Eles logo entraram em formação, o bando de guerreiros a cavalo, os jydeses e vederes a pé. Os chefes saqueadores se destacavam pela pintura de guerra, olhos pintados de branco, azul e verde, as cores indicando os clãs. Valtik era a única de preto. Ela se aproximou dos Companheiros montada em um cavalo que ninguém vira antes. Dom dava pouca atenção aos mistérios dela, já acostumado à estranheza. E grato também. Ele estava pensando no que esperava por eles, nos portões de Gidastern. Eram de carvalho, reforçados com tiras de ferro, mas rachaduras corriam pela madeira. Labaredas lambiam a muralha por dentro, queimando o outro lado dos portões.

Os portões vão cair facilmente, pensou Dom, mesmo sem armas de cerco ou aríetes. A poucas centenas de metros, já os via desabar. Alguns vederes os derrubariam sem dificuldade.

Oscovko ergueu a espada, rugindo para encorajar o bando. Eles responderam em trequiano, um berro vibrante, batendo as espadas nos escudos com barulho. Os jydeses se juntaram à algazarra, com um canto assombroso. As vozes vibravam como um tambor, como um coração, em uma língua inestimável. Dom sentia a batida no próprio sangue, e o cavalo pisava forte no chão congelado, ávido para correr. Ele também estava ávido, empunhando a espada. A lâmina de aço brilhava na luz do fogo. Sob as nuvens e a neve, ele não sabia mais que horas eram, se dia ou noite. A esfera toda pareceu diminuir, até restar apenas a cidade em chamas e a força deles. Mesmo com os navios de Ridha, eles eram menos de mil.

Será o bastante?

Não seria que nem no templo. Corayne não ficaria para trás, à espera, se Taristan estivesse por perto. Nem com o Fuso queimando a cidade. Ela precisaria viajar com eles, protegida pela companhia de todos, com a espada de Fuso a postos.

Ela esperava entre Andry e Dom, o rosto indiferente e pétreo. O cavalo, contudo, revelava suas emoções. Relinchava, nervoso, sentindo o medo de Corayne.

Dom queria tirar o medo dela, mas não podia fazer nada além de lutar. Era sua maior utilidade no momento: como arma e escudo, não como amigo.

Ridha se posicionara junto a Lady Eyda e os vederes de Kovalinn, e vê-los era o único conforto de Dom. Um só veder valia muitos bons soldados, e pelo menos cem vederes estavam atrás de Eyda, com armas e olhares afiados. Ao mesmo tempo, Dom temia por eles, principalmente por Ridha. Ele nem imaginava perdê-la, não agora que estava com ela, em carne e osso e respirando, bem à sua frente.

Alguma coisa fez barulho atrás do portão, e todos os imortais viraram, ouvindo o que os outros não ouviam. Dom estreitou os olhos, querendo enxergar através da madeira, ver o que quer que estivesse esperando do outro lado. Alguma coisa estava *arranhando*, lascando as garras nos portões de madeira queimada.

Muitas coisas, notou Dom, com um susto.

O rugido era alto e curto, lembrando um latido de cachorro, mas mais grave. Sanguinário. O ruído se erguia da cidade, ecoando pela costa, mais alto que o quebrar das ondas. O grito se instalou no fundo das entranhas de Dom. Ele tensionou o maxilar quando as criaturas rugiram de novo, rangendo os dentes com tanta força que corria o risco de quebrá-los. Vários guerreiros se encolheram, abaixando na sela ou olhando para o céu, assustados. Outros olharam para os Companheiros ou para os imortais, buscando explicações.

Mas não havia explicação alguma.

Apenas os jydeses não hesitaram, erguendo machados, espadas e lanças. O canto deles ficou mais grave, mais alto, em resposta aos latidos e rugidos dos monstros do Fuso atrás do portão. Oscovko aproveitou a deixa, uivando seu chamado lupino, e o bando de guerreiros reagiu, batendo as espadas nos escudos.

Sigil acrescentou voz à cacofonia, entoando o grito de guerra temurano.

Charlie beijou as mãos em prece, olhando para o céu e mexendo a boca. Dom esperava que algum deus o ouvisse. Depois de um momento demorado, Charlie olhou para todos eles, observando cada Companheiro, e por um instante mais longo deteve-se em Corayne com um sorriso triste.

— Não morra — disse Charlie, baixando a cabeça para mais perto dela. — Não permitirei.

Ela contorceu a boca, o sorriso tenso, mas decidido.

Acenando com a cabeça para os outros, Charlie saiu da coluna para aguardar o fim da batalha, ou o fim do mundo.

O idioma de Sorasa se enroscava em murmúrios, e ela falava tão baixo que apenas Dom a ouvia. Ele não entendia ibalete, mas ela beijou as palmas das mãos, como Charlie fizera, em prece à deusa.

Ao lado dele, Andry e Corayne deram as mãos, encostando as testas.

— Comigo — Dom ouviu Andry murmurar, e Corayne repetiu as palavras antes de virar e pegar a espada de Fuso.

A antiga espada sibilou ao ser desembainhada, se juntando à melodia que subia com a fumaça.

Dom já conhecia bem a morte, mais do que a maioria das pessoas. Ele não podia rezar. Os deuses dele não o ouviriam naquela esfera. Não podia cantar, pois não tinha grito próprio. Os vederes continuavam em silêncio, imóveis, tensos à espera da luta que os aguardava. Mesmo ali, pareciam distantes e frios, desconectados das vidas ao redor.

Mas todos morremos da mesma forma.

Como fizera antes do templo, Dom pensou em Cortael e em tantos que já haviam morrido. Tantos perdidos pela ganância tola de Taristan. Ele se alimentou dessa raiva, deixando que o sentimento o preenchesse. Raiva era melhor do que medo.

— Os deuses de Infyrna falaram, e as bestas do fogo despertaram.

Dom estremeceu, e a voz de Valtik ecoou pelo exército, como se ela cochichasse em cada ouvido. O cavalo dela empinou, e a velha se segurava à sela sem nem piscar, focando no portão e em mais nada.

— Neve e tormenta, a aflição que venta — cantarolou ela, enfiando a mão nas dobras do manto comprido.

Tirou dali um osso de perna, muito maior do que caberia em sua bolsinha, a imagem enojando Dom. Era velho, amarelado e humano. Com os dedos esqueléticos, ela segurou as duas pontas.

Ao longo da fileira de jydeses, outros saqueadores fizeram o mesmo. Também usavam tranças e mantos compridos, assim como Valtik. *Mais bruxos*, ele notou. Quase uma dúzia de fêmures foi erguida no ar, brandidos como lanças.

Eles imitaram os movimentos de Valtik, cada bruxo levantando um osso ao céu, os olhos concentrados na espiral de neve. As bocas se mexiam como uma só, cantando na língua jydesa.

O vento uivou, cruel, atrás deles, passando pelo exército até Gidastern.

O cavalo de Valtik empinou outra vez, e ela se manteve firme, segurando o animal apenas pelos joelhos. A velha bruxa ficou séria, a gargalhada enlouquecedora distante. Ela apertou o osso com mais força, a pele pálida dos dedos ficando branca. Em contraste com a tinta preta, os olhos se destacavam, azuis como o gelo, azuis como o centro de uma chama ardente.

Os rugidos e arranhões continuavam, quase abafados pelo exército animado. Pedaços do portão caíram e as faixas de ferro se soltaram conforme a madeira estourava. Fogo lambia o espaço entre as tábuas, até que surgiu um par de patas compridas, com garras afiadas. Arranhavam e chutavam, batendo no portão sem parar, como um prisioneiro sacudindo a grade da cela.

— Como o chão treme — sibilou Valtik. — Que a tempestade *quebre*.

O osso rachou bem ao meio nas mãos dela. O estalo foi carregado pelo ar, mais barulhento que qualquer outro som, até dos lobos. Doze outros estalos soaram em resposta, os bruxos quebrando uma dúzia de ossos.

A nevasca veio atrás, branca e furiosa, caindo como uma cortina ofuscante, até restar apenas a muralha e o fogo atrás.

Os portões pularam nas dobradiças, pulsando a cada golpe.

Oscovko sacudiu o escudo uma última vez e ergueu a espada. Armas incontáveis se ergueram junto à dele, inclusive a espada longa de Dom. A neve fustigava sua lâmina de aço.

— Atacar! — gritou o príncipe, e Dom urrou com ele, um som gutural explodindo da garganta.

O cavalo estremeceu e explodiu em galope, junto ao restante do bando de guerreiros. A coluna de cavalaria pulou na frente dos soldados a pé, a primeira onda do ataque. A nevasca soprava às costas deles, como se os impulsionasse.

O imortal se acomodou, instinto e memória dominando-o, os muitos anos de treinamento dirigindo seu corpo. Mudou a posição da espada, e os músculos pareceram se endireitar nas costas, fazendo a espada atacar o que quer que passasse pelo portão.

Ele esperava o exército de cadáveres. Soldados gallandeses. O próprio Taristan.

Quando o portão cedeu, explodindo em estilhaços, o coração imortal de Dom quase parou de bater.

De início, ele achou que fossem lobos-vermelhos gigantescos, mas eram muito maiores, maiores até que um homem. As patas eram muito compridas, pretas do ombro para baixo, como se tivessem sido mergulhadas em carvão. Chamas lambiam as criaturas sem queimá-las. Porque *vinham* delas, descendo pela coluna como uma faixa de pelo eriçado. A neve caía ao redor deles, derretendo na pelagem flamejante. Eles gritavam e latiam, uivando para o exército, as bocas enormes brilhando por dentro como brasas. A grama seca se acendia sob as patas e os rabos compridos dos monstros, explodindo em chamas.

O campo de visão de Dom escureceu, manchas surgiram na sua vista, e ele lutou apesar disso. Seu cavalo empinou, gritando em protesto, tentando fugir dos cães de Infyrna, mas Dom manteve as rédeas firmes, forçando o animal de volta ao caminho dos outros cavalos. O bando de guerreiros arremeteu, os Companheiros junto a eles, os olhos repletos de luz flamejante.

Não havia mais como voltar atrás.

Uma saraivada de flechas jydesas voou acima da cavalaria, chiando ao atingir os cães. A maioria errou o alvo, ou se desfez no fogo, mas alguns cães urraram, batendo com as patas nas flechas de ferro enfiadas na carne. As chamas das costas deles brilharam em tons brancos de dor. Um dos cães até se apagou, virando cinzas ao morrer.

Dom se inclinou para a frente na sela, ávido pela luta.

Era possível feri-los.

Era possível matá-los.

Isso bastava para Domacridhan.

30

ROSAS MORTAS EM FLOR

Sorasa

A ESPADA VOLTOU À BAINHA COM UM ESTALIDO e Sorasa empunhou o arco, ainda montada no cavalo galopante. Ela encaixou a flecha na corda, mirando entre os guerreiros na frente dela, estreitando os olhos para se concentrar nos monstros impossíveis que protegiam o portão. A flecha saiu cantando do arco, voando tão perto da orelha de Sigil que mexeu o cabelo da caçadora, que nem ligou. Sorasa encaixou outra flecha e atirou de novo. Conseguiu disparar quatro flechas antes de chegar perto do portão escancarado. Era como entrar na boca de um forno aceso.

Os cães de Infyrna uivavam e ganiam, os músculos tensos sob a pelagem. Eles se moviam em sincronia, avançando para enfrentar o exército. Sorasa tentou não imaginar a sensação de ter a garganta rasgada por um monstro feito de chamas.

Ela era assim, treinada pela Guilda tantos anos antes. A mente se concentrava apenas no necessário. Matava cada emoção inútil no instante em que nascia em seu cérebro, jogando fora qualquer pensamento de dor, medo, arrependimento ou fraqueza. Esses sentimentos só serviam para atrasá-la.

Oscovko mantinha a espada erguida, uivando com seus homens, comandando a ofensiva. Sigil estava ao lado dele, junto aos tenentes. E os Companheiros atacavam ao mesmo tempo, agrupados ao redor de Corayne. Sorasa a sentia bem atrás do flanco do cavalo, abaixada junto ao pescoço da montaria.

— Atravessem eles, não deixem os cavalos perderem velocidade! — gritou Dom em algum lugar, a voz distante, ainda que ele estivesse a poucos metros dela.

A nevasca batia nas costas de Sorasa, soprando forte na parede de pelo e chamas. Os lobos abriam a boca, o ar diante deles oscilando por causa do calor.

Sorasa empunhou sua fiel espada e beijou a lâmina.

O movimento da investida era como subir à crista de uma onda gigantesca, com a orla vindo ao seu encontro. Os cães formavam uma espécie de parede com chamas cada vez maiores, os olhos cintilando em ameaça.

Sorasa se preparou, agarrando as rédeas com uma das mãos e a espada com a outra.

O mais ágil dos cães deu um salto imenso, se jogando na primeira fileira de assalto trequiana. Ele aterrissou, pesado, derrubou dois cavaleiros e seus cavalos, que relinchavam, e os dilacerou, a carne dos corpos chiando, cozinhada pelas chamas.

Bile encheu a boca de Sorasa, mas ela se forçou a engolir.

Os outros monstros de Infyrna atacaram a investida de frente, os corpos flamejantes tão perigosos quanto suas garras e presas. Cavalos e homens gritavam, a pele queimada formando bolhas, mas continuavam avançando. Dom agia como aríete, balançando a espada longa de um lado para o outro, cortando caminho entre os lobos. Os Companheiros iam atrás, espremidos, com Corayne no meio. Sorasa sentiu seu rosto queimar quando ela passou por um cão, a espada rasgando o ombro dele. A lâmina chiou, como se cortasse carne de churrasco. O cão urrou, mas ela já tinha passado e sabia que não deveria olhar para trás. Sangue pingava de sua arma, preto e fumegante na neve. Outro cão saltou, e ela puxou as rédeas com força, fazendo o cavalo desviar bruscamente. O monstro errou o alvo por poucos centímetros, colidindo com um mercenário trequiano.

As duas fileiras de ataque iam se costurando, uma se sobrepondo à outra. Os dois lados eram feitos de carne, sucumbindo à chama e ao aço na mesma velocidade. Uivos preenchiam o ar, vindos de humanos e monstros. Fogo, fumaça, neve e sangue se misturavam diante dos olhos de Sorasa, até o mundo todo ser vermelho, preto e branco, queimando e congelando, o corpo dela suando e tremendo ao mesmo tempo. O terror que ela reprimia tentava se esgueirar por suas barreiras internas, ameaçando escapar.

— Continuem avançando! — gritou uma voz em meio à algazarra.

Sorasa viu a cabeça de Sigil atrás da fileira de cães, do outro lado do portão estilhaçado. Ela estava de pé, de frente para a batalha, os pés firmes no chão. O cavalo dela se fora, e sangue preto escorria por seu corpo. Seu machado pesava, pingando sangue fumegante.

Foi o impulso de que Sorasa precisava.

— Por aqui — rosnou ela, direcionando o cavalo até Sigil, com Corayne e Andry logo atrás.

Ela se sentia como uma galinha conduzindo seus pintinhos através de um furacão.

A cabeça loira de Dom reluzia em seu campo de visão, na retaguarda. O imortal decapitou um cão com um só golpe do aço ancião, o corpo do monstro se desfazendo em cinzas sob os cascos do cavalo.

Finalmente, os Anciões chegaram à fileira de cães, os guerreiros imortais se esgueirando entre a cavalaria como guerreiros letais. A prima de Dom os liderava, o cabelo preto solto e esvoaçante, parecendo uma capa de ébano. As espadas anciãs reluziam, derramando sangue fumegante como chuva. Os jydeses irromperam atrás deles, ferozes, como uma matilha de lobos, vestidos com peles e couro. Giravam os machados e as flechas, deixando cinzas para trás.

A terra queimada se transformou em pedra sob os cascos do cavalo de Sorasa quando ela atravessou o portão. Sigil a segurou pelo cotovelo e pulou, subindo à sela atrás da assassina sem nem mesmo um grunhido de cansaço. O cavalo perdeu velocidade, mas não parou, se ajustando ao novo peso como podia.

— Acho que você perdeu uma sobrancelha! — gritou Sigil no ouvido de Sorasa.

Sorasa fez uma careta, tocando o rosto. Sentiu uma falha na sobrancelha, a pele quente e ardida.

— Pelo menos dessa vez não foi o cabelo — sibilou Sorasa.

Ela olhou para trás e viu Corayne e os outros se aproximarem, quase os atropelando ao galopar pelo portão, adentrando as ruas largas de Gidastern. As chamas crepitavam por todos os lados, e mais cães pulavam de um telhado para o outro. Eles latiam e batiam os dentes, percorrendo o topo dos prédios, uma matilha de caçadores cercando uma bacia de presas. Alguns pularam na rua, aos latidos, a linha de fogo eriçada nas costas das criaturas. Farpas de madeira e pedras despedaçadas caíam por todos os lados, estrondos ressoando pela cidade devorada pelo fogo. O calor era quase insuportável, e suor escorria pelo rosto de Sorasa, um gosto de sal enchendo sua boca.

Mais partes do exército fragmentado passaram pelo portão, encontrando espaço entre a matilha de cães de Infyrna. Os Anciões cortavam caminho com uma precisão impressionante, tão fluidos e graciosos que Sorasa quase parou para assistir. Em vez disso, se concentrou, avançando na cidade em chamas.

A quantidade de cães aumentava, e os animais se agrupavam nos telhados e ameias.

Os outros se alinharam na fileira ao lado dela, até Valtik. Ela segurava o osso quebrado, praticamente uma faca em sua mão. Sangue preto pingava da ponta afiada e rachada. A bruxa velha olhava para os cães acima deles, rangendo os dentes para imitar as presas dos animais.

O rosto de Corayne parecia brilhar, refletindo a luz bruxuleante de mil chamas. A pele dela reluzia de suor, assim como todos os outros. Os olhos pretos devoravam a luz vermelha e laranja.

Sorasa cerrou os dentes e estalou as rédeas.

— Vamos caçar.

Os Companheiros eram as primeiras gotas de uma tempestade, o furacão vindo logo atrás pelas ruas de Gidastern. Eles se esquivaram de uma dúzia de cães de Infyrna, deixando que os monstros enfrentassem o bando de guerreiros, os jydeses e os Anciões. Paredes em enxaimel e telhados de palha desabavam por todos os lados, a própria cidade se transformando em um monstro. A fumaça percorria as ruas, se aglomerando em nuvens pesadas e escuras e dificultando a respiração, mesmo que os cavalos continuassem a galopar.

Sorasa semicerrou os olhos para enxergar através das espirais pretas e cinza, protegendo o rosto de uma chuva de faíscas. Gidastern era um porto exportador, construído na costa do mar Vigilante, as muralhas e torres preparadas para protegê-los de ataques de saqueadores. Havia um mercado perto das docas e uma igreja perto do torreão, mas o resto se misturava em sua memória. Ela tentou lembrar de como a cidade era, pensando nos anos desde que pisara naquelas ruas. O incêndio não ajudava, nem o ataque de cães. O mapa sumiu de sua mente, e ela deixou o instinto tomar conta.

As pessoas viviam em padrões, repetindo sempre o mesmo ritmo. Era igual em toda aldeia, todo vilarejo, toda cidade. Cresciam ao redor de encruzilhadas e portos naturais, como água enchendo bacias. Sorasa manteve o grupo na rua mais larga, sabendo que o caminho os levaria ao centro da cidade. Inflou as narinas e engasgou com a fumaça, os olhos ardendo enquanto procurava a torre de uma igreja entre as chamas.

Ali.

As chamas cercavam o campanário alto da igreja, labaredas vermelhas subindo pela pedra esculpida em uma imagem infernal. A figura dourada de Syrek se erguia no ponto mais alto, a espada do deus levantada contra a fumaça, como se tentasse afastá-la. A figura derreteu conforme Sorasa a olhava, o campanário desmoronando.

Ela virou a esquina bem quando o telhado da igreja desabou, cuspindo uma nuvem de pó e escombros. Os destroços se espalharam pelo adro, pintando o terreno da igreja e o cemitério em lascas cinzentas. Os Companheiros tossiram e engasgaram, até Sorasa, que cuspiu no chão, intoxicada. Ofegantes, eles atravessaram a cerca do adro da igreja, que um dia fora uma ilha verdejante na cidade. Agora, era tão cinza quanto todo o resto, despido de cor, a grama e as lápides cobertas por uma camada fina de cinzas. Dezenas de estátuas ladeavam os muros da igreja e vigiavam os túmulos, todas cobertas de fuligem, mas, fora isso, a área estava vazia. Do outro lado do adro, o torreão do castelo de Gidastern servia de sentinela, as pedras imóveis mesmo com as chamas. Os baluartes e ameias também estavam parados. Os cães não tinham chegado lá, mesmo que os uivos ecoassem do outro lado dos portões.

Se esforçando para respirar, Sorasa diminuiu o passo do cavalo, e os outros a imitaram, olhando pelo adro com receio. Os sons de luta e incêndio ecoavam, mas o silêncio pesava entre a igreja e o torreão. Lembrava o olho de um ciclone.

Sorasa sentiu um calafrio, pensando nas três meninas que tinham fugido de Gidastern. Enfiou a mão na roupa de couro, apertando a cobra de jade de Lord Mercury. A pedra era fria e a ajudava a ganhar firmeza em meio ao calor insuportável.

— Cadê todo mundo? — perguntou Corayne, falando baixo.

Ao lado dela, Andry estremeceu.

— Taristan não deixou ninguém vivo em Rouleine — suspirou. — Parece que Gidastern teve o mesmo fim.

Corayne franziu a testa e passou a mão no rosto, limpando um pouco da fuligem. Suas bochechas estavam vermelhas.

— Mas cadê os corpos?

Sorasa se perguntava a mesma coisa. Sentiu um nó no estômago, seus instintos berrando. Encontrou o olhar de Dom por cima de Corayne e viu a mesma preocupação nele.

— Tem alguma coisa errada aqui — grunhiu o Ancião.

Ele analisava as estátuas e os túmulos cinzentos, que queimavam por causa das nuvens de fumaça.

— De onde você tirou essa ideia? — resmungou Corayne.

Atrás dela, Sorasa sentiu Sigil se mexer, tensionando o corpo. A caçadora de recompensas temurana ajustou a posição do machado.

— Avante, Sorasa — sussurrou, parecendo assustada pela primeira vez, ao que Sorasa lembrava. — Continue avançando.

A assassina não discutiria com a intuição de Sigil. Ela se ajeitou na sela, mas, antes que pudesse direcionar o cavalo, Corayne estendeu a mão.

— Espere — arquejou ela, arregalando os olhos e procurando algo no adro. — O Fuso *está* aqui. Eu senti.

Dom virou para ela e segurou seus ombros.

— Onde?

Antes que ela pudesse responder, as estátuas ao redor da igreja *se mexeram*.

Em sincronia, elas se jogaram para a frente, cinzas caindo dos corpos e revelando pele, em vez de pedra. Rosnados escaparam das gargantas destruídas.

Sorasa se sobressaltou e o cavalo pulou junto, zurrando de medo. O garanhão caiu de lado, e Sorasa saltou a tempo, escapando por pouco de ser arremessada no chão. Sigil não teve a mesma sorte. Caiu com força, esmagada pelo cavalo.

Enquanto os outros gritavam e berravam, Sorasa baixou na grama, apoiando o ombro no cavalo, que se contorcia. Qualquer preocupação com o Fuso desapareceu. Sigil respirava com dificuldade abaixo dela, uma perna presa pelo corpo pesado do garanhão. Os olhos dela brilhavam enquanto lutava contra a dor, tirando o cavalo de cima de si. De repente, Dom apareceu, agachando para segurar o cavalo. Com um grunhido, ele levantou o animal de uma vez, colocando-o de pé.

— Vai, vai, vai! — exclamou Sigil, arregalando os olhos para Sorasa e Dom nos degraus da igreja. — Eu já vou.

— De jeito nenhum — rosnou Sorasa, puxando Sigil para levantá-la, com Dom do outro lado.

Os três viraram de frente para as estátuas que se atiravam entre os túmulos, as bocas abertas e os olhos revirados. Sorasa piscou várias vezes, demorando para compreender o que via. Os joelhos dela cederam e ela quase desabou sob o peso de Sigil.

Debaixo da fuligem e da sujeira, os corpos morosos usavam roupas normais. Capas e saias, túnicas, botas. Armadura. As vestimentas comuns de comerciantes e vendedores, fazendeiros, guardas e soldados. Eles avançavam a passos largos e abruptos. A maioria tinha queimaduras ou feridas. *Feridas fatais*, Sorasa notou, vendo uma mulher tropeçar nas próprias tripas.

Ali estavam os corpos do povo de Gidastern.

— Mortos — ouviu Corayne sussurrar, ainda montada no cavalo. — Mas…

Outras dezenas irromperam do torreão, cuspindo e estalando os dentes, mais animais do que humanos. Eles se jogavam na cerca do adro da igreja, esticando dedos retorcidos. Alguns começaram a escalar, e o resto se precipitava até a entrada em arco. Sorasa ficou enjoada quando compreendeu. Eles se mexiam que nem o exército de cadáveres, sem pensar, corpos sem alma.

— Continuem — rosnou Sorasa, obrigando Sigil a andar. — Encontrem o Fuso.

Depois de um único passo trêmulo, Dom pegou a mulher temurana e a jogou no ombro. Parecia uma montanha carregando outra montanha.

Eles correram juntos, e Corayne e Andry desceram dos cavalos. Os animais se sacudiram de medo, fugindo aos galopes pela cidade em chamas.

Andry desembainhou a espada e abriu a capa, revelando a estrela azul da túnica e a cota de malha. Ele parecia um cavaleiro, e Corayne se preparou, encarando a horda de mortos-vivos. Ela manteve a espada de Fuso embainhada às costas e puxou a faca comprida, os espigões saltando dos avambraços. A esperança da esfera finalmente sabia se defender. Sorasa Sarn tinha conseguido pelo menos isso.

A assassina deu passos para trás, com a espada em punho para enfrentar os primeiros mortos-vivos. Era tão fácil derrubá-los quanto o exército de cadáveres. Ela retalhou homens, mulheres e crianças, arrancando braços e pernas sem pensar. Parecia um abatedouro, e até o estômago de assassina de Sorasa revirou. *Eles já estão mortos*, disse para si mesma. Mas a quantidade só crescia, como se tivessem sido convocados à igreja. Mais dezenas de corpos mortos-vivos perambulavam pelas muitas ruas de Gidastern ou se jogavam de portas, alguns ainda pegando fogo. Esbarravam na cerca de ferro do adro, mas a barreira só os atrasava um pouco, obrigando-os a se afunilar pelas entradas. A assassina não se deu ao trabalho de contar, se concentrando apenas na pessoa mais próxima. No oponente seguinte.

— Siga o Fuso, Corayne! — gritou Andry, passando os outros para trás dele.

Ele duelava bem, contendo uma fileira de mortos-vivos aos tropeços. Neve e fumaça voavam ao redor.

Sorasa mordeu a língua. Queria gritar *Corra!* para ele. Um sentimento de pavor tomou conta dela, forte demais para ser contido. Se sentia como uma panela no fogão, transbordando e fervendo. Mesmo assim, deixou o corpo se mexer sem a mente. Seus músculos sabiam empunhar uma espada, atacar com uma adaga, estalar um chicote. Ela dançava entre as três armas, os aprendizados amharas mantendo vivos ela e os outros. Ainda assim, sentia um aperto cada vez mais forte no peito, com dificuldade de respirar por causa de tanta fumaça. Lacrimejava, os olhos irritados, e o suor molhava suas mãos, deixando-as escorregadias. Pouco a pouco, ela perdia velocidade.

Mas os outros já vêm, pensou Sorasa. *Os saqueadores, os Anciões. Oscovko e o bando dele.* A cidade ecoava com os sons da batalha, de aço e de uivos dos cães. Do fogo devorador, de madeira e pedra se quebrando. Sorasa esperava apenas que o exército sobrevivesse o suficiente para encontrá-los.

Sigil tentou lutar sem forçar a perna machucada, apoiando seu peso no machado. Dom a sustentava com um braço e lutava com o outro, a espada longa cortando os mortos-vivos com a mesma facilidade que dilacerara os cães. A expressão de Andry era de tristeza, franzindo mais a testa a cada corpo que morria sob sua lâmina.

E Valtik tinha sumido de novo, como *sempre*.

Atrás deles, Corayne circulava, vasculhando o cemitério e a igreja.

— Estou sentindo — disse de novo, a voz rouca por causa da fumaça. — Por aqui!

Ela saiu correndo, e Sorasa soltou um palavrão, se esquivando por baixo da espada de um guarda morto-vivo e seguindo a menina. Os outros fizeram o mesmo, dando as costas à horda agressora.

Corayne disparava entre os túmulos, pulando lápides, sua trança esvoaçando. Corria de um lado a outro em uma busca desesperada, da qual a esfera dependia.

A igreja destruída se agigantava diante deles, e mais mortos-vivos se arrastavam das ruínas. Eram mais lentos, muito mais feridos, andando com pernas quebradas ou segurando cabeças penduradas. Ao ver Corayne, gemeram juntos e mudaram de direção, se concentrando nela.

— Todas essas pessoas estão atrás de Corayne — sibilou Sorasa, esperando que Dom a ouvisse. Esperando que entendesse o significado daquilo.

O Ancião soltou um ruído esganiçado, um barulho estranho entre grunhido e grito.

À frente deles, Corayne fez uma curva por trás da igreja, chegando a um jardim. Parou de repente, deslizando e quase caindo de joelhos. Ficou lívida, soltando um suspiro de surpresa.

Sorasa deslizou atrás dela, rápida e ágil, sem perder o equilíbrio. Até olhar para cima e o coração fraquejar.

Uma roseira velha e gigantesca crescia acima do jardim como um dossel, os caules espinhentos, nodosos e retorcidos. Desabrochava apesar do inverno e da neve, a cor excessivamente berrante em contraste com a fumaça. Galhos velhos rachavam e caíam conforme trepadeiras se enroscavam, soltando caules mortos ao se espalhar. As folhas verdes e as rosas vermelho-sangue pareciam crescer bem na frente de Sorasa, florescendo em meio às ruínas. Espinhos reluziam como adagas entre as folhas.

E alguma coisa dourada cintilava no tronco, uma luz inacreditável passando por entre as flores.

O Fuso.

Corayne, entretanto, não avançou, nem empunhou a espada de Fuso. Alguém obstruía o caminho.

Sabíamos que ele estaria à nossa espera, pensou Sorasa, mas isso não tornou a situação mais fácil.

Taristan do Velho Cór encontrava-se sentado sob as rosas, empoleirado em um banco de pedra, com a espada de Fuso deitada no colo. A aparência dele estava pior do que no palácio, o veludo substituído por couro velho e uma capa puída. O cabelo ruivo-escuro caía pelos ombros, combinando com o brilho estranho nos seus olhos pretos. O feiticeiro de veste escarlate, Ronin, era uma presença ameaçadora a seu lado, os dedos brancos como ossos e torcidos como garras. Quando ele girou a mão, a horda de mortos-vivos soltou um grito horripilante.

Sem pensar, Sorasa tirou uma adaga do cinto e a arremessou.

A arma voou pelo ar, seguindo uma mira perfeita, o aço reluzente.

Mas a adaga se transformou em cinzas a poucos centímetros do coração de Taristan, e o feiticeiro gargalhou. Virou para Sorasa, o olhar horrível e avermelhado percorrendo seu corpo. Ela o sentiu como um punho gelado e estremeceu.

Dom a empurrou, parando entre Sorasa e os dois amaldiçoados.

— Domacridhan! — exclamou Taristan, como se encontrasse um velho amigo.

O Ancião ergueu a espada.

Girando, Sorasa apoiou as costas nas de Dom, virando para o cemitério. Centenas de sombras de mortos-vivos atravessavam a fumaça, ainda avançando, ainda determinados a matar Corayne e quem mais estivesse no caminho. Sorasa avaliou a situação como aprendera a fazer, medindo as probabilidades. Ao lado dela, Sigil, mesmo com dificuldade de ficar de pé, ergueu o machado. Andry segurou a mão de Corayne, mas ela estava paralisada, presa no lugar.

Não tinha como escapar. Como fugir.

Sorasa lambeu os lábios e olhou para o céu. Queria enxergar a lua ou o sol, o que quer que estivesse no céu naquele momento. O rosto de Lasreen. Rezou em silêncio, implorando por um milagre.

Nenhum milagre veio.

— Você foi derrotado, imortal — rosnou Taristan, e Sorasa sentiu Dom se encolher às suas costas.

Os mortos-vivos se aproximaram, muitas mãos para serem arrancadas, mas Sorasa certamente tentou.

31

À TOA

Corayne

Os mortos-vivos se engalfinharam com Andry, Sorasa e Sigil, jogando-os no chão, de joelhos. Corayne só conseguia olhar, horrorizada. Os três se debateram em vão, dominados pela quantidade de corpos, que puxavam seus braços para trás. Suas armas caíram, espada, adaga e machado. Lágrimas subiram aos olhos de Corayne quando Andry encontrou seu olhar, respirando com dificuldade pelas narinas infladas. Ela queria fechar os olhos, impedir que o coração sentisse aquela dor. *É só um pesadelo. Vou acordar em algum campo gelado, e ainda estaremos todos a caminho deste inferno.*

Corayne não despertou.

Mas os mortos-vivos não tinham matado seus amigos.

Porque não receberam o comando, constatou, olhando para Ronin. *Por enquanto.*

O feiticeiro cerrou o punho, e os mortos-vivos seguraram os outros com mais força. O medo dela se transformou em fúria, pelos amigos e por todos sob o jugo dele. De alguma forma, aquele rato vermelho esfarrapado tinha poder sobre os corpos corrompidos dos mortos de Gidastern. Corayne queria arrancar o sorriso daquela cara branca horrorosa, mas permaneceu imóvel. Virou o corpo para enxergar Andry e Taristan ao mesmo tempo. E para fazer o que Sorasa ensinara: dar aos inimigos um alvo menor.

Apenas Dom continuava ao seu lado, mais uma vez o último Companheiro a resistir de pé.

Chamas lambiam os telhados ao redor do adro, pulando pelo canto dos olhos de Corayne. *Os cães*, pensou, rangendo os dentes. Os rugidos e latidos ecoavam pelos túmulos, e eles se aglomeravam como urubus esperando que alguém morresse. *Será que Ronin também os comanda?*

Atrás dele, o Fuso cintilava entre os galhos da roseira amaldiçoada. As rosas perfumavam o ar com um odor enjoativo, uma fragrância tão pesada quanto a fumaça. Elas cresciam diante de seus olhos, nascidas do Fuso, de sementes mortas no inverno, mas revividas pelo fogo. Os espinhos eram do tamanho da mão de Corayne, pretos e afiados como agulhas.

Taristan levantou devagar, sem pressa, ajeitando a postura e se empertigando. Segurou o punho da espada de Fuso, deixando-a passar em um arco lento a seu lado. Não temia os cães, nem os mortos-vivos, e mal os olhava. Também não estava preocupado com Dom. O olhar dele ia do imortal para Corayne, encantado pela dificuldade em que se encontravam. Um brilho vermelho surgiu nos olhos pretos de Taristan, e Corayne estremeceu.

Era como olhar para a sombra através do Fuso, o eco do Porvir.

— Como você ficou assim? — soltou Corayne, franzindo a testa. Taristan ainda era um homem mortal, com ou sem sangue do Cór. O coração dele batia, como o dela. No entanto, ainda era muito pior. — O que o corrompeu, o transformou nesse monstro?

Ele abriu um sorriso. Corayne quase esperava ver presas no lugar dos dentes.

— É monstruoso querer o que lhe é devido? — retrucou Taristan, caminhando até ela. — Acho que não, Corayne.

O modo como Taristan falava seu nome a deixava enjoada.

Com uma careta, Corayne pegou a faca longa. O corpo dela formigava, os músculos retesados. Apoiou o peso todo na parte da frente do pé, como Sorasa ensinara, flexionando um pouco as pernas. Taristan observou com uma expressão bem-humorada, um sorriso irônico nos lábios finos.

Corayne se indignou. Nas costas dela, a espada de Fuso vibrava de magia, detectando o portal.

— O mundo não é devido a ninguém — falou. — Nem mesmo ao maior dos reis, o que você certamente está longe de ser.

A ofensa atravessou Taristan como água atravessando pedra. Ele mal sentiu, apenas esticou a mão. Veias brancas se destacavam em seu punho, correndo por baixo da manga. Pareciam vermes mortos.

— Me dê a espada — falou.

Com um rosnado, Dom se pôs entre os dois, apontando a espada longa para o peito de Taristan, que não se mexeu, nem pareceu notar a lâmina a centímetros de seu coração. E tinha um bom motivo. Como todos sabiam, aquilo não o machucaria.

A cabeça de Corayne estava a mil, tentando formular algum tipo de plano. *Estamos cercados, barrados por um exército morto, cães flamejantes e uma cidade devastada, em chamas.* Olhou para o lado, encontrando o olhar fulminante de Sorasa. Os olhos da assassina queimavam como os telhados dali. Atrás dela, mais mortos-vivos entravam no adro, formando um círculo grosso ao redor dos Companheiros e das rosas. Lentamente, Sorasa balançou a cabeça. Também não tinha nenhum plano.

Porque havia apenas um plano possível.

— Quantas pessoas precisam morrer pelo seu sonho egoísta? — gritou Corayne, virando para Taristan de novo. — Pelo sonho *dela*?

À menção de sua rainha vil, algo se acendeu em Taristan. O sorriso irônico sumiu, e ele jogou a capa para trás. Corayne esperava roupas mais elegantes de um príncipe, mas sabia que Taristan escolhia ser assim. Um ladino, um assassino, um mercenário por trás do trono de outra pessoa.

— Eu desejaria que você tivesse a sorte de encontrar alguém que compartilhasse suas ambições, como eu encontrei. Mas duvido que sobreviva a esta tarde — respondeu, irritado. Em seguida, olhou para a espada de Dom, ainda erguida e a postos. — Ele desaprendeu a falar desde a última vez que nos vimos?

Corayne o olhou, furiosa.

— Não, ele só está pensando em todos os jeitos de matar você.

— Bem, ele já fracassou duas vezes — respondeu Taristan, voltando à postura tranquila.

Ele acenou com a cabeça para Ronin, e o feiticeiro girou as mãos, os dedos tão retorcidos quanto os galhos da roseira.

Três mortos-vivos deram uma guinada para a frente, rosnando e babando, e agarraram Dom pelos braços, tentando puxá-lo para baixo. O imortal rosnou de volta e os jogou para longe, arremessando os corpos nos túmulos mais próximos. Lápides racharam e caíram, ossos se quebraram, mas os mortos-vivos não se detiveram, impulsionados pelas garras de Ronin. Finalmente, conseguiram dominar o Ancião e o derrubaram de joelhos, amontoado por cadáveres.

— Covarde — grunhiu Dom, sufocado pelos braços que apertavam seu pescoço.

A única coisa que Corayne podia fazer era assistir à cena, o coração martelando nos ouvidos.

Taristan ergueu a sobrancelha.

— Covarde? — perguntou, fazendo um gesto com o dedo.

Atrás dele, Ronin fez o mesmo, e os mortos-vivos recuaram, soltando Dom. O imortal não perdeu tempo, diminuindo a distância entre eles tão rapidamente que parecia um borrão. Atacou Taristan com a força de um urso violento, esganando-o com as mãos enormes. Corayne se assustou, arregalando os olhos. Esperava que Dom arrancasse a cabeça de Taristan de uma vez, mas o tio rosnou, agarrando os punhos do imortal com os dedos compridos e magros.

Horrorizada, Corayne viu o mortal se soltar das mãos de Dom, o Ancião. De alguma forma, Taristan ficara ainda mais forte. Ele esganou Dom, levantando-o tranquilamente do chão.

— Me chame de covarde de novo, Domacridhan — disse Taristan, a voz grave e perigosa.

Acima dele, o rosto de Dom não mudara, tomado de fúria. No entanto, sua pele começava a ficar roxa. Ele atacou com força, chutando e socando Taristan, mas foi em vão.

— Não — Corayne se ouviu sussurrar, a voz perdida no meio do caos.

No chão, Sorasa se debatia com os captores. Eles a imobilizaram, pressionando sua cabeça contra a terra e a sujeira dos túmulos.

De repente, Taristan deixou Dom cair. Os mortos-vivos se apinharam para segurá-lo de novo, forçando-o a cair de quatro.

— É engraçado, os Anciões criaram meu irmão — disse Taristan enquanto Dom arquejava, sem fôlego —, mas eu me pareço mais com esses imortais preciosos do que ele jamais pareceria.

Ao comando de Ronin, os mortos-vivos empurraram a cabeça de Dom para baixo, curvando o corpo dele. O Ancião parecia um prisioneiro diante do carrasco, aguardando a execução.

Taristan levantou a espada de Fuso com as duas mãos.

Sem hesitar, Corayne deu um passo para o lado, parando entre Dom e a espada de Taristan, e levantou a própria faca longa, pronta para bloquear o golpe.

Ele riu mais uma vez.

— Era para isso ser uma espada?

— Você não é tão forte quanto imagina — disse ela, irritada, com uma gargalhada que ecoou, sombria, pelo cemitério. — Não quando a esfera se erguer contra você.

— A esfera — cuspiu Taristan, baixando um pouco a espada. — Tantos reinos e países separados, uns contra os outros, todos preocupados com os próprios assuntos tolos. Esta esfera está destruída. Merece ser conquistada e dominada.

Corayne não hesitou.

— Para ser transformada nisso? Nas Terracinzas? — Ela franziu a testa, fazendo uma expressão sinistra. O olhar de Taristan a atravessava, os orbes pretos quase devorados pelo vermelho infernal. — Eu as *vi*.

Para surpresa dela, o tio hesitou, e o brilho vermelho nos olhos desapareceu por um instante. Ele piscou, tensionando o maxilar. As veias brancas no pescoço saltaram de repente, por causa do esforço. Uma expressão estranha passou pelo rosto dele, algo que Corayne conhecia bem. *Medo*. Ela sentiu prazer ao perceber aquilo, ao ver que tinha conseguido atingir o homem imune a aço e fogo.

— Você nunca viu — disse ela, com desdém, balançando a cabeça. — Ele não mostrou para você o significado dessa conquista. Desta esfera destruída pela dele, consumida por Asunder. Você não *viu*.

Taristan apenas rosnou, ajustando a postura e as mãos, baixando a espada à altura de Corayne. A lâmina refletiu sua imagem. Ela estava horrível, coberta de fuligem e pó, misturados às lágrimas. A trança estava desgrenhada e seus olhos pretos mostravam tristeza.

O tio silvou, a respiração quente como fumaça.

— Eu serei um imperador, assim como meus ancestrais antes de mim. Governarei esta esfera, esse é o meu destino.

Corayne se manteve firme.

— Você será cinzas aos pés Dele.

— Me dê a espada — disse ele de novo. — Ou eles morrerão.

Atrás dela, Corayne ouviu os mortos-vivos intensificarem a investida nos Companheiros, mas seus amigos continuavam em silêncio, feridos, porém não destruídos, decididos diante do destino. A fumaça pinicava a garganta dela, fazia seus olhos arderem.

Lágrimas quentes ameaçaram cair, mas ela se recusava a chorar na frente do tio. Não daria a ele aquela satisfação.

— Se eu der a espada a você, estaremos todos acabados de qualquer forma — murmurou.

Taristan apenas deu de ombros, o olhar ávido indo do rosto dela para a espada de Fuso em suas costas. A espada do irmão dele. O único resquício do pai dela na Ala.

Ela pensou no Porvir, na sombra nítida à sua frente. Ele oferecera um reino em troca da rendição. Uma pequena parte dela se perguntou se teria sido mais inteligente aceitar, negociar a vida deles. Viver de joelhos, se isso significasse a sobrevivência de todos.

O coração dela martelava nos ouvidos, intercalado com os estrondos turbulentos dos prédios em colapso. Chamas cercavam o adro, afastadas como os cães e os mortos-vivos. Ela sentiu um aperto no peito, sobrecarregada pela impossibilidade da situação. Todas as cartas estavam nas mãos de Taristan.

Menos uma.

A buzina jydesa soou cidade adentro, seguida pelo uivo trequiano.

O ruído atrapalhou a concentração dele por tempo suficiente. Corayne largou a faca e rolou, pegando Taristan desprevenido. Ele atacou com a espada de Fuso, mas errou, calculando mal a velocidade. No mesmo movimento, ela esticou o braço, acertando-o no rosto, como Sorasa ensinara. As garras de dragão arranharam a bochecha dele, fazendo um corte comprido. Ele gritou e pulou para trás, furioso, ainda agarrado à espada de Fuso.

Assim como o incêndio, ele emanava um calor febril. Todo o preto sumiu de seus olhos, substituído por vermelho-sangue lívido. Ele tocou o rosto delicadamente, sentindo o líquido escorrer da pele rasgada. Arregalou os olhos, apavorado e confuso.

Corayne sorriu, mostrando as garras de dragão, pingando sangue.

— Você é invulnerável a muitas coisas, Taristan — disse ela, enquanto a nevasca soprava acima deles. — Mas não a todas.

Em sua mente, Corayne viu a bruxa velha no convés de um navio, cantando para as garras de dragão com ervas e ossos velhos. O que quer que tivesse feito tantas semanas antes parecia ter funcionado.

Bênçãos jydesas. Magia de ossos.
Crenças ibaletes. Ecos divinos.
O poder Valtik. O presente de Isadere.

Pelos cantos do adro, o exército surgiu, Anciões, jydeses e trequianos unidos, com espadas, arcos e escudos reluzentes. Eles cortavam a multidão de mortos-vivos como faca quente na manteiga. Corayne não podia se permitir sentir esperança, mas um alívio a percorreu.

A tentativa de postergar tinha funcionado.

— Contenham eles! — rugiu Taristan, segurando o rosto ensanguentado.

Atrás dele, os cães pularam dos telhados, caindo no adro para se unir à batalha. As chamas se espalharam rapidamente, incendiando a grama seca entre os túmulos. Os mortos-vivos também queimaram, as roupas pegando fogo.

Ronin avançou aos tropeços, os dedos trêmulos. Os olhos dele refletiam o fogo crescente, tão vermelhos quanto as vestes.

— Não...

No chão, Dom se sacudiu sob os cadáveres, arremessando-os para longe com um rugido digno de um gigante. Agarrou a espada e atacou com vivacidade, libertando os outros com golpes precisos.

Corayne tentou correr até eles, mas algo a agarrou pela gola da roupa e a jogou no jardim da roseira. Ela caiu com força no chão, atordoada pela colisão. Mesmo assim, se obrigou a ficar de pé, lutando contra a tontura, tentando se reerguer. Vozes a chamavam de algum lugar, mas uma silhueta as bloqueava, a mão branca alcançando o ombro dela.

Ela se encolheu, porém não era seu corpo que Taristan queria.

A espada de Fuso foi desembainhada com um assobio, o aço exposto às chamas e às rosas. Os dedos de Taristan se fecharam no punho, brancos em contraste com o couro. Corayne viu a morte no fio da lâmina, fino como o Fuso. Sem pensar, tentou pegá-la, mas caiu na grama, ainda tonta.

Voltou a enxergar o suficiente para ver o sorriso cruel de Taristan, com duas espadas em mãos. O Fuso ardia atrás dele, a luz dourada refletida nas lâminas. Apesar de idêntica à dele, a arma de Corayne parecia inadequada em sua mão. As pedras preciosas pareciam brilhar, pulsando com a raiva e a tristeza dela.

— Não! — Corayne se ouviu gritar, quando ele ergueu a espada de Fuso dela.

Será que vou sentir?, pensou vagamente, se preparando para a dor do aço em seu pescoço.

Em vez disso, ele bateu a espada no banco com toda a força.

A pedra se partiu ao meio.

E a espada de Fuso se despedaçou, estilhaços de aço explodindo pelo jardim.

Corayne sentiu cada lasca perfurar seu peito.

Apesar da batalha acirrada do outro lado dos túmulos, apesar de Dom e dos Companheiros lutando para chegar até ela, apesar do incêndio, da fumaça, da nevasca — o mundo de Corayne desabou. Tudo ficou lento e silencioso, congelado diante de seus olhos. Ela não escutava nada, não via nada. Sentia o corpo se arrastando sozinho pela terra, suas mãos buscando fragmentos da espada de Fuso.

Sua mão foi esmagada pelo pé de alguém, e tudo voltou com uma velocidade violenta. Corayne gritou de dor, rolando de costas.

— E agora, onde estávamos? — disse Taristan, arremessando o punho estragado da espada nas rosas.

A luz das pedras preciosas enfraqueceu até sumir, a espada de Cortael uma mera ruína na terra.

Que nem meu pai, pensou Corayne, segurando a mão. *Quebrada e acabada.*

A sombra de Taristan caiu sobre ela, que se encolheu. Com os olhos embaçados, ela ergueu as garras de dragão, a única arma que tinha contra aquele homem transformado em monstro. O tio afastou o avambraço sem esforço e a pegou pela gola, usando a túnica para arrastá-la pelo jardim.

Ela tentou se debater, mas ele era muito mais forte. Nenhum ataque o fazia soltá-la, mesmo que os avambraços tirassem sangue.

Os Companheiros correram até ela, mas Taristan a levantou e encostou a espada de Fuso em seu pescoço. Corayne engoliu em seco, sentindo o aço frio, o mundo girando ao seu redor. Na espiral, viu Andry, os olhos avermelhados. Tentou se agarrar àquela imagem, mas Taristan continuou a arrastá-la, o corpo dela aos tropeços na terra e, depois, na pedra.

Os degraus da igreja desmoronada passavam sob ela, cada centímetro mais longe do Fuso. Ainda assim, ela se debatia, sacudindo os braços.

Satisfeito, Taristan parou e a endireitou, obrigando o corpo sem forças a ficar de pé na frente do adro dizimado e das ruas adiante. Acima deles, a carcaça da igreja se erguia, colunas e arcos parecendo costelas expostas, um único vitral lá no alto, lembrando um olho enorme. Corayne estreitou os olhos, tentando enxergar direito, tentando encontrar algo em que se agarrar. Ruídos e cores pareciam se misturar, indecifráveis. O coração batia rápido demais, o estômago revirado de náusea. Os estilhaços da espada de Cortael subiam bem diante de seus olhos, ainda repletos de luz vermelha e dourada. Ela tentou pegá-los, mas suas mãos tocaram apenas ar.

— Eu sou Taristan do Velho Cór, sangue dos Fusos! — gritou seu captor, ainda pressionando a espada em seu pescoço. Corayne mal conseguia ficar de pé de tão tonta. — O último de minha linhagem.

Os estilhaços continuavam ali, girando devagar na frente de Corayne, perdendo o brilho. Eles se transformaram em espelhos, cada um mostrando um rosto diferente. Andry, Sorasa, Dom, Charlie, Sigil, Valtik. Ela queria chorar, mas não tinha mais lágrimas. Os rostos a olhavam do reflexo de aço, à espera dela. Até que mais um rosto surgiu, e Corayne ficou tensa, um soluço engasgado na garganta.

Nunca mais verei minha mãe, ela soube, olhando para Meliz. A capitã da *Filha da tempestade* a olhou de volta, sorrindo, bronzeada e bela, como Corayne lembrava. Mais uma vez, Corayne tentou alcançá-la e mais uma vez não sentiu nada.

A espada cortou a pele dela, tirando sangue. Corayne sibilou e sacudiu a cabeça para trás, tentando bater em Taristan. Ele riu acima dela, o peito tremendo pressionado contra seus ombros.

— Você tem o espírito do Cór, isso é verdade — disse ele, a voz estranhamente gentil. — Você merece mesmo morrer.

— Que bênção é arder — disse uma voz cantarolada, a gargalhada conhecida de uma velha.

Pelo canto do olho de Corayne, o rosto de Valtik oscilou — e se tornou concreto. A bruxa subiu os degraus da igreja, ainda montada no estranho cavalo. Os olhos azuis pareciam queimar mais do que qualquer chama, brilhantes como relâmpagos.

Então uma sombra negra caiu sobre eles, um vento quente descendo, brusco e forte como um furacão. Atrás dela, Taristan se sobressaltou, relaxando um pouco a mão que segurava Corayne.

Muitas coisas aconteceram ao mesmo tempo.

A janela da catedral explodiu em uma chuva de vidro colorido quando o dragão aterrissou, seu corpo do tamanho das ruínas esqueléticas, as asas da largura do adro. O rugido ensurdecedor do monstro fez tudo estremecer. Corayne caiu de joelhos, tapando os ouvidos, e Taristan virou, a cabeça do dragão balançando lá no alto.

As mãos de Valtik no rosto de Corayne eram frias, e o sussurro a atravessava como o vento de inverno.

O mundo parou de girar. A visão dela ficou mais nítida. A náusea e a tontura desapareceram, e Corayne pulou de pé, determinada. Abaixo dos degraus, o exército vivo se espalhava por todos os lados, alguns fugindo do dragão, outros correndo para atacá-lo. Corayne não distinguia mais os soldados. Estavam todos cobertos de sangue.

Quaisquer que fossem as origens, Anciões ou mortais, mercenários ou saqueadores, todos sangravam igual.

Sem hesitar, ela virou... e correu na direção de Taristan.

Ronin e suas vestes escarlate surgiram pelo canto do olho dela, se apressando até eles. Ele curvou os dedos, esticando o braço para o dragão, e soltou um grito de frustração. A criatura mergulhou no ar, quase derrubando Corayne. Taristan também tropeçou. O dragão bateu as asas mais uma vez, causando uma ventania na cidade. Os cães rugiram em protesto, alguns pulando no dragão. Todos foram afastados às pancadas, caindo em montes despedaçados de cinzas.

— Sob meu comando... — gritou Ronin, apertando as mãos em desespero.

Foi então que Valtik pulou na frente dele, servindo de muro entre o dragão e o feiticeiro vermelho.

Os olhos dela reluziram.

— Sob *meu* comando — repetiu ela, girando os dedos.

Com um estalido explosivo, as pernas de Ronin quebraram e ele uivou, tombando, agarrado aos ossos fraturados.

— Sua *vaca* velha e intrometida! — gritou o feiticeiro, os olhos vermelhos como sangue vivo, o berro se espalhando entre eles com a força de um soco.

Valtik nem se encolheu, os dedos ossudos ainda retorcidos no ar. Abriu um sorriso diabólico.

— Vaca é melhor que um feiticeiro mala, disseram os deuses da Ala.

O dragão continuava livre, as escamas pretas e cintilantes, incrustadas de inúmeras pedras preciosas. Azeviche, rubi, ônix, granada. Não existia melhor escudo em nenhuma esfera. Os olhos também eram pretos, mas as presas ameaçadoras eram brancas. Ele encarou Taristan, e Taristan o olhou de volta, apavorado.

— Sob meu comando — disse Taristan, erguendo a espada de Fuso.

No entanto, ele não tinha magia, não como Ronin. Sangue do Cór ou não, ele não sabia controlar o dragão como Ronin controlava os mortos-vivos ou o exército cadáver das Terracinzas.

O dragão obedecia somente a si mesmo, sem elos nem lealdade. Com ninguém.

O pescoço comprido e sinuoso parecia brilhar, uma bola de fogo subindo da barriga. Fumaça saiu de sua boca quando ele se esticou até atingir seu comprimento máximo e ameaçador, mais alto até do que o campanário da igreja fora um dia.

Taristan ergueu a espada de Fuso, e Corayne saiu correndo, pisando com toda a velocidade, mirando no tio.

Até que um chicote amhara o pegou pelo punho e o puxou com força.

Do meio da batalha, Corayne ouviu a gargalhada aguda de Sorasa.

Taristan cambaleou, surpreso, perdendo a firmeza da espada, que caiu nos degraus quando Corayne o alcançou. Sem perder um passo, ela fechou as mãos no cabo.

Chamas irromperam atrás dela enquanto corria, desaparecendo em meio à batalha sob a igreja. Corayne não olhou para trás, mas sentiu o calor da bola de fogo, explodindo o local onde Taristan estava.

Sorasa foi a primeira a surgir ao seu lado, enrolando o chicote enquanto também corria, encontrando intervalos na maré explosiva de aliados e mortos-vivos. Andry apareceu logo depois, contendo os mortos-vivos com sua destreza de cavaleiro. Dom chegou em seguida, carregando Sigil debaixo do braço, os dois girando com a espada longa e o machado em uma espécie de roda infernal.

— O Fuso! — gritou Corayne, mas o dragão rugiu na mesma hora, cuspindo mais uma explosão.

O jardim pegou fogo diante dela, consumido pelas chamas, o ouro do Fuso ainda piscando lá dentro. Mesmo assim, Corayne avançou, mas Sorasa a conteve, segurando-a pelo pescoço.

— Acabou... deixa pra lá — ouviu a assassina ofegar, arrastando-a para trás.

Para longe da igreja e do jardim. Para longe das rosas e do Fuso.

— Então tudo isso foi à toa! — gritou Corayne em resposta, o mundo voltando a girar.

Daquela vez, não era pelos ferimentos. Era o fracasso que a tomara de assalto.

Andry a segurou pelo outro lado, empurrando-a.

— Não se você *sobreviver*!

Gidastern queimava.

O caminho de volta ao portão estava destruído, as ruas engolidas por fogo e ruína. Eles conseguiam apenas avançar aos tropeços, se agarrando uns aos outros, ensanguentados e queimados, a pele preta de fumaça.

E agora?, Corayne queria gritar. Também queria deitar na sarjeta, o corpo ameaçando desabar. Seus dedos doíam, agarrados à espada de Fuso de Taristan, o couro sob a pele ardendo de tanto calor. Mesmo assim, ela não ousava soltá-la.

A garota olhou para trás, para a rua, para o adro da igreja. O exército vivo corria para todos os lados, a maioria a pé, porque a maior parte da cavalaria de Oscovko morrera ou fugira. Entre os prédios, o dragão vociferava e se debatia, lutando com os cães de Infyrna, monstro contra monstro. Com um rosnado, o dragão decolou, irrompendo no ar com um impulso das asas pretas. Para receio de Corayne, parecia seguir o mesmo caminho que eles.

Os cães continuaram a caçada, pulando pelos telhados desabados e correndo pelas ruas atrás do dragão. Os mortos-vivos os seguiam, feito crianças correndo atrás do irmão mais velho.

Andry soltou um palavrão alto quando viu que estavam prestes a ser alcançados, esquecendo os modos perante a morte.

— Tem outro portão — disse Sorasa, respirando normalmente, apesar do ritmo, e apontou para o local. — Perto das docas, ao leste. Vai deixar a gente na costa, de volta à estrada do Cór.

— Domacridhan! — soou uma voz feminina atrás deles, se aproximando.

Olhando para trás de relance, Corayne viu a prima de Dom, a princesa Anciã, junto a um contingente de guerreiros imortais e alguns jydeses, dentre eles a chefe loira.

Dom abriu um raro sorriso, mas não parou, e nenhum deles diminuiu o ritmo. Seria a morte deles e a morte da Ala.

As pernas de Corayne ardiam, mas ela mantinha o ritmo de Andry a seu lado, esmagada entre os Companheiros.

— Charlie foi esperto de ficar de fora dessa — falou, ofegante.

Se ao menos eu tivesse feito a mesma coisa...

Andry apenas bufou. A túnica dele rasgada e ensanguentada,

irreconhecível. Isso revirou o estômago de Corayne, consciente do significado que a peça tinha para Andry Trelland.

Eles continuaram a correr, Sorasa na frente, e Dom e a princesa Ridha por último. Sigil mancava entre eles, se esforçando ao máximo para manter o ritmo. A cidade ardia e os cães rugiam, o dragão sobrevoando, as ruas e os becos desabando. Mas Sorasa os manteve em movimento, deslizando e virando sem parar, conduzindo todos por um caminho sinuoso até o portão das docas. Eles deixavam pegadas nas cinzas, a nevasca ainda esvoaçando sob a pulsação das asas do dragão.

Finalmente, encontraram uma rua um pouco mais vazia que levava à muralha. Corayne quase quis escalar, mas as chamas crepitavam e pulavam, sem dar brecha. Ela se pegou sonhando com o porto, com um mergulho nas ondas geladas.

Um cavaleiro pulou de um beco, virando a esquina em velocidade atordoante. Corayne cerrou os olhos, vendo o homem em seu cavalo, indo não na direção do mar, mas deles. O cavalo era preto como carvão, maior que os cavalos peludos do bando de guerreiros. E o cavaleiro estava todo paramentado em armadura preta, o metal reluzente e escuro demais para ser aço. Mesmo de relance, ela sabia que não era um dos homens de Oscovko, nem de mais ninguém.

— Vá! — ouviu Ridha berrar, praticamente empurrando Sorasa para o beco mais próximo.

A princesa Anciã fez o mesmo com Corayne e Andry, a força da imortal os fazendo escorregar nas cinzas e na neve.

Sorasa virou.

— O que você...

— Não temos tempo — ladrou Ridha, empunhando a espada. O aço verde da armadura tinha uma aparência doentia à luz do fogo. — Dom, tire ela daqui...

O cavalo preto atropelou Ridha e a arremessou na rua. A armadura soltou faíscas, arrastada no pavimento.

Dom soltou um rugido de angústia e correu até a prima, caindo de joelhos ao lado dela.

Os guerreiros dela reagiram em uníssono, pulando no cavaleiro de preto. Os jydeses também gritaram, comandados pela chefe. Ela foi quem rugiu mais alto, soltando um berro trêmulo antes de pular nas costas do cavaleiro. Ele a jogou com força na parede, a cabeça dela rachando com um ruído assustador.

Ridha soltou um rugido gutural e levantou com esforço, ainda segurando a espada. Dom levantou com ela, rangendo os dentes, sua arma brilhando. A dupla era como o sol e a lua, seu cabelo dourado e preto. Encararam o cavaleiro juntos, mesmo enquanto ele pisoteava os jydeses, cortando gargantas com uma espada preta horrível.

Corayne ficou entorpecida ao assistir à cena, o mundo que via pegando fogo.

— Dom — murmurou, tentando chamá-lo.

Sigil a empurrou, fazendo-a avançar no beco. Ela mancava, com uma careta a cada passo.

— Ele virá logo atrás — falou. — Siga Sorasa.

A assassina estava escondida nas sombras, vendo o cavaleiro de preto atacar os imortais, derrubando-os um a um. Seus olhos cor de cobre acompanhavam cada gesto da espada.

— Não se preocupe com o brutamontes imortal — murmurou, com a voz tensa, e fez um gesto para Andry e Corayne continuarem a andar. — Estamos chegando.

Corayne queria gritar a cada passo que dava sem ele, o beco se afastando em voltas sem fim. Até que a rua sumiu por completo, o som de cascos e aço engolido pelas chamas e pelo bater das asas enormes do dragão. Andry continuava a correr ao lado dela, olhando para a frente, a pele encharcada de suor. O rosto dele parecia uma máscara, escondendo o terror que todos sentiam.

Com uma pontada na barriga, Corayne olhou ao redor.

— Cadê Sigil? — soltou, quase gritando.

Na frente dela, Sorasa hesitou. Ela desacelerou, mas não virou.

— Continue correndo — sibilou.

Corayne a ignorou, olhando para trás, para o beco.

— Sigil!

Uma silhueta conhecida se afastava, curvada, virando a esquina, a sombra ondulando à luz do fogo enquanto voltava para a rua. O machado pendia da mão, a última parte dela a desaparecer.

— Continue correndo — repetiu Sorasa, mais alto, a voz áspera de emoção.

Corayne só podia rezar para que os ossos de ferro de Sigil aguentassem a fúria do cavaleiro de preto.

A estrada seguinte era outra ruína, entulhada de escombros e uma onda de mortos-vivos, todos se arrastando pelos destroços flamejantes. Eles atravessavam paredes e portas, batendo as mãos no ar, tentando agarrar qualquer pele ao alcance. Corayne gritou e atacou um deles com a espada, e Andry, mais um. No entanto, assim como no adro, a quantidade só crescia. Sorasa impulsionou os Companheiros, as próprias adagas brilhando como presas de serpente. Eles abriram caminho lutando, conseguindo avançar um pouco, mas não o suficiente.

O medo tomou conta de Corayne, apertando com mais força do que as mãos dos mortos-vivos. Ela olhou para cima, procurando algum sinal de céu entre as nuvens de fumaça. Até a neve sumira, a nevasca perdendo a força. Ela também sentia que se perdia.

O som de cascos de cavalo se aproximando a fez cair de joelhos e ela virou, esperando encontrar o cavaleiro assassino ou o próprio Taristan, recém-saído do fogo do dragão.

Em vez disso, era Valtik, no estranho cavalo cinzento, cujo bafo soltava vapor, como se estivesse na tundra, e não em uma rua em chamas.

— O menino vem com a gente — disse, descendo do cavalo com um salto. Ela segurou Andry com uma das mãos e, com a outra, jogou as rédeas. Sorasa as pegou com destreza, o rosto cor de bronze corado. — Corayne, siga a serpente.

O ar que saía do peito de Corayne queimava, e os mortos-vivos os cercavam. Ela olhou para Andry e ele a olhou de volta, a máscara desfeita, todas as emoções conflitantes em seu rosto. Corayne sentia o mesmo, cada uma tão afiada e cortante quanto uma faca. Vergonha, arrependimento, tristeza. E raiva, muita raiva.

Ela abriu a boca para protestar, mas Andry a pegou por baixo dos braços e a jogou na sela. A boca dele era como fogo na palma de sua mão, roçando a pele, antes de se afastar. Foi sua única despedida, e o coração de Corayne sangrou, palavras demais borbulhando na garganta.

Nenhuma parecia adequada. Nenhuma seria suficiente.

— A gente se encontra na estrada — falou Sorasa, pulando atrás de Corayne.

Ela agarrou as rédeas e se firmou no cavalo, que reagiu sem comando, disparando pela rua, deixando para trás Andry Trelland e a velha bruxa. Para enfrentar a horda ou ser consumidos. Levou apenas alguns galopes para a fumaça engoli-los.

Corayne sentia-se oca, como se o coração tivesse sido arrancado do peito.

Sorasa não era Sigil, nascida na sela, mas dominava o animal como um demônio. As chamas de Infyrna ardiam e ela ardia junto, guiando o cavalo por intervalos cada vez mais estreitos do fogo. Corayne perdeu a noção do caminho, sem saber diferenciar norte e sul, mas Sorasa não hesitou, o cavalo trotando, até Corayne inspirar ar fresco e salgado. As docas estavam próximas e, com elas, o portão.

Atrás delas, a onda de mortos-vivos as seguia, revolta. Com um susto, Corayne reconheceu jydeses entre eles, e guerreiros trequianos também. Nos telhados, os cães continuavam a caça, apesar de o dragão ter desaparecido céu afora. Corayne esperava que carregasse Taristan na barriga.

Ela se debruçou na crina do cavalo, tentando incentivá-lo a se apressar, mas até a montaria de Valtik tinha dificuldade de galopar sob o peso de duas pessoas.

— Ali! — exclamou Sorasa, e Corayne ergueu os olhos: o portão lateral de Gidastern.

Felizmente, estava aberto, a grade levantada, a madeira já chamuscada e carcomida. *Pelo menos os deuses sorriram para uma coisa hoje.*

Os cães uivavam, os gritos agudos e entrecortados ecoando por todos os lados, mas Corayne os ignorou. Manteve o foco à frente, no portão, no vislumbre de estrada lá fora, no mar revolto. Na terra vazia e aberta. Na liberdade daquele inferno. Os outros as aguardariam, sãos e salvos. Dom, Andry, Sigil, Charlie, Valtik. Ela via o rosto deles nos cacos de novo, o aço quebrado cintilando como uma miragem nas dunas de areia.

De repente, as rédeas caíram nas mãos delas, e a presença forte e firme nas costas dela sumiu. Arregalando os olhos, viu Sorasa pular da sela, rolando, encolhida, até cair de pé na rua.

Corayne abriu a boca e sentiu um grito escapar da garganta, mas não o ouviu. Puxou as rédeas com força. Não teve efeito além de encorajar o cavalo a ir mais rápido, os cascos soltando faíscas na pedra. Os cães aceleraram para alcançá-los, se aproximando.

Sorasa levantou e saiu correndo, não na direção dos mortos-vivos ou dos cães, mas do portão, atrás do cavalo.

Gritando, Corayne se inclinou para trás no flanco do animal, esticando a mão para a assassina ao passar sob o arco. No entanto, Sorasa a ignorou, correndo até a engrenagem da grade. Com um chute, ela soltou o mecanismo, e as barras de ferro caíram, fechando o portão com um estrondo a menos centímetros da cauda do cavalo.

Tudo pulsava, explodindo no ritmo do coração de Corayne. Ela fechou a boca, com os olhos ainda arregalados, e viu o portão ficar cada vez menor.

Sorasa deu as costas a ela, empunhando faca e chicote. A sombra se projetava, comprida, na estrada, vacilando com as chamas, se retorcendo e dançando, toda sua elegância fatal exposta. Cães ganiam e mortos-vivos gemiam, mas a grade não subiu. O portão continuou fechado. A estrada protegida, a esfera de Infyrna contida.

E Sorasa lá dentro.

Corayne estava sozinha, montada em um cavalo louco, que galopava com a velocidade dos quatro ventos.

A estrada do Cór seguia reta junto à costa, virando terra batida enquanto o cavalo a carregava para longe de Gidastern. O mar azul e frio quebrava à esquerda, espalhando respingos gelados das ondas. Corayne estremeceu, o rosto úmido por causa do mar e das lágrimas. Pela primeira vez, a água salgada não lhe trouxe conforto. Chorando, ergueu o rosto para o céu e notou que tinha saído da fumaça; uma luz cinzenta brilhava acima dela.

Um último floco de neve caiu em seu rosto, fazendo Corayne estremecer.

A garganta dela ardia, arranhada pela fumaça e pela própria angústia.

Sem aviso, o cavalo perdeu velocidade, ofegante, os flancos escuros de tanto suor. De perto, parecia um cavalo comum, cinza e simples, como as nuvens de inverno. Ela testou as rédeas, tentando fazê-lo virar, mas o animal se manteve firme e seguiu em frente, teimoso. Corayne o olhou com raiva, xingando o que Valtik tivesse feito para que o cavalo a desobedecesse.

Ela se sentiu enjoada ao olhar para a paisagem vazia. Era só costa e fazendas mortas. *Mais um cemitério*, pensou, olhando para trás.

Não havia ninguém no horizonte. Ninguém no portão.

Nem mesmo Charlie.

Ela soluçou com dor e esfregou o rosto, a mão ficando preta. Finalmente, com esforço, desafivelou a bainha das costas e a trouxe para a frente. Estremecendo, agarrou o couro preto do punho da espada de Fuso e a puxou, revelando poucos centímetros de lâmina, de aço limpo. Taristan não tinha tirado sangue de ninguém naquele dia. Mesmo assim, a espada era estranha em sua mão. Mais uma vez, sentiu a dor da perda da espada quebrada atrás de si, bem como de todas as pessoas que se foram com ela.

Um fracasso, pensou, engolindo um soluço.

A voz de Andry respondeu em sua cabeça, um eco de palavras. *Não se você sobreviver.*

Isso, ao menos, ela podia fazer.

32

AS CHAMAS DE ASUNDER

Ridha

A RESPIRAÇÃO DELA SAÍA EM SOLUÇOS úmidos e ásperos. Sangue borbulhava na garganta, assim como na ferida em seu peito, a vida escorrendo dela devagar. O cavaleiro de preto se fora havia bastante tempo, partindo atrás do dragão, mas deixara muitas evidências fatais para trás. Ridha revirou os olhos quando tentou se mexer, estirada de costas no chão. Os outros vederes jaziam mortos ao seu redor, os corpos quietos e imóveis. Os jydeses também tinham partido. Gemendo baixo, Ridha viu Lenna caída junto à muralha, de olhos abertos, sem ver.

A temurana ainda respirava. Estava encostada em uma parede, a perna ferida esticada. Um machado enorme e quebrado estava no chão ao seu lado; o peito dela subia e descia em respirações sôfregas. Ridha não via outras feridas. Ela quase gargalhou. Uma mortal viva, e tantos filhos de Glorian, mortos.

Pelo menos Dom sobreviveu.

Ele engatinhava pelos destroços deixados pelo cavaleiro de preto, um cinto amarrado na coxa para conter o sangramento de uma ferida. Ela tentou sorrir para ele, mas acabou apenas suspirando, engasgada em mais um jorro de sangue.

— Não fale — disse ele, se aproximando dela. Com um assobio de dor, o homem sentou e puxou a cabeça dela para seu colo. — Estou aqui.

— Ela também está.

A luz branca da emissão da mãe brilhava à esquerda de Ridha. Se era magia ou alucinação, ela não sabia, mas ficava feliz de qualquer forma. A silhueta de Isibel oscilava até se tornar sólida, delineada por um brilho prateado ao se debruçar sobre a única filha. Ela chorava lágrimas cintilantes que desapareciam antes de cair no rosto de Ridha.

— Eu queria estar com você — disse a mãe, passando a mão pelo rosto dela. Por mais que tentasse, Ridha não as sentia. — Durma, meu amor.

Ela queria fazer o que a mãe dizia, mas Ridha de Iona se agarrava à vida, por mais tênue que fosse. O olhar cinzento ia de Isibel para Domacridhan, tentando mantê-los por perto. Ele a olhou, novas lágrimas escorrendo pelo rosto imundo.

Os passos que vieram eram fracos, botas batendo na pedra.

— Quer ver o que esse Fuso me deu?

O rosto de Dom murchou acima dela, e ele virou, tentando levantar. No entanto, desabou na perna machucada, caindo de novo, mantendo-se em cima de Ridha. Protegendo-a de uma última ofensa.

A capa e as roupas de Taristan estavam queimadas, completamente pretas, mas o rosto dele estava limpo, e o cabelo penteado para trás. O feiticeiro mancava ao lado dele, se apoiando em uma muleta improvisada. Nenhum dos dois parecia satisfeito, apesar da vitória.

O Fuso ainda estava aberto, e a esfera, prestes a cair.

Antes que Dom tentasse atacar de novo, Ronin estalou os dedos, e meia dúzia de mortos-vivos avançou, carregando correntes e ataduras. Outro grupo se aproximou de Sigil, amarrando os punhos e tornozelos dela e levantando-a com facilidade. Os dois se debateram, fracos, inteiramente exaustos pela batalha.

Um som ia e vinha, no ritmo do coração lento de Ridha. Ela se esforçou por mais um segundo, mais uma respiração, olhando para o primo sendo amarrado pelos mortos-vivos.

Finalmente, Taristan parou entre eles, e ela só enxergava seu rosto cruel.

— Outro presente do Porvir — falou, parado acima dela como uma torre, os olhos vermelhos como um farol.

Ridha soltou um palavrão vederano. Ao lado dela, a emissão de Isibel ardia de ira. A monarca olhava furiosa para Taristan, e Ridha esperava avidamente que fosse mesmo a mãe dela, não uma ilusão nascida da morte. *Veja o que ele é, veja o que deve ser combatido*, chorou em silêncio.

Taristan sacudiu a cabeça.

— Vocês, imortais, demoram muito para morrer — resmungou, antes de empunhar uma adaga.

Isibel também chorava.

— Durma, meu amor — implorou.

Foi a última coisa que Ridha ouviu quando a lâmina perfurou sua armadura e seu peito.

A última coisa que viu foi Taristan, filho do Velho Cór, curvado sobre seu corpo, os olhos queimando em vermelho-sangue e íris amarelas, como o centro de uma chama. Os olhos devoravam o mundo, até ela tombar, desabando no fogo que ele carregava na alma arruinada. As chamas a consumiram, cada centímetro queimando, a dor diferente de tudo que já sentira e que sentiria um dia. Era ácido; era água fervendo; era um inferno na pele. Ridha de Iona se esvaziou, mente e alma arrancadas.

O corpo dela se mexia, as mãos tremiam, enquanto seu domínio sobre a vida desaparecia. A alma de Ridha se foi, sumindo, deixando o corpo para trás. E tudo ficou escuro.

AGRADECIMENTOS

Sinto muita sorte por poder continuar escrevendo e ainda mais sorte por continuar esta série. Destruidor de Mundos é minha alegria em momentos difíceis.

Como sempre, e para sempre, meu primeiro agradecimento vai para meus pais. Sem eles, minhas palavras não existiriam. Eu não sabia onde estaria sem o apoio deles e, francamente, nem quero pensar nisso. Também sou grata ao meu irmão, meu primeiro público cativo. Às vezes, literalmente.

Para meu círculo mais amplo de amigos e família, obrigada pelo apoio constante. Morgan, Jen e Tori, minhas moças queridas, vocês nunca me deixam cair e nunca me deixam parar.

Em casa, o cachorro, Indy, e a pessoa com quem compartilho minha vida, estão sempre comigo, nos altos e baixos. Vocês deixam o sol mais brilhante. Amo vocês dois muito mais do que entenderão. Principalmente porque um de vocês é um cachorro.

Também sou abençoada por ter um grupo de amigos do mercado editorial que me mantém honesta, sã e sensata. Para Patties, Soman, Sabia, Adam, Jenny, o East Side LA Coven, Emma, obrigada pela amizade e pela orientação.

Dizem que crianças são criadas em bando, e o mesmo vale para livros, com certeza. Meu bando é espetacular. Alice continua a ser minha editora destemida, pronta para atacar todos os capítulos desvairados que jogo nela. Obrigada a Erica pela sabedoria e pelo apoio. E muito amor para Clare por cuidar de tudo. Para Alexandra, Karen e Lana, obrigada por fazer tudo isso *funcionar*. Para Vanessa e Nicole da produção, obrigada por tornar tudo isso *real*. Para Jenna e Alison do design, obrigada por deixar tudo isso *lindo*. Para Audrey, Sabrina e Shannon do marketing, obrigada por fazer isso tudo *se conectar*. Para Jenn e Anna, obrigada por tornar tudo isso *conhecido*. Para meus leitores de sensibilidade, que tornaram tudo isso *ponderado*. Para a equipe do Epic Reads, obrigada por deixar tudo isso *divertido*. Devo tanto a todos vocês, e sei o quanto fizeram para a série Destruidor de Mundos ser o sucesso que é. *E* por todo o trabalho que continuam fazendo pelo nosso primeiro filho, *A Rainha Vermelha*.

Eu me sinto ainda mais abençoada por ser representada pela New Leaf Literary, e principalmente por Suzie Townsend. Ela é minha estrela-guia desde o início da minha carreira, e espero nunca perdê-la de vista. Obrigada a Pouya, por nunca desistir de nada. Para Jo, pela visão ilimitada. Para Veronica e Victoria, por todas as viagens, e para meus agentes estrangeiros mundo afora. Para Hilary e Meredith, que são minhas redes de segurança pessoais. Para Kendra, Sophia e Katherine, que não param um segundo e fazem com que tudo isso continue acontecendo. Obrigada a Elena Stokes, por segurar minha mão neste novo caminho. E para Steve, meu escudo jurídico e amigo. Do lado do entretenimento, obrigada a Michael, Roxie e Ali. Vocês me levam a novas alturas; sou tão agradecida por continuar a trabalhar com vocês!

Principalmente, devo sempre agradecer aos leitores, educadores, bibliotecários, blogueiros, instagrammers, tiktokers — obrigada a todo mundo que pega um livro e o passa adiante. Vocês são o motivo de nossa comunidade existir, e de continuarmos a prosperar. Escrever e ler parecem atividades solitárias, mas não são, e isso se deve a vocês. Seu apoio contínuo é mais importante do que consigo expressar, porque me faz ser quem sou. Fico muito agradecida por continuar a escrever histórias para vocês, para viver na cabeça de vocês, como vocês vivem na minha.

Todo meu amor, sempre,

Victoria

ESTA OBRA FOI COMPOSTA POR OSMANE GARCIA FILHO EM BEMBO
E IMPRESSA PELA GEOGRÁFICA EM OFSETE SOBRE PAPEL PÓLEN SOFT DA
SUZANO S.A. PARA A EDITORA SCHWARCZ EM AGOSTO DE 2022

A marca FSC® é a garantia de que a madeira utilizada na fabricação do papel deste livro provém de florestas que foram gerenciadas de maneira ambientalmente correta, socialmente justa e economicamente viável, além de outras fontes de origem controlada.